A Princesa Branca

Obras da autora publicadas pela Editora Record

Série *Tudors*
A irmã de Ana Bolena
O amante da virgem
A princesa leal
A herança de Ana Bolena
O bobo da rainha
A outra rainha
A rainha domada

Série *Guerra dos Primos*
A rainha branca
A rainha vermelha
A senhora das águas
A filha do Fazedor de Reis
A princesa branca

Terra virgem

PHILIPPA GREGORY

A Princesa Branca

Tradução de
Patrícia Cardoso

1ª edição

EDITORA RECORD
RIO DE JANEIRO • SÃO PAULO
2018

CIP-BRASIL. CATALOGAÇÃO NA PUBLICAÇÃO
SINDICATO NACIONAL DOS EDITORES DE LIVROS, RJ

Gregory, Philippa, 1954-

G833p   A princesa branca / Philippa Gregory; tradução de Patrícia Cardoso. – 1ª ed. –
Rio de Janeiro: Record, 2018.

Tradução de: The White Princess
Sequência de: A filha do Fazedor de Reis
ISBN 978-85-01-11022-0

1. Ficção inglesa. I. Cardoso, Patrícia. II. Título.

CDD: 823
18-48719   CDU: 821.111-3

TÍTULO ORIGINAL:
THE WHITE PRINCESS

Copyright © 2013 by Philippa Gregory
Copyright da tradução © 2018, Editora Record

Publicado mediante acordo com a editora original, Touchstone, uma divisão da
Simon & Schuster, Inc.

Texto revisado segundo o novo Acordo Ortográfico da Língua Portuguesa.

Todos os direitos reservados. Proibida a reprodução, no todo ou em parte, através de
quaisquer meios. Os direitos morais da autora foram assegurados.

Direitos exclusivos de publicação em língua portuguesa somente para o Brasil
adquiridos pela
EDITORA RECORD LTDA.
Rua Argentina, 171 – Rio de Janeiro, RJ – 20921-380 – Tel.: (21) 2585-2000,
que se reserva a propriedade literária desta tradução.

Impresso no Brasil

ISBN 978-85-01-11022-0

Seja um leitor preferencial Record.
Cadastre-se no site www.record.com.br e receba informações
sobre nossos lançamentos e nossas promoções.

Atendimento e venda direta ao leitor:
mdireto@record.com.br ou (21) 2585-2002.

Para Anthony

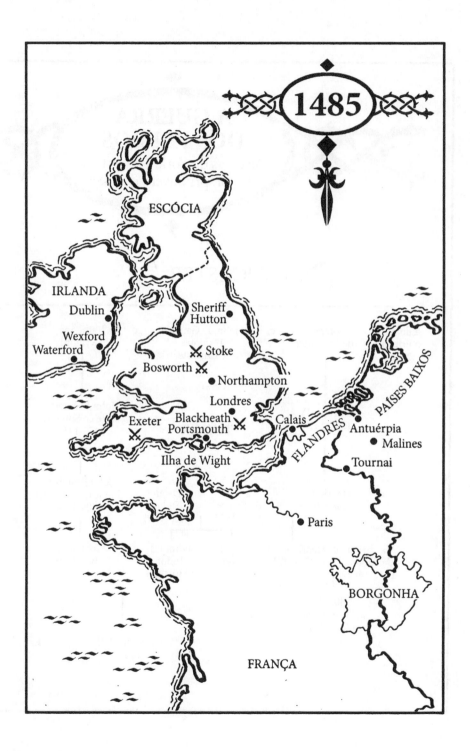

A GUERRA DOS PRIMOS
As casas de York, Lancaster e Tudor, primavera de 1485

LANCASTER

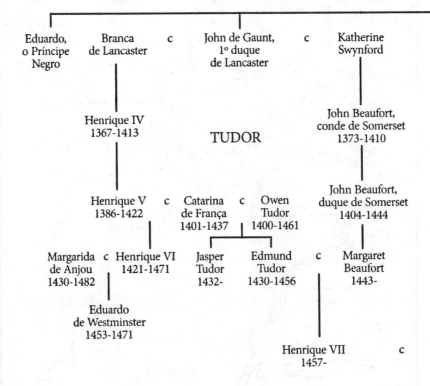

TUDOR

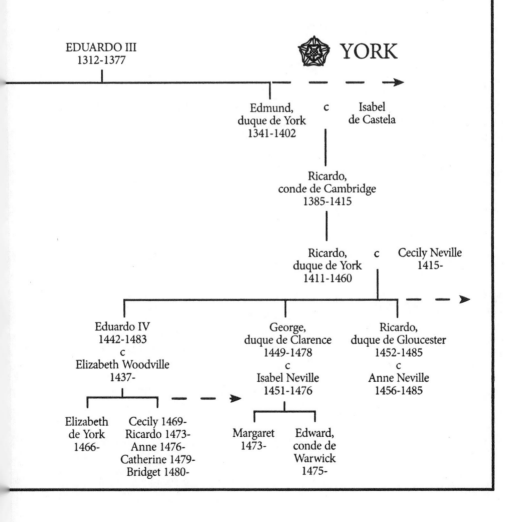

Castelo de Sheriff Hutton, Yorkshire, outono de 1485

Gostaria de parar de sonhar. Peço a Deus para não mais sonhar. Estou tão exausta; tudo o que quero fazer é dormir. Quero dormir durante todo o dia, do amanhecer até o pôr do sol, que chega cada vez mais cedo e mais deprimente. É só no que penso durante o dia. À noite, porém, tudo o que faço é tentar ficar acordada.

Vou aos aposentos silenciosos dele, de venezianas fechadas, para observar enquanto a vela goteja no candelabro dourado, queimando devagar ao longo das horas marcadas, ainda que ele jamais vá ver a luz de novo. Os criados trazem um círio para uma vela nova todos os dias, ao meio-dia; cada hora queima lentamente em despedida, apesar de o tempo já não significar nada para ele. O tempo está perdido para ele em sua escuridão eterna, em sua atemporalidade eterna, mesmo que paire sobre mim com tamanho peso. Durante todo o dia, espero pela lenta progressão da noite cinzenta e pelo pesaroso soar do sino na última hora canônica, quando posso ir à capela rezar por sua alma, mesmo que ele nunca mais vá ouvir meus sussurros nem o canto comedido dos padres.

Depois disso, posso ir para a cama. Mas, ao me deitar, não ouso dormir, pois não consigo suportar os sonhos que vêm.

Sonho com ele. Várias e várias vezes, sonho com ele.

Mantenho minha expressão sorridente o dia inteiro como uma máscara, sorrindo, sorrindo, meus dentes expostos, meus olhos brilhantes, minha pele como pergaminho esticado, fina como folha. Mantenho minha voz clara e suave, digo palavras sem sentido e, às vezes, quando me solicitam, até canto. De noite, desabo na cama como se estivesse me afogando em águas profundas, como se estivesse afundando além das profundezas, como se a água estivesse se apossando de mim, levando-me como a uma sereia. Por um momento, sinto um alívio profundo, como se, submersa na água, meu pesar se esvaísse; como se fosse o rio Lete, e suas correntes pudessem trazer o esquecimento, guiando-me até a caverna do sono. Mas, então, os sonhos aparecem.

Não sonho com a morte dele — seria o pior dos pesadelos vê-lo morrendo em combate. Nunca sonho com a batalha, não vejo seu ataque derradeiro ao coração da guarda de Henrique Tudor. Não o vejo abrindo caminho com a espada. Não vejo o exército de Thomas Stanley arrebatando-o e o enterrando sob seus cascos quando ele é arremessado para fora do cavalo, o braço que segura a espada enfraquecendo enquanto cai sob um ataque impiedoso de cavalaria, gritando: "Traição! Traição! Traição!" Não vejo William Stanley erguer sua coroa e colocá-la sobre a cabeça de outro homem.

Não sonho com nada disso, e agradeço a Deus por, ao menos, ter compaixão de mim. Esses são meus pensamentos constantes ao longo do dia, dos quais não posso escapar. Esses são os malditos devaneios diurnos que preenchem minha mente enquanto caminho e falo com leveza sobre o calor fora de estação, sobre a secura do solo, sobre a má colheita deste ano. Mas meus sonhos à noite são mais dolorosos, muito mais dolorosos que isso, pois, então, sonho que estou em seus braços, e que ele está me acordando com um beijo. Sonho que estamos caminhando em um jardim, planejando nosso futuro. Sonho que estou grávida de seu bebê, minha barriga arredondada sob sua mão quente, e ele está sorrindo, encantado, enquanto lhe prometo que teremos um filho, o filho de que ele precisa, um filho para York, um filho para a Inglaterra, um filho para nós dois. "Iremos nomeá-lo Artur", diz ele. "Irá se chamar Artur, como o Artur de Camelot; vamos nomeá-lo Artur pela Inglaterra."

A dor, quando acordo e descubro que estive sonhando novamente, parece piorar a cada dia. Peço a Deus para não mais sonhar.

Minha caríssima filha Elizabeth,

Meu coração e minhas orações estão com você, criança querida; mas, agora, de todos os momentos de sua vida, você deve interpretar o papel de rainha que nasceu para desempenhar.

O novo rei, Henrique Tudor, ordena que venha até mim, no Palácio de Westminster, em Londres, e deverá trazer suas irmãs e seus primos. Perceba isto: ele não negou o compromisso com você. Espero que permaneça assim.

Sei que não é o que esperava, minha querida; porém Ricardo está morto, e aquela parte de sua vida acabou. Henrique é o vencedor, e nossa tarefa agora é torná-la esposa dele e rainha da Inglaterra.

Irá me obedecer em mais uma coisa: sorrirá e parecerá tão contente quanto uma noiva ao encontro de seu prometido. Uma princesa não compartilha sua tristeza com o restante do mundo. Você nasceu princesa e é a herdeira de uma longa linhagem de mulheres corajosas. Erga o queixo e sorria, minha querida. Estou esperando por você e também estarei sorrindo.

Sua carinhosa mãe
Elizabeth R
Rainha viúva da Inglaterra

Leio essa carta com algum cuidado, pois minha mãe nunca foi uma mulher direta, e qualquer palavra vinda dela é sempre carregada de vários níveis de significado. Consigo imaginá-la vibrando com mais uma chance de chegar ao trono da Inglaterra. É uma mulher indômita; já a vi muito abatida antes, mas nunca, nem ao se tornar viúva, mesmo quando quase enlouqueceu de tristeza, a vi abandonar seu orgulho.

Entendo de imediato suas ordens para parecer feliz, para esquecer que o homem que amo está morto e jogado em um túmulo anônimo, para forjar o futuro de minha família forçando-me a um casamento com o inimigo. Henrique Tudor veio à Inglaterra depois de passar toda sua vida à espera, e venceu sua batalha, derrotando o rei legítimo, Ricardo, meu amante. Agora eu sou, como a própria Inglaterra, parte dos espólios da guerra. Se Ricardo tivesse vencido em Bosworth — e quem imaginaria o oposto? —, eu teria sido sua rainha e esposa amorosa. Mas ele caiu sob as espadas de traidores, os mesmos homens que se uniram e juraram lutar por ele. Em contrapartida, eu irei me casar com Henrique, e os gloriosos 16 meses em que fui amante de Ricardo, quando era tudo para ele, exceto a rainha de sua corte, e ele, o coração de meu coração, serão esquecidos. De fato, é melhor torcer para que sejam esquecidos. Eu mesma terei de esquecê-los.

Leio a carta de minha mãe sob o arco da torre da sentinela, no grande castelo de Sheriff Hutton; viro-me e caminho para dentro do salão, onde o fogo arde na lareira central de pedra, o ar aquecido e turvo com a fumaça da madeira. Amasso a folha e jogo-a no coração das toras flamejantes, então a observo queimar. Qualquer menção ao meu amor por Ricardo e a suas promessas feitas a mim devem ser destruídas dessa forma. E devo esconder outros segredos também, um em especial. Fui criada como uma princesa comunicativa em uma corte aberta, rica em estudos intelectuais, onde qualquer coisa podia ser pensada, dita e escrita. Contudo, nos anos seguintes à morte de meu pai, aprendi as habilidades discretas de uma espiã.

Meus olhos se enchem de lágrimas com a fumaça do fogo, mas sei que chorar não adianta. Esfrego meu rosto e saio à procura das crianças na grande câmara no alto da torre oeste, que lhes serve como sala de aula e de jogos. Minha irmã de 16 anos, Cecily, canta com eles esta manhã, e consigo ouvir suas vozes e o bater rítmico do tambor enquanto subo as escadas de pedra. Quando empurro a porta para abri-la, eles param e exigem que eu ouça uma canção que compuseram. Minha irmã Anne, de dez anos, aprendeu com os melhores mestres desde bebê, nossa prima de 12 anos, Margaret, consegue sustentar uma nota, e seu irmão de dez anos, Edward, tem claramente uma voz de soprano, doce como uma flauta. Ouço-os e depois os aplaudo.

— E, agora, tenho novidades para vocês.

Edward Warwick, o irmãozinho de Margaret, ergue a cabeça pesada de sua lousa.

— E para mim? — pergunta, desolado. — Não há novidade para Teddy?

— Sim, para você também, e para sua irmã Maggie, além de Cecily e Anne. Novidades para todos vocês. Como sabem, Henrique Tudor ganhou a batalha e será o novo rei da Inglaterra.

Estas são crianças da realeza; suas feições estão sombrias, mas são bem-treinadas demais para dizer uma palavra de pesar por Ricardo, seu tio morto em combate. Em vez disso, elas esperam pelo que virá a seguir.

— O novo rei Henrique será um bom rei para seu povo leal — continuo, desprezando a mim mesma enquanto repito as palavras que Sir Robert Willoughby disse quando me entregou a carta de minha mãe. — E ele convocou a todas nós, crianças da Casa de York, para ir a Londres.

— Mas ele irá se tornar rei — diz Cecily, sem emoção. — Será rei.

— Claro que será rei! Quem mais seria? — Enrolo-me com a pergunta que inadvertidamente fiz. — Ele, é claro. Em todo caso, ganhou a coroa. E nos devolverá nosso bom nome e nos reconhecerá como princesas de York.

Cecily faz uma expressão mal-humorada. Nas últimas semanas antes de Ricardo, o rei, partir para a batalha, ele ordenou que minha irmã se casasse com Ralph Scrope, um homem praticamente insignificante, para se certificar de que Henrique Tudor não pudesse reivindicá-la como segunda opção de noiva, depois de mim. Cecily, como eu, é uma princesa de York, e, portanto, o casamento com qualquer uma de nós dá a um homem o direito ao trono. O brilho foi tirado de mim quando rumores alegaram que eu era amante de Ricardo, e então este também rebaixou Cecily ao condená-la a um casamento inferior. Ela afirma agora que nunca o consumaram, diz que não o considera, que mamãe irá mandar anulá-lo; mas supostamente ela é Lady Scrope, a esposa de um yorkista derrotado, e, quando formos restauradas a nossos títulos de nobreza e nos tornarmos princesas mais uma vez, ela terá de manter o nome dele e a humilhação, mesmo que ninguém saiba onde Ralph Scrope está hoje.

— Sabe, *eu* deveria ser o rei — diz Edward, de dez anos, puxando minha manga. — Sou o próximo, não sou?

Viro-me para ele.

— Não, Teddy — respondo com gentileza. — Você não pode ser rei. É verdade que você é um menino da Casa de York e que tio Ricardo em certo momento o nomeou seu herdeiro; mas ele está morto agora, e o novo rei será Henrique Tudor. — Ouço minha voz tremer quando digo "ele está morto" e respiro para tentar mais uma vez. — Ricardo está morto, Edward, você sabe disso, não sabe? Entende que o rei Ricardo está morto? E você jamais será seu herdeiro.

Ele me encara de modo tão inexpressivo que penso que não entendeu absolutamente nada, mas então seus grandes olhos cor de avelã se enchem de lágrimas, ele se vira e volta a copiar o alfabeto grego na lousa. Olho fixamente para sua cabeça castanha por um instante e penso que seu estúpido luto animalesco é como o meu. Exceto que sou ordenada a falar o tempo todo e a sorrir o dia inteiro.

— Ele não consegue entender — diz Cecily, mantendo a voz baixa de modo que Maggie, a irmã dele, não consiga ouvir. — Todos contamos a ele diversas vezes. É burro demais para acreditar.

Olho de relance para Maggie, sentada em silêncio ao lado do irmão para ajudá-lo a formar as letras, e considero que devo ser tão estúpida quanto Edward, pois tampouco consigo acreditar. Em um instante, Ricardo estava marchando à frente do exército invencível das grandes famílias da Inglaterra; no seguinte, traziam-nos notícias de que havia sido derrotado, e de que três de seus amigos de confiança permaneceram sentados em seus cavalos enquanto assistiam a ele liderar um ataque desesperado até a morte, como se fosse mais um dia ensolarado de torneios, como se fossem espectadores, e ele, um valente cavaleiro, e tudo não passasse de um jogo que pudesse seguir qualquer direção e valesse o risco.

Balanço a cabeça. Se pensar nele, cavalgando sozinho contra seus inimigos, com minha luva guardada do lado interno da armadura, próxima a seu coração, começarei a chorar; e minha mãe ordenou-me que sorrisse.

— Então vamos a Londres! — exclamo, como se estivesse encantada com a perspectiva. — À corte! E viveremos novamente com milady mãe no Palácio de Westminster, e ficaremos com nossas irmãzinhas Catherine e Bridget de novo.

Os dois órfãos do duque de Clarence erguem o olhar quando digo isso.

— Mas onde Teddy e eu iremos morar? — pergunta Maggie.

— Talvez vocês vivam conosco — respondo de forma alegre. — Espero que sim.

— Oba! — comemora Anne. Maggie conta a Edward, calmamente, que iremos a Londres e que ele poderá cavalgar em seu pônei até lá, durante todo o caminho, desde Yorkshire, como um cavaleiro de armas, enquanto Cecily segura-me pelo cotovelo e puxa-me para o lado, os dedos apertando meu braço.

— E quanto a você? — indaga. — O rei irá se casar com você? Ele ignorará o que fez com Ricardo? Tudo será esquecido?

— Não sei — respondo, afastando-me. — E, até onde nos diz respeito, ninguém fez coisa alguma com o rei Ricardo. Você, dentre todas as pessoas, minha irmã, nada viu e sobre nada irá falar. Quanto a Henrique, suponho que se irá se casar comigo ou não é a única coisa que todos queremos saber. Mas apenas ele tem a resposta. Ou, talvez, duas pessoas: ele e aquela velha megera, a mãe dele, que pensa que pode decidir tudo.

Na Grande Estrada do Norte,
outono de 1485

A viagem ao sul é tranquila no clima ameno de setembro, e digo à nossa escolta que não há necessidade de nos apressar. Está quente e ensolarado, e prosseguimos em trechos curtos, uma vez que as crianças menores estão em seus pôneis e não conseguem cavalgar por mais de três horas sem descanso. Estou montada com uma perna de cada lado em meu cavalo, o cavalo de caça castanho que Ricardo me deu para que pudesse cavalgar a seu lado. Fico feliz por estar em movimento, deixando seu castelo de Sheriff Hutton, onde planejávamos um palácio para rivalizar com o de Greenwich, abandonando os jardins onde caminhamos juntos, o salão onde dançamos ao som dos melhores músicos e a capela onde ele tomou minha mão na sua e prometeu se casar comigo assim que voltasse da batalha. A cada dia distancio-me um pouco mais desse lugar e espero esquecer as memórias que guardo dele. Tento deixar meus sonhos para trás, mas quase consigo ouvi-los, galopando às nossas costas como fantasmas constantes.

Edward está animado com a viagem, deleitando-se na liberdade da Grande Estrada do Norte e sentindo prazer em ver as pessoas que aparecem ao longo do caminho para observar o que restou da família real de York. Cada vez que nossa pequena procissão faz uma pausa, as pessoas vêm abençoar-nos, tirando seus chapéus para Edward, o único menino York e último herdeiro remanescente, mesmo que nossa casa esteja derrotada e todos tenham ouvido que haverá um novo rei no trono — um galês desconhecido por todos, um estranho que entra sem ser convidado, da Bretanha ou da França, ou de algum lugar do outro lado dos mares estreitos. Teddy gosta de fazer de conta que é o rei legítimo, indo a Londres para ser coroado. Faz reverências e acena com a mão, tira seu chapéu e sorri quando as pessoas, aos tropeções, saem de suas casas e de lojas ao passarmos pelas cidades pequenas. Apesar de dizer a ele todos os dias que estamos indo à coroação do novo rei Henrique, ele esquece assim que alguém grita:

— À Warwick! À Warwick!

Na noite anterior à nossa chegada a Londres, Maggie, sua irmã, vem até mim.

— Princesa Elizabeth, posso falar com você?

Sorrio para ela. A mãe da pobre Maggie faleceu dando à luz, e a menina tem sido mãe e pai de seu irmão e senhora de sua casa quase desde antes de abandonar as roupas curtas. O pai de Maggie era George, duque de Clarence, e foi executado na Torre por ordem de meu pai, a pedido de minha mãe. Maggie nunca demonstra o menor sinal de ressentimento, embora use um relicário com o cabelo da mãe em volta do pescoço e, no pulso, uma pequena pulseira com um pingente de prata em forma de barril, em memória de seu pai. É sempre perigoso estar perto do trono; mesmo aos 12 anos, ela já sabe disso. A Casa de York devora suas próprias crias como uma gata nervosa.

— O que foi, Maggie?

Sua pequena testa se enruga.

— Estou preocupada com Teddy. — Aguardo. É uma irmã devotada a seu irmãozinho. — Preocupada com sua segurança.

— O que teme?

— Ele é o único menino York, o único herdeiro — confidencia. — Claro que há outros York, os filhos de nossa tia Elizabeth, duquesa de Suffolk; mas Teddy é o único que restou dos filhos de York. Seu pai, o rei Edward, meu pai, o duque de Clarence, e nosso tio, o rei Ricardo... estão todos mortos agora.

Registro o acorde familiar da dor que ressoa em mim ao escutar o nome dele, como se eu fosse um alaúde, com as cordas dolorosamente esticadas.

— Sim — concordo. — Sim, estão todos mortos agora.

— Daqueles três filhos de York não foi gerado mais nenhum outro. Nosso Edward é o único menino que restou.

Maggie olha-me de relance, incerta. Ninguém sabe o que aconteceu a meus irmãos Eduardo e Ricardo, vistos pela última vez brincando na grama diante da Torre de Londres, acenando da Torre do Jardim. Ninguém sabe com certeza; mas todos creem que estão mortos. O que sei, guardo em segredo, mas não é muito.

— Sinto muito — pede ela, sem jeito. — Não quis deixá-la aflita...

— Está tudo bem — respondo, como se falar do desaparecimento de meus irmãos não fosse extremamente doloroso. — Teme que Henrique Tudor possa levar seu irmão para a Torre, assim como o rei Ricardo levou os meus? E que ele tampouco retorne?

Ela torce o vestido com as mãos.

— Nem sequer tenho certeza se deveria levá-lo a Londres — exclama ela. — Devo tentar arranjar um navio e enviá-lo até nossa tia Margaret, em Flandres? Mas não sei como faria. Não tenho dinheiro para contratar um barco. E não sei a quem pedir. Acha que deveríamos fazer isso? Levar Teddy embora? Tia Margaret iria protegê-lo e mantê-lo sob sua custódia, pelo bem da Casa de York. Deveríamos fazer isso? Você saberia como fazê-lo?

— O rei Henrique não irá machucá-lo — afirmo. — Não agora, pelo menos. Talvez no futuro, quando houver se estabelecido como rei, quando estiver seguro no trono, e as pessoas não o vigiarem mais, imaginando como irá agir. Mas, nos próximos meses, procurará fazer amizades em toda parte. Ganhou a batalha, agora deve ganhar o reino. Não é suficiente matar o rei anterior, ele tem que ser aclamado pelo povo e coroado. Não arriscará ofender a Casa de York e todos que nos amam. Ora, o pobre homem talvez até precise se casar comigo para agradar a todos!

Ela sorri.

— Você seria uma rainha tão adorável! Uma rainha realmente bela! E, então, eu teria certeza de que Edward estaria a salvo, pois poderia fazer dele seu protegido, não poderia? Cuidaria dele, não? Sabe que ele não representa perigo a ninguém. Ambos seríamos fiéis à linhagem Tudor. Seríamos fiéis a você.

— Se um dia me tornar rainha, irei mantê-lo seguro — prometo-lhe, pensando em quantas vidas dependem de que eu faça Henrique Tudor honrar o noivado. — Mas, por enquanto, acredito que pode ir a Londres conosco e que estaremos a salvo com minha mãe. Ela saberá o que fazer. Já deve ter um plano preparado.

Maggie hesita. Houve uma forte rixa entre sua mãe, Isabel, e a minha, e, mais tarde, Maggie foi criada pela esposa de Ricardo, Anne, que odiava minha mãe como sua inimiga mortal.

— Ela cuidará de nós? — pergunta baixinho. — Sua mãe será gentil com Teddy? Sempre disseram que ela era rival de nossa família.

— Não há nenhuma disputa com você ou com Edward — digo para tranquilizá-la. — Vocês são sobrinhos dela. Somos todos da Casa de York. Irá protegê-los como faz conosco.

Ela se tranquiliza, confia em mim, e não faço questão de lembrar que minha própria mãe teve dois filhos, Eduardo e Ricardo, a quem amava mais do que tudo, mas não conseguiu manter a salvo. E ninguém sabe onde meus irmãozinhos estão esta noite.

Palácio de Westminster, Londres, outono de 1485

Não há comitiva de boas-vindas ao entrarmos em Londres. Quando um ou dois aprendizes e feirantes notam nossa presença nas ruas estreitas e saúdam as crianças York, nossa escolta se fecha ao nosso redor para nos levar o mais rápido possível até o pátio do Palácio de Westminster, onde os pesados portões de madeira fecham-se atrás de nós. Claramente, o novo rei Henrique não quer rivais disputando os corações da cidade, a qual, segundo ele, lhe pertence. Minha mãe está nos degraus da entrada, à frente da grande porta, a nossa espera com minhas irmãs mais novas, Catherine, de 6 anos, e Bridget, de 4 anos, uma de cada lado. Desço do cavalo e, quando me dou conta, estou nos braços dela, sentindo seu perfume familiar de água de rosas e a fragrância de seus cabelos. Enquanto ela me abraça e dá tapinhas em minhas costas, de repente me encontro em lágrimas, soluçando pela perda do homem que amei de forma tão apaixonada e pelo futuro que planejara com ele.

— Acalme-se — diz minha mãe, com firmeza, e ordena que eu entre enquanto cumprimenta minhas irmãs e meus primos. Vem atrás de mim, com Bridget apoiada em seu quadril e segurando Catherine pela mão, Anne e Cecily dançando à sua volta. Está rindo, parece feliz e muito mais jovem do que seus 48 anos. Usa um vestido azul-escuro, um cinto de couro azul sobre a cintura magra, e o cabelo amarrado para trás sob uma touca de veludo azul. Todas as crianças estão gritando de alegria quando nos leva até seus aposentos particulares e se senta com Bridget em seu joelho.

— Agora, contem-me tudo! Você realmente cavalgou durante toda a viagem, Anne? Saiu-se muito bem mesmo. Edward, meu menino querido, você está cansado? O seu pônei comportou-se bem?

Todos falam ao mesmo tempo. Bridget e Catherine estão pulando e tentando interromper. Cecily e eu esperamos que o barulho diminua, e minha mãe sorri para nós duas enquanto oferece ameixas açucaradas e cerveja fraca às crianças, que se sentam diante do fogo para desfrutar de suas guloseimas.

— E como estão minhas duas moças? — pergunta ela. — Cecily, você cresceu mais, com certeza será tão alta quanto eu. Elizabeth, querida, está pálida e magra demais. Tem dormido bem? Não está jejuando, está?

— Elizabeth diz que não tem certeza se Henrique irá se casar com ela ou não — comenta Cecily, de súbito. — E, se não o fizer, o que será de todos nós? O que será de mim?

— É claro que irá se casar com ela — replica minha mãe, com tranquilidade. — Com toda certeza. A mãe dele já falou comigo. Eles reconhecem que temos influência demais no Parlamento e no interior para que possam correr o risco de insultar a Casa de York. Ele tem que se casar com Elizabeth. Fez essa promessa há quase um ano e não tem liberdade para escolher agora. Fazia parte do plano de invasão e do acordo com seus partidários desde o começo.

— Mas ele não está bravo com o rei Ricardo? — insiste Cecily. — Ricardo e Elizabeth? E com o que ela fez?

Minha mãe se vira com uma expressão serena para minha irmã rancorosa.

— Não sei nada sobre o falecido usurpador Ricardo — retruca, como eu sabia que faria. — E vocês não sabem nada além disso. E o rei Henrique sabe ainda menos.

Cecily abre a boca como se fosse argumentar, mas um olhar gélido de minha mãe a cala.

— O rei Henrique, de fato, sabe muito pouco sobre seu novo reino, por enquanto — continua minha mãe, suavemente. — Passou a maior parte de sua vida no exterior. Mas iremos ajudá-lo e dizer-lhe tudo o que precisa saber.

— Mas Elizabeth e Ricardo...

— Essa é uma das coisas das quais ele não precisa saber.

— Ah, muito bem — diz Cecily, zangada. — Mas isso diz respeito a todos nós, não apenas a Elizabeth. Ela não é a única aqui, mesmo que se comporte como se ninguém além dela tivesse importância. As crianças Warwick sempre perguntam como poderão estar seguras, e Maggie teme por Edward. E quanto a mim? Estou casada ou não? O que acontecerá comigo?

Minha mãe franze o cenho diante dessa torrente de perguntas. Cecily casou-se com tanta rapidez, pouco antes da batalha, e seu noivo partiu antes mesmo que eles consumassem as bodas. Agora, é claro, ele está desaparecido, o rei que ordenou o casamento está morto, e tudo que todos planejaram falhou. Cecily talvez esteja solteira de novo, ou talvez seja uma viúva, ou, porventura, uma esposa abandonada. Ninguém sabe.

— Lady Margaret fará das crianças Warwick suas protegidas. E também tem planos para você. Falou muito gentilmente a seu respeito e sobre as suas irmãs.

— Lady Margaret comandará a corte? — indago, com discrição.

— Que planos? — questiona Cecily.

— Contarei a você mais tarde, quando eu mesma tiver mais informações — responde minha mãe a Cecily. Para mim, comenta: — Ela deverá ser servida de joelhos, deverá ser chamada de "Vossa Graça" e deverá ser reverenciada.

Faço uma careta de desdém.

— Não nos despedimos exatamente como melhores amigas, ela e eu.

— Quando se casar e for rainha, ela irá reverenciá-la, não importando por qual nome ela seja chamada — afirma minha mãe. — Não importa se gosta de você ou não, você ainda irá se casar com o filho dela de qualquer modo.

— Volta-se para as crianças menores: — Agora vou levá-los a seus cômodos.

— Não ficaremos em nossos aposentos habituais? — pergunto, sem pensar.

Minha mãe abre um sorriso ligeiramente forçado.

— É claro que não ficaremos mais nas dependências reais. Lady Margaret Stanley reservou os quartos da rainha para si mesma. E a família do marido dela, os Stanley, ficou com todos os melhores apartamentos. Estamos nos cômodos de segunda categoria. Você ficará no quarto antigo de Lady Margaret. Parece que ela e eu trocamos de lugar.

— Lady Margaret Stanley deveria ficar com os aposentos da rainha? — pergunto. — Ela não imaginou que eu ficaria com eles?

— Ainda não, pelo menos — diz minha mãe. — Não até o dia em que você se case e seja coroada. Até lá, ela é a primeira-dama da corte de Henrique, e está ansiosa para que todos saibam disso. Ao que parece, ordenou a todos que a chamassem de "Milady, a Mãe do Rei".

— Milady, a Mãe do Rei? — repito o estranho título.

— Sim — responde minha mãe, com um sorriso amargo. — Nada mal para uma mulher que era minha dama de companhia, e que passou o último ano afastada de seu marido e em prisão domiciliar por traição, não acha?

Mudamo-nos para os aposentos de segunda categoria do Palácio de Westminster e esperamos que o rei Henrique exija nossa presença. Ele não o faz. Mantém sua corte no palácio do bispo de Londres, próximo da Catedral de São Paulo, na City, e qualquer homem que consiga fingir pertencer à Casa de Lancaster, ou um antigo partidário secreto da causa dos Tudor, junta-se a ele e reivindica uma recompensa por lealdade. Aguardamos um convite para nos apresentarmos à corte, mas não chega nenhum.

Minha mãe encomenda vestidos novos para mim, toucados de cabeça para me deixar mais alta, novas sapatilhas que ficarão à mostra por baixo da bainha das novas vestes, e elogia minha aparência. Sou bonita como ela, com olhos acinzentados. Minha mãe era filha do casal mais belo do reino, famosa por sua beleza, e afirma com discreta satisfação que herdei a boa aparência da família.

Ela parece serena; mas as pessoas estão começando a comentar. Cecily diz que nós podemos ter voltado ao palácio real, mas é tão solitário e quieto quanto estarmos confinados em santuário. Não me dou ao trabalho de discordar dela, mas está errada. Está muito errada. Não é capaz de se lembrar de santuário como eu; não há nada, *nada* pior do que a escuridão e o silêncio, saber que não se pode sair e temer a entrada de qualquer um. Da última vez que estivemos em santuário, não pudemos sair durante nove meses, que pareceram nove anos, e pensei que padeceria e morreria sem a luz do sol. Cecily declara que ela, como uma mulher casada, nem sequer deveria estar conosco e, sim, que deveria ser liberada para se juntar ao marido.

— Acontece que você não sabe onde ele está — digo. — Provavelmente fugiu para a França.

— Ao menos fui casada — insinua. — Não me deitei com um homem casado. Não fui uma meretriz adúltera. E ao menos meu marido não está morto.

— Ralph Scrope de Upsall — respondo, mordazmente. — Sr. Ninguém de Nenhures. Se conseguir encontrá-lo, caso ainda esteja vivo, por mim, pode ir viver com ele. Se aceitá-la sem ser coagido a fazer isso. Se for seu marido sem depender de uma ordem real.

Ela dá de ombros e se afasta.

— Milady, a Mãe do Rei, irá me sustentar — retruca, na defensiva. — Sou sua afilhada. É ela quem importa, quem controla tudo agora. Irá lembrar-se de mim.

O clima está completamente errado para a época do ano, ensolarado demais, claro demais, quente demais durante o dia e úmido à noite, então ninguém consegue dormir. Ninguém além de mim. Apesar de ser amaldiçoada por sonhos, não consigo evitar dormir. Caio na escuridão toda noite e sonho que Ricardo vem até mim, sorrindo. Conta-me que a batalha acabou a seu favor, e que iremos nos casar. Segura minhas mãos enquanto protesto, alegando que me disseram que Henrique havia vencido, e me beija, chama-me de tola, uma tolinha querida. Desperto acreditando nessa verdade, e de repente, nauseada, dou-me conta da realidade ao olhar para as paredes do segundo melhor quarto, com Cecily dividindo a cama comigo, e me lembro de que meu amor jaz, morto e frio, em uma cova sem nome, enquanto o país dele sua por causa do calor.

Minha criada, Jennie, que vem de uma família de mercadores da City, conta-me que há doenças terríveis nos cortiços cheios de gente do centro da cidade. Em seguida, conta-me que dois dos aprendizes de seu pai ficaram doentes e morreram.

— A peste? — pergunto. Imediatamente, dou um passo na direção contrária à dela. Não há cura para essa doença, e tenho medo de que a carregue em si e o vento quente da peste sopre sobre mim e minha família.

— É pior do que a peste — afirma. — É diferente de tudo que já se viu. Will, o primeiro aprendiz, disse, durante o desjejum, que estava com frio e dores como se tivesse lutado com uma espada de madeira a noite toda. Meu pai disse que podia voltar para a cama, e em seguida ele começou a suar; a camisa, encharcada de suor, pingava. Quando minha mãe levou a ele um caneco de cerveja, ele disse que estava queimando e não conseguia diminuir a temperatura. Falou que iria dormir e, então, não acordou mais. Um jovem de 18 anos! Morto em uma tarde!

— E a pele dele? Tinha furúnculos?

— Sem furúnculos, sem erupções — insiste ela. — Como disse, não é a peste. É uma doença nova. Chamam-na de doença do suor, uma nova peste que o rei Henrique fez irromper sobre nós. Todos dizem que o reinado dele começou com morte e não durará. Carrega a morte consigo. Todos morreremos por sua ambição. Dizem que veio com suor e batalhará para manter o trono. É uma doença Tudor, trouxe-a com ele. É amaldiçoado, todo mundo diz isso. Estamos no outono, mas está tão quente quanto em pleno verão, e vamos todos suar até morrer.

— Pode ir para casa — digo, nervosa. — E, Jennie, fique em casa até ter certeza de que você e todos lá estão bem. Minha mãe não desejará seus serviços se houver pessoas doentes em sua casa. Não volte ao palácio até que esteja livre de quaisquer males. E vá para casa sem ver minhas irmãs ou as crianças Warwick.

— Mas estou bem! — protesta. — É uma doença rápida. Se eu a tivesse, estaria morta antes de sequer poder contar-lhe a respeito. Contanto que consiga caminhar de casa ao palácio, estou bem o bastante.

— Vá para casa — ordeno-lhe. — Mandarei chamá-la quando puder vir novamente. — Então saio e vou procurar minha mãe.

Ela não está no palácio, nem nas sombras dos cômodos vazios da rainha, nem mesmo nas trilhas frescas do jardim, mas a encontro sentada em um banco, na ponta mais distante de um cais que se estende para dentro do rio, para sentir a brisa leve que sussurra sobre a água, ouvindo o bater das ondas contra o dique de madeira.

— Filha minha — cumprimenta-me enquanto caminho em sua direção. Ajoelho sobre as tábuas para receber sua bênção, e então me sento a seu lado com os pés balançando sobre a borda. Meu próprio reflexo está me encarando, como se eu fosse uma deusa da água que vive submersa no rio, à espera para ser libertada de um feitiço, e não uma princesa solteirona que ninguém quer.

— Ouviu falar dessa nova doença na City? — pergunto-lhe.

— Sim, pois o rei decidiu que não pode realizar sua coroação e arriscar reunir tantas pessoas que podem estar doentes. Henrique terá que ser um conquistador, e não um rei coroado, por mais algumas semanas até que a doença passe. A mãe dele, Lady Margaret, está mandando rezar preces especiais; que ela mesma acompanhará. Acredita que Deus guiou seu filho até aqui, mas que agora envia uma peste para testar sua força.

Olhando para cima, em sua direção, tenho de semicerrar os olhos devido à claridade do céu. A oeste, o sol se põe em uma explosão de cores, prometendo que amanhã será mais um dia de calor fora de época.

— Mamãe, isto é feito seu?

Ela ri.

— Está me acusando de feitiçaria? Amaldiçoar uma nação com ventos de uma peste? Não, não seria capaz de fazer algo assim acontecer e, se tivesse tal poder, não o usaria. Esta é uma doença que veio com Henrique porque contratou os piores homens da cristandade para invadir este pobre país, e eles trouxeram a doença das mais escuras e sujas prisões da França. Não se trata de mágica, são homens carregando doenças consigo ao marcharem. Por isso, começou em Gales e depois veio para Londres:

ela seguiu a rota dele; não por mágica, mas pela sujeira que deixaram para trás e com as mulheres que estupraram no caminho, pobres almas. Foi o exército condenado de Henrique que trouxe a doença, apesar de todos considerarem isso um sinal de que Deus está contra ele.

— Mas é possível que sejam ambos? — pergunto. — Tanto uma enfermidade quanto um sinal?

— Não há dúvidas de que são ambos. Estão dizendo que um rei cujo reinado começa com suor deverá batalhar para manter o trono. A doença de Henrique está matando seus amigos e partidários; como se a moléstia fosse uma arma contra eles e contra o próprio rei. Está perdendo mais aliados agora, em seu triunfo, do que jamais perdeu no campo de batalha. Seria cômico se não fosse tão trágico.

— O que isso significa para nós?

Minha mãe olha rio acima, como se a própria água pudesse trazer uma resposta flutuando em direção a meus pés dependurados.

— Ainda não sei — diz, pensativa. — Não tenho certeza. Mas se ele mesmo ficasse enfermo e morresse, então o povo certamente diria que foi o julgamento de Deus sobre um usurpador e procuraria um herdeiro York para o trono.

— E temos um? — indago, minha voz pouco audível acima do barulho da água. — Um herdeiro de York?

— Claro que temos: Edward de Warwick.

Hesito.

— Temos outro? Um ainda mais próximo?

Ainda olhando na outra direção, confirma com a cabeça de modo imperceptível.

— Meu irmãozinho Ricardo?

Mais uma vez, responde com um gesto, como se não confiasse sequer ao vento suas palavras.

Engasgo.

— Você o tem em segurança, mamãe? Está certa disso? Ele está vivo? Na Inglaterra?

Ela nega com a cabeça.

— Não tenho tido notícias. Não posso dizer coisa alguma com certeza, e certamente nada para você. Temos que rezar pelos dois filhos de York, príncipe Eduardo e príncipe Ricardo, considerando-os meninos perdidos, até que alguém possa nos contar o que aconteceu com eles. — Ela sorri para mim. — E é melhor que eu não conte a você o que espero — afirma gentilmente. — Mas quem sabe o que o futuro trará se Henrique Tudor morrer?

— Você não pode desejar isso a ele — sussurro. — Deixá-lo morrer da doença que trouxe consigo?

Ela vira a cabeça para o outro lado, como se pretendesse ouvir o rio.

— Se matou meu filho, então minha maldição já está com ele — diz, em um tom categórico. — Você amaldiçoou o assassino dos nossos meninos comigo, lembra-se? Pedimos a Melusina, a deusa ancestral da família de minha mãe, que se vingasse por nós. Lembra-se do que dissemos?

— Não das palavras exatas. Lembro-me daquela noite.

Foi na noite em que minha mãe e eu estávamos consternadas de pesar e medo, aprisionadas em santuário, quando meu tio Ricardo veio e disse a ela que seus dois filhos, Eduardo e Ricardo, meus amados irmãozinhos, haviam desaparecido de seus cômodos na Torre. Foi quando minha mãe e eu escrevemos uma maldição em uma folha de papel, a dobramos no formato de um barco, ateamos fogo nela e a observamos queimar enquanto flutuava rio abaixo.

— Não recordo exatamente o que dissemos.

Ela sabe palavra por palavra, a pior maldição que já colocou em alguém; sabe-a de cor.

— Dissemos: "Saiba disto: não há justiça possível para o mal que alguém fez a nós. Então vimos até você, Senhora, Nossa Mãe, e colocamos em suas profundezas escuras esta maldição: quem quer que tenha tomado nosso primogênito de nós, que você tome o primogênito dele."

Ela vira o rosto para me encarar, as pupilas dilatadas de forma sombria.

— Lembra-se agora? Agora que sentamos aqui ao pé do rio, do mesmo rio?

Confirmo com a cabeça. Ela continua:

— Dissemos: "Nosso menino foi levado quando ainda não era homem, nem rei, apesar de haver nascido para ser ambos. Então leve o filho de seu assassino enquanto ele ainda for um menino, antes de ser um homem, antes de receber o que deve. E então tome seu neto também, e, quando tomá-lo, saberemos por essas mortes que isto é graças à nossa maldição e este é o pagamento pela perda de nosso filho."

Tremo diante do transe que minha mãe está tecendo ao nosso redor enquanto suas palavras serenas caem no rio como chuva.

— Amaldiçoamos o filho e o neto dele.

— Ele merece isso. E quando seu filho e seu neto morrerem e não lhe restar nada além de meninas, então saberemos que é o assassino de nosso menino, o menino de Melusina, e nossa vingança estará completa.

— Foi horrível o que fizemos — digo, incerta. — Uma maldição terrível sobre os herdeiros inocentes. É algo terrível desejar a morte de dois meninos inocentes.

— Sim — concorda minha mãe, calmamente. — Foi mesmo. E fizemos isso pois alguém fez o mesmo conosco. E esse alguém conhecerá minha dor quando o filho dele morrer, e quando o neto dele morrer e não tiver ninguém além de uma menina como herdeira.

As pessoas sempre comentaram em segredo que minha mãe pratica magia, e certamente sua mãe foi julgada e sentenciada por exercer as artes das trevas. Só ela sabe o quanto acredita, só ela sabe o que consegue fazer. Quando eu era menina, assisti à minha mãe convocar uma tempestade e vi a enchente do rio que levou o exército do duque de Buckingham e sua rebelião junto. Na época, pensei que tinha feito aquilo tudo com um assobio. Contou-me de névoas que ela soprou em uma noite fria para esconder o exército de meu pai, ocultando-o de forma que pudesse disparar de uma nuvem, no topo de uma colina, e pegar seus inimigos de surpresa, destruindo-os com espadas e tempestade.

Acredita-se que tenha poderes sobrenaturais, pois sua mãe veio da casa real da Borgonha, e é possível traçar a ancestralidade dela até a bruxa da água, Melusina. Certamente conseguimos ouvir o canto de Melusina quando um de seus filhos morre. Eu mesma já ouvi, e é um som que jamais esquecerei. Era um chamado suave e frio, noite após noite, e então meu irmão não estava mais brincando na Tower Green, seu rosto pálido desapareceu da janela, e choramos por ele como por um menino morto.

Os poderes que minha mãe tem, e a sorte que a favorece, mas que ela diz ser obra sua, são desconhecidos, talvez até para ela. Certamente aceita sua boa sorte e a chama de mágica. Quando eu era menina, acreditava que ela era um ser encantado com o poder de convocar os rios da Inglaterra; mas agora, quando vejo a derrota de nossa família, a perda de seu filho, a confusão em que estamos, penso que se ela conjura mágica mesmo, então suas habilidades não são muito boas.

Portanto, não fico surpresa que Henrique não morra, mesmo que a doença que trouxe à Inglaterra leve primeiro o lorde-prefeito de Londres, em seguida o seu sucessor eleito às pressas, e então outros seis secretários, quase no mesmo mês. Dizem que cada lar na cidade sofreu com uma perda, e as carroças de mortos passam pelas ruas todas as noites, como se fosse um ano de peste, e um dos piores.

Quando a doença acaba junto com o tempo frio, Jennie, minha criada, não volta ao trabalho com meu chamado, porque também está morta; toda a sua família foi acometida pelo suor e sucumbiu entre as primeiras e as últimas horas canônicas. Ninguém jamais vira mortes tão rápidas antes, e sussurra-se por toda parte contra o novo rei, cujo reinado começou com uma procissão de carroças de mortos. É somente no fim de outubro que Henrique decide ser seguro convidar os lordes e a nobreza do reino para a Abadia de Westminster, para sua coroação.

Dois arautos trazendo o estandarte dos Beaufort, com a insígnia do portão levadiço, e uma dúzia de guardas vestindo as cores dos Stanley batem à grande porta do palácio para me informar de que Lady Margaret Stanley, da família Beaufort, Milady, a Mãe do Rei, irá honrar-me com uma visita amanhã. Minha mãe inclina a cabeça diante da notícia e responde suavemente — como se fôssemos nobres demais para elevarmos nossas vozes — que estaremos encantados em ver Sua Graça.

Assim que se vão e a porta se fecha atrás deles, entramos em um frenesi sobre meu vestido.

— Verde-escuro — diz minha mãe. — Tem que ser verde-escuro.

É a nossa única cor segura. Azul-escuro é a cor real do luto, mas eu não devo, nem por um minuto, parecer estar sofrendo pela morte de meu amante e verdadeiro rei da Inglaterra. Vermelho-escuro é a cor do martírio, mas às vezes também é usado, contraditoriamente, por prostitutas para que suas peles aparentem brancura perfeita. Nenhuma dessas associações é a que queremos inspirar na mente austera da rigorosa Lady Margaret. Não pode pensar que o casamento com seu filho é um tormento para mim, deve esquecer que todos disseram que fui amante de Ricardo. Amarelo--escuro não teria problema — mas quem fica bem de amarelo? Não gosto de roxo e, de qualquer modo, é uma cor imperial demais para uma menina humilhada cuja única esperança é casar com o rei. Será verde-escuro e, como é a cor dos Tudor, não poderá fazer mal.

— Mas não tenho um vestido verde-escuro! — exclamo. — Não há tempo de arranjar um.

— Mandamos fazer um para Cecily — lembra minha mãe. — Você vestirá este.

— E o que vou usar? — protesta Cecily, indignada — Devo colocar um vestido velho? Ou não devo sequer aparecer? Elizabeth será a única a encontrá-la? O restante de nós terá que se esconder? Quer que eu vá me deitar pelo resto do dia?

— Decerto, não há necessidade de ter você aqui — diz minha mãe rispidamente. — Mas Lady Margaret é sua madrinha, então você vestirá o seu azul, e Elizabeth pode usar o seu verde. E você fará um esforço, um esforço excepcional, para ser agradável com sua irmã durante a visita. Ninguém gosta de uma garota mal-humorada, e eu não preciso de uma.

Cecily fica furiosa, mas vai para o baú de roupas em silêncio e tira de dentro seu novo traje verde. Então sacode o vestido e o traz para mim.

— Vista-o e venha para meus cômodos — ordena minha mãe. — Teremos que desfazer a bainha.

Vestida com o traje, de bainha feita e ajustado com uma nova fina faixa de tecido de ouro, espero pela chegada de Lady Margaret na câmara de audiências dos aposentos de minha mãe. Ela vem na barca real, agora sempre ao seu dispor, com um músico tocando tambor para manter o ritmo, e seus estandartes agitando com vigor na proa e na popa. Escuto os passos barulhentos de seus acompanhantes nos pedregulhos dos caminhos do jardim, em seguida sob a janela, e então o bater dos saltos metálicos de suas botas nas pedras do pátio. Abrem de supetão as portas duplas, e ela passa pelo saguão e entra no quarto.

Minha mãe, minhas irmãs e eu levantamos de nossos assentos e lhe fazemos uma reverência como suas iguais. A profundidade dessa mesura foi difícil de decidir. Oferecemos uma de altura mediana, e Lady Margaret abaixa-se fazendo uma curta mesura. Apesar de minha mãe agora ser conhecida apenas como Lady Gray, já foi coroada rainha da Inglaterra, e esta mulher era sua dama de companhia. Contudo, ainda que Lady Margaret navegue na barca real, seu filho ainda não foi coroado rei. Mesmo que ela se autointitule "Milady, a Mãe do Rei", a coroa da Inglaterra ainda não foi colocada em sua cabeça. Ele apenas agarrou a coroa ornamental que Ricardo tinha em seu elmo e precisa esperar pela coroação.

Fecho meus olhos depressa diante da ideia da coroa dourada no elmo e os olhos castanhos sorridentes de Ricardo encarando-me através da viseira.

— Gostaria de falar com a senhorita Elizabeth a sós — anuncia Lady Margaret a minha mãe, sem se incomodar em dizer sequer uma palavra de saudação.

— Sua Graça, a princesa Elizabeth de York, pode levá-la à minha câmara privada — responde minha mãe, suavemente.

Vou adiante pelo caminho. Sinto minhas costas sob seu escrutínio enquanto caminho e de repente me torno muito consciente de mim mesma. Temo que esteja gingando meus quadris ou balançando a cabeça. Abro a porta, entro na sala privativa de minha mãe e me viro para encarar Lady Margaret enquanto ela se senta, sem ser convidada, na cadeira principal.

— Pode sentar-se — diz, então me acomodo em uma cadeira de frente para ela e espero. Minha garganta está seca. Engulo em seco e espero que não perceba.

Ela me analisa de cima a baixo, como se eu estivesse me candidatando a um posto entre seu séquito, e então sorri lentamente.

— Tem sorte com sua aparência. Sua mãe sempre foi bonita, e você se parece muito com ela: clara, esguia, pele como a da pétala de uma rosa, e esses cabelos maravilhosos, dourados e da cor de bronze ao mesmo tempo. Sem dúvida você terá belos filhos. Suponho que ainda tenha orgulho de seu aspecto, não é? Suponho que ainda seja vaidosa, certo?

Não respondo; e ela pigarreia e lembra-se da razão de sua visita.

— Vim falar-lhe em particular, como amiga. Despedimo-nos em maus termos.

Despedimo-nos como duas peixeiras. Mas, naquele momento, eu estava certa de que meu amante iria matá-la e de que me tornaria rainha da Inglaterra. Agora, ao que parece, seu filho matou meu amante e meu destino está inteiramente em suas mãos brancas e recheadas de anéis.

— Lamento por isso — minto simplesmente.

— Eu também — diz ela, me surpreendendo. — Serei sua sogra, Elizabeth. Meu filho se casará com você, apesar de tudo.

Não há sentido no meu repentino ímpeto de raiva diante de seu "apesar de tudo". Fomos derrotados, minhas esperanças de felicidade e de ser uma amada rainha da Inglaterra tiveram fim sob as ferraduras dos cavaleiros Stanley comandados pelo marido dela.

Curvo minha cabeça.

— Obrigada.

— Serei uma boa mãe para você — diz, com sinceridade. — Perceberá, quando me conhecer melhor, que tenho muito amor para dar e um talento para a lealdade. Estou determinada a realizar o desejo de Deus e estou certa de que Deus escolheu você para ser minha nora, a esposa de meu filho e — sua voz se torna um sussurro de espanto ao pensar em meu destino, na promessa divina da linhagem Tudor — a mãe de meu neto.

Curvo a cabeça mais uma vez e, quando olho para cima, vejo que seu rosto está brilhando. Ela está bastante inspirada.

— Quando eu era uma menininha, nada além de uma criança, fui chamada para dar à luz Henrique — sussurra, como se estivesse em oração.

— Pensei que iria morrer por causa da dor, tinha certeza de que aquilo iria me matar. Sabia naquele momento que, se sobrevivesse, a criança e eu teríamos um grande futuro, o melhor futuro que se pode ter. Ele seria rei da Inglaterra, e eu o colocaria no trono.

Há algo muito tocante em sua expressão extasiada, como uma freira descrevendo sua vocação.

— Eu *sabia* — diz ela. — Sabia que ele seria rei. E quando conheci você, soube que estava destinada a carregar seu filho. — Seu olhar intenso volta-se para mim. — Por isso fui dura com você, por isso fiquei tão furiosa quando a vi desviar-se de seu caminho. Por isso não *suportava* quando a via fugir de sua posição, de seu destino, de sua vocação.

— Acredita que tenho uma vocação? — Estou sussurrando. Ela é absolutamente convincente.

— Será a mãe do próximo rei da Inglaterra — declara. — A rosa vermelha e a branca, uma rosa sem espinho. Terá um filho, e iremos chamá-lo Artur da Inglaterra. — Ela toma minhas mãos. — Esse é seu destino, minha filha. Irei ajudá-la.

— Artur. — Pensativa, repito o nome que Ricardo escolheu para o filho que esperava ter comigo.

— É o meu sonho — diz ela.

Era o nosso sonho também. Deixo que segure minhas mãos e não as puxo de volta.

— Deus nos uniu — conta-me com sinceridade. — Deus a trouxe para mim, e você me dará um neto. Trará paz à Inglaterra, será a paz que acaba com a Guerra dos Primos. Elizabeth, será uma pacificadora, e mesmo Deus irá chamá-la de abençoada.

Impressionada com sua visão, deixo que segure minhas mãos com toda força e não discordo.

Nunca contarei à minha mãe o que se passou entre mim e Milady, a Mãe do Rei. Ela arqueia uma sobrancelha diante de minha discrição, mas não me faz mais perguntas.

— De qualquer modo, ela não disse nada para fazê-la achar que mudou de ideia com relação ao noivado — confirma.

— Pelo contrário, assegurou-me de que iremos nos casar. Tudo prosseguirá como combinado. Prometeu ser minha amiga.

Minha mãe esconde um sorriso.

— Quanta gentileza. — É tudo o que diz. — Prestativo da parte dela.

Então aguardamos, com alguma confiança, por nossos convites para a coroação, esperando que nossa presença seja requerida ao guarda-roupa real para fazermos ajustes em nossos vestidos. Cecily, em especial, está desesperada por suas novas vestes e pela chance de mais uma vez sermos vistas como as cinco princesas de York. Somente quando Henrique reverteu o Ato do Parlamento que nos declarou bastardas, e o casamento de nossos pais, uma fraude bígama, pudemos usar nossas peles de arminho e nossas coroas de novo. A coroação de Henrique será nossa primeira chance, desde a morte de Ricardo, de aparecermos para o mundo em nossas verdadeiras cores, como princesas de York.

Estou confiante de que compareceremos à sua coroação; no entanto, nenhuma notícia chega — ainda. Estou certa de que ele deve querer que sua futura esposa lhe assista recebendo a coroa em sua cabeça e o cetro em sua mão. Mesmo que não tenha nenhuma curiosidade em me encontrar, como é possível que não queira demonstrar sua vitória diante de nós, a família real anterior? Com certeza deseja que eu o veja em seu momento de maior glória, não?

Sinto-me mais como uma princesa adormecida em um conto de fadas do que a mulher que está prometida em casamento ao novo rei da Inglaterra. Posso até viver no palácio real e dormir em um dos melhores quartos, posso até ser servida com cortesia mesmo que sem a reverência que deve ser demonstrada à família real. Mas vivo aqui discretamente, sem uma corte, sem a costumeira multidão de bajuladores, amigos e suplicantes, sem sequer ver o rei: uma princesa sem uma coroa, uma noiva sem um noivo, uma mulher prometida sem data para seu casamento.

Deus sabe que um dia fui bastante conhecida como a noiva de Henrique. Quando era um exilado pretendente ao trono, jurou na própria Catedral de Rennes que seria rei da Inglaterra e que eu era sua noiva. Mas, claro, isso foi quando estava reunindo seu exército para a invasão, desesperado pelo apoio da Casa de York e de todos os seus partidários. Agora que ganhou a batalha e dispensou seu exército, talvez ele quisesse estar livre de sua promessa também, como uma arma de que precisava naquele momento, mas não agora.

Minha mãe certificou-se de que tivéssemos vestidos novos. Todas nós, as cinco princesas de York, estamos primorosamente vestidas. Mas não temos lugar algum para ir, e ninguém sequer nos vê; somos chamadas não de "Vossa Graça", mas de "milady", como se fôssemos as filhas bastardas de um casamento bígamo, e minha mãe não fosse uma rainha viúva, mas a esposa de um nobre qualquer do interior. Nenhuma de nós se encontra em situação melhor do que Cecily, cujo casamento foi agora anulado, mas sem ter um novo marido em vista. Ela não é Lady Scrope, porém tampouco é qualquer outra coisa. Somos todas garotas sem um nome, sem uma família, sem certezas. E garotas assim não têm futuro.

Imaginei que teria minha condição de princesa restaurada, minha fortuna devolvida, que estaria casada e seria coroada em uma grande cerimônia ao lado de Henrique; mas o silêncio mostra-me que não é um noivo ansioso.

Nenhuma mensagem chega do guarda-roupa real pedindo para irmos escolher nossos vestidos para a procissão de coroação. O mestre de cerimônias não pergunta se pode vir ao palácio ensinar-nos nossa dança para o jantar de coroação. Todas as costureiras e criadas de Londres trabalham noite e dia em vestidos e toucados de cabeça; mas não para nós. Ninguém é enviado do escritório do lorde camarista para nos oferecer instruções para a procissão. Não somos convidadas a ficar na Torre de Londres na noite anterior à cerimônia, como manda a tradição. Nenhum cavalo é solicitado a nos levar da Torre até a Abadia de Westminster. Não chega nenhuma orientação quanto à ordem de prioridade do dia. Henrique não envia nenhum presente como um noivo faria a sua prometida. Absolutamente nada vem de sua mãe. Onde deveria haver alvoroço e afazeres e uma série de instruções conflitantes de um novo rei e uma nova corte ansiosos em passar uma boa impressão, há um silêncio que se torna mais e mais notável no decorrer dos dias.

— Não seremos convidadas à coroação — digo secamente à minha mãe quando estamos a sós, na hora em que vem desejar boa-noite no quarto que divido com Cecily. — É óbvio, não é?

Ela nega com a cabeça.

— Creio que não seremos.

— Como é possível que ele não me queira lá, a seu lado?

Devagar, ela caminha até a janela e olha para fora, em direção ao escuro céu da noite e à lua prateada.

— Eles provavelmente não querem uma horda de membros dos York ao lado do trono, tão próximos à coroa — comenta, rispidamente.

— Por que não?

Ela segura as venezianas e as fecha, como se para apagar a luz prateada que brilha sobre ela, conferindo-lhe um resplendor sobrenatural.

— Não tenho certeza, mas suponho que, se eu fosse a mãe de Henrique, não gostaria de ver meu filho, um pretendente ao trono, um usurpador, rei somente por direito de batalha, receber sua coroa ao lado de uma princesa, uma princesa de sangue puro, nascida na família real, amada pelo povo e bela. Acima de tudo, eu não gostaria de como o veriam nessa situação.

— Por quê? Como ele é? — pergunto.

— Comum. — Minha mãe condena-o em uma palavra maldita. — Ele é muito, muito comum.

Com o tempo, torna-se claro para todos nós, até para Cecily, que continua com uma frenética esperança praticamente até o último dia, que o novo rei será coroado sozinho, e que não me quer, bela a ponto de causar distração, a única verdadeiramente nobre, diante do altar a seu lado. Nem sequer irá tolerar-nos, a antiga família real, como testemunhas do momento em que colocar as mãos na coroa de meu amante, a coroa usada pelo homem que amei e, antes dele, por meu pai.

Nenhuma mensagem vem de Henrique ou de sua mãe, Lady Margaret Stanley, comunicando a decisão da maneira que fosse. E apesar de minha mãe e eu considerarmos escrever a Lady Margaret, nenhuma de nós suporta a humilhação de suplicar pela chance de presenciar a coroação nem de implorar para que escolha uma data para meu casamento.

— Além disso, se eu fosse à coroação dele como rainha viúva, teria prioridade em relação a ela — comenta minha mãe, de forma irascível.

— Talvez seja essa a razão de não sermos convidadas. Ela não viu nada além de minhas costas em todos os grandes eventos, durante toda a sua vida. Nunca teve uma visão que não fosse obstruída por meu toucado de cabeça e meu véu. Seguiu-me em absolutamente todos os cômodos deste palácio. E então, do mesmo modo, seguiu Anne Neville quando foi sua dama de companhia, caminhando atrás dela em sua coroação e carregando a cauda de sua saia. Talvez Lady Margaret sinta que agora é a vez de ela ser a primeira-dama da corte, e deseja que alguém a siga.

— E quanto a mim? — pergunta Cecily, esperançosa. — Eu seguraria a cauda do vestido dela. Ficaria feliz em segurar a cauda do vestido dela.

— Mas não fará isso — afirma minha mãe sem rodeios.

Henrique Tudor permanece no Palácio Lambeth até sua coroação e, se decidisse olhar para além do prato de seu desjejum, veria minha janela no Palácio de Westminster, do outro lado do rio. Presumivelmente escolhe não olhar adiante, nem tem curiosidade sobre sua noiva desconhecida, pois ainda não mandou notícias. A poucas noites da coroação, muda-se para a Torre de Londres, segundo a tradição. Ali, permanecerá nos cômodos reais, e todos os dias passará pela porta onde meus irmãos foram vistos pela última vez, todos os dias caminhará pelo jardim onde meu irmão tinha um alvo e praticava atirar com seu arco. É possível que um homem faça isso sem um arrepio atravessar-lhe a espinha, sem ter um relance do pálido rosto de um menino aprisionado, que deveria ter sido coroado rei? Será que sua mãe não vê uma leve sombra nas escadas, ou, quando se ajoelha no genuflexório real da capela, não escuta um suave eco de uma voz infantil rezando? Como podem os dois Tudor subirem as escadas de pedra em espiral da Torre do Jardim e não se deterem na porta de madeira para ouvir as vozes de dois menininhos? E, se prestam atenção em algum momento, eles não têm a certeza de escutar as preces tranquilas de Eduardo?

— Ele vai estar à procura — afirma mamãe, de modo soturno. — Interrogará todos que os vigiavam. Buscará saber o que aconteceu com os príncipes e esperará encontrar algo, alguém que possa ser subornado para se apresentar e fazer uma acusação, ou alguém que possa ser persuadido a confessar o crime, qualquer coisa para que possa pôr a culpa em Ricardo. Se conseguir demonstrar que Ricardo matou nossos príncipes, poderá justificar sua tomada do trono, pois eles estão mortos, e poderá chamar Ricardo de tirano e regicida. Se puder provar a morte deles, então a guerra de Henrique estará vencida.

— Mamãe, juraria por minha vida que Ricardo não os machucou — declaro com sinceridade. — Sei que Ricardo teria me contado se tivesse feito isso. Você sabe. Estava convencida na noite em que ele veio perguntar-lhe se havia sido você a levá-los embora, não estava? Ele não sabia do paradeiro deles ou o que havia acontecido. Pensou que você talvez estivesse com eles. Sou capaz de jurar que ele não sabia. Até o momento final, não sabia quem nomear como herdeiro. Estava desesperado para ter certeza.

O olhar de minha mãe é duro.

— Ah, acredito que Ricardo não matou os meninos. Claro que sei disso. Jamais teria permitido que você e suas irmãs ficassem sob custódia dele se pensasse que era capaz de machucar os filhos de seu próprio irmão. Porém, com certeza, ele raptou nosso príncipe Eduardo na estrada para Londres. Matou meu irmão Anthony por tentar defendê-lo. Levou Eduardo para a Torre e fez tudo o que pôde para levar meu filho mais novo, Ricardo, do mesmo modo. Não foi ele quem os matou em segredo, mas ele os colocou onde um assassino conseguiria encontrá-los. Desafiou o testamento de seu pai e tomou o trono de seu irmão. Pode não os ter matado, mas ambos deveriam ter sido deixados sob minha guarda. Ricardo de Gloucester levou Eduardo de mim, e teria levado meu filho Ricardo também. Tomou o trono e matou meu irmão Anthony e meu filho Richard Grey. Foi um usurpador e um assassino, e jamais irei perdoá-lo por esses crimes. Não preciso acrescentar outros à lista de Ricardo, ele já irá para o inferno por esses, e jamais o perdoarei.

Balanço a cabeça com tristeza ao ouvir o que minha mãe pensa do homem que amo. Não posso defendê-lo, não para ela, que perdeu seus dois meninos e ainda não sabe o que aconteceu com eles.

— Eu sei — sussurro. — Eu sei. Não estou negando que ele teve que agir em tempos terríveis. Fez, sim, coisas terríveis. Confessou-as a seu padre e rezava para ser perdoado por elas. Não faz ideia do quanto era torturado pelas coisas que tinha que fazer. Mas estou certa de que ele não ordenou a morte de meus irmãos.

— Então Henrique não encontrará nada em sua busca na Torre — constata. — Se Ricardo não os matou, não haverá corpos para Henrique trazer à tona. Talvez estejam ambos vivos, escondidos em algum lugar da Torre ou nas casas da região.

— E o que Henrique faria nesse caso? Se os encontrasse vivos? — Fico sem ar diante dessa especulação. — O que ele faria se alguém tomasse a iniciativa e dissesse que tem escondido os nossos meninos em segurança durante todo esse tempo?

O sorriso de minha mãe é triste e lento como o escorrer de uma lágrima.

— Bem, teria que matá-los — diz, simplesmente. — Se encontrasse meus filhos vivos agora, iria matá-los de uma vez e colocaria a culpa em Ricardo.

Se descobrisse meus filhos com vida, teria que matá-los para tomar o trono, assim como o seu pai matou o velho rei Henrique para ter o trono. Claro que teria que fazer isso. Todos temos consciência disso.

— E você acha que ele faria isso? Seria capaz de um ato tão terrível?

Ela dá de ombros.

— Acredito que arranjaria coragem para fazê-lo. Não lhe restaria escolha. De outro modo, teria arriscado sua vida e de seu exército por nada. Sua mãe teria passado sua vida conspirando e até casando por nada. Sim, se Henrique em algum momento encontrar seu irmão Eduardo com vida, irá matá-lo no mesmo instante. Se achar seu irmão Ricardo, terá que eliminá-lo. Para ele, não seria nada além de continuar o trabalho que fez em Bosworth. Encontraria algum modo de aplacar sua consciência. É um homem jovem que viveu sob a sombra da espada desde o momento de sua fuga da Inglaterra, quando era um menino de 14 anos, até o dia em que cavalgou de volta para lutar e reivindicar a realeza. Sabe melhor do que ninguém que qualquer pretendente ao trono deve ser morto imediatamente. Um rei não pode deixar um pretendente viver. Nenhum rei deve permitir que um pretendente viva.

A corte de Henrique vai com ele para a Torre, e cada vez mais homens juntam-se ao estandarte Tudor, agora que representa o triunfo. Ouvimos, por meio de fofocas que circulam nas ruas da cidade, sobre a rodada de recompensas que vêm do trono dos Tudor conforme Henrique distribui os espólios de Bosworth nos dias anteriores à sua coroação. Todas as terras e a riqueza de sua mãe lhe são devolvidas; ela envolve-se numa grandiosidade que sempre almejou, mas de que jamais desfrutara até agora. Seu marido, Thomas, lorde Stanley, é nomeado conde de Derby e Alto Condestável da Inglaterra, a mais alta posição no reino, em retribuição por sua grande coragem em olhar para os dois lados ao mesmo tempo, como o traidor duas caras que é. Sei, pois o ouvi fazer o juramento, prometer sua lealdade, sua mais absoluta fidelidade, a meu Ricardo; eu o vi ajoelhar-se e prometer seu amor, chegando a oferecer o próprio filho como garantia de lealdade. Jurou que seu irmão e todos os seus familiares eram verdadeiros homens de Ricardo.

Mas naquela manhã, no campo de Bosworth, ele e Sir William sentaram-se em seus cavalos, com seus poderosos exércitos atrás, e esperaram para ver para que lado a luta penderia. Quando viram Ricardo atacar sozinho o coração da batalha, mirando Henrique como uma lança, os Stanley, lorde William e Sir Thomas, agindo como uma só pessoa, surpreenderam-no pelas costas, com suas espadas em riste. Resgataram Henrique naquele momento e derrubaram Ricardo no chão quando estava prestes a enfiar sua espada no coração de Henrique Tudor.

Sir William Stanley pegou o elmo do meu Ricardo da lama, arrancou a pequena coroa de batalha e entregou o círculo dourado a Henrique: o mais vil golpe de um dia abominável. Agora, com a gratidão de um filhote de cachorro, Henrique faz de Sir William seu camarista, beija-o em cada lado da face e declara que eles são a nova família real. Cerca-se dos Stanley, não tem palavras de agradecimento suficientes. Achou seu trono e sua família em um só triunfo. É inseparável da mãe, Margaret, e sempre meio passo atrás dela está o marido, lorde Thomas Stanley, e meio passo atrás deste está seu irmão, Sir William. Henrique refestela-se no colo desses novos parentes, que colocaram seu menino no trono, e sabe que está seguro, afinal.

Seu tio Jasper, que o acompanhou em seu exílio e manteve fé na causa Tudor desde o nascimento de Henrique, está lá também, recompensado com uma parte dos espólios por uma vida de lealdade. Seu título foi recuperado, suas terras, devolvidas; poderá escolher livremente seus postos de administração. E ganha ainda mais do que isso: Henrique escreve para minha tia Katherine, a viúva do traidor duque de Buckingham, e ordena que se prepare para casar-se de novo. Jasper deverá ter não só sua mão, mas também a fortuna Buckingham. Parece que todas as mulheres Rivers fazem parte dos espólios de guerra. Ela traz a carta em mãos ao visitar minha mãe enquanto estamos sentadas nos cômodos de segunda categoria do Palácio de Westminster.

— Ele está louco? — pergunta ela à minha mãe. — Não foi suficiente que eu tenha me casado com um menino, o jovem duque que me odiava, e agora tenho que casar com mais um inimigo de nossa família?

— Você ganhará uma remuneração? — pergunta minha mãe secamente, que tem sua própria carta para mostrar à irmã. — Pois veja, aqui estão as nossas notícias. Deverei receber uma pensão. Cecily irá casar-se com Sir John Welles, e Elizabeth ficará noiva do rei.

— Bem, graças a Deus por isso, ao menos! — exclama minha tia Katherine. — Você devia estar ansiosa.

Minha mãe concorda com a cabeça.

— Ah, ele teria desrespeitado sua promessa se pudesse. Estava procurando outra noiva, tentando se livrar do juramento.

Ergo os olhos de minha costura ao escutar esse comentário, mas mamãe e sua irmã estão concentradas nas próprias cartas, com as cabeças unidas.

— Quando será? O casamento?

— Depois da coroação. — Minha mãe aponta o parágrafo. — Claro, ele não vai querer ninguém dizendo que os dois são a união de um rei com uma rainha. Desejará ser visto ocupando o trono por mérito próprio. Não quer ninguém comentando que ela já carrega a coroa de rainha. Não poderá tolerar qualquer um afirmando que conseguiu sua coroa por causa dela.

— Mas iremos todas à coroação? — pergunta minha tia Katherine. — Deixaram para muito tarde, mas...

— Não fomos convidadas — responde minha mãe sem rodeios.

— Isso é um insulto! Ele é obrigado a ter Elizabeth a seu lado.

Minha mãe dá de ombros.

— E se a saudarem? E se chamarem por nós? — questiona mamãe, calmamente. — Sabe que as pessoas gritariam seu nome, se a vissem. Sabe que os londrinos amam a Casa de York. E se o povo nos visse e chamasse por meu sobrinho, Edward de Warwick? E se eles vaiassem a Casa de Tudor e clamassem pela Casa de York? Em sua coroação? Ele não arriscará.

— Haverá integrantes de York lá — sugere Katherine. — Sua cunhada Elizabeth mudou de lado, assim como o marido dela, o duque de Suffolk, mais uma vez. O filho dela, John de la Pole, que o rei Ricardo nomeou seu herdeiro, implorou o perdão de Henrique, portanto eles estarão presentes.

Minha mãe assente com a cabeça.

— Eles devem mesmo estar. E tenho certeza de que irão servi-lo lealmente.

Minha tia Katherine tenta conter o riso, deixando escapar um ronco pelo nariz, e minha mãe não consegue evitar um sorriso.

Vou atrás de Cecily.

— Você irá se casar — conto abruptamente. — Ouvi mamãe e tia Katherine conversando.

Ela fica pálida.

— Com quem?

Percebo no mesmo instante que ela teme ser humilhada novamente por um casamento inferior, com algum partidário menor da invasão Tudor.

— Você ficará bem. Lady Margaret continua a ser sua amiga. Irá casá-la com o meio-irmão dela, Sir John Welles.

Ela solta um soluço trêmulo e se volta para mim.

— Ah, Lizzie, eu estava com tanto medo... Estive tão temerosa...

Ponho meus braços em volta de seus ombros.

— Eu sei.

— E não havia nada que eu pudesse fazer. Quando papai estava vivo, todos chamavam-me de princesa da Escócia, como se fosse me casar com o rei dos escoceses! Então fui rebaixada a ponto de ser Lady Scrope! E não tinha sequer um nome! Ah, Lizzie, fui tão má com você.

— Com todos — lembro-lhe.

— Eu sei! Eu sei!

— Mas agora você será uma viscondessa! E, sem dúvida, estará em uma posição melhor. Lady Margaret favorece a própria família acima de todos, e Henrique deve a Sir John uma recompensa por sua gratidão e apoio. Irão dar-lhe mais um título e terras. Será rica, será nobre e será uma aliada de Milady, a Mãe do Rei, será... o quê? Sua meia-cunhada? E parente da família Stanley.

— Algo para nossas irmãs? E para nossa prima Margaret?

— Nada ainda. Thomas Grey, o filho de mamãe, deve chegar em casa mais tarde.

Cecily suspira. Nosso meio-irmão tem sido como um pai para nós, ferozmente leal durante toda a nossa vida. Entrou em santuário conosco, saindo apenas para tentar libertar nossos irmãos em um ataque secreto à Torre, serviu à corte de Henrique no exílio, tentando manter nossa aliança com ele e espiando para nós o tempo todo. Quando mamãe teve a certeza de que Henrique era um inimigo a ser temido, pediu a Thomas que voltasse, mas Henrique o capturou quando estava indo embora. Desde então, ele esteve aprisionado na França.

— Foi absolvido? O rei o perdoou?

— Acredito que todos saibam que ele não fez nada de errado. Foi feito refém para assegurar nossa aliança. Henrique deixou-o como uma garantia com o rei francês, mas, agora que Tudor vê que somos obedientes, pode libertar Thomas e pagar os franceses.

— E quanto a você? — pergunta Cecily.

— Ao que parece, Henrique irá se casar comigo, pois não consegue se livrar da promessa. Mas não está com pressa alguma. Pelo visto, todos sabem que ele tentou voltar atrás.

Ela olha para mim com compaixão.

— Isso é um insulto — diz.

— É — concordo. — Mas só desejo ser rainha; não o quero como homem, então não me importa que ele não me queira como mulher.

Palácio de Westminster, Londres, 30 de outubro de 1485

Assisto da janela do meu quarto ao avanço da barca da coroação rio acima, para a Torre, sendo escoltada por dezenas de navios. Consigo ouvir a música tocando através da água. A barca real foi folheada a ouro novamente desde que navegamos nela pela última vez e brilha com uma alegre cor dourada na água fria, enquanto na proa e na popa as bandeiras do dragão vermelho de Tudor e a porta levadiça dos Beaufort agitam-se em triunfo. Henrique em si é uma figura pequenina. A esta distância consigo ver somente seu longo traje de veludo púrpura ornado com pele de arminho. Está com as mãos apoiadas no quadril, posicionado no deque elevado na parte traseira da nave para que todos consigam vê-lo, das duas margens do rio. Protejo meus olhos da luz e observo-o. Esta é a primeira vez que vejo o homem com quem devo me casar, e, longe como está, ele é do mesmo tamanho que a ponta de meu dedo mínimo. A barca segue, carregando meu pretendente a marido a sua coroação sem mim, e ele nem sequer sabe que o estou vendo. Não imagina que coloco meu mindinho contra o vidro grosso da janela para medi-lo e então estalo os dedos com desprezo.

Os remadores estão todos com librés verdes e brancas, as cores dos Tudor, e os remos, pintados de branco com as pás verdes. Henrique Tudor ordenou que colocassem cores primaveris no outono; parece que nada na Inglaterra é bom o suficiente para este jovem invasor. Apesar de as folhas caírem das árvores como lágrimas marrons, para ele, tudo deve ser verde como a grama fresca, branco como as flores de um pilriteiro, como se para convencer a todos de que as estações se inverteram e agora todos somos Tudor.

Uma segunda barca leva Milady, a Mãe do Rei, sentada em seu triunfo em uma cadeira alta, quase um trono, para que todos consigam ver Lady Margaret navegando por si, enfim. Seu marido está de pé ao lado da cadeira, uma das mãos apoiada possessivamente no espaldar dourado, leal a este rei tanto quanto ele jurou ser ao rei anterior e ao predecessor deste. Seu lema, seu ridículo lema, é *"Sans changer"*, que significa "sempre inaltera-do", mas o único aspecto dos Stanley que não se altera é sua interminável fidelidade a si mesmos.

A barca seguinte traz Jasper Tudor, o tio do rei, que carregará a coroa durante a cerimônia. Minha tia Katherine, o prêmio por sua vitória, está de pé a seu lado, a mão repousando com leveza sobre seu braço. Ela não ergue o olhar para nossas janelas, mesmo que seja capaz de adivinhar que estamos vendo. Olha adiante, firme como um arqueiro, conforme segue para testemunhar a coroação de nosso inimigo, o belo rosto bastante impassível. Já se casou antes pela conveniência de sua família e com um jovem que a odiava; está acostumada a demonstrar grandeza fora de casa e sofrer humilhação a portas fechadas. Foi o preço que pagou por uma vida inteira sendo uma das belas meninas Rivers, sempre tão próxima do trono que isso lhe marcou como uma ferida.

Minha mãe põe o braço em torno de minha cintura, observando a procissão comigo. Nada diz, mas sei que está pensando no dia em que estávamos em santuário, na escura cripta sob a capela da abadia, assis-tindo às barcas reais descerem o rio, quando coroaram meu tio Ricardo e passaram por cima do verdadeiro herdeiro, meu irmão Eduardo. Pen-sei, então, que todos morreríamos no escuro e sozinhos. Pensei que um carrasco viria a nós, em silêncio, em uma daquelas noites. Pensei que eu poderia acordar brevemente com o peso de um travesseiro em meu rosto. Pensei que jamais veria a luz do sol de novo. Era uma jovem à época e pensei que tristeza como a minha só poderia levar à morte. Estava de luto por meu pai e assustada pela ausência de meus irmãos, e pensei que logo também morreria.

Percebo que esta é a terceira barca de coroação vitoriosa que passa diante de minha mãe. Quando eu era apenas uma garotinha, e meu irmão Eduardo não havia nem nascido, ela teve de se esconder em santuário no momento em que meu pai, o rei, foi expulso da Inglaterra. Trouxeram de volta o velho rei, e minha mãe inclinou-se para olhar pela janela baixa e suja da cripta sob a igreja da Abadia de Westminster para ver Lady Margaret e seu filho Henrique navegando pelo rio, em sua pompa, para celebrar a vitória do restaurado rei Henrique de Lancaster.

Eu era só uma menininha então, e portanto não me recordo dos navios velejando nem da mãe triunfante e de seu filhinho em uma barca enfeitada de rosas vermelhas; mas me lembro do odor penetrante da água do rio e da umidade. Lembro-me de chorar até dormir à noite, completamente desnorteada com o fato de estarmos, de repente, vivendo como pessoas pobres, escondidas em uma cripta sob a capela, em vez de usufruir os mais belos palácios do reino.

— Esta é a terceira vez que você vê Lady Margaret navegando em triunfo — comento com minha mãe. — Uma vez, quando o rei Henrique foi restaurado, e ela liderou a corrida para chegar à corte dele e apresentar seu filho; outra vez, quando Ricardo tinha o marido dela em alta estima, e ela carregou a cauda do vestido da rainha Anne na coroação; e, veja, agora navega diante de você novamente.

— Sim — admite. Vejo seus olhos acinzentados estreitarem-se enquanto ela assiste à gloriosa barca dourada e ao tremular orgulhoso dos estandartes. — Mas sempre a acho tão... incapaz de convencer, mesmo em seus maiores triunfos.

— Incapaz de convencer? — repito a estranha expressão.

— Sempre me parece que é uma mulher que foi maltratada — diz minha mãe. Ela ri alto e com alegria, como se a derrota dependesse apenas de uma volta da roda da fortuna. Como se Lady Margaret não estivesse em ascensão nem fosse um instrumento da vontade gloriosa de Deus, como ela própria crê, mas só tivesse tido sorte nesta volta, e fosse quase certo de que ela cairá na próxima. — Sempre me parece uma mulher que tem muito sobre o que reclamar — explica minha mãe. — E mulheres assim são sempre maltratadas.

Ela se vira para me olhar e ri alto diante de minha expressão confusa.

— Não importa — diz ela. — De qualquer modo, temos a promessa de que Henrique irá casar-se com você assim que for coroado, e então teremos uma garota de York no trono.

— Ele mostra poucos sinais de querer casar-se comigo — retruco, secamente. — Não é como se eu estivesse sendo homenageada na procissão de coroação. Não somos nós na barca real.

— Ah, mas ele terá que cumprir a promessa — afirma, confiante. — Quer queira, quer não. O Parlamento exigirá isso dele. Venceu a batalha, mas não o aceitarão como rei sem você a seu lado. Teve que prometer. Falaram com Thomas, lorde Stanley, e ele, dentre todos os homens, entende de que lado o poder está. Lorde Stanley falou com a esposa, e ela falou com o filho. Todos sabem que Henrique tem que se unir a você, queira ou não.

— E se eu não quiser? — Volto-me para ela e ponho as mãos em seus ombros para que não possa desviar da minha raiva. — E se eu não quiser um noivo de má vontade, um pretendente à coroa que ganhou seu trono por meio de deslealdade e traição? E se disser a você que meu coração está em um túmulo sem nome em algum lugar de Leicester?

Ela não recua, e sim confronta minha tristeza enfurecida com uma expressão serena.

— Minha filha, você soube durante toda a sua vida que se casaria pelo bem do país e para a melhoria de sua família. Cumprirá seu dever como uma princesa, não importa onde seu coração esteja enterrado, se com alguém que você queira ou não, e espero que pareça feliz na posição de rainha.

— Irá me obrigar a casar com um homem que desejo ver morto?

Seu sorriso não desvanece.

— Elizabeth, você sabe tanto quanto eu que é raro uma jovem conseguir casar-se por amor.

— Você conseguiu — argumento.

— Tive o bom senso de me apaixonar pelo rei da Inglaterra.

— Assim como eu! — deixo escapar como um grito.

Ela acena com a cabeça, pondo a mão gentilmente na base de meu pescoço, e, quando me rendo, puxa-me para seu ombro.

— Eu sei, eu sei, meu amor. Ricardo teve má sorte naquele dia, e ele nunca tinha tido azar antes. Você pensou que a vitória era certa. Eu também pensei. Também apostei minhas esperanças e minha felicidade em sua vitória.

— Tenho mesmo que casar com Henrique?

— Sim, você tem. Será a rainha da Inglaterra e trará de volta a grandeza de nossa família. Restaurará a paz na Inglaterra. Estes são grandes objetivos a serem alcançados. Você deveria estar contente. Ou, pelo menos, poderia parecer contente.

Palácio de Westminster, Londres, novembro de 1485

O primeiro Parlamento de Henrique está ocupado, revertendo as leis de Ricardo, arrancando sua assinatura dos estatutos assim como arrancaram a coroa de seu elmo. Primeiro, anulam todos os atos de perda de direitos por traição que incluíam os partidários de Tudor, declarando-os esplendidamente inocentes e fiéis apenas aos interesses de seu país. Meu tio, o duque de Suffolk, e seus filhos John e Edmund de la Pole tornam-se leais aos Tudor e não são mais yorkistas, apesar da mãe deles, Elizabeth, ser filha da Casa de York e irmã de meu Ricardo e de meu falecido pai. Meu meio-irmão Thomas Grey, que fora deixado na França como refém, deverá ter seu resgate pago e será trazido para casa. O rei irá abandonar as suspeitas que nutria quando almejava o trono. Thomas escreve uma carta suplicante dizendo que jamais quis aparentar que tentou fugir da corte de retalhos do pretendente Henrique, estava apenas retornando à Inglaterra a pedido de minha mãe. E Henrique, confiante em seu novo poder, está preparado para esquecer essa traição momentânea.

Devolvem a fortuna e as propriedades da família da mãe de Henrique; nada é mais importante que construir a riqueza da mãe deste poderoso rei.

Então eles prometem pagar a pensão de minha mãe enquanto rainha viúva. Também concordam que a lei de Ricardo que dizia que minha mãe e meu pai jamais foram legalmente casados deve ser descartada como difamação. Mais do que isso, deve ser esquecida, e ninguém deve repeti-la jamais. Com um traço da pena do Parlamento Tudor, nosso nome de família nos é devolvido, e minhas irmãs e eu nos tornamos novamente legítimas princesas de York. O primeiro casamento de Cecily é esquecido, como se jamais tivesse acontecido. Ela é a princesa Cecily de York mais uma vez e está livre para se casar com o parente de Lady Margaret. No Palácio de Westminster, os servos agora fazem mesuras para nos apresentar um prato, e todos chamam-nos de "Vossa Graça".

Cecily se deleita com a súbita restauração de nossos títulos. Todas nós, princesas de York, estamos contentes de sermos nós mesmas mais uma vez. No entanto, encontro minha mãe caminhando em silêncio ao longo do rio gélido, com o capuz sobre a cabeça, seus dedos frios entrelaçados dentro do agasalho para mãos, os olhos cinzentos sobre a água cinzenta.

— Milady mãe, o que houve? — Vou na direção dela para tomar-lhe as mãos e encarar seu rosto pálido.

— Ele acha que meus meninos estão mortos — sussurra.

Olho para baixo e vejo a lama em suas botas e na barra de seu vestido. Esteve caminhando ao longo do rio por pelo menos uma hora, sussurrando para a água ondulante.

— Entre, você está congelando — peço.

Ela deixa que eu pegue sua mão e a guie pelo caminho de pedregulhos até a porta do jardim, e a ajudo a subir as escadas de pedra até sua câmara privada.

— Henrique deve ter uma prova concreta de que meus dois meninos estão mortos.

Tiro sua capa e acomodo minha mãe em uma cadeira ao lado do fogo. Minhas irmãs saíram para caminhar até as casas dos mercadores de seda, com ouro nas bolsas e criados para carregar as compras para casa, sendo servidas com cortesias, rindo com a volta de seus direitos. Somente minha mãe e eu nos debatemos aqui, trancadas em nossa tristeza. Ajoelho-me diante dela e sinto os juncos sob minha perna liberarem seu fresco perfume.

Seguro suas mãos geladas nas minhas. Nossas cabeças estão tão próximas que ninguém, nem mesmo alguém com o ouvido na porta, conseguiria ouvir nossa conversa sussurrada.

— Milady mãe — digo, baixinho. — Como sabe?

Ela curva a cabeça como se tivesse sido atingida com força no coração.

— Ele tem que saber. Deve ter certeza absoluta de que ambos estão mortos.

— Ainda esperava por seu filho Eduardo, mesmo agora?

Um pequeno gesto, como o de um animal ferido, indica que ela nunca deixou de ter esperança de que o mais velho de seus filhos York, de algum modo, houvesse escapado da Torre e ainda estivesse vivo, em algum lugar, contra todas as expectativas.

— De verdade?

— Pensei que eu saberia — responde muito baixinho. — Em meu coração. Pensei que se meu menino Eduardo estivesse morto eu saberia no mesmo instante. Pensei que seu espírito não poderia ter deixado este mundo e não ter me tocado em seu caminho. Sabe, Elizabeth, eu o amo tanto.

— Mas, mamãe, nós duas ouvimos o canto naquela noite, o canto que se segue quando um de nossa casa está morrendo.

Concorda com um gesto de cabeça.

— Ouvimos. Mas, ainda assim, eu mantive a esperança.

Há um curto silêncio entre nós enquanto observamos a morte de sua expectativa.

— Acha que Henrique fez uma busca e encontrou os corpos?

Balança a cabeça negativamente. Tem certeza de que não.

— Não. Pois, se ele tivesse os corpos, iria mostrá-los ao mundo e lhes dedicaria um grande velório para todos saberem de sua morte. Se tivesse os corpos, daria a eles um enterro real. Faria com que todos nós nos vestíssemos no azul mais escuro, de luto, por meses. Se tivesse qualquer prova de peso, iria usá-la para macular o nome de Ricardo. Se tivesse alguém que pudesse acusar de assassinato, faria essa pessoa ser julgada e enforcada em público. A melhor coisa do mundo para Henrique seria ter encontrado os dois corpos. Deve estar rezando desde que aportou na Inglaterra para encontrá-los mortos e enterrados, para que sua reivindicação ao trono seja legítima, para que ninguém possa surgir e passar-se por eles. A única pessoa na Inglaterra, esta noite, que deseja saber com mais urgência que eu do paradeiro de meus filhos é Henrique, o novo rei.

"Então ele pode não ter encontrado os corpos, mas deve ter certeza de que estão mortos. Alguém deve ter-lhe garantido que foram assassinados. Alguém em quem confia. Pois ele jamais haveria restaurado o título real a nossa família se acreditasse que temos um menino sobrevivente. Jamais teria feito de vocês, meninas, princesas de York se achasse que em algum lugar haveria também um príncipe vivo."

— Isso significa que lhe asseguraram que tanto Eduardo quanto Ricardo estão mortos?

— Deve ter certeza. De outro modo, jamais teria determinado que seu pai e eu éramos casados. O decreto que faz você voltar a ser uma princesa de York faz de seus irmãos príncipes de York. Se nosso Eduardo estiver morto, então seu irmão mais novo é o rei Ricardo IV da Inglaterra, e Henrique é um usurpador. Ele jamais teria restaurado um título real a um rival vivo. Deve ter certeza de que ambos os meninos estão mortos. Alguém deve ter jurado a ele que o assassinato foi de fato realizado. Devem ter dito que, sem dúvida, mataram dois meninos e viram-nos mortos.

— Poderia ter sido a mãe dele? — sussurro.

— É a única com motivo para matá-los, que estava aqui quando eles desapareceram e que continua viva — diz minha mãe. — Henrique estava no exílio, junto com seu tio Jasper. O duque de Buckingham, aliado de Henrique, pode ter feito isso; mas está morto, então jamais saberemos. Se alguém garantiu a Henrique, recentemente, de que está seguro, deve ser sua mãe. Os dois devem ter se convencido de que estão em segurança. Pensam que os dois príncipes York estão mortos. A seguir, ele irá pedi-la em casamento.

— Ele esperou até ter certeza de que meus dois irmãozinhos estão mortos antes de nomear-me princesa e propor-me casamento? — pergunto. O gosto em minha boca é tão amargo quanto minha pergunta.

Minha mãe dá de ombros.

— Claro. O que mais ele faria? É dessa maneira que o mundo funciona.

Minha mãe está certa. No começo de uma noite de inverno, uma tropa dos recém-nomeados soldados da guarda, elegantes em suas librés vermelhas, marcha até a porta do Palácio de Westminster, e um arauto entrega a mensagem de que o rei Henrique terá o prazer de me visitar dentro de uma hora.

— Corra — ordena mamãe, compreendendo a mensagem após uma olhada rápida. — Bess! — Ela chama a nova dama de companhia. — Vá com Sua Graça e pegue meu novo toucado de cabeça e seu novo vestido verde, e diga ao menino para trazer água quente para o quarto e a banheira agora mesmo. Cecily! Anne! Vistam-se também e vistam suas irmãs, levem as crianças Warwick até a sala de aula e digam ao professor que as mantenha lá até que eu mande buscá-las. As crianças Warwick não devem descer enquanto o rei estiver aqui. Certifiquem-se de que elas entendam isso.

— Vestirei um capuz, meu capuz negro — digo, com teimosia.

— Meu novo toucado! — exclama mamãe. — Meu toucado de pedrarias! Você será a rainha da Inglaterra, por que parecer a governanta dele? Por que parecer a mãe dele? Sem graça como uma freira?

— Pois é disso que ele deve gostar — explico depressa. — Não vê? Ele gostará de garotas sem graça como freiras. Nunca esteve em nossa corte, jamais viu os vestidos finos e as belas mulheres. Nunca viu as danças e os trajes nem o brilho de nossa corte. Ficou preso na Bretanha como um menino pobre entre serventes e governantas. Viveu em uma estalagem humilde atrás da outra. E então vem à Inglaterra e passa todo seu tempo com a mãe, que se veste como uma freira e é feia como o Diabo. Tenho que aparentar ser modesta, não grandiosa.

Minha mãe estala os dedos, exasperada consigo mesma.

— Como sou tola! Está certa! Certo! Então vá! — empurra minhas costas com leveza. — Vá e se apresse! — Ouço-a rir. — Pareça o mais simples que puder! Se conseguir não ser a garota mais bonita da Inglaterra, será excelente!

Apresso-me como ela me pede, e o rapaz traz a lenha e a grande banheira de madeira, além de lutar para subir as escadas com as jarras pesadas de água quente e entregá-las à porta. Tenho de me lavar às pressas enquanto a serva traz as jarras e enche a banheira. Então seco e torço o cabelo úmido sob o capuz triangular que pesa em minha testa, duas grandes asas de cada lado de minhas orelhas. Visto a roupa de baixo de linho e meu vestido verde, e Bess corre à minha volta passando as fitas pelas aberturas para ajustar o corpete, até que estou amarrada como um frango. Calço meus sapatos e viro-me para ela, que sorri.

— Linda. Está tão linda, Vossa Graça.

Pego o espelho de mão e vejo meu rosto refletido indistintamente na prata batida. Estou corada do calor do banho e pareço bem, meu rosto oval, meus olhos de um cinza profundo. Tento um pequeno sorriso e vejo meus lábios curvarem-se para cima, uma expressão vazia sem qualquer vislumbre de felicidade. Ricardo disse-me que eu era a moça mais bela que já nascera, que um olhar meu incendiava-o de desejo, que minha pele era perfeita, que meus cabelos eram seu deleite, que nunca dormira tão bem quanto dormia quando enterrava o rosto em minha trança loira. Não espero ouvir tais palavras de amor novamente. Não espero sentir-me bela novamente. Enterraram minha alegria e minha vaidade feminina junto ao meu amante, e não espero sentir qualquer uma das duas nunca mais.

A porta do quarto abre-se com um estrondo.

— Ele está aqui — diz Anne, sem fôlego. — Cavalgando para dentro do pátio com cerca de quarenta homens. Mamãe ordena que venha imediatamente.

— As crianças Warwick estão no andar de cima, na sala de aula?

Ela assente com a cabeça.

— Sabem que não devem descer.

Então sigo escada abaixo, a cabeça firme como se estivesse usando uma coroa em vez do pesado capuz, meu vestido verde afastando os juncos perfumados, no momento em que abrem as portas duplas e Henrique Tudor, o conquistador da Inglaterra, recém-coroado rei, o assassino de minha felicidade, entra no grande salão abaixo.

Meu primeiro pensamento é de alívio; ele é menos homem do que eu esperava. Todos estes anos sabendo que havia um pretendente ao trono esperando pela chance de invadir tornaram-no um exemplar aterrorizante, uma besta, maior que tudo. Dizem que foi protegido por uma espécie de homem gigante em Bosworth, e eu o imaginara como um gigante também. Mas aquele que entra no salão é de constituição leve, alto, porém magro, um homem de quase trinta anos com energia no andar, mas tensão em seu rosto, com olhos estreitos e castanhos como seu cabelo. Pela primeira vez, percebo que deve ser difícil viver a vida em exílio e finalmente ganhar seu reino por um fio, pela ação de um vira-casaca em uma batalha, saber que a maior parte do país não celebra sua sorte e a mulher com quem você deve se casar está apaixonada por outro: seu inimigo morto e rei legítimo. Pensei que surgiria triunfante; mas aqui vejo um homem sobrecarregado com o peso de uma estranha virada do destino, chegando à vitória por uma deslealdade imprevista, em um dia quente de agosto, sem saber até agora se Deus está com ele.

Paro na escada, as mãos na balaustrada de mármore frio, inclinando-me para vê-lo de cima. Seu cabelo castanho-avermelhado está rareando na parte mais alta da cabeça — consigo ver, de minha perspectiva, no momento em que ele tira o chapéu e se curva profundamente sobre a mão de minha mãe; então ele ergue-se e sorri para ela sem afabilidade. Sua expressão é contida, o que é compreensível, pois está vindo à casa do mais imprevisível aliado. Às vezes milady mãe apoiava seu plano contra Ricardo, e às vezes estava contra ele. Enviou o próprio filho, Thomas Grey, para sua corte como um simpatizante, mas então o convocou de volta, suspeitando de que Henrique tivesse matado nosso príncipe. Imagino que ele nunca soube se ela era amiga ou inimiga; então é claro que desconfia dela. Deve desconfiar de todas nós, princesas traiçoeiras. Deve temer minha desonestidade e, o pior de tudo, minha infidelidade.

Ele beija as pontas dos dedos de minha mãe com a maior leveza que consegue, como se esperasse dela nada além de falsos bons modos, quiçá de todos. Então se apruma e acompanha o olhar dela, que segue para o alto, e me vê parada acima, na escada.

Sabe na mesma hora quem sou, e meu aceno afirmativo de cabeça lhe diz que identifico nele o homem com quem irei me casar. Parecemos mais dois estranhos concordando em nos encarregarmos de uma tarefa desconfortável do que amantes se cumprimentando. Até quatro meses atrás, eu era a amante de seu inimigo e rezava três vezes por dia pela derrota dos Tudor. Até ontem, ele estava sendo aconselhado sobre a possibilidade de evitar seu compromisso comigo. Na noite passada, sonhei que ele não existia; acordei desejando que fosse o dia anterior a Bosworth e que ele invadiria apenas para enfrentar a derrota e a morte. Mas ele venceu a batalha e agora não pode escapar da promessa de casar-se comigo nem eu posso fugir da promessa de minha mãe de que me casarei com ele.

Desço as escadas lentamente enquanto nos avaliamos, como se para ver a realidade de um inimigo há muito imaginado. É extraordinário pensar que, querendo ou não, terei de me casar com ele, deitar-me com ele, ter seus filhos e viver com ele pelo resto de minha vida. Irei chamá-lo de marido, será meu senhor, serei sua esposa e mais um de seus bens. Jamais escaparei do poder que exerce sobre mim, até sua morte. Com frieza, pergunto-me se passarei o restante de minha existência desejando sua morte todos os dias.

— Bom dia, Vossa Majestade — cumprimento em voz baixa. Desço os últimos degraus e faço uma mesura, oferecendo-lhe minha mão.

Ele se inclina para beijar meus dedos, e então me puxa para perto de si e beija-me em uma face, depois na outra, como um cortesão francês; modos bonitos que não significam nada. Seu cheiro é de limpeza, agradável, e consigo sentir em seu cabelo o perfume fresco de um campo no inverno. Dá um passo para trás, e vejo seus olhos castanhos reservados e seu sorriso hesitante.

— Bom dia, princesa Elizabeth — responde. — Fico feliz por enfim conhecê-la.

— Aceita uma taça de vinho? — oferece minha mãe.

— Obrigado — agradece ele, mas não tira os olhos do meu rosto, como se estivesse me analisando.

— Por aqui — indica minha mãe, imperturbável, e guia o caminho até uma dependência privada ao lado do grande salão, onde há um decantador de cristal veneziano e um conjunto de taças de vinho para nós três.

O rei senta-se em uma cadeira, mas, de forma rude, não nos dá permissão para fazer o mesmo, então temos de permanecer de pé diante dele. Minha mãe despeja o vinho e serve-lhe primeiro. Ele ergue seu copo para mim e bebe como se estivesse em uma taberna, mas não faz um brinde. Parece satisfeito em sentar-se em silêncio, observando-me, pensativo, enquanto permaneço parada na frente dele como uma criança.

— Minhas outras filhas. — Mamãe as apresenta serenamente. É preciso muito para abalar minha mãe: esta é uma mulher que dormiu durante um regicídio. E, então, ela indica a porta com a cabeça. Cecily e Anne entram com Bridget e Catherine atrás. As quatro fazem reverências muito profundas. Não consigo evitar sorrir do modo como Bridget se abaixa e levanta, cheia de dignidade. É apenas uma garotinha, mas desde já não é nada menos que uma duquesa em seus modos solenes. Olha para mim em desaprovação; é uma menina de cinco anos muito séria.

— Estou muito contente em conhecê-las — afirma o novo rei de forma genérica, sem se dar ao trabalho de ficar de pé. — Estão confortáveis aqui? Têm tudo de que precisam?

— Sim, e agradeço-lhe — diz minha mãe, como se um dia não tivesse possuído toda a Inglaterra, como se este não fosse seu palácio preferido, tendo um dia sido conduzido exatamente do modo que ela comandava.

— Seu auxílio será pago trimestralmente. Milady mãe está cuidando dos detalhes.

— Por favor, dê minhas lembranças a Lady Margaret. Sua amizade ajudou-me recentemente, e seus serviços me eram muito estimados no passado.

— Ah — diz, como se não tivesse muito prazer em ser lembrado de que sua mãe foi dama de companhia da minha. — E seu filho Thomas Grey será libertado da França e poderá vir para casa, para ficar ao seu lado — prossegue, distribuindo seus bens.

— Agradeço-lhe. E, por favor, diga a sua mãe que Cecily, sua afilhada, está bem — continua minha mãe. — E agradecida pelo senhor e sua mãe haverem cuidado do futuro casamento dela. — Cecily faz mais uma curta reverência para demonstrar ao rei quem de nós é ela, e ele retribui com um aceno entediado. Ela ergue a cabeça como se desejasse lembrá-lo de que está somente aguardando que marque o dia de seu casamento, e, até que o faça, permanece sem ser viúva nem donzela. Mas ele não lhe dá oportunidade de falar.

— Meus conselheiros informaram-me de que o povo está ansioso para ver a princesa Elizabeth casada.

Minha mãe inclina a cabeça.

— Eu desejava assegurar-me pessoalmente de que você está bem e feliz — diz ele para mim. — E de que consente.

Espantada, olho para cima. Não me sinto bem muito menos feliz; continuo em luto profundo pelo homem que amo, o homem que foi morto por este novo rei e enterrado sem honra. Este homem, sentado diante de mim agora, perguntando tão educadamente se eu consinto, permitiu que seus homens despissem Ricardo de sua armadura, e então das roupas, e amarrassem seu corpo nu sobre a sela do cavalo antes de mandarem-no trotando para casa. Contaram-me que deixaram a cabeça morta pendente de Ricardo bater, no trajeto, na viga de madeira da ponte Bow quando o trouxeram para Leicester. Aquela batida, o som de um crânio morto contra um poste, ressoa pelos meus dias, ecoa em meus sonhos. Então expuseram seu corpo fraturado e nu nos degraus da capela-mor dentro da igreja para que todos soubessem que ele estava completa e totalmente morto e que qualquer chance de felicidade sob a Casa de York para a Inglaterra estava completa e totalmente acabada.

— Minha filha está bem e alegre, e é sua serva mais obediente — afirma mamãe, de modo agradável, no curto silêncio.

— E que lema escolherá? Quando for minha esposa?

Começo a me perguntar se ele veio apenas para me atormentar. Não pensei nisso. Por que teria pensado em meu lema?

— Ah, o senhor tem uma preferência? — pergunto-lhe, com a voz friamente desinteressada. — Pois não possuo nenhuma.

— Milady mãe sugeriu "humilde e penitente".

Cecily engasga com um riso, simula uma tosse e desvia o olhar, ruborizando. Minha mãe e eu trocamos um olhar horrorizado, mas sabemos que não podemos dizer nada.

— Como queira. — Consigo soar indiferente e fico satisfeita com isso. Ao menos sou capaz de fingir que não me importo.

— Humilde e penitente, então — diz baixinho para si mesmo, como se estivesse se divertindo. E agora tenho certeza de que está rindo de nós.

No dia seguinte, minha mãe vem até mim, sorrindo.

— Agora compreendo por que fomos honradas com uma visita real ontem — conta ela. — O orador do Parlamento em pessoa desceu de sua cadeira e implorou ao rei, em nome de toda a Casa, que se casasse com você. Os comuns e os lordes disseram-lhe que a questão deve ser resolvida. O povo não o apoiará como rei sem você a seu lado. Fizeram uma petição com tantos argumentos que ele não pôde negá-la. Prometeram-me isso, mas não tinha certeza de que eles teriam a coragem de prosseguir. Todos o temem, mas querem uma dama de York no trono e, mais do que qualquer coisa, que o desfecho da Guerra dos Primos se dê com um casamento entre os primos. Ninguém pode se sentir seguro de que a paz veio com Henrique Tudor se você não estiver no trono também. Não o veem como nada além de um pretendente sortudo. Disseram-lhe que querem que ele seja um rei enxertado nos Plantageneta, esta vinha vigorosa.

— Não deve ter gostado disso.

— Ficou furioso — responde, com satisfação. — Mas não houve nada que pudesse fazer. Tem que aceitar você como esposa.

— Humilde e penitente — lembro-lhe, com amargura.

— Sim, humilde e penitente — confirma minha mãe, contente. Olha para meu rosto abatido e ri. — São somente palavras. Palavras que ele pode forçá-la a dizer agora. Mas em troca nós o faremos casar-se com você, e irá tornar-se rainha da Inglaterra. E então não importará de fato qual é o seu lema.

Palácio de Westminster, Londres, dezembro de 1485

Mais uma vez, o arauto real entra pela porta com notícias de que o rei pretende nos agraciar com o prazer de uma nova visita. Mas, desta vez, tem a intenção de jantar, e cerca de vinte pessoas de sua corte virão com ele. Minha mãe ordena que os responsáveis pela copa, pela cozinha e pelas bebidas apresentem a ela um menu de pratos e vinhos que podem ser preparados e servidos naquele dia, e os coloca para trabalhar. Ela já organizou banquetes com dezenas de pratos servidos a centenas de pessoas nos seus tempos de rainha neste mesmo palácio, na época em que meu pai era o mais amado rei da Inglaterra. Sente prazer em poder mostrar a Henrique, um homem que passou quinze anos agarrando-se às margens da pequena corte da Bretanha, exilado da Inglaterra e temendo por sua vida, como um palácio verdadeiramente grandioso deve ser gerenciado.

O rapaz que traz a lenha sobe as escadas com água para mais um banho, e as crianças Warwick são banidas para seus cômodos e ordenadas a não descerem as escadas, a nem sequer serem vistas da janela.

— Por que não? — pergunta-me Margaret, entrando em meu quarto discretamente entre as servas que carregam pilhas de toalhas quentes e água de rosas para enxaguar meu cabelo. — A sua milady mãe acha que Teddy não é vivaz o suficiente para conhecer o rei? — A menina fica corada. — Ela tem vergonha de nós?

— Mamãe não quer que o rei se distraia com a presença de um menino York — respondo, brevemente. — Não tem nenhuma relação com você ou Edward. Henrique sabe sobre vocês, é claro; pode ter certeza de que a mãe dele, em sua auditoria cuidadosa de tudo que a Inglaterra possui, não se esqueceu de vocês. Colocou-os sob a proteção dela; mas estão mais seguros fora de vista.

Margaret empalidece.

— Acha que o rei levaria Teddy embora?

— Não. Mas não é preciso que jantem lado a lado. Com certeza é melhor que não os coloquemos juntos. Além disso, se Teddy dissesse a Henrique sua pretensão de ser rei, seria constrangedor.

Ela solta uma risadinha.

— Gostaria que ninguém tivesse lhe dito que era o próximo na sucessão para o trono. Ele levou muito a sério.

— É melhor que permaneça fora do caminho até que Henrique esteja familiarizado com tudo. E Teddy é encantador, mas não podemos confiar que ele não deixará escapar algo.

Ela olha em volta, para as preparações de meu banho e para meu novo vestido, trazido da City hoje mesmo pela costureira, no verde dos Tudor e adornado nos ombros com nós amor-perfeito.

— Você se importa muito em ter de fazer isso, Elizabeth?

Dou de ombros, negando minha própria dor.

— Sou uma princesa York; tenho de fazer isso. De qualquer modo, seria obrigada a casar com alguém que se encaixasse nos planos de meu pai. Fui prometida no berço. Não tenho escolha, mas nunca esperei ter uma escolha; exceto por uma vez, que agora parece uma época encantada, como um sonho. Quando a sua vez chegar, também terá que se casar conforme ordenam.

— Isso a deixa triste? — pergunta. Ela é uma menina tão adorável e séria.

Balanço minha cabeça.

— Não sinto nada — digo-lhe a verdade. — Esta talvez seja a pior parte. Não tenho nenhum sentimento sequer.

A corte de Henrique chega pontualmente; estão todos ricamente vestidos, com um meio sorriso tímido nos rostos. Metade dela é composta de antigos amigos nossos — a maioria tem laços de casamento ou de sangue conosco. Há muitas coisas que não são ditas à medida que os lordes entram e nos cumprimentam, da mesma forma como faziam quando éramos a família real, entretendo-os aqui no palácio.

Meu primo, John de la Pole, que Ricardo nomeou seu herdeiro antes de Bosworth, está aqui com sua mãe, minha tia Elizabeth. Ela e toda a sua família são, agora, membros leais dos Tudor e nos cumprimentam com sorrisos cautelosos.

Minha outra tia, Katherine, agora carrega o nome dos Tudor e caminha de braços dados com o tio do rei, Jasper; mas sua reverência a minha mãe é tão profunda como sempre, e ela se ergue para beijá-la calorosamente.

Meu tio, Edward Woodville, o irmão de minha mãe, também está entre a corte Tudor, um honrado e fidedigno amigo do novo rei. Esteve com Henrique desde que foi exilado e lutou com seu exército em Bosworth. Curva-se profundamente, segurando a mão de minha mãe, então a beija em ambas as faces, como seu irmão, e o ouço sussurrar:

— É bom vê-la de volta em seu lugar de direito, Vossa-Majestade-Lizzie!

Mamãe planejou um banquete impressionante com 22 pratos, e, depois de todos haverem comido e os pratos e as mesas em cavalete serem retiradas, minhas irmãs Cecily e Anne dançam diante da corte.

— Por favor, princesa Elizabeth, dance para nós — solicita-me o rei brevemente.

Olho para minha mãe; havíamos concordado que eu não dançaria. A última vez que dancei neste lugar foi durante o banquete de Natal e estava vestindo um traje de seda tão pura quanto o da rainha Anne, feito no mesmo molde do dela — como se tentassem forçar uma comparação entre nós duas, apesar de eu ser dez anos mais jovem. Seu marido, o rei Ricardo, não conseguia tirar os olhos de mim. A corte inteira sabia que ele estava se apaixonando e que deixaria sua mulher velha e doente para ficar comigo. Dancei com minhas irmãs, mas ele via somente a mim. Dancei diante de centenas de pessoas, mas apenas para ele.

— Por favor — insiste Henrique. Encontro seus olhos da cor de avelã e vejo que não há desculpa que eu possa dar.

Levanto-me de meu lugar e estendo a mão para Cecily, que terá de ser meu par, quer queira, quer não. Os músicos começam um saltarelo. Cecily dançou comigo muitas vezes na frente do rei Ricardo, e posso ver pela forma como ela torce a boca que também está pensando nisso. Ela pode se sentir como uma escrava obrigada a entreter um sultão, mas, nesta ocasião, a mais humilhada sou eu — e isso é um consolo para ela. É uma dança rápida, com um pulo ou salto ao final de cada passo, e somos ambas ágeis e graciosas. Giramos pelo salão, fazendo par, e então dançando com outros parceiros, encontrando-nos novamente ao centro. Os músicos terminam com um floreio, e fazemos reverência ao rei e uma à outra, então voltamos para o lado de minha mãe, um pouco rosadas, suadas e sem fôlego, enquanto os músicos descem até a pista e tocam para o rei.

Ele ouve atentamente, batendo de leve no braço de sua cadeira para marcar o ritmo. Fica claro que tem amor pela música, e, quando concluem com um floreio, recompensa-os com uma moeda de ouro; uma recompensa adequada, mas longe de ser principesca. Observando-o, consigo perceber que é tão cuidadoso com dinheiro quanto sua mãe — este é um jovem que não foi criado para acreditar que o mundo lhe devia um trono. Este não é um rapaz acostumado a uma fortuna real e a gastá-la alegremente. Não é um homem como meu Ricardo, que entendia que um nobre deve viver como um lorde e espalhar sua prosperidade por seu povo.

Em seguida, os músicos tocam para o divertimento geral, e o rei inclina--se para minha mãe e diz que gostaria de algum tempo comigo, a sós.

— É claro, Vossa Majestade. — Ela está prestes a ir para o outro lado e levar suas meninas junto, deixando-nos sozinhos no fim do grande salão.

— A sós e sem ser perturbados. — Ele a interrompe com um gesto da mão. — Em um cômodo privado.

Minha mãe hesita, e quase consigo vê-la refletindo. Em primeiro lugar, ele é o rei. Em segundo, estamos noivos. E, então, finalmente, sua decisão: ele não pode, sob hipótese alguma, ser contrariado.

— Podem ter mais privacidade na câmara atrás da grande mesa — diz ela. — Vou certificar-me de que não sejam incomodados.

Ele concorda e se levanta. Os músicos param de tocar, a corte se curva em uma centena de mesuras e, em seguida, levanta-se avidamente para nos assistir; o rei Henrique estende a mão para mim e, com minha mãe liderando o caminho, escolta-me do estrado e da mesa principal onde jantamos, pelo portal arqueado nos fundos do salão, para dentro dos cômodos privados. Todos estão extasiados enquanto nos afastamos da corte e da dança. À porta da câmara, minha mãe dá um passo para o lado e, com um leve dar de ombros, deixa-nos entrar. Então, é como se fôssemos atores saindo de um palco, de volta para nossas vidas privadas, vidas sem um roteiro.

Depois que entramos, ele fecha a porta. Do lado de fora, ouço os músicos recomeçarem a tocar, o som abafado pela madeira grossa. Como se fosse algo corriqueiro, Henrique vira a grande chave na fechadura.

— O quê? — pergunto, surpresa demais para boas maneiras. — O que acha que está fazendo?

Ele se vira para mim e coloca a mão com firmeza em torno de minha cintura, prendendo-me a seu lado com uma força irresistível.

— Vamos nos conhecer melhor — diz.

Não evito seu toque como uma donzela temerosa. Permaneço firme.

— Gostaria de voltar ao salão.

Ele senta-se em uma cadeira grande como um trono e puxa-me para baixo. Fico empoleirada desconfortavelmente em seu joelho, como se eu fosse uma mulher vulgar numa taverna, e ele, um bêbado que tivesse acabado de pagar por mim.

— Não, já disse. Iremos nos conhecer melhor.

Tento me afastar, mas ele me segura com força. Se resistir ou lutar, estarei erguendo a mão contra o rei da Inglaterra, e isso é um ato de traição.

— Vossa Majestade... — tento dizer.

— Parece que teremos que nos casar — interrompe ele, o tom de sua voz endurecendo. — Estou honrado pelo interesse que o Parlamento nutre pela questão. Sua família ainda tem muitos amigos, ao que parece. Mesmo entre aqueles que fazem votos de ser meus amigos. Pelo que me dizem, você está insistindo no casamento. Estou lisonjeado, obrigado pela atenção. Como ambos sabemos, estamos noivos há dois longos anos. Portanto, agora iremos consumar nosso noivado.

— O quê?

Ele suspira como se eu fosse cansativamente estúpida.

— Consumaremos nosso noivado.

— Eu não irei — retruco, simplesmente.

— Terá que fazê-lo em nossa noite de núpcias. Qual é a diferença de consumá-lo agora?

— Porque isto vai me desonrar! — exclamo. — Faz isso nos cômodos de minha mãe, com minhas irmãs a um passo de distância dessa porta, no palácio da minha própria mãe, antes de nosso casamento, para me desonrar!

Seu sorriso é frio.

— Não creio que haja muita honra para defender, há, Elizabeth? E, por favor, não tenha medo de que eu descubra que não é mais virgem. Perdi a conta do número de pessoas que escreveram para mim, especialmente para me contar que foi a amante do rei Ricardo. E outros que se deram ao trabalho de percorrer todo o trajeto desde a Inglaterra somente para dizer que a viram caminhando de mãos dadas com ele pelo jardim, que ele ia a seus aposentos toda noite, que era a dama de companhia de sua esposa, mas passava todo seu tempo na cama dele. E houve muitos que disseram que ela morreu envenenada e que foi você quem colocou a substância num copo. Os pós italianos de sua mãe foram gentilmente servidos para mais uma vítima. Os Rivers passam docemente por cima de mais um obstáculo.

Fico tão horrorizada que mal consigo falar.

— Nunca — juro. — Nunca teria feito mal à rainha Anne.

Ele dá de ombros como se não se importasse se sou ou não uma assassina e regicida.

— Ah, quem se importa agora? Ouso dizer que ambos fizemos coisas que preferimos não lembrar. Ela está morta, ele está morto, seus irmãos estão mortos, e você está prometida a mim.

— Meus irmãos! — exclamo, subitamente atenta.

— Mortos. Não restou ninguém além de nós.

— Como sabe disso?

— Sabendo. Aqui, aproxime-se.

— Você fala de meus irmãos mortos e ainda quer me humilhar? — Mal consigo dizer alguma coisa; estou sufocando com o abalo.

Ele inclina-se para trás e ri como se estivesse divertindo-se genuinamente.

— Mesmo? Como eu poderia humilhar uma garota como você? Sua reputação a precede em quilômetros. Já está completamente humilhada. Pensei em você durante este último ano como pouco mais que uma vadia assassina.

Fico sem ar enquanto ele me insulta, com suas mãos duras segurando minha cintura, prendendo-me a seus joelhos ossudos, como se eu fosse uma criança de má vontade diante de um carinho forçado.

— Não é possível que me deseje. Sabe que eu não o desejo.

— Não, de fato. Nem um pouco. Não sou grande apreciador de carnes podres, não quero as sobras de outro homem. E, em específico, não desejo as sobras de um homem morto. A ideia de Ricardo, o Usurpador, alisando-a em todas as partes, e você bajulando-o pela coroa deixa-me bastante enojado.

— Então deixe-me ir! — grito e tento me afastar, mas ele me segura com firmeza.

— Não, pois, como sabe, tenho que me casar com você; a bruxa de sua mãe certificou-se disso. As câmaras do Parlamento certificaram-se disso. Mas insisto em descobrir se você é fértil. Quero saber o que vou ganhar.

Uma vez que sou forçado a me casar com você, devo insistir em uma noiva fértil. Temos que ter um príncipe Tudor. Seria um total desperdício se você se mostrasse estéril.

Luto de verdade agora, tentando me levantar, tentando me afastar, tentando me desvencilhar de suas mãos, tirando seus dedos de minha cintura, mas ele não me solta; suas mãos seguram-me como se fosse me estrangular.

— Agora terei que forçá-la? — pergunta ele, um pouco sem fôlego. — Ou você erguerá esse vestido lindo para mim, e podemos terminar nosso assunto para voltar ao jantar de sua mãe? Talvez você dance para nós novamente? Como a meretriz que é?

Por um momento fico paralisada de horror, olhando para seu rosto magro. Então, para minha surpresa, ele agarra meu pulso subitamente, mas solta minha cintura. Em seguida, pulo de seu colo, erguendo-me diante dele. Em um último pensamento, considero torcer meu braço para me libertar e correr até a porta, mas minha pele está ardendo no lugar onde me segura, e a dureza de sua expressão deixa claro que não há escapatória, nenhuma possibilidade de escapatória. Meu rosto se torna escarlate, e lágrimas chegam aos meus olhos.

— Por favor — peço, sem forças. — Por favor, não me obrigue a fazer isso.

Ele quase dá de ombros, como se não houvesse nada que pudesse fazer além de segurar meu pulso como se eu fosse uma prisioneira. Com sua mão livre, gesticula para que eu levante a bainha de meu vestido, meu vestido da cor verde dos Tudor.

— Irei de bom grado até você esta noite... — ofereço. — Irei em segredo a seus aposentos.

Ele solta uma dura risada, condenando meu comportamento.

— Entrar às escondidas na cama do rei pelos bons e velhos tempos? Então é mesmo uma vadia, exatamente como imaginei. E a terei como uma vadia. Aqui e agora.

— Meu pai... — sussurro. — Você está na cadeira dele, na cadeira de meu pai...

— Seu pai está morto, e seu tio não foi um grande protetor de sua honra — rebate e solta uma risada engasgada, como se estivesse de fato se divertindo. — Vá logo. Levante seu vestido e suba. Cavalgue em mim. Não é nenhuma virgem. Sabe como se faz.

Segura-me com força enquanto me inclino devagar e levanto a bainha de meu vestido. Com a outra mão, ele abre sua calça e encosta-se na cadeira com as pernas abertas. Obedeço a seu gesto e ao puxão em meu braço, e vou em sua direção.

Uma das mãos ainda está segurando meu pulso enquanto a outra mão retira minha roupa íntima meticulosamente bordada, e ele me faz subir nele como a vadia que me julga ser. Puxa-me para onde está sentado, na cadeira, e me penetra não mais que uma dúzia de vezes. A cada movimento, sinto seu hálito quente em meu rosto, picante do jantar, e fecho os olhos, virando o rosto para o outro lado e prendendo a respiração. Não ouso pensar em Ricardo. Se pensar em Ricardo, que costumava tomar-me com tanto deleite e sussurrava meu nome de prazer, irei vomitar. Misericordiosamente, Henrique geme em prazer momentâneo, e abro meus olhos para descobrir que está me observando, seus olhos castanhos inexpressivos. Ficou assistindo como se eu fosse uma prisioneira na cremalheira de seu desejo, e conseguiu se satisfazer sem nem piscar.

— Não chore — pede ele depois que desço e enxugo-me com o linho fino de minha roupa íntima. — Como poderá sair para encarar sua mãe e minha corte se estiver chorando?

— Você me machucou — respondo, ressentida. Mostro-lhe o vergão vermelho em meu pulso e inclino-me para recolocar minha roupa íntima amarrotada e meu vestido amassado, feito no alegre verde dos Tudor.

— Lamento por isso — desculpa-se, indiferente. — Tentarei não a machucar no futuro. Se não tentar escapar, não precisarei segurá-la com tanta força.

— No futuro?

— Sua dama de companhia, sua charmosa irmã ou até sua agradável mãe me deixará entrar em seus aposentos. Irei até você. Jamais entrará na cama do rei de novo, nem pense nisso. Pode dizer a sua irmã, ou a quem quer que durma com você, que deverá dormir em outro lugar. Irei todos os dias antes da meia-noite, em um horário de minha escolha. Algumas noites irei mais tarde. Terá que esperar acordada. Pode dizer a sua mãe que esse é o meu e o seu desejo.

— Ela nunca acreditará nisso — retruco, irritada, esfregando as lágrimas de meu rosto e mordendo meus lábios para trazer a cor de volta a eles. — Nunca achará que o convidei para fazer amor.

— Compreenderá que desejo uma noiva fértil — retruca com astúcia. — Irá compreender que você deverá estar carregando meu filho no dia do casamento, ou não haverá casamento. Não serei tolo a ponto de deixar que me forcem a um matrimônio com uma noiva estéril. Nós concordamos com isso.

— Nós? — repito. — Não! Eu não concordo com isso! Jamais disse que concordava com isso! E minha mãe jamais acreditaria que consenti ser humilhada por você, que decidimos isso juntos. Saberá de imediato que este não é meu desejo, e sim o seu, e que você me forçou.

Ele sorri pela primeira vez.

— Ah, não, você entendeu mal. Eu não disse "nós" me referindo a você e eu. Não consigo me imaginar falando de você e eu como "nós". Não; referia-me a mim e minha mãe.

Paro de mexer em minha saia e viro-me para encará-lo, boquiaberta.

— Sua mãe concordou que você deveria me estuprar?

Ele assente com a cabeça.

— Por que não?

— Porque ela disse que seria minha amiga — gaguejo. — Porque disse que viu meu destino! Porque disse que rezaria por mim!

Ele não parece se abater com meu comentário, não vendo contradição entre a ternura dela comigo e sua ordem de que eu deveria ser estuprada.

— Claro que ela acredita que este seja seu destino. Tudo isto. — Seu gesto se refere a meu pulso ferido, a meus olhos vermelhos, à minha humilhação, à carne viva em minha virilha e à dor em meu coração. — Tudo isto é a vontade de Deus, do modo como milady mãe a vê.

Estou tão horrorizada que sou incapaz de fazer algo além de encará-lo.

Ele ri e levanta-se para colocar a bainha de sua camisa de linho para dentro da calça e amarrar a abertura.

— Fazer um príncipe para o trono Tudor é um ato de Deus. Minha mãe o consideraria quase um sacramento. Por mais doloroso que seja.

Com violência, enxugo as lágrimas de meu rosto.

— Então você serve a um deus duro, e a uma mãe mais dura ainda — falo, cuspindo nele.

Ele concorda.

— Sei disso. Foi a determinação deles que me trouxe até aqui. É a única coisa com que posso contar.

Henrique cumpre sua palavra e me visita, como um homem visitando um boticário em busca de sanguessugas ou remédio, toda noite, sem falta, mas também sem prazer. Minha mãe, com os lábios contraídos, muda meu quarto para um mais próximo das escadas privadas que dão no jardim e no píer, onde aporta a barca do rei. Diz a Cecily que deverá ficar com nossas irmãs, e que dormirei sozinha agora. O rosto de minha mãe, lívido de fúria, impede qualquer pergunta ou comentário, até mesmo de Cecily, que mal consegue se conter de curiosidade.

Milady mãe em pessoa permite a entrada de Henrique pela porta externa destrancada e escolta-o em gélido silêncio até meu cômodo. Jamais dirige sequer uma palavra de boas-vindas a ele; leva-o porta adentro e porta afora como a um inimigo, a cabeça erguida em desprezo. Espera por ele no salão privado com uma vela acesa e a lareira quase apagada. Não diz nenhuma palavra de despedida quando ele se vai, mas abre e tranca a porta às costas dele com uma fúria silenciosa. Ele deve ter uma determinação de ferro para entrar e sair de meu quarto diante do ódio silencioso da minha mãe, seus olhos cinzentos queimando as costas magras do rei como ferros em brasa.

Em meu quarto, permaneço em silêncio também, mas depois das primeiras visitas ele fica mais seguro, parando para um copo de vinho antes de realizar seu objetivo, perguntando-me o que fiz durante o dia, contando-me sobre seu próprio trabalho. Começa a se sentar na cadeira diante da lareira e comer alguns biscoitos, queijos e frutas antes de desamarrar suas calças e me possuir.

Enquanto está sentado, olhando as chamas, fala comigo como a um igual, como a alguém que talvez se interesse por seu dia. Conta-me as notícias da corte, dos muitos homens a quem está concedendo perdão e que espera unir a seu reinado, e seus planos para o país. Apesar de tudo, mesmo começando a noite com um silêncio furioso, vejo-me contando a ele o que meu pai fez neste ou naquele condado, ou o que Ricardo planejara fazer em seu governo. O rei ouve com atenção e, às vezes, diz:

— Ótimo, obrigado por me contar. Não sabia disso.

Ele sente-se constrangido por ter passado a vida no exílio, fala inglês com sotaque estrangeiro — parte bretão, parte francês — e nada sabe sobre o país que chama de seu, exceto pelos ensinamentos de seu devotado tio Jasper e dos tutores que este contratou. Tem uma memória vívida e afetuosa de Gales da época em que era menino e protegido de William Herbert, um dos melhores amigos de meu pai. Tudo o mais, porém, ele soube por intermédio de professores, do tio Jasper, e dos confusos e mal traçados mapas dos exilados.

Possui uma lembrança poderosa, que relata como uma fábula, de ir até a corte do rei louco — quando meu pai era o rei em exílio, e minha mãe, minhas irmãs e eu estávamos presas na escuridão fria de santuário pela primeira vez. Lembra-se disso como o apogeu de sua infância, quando sua mãe tinha certeza de que seriam restaurados e se tornariam a família real para sempre, e ele inesperadamente acreditara nela, soubera que Deus estava guiando-a ao destino Beaufort e que ela estava certa.

— Ah, assistimos a vocês passarem em sua barca — conto, lembrando-me. — Vi você no rio iluminado pelo sol, navegando até a corte, enquanto estávamos todas presas e enjoadas da escuridão.

Ele diz que se ajoelhou e foi abençoado por Henrique VI, sentindo, com aquele leve toque da mão real em sua cabeça, que havia sido tocado por um santo.

— Ele era mais um homem santo que um rei — diz para mim com urgência, como um missionário querendo que alguém acredite. — Era possível sentir isso nele, era um santo; era como um anjo.

Então, de repente, ele cai em silêncio, como se lembrasse que esse é o homem que foi assassinado em seu sono por meu próprio pai, quando o rei louco foi tão tolo quanto uma criança ao acreditar na honra duvidosa da Casa de York.

— Um santo e um mártir — acrescenta ele, em tom acusatório. — Morreu depois de dizer suas preces. Morreu em estado de graça. Pela mão daqueles que eram pouco mais do que hereges, traidores, regicidas.

— Suponho que sim — murmuro.

Toda vez que conversamos, parecemos lembrar um ao outro de um conflito; nosso simples toque espalha manchas de sangue entre nós.

Ele tem consciência de que tomou uma atitude vil quando declarou o início de seu reinado no dia anterior à batalha que matou Ricardo. Todos que lutaram ao lado do verdadeiro rei naquele dia podem, agora, ser considerados traidores e legalmente executados. Colocou a justiça de ponta-cabeça e começou seu reinado como um tirano.

— Ninguém nunca fez algo assim antes — comento. — Mesmo os reis de York e Lancaster aceitaram que se tratava de uma rivalidade entre duas casas, e que um homem poderia escolher um lado ou outro com honra. O que você fez foi chamar de traidores homens que não tinham feito nada além de sofrer. Tornou-os traidores por terem feito nada além de perder. Está dizendo que quem ganha detém a moral.

— Parece severo — admite ele.

— Parece má-fé. Como podem ser chamados de traidores quando estavam defendendo o rei coroado contra uma invasão? É o oposto da lei e do bom senso. Deve ser contra a vontade de Deus também.

Ele sorri como se nada tivesse importância maior do que o estabelecimento do reinado Tudor, acima de qualquer coisa.

— Ah, não, certamente não é contra a vontade de Deus. Minha mãe é uma mulher devota, e ela crê que não.

— E ela deve ser a única a julgar? — pergunto, com tom desafiador. — O desejo de Deus? A lei da Inglaterra?

— Certamente, o julgamento dela é o único no qual confio — responde, então sorri. — Certamente, eu colocaria os conselhos dela acima dos seus.

Ele toma uma taça de vinho e então me chama para a cama com uma vivacidade alegre, que eu começo a acreditar ser um disfarce para o próprio desconforto diante do que está fazendo. Deito de barriga para cima, parada como uma pedra. Nunca tiro meu vestido, nunca sequer ajudo quando ele o ergue para não atrapalhar. Permito que me use sem dizer nenhuma palavra de protesto e viro meu rosto para a parede de forma que a primeira vez, a primeiríssima vez, em que se inclina para beijar minha bochecha, seus lábios tocam minha orelha, e ignoro como se fosse o zumbido de uma mosca.

Palácio de Westminster, Londres, dias de Natal, 1485

Depois de três longas semanas, vou até minha mãe.

— Minha menstruação não veio — revelo, sem exaltação. — Suponho que isso seja um sinal.

O deleite em seu rosto é resposta suficiente.

— Ah, querida!

— Ele tem que se casar comigo de imediato. Não serei publicamente humilhada por eles.

— Ele não terá razão para adiar. Era isto que eles queriam. Como você é fértil! Mas eu também era assim, e minha mãe também. Somos mulheres abençoadas com filhos.

— Sim. — Não consigo acrescentar qualquer alegria em minha voz.
— Não me sinto abençoada. Não é como se este fosse um bebê concebido com amor. Nem sequer em matrimônio.

Ela ignora a desolação em minha voz e o cansaço em meu rosto pálido. Puxa-me para perto e coloca a mão em minha barriga, que está tão magra e reta como sempre foi.

— É uma bênção — assegura-me. — Um novo bebê, talvez um menino, talvez um príncipe. Não importa que tenha sido concebido sem amor; o que importa é que ele cresça forte e alto, e que o transformemos num de nós, uma rosa de York no trono da Inglaterra.

Fico parada e quieta sob seu toque, como uma obediente égua parideira, mas sei que está certa.

— Você contará a ele ou devo contar?

Imediatamente, ela começa a planejar.

— Você contará. Ele ficará feliz em ouvir isso de você. É a primeira boa notícia que pode levar a ele. — Sorri para mim. — A primeira de muitas, espero.

Não consigo retribuir o sorriso.

— Suponho que sim.

Naquela noite, Henrique chega cedo. Sirvo-lhe o vinho e ergo minha mão em recusa quando tenta me levar à cama.

— Minha menstruação não veio — conto, em voz baixa. — Posso estar grávida.

É impossível não ver a felicidade em seu rosto. Ele fica corado, toma minhas mãos e me puxa para perto de si, quase como se fosse me envolver em seus braços, quase como se quisesse me abraçar com amor.

— Ah, estou contente — diz ele. — Muito contente. Obrigado por me contar, isso deixa meu coração mais leve. Deus a abençoe, Elizabeth. Deus abençoe você e a criança que carrega. Esta é uma ótima notícia. É a melhor das notícias.

Ele vai até a lareira e vira-se para mim de novo.

— É uma notícia tão boa! E você é tão linda! E tão fértil!

Assinto com a cabeça, meu rosto petrificado.

— E sabe se será um menino? — pergunta ele.

— É cedo demais para saber qualquer coisa — respondo. — E uma mulher pode deixar de menstruar por infelicidade ou por choque.

— Então espero que não esteja infeliz ou chocada — comenta alegremente, como se quisesse esquecer que estou de coração partido e que fui estuprada. — E espero que você tenha um menino Tudor aí dentro.

Ele dá tapinhas de leve em minha barriga como se já fôssemos casados; um toque possessivo.

— Isto é tudo que importa — diz ele. — Já contou à sua mãe?

Nego com a cabeça, sentindo um pequeno prazer rebelde em mentir para ele.

— Aguardei para contar as boas novas a você primeiro.

— Contarei à minha mãe quando chegar em casa esta noite — declara ele, incapaz de notar meu tom deprimido. — Não há notícia melhor que essa para eu lhe dar. Ela chamará o padre para um *Te Deum*.

— Você chegará tarde em casa — comento. — Já passa de meia-noite agora.

— Ela espera por mim acordada. Nunca dorme antes de eu chegar.

— Por que motivo? — pergunto, achando graça.

O rei fica vermelho.

— Ela gosta de me ver deitar — admite. — Gosta de me dar um beijo de boa-noite.

— Ela lhe dá um beijo de boa-noite? — questiono, pensando no coração duro da mulher capaz de enviar o filho para me estuprar e depois esperá-lo para lhe dar um beijo de boa-noite.

— Durante tantos anos ela não pôde me beijar antes de dormir — revela, em voz baixa. — Durante tantos anos ela não soube onde eu dormia, ou sequer se eu dormia em segurança. Ela gosta de marcar minha testa com o sinal da cruz e me dar um beijo de boa-noite. Mas hoje, quando vier me abençoar, contarei a ela que você está grávida e que espero que seja um menino!

— *Acho* que estou grávida — digo, com cautela. — Mas são os primeiros dias. Não posso ter certeza. Não diga a ela que eu afirmei ter certeza.

— Eu sei, eu sei. E você deve pensar que fui egoísta, preocupando-me apenas com a casa Tudor. Mas, se tiver um menino, sua família pertencerá à casa real da Inglaterra, e seu filho será rei. Você estará na posição que nasceu para ocupar, e a Guerra dos Primos terá acabado para sempre, com um casamento e um bebê. É assim que deve ser. Este é o único final feliz que pode haver para esta guerra e para este país. Você terá nos trazido a paz. — Ele me encara como se quisesse me envolver em seus braços e me beijar. — Você nos trouxe paz e um final feliz.

Bloqueio seus avanços com meu ombro.

— Eu havia imaginado outros finais — digo, recordando o rei que amara, que queria que eu tivesse um filho seu e que disse que o chamaríamos de Artur, em honra a Camelot; um herdeiro real que não seria concebido com frieza e amargura, mas com amor em calorosas reuniões secretas.

— Mesmo agora ainda pode haver outros finais — observa com cautela, tomando minha mão e segurando-a gentilmente. Abaixa o tom de voz como se pudesse haver espiões neste que é o mais privado de nossos cômodos. — Ainda temos inimigos. Estão escondidos, mas sei que existem. E se você tiver uma menina, não adianta nada para mim, e tudo isto terá sido em vão. Mas nos esforçaremos e rezaremos para que seja um menino Tudor que você carrega. E direi à minha mãe que ela pode fazer os arranjos do nosso casamento. Ao menos sabemos que você é fértil. Mesmo que fracasse e tenha uma menina desta vez, sabemos que pode ter filhos. E da próxima vez talvez tenhamos um menino.

— O que faria se eu não concebesse uma criança? — pergunto com curiosidade. — Se tivesse me possuído, mas nenhum bebê viesse?

Começo a perceber que este homem e sua mãe têm um plano para tudo; que estão sempre preparados.

— Sua irmã — revela bruscamente. — Eu teria me casado com Cecily. Engasgo com o choque.

— Mas você não disse que ela se casaria com Sir John Welles?

— Sim. Mas, se você fosse estéril, eu ainda precisaria casar com uma mulher que pudesse me dar um filho da Casa de York. Teria que ser ela. Eu cancelaria o casamento dela com Sir John e a tomaria como esposa.

— E a teria estuprado também? — cuspo, puxando minha mão da sua. — Primeiro eu e depois minha irmã?

Ele dá de ombros e vira as palmas das mãos para o alto, num gesto tipicamente francês — nada como um inglês faria.

— Claro. Não me restaria escolha. Tenho que saber se qualquer pretendente é capaz de me dar um filho. Até mesmo você deve saber que não estou tomando o trono só para mim, mas para formar uma nova família real. Não estou me unindo a uma esposa apenas por mim, mas para formar uma nova família real.

— Então somos como o povo mais pobre do interior — digo, com amargura. — Só se casam quando um bebê nasce. Sempre dizem que só se compra uma novilha que já venha com o bezerro.

Ele solta uma risadinha, sem se abalar.

— Dizem isso? Então sou mesmo um inglês. – Ele amarra os cordões em seu cinto e gargalha. — Ao que parece, sou um camponês inglês! Contarei isso à milady mãe esta noite, e ela decerto virá visitá-la amanhã. Rezou toda noite para que isto acontecesse, desde que comecei a vir aqui.

— Rezava enquanto você me estuprava? — pergunto.

— Não é estupro. Pare de dizer isso. É uma tola por usar essa palavra. Por sermos noivos, não pode ser estupro. Como minha esposa, não pode me recusar. Tenho direitos sobre você como seu marido prometido. De agora até a sua morte, jamais poderá me recusar. Não pode haver estupro entre nós, somente os meus direitos e o seu dever.

Ele me encara e vê o protesto morrer em meus lábios.

— Seu lado perdeu em Bosworth — observa. — Vocês são os espólios da guerra.

Palácio de Coldharbour, Londres, banquete de Natal, 1485

Para celebrar os dias de Natal, sou convidada a visitar meu prometido em sua corte, e levam-me aos mais requintados cômodos do Palácio de Coldharbour, onde a mãe dele mantém a corte. Quando entro, com minha mãe e minhas duas irmãs caminhando atrás de mim, cochichos se espalham pelo lugar. Uma dama de companhia, lendo a Bíblia em voz alta, olha para cima e, ao me ver, interrompe a leitura. O silêncio domina. Lady Margaret, sentada em uma cadeira sob um baldaquino, como se fosse uma rainha coroada, ergue o olhar e observa-nos calmamente enquanto nos aproximamos.

Faço uma reverência. Atrás de mim, vejo os movimentos cuidadosamente calculados da mesura de minha mãe. Praticamos esse difícil movimento nos aposentos dela, tentando determinar qual deveria ser o exato nível de deferência. Mamãe tem uma grande antipatia por Lady Margaret agora, e eu nunca irei perdoá-la por dizer a seu filho que me estuprasse antes de nosso casamento. Cecily e Anne são as únicas que se curvam sem complicações, como um par de princesas menores diante da todo-poderosa mãe do rei. Cecily chega até a erguer-se com um sorriso simpático, uma vez que é a afilhada de Lady Margaret e conta com a boa vontade dessa poderosa mulher para garantir a concretização de seu casamento. Minha irmã não sabe, e jamais contarei a ela, que, se eu não pudesse ter filhos, a teriam tomado de modo tão frio quanto fizeram comigo, e ela teria sido estuprada em meu lugar enquanto essa mulher com rosto de pedra rezava por um bebê.

— Sejam bem-vindas a Coldharbour — cumprimenta Lady Margaret. Creio que o nome do lugar é apropriado, pois é uma enseada miserável e hostil. — Assim como à nossa capital — continua, como se nós não tivéssemos sido criadas aqui em Londres enquanto ela estava presa com um marido pequeno e sem influência no interior, seu filho exilado e sua casa completamente derrotada.

Minha mãe examina o cômodo e nota as almofadas de tecido de segunda mão sobre o assento da janela, e que todas as melhores tapeçarias foram substituídas por réplicas inferiores. Lady Margaret Beaufort é uma governanta cuidadosa, para não dizer cruel.

— Obrigada — agradeço.

— Já estou cuidando dos preparativos para o casamento — comenta ela. — Pode vir tirar as medidas para o vestido no guarda-roupa real na próxima semana. Suas irmãs e sua mãe também. Decidi que todas deverão estar presentes.

— Devo estar presente em meu próprio casamento? — pergunto secamente, e vejo-a ruborizar de irritação.

— Toda a sua família — corrige-me.

Minha mãe lhe oferece seu sorriso mais insípido.

— E quanto ao príncipe de York? — questiona.

Há um silêncio repentino, como se uma súbita nevasca tivesse congelado o lugar.

— O príncipe de York? — repete Lady Margaret devagar, e ouço um tremor em sua voz dura. Olha para minha mãe com horror crescente em seu rosto, como se algo terrível estivesse prestes a ser revelado. — O que você quer dizer? Que príncipe de York? O que está dizendo? O que quer dizer?

Minha mãe a encara, inexpressiva.

— Esqueceu-se do príncipe de York?

Lady Margaret empalidece por completo. Consigo ver a força com que segura os braços da cadeira, as unhas ficando brancas com o esforço, tamanho é seu pânico. Olho brevemente para minha mãe; ela está se divertindo, como um domador de ursos provocando o animal com uma vara longa.

— O que quer dizer? — indaga Lady Margaret, a voz aguda de medo.

— Não pode estar insinuando que... — Ela para de falar com um pequeno engasgo, como se estivesse com medo do que poderia dizer a seguir. — Não é possível que você esteja dizendo...

Uma de suas damas se aproxima.

— Vossa Graça, está se sentindo mal?

Minha mãe observa com frio interesse, como uma alquimista observaria uma transformação. A arrivista mãe do rei está trêmula de medo perante a simples menção de um príncipe de York. Minha mãe permanece calada um instante para apreciar essa cena e então a liberta do feitiço.

— Estou falando de Edward de Warwick, filho de George, duque de Clarence — responde, brandamente.

Lady Margaret solta um suspiro trêmulo.

— Ah, o menino Warwick — diz ela. — O menino Warwick. Havia me esquecido do menino Warwick.

— Quem mais? — pergunta minha mãe com a voz suave. — De quem achava que eu estava falando? Quem mais poderia ser?

— Não havia me esquecido das crianças Warwick. — Lady Margaret tenta recuperar a dignidade. — Pedi vestes para elas também. E vestidos para suas filhas mais novas.

— Fico muito feliz — diz minha mãe agradavelmente. — E a coroação de minha filha?

— Seguirá posteriormente — responde Lady Margaret, tentando esconder que está arfando como uma carpa fora d'água, ainda se recuperando do choque. — Depois do casamento. Quando eu decidir.

Uma de suas damas vai até ela com uma taça de malvasia, da qual toma um gole, depois outro. A cor volta às suas bochechas com o vinho doce.

— Depois do casamento eles viajarão para se exibirem ao povo. A coroação acontecerá após o nascimento de um herdeiro.

Minha mãe assente com a cabeça, como se a questão fosse indiferente para ela.

— Claro, é uma princesa desde o nascimento — comenta, demonstrando discreta felicidade pelo fato de que nascer princesa é muito melhor do que ser um pretendente a rei.

— É meu desejo que a criança nasça em Winchester, no coração do antigo reino, o reino de Artur — afirma Lady Margaret, lutando para reconquistar sua autoridade. — Meu filho veio da casa de Artur Pendragon.

— Verdade? — exclama minha mãe, com extrema doçura. — Pensei que fosse de um bastardo Tudor e de uma princesa viúva Valois. E, este, um casamento secreto, nunca comprovado? Como isto pode ser traçado até o rei Artur?

Lady Margaret empalidece de raiva, e quero puxar a manga de minha mãe para lembrá-la de não atormentar essa mulher. Ela abalou Lady Margaret mencionando um príncipe de York, mas somos suplicantes nesta nova corte, e não há benefício algum em deixar a mulher mais importante do reino furiosa.

— Não preciso explicar a herança de meu filho a você, cujo casamento e título foram restaurados por nós, depois de ter sido declarada adúltera — replica Lady Margaret bruscamente. — Expliquei a vocês a organização do casamento, não irei atrasá-las mais.

Minha mãe mantém a cabeça erguida e sorri.

— E eu agradeço — diz solenemente. — Muito.

— Meu filho verá a princesa Elizabeth. — Lady Margaret acena para um pajem. — Leve a princesa aos cômodos privados do rei.

Não tenho escolha a não ser passar pelo corredor que leva aos aposentos do rei. Parece que os dois nunca estão separados por mais do que uma porta. Ele está sentado a uma mesa que reconheço de imediato como a que fora usada neste palácio por meu amante Ricardo e feita para meu pai, o rei Eduardo. É tão estranho ver Henrique sentado na cadeira dele, assinando documentos na mesa de Ricardo, como se ele próprio fosse rei — até que me lembro de que ele é, de fato, o rei e que seu rosto pálido e preocupado será a imagem estampada nas moedas da Inglaterra.

Está ditando a um escrevente, que carrega uma mesa portátil pendurada no pescoço, uma pena em uma das mãos, a outra atrás da orelha. Quando me vê, Henrique dá um grande sorriso de boas-vindas e indica ao homem que saia. Os guardas fecham as portas, e ficamos sozinhos.

— Elas estão trocando farpas? — Ele ri. — Não há muita cordialidade entre as duas, há?

Fico tão feliz de ter um aliado que, por um momento, quase retribuo seu tom jovial, mas volto a mim antes disso.

— Sua mãe está mandando em tudo, como de costume — digo friamente.

O sorriso alegre abandona seu rosto. Franze o cenho diante da menor insinuação de uma crítica a ela.

— Você tem que entender que ela esperou a vida inteira por este momento.

— Tenho certeza de que todos sabem disso. Afinal, ela fala para todo mundo.

— Devo tudo à minha mãe — retruca ele, gélido. — Não posso ouvir uma única palavra contra ela.

Assinto com a cabeça.

— Eu sei. Ela também fala isso para todo mundo.

Henrique levanta-se e dá a volta na mesa em minha direção.

— Elizabeth, você será a nora dela. Aprenderá a respeitá-la, amá-la e valorizá-la. Sabe, por todos os anos em que seu pai esteve no trono, minha mãe nunca desistiu de sua própria visão.

Trinco os dentes.

— Eu sei — repito. — Todos sabem. Também é algo que ela fala para todo mundo.

— Você tem que admirar isso nela.

Não consigo me forçar a dizer que a admiro.

— Minha mãe é também uma mulher de grande tenacidade — falo, com cautela. E complemento em pensamento: mas não a idolatro como faria se ainda fosse um bebê, nem ela fica falando só de mim como se não tivesse nada na vida além de uma criança mimada.

— Tenho certeza de que as duas se odeiam agora, mas antes disso eram amigas e até aliadas — diz. — Quando formos casados, vão unir-se. Terão um neto para amar.

Ele faz uma pausa como se esperasse que eu tivesse algo a dizer sobre isso. Sem colaborar, fico em silêncio.

— Você está bem, Elizabeth?

— Sim — respondo apenas.

— E sua menstruação não voltou?

Ranjo os dentes por ter que discutir algo tão íntimo com ele.

— Não.

— Isso é bom, isso é muito bom. É a coisa mais importante!

Seu orgulho e entusiasmo seriam um grande prazer vindos de um marido amoroso, mas, vindos dele, me irritam. Olho-o com fria inimizade e mantenho meu silêncio.

— Então, Elizabeth, eu queria apenas dizer que nosso casamento será no dia do banquete de santa Margarida da Hungria. Minha mãe planejou tudo, você não terá que fazer nada.

— Exceto subir ao altar e consentir — sugiro. — Suponho que até sua mãe reconhecerá que eu preciso consentir.

Ele concorda com a cabeça.

— Consinta, e pareça feliz. A Inglaterra quer ver uma noiva alegre, e eu também. Você me agradará fazendo isso, Elizabeth. É o meu desejo.

Santa Margarida da Hungria foi uma princesa como eu, mas viveu em um convento em tamanha pobreza que morreu de fome. A escolha de seu dia para meu casamento pela minha sogra não me passa despercebida.

— Humilde e penitente — repito o lema que sua mãe escolheu para mim. — Humilde e penitente como santa Margarida.

Ele tem a decência de rir.

— Pode ser tão humilde e penitente quanto queira. — Ele sorri. Parece querer tomar minha mão e beijar-me. — Não há como ser humilde demais para nós, minha querida.

Palácio de Westminster, Londres, 18 de janeiro de 1486

Sou uma noiva invernal, e a manhã do dia de meu casamento está tão fria e amarga quanto meu coração. Acordo com geada nas flores da minha janela, e Bess entra no quarto, implorando-me para que permaneça na cama até que ela acenda o fogo e coloque minhas roupas íntimas para aquecer diante dele.

Saio da cama, e ela puxa minha camisola para tirá-la pela cabeça. Então, oferece-me as roupas de baixo, todas novas e adornadas na bainha com renda de seda branca sobre o linho branco, e em seguida meu vestido vermelho de cetim, com aberturas nas mangas e na frente, revelando uma veste interior preta de damasco de seda. Com afinco, Bess amarra as fitas sob meus braços enquanto as duas outras damas de companhia amarram as das costas. O vestido está um pouco mais apertado do que quando o experimentei da primeira vez. Meus seios cresceram um pouco, e minha cintura está engrossando. Percebo as mudanças, mas ninguém mais as vê ainda. Estou perdendo o corpo que meu amante adorava, a leveza delicada de menina que ele costumava envolver com seu corpo endurecido pela guerra. Em lugar disso, terei o formato que a mãe de meu marido deseja: uma fértil pera arredondada, um receptáculo para a semente Tudor, um pote.

Fico parada feito uma boneca de criança, sendo vestida como se fosse feita de palha enfiada numa meia, inerte em suas mãos. A roupa é sombriamente magnífica, fazendo com que meu cabelo cintile, dourado, e minha pele emita um brilho pálido e frio contra o tecido rico e espesso. A porta se abre, e minha mãe entra. Já está com seu vestido cor de creme, ornado com verde, prata e fitas, e com o cabelo amarrado frouxamente na altura da nuca; depois ela irá torcê-lo sob seu pesado toucado. Pela primeira vez, percebo os finos cabelos brancos espalhados em meio aos loiros; não é mais uma rainha dourada.

— Você está linda — elogia, beijando-me. — Ele sabe que você estará vestida de vermelho e preto?

— A mãe dele assistiu à prova do vestido — respondo, entediada. — Escolheu o tecido. É claro que ele sabe. Ela sabe de tudo e conta para ele.

— Não quiseram verde?

— Vermelho de Lancaster — digo com amargura. — Vermelho do martírio, vermelho de prostituta, vermelho de sangue.

— Acalme-se — ordena ela. — Este é seu dia de triunfo.

Ao seu toque, percebo que minha garganta se fecha, e as lágrimas que estiveram embaçando minha vista a manhã toda derramam-se sobre minhas bochechas. Gentilmente, ela as seca com a base da mão, um lado depois do outro.

— Agora chega — ordena suavemente. — Não há nada que possa ser feito além de sorrir e obedecer. Algumas vezes ganhamos, outras vezes perdemos. O mais importante é que sempre, *sempre* sigamos em frente.

— Nós, a Casa de York? — pergunto-lhe com ceticismo. — Pois este casamento dissolve York em Tudor. Isto não representa uma vitória para nós, mas sim nossa derrota final.

Ela abre seu sorriso sugestivo.

— Nós, as filhas de Melusina — corrige-me. — Sua avó era filha da deusa da água da casa real de Borgonha e jamais esqueceu que era tanto da realeza quanto uma feiticeira. Quando tinha a sua idade, eu não sabia se ela era capaz de invocar uma tempestade ou se tudo não passava de sorte e fingimento para conseguir o que queria. Mas ela me ensinou que não há nada no mundo mais poderoso do que uma mulher que sabe o que quer e não se desvia do seu caminho para consegui-lo.

"Não importa se você chama isso de magia ou determinação. Não importa se faz um feitiço ou se trama uma conspiração. Tem que decidir o que quer e, com todo o seu coração, criar coragem para perseguir seu objetivo. Você será a rainha da Inglaterra, seu marido é o rei. Por intermédio seu, os York retomam o trono da Inglaterra que é nosso por direito. Persista além de seu sofrimento, minha filha; ele importa muito pouco, contanto que caminhe até onde deseja estar."

— Eu perdi o homem que amo — comento com amargura. — E, neste dia, me casarei com o homem que o matou. Não creio que um dia caminharei até onde desejo estar. Não creio que esse lugar exista mais na Inglaterra, não creio que esse lugar exista mais neste mundo.

Ela quase ri alto, com sua confiança tranquila.

— Claro que pensa assim agora! Hoje casará com um homem que despreza; mas quem sabe o que acontecerá amanhã? Não posso prever o futuro. Você nasceu no coração de uma época conturbada. Agora casará com um rei, mas talvez o verá ser desafiado e talvez o verá cair. Talvez verá Henrique ser jogado na lama e morrer sob as botas de um exército traidor. Como posso saber? Ninguém pode. Mas uma coisa eu sei: hoje você pode se casar com ele e tornar-se rainha da Inglaterra. Você pode trazer a paz para onde ele trouxe a guerra. Você pode proteger seus amigos e sua família, e colocar um menino York no trono. Então vá a seu casamento com um sorriso.

Ele está parado nos degraus da capela-mor quando entro pela porta oeste da Abadia de Westminster, ao som repentino de trombetas de prata. Eu caminho sozinha — uma das ironias deste casamento é que, se houvesse um homem da minha família para me escoltar, então Henrique não seria rei da

Inglaterra nem estaria me esperando com um sorriso tímido no rosto. Mas meu pai, o rei, está morto, meus tios York estão mortos, e meus irmãozinhos Eduardo e Ricardo estão desaparecidos, presumivelmente mortos. O único menino York que com certeza restou é o pequeno Edward de Warwick, que balança a cabeça para mim em um gesto solene e engraçado, como se desse sua permissão enquanto passo pelas cadeiras cerimoniais onde ele está, sob os cuidados de sua irmã Margaret.

À minha frente, Henrique é um clarão dourado. Sua mãe decidiu sacrificar a elegância em favor da ostentação, e ele está vestindo um conjunto feito todo de tecido dourado, como se fosse uma estátua recém-esculpida, um novo Creso. Ela imaginara que ele pareceria majestoso, um deus dourado, e eu, sem graça, obscura e modesta. Mas, contra seu brilho espalhafatoso, minhas vestes pretas e vermelhas reluzem com autoridade serena. Consigo ver sua mãe olhando irritada de mim para ele e perguntando-se por que eu pareço da realeza e ele, um charlatão.

O vestido é volumoso, com muito tecido acumulado na frente, portanto, ninguém consegue ver ainda o tamanho da minha barriga. Estou grávida há um mês, possivelmente mais; porém, somente o rei, sua mãe e minha mãe sabem disso. Faço uma prece silenciosa para que eles não tenham contado a ninguém.

O arcebispo está à nossa espera, o livro de orações aberto e o velho rosto sorridente enquanto caminhamos em sua direção, para os degraus da capela-mor. Ele é meu parente, Thomas Bourchier; suas mãos tremem quando toma a minha e a coloca no aperto quente de Henrique. Coroou meu pai quase 25 anos atrás, coroou minha mãe e coroou meu querido Ricardo e sua esposa à época, Anne; se o bebê que carrego agora for um menino, sem dúvida ele batizará a criança de Artur e então me coroará.

Seu rosto redondo e com fortes marcas de expressão brilha sobre mim com uma benevolência simples enquanto estou diante dele. Thomas teria realizado minha missa de casamento com Ricardo, e eu teria estado aqui com um vestido branco, enfeitado com rosas brancas, me casado e sido coroada em uma linda cerimônia; teria sido uma noiva amada e uma rainha feliz.

Quando seus bondosos olhos recaem sobre meu rosto, sinto-me ser tomada por um devaneio e quase desmaio, como se tivesse entrado em um de meus sonhos, de pé nos degraus da capela-mor no dia do meu matrimônio, exatamente como eu queria que acontecesse. Entorpecida, pego a mão de Henrique e repito as palavras que pensei que diria a outro homem.

— Eu, Elizabeth, aceito você, H... H... H... — gaguejo. É como se não conseguisse dizer esse nome errado, não conseguisse acordar para esta estranha realidade.

É horrível; não consigo falar mais nada, não consigo recuperar meu fôlego. O terrível fato de que não estou me comprometendo com Ricardo ficou preso em minha garganta. Estou começando a engasgar, a qualquer momento vomitarei. Sinto meu suor, sinto-me oscilar, minhas pernas fraquejando sob mim. Não consigo me forçar a dizer o nome do homem errado, não consigo me obrigar a prometer que serei de alguém além de Ricardo. Tento novamente. Consigo chegar a "Eu, Elizabeth, aceito você..." antes de engasgar e ficar em silêncio. Não há como, não consigo dizê-lo. Dou uma tossida sufocada e ergo os olhos para ver o rosto dele. Não consigo evitar, odeio-o como a um inimigo, não consigo deixar de sonhar com o inimigo dele, não posso dizer seu nome, não tenho como casar-me com ele.

Mas Henrique, prosaico e real, entende exatamente o que está havendo e dá um forte beliscão corretivo na palma macia de minha mão. Usa as unhas e enterra-as em minha carne. Solto um ganido de dor; seus duros olhos castanhos emergem da névoa, e vejo sua carranca. Forço-me a respirar.

— Diga! — murmura furiosamente.

Controlo-me e repito, corretamente desta vez:

— Eu, Elizabeth, aceito você, Henrique...

O banquete de casamento é realizado no Palácio de Westminster. Sou servida com mesuras, como se fosse uma rainha, mesmo que Milady, a Mãe do Rei, mencione uma ou duas vezes, como se por acaso, que apesar de ser a esposa do rei ainda não fui coroada. Depois do banquete, há um baile e uma pequena peça montada por atores habilidosos. Há acrobatas, música dos coristas, o bobo da corte conta algumas piadas indecentes, e então, minha mãe e minhas irmãs se aproximam para me levar ao quarto.

Está quente graças a um fogo há muito aceso na lareira recheada de lenha em brasa e pinhas perfumadas, e minha mãe entrega-me um copo de cerveja preparada especialmente para casamentos.

— Está nervosa? — pergunta Cecily, o tom doce como hidromel. Ainda não temos uma data para seu casamento, e ela está ansiosa para que ninguém esqueça que será a próxima. — Tenho certeza de que ficarei nervosa em minha noite de núpcias. Já sei que serei uma noiva nervosa quando for minha vez.

— Não — respondo apenas.

— Por que não ajuda sua irmã a subir na cama? — sugere minha mãe a ela. Cecily puxa as cobertas e me dá um empurrão para cima da grande cama. Acomodo-me contra os travesseiros e contenho minha apreensão.

Podemos ouvir o rei e seus amigos aproximando-se da porta. O arcebispo entra primeiro para salpicar água benta e rezar sobre a cama matrimonial. Em seguida vem Lady Margaret, segurando com firmeza um grande crucifixo de marfim, e, atrás dela, Henrique; seu rosto está vermelho e ele sorri em meio a um grupo de homens que lhe dão tapinhas nas costas enquanto dizem que ganhou o mais belo troféu de toda a Inglaterra.

Um olhar congelante de Lady Margaret avisa a todos que piadas indecentes não serão permitidas. O pajem puxa as cobertas, e os homens do rei tiram dele a capa grossa coberta de joias. Henrique, em seu pijama de linho lindamente bordado, acomoda-se sob os lençóis a meu lado, e ambos ficamos sentados tomando nossa cerveja matrimonial, como crianças obedientes na hora de dormir, enquanto o arcebispo termina suas preces e se afasta.

Com relutância, os convidados se retiram, minha mãe abre um rápido sorriso de despedida para mim e leva minhas irmãs para fora. Lady Margaret é a última a sair, e, quando chega à porta, vejo-a olhar para trás, para seu filho, como se tivesse que se controlar para não voltar e abraçá-lo mais uma vez.

Lembro-me de que ele me contou sobre todos os anos em que foi dormir sem seu beijo ou sua bênção, e que ela agora ama colocá-lo para dormir. Vejo-a hesitante no batente da porta, como se não suportasse a ideia de deixá-lo, e dou um sorriso. Estendo a mão e repouso-a levemente no ombro de seu filho, um gentil toque possessivo.

— Boa noite, milady mãe — despeço-me. — Boa noite de nós dois.

Deixo que ela me veja pegar o colarinho de linho fino de seu filho em meus dedos, o colarinho que ela mesma bordou em camadas de branco, e segurá-lo como se fosse a corrente de um cão de caça que é inteiramente meu.

Por um momento ela fica parada, observando-nos, a boca levemente aberta, puxando ar. Inclino a cabeça na direção de Henrique, como se fosse repousá-la sobre seu ombro. Ele está sorrindo, orgulhoso, o rosto enrubescido, parecendo crer que ela está adorando a visão de seu filho, seu adorado único filho, na cama de casamento, com uma linda noiva, uma verdadeira princesa, a seu lado. Apenas eu compreendo que essa cena, com o ombro dele sob meu rosto, sorridente em sua cama, está devorando-a de ciúmes como se um lobo estivesse abocanhando seu ventre.

O rosto dela está contorcido quando fecha a porta, e, enquanto ouvimos a fechadura sendo trancada e os guardas apoiando suas lanças no chão, ambos expiramos, como se viéssemos esperando por este momento, finalmente a sós. Ergo a cabeça e tiro a mão de seu ombro, mas ele a toma e pressiona meus dedos em sua clavícula.

— Não pare — diz.

Algo em minha expressão o alerta para o fato de que não foi um carinho, mas uma encenação.

— Ah, o que estava fazendo? Era algum artifício vingativo infantil?

Puxo minha mão de volta.

— Nada — respondo teimosamente.

Ele aproxima-se de mim, e, por um instante, fico com medo de tê-lo irritado, de que insistirá em confirmar o casamento me levando para a cama, inspirado pela raiva, querendo retribuir dor com dor. Mas então lembra-se da criança que carrego e que não pode me tocar enquanto estiver grávida. Levanta-se fervendo de irritação com a ofensa, joga o lindo robe de casamento sobre os ombros e mexe no fogo com o atiçador. Em seguida, puxa uma escrivaninha para perto da cadeira e acende a vela. Percebo que o dia inteiro foi estragado para ele neste momento; considera um dia arruinado pelo infortúnio de um minuto e se lembrará do minuto, mas esquecerá o restante do dia. É sempre tão ansioso que busca a decepção, pois ela confirma seu pessimismo. Agora se lembrará de tudo, da catedral, da cerimônia, do banquete, dos momentos que aproveitou, através de um véu de ressentimento, pelo resto de sua vida.

— Lá estava eu, tolo que sou, achando que você estava sendo amorosa comigo — comenta bruscamente. — Pensei que estivesse me tocando com carinho. Pensei que nossos votos de casamento haviam tocado seu coração. Pensei que estivesse apoiando a cabeça em meu ombro por afeição. Tolo que sou.

Não tenho como responder. É claro que não estava sendo amorosa com ele. É meu inimigo, o assassino do meu amante e noivo. É meu estuprador. Como poderia sonhar que há como existir afeto entre nós?

— Pode dormir — diz ele, olhando para trás. — Vou olhar algumas petições. O mundo está cheio de gente que quer algo de mim.

Não me importo de forma alguma com seu mau humor. Jamais me permitirei me importar com ele, quer ele esteja bravo ou até — talvez como agora — magoado, mesmo que por minha causa. Pode consolar-se ou ficar amuado a noite toda, como quiser. Puxo o travesseiro para baixo de minha cabeça, aliso a camisola sobre minha barriga arredondada e dou as costas para ele. Então ouço-o dizer:

— Ah, esqueci-me de algo.

Ele volta para a cama, e olho para trás, vendo, para meu horror, que ele tem uma faca na mão, desembainhada, a luz da lareira brilhando na lâmina nua.

Congelo de medo. Penso: meu Deus, irritei-o de tal modo que irá me matar agora como vingança por ter feito dele um corno, e que escândalo será! E eu não disse adeus à minha mãe. Em seguida penso na lembrança irrelevante de que emprestei um colar à pequena Margaret de Warwick para que usasse no dia de meu casamento, e se eu for morrer gostaria que ela soubesse que pode ficar com ele. Então finalmente penso: ah, Deus, se ele cortar minha garganta agora, poderei dormir sem sonhar com Ricardo. Penso que talvez haja uma súbita e terrível dor, e então não sonharei mais. Talvez o golpe da adaga vá jogar-me nos braços de Ricardo, e estaremos juntos em um doce sono da morte; verei seu amado rosto sorridente, ele me abraçará, e nossos olhos irão se fechar juntos. Pensando em Ricardo, em compartilhar minha morte com ele, viro-me para Henrique e para a faca em sua mão.

— Não tem medo? — pergunta com curiosidade, encarando-me como se estivesse me vendo pela primeira vez. — Estou à sua frente com uma adaga, e nem sequer recua? É verdade, então, o que dizem? Que seu coração está tão partido que você deseja morrer?

— Não vou implorar por minha vida, se é isso que quer — respondo amargamente. — Creio que já tive meus melhores dias e jamais espero ser feliz outra vez. Mas não, você está errado. Quero viver. Prefiro viver a morrer, e prefiro ser rainha a estar morta. Mas não tenho medo de você ou de sua faca. Prometi a mim mesma que nunca me importarei com o que você disser ou fizer. E, se eu estivesse com medo, preferiria morrer a deixá-lo perceber isso.

Ele solta uma risada breve e diz, como se para si mesmo:

— Teimosa como uma mula, exatamente como avisei à milady mãe... — E então, explica em voz alta: — Não, isto não é para cortar sua linda garganta, mas, sim, seu pé. Dê-me seu pé.

Contra minha vontade, estico a perna, e ele puxa as ricas cobertas da cama.

— É uma pena — comenta para si mesmo. — Você tem a mais linda pele, e o arco de seu pé dá vontade de beijá-lo. É ridículo que alguém pense nisso, mas qualquer homem gostaria de beijar exatamente aqui...

E então faz um corte rápido e doloroso que me força a recuar e soltar um grito de dor.

— Você me machucou!

— Fique parada — ordena ele e aperta meu pé sobre os lençóis para que duas, três gotas de sangue caiam na brancura. E então entrega-me um pano de linho. — Pode amarrá-lo. Mal aparecerá amanhã de manhã; não passou de um arranhão, e, de qualquer modo, você vestirá suas meias.

Amarro o pano em volta do meu pé e o encaro.

— Não há necessidade de ficar tão magoada — diz. — Isto salvou sua reputação. Verão o lençol amanhã, e lá estará a mancha que mostra que você sangrou como uma virgem na sua noite de núpcias. Quando sua barriga começar a aparecer, diremos que foi um bebê concebido esta noite e, quando ele nascer, diremos que nasceu de oito meses, prematuro.

Coloco a mão sobre minha barriga, onde não sinto nada além de algumas camadas a mais de gordura.

— Como você sabe sobre bebês de oito meses? — pergunto. — Como sabe sobre deixar manchas de sangue nos lençóis?

— Minha mãe contou-me. Disse-me para cortar seu pé.

— Tenho tanto o que agradecer a ela — digo com amargura.

— Deveria. Pois ela mandou que fizesse isso para que seja um bebê gerado na lua de mel — esclarece Henrique com um humor sombrio. — Um bebê de lua de mel, uma bênção, e não um bastardo real.

Palácio de Westminster, Londres, fevereiro de 1486

Sou a esposa do rei da Inglaterra, mas não tenho os apartamentos da rainha no Palácio de Westminster.

— Pois você não é a rainha — explica Henrique, simplesmente.

Com uma expressão de desagrado e um olhar hostil, apenas o encaro.

— Não é mesmo! E, além disso, minha mãe trabalha comigo nos documentos do governo, é mais fácil para nós dividirmos um cômodo privado. É melhor que nossos quartos sejam adjacentes.

— Você usa a passagem secreta que vai do seu quarto ao dela?

Ele enrubesce.

— Não é exatamente secreta.

— Privada, então. Meu pai a construiu para que pudesse se juntar à minha mãe em seus aposentos sem a corte inteira escoltando-o. Criou-a para que pudesse levá-la para a cama sem que toda a corte soubesse que estava indo até ela. Gostavam de ficar juntos em segredo.

Seu rubor sobe às bochechas.

— Elizabeth, qual é o seu problema? Minha mãe e eu jantamos juntos com frequência, conversamos à noite, rezamos juntos. É mais fácil para nós se ela puder vir me visitar, ou caso eu precise vê-la.

— Gostam de entrar e sair do quarto um do outro dia e noite? — pergunto de novo.

Ele pausa, irritado. Já aprendi a ler suas expressões, e a forma como contrai os lábios e estreita os olhos mostra-me que estou deixando-o constrangido. Adoro irritá-lo, é um dos únicos prazeres do meu casamento.

— Devo entender que você quer se mudar para os aposentos da rainha para que eu possa entrar e sair do seu quarto dia e noite, sem avisar? Tomou gosto por minha atenção? Deseja-me ao seu lado na cama? Em sua cama? Quer que eu venha secretamente até você por amor? Por amor que não é para a procriação de crianças, e sim por luxúria? Como seus pais e os pecaminosos encontros secretos deles?

Baixo o olhar.

— Não — retruco, amuada. — É só que parece estranho que eu não tenha direito aos aposentos da rainha.

— Há algo de errado com os aposentos que você tem? Não estão mobiliados a seu gosto? São muito pequenos?

— Não.

— Precisa de tapeçarias melhores nas paredes? Ou mais músicos? Mais criados? Está passando fome, a cozinha deve lhe enviar mais aperitivos?

— Não é isso.

— Ah, não deixará de me dizer se está morrendo de fome? Se está sozinha ou com frio?

— Meus aposentos são bastante adequados — digo entre dentes.

— Então sugiro que deixe minha mãe ficar nos apartamentos que ela utiliza, dos quais necessita na condição de minha conselheira principal. E que você permaneça nos quartos que ela lhe designou. Irei visitá-la toda noite até começar minhas viagens.

— Você vai viajar? — É a primeira vez que o ouço falar disso.

Ele assente com a cabeça.

— Você não. Não virá. Não deve viajar; mamãe acredita que seja melhor que descanse em Londres. Ela e eu iremos para o norte. Ela acredita que eu deva ser visto pelo maior número de pessoas possível, visitar cidades, espalhar lealdade. Confirmar nossos partidários em seus postos, formar amizades com antigos inimigos. Os Tudor precisam estampar sua marca neste país.

— Ah, ela definitivamente não irá me querer lá, então — comento, para irritá-lo. — Não se for uma viagem dos Tudor. Ela não vai querer a presença de uma princesa York. E se as pessoas preferissem a mim ao invés de você? E se ignorassem sua mãe, ignorassem você e bradassem por mim?

Ele levanta-se.

— Creio que ela não pensou em nada além de sua saúde e da saúde de nosso bebê, e eu também não — responde rispidamente. — E é claro que o reino deve se tornar fiel à linhagem Tudor. A criança em seu ventre é um herdeiro Tudor. Estamos fazendo isso por você e pela criança que carrega. Minha mãe está trabalhando por você e pelo neto dela. Gostaria que tivesse a decência de ser grata. Diz que é uma princesa, ouço o tempo todo que já nasceu princesa, mas queria que demonstrasse isso. Queria que tentasse se comportar como rainha.

Baixo meu olhar.

— Por favor, diga a ela que sou grata. Sou sempre, sempre grata.

Minha mãe vem a meus aposentos, seu rosto pálido e uma carta na mão.

— O que você tem aí? Nada de bom, ao que parece.

— É uma carta do rei Henrique dizendo que devo me casar.

Pego o papel de suas mãos.

— Você? — pergunto. — Você? O que ele quer dizer?

Começo a ler a carta, mas paro para encará-la. Até seus lábios estão brancos. Ela balança a cabeça para cima e para baixo repetidamente, como se não tivesse palavras, balança a cabeça e não diz nada.

— Casar-se com quem? Pare com isso, mamãe, está me assustando. O que ele está pensando? Em quem ele está pensando?

— Jaime da Escócia. — Ela engasga baixo, quase como um riso. — Bem ao fim da carta, depois de todos os elogios e louvor à minha aparência jovem e boa saúde. Diz que devo me casar com o rei da Escócia e ir para longe, até Edimburgo, e nunca mais voltar.

Volto minha atenção para a página mais uma vez. É uma carta educada de meu marido para minha mãe, na qual ele diz que ficaria bastante satisfeito se ela se encontrasse com o embaixador escocês, aceitasse a proposta de casamento do rei da Escócia e concordasse com uma data, que eles vão sugerir, para um casamento neste verão.

Olho para ela.

— Ele enlouqueceu. Não pode ordenar isto. Não pode mandar você se casar. Não ousaria fazer isso. Este é um plano da mãe dele. Você não pode ir.

Ela mantém a mão sobre a boca para esconder seus lábios trêmulos.

— Imagino que eu tenha que ir. Eles podem me obrigar.

— Mamãe, não posso ficar aqui sem você!

— E se ele ordenar?

— Não posso viver aqui sem você!

— Não suporto deixá-la. Mas, se o rei ordenar, não teremos escolha.

— Não pode se casar de novo! — Fico chocada só com a ideia. — Não deveria sequer pensar nisso!

Ela põe a mão sobre os olhos.

— Mal posso imaginar algo assim. Seu pai... — Ela faz uma pausa breve. — Elizabeth, minha querida, disse-lhe que tinha que ser uma noiva sorridente, disse à minha irmã Katherine que ela, mais do que ninguém, sabe que mulheres têm que casar quando são solicitadas e concordei com o noivado de Cecily com quem quer que Henrique escolhesse. Não posso fingir que sou a única de nós que deve ser poupada. Henrique venceu a batalha e agora comanda a Inglaterra. Se ordena que devo casar, mesmo que seja com o rei da Escócia, terei que ir à Escócia.

— É a mãe dele! — grito. — É a mãe dele que quer você fora do caminho, não ele!

— Sim — confirma mamãe, devagar. — É ela, provavelmente. Mas ela calculou mal. Não é a primeira vez que comete um erro ao lidar comigo.

— Por quê?

— Porque eles me querem em Edimburgo para garantir que o rei escocês mantenha a nova aliança com a Inglaterra. Querem que eu mantenha a amizade dele com Henrique. Pensam que, se eu for rainha da Escócia, Jaime nunca invadirá o reino de meu genro.

— E? — sussurro.

— Estão enganados — retruca vingativamente. — Estão muito, muito enganados. No dia em que eu for rainha da Escócia, com um exército para comandar e um marido para aconselhar, não servirei Henrique Tudor. Não persuadirei meu marido a manter um tratado de paz com Henrique. Se eu fosse forte o bastante e capaz de comandar os aliados dos quais precisaria, eu mesma marcharia contra Henrique Tudor, vindo ao sul com um exército de terror.

— Invadiria com os escoceses? — murmuro. É o grande terror da Inglaterra: uma invasão escocesa, um exército de bárbaros vindo das terras frias do norte, roubando tudo. — Contra Henrique? Para colocar um novo rei no trono da Inglaterra? Um pretendente York?

Ela nem sequer assente com a cabeça, apenas arregala os olhos cinzentos.

— Mas e quanto a mim? — pergunto simplesmente. — E quanto a mim e meu bebê?

Decidimos que tentarei conversar com Henrique. Nas semanas antes de viajar, ele vem ao meu quarto e dorme em minha cama todas as noites. Isto é para dar mais força à alegação de que o bebê foi concebido na lua de mel. Não me toca, pois isso machucaria a criança que está crescendo em minha barriga, mas faz uma pequena refeição ao lado da lareira e deita-se na cama comigo. Na maioria das vezes está agitado, perturbado por sonhos. Com frequência passa horas da noite ajoelhado, e creio que deve estar atormentado por saber que deu início a uma guerra contra um rei coroado, contrariou as leis de Deus e partiu meu coração. Na escuridão da noite, sua consciência fala mais alto que as ambições da mãe.

Algumas noites ele chega tarde por ter ficado com ela, outras chega um pouco bêbado após se divertir com os amigos. Tem pouquíssimos amigos — apenas aqueles dos anos de exílio, homens em quem sabe que pode confiar, pois estavam lá quando ele era um pretendente tão desesperados quanto ele. Admira somente três homens: seu tio Jasper e seus novos parentes, lorde Thomas Stanley e Sir William Stanley. São seus únicos conselheiros. Esta noite ele chega cedo e está pensativo, carregando uma pilha de papéis; pedidos de homens que o apoiaram e agora querem uma porção da riqueza da Inglaterra — os exilados descalços fazendo fila pelos sapatos dos mortos.

— Marido, gostaria de falar com você. — Estou sentada junto à lareira vestindo minha camisola, um robe vermelho sobre os ombros, meu cabelo escovado e solto. Tenho cerveja quente para ele e algumas pequenas tortas de carne.

— Falará sobre sua mãe — adivinha imediatamente, mal-humorado, compreendendo meus preparativos em um só olhar. — Por que mais você tentaria me deixar confortável? Por que outro motivo você se daria ao trabalho de ficar irresistível? Sabe que é mais bela do que qualquer outra mulher que já vi na vida. Quando se veste de vermelho e solta o cabelo, sei que espera armar uma cilada para mim.

— *É* sobre ela — confirmo, sem ficar nem um pouco envergonhada. — Não quero que seja mandada para longe de mim. Não quero que ela vá para a Escócia. E não quero que ela tenha que casar novamente. Ela amava meu pai. Você nunca os viu juntos, mas era um casamento de amor verdadeiro, um amor profundo. Não quero que ela tenha que casar e deitar com outro homem; um homem 14 anos mais novo do que ela e nosso inimigo... é... é... — Paro. — É algo verdadeiramente horrível de se pedir a ela.

Ele senta-se na cadeira de frente para o fogo e não diz nada por um momento, olhando as toras queimando e virando brasas vermelhas.

— Compreendo que você não queira que ela vá — diz em voz baixa. — E sinto muito por isso. Mas metade deste país ainda apoia a Casa de York. Nada mudou para eles. Algumas vezes, acredito que nada os fará mudar. A derrota não os transforma, só os deixa amargos e mais perigosos. Apoiavam Ricardo e não mudarão de lado por mim. Alguns deles sonham que seus irmãos ainda estão vivos e falam de um príncipe sobre as águas. Encaram-me como um recém-chegado, um invasor. Sabe do que me chamam nas ruas de York? Meus espiões escrevem para me contar. Chamam-me de Henrique, o Conquistador, como se eu fosse Guilherme da Normandia: um bastardo estrangeiro. Como se eu fosse mais um bastardo estrangeiro. Um pretendente ao trono. E me odeiam.

Eu me remexo, prestes a inventar alguma mentira tranquilizadora; mas ele estende o braço, e eu ponho a minha mão gelada sobre a sua. Henrique me puxa em sua direção para ficar de pé à sua frente.

— Se alguém, qualquer um, se erguesse e reivindicasse o trono, e viesse da Casa de York, reuniria uma tropa de mil homens, talvez muitos milhares de homens — diz ele. — Pense nisso. Alguém poderia colocar um cachorro sob a bandeira da rosa branca, e eles apareceriam e lutariam até a morte em seu nome. Eu não valeria mais nada. Cachorro ou príncipe, eu teria que lutar a batalha inteira novamente. Seria como invadir tudo outra vez. Seria como ficar sem dormir antes da batalha de Bosworth mais uma vez, sonhando com o dia de novo e de novo. Exceto por uma coisa ainda pior: desta vez eu não teria exército francês, não teria partidários da Bretanha, não teria dinheiro estrangeiro para contratar tropas, não teria mercenários bem-treinados. Não teria o otimismo tolo de um rapaz em batalha pela primeira vez. Agora, eu estaria sozinho. Agora, não teria mais partidários além daqueles homens que se juntaram à minha corte desde que venci a batalha.

Ele nota o desprezo que sinto por eles em meu rosto e assente com a cabeça, concordando comigo.

— Eu sei, são aproveitadores — confirma ele. — Sim, eu sei. Homens que se juntam ao lado vencedor. Acha que não tenho consciência de que seriam os melhores amigos de Ricardo se ele tivesse vencido em Bosworth? Acha que não sei que iriam para o lado de quem quer que ganhasse a batalha entre mim e o novo pretendente? Pensa que não sei que cada um deles é meu amigo, meu mais caro amigo, apenas porque venci aquela única batalha naquele dia em particular? Acha que não conto os muito, muito poucos que estavam comigo na Bretanha contra o grande, grande número daqueles que estão comigo em Londres? Pensa que não sei que qualquer novo pretendente que me vencesse seria exatamente como eu, faria exatamente o que fiz: mudar a lei, distribuir riqueza, tentar fazer e manter amigos leais?

— Que novo pretendente? — sussurro, escolhendo uma palavra dentre suas preocupações. Imediatamente congelo por medo de que ele tenha ouvido rumores de um menino em algum lugar, escondido na Europa, talvez escrevendo para minha mãe. — Como assim, um novo pretendente?

— Qualquer um — responde severamente. — Nem o próprio Cristo sabe quem está por aí se escondendo! Ouço falar de um menino, sussurros chegam a mim sobre um garoto, mas ninguém consegue me dizer onde está ou o que alega ser. Deus sabe o que o povo faria se ouvisse metade das histórias que tenho que ouvir todos os dias. John de la Pole, seu primo, pode ter jurado lealdade a mim, mas a mãe dele é a irmã do seu pai, e ele foi nomeado o herdeiro de Ricardo; não sei se posso confiar na palavra dele. Francis Lovell, o melhor amigo de Ricardo, está escondido em santuário, e ninguém sabe o que quer, quais são seus planos ou com quem está trabalhando. Deus me ajude, tem momentos em que duvido até de seu tio Edward Woodville, e ele faz parte do meu séquito desde a Bretanha. Estou atrasando a soltura de seu meio-irmão Thomas Grey porque temo que ele não voltará para a Inglaterra como um súdito leal, mas apenas como um novo recruta para quem quer que seja, quem quer que estejam esperando. E ainda há Edward, conde de Warwick, no séquito de sua mãe, estudando o quê, exatamente? Traição? Estou cercado por sua família e não confio em nenhum deles.

— Edward é uma criança — digo rapidamente, sem fôlego de tão aliviada que ao menos não haja notícias de um príncipe de York: nem conhecimento de seu paradeiro, nem detalhes reveladores de sua aparência, de sua educação ou de seu direito ao trono. — E é completamente leal a você, como minha mãe é agora. Demos nossa palavra de que jamais o desafiaria. Prometemos Teddy a você. Jurou lealdade. De todos nós, acima de nós todos, você pode confiar nele.

— Espero que sim — diz ele. — Espero que sim. — Parece exaurido por seus medos. — Mas, mesmo assim, tenho que fazer tudo! Tenho que manter este país em paz, defender as fronteiras. Estou tentando realizar um grande feito aqui, Elizabeth. Estou tentando fazer o que seu pai fez, estabelecer uma nova família real, colocar a estampa dela neste país, liderar o país em direção à paz. Seu pai nunca conseguiu estabelecer paz com a Escócia, mesmo tentando, assim como eu estou. Se sua mãe fosse à Escócia por nós, mantendo a aliança, estaria fazendo um serviço a você e a mim, e seu neto ficaria em dívida com ela pelo resto da vida por herdar a Inglaterra em segurança. Pense nisso! Entregar a nosso filho um reino com as fronteiras em paz! E ela poderia fazer isso!

— Preciso dela comigo! — choramingo como uma criança. — Você não mandaria sua mãe embora. Ela tem que ficar com você o tempo todo! Ela, você mantém perto!

— Ela serve nossa casa. Estou pedindo à sua mãe que sirva nossa casa também. E ela ainda é uma mulher bela, e sabe como ser rainha. Se fosse a rainha da Escócia, estaríamos todos mais seguros.

Ele se levanta. Põe as mãos em ambos os lados de minha cintura cada vez mais larga e olha para meu rosto perturbado.

— Ah, Elizabeth, eu faria qualquer coisa por você — afirma gentilmente. — Não fique aflita, não quando está carregando nosso filho. Por favor, não chore. É ruim para você e para o bebê. Por favor, não chore.

— Nem sequer sabemos se é um menino — respondo, ressentida. — Diz isso o tempo todo, mas dizer não tornará realidade.

Ele sorri.

— É claro que é um menino. Como uma garota linda como você conceberia para mim algo além de um lindo primogênito?

— Preciso de minha mãe ao meu lado — alego. Olho para seu rosto e vislumbro uma emoção que nunca imaginaria ver. Seus olhos cor de avelã estão calorosos, seus lábios emanam afeição. Parece um homem apaixonado.

— Preciso dela na Escócia — retruca, mas sua voz é suave.

— Não posso dar à luz sem ela aqui. Tem que estar comigo. E se algo der errado?

É a minha carta mais valiosa, um trunfo.

Ele hesita.

— E se estiver com você para o nascimento de nosso menino?

Amuada, concordo com a cabeça.

— Ela deve ficar comigo até que seja batizado. Só ficarei feliz em meu período de confinamento com ela ao meu lado.

Ele dá um beijo no topo da minha cabeça.

— Ah, então prometo. Tem minha palavra — assegura. — Consegue me dobrar à sua vontade como a feiticeira que é. E ela pode ir à Escócia depois do nascimento do bebê.

Palácio de Westminster, Londres, março de 1486

A mãe dele está fora de si, planejando e comandando a viagem real. Minha mãe, veterana em viagens, desfiles e visitas, observa, mas nada diz enquanto Milady, a Mãe do Rei, desaparece dentro do guarda--roupa real com alfaiates, costureiras, sapateiros e chapeleiros durante dias, tentando criar uma coleção de roupas para que seu filho seja capaz de deslumbrar os nortistas e fazer com que o aceitem como rei. Como qualquer família usurpadora, insegura sobre seu valor, ela quer vesti-lo para o papel da cabeça aos pés. É preciso que interprete o personagem de rei; ser o rei não basta.

Para o divertimento furtivo de minha mãe e meu, Lady Margaret tem apenas o exemplo de meu pai para perseguir, e isso a deixa completamente perdida. Meu pai era excepcionalmente alto e excepcionalmente bonito, e precisava apenas entrar em uma sala para dominar uma assembleia de pessoas. Deleitava-se nas últimas modas, nos mais belos e ricos tecidos e cores. Era irresistível para as mulheres, incapaz de se controlar, ganancioso pela atenção delas; e Deus sabe que elas não conseguiam controlar seus desejos. Sempre havia um cômodo cheio de mulheres meio apaixonadas por meu pai, com seus maridos divididos entre admiração e inveja. Melhor de tudo, ele tinha a minha mãe, com sua excepcional beleza, sempre ao seu lado e suas lindas filhas seguindo atrás.

Sempre fomos um vitral ambulante, um ícone de beleza e graça. Milady, a Mãe do Rei, sabe que fomos uma família real sem comparação: majestosa, prolífica, bela, rica. Estivera em nossa corte como dama de companhia e vira com os próprios olhos como o país nos enxergava, como monarcas de contos de fadas. Está enlouquecendo a si própria tentando fazer seu desajeitado, pálido e quieto filho chegar ao mesmo nível.

Ela resolve o problema afogando-o em joias. Ele nunca sai sem um precioso broche no chapéu ou uma pérola de valor inestimável no pescoço. Nunca sai a cavalo sem luvas incrustadas de diamantes ou uma sela com estribos de ouro. Ela o enfeita com pele de arminho como se estivesse decorando uma relíquia para uma procissão de Páscoa. Ainda assim, ele continua parecendo um jovem forçado até o limite de suas habilidades, vivendo além de suas condições, ambicioso e ansioso ao mesmo tempo, o rosto pálido em contraste com o veludo púrpura.

— Gostaria que pudesse vir comigo — admite ele, infeliz, em uma tarde, quando estamos nos pátios do estábulo do Palácio de Westminster, escolhendo os cavalos que irá cavalgar.

Fico tão surpresa que o encaro duas vezes para ver se está zombando de mim.

— Acha que estou brincando? Não. Eu realmente gostaria que você pudesse vir comigo. Fez esse tipo de coisa a vida toda. Todos dizem que você costumava dar início aos bailes na corte de seu pai e que conversava com embaixadores. E viajou por todo o país, não? Conhece a maior parte das cidades e vilarejos?

Confirmo com a cabeça. Tanto meu pai quanto Ricardo eram amados, especialmente nos condados do norte. Saíamos de Londres para visitar as outras cidades da Inglaterra todos os verões, e éramos saudados como se fôssemos anjos descendo dos céus. A maioria das grandes casas de cada condado celebrava nossa chegada com gloriosos desfiles e banquetes; a maioria das cidades presenteava-nos com bolsas de ouro. Eu não conseguiria contar quantos prefeitos, conselheiros e xerifes beijaram minha mão, desde que era uma menina pequena no colo da minha mãe até a época em que conseguia fazer um discurso de agradecimento, em latim perfeito, sozinha.

— Tenho que me exibir em toda parte — diz ele, apreensivo. — Tenho que inspirar lealdade. Tenho que convencer as pessoas de que irei trazer-lhes paz e riqueza. E tenho que fazer tudo isso com nada além de um sorriso e um aceno enquanto passo?

Não consigo evitar uma risada.

— Parece mesmo impossível. Mas não é tão ruim. Lembre-se de que todos na estrada saíram só para vê-lo. Querem ver um grande rei, esse é o evento para o qual apareceram. Estão esperando um sorriso e um aceno. Querem um lorde feliz. Você só tem que interpretar o papel, e todos se sentirão tranquilizados. E lembre-se de que eles não têm mais nada para ver. De verdade, Henrique, quando conhecer a Inglaterra um pouco melhor, verá que quase nada acontece aqui. As safras fracassam, chove demais na primavera, é seco demais no verão. Ofereça ao povo um rei bem-vestido e sorridente, e será a coisa mais maravilhosa que já viram em muitos anos. Essas são pessoas pobres, sem entretenimento. Você será o maior evento que já viram, especialmente com sua mãe exibindo-o como um ícone sagrado, embrulhado em veludo e coberto de joias.

— Tudo leva tanto tempo — resmunga ele. — Temos que parar em praticamente toda casa e castelo na estrada para ouvir discursos leais.

— Papai costumava dizer que, enquanto os discursos estavam acontecendo, ele contava quantas pessoas estavam na multidão e calculava quanto dinheiro poderiam emprestar a ele — conto-lhe. — Nunca escutava uma palavra do que estava sendo dito, contava as vacas nos campos e os empregados no pátio.

Henrique interessa-se imediatamente.

— Empréstimos?

— Ele sempre achou melhor ir diretamente ao povo do que ir ao Parlamento para pedir impostos, onde discutiriam com ele de que forma o país deve ser administrado, ou se ele deveria ir à guerra ou não. Costumava pegar emprestado de todos que visitava. E quanto mais apaixonado o discurso e mais exagerado o louvor, maior era a soma de dinheiro que ele pedia depois do jantar.

Henrique ri, coloca o braço em torno da minha cintura larga e puxa-me para perto de si, nos pátios do estábulo, na frente de todos.

— E sempre lhe emprestavam o dinheiro?

— Quase sempre — respondo. Não me afasto, mas tampouco me inclino em sua direção. Deixo que me segure, como é de seu direito, como um marido pode segurar a esposa. E sinto o calor de sua mão enquanto apoia os dedos sobre minha barriga. É reconfortante.

— Farei isso, então — afirma ele. — Pois seu pai tinha razão, é muito caro tentar governar este país. Tudo que recebo de impostos do Parlamento tenho que gastar em presentes para manter a lealdade dos lordes.

— Ah, não o servem por amor? — pergunto sordidamente. Não consigo impedir minha língua afiada.

De imediato, ele me solta.

— Creio que ambos sabemos que não. — Ele faz uma pausa. — Mas duvido que amassem seu pai tanto assim também.

Palácio de Westminster, Londres, abril de 1486

Após semanas de preparação, eles finalmente estão prontos para partir. Lady Margaret irá com seu filho pelos primeiros dois dias e depois voltará para Londres. Se ousasse, faria toda a viagem real com ele, mas está dividida. Quer ficar com ele, sempre quer, mal consegue suportar deixá-lo sair de vista; mas ao mesmo tempo não aguenta parar de supervisionar minha rotina diária e manter-me sob controle constante. Não confia em mais ninguém para pedir minha comida, vigiar minhas duas caminhadas diárias e providenciar livros agradáveis de sermões para ler. Ninguém além dela pode julgar quanta comida, vinho ou cerveja devem ser servidos à minha mesa, e somente ela pode gerenciar o séquito real como quer. É insuportável para ela que, em sua ausência, eu possa administrá-lo como quiser. Ou pior ainda — que o palácio volte a ser comandado por sua antiga senhora: minha mãe.

Lady Margaret está tão impressionada com a própria capacidade de criar regras, pela qualidade de seus conselhos, que começa a escrever as ordens que dá a meu séquito, para que tudo sempre seja feito exatamente como ela planejou, por anos no futuro, até mesmo depois de sua morte.

Imagino-a, do além-túmulo, ainda reinando o mundo enquanto minha filha e minhas netas consultam o grande livro do séquito real e aprendem que não podem comer fruta fresca nem sentar muito perto do fogo. Devem evitar aquecer-se demais e não devem se expor à friagem.

— Claramente, ninguém jamais teve um bebê — diz minha mãe, que teve 12.

Henrique escreve para sua mãe dia sim dia não e relata como está sendo recebido na estrada enquanto prossegue no lento caminho até o norte, quais famílias encontra, e que presentes recebe no percurso. Para mim, escreve uma vez por semana, contando-me onde está naquela noite, que está bem de saúde e que me quer bem. Respondo com um bilhete formal e dou minha carta sem selo à sua mãe, que a lê antes de colocá-la em seu próprio pacote para ele.

Durante a Quaresma, a corte faz jejum, ficando sem comer carne, mas Milady, a Mãe do Rei, decide que esta não é uma dieta rica o suficiente para mim. Envia uma carta ao papa para pedir que me seja permitido o consumo de carne ao longo da estação, de modo a sustentar o crescimento do bebê. Nada é mais importante para ela do que um filho e herdeiro Tudor, nem mesmo sua famosa devoção religiosa.

Com a morte de Thomas Bourchier, Lady Margaret nomeia seu favorito e antigo conspirador, John Morton, para o posto de arcebispo de Canterbury, e ele é rapidamente empossado. Sinto muito que meu velho parente não batizará meu filho ou colocará a coroa em minha cabeça. Mas John Morton é como um cão de caça bem-treinado, sempre conosco, nunca um aborrecimento. Senta-se ocupando o melhor espaço na frente do fogo e me faz sentir que é meu guardião, que tenho sorte por sua presença ali. Está em toda parte na corte, ouvindo a todos, ficando amigo de todos, resolvendo dificuldades e — sem dúvida — relatando tudo à Milady, a Mãe do Rei. Aonde quer que eu vá, lá está ele, interessado em tudo que faço, rápido em oferecer simpáticos conselhos espirituais, sempre alerta às minhas necessidades e pensamentos, conversando com minhas damas. Não leva muito tempo para que eu perceba que ele sabe de tudo que se passa na corte, e não duvido que conte tudo a ela. É confessor e melhor amigo de milady há anos, e lhe garante que eu devo comer carne vermelha bem-passada e que ele mesmo cuidará da permissão papal. Dá tapinhas leves em minha mão e diz a mim que nada importa mais do que minha saúde, nada importa mais para ele do que eu estar saudável e forte, que o bebê cresça; ele me assegura de que Deus também se sente assim.

Então, depois da Páscoa, enquanto minha mãe e minhas duas irmãs costuram roupas de bebê na câmara de audiências de Milady, a Mãe do Rei, um mensageiro, coberto com poeira da estrada, entra com toda a sua sujeira pela porta, dizendo que tem uma mensagem urgente de Sua Majestade, o rei.

Desta vez, ela não empina o longo nariz, não insiste no seu próprio esplendor, não o manda trocar de roupa. Olha estupefata para o rosto alarmado dele e, de pronto, leva o mensageiro ao cômodo privado dela. Entra por último e fecha a porta para que ninguém consiga entreouvir a notícia que ele traz.

A agulha de minha mãe fica parada sobre sua costura enquanto ergue a cabeça e observa o homem passar. Então solta um leve suspiro, como uma mulher calmamente contente com seu mundo, e volta ao trabalho. Cecily e eu trocamos um olhar ansioso.

— O que foi? — pergunto à minha mãe, a voz baixa como um suspiro.

Seus olhos cinzentos estão voltados para baixo, para seu trabalho.

— Como posso saber?

A porta do cômodo privado de milady fica fechada por um longo tempo. O mensageiro sai, passa por entre todas nós como se lhe houvesse sido ordenado marchar e não dizer nada, e a porta permanece fechada. Somente na hora do jantar milady sai e toma seu lugar na grande cadeira sob o baldaquino. Com a expressão austera, aguarda em silêncio o gestor de seu séquito dizer-lhe que o jantar está servido.

O arcebispo, John Morton, entra e para a seu lado como se estivesse pronto para começar uma oração, mas ela permanece sentada, seu rosto uma pedra, sem dizer nada, nem sequer quando ele se inclina como se para ouvir o mais baixo sussurro.

— Está tudo bem com Sua Majestade, o rei? — pergunta minha mãe, com a voz leve e agradável.

Pela expressão de milady, parece que ela gostaria de manter seu silêncio.

— Está tendo que lidar com deslealdade — revela. — Ainda há traidores no reino, sinto dizer.

Minha mãe ergue as sobrancelhas, estala a língua como se também estivesse entristecida, e não diz nada.

— Espero que Sua Majestade esteja em segurança — tento.

— Aquele tolo e traidor Francis Lovell abusou do santuário que lhe foi dado e levantou um exército contra meu filho! — declara Lady Margaret em um repentino e terrível ataque de raiva. Seu corpo inteiro está tremendo, o rosto vermelho. Agora que se permitiu falar, não consegue evitar gritar; voa cuspe de sua boca, palavras se atropelam, seu toucado treme em sua fúria enquanto ela segura os braços da cadeira como se para manter-se sentada. — Como ele pôde? Como ele ousa? Escondeu-se em santuário para evitar a punição da derrota e agora sai de sua terra como uma raposa.

— Deus o perdoe! — exclama o arcebispo.

Não consigo evitar um engasgo. Francis Lovell foi amigo de infância de Ricardo e seu melhor companheiro. Cavalgou rumo à batalha ao seu lado e quando o rei caiu ele fugiu para santuário. Só pode ter saído por uma boa razão. Não é tolo, nunca cavalgaria por uma causa perdida. Lovell jamais teria saído de santuário e erguido seu estandarte sem saber que contava com apoio. Deve haver um grupo de homens, de cuja existência só eles mesmos sabem, que aguardavam o momento certo — talvez a saída de Henrique da segurança de Londres. Devem estar preparados e prontos para desafiá-lo. E não estarão contra ele sozinhos, devem ter um rei alternativo em mente. Devem ter alguém para colocar em seu lugar.

A mãe do rei encara-me como se eu também fosse explodir nas chamas da rebelião, procurando sinais de traição, como se pudesse ver uma marca de Caim em minha testa.

— Como um cão — diz ela, com desprezo. — Não é assim que o chamavam? Lovell, o cão? Saiu de seu canil como um vira-lata e ousa desafiar a paz de meu filho. Henrique ficará transtornado! E não estou ao lado dele! Ficará tão chocado!

— Deus o abençoe — murmura o arcebispo, tocando o crucifixo de ouro na corrente de pérolas em sua cintura.

Minha mãe é um retrato da preocupação.

— Levantou um exército? — repete ela. — Francis Lovell?

— Ele se arrependerá disso — jura milady. — Ele e Thomas Stafford. Irão arrepender-se de desafiar a paz e a majestade de meu filho. Deus em pessoa trouxe Henrique para a Inglaterra. Uma insurreição contra meu filho é uma rebelião contra a vontade de Deus. São hereges além de traidores.

— Thomas Stafford também? — arrulha minha mãe. — Um Stafford pegando em armas?

— E o irmão duas caras dele também! Os dois! Traidores! Todos eles!

— Humphrey Stafford? — pergunta minha mãe suavemente. — Ele também? E juntos os Stafford podem reunir tantos homens! Dois filhos de um nome tão importante! E Sua Majestade, o rei, marchará contra eles? Está juntando suas tropas?

— Não, não. — Lady Margaret menospreza a pergunta com um aceno de mão, como se ninguém fosse duvidar da coragem do rei se ela insistir que ele se esconda em Lincoln e deixe outra pessoa lutar por ele. — Por que ele deveria ir? Não há razão para que vá. Já escrevi pedindo-lhe que fique para trás. O tio dele, Jasper Tudor, liderará seus homens. Henrique reuniu milhares de homens para o exército de Jasper. E prometeu o perdão a quem se render. Escreveu para mim dizendo que estão perseguindo os rebeldes em direção ao norte, na rota para Middleham.

Era o castelo preferido de Ricardo, seu lar de infância. Em todos os condados do norte, os homens que estão apressando-se para unir-se a Francis Lovell, seu melhor amigo e companheiro de infância, são aqueles que conheciam Ricardo e Francis quando eram crianças e viviam ali. Francis conhece todo o entorno de Middleham; saberá onde fazer emboscadas e onde se esconder.

— Céus — diz minha mãe calmamente. — Devemos rezar pelo rei.

A mãe de Henrique engasga de alívio com a sugestão.

— É claro, é claro. A corte irá à capela depois do jantar. É uma excelente sugestão sua, Vossa Graça. Ordenarei uma missa especial. — Sinaliza com a cabeça para o arcebispo, que se curva para ela e sai, como se fosse alertar Deus.

Maggie, minha prima, inquieta-se com discrição em sua cadeira diante de tudo isso. Sabe que uma missa especial encomendada por milady para a segurança de seu filho demorará ao menos duas horas. Imediatamente Milady, a Mãe do Rei, desvia seu duro olhar para minha priminha.

— Parece que ainda há alguns tolos pecadores que apoiam a perdida Casa de York — diz ela. — Mesmo com a Casa de York acabada, e todos os seus herdeiros, mortos.

Nosso primo, John de la Pole, é um herdeiro vivo, que jurou serviço a Henrique; o irmão de Maggie, Edward, é um herdeiro de linhagem direta; mas ninguém dirá isso a milady. O irmão de Maggie está a salvo no quarto das crianças por enquanto, e o olhar de minha prima permanece fixo nas tábuas do chão, sob seus pés calçados com sapatilhas. Nada diz.

Minha mãe levanta-se e move-se com graciosidade em direção à porta, parando quando passa diante de Maggie, protegendo-a do olhar furioso de milady.

— Irei buscar meu rosário e meu livro de orações — afirma ela. — Gostaria que eu pegasse o missal de seu altar?

A atenção de Milady, a Mãe do Rei, é logo desviada.

— Sim, sim, obrigada. E convoque o coral à capela também. Todos devem buscar seus rosários. Iremos diretamente para lá depois do jantar.

Enquanto rezamos, tento imaginar o que está acontecendo, como se tivesse o poder de visão de minha mãe e conseguisse espiar por toda a Grande Estrada do Norte até chegar ao Castelo de Middleham, em Yorkshire. Caso Lovell consiga ficar atrás daquelas muralhas sólidas, poderá resistir por meses, talvez anos. Se o norte se erguer em apoio a ele, excederão em número qualquer exército Tudor sob o comando de Jasper. O norte sempre ficou passionalmente ao lado da Casa de York, Middleham amava Ricardo como seu querido lorde, o altar na capela deles é enfeitado de rosas brancas, talvez para sempre. Pelo canto do olho, observo minha mãe, a imagem da devoção: está ajoelhada, os olhos fechados, o rosto voltado para cima, um feixe de luz iluminando sua serena beleza, linda como um anjo eterno, meditando sobre os pecados do mundo.

— Sabia de tudo isso? — sussurro, aproximando a cabeça de meus dedos, que movimento para fingir que estou rezando meu rosário.

Ela não abre os olhos nem vira a cabeça enquanto seus lábios movem-se como se estivesse orando.

— Uma parte. Sir Francis enviou-me uma mensagem.

— Estão lutando por nós?

— Claro.

— Acredita que vencerão?

Um rápido sorriso cruza seu rosto.

— Talvez. Mas sei de uma coisa.

— Do quê?

— Eles quase mataram os Tudor de medo. Viu o rosto dela? Viu o arcebispo correndo da sala?

Palácio de Westminster, Londres, maio de 1486

O primeiro sinal que ouço de problemas nas ruas é o barulho alto das imensas portas exteriores do Palácio de Westminster sendo arrastadas por dezenas de homens, e então o barulho estrondoso ao serem fechadas. Em seguida escuto o pesado baque da viga com contrapeso sendo posicionada sobre os suportes para manter os portões fechados. Estamos fazendo uma barricada dentro do palácio; a família real da Inglaterra está com tanto medo dos londrinos que estamos trancando Londres do lado de fora.

Com a mão em minha grande barriga, vou aos aposentos da minha mãe. Ela está em sua janela, observando por cima das muralhas para a rua além, com minha prima Maggie de um lado e minha irmã Anne do outro. Mal se vira quando entro correndo, mas Maggie diz por cima do ombro:

— Estão dobrando a quantidade de guardas nas muralhas do palácio. Dá para vê-los correndo da casa da guarda até seus postos.

— O que está havendo? — pergunto. — O que está acontecendo lá embaixo?

— O povo está erguendo-se contra Henrique Tudor — explica mamãe, com toda calma.

— O quê?

— Estão juntando-se em torno do palácio, unindo-se, às centenas.

Sinto o bebê mover-se inquieto em minha barriga. Sento-me, engasgando ao inspirar.

— O que devemos fazer?

— Ficar aqui — responde minha mãe, inabalada. — Até que saibamos para onde ir.

— Para onde? — pergunto, sem paciência. — Onde ficaremos seguras?

Ela olha para meu rosto pálido e sorri.

— Mantenha-se calma, minha querida. Quero dizer que ficaremos aqui até saber quem ganhou.

— Sabemos ao menos quem está lutando?

Ela assente com a cabeça.

— É o povo inglês que ainda ama a Casa de York contra o novo rei. Estamos seguras de um jeito ou de outro. Se Lovell vencer em Yorkshire, se os irmãos Stafford vencerem suas batalhas em Worcestershire, se estes cidadãos londrinos tomarem a Torre e depois fizerem um cerco aqui, aí sairemos.

— E faremos o quê? — sussurro. Estou dividida entre uma animação crescente e o desespero absoluto.

— Retomaremos o trono — responde minha mãe, com serenidade. — Henrique Tudor está em uma luta desesperada para manter seu reino apenas nove meses depois de tê-lo conquistado.

— Retomar o trono! — Minha voz é um guincho de terror.

Minha mãe dá de ombros.

— As coisas não estão perdidas para nós até que a Inglaterra esteja em paz e unida atrás de Henrique Tudor. Esta pode ser apenas mais uma batalha da Guerra dos Primos. Henrique pode ser apenas mais um episódio.

— Todos os primos já se foram! — exclamo. — Todos os irmãos que compunham as casas de Lancaster e York já se foram!

Ela sorri.

— Henrique Tudor é um primo da Casa de Beaufort — diz. — Você é da Casa de York. Você tem um primo, John de la Pole, filho de sua tia

Elizabeth. Você tem um primo, Edward, conde de Warwick, filho de seu tio George. Há outra geração de primos; a questão é apenas se eles querem guerrear contra aquele que agora está no trono.

— Ele foi coroado rei! E é meu marido! — Ergo minha voz, mas nada a perturba.

Ela dá de ombros.

— Então você vence de um jeito ou de outro.

— Estão vendo o que eles carregam? — Maggie guincha de animação. — Veem a bandeira?

Levanto-me da cadeira e olho por cima da sua cabeça.

— Não consigo ver daqui.

— É a minha bandeira — informa Maggie, a voz tremendo de alegria. — É o cajado de Warwick! E estão chamando meu nome. Estão gritando "À Warwick! À Warwick!" Estão clamando por Teddy.

Encaro minha mãe por cima da cabeça agitada de minha irmã.

— Estão clamando por Edward, o herdeiro York — digo em voz baixa.

— Estão clamando por um menino York.

— Sim — responde ela, com calma. — Claro que estão.

Aguardamos notícias. É difícil aguentar a espera, sabendo que meus amigos, minha família e minha casa estão em guerra contra meu próprio marido. Porém é mais difícil para Milady, a Mãe do Rei, que parece ter desistido completamente de dormir, mas passa toda noite ajoelhada diante do pequeno altar de sua câmara privada e o dia inteiro na capela. Fica cada vez mais magra e pálida de preocupação; a ideia de seu único filho tão longe neste país sem fé, sem proteção além do exército do tio dele, deixa-a doente de medo. Ela acusa os amigos de terem-no desapontado, seus seguidores de terem se afastado dele. Lista os nomes em suas preces para Deus, um depois do outro, os homens que se agregaram em torno de um vencedor, mas abandonam um fracassado.

Ela segue sem comida, jejuando para atrair a bênção divina; mas todos podemos ver que está adoentada pelo medo crescente de que, apesar de tudo, seu filho não seja abençoado por Deus, que, por alguma razão desconhecida, Deus tenha se voltado contra os Tudor. Deu-lhes o trono da Inglaterra, mas não o poder para mantê-lo.

Há conflitos entre os bandos de Londres e as forças Tudor em pequenos vilarejos nos campos em torno de Westminster, como se em todas as encruzilhadas das estradas estivessem gritando "À Warwick!" Em Highbury há uma batalha: os rebeldes armados com pedras, rastelos e foices contra a guarda real fortemente armada. Há boatos de soldados de Henrique que jogaram o estandarte Tudor no chão e correram para juntar-se aos rebeldes. Há sussurros de que os grandes mercadores de Londres e até os Pais da Cidade estão apoiando as turbas que percorrem as ruas clamando pelo retorno da Casa de York.

Lady Margaret ordena que as portinholas de todas as janelas que dão para a rua sejam fechadas de modo que não possamos ver as batalhas que estão acontecendo logo abaixo das muralhas do palácio. Então ordena o fechamento das portinholas nas outras janelas também a fim de que não possamos ouvir a multidão gritando em apoio aos York, exigindo que Edward de Warwick, meu priminho Teddy, saia e acene para eles.

Evitamos que ele se aproxime das janelas da sala de aula, proibimos a criadagem de fofocar, mas ainda assim ele sabe que o povo da Inglaterra reivindica que seja rei.

— Henrique é o rei — diz Edward para mim enquanto o ouço ler uma história na sala de aula.

— Henrique é o rei — confirmo.

Maggie olha para nós dois, franzindo o cenho de preocupação.

— Então eles não deveriam gritar por mim — responde ele. Parece bastante resignado.

— Não, não deveriam — concordo. — Logo eles deixarão de gritar.

— Mas não querem um rei Tudor.

— Preste atenção, Teddy — interrompe Margaret. — Você sabe que não deve dizer nada.

Ponho minha mão sobre a dele.

— Não importa o que eles querem — digo a ele. — Henrique venceu a batalha e foi coroado Henrique VII. É o rei da Inglaterra, não interessa o que qualquer um diga. E todos estaríamos muito, muito errados se esquecêssemos que ele é o rei da Inglaterra.

Ele olha para mim com seu rosto inteligente e sincero.

— Não farei isso — promete-me. — Não me esqueço das coisas. Sei que ele é o rei. É melhor você dizer isso aos rapazes nas ruas.

Não digo isso aos rapazes nas ruas. Lady Margaret não permite que ninguém saia dos grandes portões até que, aos poucos, a exaltação diminui. As muralhas do Palácio de Westminster não são invadidas, os grossos portões não podem ser forçados. As turbas esfarrapadas são mantidas distantes: são levadas embora, fogem da cidade ou voltam com raiva a seus esconderijos. As ruas de Londres aquietam-se de novo, e abrimos as portinholas das janelas e os pesados portões do palácio como se fôssemos regentes confiantes, que podem dar as boas-vindas ao povo. Mas percebo que o humor da capital é hostil e que cada visita ao mercado provoca uma briga entre os servos da corte e os comerciantes. Mantemos dupla sentinela nas muralhas e ainda não temos notícias do norte. Não fazemos ideia se Henrique entrou em batalha contra os rebeldes nem quem venceu.

Então, ao fim de maio — quando a corte deveria estar planejando os esportes de verão, caminhando ao longo do rio, praticando justas, ensaiando peças, compondo músicas e cortejando —, uma carta chega de Henrique para milady, com um bilhete para mim, e uma carta aberta ao Parlamento, levada por meu tio, Edward Woodville, junto a um bem-vestido grupo de soldados da guarda, como se para mostrar que os servos Tudor podem usar suas librés em segurança, ao longo de toda a Grande Estrada do Norte, de York a Londres.

— O que diz o rei? — pergunta minha mãe.

— A rebelião chegou ao fim — respondo, lendo rapidamente. — Diz que Jasper Tudor perseguiu os rebeldes por uma grande distância em direção ao norte e então voltou. Francis Lovell escapou, mas os irmãos Stafford fugiram de novo para santuário. Ele tirou-os de santuário. — Paro e encaro minha mãe por cima do papel. — Quebrou santuário — comento. — Quebrou a lei da Igreja. Diz que irá executá-los.

Entrego-lhe a carta, surpresa com meu próprio sentimento de alívio. Claro que desejo a restauração de minha casa e a derrota do inimigo de Ricardo — às vezes sinto um prazeroso e violento desejo ao conjurar a vívida imagem de Henrique caindo de seu cavalo e lutando pela própria vida no chão, em meio a um ataque de cavalaria enquanto o barulho dos cascos se aproxima de sua cabeça. Mas, ainda assim, a carta me traz a boa notícia de que meu marido sobreviveu. Carrego um Tudor em minha barriga. Apesar de tudo, não consigo desejar que Henrique morra, que seja jogado nu e sangrando sobre as costas de seu cavalo manco. Casei-me com ele, dei-lhe minha palavra, é o pai do filho que terei. Posso ter enterrado meu coração em uma cova anônima, mas prometi minha lealdade ao rei. Fui uma princesa York, mas sou uma esposa Tudor. Meu futuro deve ser com Henrique.

— Acabou — repito. — Graças a Deus, acabou.

— Não está nem perto do fim — discorda minha mãe, em voz baixa. — Está só começando.

Palácio de Sheen, Richmond, verão de 1486

Henrique demora meses até voltar para nós; ele continua sua viagem, aproveitando os frutos da vitória enquanto a derrota de Lovell e dos Stafford faz com que todos os partidários hesitantes voltem para o lado Tudor — alguns deles atraídos pelo poder, outros temerosos pela derrota, todos conscientes de que fracassaram em se destacar entre os defensores reais quando o perigo ameaçou. Humphrey Stafford é julgado e executado por traição, mas seu irmão mais novo, Thomas, é poupado. Henrique oferece perdões tão livremente quanto ousa, apavorado com a ideia de que suspeitar demais de seus partidários provoque o afastamento deles. Diz a todos que será um bom rei, um rei misericordioso a quem aceitar seu governo, e se implorarem por seu perdão, verão sua generosidade.

Milady, a Mãe do Rei, comunica-se com o papa por intermédio de seu fantoche, John Morton, e a prestativa resposta de Roma é mudar as leis de santuário para servir aos Tudor. Traidores não podem mais esconder-se atrás das muralhas da Igreja. Deus estará ao lado do rei e fará valer a justiça real. Milady quer que o filho comande a Inglaterra dentro de seu próprio santuário, no altar, talvez até no paraíso, e o papa é persuadido a pensar como ela. Nenhum lugar na Terra pode estar a salvo da presença dos guardas de Henrique. Nenhuma porta, nem sequer uma em local sagrado, pode ser fechada para seus duros rostos.

O poder da lei inglesa também favorece os Tudor. Os juízes obedecem às ordens do novo rei, julgando homens que aderiram aos Stafford ou a Francis Lovell, perdoando alguns, punindo outros, de acordo com as instruções de Henrique. Na Inglaterra governada por meu pai, os juízes deviam decidir sozinhos, e o júri, ser livre de qualquer influência além da verdade. Mas agora os juízes esperam para ouvir as preferências do rei antes de chegar a uma sentença. As declarações de homens acusados, mesmo suas admissões de culpa, são menos importantes do que aquilo que o rei diz que fizeram. Júris nem sequer são consultados, nem mesmo fazem juramento. Henrique, que ficou longe da luta, governa à longa distância por intermédio de seus juízes covardes e comanda a vida e a morte.

O rei só retorna em agosto. De imediato, ele muda a corte para longe da cidade que o ameaçou, estabelecendo-se no entorno, no lindo e recém-restaurado Palácio de Sheen, ao lado do rio. Meu tio Edward vai com ele, e também meu primo John de la Pole, cavalgando tranquilos junto à comitiva real, sorrindo para camaradas que não confiam completamente neles, cumprimentando minha mãe como uma parente em público e jamais, jamais falando com ela a sós, como se tivessem que demonstrar todo dia que não há segredos entre os York, que estamos todos seguramente fiéis à Casa de Tudor.

Há muitos comentando que o rei não ousa viver em Londres, que está com medo das ruas tortas e dos caminhos sombrios da cidade, dos segredos sinuosos do rio e daqueles que silenciosamente trafegam nele. Há muitos dizendo que ele não tem certeza da lealdade de sua própria capital e que não acredita estar seguro dentro de suas muralhas. Os bandos treinados da cidade mantêm as armas a postos, e os aprendizes estão sempre preparados para se erguer e se revoltar. Se um rei é bem-amado em Londres, então possui uma muralha de proteção em torno de si, um exército leal sempre à sua porta protegendo-o. Mas um rei de popularidade incerta está sob ameaça em todos os momentos do dia, qualquer coisa — um clima quente, uma peça que dá errado, um acidente em uma justa, a prisão de um jovem popular — pode dar início a um tumulto capaz de retirá-lo do poder.

Henrique insiste que devemos nos mudar para Sheen, pois ama o campo no verão e se encanta diante da beleza do palácio e da riqueza de seu parque. Parabeniza-me pelo tamanho da barriga e insiste que eu me sente o tempo todo. Quando caminhamos juntos para o jantar, exige-me que apoie meu peso em seu braço como se meus pés estivessem prestes a ceder sob mim. É delicado e gentil comigo, e fico surpresa ao descobrir que me sinto aliviada em tê-lo em casa. A vigilância angustiada de sua mãe foi acalmada pela imagem dele, a inquietação constante de ser uma corte nova em um país incerto diminui, e a corte sente-se mais normal com Henrique saindo para caçar toda manhã e voltando para casa gabando-se da carne de veado fresca, entre a de outros animais, todas as noites. Sua aparência melhorou durante a longa viagem pela Inglaterra no verão, a pele aquecida pela luz do sol, o rosto mais relaxado e sorridente. Temia o norte da Inglaterra antes de visitá-lo, mas, agora que o pior de seus medos já se concretizou e ele sobreviveu, sente-se vitorioso outra vez.

Vem a meu quarto todas as noites, às vezes trazendo uma sobremesa de creme e vinho diretamente da cozinha, para que eu beba enquanto ainda está quente, como se eu não tivesse uma centena de serviçais para fazer o que peço. Rio dele, carregando a jarrinha e o copo, cuidadoso como um mordomo.

— Bem, você está acostumada a ter pessoas fazendo tudo para você — diz ele. — Foi criada em uma corte real, com dúzias de serviçais ao redor esperando algo para fazer. Mas na Bretanha eu tinha que servir a mim mesmo. Às vezes não tínhamos criados. Na verdade, às vezes não tínhamos casa, éramos quase sem-teto.

Vou para minha cadeira diante do fogo, mas isso não é bom o suficiente para a mãe do próximo príncipe.

— Sente-se na cama, sente-se na cama, ponha os pés para cima — insiste e ajuda-me a levantar, pegando meus sapatos e entregando-me a taça. Como um casal de comerciantes juntinhos em sua casa na cidade, fazemos nossa refeição a sós na companhia um do outro. Henrique coloca um atiçador no coração do fogo e, quando esquenta, mergulha-o em um jarro de cerveja fraca. A bebida ferve, e ele a serve ainda fumegante e a experimenta.

— Posso lhe dizer que meu coração virou pedra em York — confessa-me com franqueza. — Vento congelante e chuva que quase penetra em você, e os rostos das mulheres pareciam pedras também. Olhavam-me como se eu tivesse assassinado pessoalmente seus únicos filhos. Você sabe como são; amam Ricardo como se tivesse partido para a batalha ontem. Por que fazem isso? Por que ainda se agarram a ele?

Enterro meu rosto na taça de sobremesa para que não consiga ver meu leve sobressalto de angústia.

— Ele possuía aquele dom dos York, não? — pressiona-me. — De fazer com que as pessoas o amassem? Como seu pai, o rei Eduardo, tinha? Como você tem? É uma bênção, não há lógica nisso. Alguns homens simplesmente têm um charme, não é? E então as pessoas os seguem? As pessoas os seguem e pronto?

Dou de ombros. Não posso confiar em minha voz para falar dos motivos que fizeram a todos amarem Ricardo, dos amigos que teriam dado suas vidas por ele e que, mesmo agora, depois de sua morte, ainda lutam contra seus inimigos por amor à sua memória. Dos soldados que ainda brigam em tavernas quando alguém diz que ele era um usurpador. Das vendedoras de peixe que puxam uma faca para qualquer um que diga que ele era corcunda ou fraco.

— Não tenho isso, tenho? — pergunta-me Henrique, sem rodeios. — O que quer que seja; um dom ou um truque ou um talento. Não o tenho. Em todos os lugares aonde fomos, sorri, acenei e fiz tudo o que era possível, tudo o que deveria. Fiz o papel de um rei seguro de seu trono, mesmo que às vezes me sentisse como um pretendente sem dinheiro, com ninguém que acreditasse em mim além de uma mãe que me ama loucamente e um tio que me adora, um peão dos grandes jogadores que são os reis da Europa. Nunca fui alguém profundamente amado por uma cidade, nunca ouvi um exército rugir meu nome. Não sou um homem seguido por amor.

— Você venceu a batalha — respondo em tom seco. — Teve homens suficientes seguindo-o naquele dia. É isso que importa, aquele único dia. Como você diz a todos: você é o rei. É o rei por direito de conquista.

— Venci com tropas contratadas, pagas pelo rei da França. Venci com um exército emprestado da Bretanha. Metade deles era de mercenários, e a outra metade era de criminosos assassinos retirados das cadeias. Não tive homens que me serviram por amor. Não sou amado — admite em voz baixa. — Creio que jamais serei. Não tenho jeito para isso.

Abaixo a taça e, por um momento, nossos olhares se encontram. Naquele instante de troca acidental, percebo que está pensando que não é amado sequer pela própria esposa. É — simplesmente — desamado. Passou a juventude esperando pelo trono da Inglaterra e agora percebe que é uma coroa oca; não há um coração em seu centro. É vazia.

Não consigo pensar em algo para preencher o vazio constrangedor.

— Você tem adeptos — sugiro.

Ele dá uma risada curta e amarga.

— Ah, sim, comprei alguns: os Courtenay e os Howard. E tenho os amigos que minha mãe fez para mim. Posso contar com alguns poucos amigos de antes; meu tio, o conde de Oxford. Posso confiar nos Stanley e nos parentes de minha mãe. — Ele faz uma pausa. — É uma pergunta estranha para um marido fazer à esposa, mas não conseguia pensar em nada além disso quando Lovell se voltou contra mim. Sei que ele era amigo de Ricardo. Vejo que Francis Lovell ama Ricardo a ponto de continuar a lutar por ele mesmo depois de sua morte. Isso me fez pensar: posso contar com você?

— Por que sequer me perguntaria isso?

— Porque todos me dizem que você também amava Ricardo. E agora conheço-a bem o suficiente para ter certeza de que não era guiada pela ambição de ser sua rainha, era guiada pelo amor. É por isso que lhe pergunto. Ainda o ama? Assim como lorde Lovell? Como as mulheres de York? Ama-o apesar da morte dele? Como York ama, como lorde Lovell ama? Ou posso contar com você?

Remexo-me levemente como se estivesse desconfortável na cama macia, tomando pequenos goles de minha bebida. Indico minha barriga.

— Como diz, sou sua esposa. Pode contar com isso. Estou prestes a ter seu filho. Pode contar com isso.

Ele confirma com a cabeça.

— Sabemos como isso aconteceu. Tínhamos que gerar uma criança; não foi um ato de amor. Você teria me recusado se pudesse, e toda noite virava seu rosto para o outro lado. Mas estive me perguntando, enquanto estava fora, encarando tanta hostilidade, enfrentando uma rebelião, se a lealdade pode crescer, se a confiança pode surgir entre nós.

Ele nem sequer menciona amor.

Desvio os olhos. Não consigo ir ao encontro de seu olhar firme e não consigo responder sua pergunta.

— Tudo isso, eu já prometi — respondo de maneira inadequada. — Fiz meus votos de casamento.

Ele ouve a recusa em minha voz. Gentilmente inclina-se e pega de minhas mãos a taça vazia.

— Vou deixar isso como está, então — afirma e sai do meu quarto.

Convento de St. Swithin, Winchester, setembro de 1486

Um sol rosado entre nuvens cor de açafrão está afundando sob o peitoril de minha janela, numa tarde de setembro, quando acordo de meu repouso vespertino e permaneço deitada, desfrutando do calor no rosto, sabendo que este é meu último dia de sol. Esta noite tenho de vestir-me bem, aceitar os elogios da corte, receber seus presentes e entrar em resguardo para aguardar o nascimento do meu bebê. Meus cômodos de resguardo serão escurecidos pelas venezianas, minhas janelas serão fechadas, até mesmo a frágil luz das velas será reduzida até que o bebê nasça.

Se Milady, a Mãe do Rei, pudesse declarar em público quando o bebê foi concebido — um mês completo antes de nosso casamento —, teria me trancado há quatro semanas. Mas ela já escreveu em seu Livro Real que uma rainha deve ficar reclusa seis semanas antes da data esperada para o parto. Deve fazer um jantar de despedida, e a corte deve escoltá-la até a porta da câmara de reclusão. Deve entrar, e não pode sair — queira Deus, escreve a religiosa senhora a esta altura — até seis semanas depois do nascimento de uma criança saudável, quando o bebê deve ser levado ao batizado, e ela emergir para ser abençoada e retomar seu lugar na corte. Uma estada no silêncio e na escuridão, durando três longos meses. Enquanto leio isso, em sua letra elegante escrita em tinta preta, e estudo suas opiniões sobre a qualidade das tapeçarias nas paredes e os reposteiros sobre a cama, penso que somente uma mulher estéril comporia tal regime.

Milady, a Mãe do Rei, teve apenas uma criança, seu precioso filho Henrique, e tornou-se infecunda desde seu nascimento. Creio que se houvesse alguma chance de ela ser colocada fora do mundo por três meses a cada ano, as ordens de resguardo seriam bem diferentes. Essas regras não existem para assegurar minha privacidade e meu descanso, e sim para manter-me fora do caminho da corte, para que ela possa tomar meu lugar por três gloriosos e longos meses toda vez que seu filho me engravidar. É simples assim.

Mas, desta vez, maravilhosamente, quem se prejudica é ela, pois nós três declaramos em alto e bom som, publicamente, que o bebê foi fruto da lua de mel, o resultado abençoadamente rápido de um casamento realizado em janeiro, e que deve nascer na metade de outubro. Então, pelas próprias regras de milady, não tenho que entrar em resguardo até agora, a primeira semana de setembro. Se tivesse me colocado na escuridão aos sete meses e meio, eu teria perdido agosto por completo, mas fui liberada — com uma barriga imensa, porém gloriosamente livre — e tenho rido com discrição por um mês enquanto a vejo cada vez mais frustrada pela farsa.

Agora espero passar cerca de uma semana em resguardo, antes do parto, neste melancólico crepúsculo, banida do mundo exterior, sem ver homem algum além de um padre atrás de uma tela. Depois terei seis longas semanas de isolamento após o nascimento. Em minha ausência, sei que milady terá prazer em comandar a corte, recebendo parabéns pelo nascimento de seu neto, supervisionando o batizado e ordenando o banquete, enquanto fico trancada em meus aposentos e nenhum homem — nem meu marido, seu filho — poderá me ver.

Minha criada traz um vestido verde do guarda-roupa para minha despedida oficial. Aceno para que o leve embora — não suporto mais vestir o verde dos Tudor —, quando a porta se abre com um estrondo e Maggie entra correndo no quarto, jogando-se de joelhos diante de mim.

133

— Elizabeth, quer dizer, Vossa Alteza! Elizabeth! Ah, Elizabeth, salve Teddy!

O bebê parece pular assustado em minha barriga quando me levanto da cama e apoio-me nos reposteiros, enquanto o quarto gira vertiginosamente à minha volta.

— Teddy?

— Estão levando-o! Estão levando-o embora!

— Cuidado! — avisa minha irmã Cecily imediatamente, correndo para o meu lado e ajudando-me a ficar de pé. Nem sequer a escuto.

— Levando-o para onde?

— Para a Torre! — grita Maggie. — Para a Torre! Ah! Venha rápido e impeça-os. Por favor!

— Vá até o rei — peço a Cecily, olhando para trás, enquanto me movo com rapidez até a porta. — Dê-lhe meus cumprimentos e pergunte se posso vê-lo imediatamente. — Seguro o braço de minha prima Maggie e digo: — Vamos, irei com você para impedi-los.

Às pressas, desço descalça pelos longos corredores de pedra, as ervas roçando na cauda da minha camisola, e então Maggie corre à minha frente, subindo as escadas de pedra até o andar da sala das crianças, onde ela, Edward e minhas irmãzinhas, Catherine e Bridget, têm seus aposentos com os tutores e seus criados. Em seguida, vejo-a recuar e ouço o barulho de meia dúzia de botas pesadas descendo as escadas.

— Não podem levá-lo! — escuto-a dizer. — Estou aqui com a rainha! Não podem levá-lo.

Quando descem a curva da escada vejo primeiro os pés calçados com botas, pertencentes ao homem que está à frente, e então suas calças escarlates e sua túnica vermelha enfeitada de renda dourada: o uniforme dos soldados da guarda, a recém-criada tropa pessoal de Henrique. Atrás dele vem outro, e outro; enviaram um destacamento de dez homens para deter um garotinho de 11 anos, pálido e trêmulo. Edward está com tanto medo que o último homem o segura pelas axilas para que não caia das escadas; seus pés estão suspensos, as magras pernas debatendo-se enquanto o carregam sem jeito para onde estou, ao pé das escadas. Ele parece um boneco com mechas castanhas despenteadas e olhos arregalados de medo.

— Maggie! — grita ele ao ver a irmã. — Maggie, diga a eles para me soltarem!

Dou um passo adiante.

— Sou Elizabeth de York — digo para o homem que vai à frente. — Esposa do rei. Este é meu primo, o conde de Warwick. Não deveriam sequer tocá-lo. O que pensam que estão fazendo?

— Elizabeth, diga a eles para me soltarem! — insiste Teddy. — Soltem-me! Soltem-me!

— Libertem-no — ordeno ao homem que o segura.

O guarda o solta de forma abrupta, mas, assim que seus pés tocam o chão, Teddy cai frouxamente, chorando de frustração. Maggie está agachada ao lado dele em um instante, pressionando-o contra o ombro dela, alisando seu cabelo, fazendo carinho em suas bochechas, mimando-o até que se acalme. Ele se afasta dela e lança-lhe um olhar inocente.

— Eles me tiraram da carteira na sala de aula — exclama com sua aguda voz de menino. Está chocado com o fato de alguém tocá-lo sem permissão; foi um conde durante toda a vida, sempre criado com gentileza e servido com cuidado. Por um momento, olhando seu rosto molhado de lágrimas, penso nos dois meninos da Torre que foram levados de suas camas, e não havia ninguém para impedir os homens que vieram buscá-los.

— Ordens do rei — afirma o comandante da guarda com rapidez para mim. — Ele não será machucado.

— Houve um engano. Ele tem que ficar aqui, conosco, com sua família — respondo. — Espere aqui enquanto vou falar com Sua Majestade, o rei, meu marido.

— Minhas ordens são claras. — O homem começa a discutir, quando a porta se abre e Henrique aparece no batente, vestido para cavalgar, um chicote em uma das mãos e suas caras luvas de couro na outra. Minha irmã, Cecily, espia em torno dele para ver Maggie e eu, com o jovem Edward lutando para se erguer.

— O que é isto? — reclama Henrique sem uma palavra de saudação.

— Houve algum engano — explico. Fico tão aliviada ao vê-lo que me esqueço de fazer uma mesura. Vou apressada em sua direção e pego sua mão quente. — Os guardas pensaram que tinham que levar Edward até a Torre.

— Eles têm — diz Henrique bruscamente.

Fico espantada com seu tom.

— Mas, milorde...

Ele acena com a cabeça para o guarda.

— Continue. Leve o menino.

Maggie dá um pequeno grito de desalento e envolve Teddy com o braço.

— Milorde — digo com urgência. — Edward é meu primo. Não fez nada. Está estudando na sala das crianças aqui, com minhas irmãs e sua irmã. Ama-o como seu rei.

— Amo — concorda Teddy de forma clara. — Prometi. Mandaram-me dizer que prometo, então prometi.

Os guardas fecharam-se em torno dele de novo, mas estão esperando as novas ordens de Henrique.

— Por favor — peço. — Por favor, deixe Teddy ficar aqui com todos nós. Sabe que ele jamais faria mal a alguém. Certamente não a você.

Henrique segura meu ombro com gentileza e me guia para longe dos outros.

— Deveria estar descansando — diz ele. — Não deveria ter sido perturbada por isto, não deveria ficar nervosa. Deveria estar entrando em resguardo. Tudo isto deveria ter acontecido depois de você se recolher.

— Estou muito próxima da minha hora — sussurro com insistência para ele. — Como você sabe. Muito próxima. Sua mãe diz que devo ficar calma, que posso afetar o bebê se não ficar calma. Mas não poderei permanecer calma se Teddy for levado de nós. Por favor, deixe-o ficar conosco. Estou me sentindo infeliz. — Dou uma olhada rápida em seus penetrantes olhos castanhos, que estão lendo meu rosto. — Muito infeliz, Henrique. Sinto-me aflita. Estou nervosa. Por favor, diga-me que ficará tudo bem.

— Vá e deite-se em seu quarto — solicita ele. — Resolverei isto. Não deveria ter sido perturbada. Não deveriam ter contado a você.

— Irei para meus aposentos — prometo. — Mas preciso ter sua palavra de que Teddy ficará conosco. Irei, assim que souber que Teddy pode ficar aqui.

Com um repentino sentimento de apreensão, vejo Milady, a Mãe do Rei, entrar na sala.

— Vou levá-la de volta a seu quarto — oferece. Algumas de suas damas de companhia surgem atrás dela. — Venha.

Hesito.

— Vá — comanda Henrique. — Vá com minha mãe. Resolverei as coisas aqui e então irei vê-la.

— Mas Teddy fica conosco — determino.

Henrique hesita enquanto sua mãe anda silenciosamente em torno de mim para ficar às minhas costas. Envolve-me com os braços, segurando-me perto dela. Por um momento penso que é um abraço amoroso, então sinto a força de seu aperto. Duas de suas damas se aproximam de cada lado e seguram meus braços. Sou capturada; para minha surpresa absoluta, sou imobilizada. Uma das damas pega Maggie, e duas delas seguram-na enquanto os guardas levantam Teddy e levam-no embora do cômodo.

— Não! — grito.

Maggie está lutando e chutando, debatendo-se para chegar até o irmão.

— Não! Não podem levar Teddy, ele não fez nada! Não para a Torre! Não Teddy!

Henrique lança um olhar horrorizado para mim, presa por sua mãe, lutando para me livrar, e então se vira e sai do cômodo, seguindo seus guardas.

— Henrique! — grito.

Milady, a Mãe do Rei, põe sua mão firme sobre minha boca para me calar, e ouvimos os pesados passos dos guardas descendo a galeria e depois as escadas. Em seguida ouvimos a porta externa bater. Quando o silêncio volta, milady tira a mão de minha boca.

— Como ousa! Como ousa me segurar? Solte-me!

— Vou levá-la a seu quarto — retruca com firmeza. — Não pode ficar nervosa.

— Eu estou nervosa! — grito para ela — Estou nervosa! Teddy não pode ir para a Torre.

Ela sequer me responde; indica a suas damas que a sigam, e elas me guiam com firmeza para fora do cômodo. Atrás de mim, Maggie derramou-se em lágrimas, e as mulheres que a estavam segurando abaixam-na gentilmente até o chão e limpam seu rosto, sussurrando que tudo ficará bem. Minha irmã Cecily está horrorizada diante da violência repentina e rápida a que assistiu. Quero que ela vá buscar nossa mãe, mas está atordoada com o choque, seus olhos indo de mim para milady, como se a mãe do rei tivesse desenvolvido presas e asas e estivesse mantendo-me prisioneira.

— Venha — pede milady. — Você deveria deitar.

Ela lidera o caminho, e as mulheres soltam-me para segui-la. Ando atrás dela, lutando para controlar meu temperamento.

— Milady, preciso pedir-lhe para interceder em favor do meu primo Edward — digo para suas costas eretas, seu véu branco, seus ombros rígidos. — Imploro-lhe que fale com seu filho e peça a ele que liberte Teddy. A senhora sabe que Teddy é um menino inocente, livre de qualquer mau pensamento. Fez dele seu protegido, qualquer acusação sobre ele reflete sobre a senhora.

Em silêncio, continua caminhando adiante pelas portas fechadas. Sigo-a cegamente, procurando por palavras que a façam parar, virar, concordar, quando ela abre as portas duplas de um cômodo escuro.

— É seu protegido — digo. — Deveria estar sob sua proteção.

Ela não me responde.

— Aqui. Entre. Descanse.

Obedeço.

— Lady Margaret, imploro-lhe... — começo, e então vejo que suas damas nos seguiram para o interior do cômodo sombrio, e uma delas virou a chave na fechadura antes de entregá-la em silêncio para milady.

— O que está fazendo? — questiono.

— Esta é a sua câmara de resguardo — responde ela.

Agora, pela primeira vez, percebo para onde me levou. É um longo e lindo cômodo com altas janelas arqueadas, bloqueadas por tapeçarias para que nenhuma luz entre. Uma das damas de companhia está acendendo as velas, sua luz bruxuleante e amarela iluminando as paredes de pedra exposta e o teto alto e arqueado. O lado distante do quarto é protegido por uma tela, e consigo ver um altar e as velas queimando perante um ostensório, um crucifixo e um quadro de Nossa Senhora. Diante da tela existem bancos de oração e, na frente deles, a lareira, com uma grande cadeira e bancos menores, arrumados em um círculo adequado à conversação. Com um calafrio, vejo que minha costura está na mesa ao lado da grande cadeira, e que o livro que estava lendo antes de deitar para meu cochilo foi buscado de meu quarto de dormir e está aberto ao lado dela.

Em seguida há uma mesa de jantar e seis cadeiras, vinho e água em lindos jarros de vidro veneziano sobre a mesa, pratos de ouro prontos para servir o jantar, uma caixa com petiscos para o caso de fome.

Mais perto de nós há uma grande cama, com colunas grossas de carvalho, ricas cortinas e dossel. Em um impulso, abro o baú que está ao pé da cama e, ali, cuidadosamente dobrados e em meio a flores secas de lavanda, estão meus vestidos preferidos e minhas melhores roupas de baixo, prontos para serem usados quando voltarem a servir em mim. Há uma cama diurna ao lado do baú e um berço real lindamente trabalhado e entalhado, pronto com lençóis, ao lado da cama.

— O que é isto? — pergunto como se não soubesse. — O que é isto? O que é isto?

— Você está em resguardo — explica Lady Margaret pacientemente, como se falasse com uma idiota. — Pela sua saúde e pela saúde do bebê.

— E quanto a Teddy?

— Foi levado à Torre para sua própria segurança. Corria perigo aqui. Precisa ser protegido com cuidado. Mas falarei com o rei sobre seu primo. Contarei a você o que ele disser. Sem dúvida, ele julgará com justiça.

— Quero ver o rei agora!

Ela faz uma pausa.

— Agora, filha, você sabe que não pode vê-lo, nem a qualquer outro homem, até que saia do resguardo — afirma, de maneira sensata. — Mas levarei a ele qualquer mensagem ou qualquer carta que deseje escrever.

— Quando eu tiver dado à luz você terá que me soltar — digo, sem fôlego. É como se o quarto não tivesse ar, e eu estivesse lutando para respirar. — Então verei o rei e vou dizer a ele que fui aprisionada aqui.

Ela suspira como se eu fosse muito tola.

— Por favor, Vossa Alteza! Deve se acalmar. Todos concordamos que você entraria em resguardo esta noite, sabia muito bem que faria isso hoje.

— E quanto ao jantar e à despedida da corte?

— Sua saúde não estava forte o bastante. Você mesma disse.

Fico tão surpresa com a mentira que a encaro, pasma.

— Quando eu disse isso?

— Disse que estava aflita. Disse que estava nervosa. Aqui não há aflição nem nervosismo. Ficará aqui, sob minha orientação, até que tenha dado à luz o bebê com segurança.

— Quero ver minha mãe, e agora! — ordeno. Fico furiosa ao ouvir minha voz tremer. Mas tenho medo de milady neste cômodo escuro e sinto-me impotente. Minha memória mais antiga é de estar confinada, em santuário, em um labirinto úmido de cômodos frios sob a capela da Abadia de Westminster. Tenho horror de espaços fechados e lugares escuros, e agora estou tremendo com raiva e medo. — Quero ver minha mãe. O rei disse que eu deveria vê-la. O rei prometeu-me que ela estaria comigo aqui.

— Entrará no resguardo com você, é claro — concede. Ela faz uma pausa. — E ficará aqui até que você saia, quando o bebê nascer. Dividirá com você o resguardo.

Só consigo olhar espantada para ela. Detém todo o poder, e eu não tenho nenhum. Fui efetivamente aprisionada por ela e pela convenção de nascimentos reais que codificou e com a qual concordei. Agora ficarei enclausurada por semanas em um quarto sombrio, do qual ela tem a chave.

— Sou livre — asseguro, com ousadia. — Não sou prisioneira. Estou aqui para dar à luz. Eu escolhi vir até aqui. Não estou presa contra minha vontade. Sou livre. Se quiser sair, posso simplesmente sair. Ninguém pode me impedir, sou a esposa do rei da Inglaterra.

— Claro que é — concorda ela, então sai pela porta e vira a chave na fechadura pelo lado de fora, deixando-me. Estou trancada aqui dentro.

Minha mãe vem na hora do jantar, segurando a mão de Maggie.

— Viemos ficar com você — diz ela.

Maggie está branca como se estivesse mortalmente doente, os olhos vermelhos de tanto chorar.

— E quanto a Teddy?

Minha mãe balança a cabeça.

— Levaram-no para a Torre.

— Por que fariam isso?

— Gritaram "À Warwick!" quando lutaram contra Jasper Tudor no norte. Carregaram o estandarte com o cajado em Londres — revela minha mãe, como se isto fosse razão suficiente.

— Estavam lutando por Teddy — conta-me Maggie. — Mesmo que ele não tenha pedido, mesmo que ele jamais fosse pedir. Ele sabe que não pode dizer tais coisas. Ensinei a ele. Sabe que Henrique é o rei. Sabe que não deve dizer nada sobre a Casa de York.

— Não há acusação contra ele — diz minha mãe brevemente. — Não foi acusado de traição. Não foi acusado de nada. O rei diz que está agindo apenas para proteger Teddy. Diz que ele pode ser capturado por rebeldes e usado por eles como testa de ferro. Diz que Teddy ficará mais seguro na Torre por enquanto.

Minha risada diante dessa mentira extraordinária vira um soluço.

— Mais seguro na Torre! Meus irmãos ficaram mais seguros na Torre?

Minha mãe faz uma expressão de dor.

— Sinto muito — desculpo-me de imediato. — Perdoe-me, sinto muito. O rei disse por quanto tempo deixará Teddy lá?

Maggie vai em silêncio até a lareira e afunda-se em um banco para pés, a cabeça voltada para longe de nós.

— Pobre criança — lamenta minha mãe. Para mim, ela responde: — Ele não disse. Eu não perguntei. Levaram as roupas de Teddy e seus livros.

Creio que teremos que presumir que Sua Majestade irá mantê-lo preso até achar que está a salvo da rebelião.

Olho para ela; é a única de nós que pode saber quantos rebeldes estão à espreita, esperando um chamado para se levantar por York, vendo a última batalha como sendo um degrau para a próxima e dessa para outra — não como uma derrota. É uma mulher que nunca vê a derrota. Pergunto-me se é a líder deles, se é seu otimismo determinado que os motiva.

— Alguma coisa irá acontecer?

Ela balança a cabeça.

— Não sei.

Grande Salão do Prior, Winchester, 19 de setembro de 1486

Tenho de suportar minha reclusão em um estado de tristeza e medo. É tão parecido com os longos meses na escuridão da cripta sob a capela em Westminster que acordo todas as manhãs arfando, segurando a cabeceira entalhada para evitar pular da cama e gritar por socorro. Ainda tenho pesadelos com a escuridão e os salões cheios de gente. Minha mãe estava grávida, meu pai tinha fugido para o exterior e nosso inimigo estava no trono; eu tinha quatro anos. Mary, minha querida irmãzinha que agora está no céu, e Cecily choravam o tempo todo por seus brinquedos, por seus animais de estimação, por seu pai, sem saber realmente pelo que estavam chorando, cientes apenas que toda a nossa vida fora mergulhada na escuridão, no frio e na pobreza. Costumava olhar para o rosto pálido e sem esperança de minha mãe e perguntar-me se ela sorriria para mim de novo. Sabia que enfrentávamos um perigo terrível, mas eu tinha apenas quatro anos, não sabia qual era o perigo ou como aquela prisão úmida poderia manter-nos seguras.

Passamos metade de um ano dentro dos muros da cripta, metade de um ano sem ver o sol, nunca andamos do lado de fora, nunca respiramos o ar fresco. Nós nos tornamos acostumadas a uma vida na prisão, como condenados tornam-se habituados aos limites de suas celas. Mamãe deu à luz Eduardo dentro daquelas úmidas paredes. Ficamos cheias de alegria porque finalmente tínhamos um menino, um herdeiro; contudo, sabíamos que não havia um modo de colocá-lo no trono — nem sequer de colocá-lo sob o sol e no ar de seu próprio país. Seis meses é um longo, longo tempo para uma menininha de apenas quatro anos. Pensei que jamais sairíamos, pensei que cresceria e ficaria mais e mais alta, como uma erva daninha longa e pálida, e morreria branca como aspargo naquela escuridão. Tinha um sonho em que estávamos todos nos transformando em vermes de caras brancas, e que viveríamos debaixo da terra para sempre. Foi quando eu comecei a odiar espaços fechados, a odiar o cheiro de umidade, cheguei até a odiar o som do rio batendo contra as paredes à noite, pois temia que as águas subissem e subissem e chegassem em minha cama e me afogassem.

Quando meu pai voltou para casa, depois de vencer duas batalhas, uma seguida da outra, ele nos salvou, resgatou-nos como um cavaleiro saído de um conto de fadas. Emergimos da cripta, saídas da escuridão como o Senhor ressuscitado indo para a luz. Então fiz a mim mesma uma promessa infantil de que nunca voltaria a ficar confinada.

Esta é a roda da fortuna — como minha avó Jacquetta diria. A roda da fortuna pode levar você muito alto e depois arremessar muito baixo, e não há nada que possa fazer além de encarar suas voltas com coragem. Lembro com clareza que, quando era uma menininha, não conseguia achar essa coragem.

Quando tinha 17 anos e era a favorita na corte de meu pai, a mais bela princesa da Inglaterra com tudo à minha frente, meu pai morreu, e tivemos que fugir de novo para santuário, por medo de seu irmão, meu tio Ricardo. Por nove longos meses, esperamos em santuário, brigando umas com as outras, furiosas com nosso próprio fracasso, até que minha mãe entrou em acordo com Ricardo, e eu fui libertada para a luz, para a corte, para o amor. Pela segunda vez saí da escuridão como um fantasma retornando à vida. Mais uma vez pisquei sob a luz quente da liberdade como um falcão encapuzado, de repente solto para voar, e jurei que nunca seria aprisionada outra vez. Mais uma vez, provam-me errada.

Minhas dores começam à meia-noite.

— É cedo demais — sussurra uma de minhas damas, com medo. — Pelo menos um mês cedo demais. — Vejo um rápido olhar entre aquelas duas conspiradoras habituais, minha mãe e Milady, a Mãe do Rei.

— Está um mês adiantado — confirma milady em voz alta para qualquer um que esteja fazendo as contas. — Teremos que orar.

— Milady, poderia ir até sua própria capela e rezar por nossa filha? — pergunta minha mãe rápida e astutamente. — Um bebê prematuro necessita de intervenção dos santos. A senhora faria a gentileza de rezar por ela no momento de seu trabalho de parto?

Milady hesita, dividida entre Deus e a curiosidade.

— Pensei em ajudá-la aqui. Achei que deveria testemunhar...

Minha mãe dá de ombros para o quarto, as parteiras, minhas irmãs, as damas de companhia.

— Tarefas terrenas — diz, simplesmente. — Mas quem consegue rezar como a senhora?

— Chamarei o padre e o coro — afirma milady. — Mande-me notícias durante a noite. Mandarei acordarem o arcebispo. Nossa Senhora ouvirá minhas preces.

Abrem a porta para a mãe do rei, e ela sai, animada com sua missão. Minha mãe sequer sorri quando se vira para mim novamente e diz:

— Agora, vamos fazer você andar.

Enquanto milady trabalha ajoelhada, eu passo a noite toda em trabalho de parto, até que, ao raiar do dia, viro meu rosto suado para minha mãe e digo:

— Sinto-me estranha, milady mãe. Sinto-me estranha, como nunca me senti antes. Sinto como se algo terrível estivesse prestes a acontecer. Estou com medo, mamãe.

Ela removeu seu toucado de cabeça, e o cabelo está arrumado em uma trança que desce por suas costas. Andou a noite toda a meu lado, e agora seu rosto cansado sorri.

— Apoie-se nas mulheres. — É tudo o que diz.

Pensei que seria uma luta, depois de todas as histórias terríveis que ouvi de outras mulheres sobre dor a ponto de gritar e bebês que têm de ser virados, ou bebês que não conseguem nascer e, às vezes, fatalmente, têm de ser removidos à faca. Minha mãe ordena que duas das parteiras fiquem próximas de mim, uma de cada lado, para manter-me de pé, pega meu rosto em suas mãos frias, fita-me nos olhos com seu olhar acinzentado e diz em voz baixa:

— Vou contar para você. Fique muito quieta, meu amor, e ouça minha voz. Vou contar de um até dez, e, enquanto conto, você verá que seus membros ficam mais pesados e sua respiração mais profunda. Tudo que conseguirá ouvir será minha voz. Sentirá que está flutuando, como se fosse Melusina na água, flutuando por um rio de água doce, e não sentirá dor, somente uma tranquilidade profunda como a do sono.

Estou observando seus olhos e, então, não consigo ver nada além de sua expressão calma e ouvir nada além de sua voz baixa contando. A dor surge e desaparece em minha barriga, mas parece que está muito longe, e flutuo, da mesma forma que ela prometeu que eu faria, como se estivesse em uma corrente de água doce.

Consigo ver a tranquilidade em seu olhar e a iluminação de seu rosto, e sinto que estamos em um tempo de irrealidade, como se ela estivesse fazendo uma mágica em torno de nós com sua contagem calma e confiável, que parece prosseguir bem devagar e demorar uma eternidade.

— Não há nada a temer — garante-me suavemente. — Nunca há nada a temer. O pior medo é do próprio medo, e você consegue superar isso.

— Como? — murmuro. Sinto-me como se estivesse falando em meu sono, flutuando sobre um córrego de sono. — Como posso superar o pior medo?

— Você só decide — diz, simplesmente. — Só decida que não será uma mulher temerosa e, quando chegar a algo que a deixa apreensiva, encare e ande em sua direção. Lembre-se: qualquer coisa que tema, caminhe devagar e decididamente em sua direção. E sorria.

Sua certeza e a descrição de sua própria coragem fazem-me sorrir mesmo que minhas dores venham e depois suavizem-se, mais rápido agora, a cada poucos minutos, e vejo seu amado sorriso em resposta enquanto seus olhos enrugam.

— Escolha ser valente — pede-me. — Todas as mulheres da família são corajosas como leões. Não choramingamos e não nos arrependemos.

Meu estômago parece comprimir-se e revirar.

— Acho que o bebê está vindo — alerto e respiro profundamente.

— Também acho que sim — responde ela e volta-se para as parteiras que me seguram, uma sob cada braço, enquanto a terceira ajoelha-se diante de mim e encosta o ouvido em minha barriga tensa.

— Agora — afirma.

— Seu bebê está pronto — fala minha mãe. — Deixe-o vir ao mundo.

— Ela precisa empurrar — anuncia uma das parteiras com veemência. — Precisa lutar. Ele deve nascer com labuta e dor.

Minha mãe a desconsidera.

— Não precisa lutar. Seu bebê está vindo. Ajude-o a vir até nós, abra seu corpo e deixe-o vir ao mundo. Dá-se à luz, não se força à luz ou faz um cerco a ela. Não é uma batalha, é um ato de amor. Dá-se à luz uma criança e pode-se fazê-lo com gentileza.

Consigo sentir os tendões de meu corpo abrindo e esticando.

— Está vindo! — aviso, repentinamente alerta. — Posso sentir...

E então há uma arremetida, um empurrão e uma sensação inescapável de movimento, e então o som agudo de uma criança chorando, e minha mãe sorrindo, apesar de ter os olhos cheios de lágrimas. Enfim, ela diz:

— Você tem um bebê. Muito bem, Elizabeth. Seu pai ficaria orgulhoso de sua coragem.

Soltam-me do aperto que envolvia meus braços, deito-me no divã, viro-me para a mulher que está enrolando um pequeno embrulho ensanguentado e estico os braços, ordenando com impaciência:

— Dê-me meu bebê! — Tomo-o, encantada de que seja um bebê tão perfeitamente formado, com cabelo castanho e uma boca rosada aberta para gritar, e um rosto zangado e corado. Mas minha mãe afasta o pano de linho no qual foi enrolado e mostra-me seu corpinho perfeito.

— Um menino — diz, e não há nem triunfo nem alegria em seu tom, apenas um profundo encanto, apesar de a voz dela estar rouca de cansaço. — Deus atendeu mais uma vez às preces de Lady Margaret. As linhas Dele são mesmo tortas. Você deu aos Tudor o que precisam: um menino.

O rei em pessoa tem aguardado a noite toda pelas notícias, como um marido amoroso que mal pode esperar por um mensageiro. Minha mãe veste o roupão sobre seu vestido de linho manchado e sai para contar-lhe nosso triunfo, a cabeça erguida de orgulho. Enviam uma mensagem à Milady, a Mãe do Rei, na capela dizendo que suas preces foram atendidas e que Deus assegurou a linhagem Tudor. Ela entra no momento em que as mulheres estão me ajudando a subir na grande cama para descansar, enquanto lavam e enrolam o bebê em cueiros. A ama de leite faz uma mesura e mostra-o a milady, que vai até ele com ganância, como se fosse uma coroa em um arbusto espinhento. Ela toma-o e aperta-o próximo de seu coração.

— Um menino — diz, no mesmo tom em que um sovina sussurraria "Deus". — Deus atendeu às minhas preces.

Concordo com a cabeça. Estou cansada demais para falar com ela. Minha mãe leva uma taça de cerveja quente condimentada até meus lábios, e sinto o cheiro do açúcar e do conhaque, bebendo com entusiasmo. Sinto como se estivesse flutuando, o cansaço e o fim da dor deixando-me com a sensação de estar em um sonho, embriagada com a cerveja do parto, triunfante diante de um nascimento bem-sucedido e tonta com a ideia de que tive um bebê, um filho, e de que ele é perfeito.

— Traga-o aqui — ordeno.

Ela obedece e o entrega a mim. É pequeno, pequenino como uma boneca, mas cada detalhe dele é perfeito como se tivesse sido feito à mão, com um esmero sem fim. Tem mãos que parecem pequenas e gorduchas estrelas-do--mar, e unhas minúsculas como as menores conchinhas. Quando o seguro, ele abre os olhos, do mais surpreendente azul-escuro, como o mar à meia--noite. Olha para mim com seriedade, como se também estivesse surpreso. Olha para mim como se entendesse tudo que está para acontecer, como se soubesse que nasceu para um grande destino e que deverá cumpri-lo.

— Entregue-o à ama de leite — sugere milady.

— Em um instante. — Não me importa o que me manda fazer. Pode ter controle sobre seu filho, mas eu terei controle sobre o meu. Este é o meu bebê, não o dela. Este é o meu filho, não o dela. É um herdeiro dos Tudor, mas é meu amado.

Ele é o herdeiro Tudor que torna o trono seguro, que começará uma dinastia que irá durar para sempre.

— Nós o batizaremos de Artur — declara milady. Eu sabia que isso iria acontecer. Arrastaram-me até Winchester para o parto a fim de que pudéssemos reivindicar o legado de Artur, para que o bebê pudesse nascer praticamente sobre a famosa Távola Redonda dos cavaleiros de Camelot, para que os Tudor pudessem reivindicar serem os herdeiros desse milagroso reino, a grandeza da Inglaterra redespertada, e a bela cavalaria do país ressurgindo de sua nobre linhagem.

— Eu sei — afirmo. Não tenho objeções. Como poderia ter? Foi o mesmo nome que Ricardo escolheu para o filho que planejava ter comigo. Também sonhava com Camelot e a cavalaria, mas, à diferença dos Tudor, ele realmente tentou criar uma corte de nobres cavaleiros; à diferença dos Tudor, viveu sua vida sob os preceitos de ser um perfeito e gentil cavaleiro. Fecho meus olhos diante do pensamento ridículo de que Ricardo teria amado este bebê, cujo nome ele escolheu, que ele o desejou ao ficar comigo, que este é nosso filho.

— Príncipe Artur — decreta milady.

— Eu sei — volto a dizer. É como se tudo que faço com meu marido, Henrique, fosse uma triste paródia dos sonhos que tinha com meu amante, Ricardo.

— Por que está chorando? — pergunta ela impacientemente.

Ergo o lençol da minha cama e limpo meus olhos.

— Não estou — nego.

Grande Salão do Prior, Winchester, 24 de setembro de 1486

O batizado da flor da Inglaterra, a rosa da cavalaria, é tão grandioso e exagerado quanto um reinado recém-instaurado pode conceber. Milady tem planejado o evento pelos últimos nove meses, tudo é feito com tanta ostentação quanto possível.

— Acho que irão mergulhá-lo em ouro e servi-lo em uma bandeja — provoca minha mãe sarcasticamente com um sorriso escondido para mim, quando ergue o bebê do berço, cedo na manhã de seu grande batizado. As amas ficam obedientemente atrás dela, observando cada movimento seu com a suspeita de profissionais. A ama de leite está desamarrando seu corpete, impaciente para alimentar o bebê. Minha mãe segura o neto na altura do rosto e beija seu corpinho quente. Ele está com sono, fungando baixinho. Estendo os braços, ansiando por ele, e ela entrega-o a mim e nos abraça.

Enquanto o observamos, ele abre a boca em um pequeno bocejo, comprime o rostinho, agita os braços como um filhote de pássaro e então chora para ser alimentado.

— Meu lorde príncipe — diz minha mãe amorosamente. — Impaciente como um rei. Entregue-o para mim, vou levá-lo a Meg.

A ama de leite está preparada para ele, mas Artur chora e se inquieta, e não consegue mamar.

— Devo alimentá-lo? — pergunto, ansiosa. — Mamaria em mim?

As amas, a ama de leite e até minha mãe balançam a cabeça em uníssono.

— Não — nega minha mãe, pesarosa. — É o preço que paga por ser uma grande dama, uma rainha. Não pode amamentar sua própria criança. Você ganhou para ele uma colher dourada e a melhor comida do mundo por toda sua vida, mas ele não pode tomar o leite da mãe. Não pode cuidar dele como gostaria. Não é uma mulher pobre. Não é livre. Tem que estar de volta à cama do rei assim que puder e dar a nós mais um menino.

Com ciúmes, observo enquanto ele encosta o rostinho contra o peito de outra mulher e começa a mamar. A ama de leite me dá um sorriso tranquilizador.

— Ficará bem com meu leite — garante com calma. — Não precisa temer por ele.

— De quantos meninos você precisa? — pergunto, irritada, para minha mãe. — Até que eu possa parar de tê-los? Até que eu possa amamentar um deles?

Minha mãe, que deu à luz três meninos reais e não tem nenhum deles hoje, dá de ombros.

— É um mundo perigoso. — É só o que diz.

A porta se abre sem que batam antes, e milady entra.

— Ele está pronto? — pergunta sem preâmbulos.

— Está mamando. — Minha mãe fica de pé. — Estará pronto em alguns instantes. Está esperando por ele?

Lady Margaret inspira o doce, limpo cheiro do cômodo como se estivesse ávida por ele.

— Tudo está preparado — afirma. — Organizei até o menor dos detalhes. Estão se enfileirando no Grande Salão, esperando somente pelo conde de Oxford. — Ela procura Anne e Cecily com os olhos, e assente com aprovação a seus vestidos ornados antes de dizer: — Serão honradas. Permiti que vocês duas tenham as posições mais importantes: carregar o crisma, carregar o próprio príncipe. — Vira-se para minha mãe. — E você será nomeada madrinha de um príncipe, um príncipe Tudor! Ninguém pode dizer que não unimos as famílias. Ninguém mais pode declarar-se de York. Somos todos um só. Planejei o dia de hoje para provar isso. — Ela olha para a ama de leite como se fosse agarrar o bebê de seus braços. — Ele estará pronto logo?

Minha mãe esconde um sorriso. Está bem claro que milady pode saber tudo sobre batizar príncipes, mas nada sabe sobre bebês.

— Demorará o quanto precisar — decreta ela. — Provavelmente menos de uma hora.

— E o que vestirá?

Minha mãe indica a bela roupa que mandou fazer para ele, com a mais fina renda francesa. Tem uma cauda que chega ao chão e uma pequena gola plissada. Somente ela e eu sabemos que foi feito grande demais, para que este bebê, que nasceu de nove meses, pareça pequeno, como se tivesse chegado um mês antes da hora.

— Será a maior cerimônia deste reinado — declara Milady, a Mãe do Rei. — Todos estão aqui. Todos verão o futuro rei da Inglaterra, meu neto.

Eles esperam e esperam. Não faz diferença para mim, ordenada a descansar na cama independentemente do que aconteça. A tradição dita que a mãe não esteja presente no batismo, e não há grandes chances de milady quebrar tal protocolo para me dar destaque. Além disso, estou exausta, dividida entre uma espécie de alegria louca e uma fadiga desesperada. O bebê mama, trocam seu cueiro, colocam-no em meus braços e dormimos juntos, meus braços em torno de seu pequenino contorno, meu nariz cheirando sua cabeça macia.

O conde de Oxford, chamado às pressas, cavalga até Winchester o mais rápido que pode, mas Milady, a Mãe do Rei, decide que esperaram tempo suficiente e prosseguirão sem ele. Pegam o bebê e saem todos. Minha mãe é madrinha, minha irmã Cecily carrega o bebê, e minha prima Margaret lidera a procissão de mulheres. Lorde Neville vai à frente de todas, carregando uma fina vela acesa. Lorde Thomas Stanley, seu filho e seu irmão, Sir William — todos heróis de Bosworth que ficaram parados enquanto assistiam a Ricardo, seu rei, comandar um ataque sem eles, e então o mataram —, todos andam juntos atrás do meu filho, como se ele pudesse contar com o apoio deles, como se a palavra deles valesse algo, e apresentam-no ao altar.

Enquanto estão batizando meu menino, lavo-me e me vestem com um novo vestido de renda vermelha e tecido dourado; colocam os melhores lençóis em minha grande cama e ajudam-me a subir nos travesseiros, para que possam me arrumar como uma madona triunfante para as congratulações. Ouço as trombetas fora do meu quarto e o som de muitos passos. Abrem com força a porta dupla dos meus aposentos, e Cecily entra, sorrindo alegremente, colocando meu bebê, Artur, em meus braços.

Minha mãe entrega-me um lindo copo de ouro para ele; o conde de Oxford enviou um par de bacias douradas, e o conde de Derby, um saleiro de ouro. Todos empilham-se em meu quarto com presentes, ajoelhando-se diante de mim como a mãe do próximo rei, ajoelhando-se diante dele para mostrar sua lealdade. Seguro-o sorrindo e agradeço às pessoas por sua gentileza enquanto olho para homens que amaram Ricardo e prometeram-lhe lealdade, e que agora sorriem para mim, beijam minha mão e concordam, sem palavras, que jamais devemos mencionar aquelas longas estações outra vez. Aquele tempo deverá ser como se nunca houvesse existido. Jamais falaremos disso, mesmo que tenham sido os melhores dias de minha vida, e talvez os mais felizes dias da vida deles também.

Os homens juram sua lealdade e fazem elogios. Em seguida, minha mãe declara em voz baixa:

— Sua Majestade, a rainha, deve repousar agora.

Para que não seja minha mãe a dar ordens, Milady, a Mãe do Rei, diz imediatamente:

— O príncipe Artur deve ser levado a seu berçário. Tenho tudo preparado para ele.

Este dia marca a entrada dele na vida real como um príncipe Tudor. Em algumas semanas, ele terá seu próprio palácio-berçário, nem sequer dormiremos sob o mesmo teto. Retornarei à corte assim que for abençoada, e Henrique voltará à minha cama para fazer um novo príncipe para os Tudor. Olho para meu filhinho, o pequenino bebê que é, nos braços de sua ama, e sei que estão levando-o de mim, que ele é príncipe e eu sou rainha, e não somos mais mãe e filho sozinhos e unidos.

Mesmo antes de minha bênção e minha saída do resguardo, Henrique recompensa-nos, os York, com o casamento de minha irmã. A época do anúncio é um elogio a mim, uma recompensa por ter lhe dado um filho; mas sei que, por terem esperado tanto, se eu tivesse morrido no parto, ele teria que se casar com outra princesa York para assegurar o trono. Ele e sua mãe mantiveram Cecily solteira preparados para a possibilidade da minha morte. Enfrentei o perigo do parto com minha irmã marcada para meu viúvo. De fato, milady planeja tudo.

Cecily vem até mim sem fôlego de tanta animação, o rosto corado como se estivesse apaixonada. Estou cansada, meus seios doem, minhas partes íntimas doem, tudo dói, enquanto minha irmã entra dançando em meus aposentos e declara:

— Ele me favoreceu! O rei me favoreceu! Milady intercedeu por mim, e o casamento afinal acontecerá! Sou sua afilhada, mas agora estarei ainda mais próxima!

— Marcaram o dia de seu casamento?

— Meu prometido veio em pessoa contar-me. Sir John. Serei Lady Welles. E ele é tão belo! E tão rico!

Olho para ela, uma centena de palavras desagradáveis na ponta de minha língua. Este é um homem que foi criado para odiar nossa família, cujo pai morreu sob nossas flechas na batalha de Towton quando sua própria artilharia não conseguiu disparar na neve; um homem cujo meio-irmão, Sir Richard Welles, e seu filho, Robert, foram executados por nosso pai, no campo de batalha, por traição. O noivo de Cecily é o meio-irmão de Lady Margaret, um lancastriano por nascimento, por inclinação e pela inimizade de uma vida inteira contra nós. Tem 36 anos, e minha irmã, 17. Foi nosso inimigo por toda a vida. Deve odiá-la.

— E isso a deixa feliz? — pergunto.

Nem sequer ouve o ceticismo em meu tom.

— Lady Margaret em pessoa cuidou deste casamento — comenta. — Ela disse a ele que, apesar de ser uma princesa York, sou charmosa. Disse isso: charmosa. Disse que sou completamente apropriada para ser a esposa de um nobre da corte Tudor. Disse que muito provavelmente sou fértil, até lhe elogiou por ter um menino. Disse que não sou cheia de orgulho falso.

— Disse que é legítima? — questiono secamente. — Pois nunca consigo lembrar se somos princesas ou não no momento.

Enfim ouve a amargura em minha voz e para de dançar. Ela segura o dossel de minha cama e gira para me encarar.

— Está com inveja de mim por ter um casamento por amor, com um nobre, e de que eu chegue a ele intocada? Com o favorecimento de milady? — provoca-me. — De que minha reputação é tão boa quanto a de qualquer donzela no mundo? Sem segredos escondidos? Sem escândalos que podem ser desenterrados? De que ninguém pode dizer nada contra mim?

— Não — respondo, cansada. Seria capaz de chorar pelas dores e ardências, o escorrimento de sangue, e o igual escorrimento de lágrimas. Sinto falta do meu bebê e estou de luto por Ricardo. — Fico feliz por você, fico mesmo. Estou apenas cansada.

— Devo pedir que alguém busque sua mãe? — Nossa prima, Maggie, dá um passo adiante, de cenho franzido para Cecily. — Vossa Alteza ainda está se recuperando! — repreende em tom baixo. — Não deveria ser perturbada.

— Só vim contar a você que irei casar, pensei que ficaria feliz por mim — comenta Cecily, magoada. — É você que está sendo tão desagradável...

— Eu sei. — Forço-me a mudar meu tom. — E deveria ter dito que estou feliz por você e que ele é um homem de sorte de ter uma princesa como você.

— Papai tinha planos maiores para mim do que esse — aponta ela.

— Fui criada para mais do que isso. Se não me parabenizar, deveria sentir pena de mim.

— Sim — concordo. — Mas toda a minha pena já foi gasta comigo mesma. Não importa, Cecily, você não é capaz de entender como me sinto. Você deveria estar feliz, fico contente por você. Ele é um homem de sorte e, como disse, belo e rico, e qualquer integrante da família de Milady, a Mãe do Rei, será sempre um favorito.

— Casaremos antes do Natal — conta ela. — Quando já tiver sido abençoada e retornado à corte, casarei, e você poderá me dar um presente de casamento real.

— Mal poderei esperar — afirmo. A pequena Maggie ouve o sarcasmo em minha voz e lança-me um sorriso escondido.

— Ótimo — diz Cecily. — Acho que vestirei escarlate, como você.

— Pode usar meu vestido — prometo-lhe. — Pode ajustá-lo a seu tamanho.

— Posso? — Ela voa até meu baú de vestidos e abre a tampa. — E a roupa de baixo de casamento também?

— A roupa de baixo não — estipulo. — Mas pode ficar com o vestido e o toucado de cabeça.

Ela junta o vestido nos braços.

— Todos irão fazer comparação entre nós — avisa-me ela, o rosto brilhando de exaltação. — O que você pensará se disserem que fico melhor do que você de vermelho e preto? O que achará se disserem que sou uma noiva mais bela?

Recosto-me nas almofadas.

— Sabe de uma coisa? Não me importarei nem um pouco.

Palácio de Westminster, Londres, Natal de 1486

A bençoada, vestida e com uma pequena coroa, saio de meu resguardo para ir ao casamento da minha irmã. Henrique saúda-me à porta com um beijo na bochecha e me conduz aos assentos reais na capela de Westminster. Será uma reunião familiar. Lady Margaret está presente, dando um largo sorriso para seu meio-irmão. Minha mãe está acompanhando minha irmã, Anne atrás dela, e minha prima Maggie fica comigo. Henrique e eu estamos um ao lado do outro, e consigo vê-lo observando-me furtivamente, como se quisesse começar uma conversa, mas sem saber por onde começar.

Claro que há um constrangimento insuportável entre nós. Quando me viu pela última vez, eu estava implorando para que deixasse Teddy ficar conosco; viu-me pela última vez presa por sua mãe e empurrada para a reclusão. Não atendeu à minha súplica, e Teddy continua aprisionado na Torre. O rei teme que eu esteja brava com ele. Vejo-o espiar-me de relance durante as longas orações da missa de casamento, tentando adivinhar meu humor.

— Irá comigo ao berçário quando isso acabar? — questiona, falando enfim durante os votos do casal. O bispo levanta as mãos deles, embrulhadas em sua estola, e diz a todos nós que aqueles que Deus uniu ninguém pode separar.

Viro-me para o rei com uma expressão calorosa.

— Sim — respondo. — Claro. Vou todos os dias. Ele não é perfeito?

— Um menino tão lindo! E tão forte! — sussurra, animado. — E como se sente? Está... — Ele para de falar, constrangido. — Espero que esteja completamente recuperada. Espero que não tenha sido muito... doloroso?

Tento parecer majestosa e digna, mas sua expressão genuína de ansiedade e preocupação leva-me à honestidade.

— Não fazia ideia de que demoraria tanto! Mas minha mãe foi de grande ajuda para mim.

— Espero que você o perdoe por causar-lhe dor.

— Amo-o — retruco, com simplicidade. — Nunca vi um bebê mais belo. Faço com que o tragam a mim o dia todo, todos os dias, até que me digam que irei mimá-lo.

— Tenho ido ao berçário dele à noite, antes de ir para a cama — confessa. — Sento-me ao lado de seu berço e vejo-o dormir. Mal posso acreditar que o temos. Fico com medo de que ele não esteja respirando e digo a sua ama que o levante, e ela jura que ele está bem. Então o vejo dar um leve suspiro e sei que está ótimo. Ela deve pensar que sou um completo tolo.

Cecily e Sir John viram-se para todos nós e começam a caminhar, de mãos dadas, pelo curto corredor. Cecily está radiante em meu vestido vermelho e preto, o cabelo claro espalhado pelos ombros como um véu dourado. É mais baixa do que eu, e tiveram que encurtar a bainha. Por ser virgem, diferente de mim no dia de meu matrimônio, pôde apertá-lo com firmeza, e modificaram as mangas para que seu marido possa ter um atraente vislumbre de seus braços e pulsos. Ao lado dela, Sir John parece cansado, o rosto enrugado, bolsas sob os olhos como um cão de caça velho. Mas ele dá tapinhas na mão dela, apoiada em seu braço, e inclina a cabeça para ouvi-la.

Henrique e eu sorrimos para os recém-casados.

— Providenciei um bom marido para sua irmã — comenta, para lembrar-me de que estou em dívida com ele, de que deveria estar agradecida. Eles param quando nos alcançam, e Cecily faz uma mesura triunfal. Vou à frente, beijo-a nas duas bochechas e dou a mão a seu marido.

— Sir John e Lady Welles — digo, repetindo o nome que já fora sinônimo de traição. — Espero que sejam muito felizes.

Damos-lhes a honra do dia e os deixamos ir à frente, antes de todos nós, e os seguimos para fora da capela. Quando Henrique pega em minha mão, começo a dizer:

— Sobre Teddy...

A expressão que ele lança para mim é severa.

— Não pergunte — corta-me. — Estou fazendo tudo que me atrevo por você ao permitir que sua mãe fique na corte. Sequer deveria estar fazendo isso.

— Minha mãe? O que minha mãe tem a ver com isso?

— Só Deus sabe — responde, com raiva. — O papel de Teddy na rebelião não é nada comparado com o que ouço sobre ela. Os rumores que escuto e as notícias que meus espiões trazem são muito ruins. Não posso dizer o quanto. Deixa-me enojado ouvir o que dizem. Faço tudo o que posso por você e pelos seus, Elizabeth. Não me peça para fazer mais. Não agora.

— O que dizem contra ela? — insisto.

A expressão dele é desesperançosa.

— Está no centro de todos os rumores de deslealdade. É quase certo de que é infiel e está conspirando contra mim, traindo a nós dois, destruindo a herança de seu neto. Se ela falou com sequer metade das pessoas que foram vistas conversando com os criados dela, então ela é falsa, Elizabeth, falsa em seu coração e em suas ações. Dá todos os sinais de estar juntando grupos de pessoas que se ergueriam contra nós. Se tivesse algum juízo, eu a colocaria em julgamento por traição e descobriria a verdade. É só por você e pelo seu bem que digo a todos os homens que vêm até mim, com relatos, que estão enganados; todos, todos mentirosos, todos tolos, e que ela é fiel a mim e a você.

Consigo sentir meus joelhos começando a fraquejar e olho para onde minha mãe está rindo com seu sobrinho, John de la Pole.

— Minha mãe é inocente de tudo!

Henrique balança a cabeça.

— Essa é uma afirmação muito comprometedora, pois sei que ela não é. Tudo o que isso me mostra é que você também está mentindo. Acabou de mostrar-me que mentirá por ela, e para mim.

Estão trazendo a tora de Natal para queimar na grande lareira do salão do Palácio de Westminster. É o tronco de uma grande árvore, um freixo de casca cinza, muitas vezes mais largo do que meus braços conseguem envolver. Queimará sem parar por todos os dias de Natal. O bobo da corte está todo vestido de verde, montado na tora com uma perna de cada lado enquanto a arrastam para dentro. Ele fica em pé e tenta se equilibrar, cai, levanta-se novamente como um cervo, finge deitar na frente dela e rola para o outro lado antes que alguém a passe por cima dele. Os dois servos e a corte estão cantando canções natalinas cujas letras falam do nascimento de Cristo, ritmadas por uma melodia e pela batida de um tambor que é muito mais antigo. Essa não é apenas uma história de Natal, mas também uma celebração do retorno do sol à terra, e essa é uma história tão antiga quanto a própria terra.

Milady, sorridente, observa a cena, pronta como sempre para franzir o cenho diante de piadas inapropriadas ou apontar o dedo para alguém que use a folia como desculpa para mau comportamento. Fico surpresa pelo fato de ter permitido essa inclusão pagã da cor verde, mas sempre fica ansiosa para adotar os hábitos dos antigos reis da Inglaterra, como se quisesse mostrar que seu reino não é tão diferente de todos aqueles outros — os reis verdadeiros que antecederam seu filho. Espera passar-se, e a seu filho, por integrantes da realeza imitando nosso jeito.

Minha irmã recém-casada, Cecily, minha prima Maggie e minha irmã mais nova, Anne, estão entre minhas damas, assistindo comigo, aplaudindo enquanto lutam para colocar o grande tronco na lareira. Minha mãe está perto, com Catherine e Bridget a seu lado. Bridget está batendo tantas palmas e rindo tão alto que mal consegue ficar de pé. Os servos estão forçando as cordas que amarraram em torno do tronco gigantesco, e agora o bobo da corte pegou um pedaço de hera e está fingindo bater neles. Os joelhos de Bridget cedem em meio a seu deleite e está quase chorando de rir.

Milady olha com um leve franzir do cenho. As invenções do bobo devem ser divertidas, mas não em excesso. Minha mãe troca um olhar constrangido comigo, porém não censura a alegria exuberante de Bridget.

Enquanto assistimos, enfim conseguem colocar o tronco natalino dentro da lareira e rolam-no até as brasas ardentes; em seguida, os responsáveis pelo fogo usam pás para jogar sobre ele o carvão incandescente. A hera que segura o tronco torra, fumega e acende, e então tudo se acomoda nas cinzas e começa a brilhar. Um pequeno conjunto de chamas lambe o entorno da casca. O tronco natalino está aceso, as celebrações de Natal podem ter início.

Os músicos começam a tocar, e, com um aceno, dou permissão para que minhas damas dancem. Sinto prazer em ter uma corte de belas e bem-comportadas damas de companhia, como minha mãe tinha quando era rainha. Estou assistindo-lhes fazerem seus passos quando vejo meu tio, Edward Woodville, entrar no salão por uma porta lateral e vir até minha mãe, sua irmã, com um pequeno sorriso. Trocam um beijo em cada bochecha, e então viram-se juntos, como se quisessem falar-se em particular. Não é nada incomum, ninguém além de mim notaria, mas observo enquanto ele fala com rapidez e enfaticamente, e ela assente com a cabeça. Ele curva-se para ela e caminha em minha direção.

— Devo me despedir de você, minha sobrinha, e desejar-lhe um feliz Natal e muita saúde para você e para o príncipe.

— Não ficará na corte para o Natal?

Ele nega com a cabeça.

— Partirei em uma jornada. Irei em uma grande cruzada, como há muito prometi que faria.

— Deixando a corte? Mas aonde vai, senhor, meu tio?

— A Lisboa. Embarcarei num navio que sai de Greenwich hoje, e de lá seguirei para Granada. Servirei sob os reis mais cristãos e os ajudarei a expulsar os mouros de Granada.

— Lisboa! E então Granada?

Imediatamente lanço um olhar à Milady, a Mãe do Rei.

— Ela sabe — tranquiliza-me — O rei sabe. Na verdade, vou a pedido dele. Ela está encantada com a ideia de um inglês em cruzada contra os hereges, e ele tem algumas pequenas tarefas para mim no caminho.

— Que tarefas? — Não consigo evitar baixar minha voz até um sussurro. Meu tio Edward é um dos únicos membros de nossa família em que o rei e sua mãe confiam. Esteve em exílio com Henrique, um amigo em juramento quando este tinha poucos amigos fiéis. Escapou de meu tio Ricardo com dois navios de sua frota, e esteve entre os primeiros a se juntarem a Henrique na Bretanha. A presença constante e confiável de meu tio na pequena corte exilada dele assegurou que nós, a família real arruinada, brigando em santuário, éramos aliados. Quando Ricardo tomou o trono e fez-se rei, Henrique, o pretendente, foi encorajado a confiar em nós pela presença constante de meu tio Edward, devoto fiel à sua irmã, a antiga rainha.

Não foi o único partidário de York que se dirigiu à corte de vira-casacas e exilados de Henrique. Meu meio-irmão, Thomas Grey, esteve lá também, mantendo nossa reivindicação, lembrando-lhe de suas promessas de se casar comigo. Só posso imaginar o desespero de Henrique quando acordou certa manhã e seus poucos servos, em sua minúscula corte, disseram-lhe que o cavalo de Thomas Grey tinha sumido do estábulo e que sua cama estava intocada, e ele percebeu que tínhamos mudado de lado para apoiar Ricardo. Henrique e Jasper enviaram cavaleiros atrás de Thomas Grey e capturaram-no. Mantiveram-no prisioneiro em troca da boa vontade de minha mãe — temendo que nada pudesse garantir sua cooperação — e ainda o mantém na França, um convidado de honra com a promessa de retornar, mas ainda sem um cavalo em que possa voltar para casa.

Meu tio Edward seguiu um plano mais a longo prazo, um plano mais complexo. Ficou com Henrique e invadiu Bosworth a seu lado, servindo-o na batalha. E ainda o serve. Henrique nunca se mostrou ingrato com seus amigos e tampouco se esquece daqueles que mudaram de ideia durante seu exílio. Creio que nunca mais irá confiar em meu irmão Thomas, mas ama meu tio Edward e o considera um amigo leal.

— Está me enviando em uma missão diplomática — revela meu tio.

— Com o rei de Portugal? Certamente Lisboa não fica no caminho para Granada.

Vira as mãos para o alto e sorri para mim, como se fôssemos dividir uma piada ou um segredo.

— Não diretamente com o rei de Portugal. Quer que eu veja algo que surgiu, que apareceu na corte portuguesa.

— Que tipo de coisa?

Ajoelha-se e beija minha mão.

— Uma coisa secreta, uma coisa preciosa — responde alegremente, então levanta-se e sai. Procuro por minha mãe e vejo-a sorrindo para ele enquanto meu tio passa pela corte, que ri, dança e celebra. Observa sua leve reverência para Henrique e a retribuição discreta do rei, e então ele passa pelas grandes portas do salão, silencioso como um espião.

Naquela noite, Henrique vem até minha cama. Virá toda noite, excetuando-se a semana de minha menstruação, as noites de jejuns sagrados ou dias de santos. Temos de conceber mais uma criança, temos de ter outro filho. Um não é suficiente para assegurar a firmeza da linhagem. Um não basta para manter um novo rei estável no trono. Um filho não demonstra com poder suficiente a bênção de Deus sobre a nova família.

É um ato sem desejo para mim, com o qual não sinto nenhum prazer, encaro como parte de meu trabalho na função de esposa do rei. Enfrento isso com uma espécie de cansaço resignado. Ele toma cuidado para não me machucar, não apoia seu peso sobre mim, não me beija ou me acaricia, o que eu odiaria; é tão rápido e gentil quanto consegue ser. Faz um esforço para não me enojar, lavando-se antes de vir até mim e usando roupas íntimas limpas. Não peço por mais que isso.

Mas percebo que gosto de sua companhia, o período calmo e pacífico que passo a sós com ele ao fim de um dia sempre cheio de pessoas. Ele e eu nos sentamos diante do fogo e falamos sobre o bebê, como mamou hoje, como começa a sorrir quando me vê. Tenho certeza de que me distingue dentre todas as outras, e conhece Henrique também, e que isto prova sua notável inteligência e potencial. Não posso falar assim sobre nosso bebê com mais ninguém. Quem além do pai falaria tanto sobre a exata largura de seu sorrisinho com as gengivas à mostra, ou do azul de seus olhos, ou da doçura da pequena madeixa de cabelo castanho-claro em sua testa? Quem além do pai especularia comigo se ele será um príncipe estudioso, ou um príncipe guerreiro, ou um príncipe como meu pai, que amava aprender e era um comandante de homens, superior a todos os outros?

Os criados deixam-nos com vinho quente, pão e queijo, nozes e frutas cristalizadas, e jantamos, confortáveis nos robes noturnos, lado a lado em nossas cadeiras, meus pés espremidos embaixo de mim para ficarem quentes, os pés dele descalços diante do fogo ardente. Parecemos um casal feliz com a companhia agradável um do outro. Às vezes esqueço-me de tudo e acho que é isso que somos.

— Disse adeus a seu tio?

— Sim, disse — respondo com cautela. — Ele falou que sairia em uma cruzada, e para servi-lo.

— Sua mãe lhe disse o que ele fará por mim?

Indico que não com a cabeça.

— São uma família discreta. — Henrique sorri. — Qualquer um pensaria que foram criados para ser espiões.

Gesticulo que não imediatamente.

— Sabe que não fomos. Fomos criados como realeza.

— Eu sei. Mas, agora que me tornei um rei, às vezes parece-me ser a mesma coisa. Há um rumor que veio até mim de que há algum pajem em Portugal fingindo ser um filho bastardo de seu pai, dizendo que deveria ser reconhecido como um duque real da Inglaterra.

Estou assistindo às chamas e continuo voltada para o fogo. Em seguida viro-me devagar para meu marido; encontro um olhar castanho penetrante e intenso. Observa-me com atenção, e tenho a sensação de um interrogatório inesperado, algo mordaz e hostil no calor do quarto. Estou consciente da minha expressão, ciente de manter meu rosto absolutamente impassível. De repente, estou consciente de tudo.

— Ah, verdade? Quem é?

— Claro que seu pai teve mais bastardos do que qualquer um possa contar — comenta desleixadamente. — Suponho que devamos esperar encontrar um ou dois deles todo ano.

— Sim, ele teve — digo. — E espero que Deus o perdoe, pois minha mãe nunca o perdoou.

Ele ri disso, mas só se distrai por um momento.

— Não o perdoou? Como ele ousou desafiá-la?

Sorrio.

— Ele ria dela, a beijava e comprava-lhe brincos. Além disso, ela estava quase sempre grávida, e ele era o rei. Quem poderia dizer não para ele?

— É inconveniente. Deixou espalhada uma multidão de meios-irmãos bastardos — aponta Henrique. — Mais membros dos York do que qualquer homem precisa.

— Especialmente quando esse homem não é ele mesmo um York — observo. — Mas conhecemos a maior parte deles. Grace, que serve minha mãe, é uma das filhas bastardas de meu pai. Não poderia amar mamãe mais do que já ama, mesmo que fosse sua filha, e a tratamos como uma meia-irmã. É absolutamente leal a você.

— Bem, esse rapaz está alegando ter sangue real como o dela, mas não espero trazê-lo à corte. Pensei que seu tio poderia ir e dar uma olhada nele. Falar com seu mestre, dizer que não queremos o constrangimento de ter um bastardo qualquer pensando demais de si mesmo, mais um raminho da vinha Plantageneta. Dizer-lhe que não precisamos de mais um duque real, que temos membros York o bastante. Calmamente lembrar a ele de quem é o rei agora na Inglaterra. Comentar que ligações com o rei anterior não trazem vantagens, nem ao pajem nem a seu mestre.

— Quem é seu mestre? Um português?

— Ah, não sei — responde vagamente, mas seu olhar em meu rosto não vacila. — Não consigo me lembrar. Será Edward Brampton? Conhece-o? Já ouviu falar dele?

Franzo o cenho como se estivesse tentando me recordar, apesar de seu nome soar tão alto em minha memória que penso que Henrique deve ouvi-lo como o som de um sino batendo. Devagar, balanço a cabeça. Engulo, mas minha garganta está seca, e tomo um gole de vinho.

— Edward Brampton? — pergunto. — Reconheço o nome. Creio que ele serviu meu pai. Não tenho certeza. É inglês?

— Um judeu — diz Henrique com desprezo. — Um judeu que esteve na Inglaterra, converteu-se para servir seu pai, que o ajudou a ser aceito na Igreja. Deve ter ouvido falar dele, mesmo que o tenha esquecido. Ele deve ter vindo à corte. Não esteve na Inglaterra desde que assumi o trono, e agora vive em todo lugar e em lugar nenhum, então ainda é provavelmente um herege judeu, revertido à sua heresia. Ele tem esse rapaz sob sua proteção, fazendo afirmações, arranjando problemas sem motivo. Seu tio falará com ele, sem dúvida. Seu tio o convencerá a calar o rapaz. Edward é muito ávido em servir-me.

— Ele é — concordo. — Todos queremos que saiba que somos leais a você. Ele sorri.

— Bem, esse é um pretendente à realeza cuja lealdade não quero. Seu tio com certeza o calará de um jeito ou de outro.

Aceno com a cabeça como se não estivesse muito interessada.

— Não quer ver o rapaz? — pergunta de forma casual, como se me oferecesse um presente. — Esse impostor? E se ele for um filho bastardo de seu pai? Seu meio-irmão? Não quer conhecê-lo? Devo dizer a Edward que traga o menino à corte? Iria incluí-lo em seu séquito? Ou devo dizer que o silencie onde está, além-mar, tão distante?

Balanço a cabeça. Imagino que a vida do menino dependa do que digo. Aposto que Henrique observa-me com avidez, esperando que eu diga para o menino ser trazido para casa. Creio que sua pequena vida dependa da minha interpretação de indiferença.

— Ele não tem o menor interesse para mim — digo, dando de ombros. — E isso irritaria minha mãe. Mas faça o que acha melhor.

Há um curto silêncio, e aproveito para tomar meu vinho. Ofereço-me para servir-lhe mais uma taça. O leve bater da jarra de prata na taça de prata parece o som de uma contagem de moedas, de trinta moedas de prata.

O menino pode não ser de meu interesse, mas parece que é interessante para outros. Em Londres há os rumores mais desvairados de que tanto meu irmão Eduardo quanto meu irmão Ricardo fugiram de sua prisão na Torre há anos, quase logo depois de nosso tio Ricardo ter sido coroado, e estão voltando para casa de seu esconderijo, dispostos a reivindicar o trono. Os filhos York caminharão nos jardins da Inglaterra novamente, este amargo inverno gelado irá tornar-se primavera com seu retorno, as rosas brancas florescerão, e todos serão felizes.

Alguém alfineta uma balada em minha sela quando estou prestes a cavalgar. Leio os versos; prediz que o sol de York voltará a brilhar sobre a Inglaterra e todos serão felizes. De imediato arranco-a da sela e levo-a ao rei, deixando meu cavalo à espera nos pátios do estábulo.

— Pensei que deveria ver isto. O que quer dizer? — pergunto a Henrique.

— Quer dizer que há pessoas preparadas para publicar traição além de mentiras — responde em tom austero. Ele arranca o papel de minha mão. — Quer dizer que há quem gaste seu tempo colocando traição ao som de música.

— O que fará a respeito?

— Encontrarei o homem que publicou isto e cortarei suas orelhas — diz sombriamente. — E cortarei também a língua. O que você fará?

Dou de ombros como se estivesse bastante indiferente ao poeta que cantou sobre a Casa de York ou ao editor que publicou seu poema.

— Posso ir cavalgar? — pergunto-lhe.

— Você não se importa com este... — indica a balada em sua mão — este lixo?

Balanço a cabeça, com os olhos arregalados.

— Não. Por que deveria? Tem alguma importância?

Ele sorri.

— Não para você, ao que parece.

Viro-me para longe.

— As pessoas sempre dirão bobagens — comento com indiferença.

Ele pega minha mão e beija-a.

— Fez bem em trazê-lo para mim. Sempre me diga qualquer bobagem que ouça, mesmo que lhe pareça sem importância.

— É claro.

Ele caminha comigo até os pátios do estábulo.

— Ao menos isso me tranquiliza quanto a você.

Então minha própria criada me conta aos sussurros que houve uma grande comoção no mercado de carne de Smithfield quando alguém lançou o boato de que Edward, meu priminho Teddy, fugiu da Torre, e que estava colocando seu estandarte no Castelo de Warwick com o apoio da Casa de York à sua causa.

— Metade dos aprendizes de açougueiro está dizendo que deveriam pegar seus cutelos e marchar a serviço dele — conta ela. — Os outros disseram que deveriam marchar até a Torre e libertá-lo.

Nem mesmo ouso perguntar a Henrique sobre isso, seu rosto está sério demais. Estamos todos presos dentro do palácio pelos ventos gelados, pelo granizo e pela neve que cai todos os dias. Henrique cavalga pelas estradas congeladas em uma fúria calada, enquanto sua mãe passa todo o tempo ajoelhada no piso de pedra gelada da capela. Cada novo dia chega com mais e mais histórias de estrelas que foram vistas dançando no céu frio, profetizando uma rosa branca. Alguém vê uma rosa branca feita de geada na grama de Bosworth, ao nascer do sol. Há poemas pregados na porta da Abadia de Westminster. Um bando de garotos de barco canta músicas de Natal sob as janelas da Torre, e Edward de Warwick abre sua janela e acena para eles, gritando "Feliz Natal!". O rei e sua mãe caminham rígidos, como se estivessem congelados de terror.

— Bem, eles *estão* congelados de terror — confirma minha mãe alegremente. — Seu grande medo é de que a batalha de Bosworth não seja o fim da guerra, mas sim só mais uma batalha, só uma das muitas, muitas batalhas que já ocorreram. São tantas batalhas que as pessoas estão esquecendo o nome delas. Seu grande medo é de que a Guerra dos Primos prossiga, só que agora com a casa de Beaufort contra a de York em vez de os Lancaster contra os York.

— Mas quem lutaria por York?

— Milhares — responde minha mãe rapidamente. — Dezenas de milhares. Ninguém sabe quantos ao todo. Seu marido não se tornou muito amado no país, apesar de Deus saber o quanto ele tentou. Aqueles que o serviram e tiveram suas recompensas estão em busca de mais do que ele é capaz de dar. Aqueles a quem ele perdoou percebem que têm que pagar taxas a ele por seu bom comportamento, e então mais multas como garantia. O perdão deste rei mais parece uma punição para toda a vida do que uma verdadeira absolvição. As pessoas ressentem-se disso. Aqueles que se opõem a ele não encontraram motivo para mudar de ideia. Ele não é um rei York como seu pai. Não é amado. Não sabe lidar com o povo.

— Ele tem que estabelecer seu governo — protesto. — Passa metade do tempo olhando para trás para se certificar de que seus aliados ainda estão com ele.

Ela abre um estranho sorriso de lado.

— Você o está defendendo? — pergunta, incrédula. — Para mim?

— Não o culpo por estar ansioso — digo. — Não o culpo por não ser como a erva-doce que nasce em março. Não o culpo por não ter uma rosa branca feita de neve e três sóis brilhando sobre ele no céu. Ele não pode fazer nada quanto a isso.

Imediatamente o rosto dela torna-se mais gentil.

— É verdade, um rei como Eduardo talvez apareça uma vez a cada século. Todos o amavam.

Trinco os dentes.

— Charme não é a medida de um rei — retruco, irritada. — Não se pode ser rei baseado no fato de se ser charmoso ou não.

— Não. E Mestre Tudor certamente não é isso.

— Do que o chamou?

Ela põe a mão sobre a boca, e seus olhos cinzentos dançam.

— Pequeno Mestre Tudor, e sua mãe, Madona Margaret da Infinita Autocongratulação.

Não consigo conter um riso, mas logo aceno com a mão para repreendê-la.

— Não, fique quieta. Ele não tem como ser de outro jeito — digo. — Foi criado às escondidas, foi educado para ser um pretendente ao trono. As pessoas só podem ser charmosas quando são confiantes. Ele não consegue ser confiante.

— Exatamente — concorda. — Portanto, ninguém tem confiança alguma nele.

— Mas quem lideraria os rebeldes? — pergunto. — Não há ninguém maior de idade, não há comandantes York. Não temos um herdeiro.

— Diante de seu silêncio, eu a pressiono. — Não temos um herdeiro. Temos? Seus olhos desviam-se de minha pergunta.

— Edward de Warwick é o herdeiro, é claro, e, se está procurando por outro herdeiro da Casa de York, há seu primo John de la Pole. Há seu irmão mais novo, Edmund. São ambos sobrinhos de Eduardo tanto quanto Edward de Warwick.

— Descendentes de minha tia Elizabeth — comento. — A linhagem feminina. Não o filho de um duque real, mas o filho de uma duquesa. E John jurou lealdade e atua no conselho privado. Edmund também. E Edward, pobre Teddy, jurou lealdade e foi enclausurado na Torre. Todos juramos que não nos voltaríamos contra Henrique e o ensinamos a ser leal. Na verdade, não há filhos de York que liderariam uma rebelião contra Henrique Tudor. Há?

Ela dá de ombros.

— Não faço ideia. O povo fala de um herói como um fantasma, um santo adormecido ou um pretendente. Quase nos faz acreditar na existência de um herdeiro de York escondido nas montanhas, um rei esperando por um chamado de batalha, dormindo como o verdadeiro rei Artur da Inglaterra, pronto para se erguer. O povo adora sonhar, então como alguém poderia contradizê-los?

Pego suas mãos.

— Mamãe, por favor, vamos falar a verdade entre nós pelo menos uma vez. Não me esqueço daquela noite, há muito tempo, quando enviamos um pajem à Torre no lugar de meu irmão Ricardo.

Ela me encara como se eu estivesse sonhando, como o povo que espera o rei Artur erguer-se novamente; mas tenho uma memória muito clara do menino pobre das ruas da City, cujos pais venderam-no a nós, seguros de que não precisaríamos dele para nada mais do que um pouco de atuação, que iríamos enviá-lo de volta a salvo. Eu mesma coloquei a pequena touca em sua cabecinha e o cachecol em volta de seu rosto, e o avisei para que não dissesse nada. Dissemos aos homens que vieram por meu irmão Ricardo que aquele menininho era o príncipe em pessoa, dissemos que estava doente, com a garganta inflamada, e havia perdido a voz. Ninguém imaginaria que ousaríamos inventar tal impostor. Claro, queriam acreditar em nós, e o velho arcebispo, Thomas Bourchier, levou-o embora pessoalmente, dizendo a todos que o príncipe Ricardo estava na Torre com seu irmão.

Ela não olha para a direita ou para a esquerda, sabe que ninguém está por perto. Mas, mesmo a sós comigo, falando aos sussurros, não confirma nem nega.

— Enviou um pajem para a Torre e mandou meu irmãozinho para longe — sussurro. — Mandou-me não dizer nada sobre isso. Não perguntar a você, não comentar com ninguém, nem mesmo com minhas irmãs, e de fato nunca o fiz. Somente uma vez contou-me que ele estava a salvo. Uma vez disse-me que Sir Edward Brampton trouxera-o até você. Nunca perguntei nada mais que isso.

— Está escondido em silêncio. — É só o que diz.

— Ainda está vivo? — pergunto com urgência. — Está vivo e voltará à Inglaterra pelo trono?

— Está a salvo em silêncio.

— Ele é o menino em Portugal? — exijo saber. — O menino que tio Edward foi ver? O pajem de Sir Edward Brampton?

Ela olha para mim como se fosse contar-me a verdade se pudesse.

— Como eu poderia saber? — pergunta. — Como poderia saber quem está afirmando ser um príncipe York? Em Lisboa, tão longe? Saberei quando o vir, posso lhe dizer isso. Direi a você quando o vir, posso lhe prometer isso. Mas talvez eu jamais o veja.

Torre de Londres, primavera de 1487

Mudamos a corte para a City, que está zunindo como uma colmeia despertando na primavera. A sensação é de que todos estão falando de príncipes e duques e da Casa de York erguendo-se de novo como uma trepadeira brotando folhas. Todos ouviram de fonte segura que os York têm um menino, um herdeiro, e que ele está em um navio vindo para Greenwich, que esteve escondendo-se em uma câmara secreta na Torre, sob uma escada de pedra, que está marchando da Escócia, que será colocado no trono por seu próprio cunhado, Henrique, que sua irmã, a rainha, o mantém na corte e está somente esperando para revelá-lo a seu estarrecido marido. Que ele é um pajem na companhia de um inglês em Portugal, o filho de um barqueiro em Flandres, escondido por sua tia, a duquesa viúva da Borgonha, dormindo em uma ilha deserta, vivendo de maçãs no sótão da antiga casa de sua mãe em Grafton, escondido na Torre com seu primo Edward de Warwick. De repente, como as borboletas na primavera, há mil meninos pretendentes, dançando por aí como poeira à luz do sol, esperando uma palavra de ação para unirem-se em um exército.

Os Tudor, que pensavam ter tomado a coroa em um campo enlameado no meio da Inglaterra, que acreditavam ter assegurado sua linhagem ao marchar pela estrada até Londres, encontram-se cercados por espíritos, desafiados por fadas. Todos falam de um herdeiro York, todos sabem de alguém que o viu e jura que é verdade. A todo lugar que Henrique vá, as pessoas ficam quietas para que nenhum sussurro alcance seus ouvidos, mas antes e depois que ele passa há um burburinho como o de uma garoa, um aviso antes de uma tempestade. O povo da Inglaterra está esperando para que um novo rei se apresente, por um príncipe que se erga como a maré na primavera e inunde o mundo com rosas brancas.

Mudamo-nos para a Torre, como se Henrique não amasse mais seu palácio de campo na primavera, como jurou que amava ainda no ano passado. Este ano, ele sente a necessidade de um castelo que seja facilmente defendido, como se quisesse que seu lar dominasse o horizonte, como se quisesse estar no coração da cidade, sem sombra de dúvida o senhor desta; mesmo que todos falem de outro, desde os vaqueiros entrando em Smithfield, discutindo por um carneiro branco de valor inestimável visto de relance ao pôr do sol em uma colina, às pescadoras no cais, que juram que em uma noite escura, há dois anos, viram a comporta do rio sob a Torre abrir-se em silêncio e sair do portão gotejante um barquinho que carregava um menino, um único menino, a flor de York, e seguir descendo o rio rapidamente para a liberdade.

Henrique e eu estamos instalados nos cômodos reais da Torre Branca, com vista para o prédio menor que abrigou os dois meninos: meu irmão Eduardo aguardando sua coroação, mas esperando a morte, e o pajem que minha mãe e eu enviamos no lugar de Ricardo. Henrique vê minha palidez enquanto entramos nos cômodos reais, que estão acesos com fogueiras e enfeitados com ricas tapeçarias, e aperta minha mão, sem dizer nada. O bebê vem atrás de mim, nos braços de sua ama, e digo, sem emoção:

— O príncipe Artur dormirá no quarto ao lado, em meu dormitório privado.

— Milady mãe colocou seu crucifixo e genuflexório lá — diz ele.
— Arrumou um belo cômodo particular para você e preparou o berçário no andar de cima.

Não desperdiço meu tempo discutindo.

— Não vou ficar neste lugar a não ser que nosso bebê durma no quarto ao lado do meu.

— Elizabeth... — diz gentilmente. — Sabe que estamos seguros aqui, mais seguros do que em qualquer outro lugar.

— Meu filho dorme ao meu lado.

Ele concorda com a cabeça. Não discute nem sequer pergunta o que temo. Somos casados há pouco mais de um ano, e já há um silêncio terrível em torno de alguns assuntos. Jamais falamos do desaparecimento de meus irmãos — um estranho nos entreouvindo pensaria que é um segredo entre nós, um segredo culpado. Nunca falamos do ano que passei na corte de Ricardo. Nunca falamos da concepção de Artur e de que ele não foi, como milady celebra em voz tão alta, uma criança gerada na lua de mel, em amor santificado, numa feliz noite de núpcias. Juntos guardamos muitos segredos, depois de somente um ano. Que mentiras contaremos um ao outro daqui a dez anos?

— Parece estranho — diz apenas. — As pessoas vão comentar.

— Por que estamos aqui e não no campo?

Seus pés estão agitados, seu olhar desviando-se de mim.

— Vamos em procissão à missa no próximo domingo. Todos nós.

— O que quer dizer, todos nós?

Seu desconforto cresce.

— A família real...

Aguardo que continue.

— Seu primo Edward irá conosco.

— O que Teddy tem a ver com isso?

Pega meu braço e leva-me para longe das damas de companhia, que estão entrando nos aposentos e comentando sobre as tapeçarias, tirando das bolsas suas costuras e baralhos de cartas. Alguém está afinando um alaúde, o som dos acordes ecoando alto. Sou a única que odeia este castelo desolado; para todos os outros é um lugar familiar.

Henrique e eu entramos na longa galeria, onde o cheiro de ervas frescas espalhadas pelo chão é forte no cômodo estreito.

— As pessoas estão dizendo que Edward escapou da Torre e está juntando um exército em Warwickshire.

— Edward? — repito estupidamente.

— Edward de Warwick, seu primo Teddy. Então irá conosco em procissão de estado à catedral de São Paulo, para que todos possam vê-lo e saibam que ele vive conosco como um estimado membro da família.

Assinto com a cabeça.

— Ele caminha conosco. Você o exibe.

— Sim.

— E, quando todos o tiverem visto, saberão que ele não está erguendo seu estandarte em Warwickshire.

— Sim.

— Saberão que ele está vivo.

— Sim.

— E esses rumores terão fim...

Henrique espera.

— Então depois ele pode viver conosco como um membro de nossa família — determino. — Pode ser o que aparenta ser. Pode exibi-lo como nosso amado primo, e ele pode de fato ser o nosso amado primo. Nós o exibimos indo à missa conosco livremente, então ele pode caminhar conosco livremente. Podemos transformar em realidade o que mostramos. É isso que você quer fazer, como rei. Mostrar-se como rei e então esperar ser aceito como rei. Se eu tiver um papel neste teatro, nesta peça em que Teddy é amado e vive conosco, então você fará disso a realidade.

Ele hesita.

— É a minha condição — digo, com simplicidade. — Se quiser que eu aja como se Teddy fosse nosso primo adorado vivendo em liberdade conosco, então deve transformar o fingimento em realidade. Caminharei com você em procissão no domingo para mostrar que Teddy e todos os York são fiéis apoiadores seus. E você tratará a mim e a toda a minha família como se confiasse em nós.

Ele hesita por um momento, dizendo por fim:

— Sim. Se a procissão persuadir a todos, os rumores morrerem e todos aceitarem que Teddy vive na corte, como um membro leal da família, ele pode sair da Torre e viver em liberdade na corte.

— Gozando de liberdade e de confiança, como minha mãe — insisto. — Independentemente do que digam.

— Como sua mãe — concorda. — Se os rumores morrerem.

Maggie está ao meu lado antes do jantar, o rosto ruborizado de alegria por ter passado a tarde inteira com seu irmão.

— Ele cresceu! Está mais alto do que eu! Ah! Como senti falta dele!

— Ele entende o que tem que fazer?

Ela afirma com a cabeça.

— Expliquei-lhe cuidadosamente, e praticamos, então ele não deve cometer erros. Sabe que deverá caminhar atrás de você e do rei, sabe que tem que se ajoelhar para rezar na missa. Posso andar ao lado dele, não posso? E assim posso me certificar de que ele fará tudo certo.

— Sim, sim, isso seria melhor — concordo. — E se alguém gritar por ele, não deve acenar ou gritar de volta ou qualquer atitude assim.

— Ele sabe — afirma ela. — Compreende. Expliquei a ele por que querem que ele seja visto.

— Maggie, se ele mostrar que é um membro leal da família, creio que possa voltar a morar conosco. É essencial que ele faça isso direito.

Sua boca e todo o seu rosto estremecem.

— Ele poderá?

Tomo-a em meus braços e percebo que está tremendo de esperança.

— Ah, Maggie, farei o meu melhor por ele.

Seu rosto molhado pelas lágrimas me encara.

— Ele tem que sair daqui, Vossa Majestade, isto o está destruindo. Não está fazendo suas lições aqui, não vê ninguém.

— O rei não providenciou tutores para ele?

Ela balança a cabeça.

— Eles não vêm mais até ele. Passa os dias deitado na cama, lendo os livros que mando ou fitando o teto, e olhando pela janela. É permitido que ande nos jardins uma vez por dia. Mas só tem 11 anos, vai fazer 12 este mês. Deveria estar na corte, fazendo suas lições, brincando de jogos, aprendendo a cavalgar. Deveria estar se tornando um homem, com meninos da mesma idade. Mas está aqui, muito sozinho, sem ver ninguém além dos guardas quando trazem suas refeições. Disse-me que acha que está esquecendo como falar. Contou que uma vez passou o dia todo tentando se lembrar de meu rosto. Diz que um dia inteiro se vai e não se lembra de as horas terem passado. Então agora faz uma marca na parede para cada dia, como um prisioneiro. Mas então teme ter perdido a conta dos meses.

"E sabe que nosso pai foi executado neste lugar, sabe que seus irmãos desapareceram daqui; meninos como ele. Está entediado e amedrontado ao mesmo tempo, e não tem ninguém com quem conversar. Os guardas são homens rudes, jogam cartas com ele e ganham seus poucos centavos, xingam na frente dele e bebem. Não pode ficar aqui. Tenho que levá-lo."

Estou horrorizada.

— Ah, Maggie...

— Como poderá crescer como um duque real se é tratado como uma criança traidora? — pergunta. — Isto o está destruindo, e jurei a meu pai que cuidaria dele!

Concordo com a cabeça.

— Falarei com o rei de novo, Maggie. Farei o possível. E, uma vez que as pessoas parem de falar sobre ele o tempo todo, tenho certeza de que Henrique o libertará. — Faço uma pausa. — É como se nosso nome fosse tanto o nosso maior orgulho quanto a nossa maldição. Se fosse Edward de lugar nenhum e não Edward de Warwick, estaria vivendo conosco agora.

— Gostaria de que todos fôssemos ninguém de lugar nenhum — lamenta com amargura na voz. — Se pudesse escolher, eu me chamaria Ninguém e jamais pisaria na corte.

Meu marido convoca uma reunião de seu conselho privado para pedir-lhe recomendações quanto a como silenciar os rumores da vinda de um príncipe York. Todos sabem, todos já ouviram falar de um duque York, até mesmo de um bastardo York, vindo à Inglaterra para tomar o trono. John de la Pole, filho da minha tia Elizabeth de York, aconselha o rei a se manter calmo que os sussurros cessarão. O pai dele, o duque de Suffolk, recomendou que Henrique se certificasse de não haver divisão entre York e Tudor. Uma vez que o povo veja Edward caminhando com sua família, tornará a ficar quieto. John solicita que Teddy seja libertado da Torre — para que todos vejam que as Casas de York e Tudor estão unidas.

— Devemos mostrar que não temos nada a temer — diz ele, sorrindo para o rei. — É o melhor modo de dar fim aos rumores: mostrar que nada tememos.

— Que somos um só — completa Henrique.

John estende a mão para ele, e o rei a toma calorosamente.

— Somos um só — garante-lhe.

O rei pede que Edward venha, e Maggie e eu o vestimos com um justilho novo e penteamos seu cabelo. Está pálido, com a terrível brancura de uma criança que nunca sai, e seus braços e pernas estão magros, mesmo quando deveriam estar ficando mais fortes. Tem o charme e a beleza de York em seu rostinho de menino, mas está nervoso, de um modo como meus irmãos nunca ficaram. Lê tanto e fala tão pouco que gagueja quando precisa falar, então para em meio às frases para tentar se lembrar do que queria dizer. Vivendo sozinho junto a homens rudes, está desesperadamente tímido; sorri apenas para Maggie e somente com ela consegue falar com fluência e sem hesitação.

Maggie e eu andamos com ele até a porta fechada da câmara do conselho privado, onde os soldados da guarda estão com as lanças cruzadas, impedindo a entrada de qualquer pessoa. Ele para, como um potro jovem recusando um salto.

— Não querem que eu entre — diz, nervoso, observando os grandes homens inexpressivos que olham para além de nós. — Tem que fazer o que eles mandam. Você sempre tem que fazer o que eles mandam.

O tremor de medo em sua voz lembra-me do dia em que homens vestindo esta mesma libré carregaram-no escada abaixo, e não pude salvá-lo.

— O rei em pessoa quer vê-lo — explico-lhe. — Abrirão a porta quando andar na direção deles. As portas irão abrir-se quando você se aproximar.

Ele me encara, um tímido sorriso iluminando seu rosto com uma esperança repentina.

— Pois sou um conde?

— É um conde — confirmo em voz baixa. — Mas abrirão a porta porque é o desejo do rei. É o rei que importa, não nós. O que deve lembrar-se de dizer é que é leal ao rei.

Enfaticamente, ele assente com a cabeça.

— Prometi — afirma. — Prometi como Maggie disse que eu deveria.

A procissão da Torre de Londres até a Catedral de São Paulo é deliberadamente informal, como se a família real passeasse até a igreja por sua capital todos os dias. Os soldados da guarda caminham conosco de cada lado, atrás e na frente, porém mais como se fossem membros do séquito, conduzindo-nos à igreja, do que guardas. Henrique vai à frente com minha mãe, para demonstrar a todos a união deste rei com a antiga rainha, e milady escolhe ir de mãos dadas comigo, mostrando a todos que a princesa York está incluída na Casa de Tudor. Atrás de nós vêm minhas irmãs, Cecily com seu novo marido, para que todos vejam que não há uma princesa de York em idade de casar que forme um foco de dissidência; depois dela, nosso primo, Edward, caminha sozinho para que as pessoas à direita e à esquerda consigam vê-lo claramente. Está bem-vestido, mas parece sem jeito e tropeça assim que começa a andar. Maggie prossegue atrás dele com minhas irmãs Anne, Catherine e Bridget; ela tem de evitar se aproximar de seu irmãozinho e não deve levá-lo pela mão, como costumava fazer. Esta é uma caminhada que ele deve fazer sozinho, esta é uma caminhada em que tem de se exibir sozinho, sem qualquer apoiador, sem nenhuma coerção, seguindo livremente a comitiva do rei Tudor.

Quando entramos na escuridão profunda e abobadada, todos nos posicionamos nos degraus do altar para a missa, e sentimos as multidões de Londres no amplo espaço atrás de nós. Henrique põe a mão sobre o ombro de Edward e sussurra em seu ouvido; o menino ajoelha-se obedientemente no genuflexório, descansando os cotovelos na almofada de veludo, e ergue os olhos para o altar. O restante de nós dá um passo para trás, como se quisesse deixá-lo em oração, mas na verdade fazemos isso para nos certificarmos de que todos vejam que Edward de Warwick é devoto, leal e, acima de tudo, está sob nossa guarda. Não está no Castelo de Warwick erguendo sua bandeira, não está na Irlanda juntando um exército, não está com sua tia, a duquesa da Borgonha, ou em Flandres tramando uma conspiração. Está onde deveria estar, com sua amada família real, ajoelhado diante de Deus.

Depois da missa jantamos com o clero da Catedral de São Paulo e então começamos a caminhar para o rio. Edward melhora seu ânimo, sorri e conversa com minhas irmãs. Então Henrique ordena a ele que ande ao lado de John de la Pole, os dois primos York juntos. John de la Pole tem sido fiel a Henrique desde seu primeiro dia de reinado, está sempre em sua companhia e serve-o no conselho privado, o círculo mais próximo de conselheiros. É bem conhecido por sua lealdade ao rei, e envia uma forte mensagem para as multidões que circulam ao longo de nosso caminho, que se inclinam para fora de suas janelas sobre nossas cabeças. Todos podem ver que este é o verdadeiro Edward de Warwick, ao lado do verdadeiro John de la Pole; todos são capazes de enxergar que estão conversando e passeando da igreja para casa, como primos costumam fazer. Todos podem ver que estão felizes com sua família Tudor; como eu estou, como Cecily está, como minha mãe está.

Henrique acena aos cidadãos de Londres, que se acumulam nas margens do rio para verem a todos nós. Ele convoca-me para ficar a seu lado, e Edward do meu, de modo que todos vejam que somos um só, que Henrique Tudor fez o que as pessoas julgavam ser impossível: trouxe paz à Inglaterra e um fim à Guerra dos Primos.

Então algum tolo na multidão grita em voz alta "À Warwick!", o velho grito de incitação. Retraio-me e olho para meu marido, esperando vê-lo furioso. Mas seu sorriso nunca vacila, sua mão erguida em um aceno digno de um lorde não treme. Olho de novo para a multidão e vejo uma pequena briga ao fundo, como se o homem que gritara tivesse sido jogado no chão e o estivessem segurando.

— O que está acontecendo? — pergunto, nervosa, para Henrique.

— Nada — responde ele. — Nada mesmo. — Ele se vira, indo a seu grande trono na popa do barco, e gesticula para que entremos a bordo. Em seguida, senta-se, majestoso de todas as formas, e dá o sinal para zarpar.

Palácio de Sheen, Richmond, primavera de 1487

Mas nem mesmo a prova sendo exibida diante de todos os olhares convence quem está determinado a acreditar no contrário. Poucos dias depois de nossa caminhada pelas ruas de Londres, com o menino sorridente em meio a nós, há pessoas jurando que Edward de Warwick escapou da Torre enquanto andava até a igreja e está escondendo-se em York, aguardando a oportunidade de erguer-se contra o tirano do dragão vermelho, o pretendente ao trono, Henrique, o usurpador, o falso reivindicador.

Mudamo-nos para fora da cidade, para o Palácio de Sheen, mas Edward não pode ser libertado de seus aposentos na Torre para vir também.

— Como posso levá-lo conosco? — pergunta-me Henrique. — Duvida por sequer um momento que, se ele estiver fora da segurança daquelas paredes, alguém o levará e a próxima vez que o virmos será à frente de um exército?

— Não será! — garanto, desesperada. Começo a acreditar que meu marido manterá meu priminho na prisão por toda a vida. Ele é tão exageradamente cauteloso. — Sabe que Edward não iria fugir de nós para liderar um exército! Tudo o que quer é estar na sala de aula fazendo suas lições novamente. Tudo o que quer é poder cavalgar. Tudo o que quer é estar junto da irmã.

Mas Henrique encara-me com olhos severos, escuros como carvão galês, e diz:

— Claro que ele lideraria um exército. Qualquer um o faria. E, além disso, eles talvez não lhe deem escolha.

— Ele tem 12 anos! — exclamo. — É uma criança!

— Tem idade suficiente para montar um cavalo enquanto um exército luta por ele.

— Esse é meu primo — afirmo. — É meu próprio primo, o filho do irmão de meu pai. Por favor, seja majestoso e liberte-o.

— Acha que ele deveria ser libertado porque é o filho do irmão de seu pai? Crê que sua família era tão bondosa quando detinha o poder? Elizabeth, seu pai manteve o próprio irmão, o pai de Edward, na Torre, e depois executou-o por traição! Seu primo Edward é o filho de um traidor e rebelde, e os traidores gritam o nome dele quando se unem contra mim. Não sairá da Torre até que eu me certifique de que estamos seguros, nós quatro, minha mãe, eu e você, e o herdeiro de verdade: o príncipe Artur.

Pisando firme, caminha até a porta e vira-se para me lançar um olhar furioso.

— Não me peça isso de novo — ordena. — Não ouse pedir-me isso de novo. Não sabe o quanto já faço por amor a você. Mais do que eu deveria. Muito mais do que eu deveria.

Ele bate a porta atrás de si, e ouço o barulho dos guardas apresentando armas às pressas quando ele passa.

— O quanto você faz? — pergunto aos painéis de madeira polida da porta. — E por amor?

Henrique não vem a meu quarto durante toda a Quaresma. Diz a tradição que um homem devoto não deve tocar sua esposa nas semanas que antecedem a Páscoa, mesmo que as flores de narciso encham de dourado as margens do rio, que os melros cantem canções de amor em um trinado penetrante a cada nascer do sol, que os cisnes comecem a construir gigantes e volumosos ninhos no caminho ao lado do rio, e todos os outros seres vivos estejam cheios de alegria em busca de um parceiro; mas nós não. Henrique segue o jejum da Quaresma como um filho obediente de sua mãe e da Igreja, por isso Maggie é minha companheira de cama, e acostumo-me a vê-la ajoelhada durante horas para rezar, sussurrando o nome do irmão de novo e de novo.

Um dia percebo que está rezando a santo Antônio por seu irmão, e discretamente viro-me para o outro lado. Santo Antônio é o santo das coisas desaparecidas, das esperanças desoladas e das causas perdidas; ela deve sentir que seu irmão está próximo de desaparecer — um menino invisível como meus próprios irmãos, todos os três perdidos para suas irmãs, para sempre.

A corte jejua durante a Quaresma, sem comer carne, e não há dança nem música. Milady veste-se de preto o tempo todo, como se a provação de Cristo tivesse uma mensagem especial para ela, como se somente ela compreendesse Seu sofrimento. Ela e Henrique rezam juntos, a sós, todas as noites, como se houvessem sido chamados para suportar a frieza dos corações dos ingleses em relação aos Tudor, assim como Jesus teve que suportar a solidão do deserto e o fracasso de seus discípulos. Os dois juntos são como mártires; ninguém além deles entende seu sofrimento.

Em torno de milady e de seu filho há um mundinho compacto: o único conselheiro em que ela confia, John Morton, seu amigo e confessor; Jasper Tudor, o tio de Henrique, que o criou em seu exílio; o amigo que ficou a seu lado, John de Vere, o conde de Oxford; e os Stanley, lorde Thomas e o irmão, Sir William. Há tão poucos, mas tão poucos deles, isolados em uma corte tão grande, e têm tanto medo de todos os outros que é como se sempre estivessem sob cerco na segurança de seu próprio lar.

De fato, começo a pensar que vivem em um mundo diferente do restante de nós. Um dia, milady e eu estamos caminhando juntas ao lado do impressionante rio, o sol em nossos rostos, flores brancas nos arbustos espinhentos, e o doce e leve perfume de néctar no ar, quando ela comenta que a Inglaterra é um incivilizado deserto de pecado. Minha mãe, dando passos leves na grama primaveril, um ramo de narcisos cujos caules pingam, pegajosos, em suas mãos, ouve isso e não consegue evitar rir alto.

Deixo-me ficar para trás entre minhas damas para caminhar ao lado de minha mãe.

— Tenho que falar com a senhora — digo. — Preciso descobrir o que sabe.

Seu sorriso é lindo e sereno como sempre.

— Uma vida de aprendizado — provoca-me. — A compreensão de quatro línguas, o amor pela música, o apreço pela arte, um grande interesse por publicar e escrever em inglês, assim como em latim. Fico feliz que finalmente recorra à minha sabedoria.

— Milady, a Mãe do Rei, está doente de medo — comento com ela. — Acha que a primavera inglesa é um deserto incivilizado. Seu filho é praticamente mudo. Não confiam em ninguém fora de seu próprio círculo, e todos os dias surgem mais rumores no mundo exterior. Está chegando, não está? Uma nova rebelião? Você sabe dos planos e sabe quem os liderará. — Faço uma pausa e baixo o tom de minha voz para um sussurro. — Ele está vindo, não está?

Minha mãe não comenta nada por um momento, mas anda a meu lado em silêncio, graciosa como sempre. Para e vira-se para mim, pega um botão de narciso e coloca-o gentilmente em meu chapéu.

— Acha que não comentei nada com você sobre essas questões desde que se casou porque elas escaparam de minha memória? — pergunta em voz baixa.

— Não, é claro que não.

— Porque pensei que não se interessava?

Balanço a cabeça.

— Elizabeth, no dia de seu matrimônio, prometeu amar, honrar e obedecer ao rei. No dia de sua coroação terá que prometer diante de Deus, no mais solene e mais comprometedor dos votos, ser sua súdita leal, a primeira de seus súditos leais. Tomará a coroa em sua cabeça, será ungida com o óleo sagrado no peito. Não poderá desistir desses votos depois. Não pode saber de nada que terá que esconder dele. Não pode ter segredos de que ele não saiba.

— Ele não confia em mim! — exclamo. — Sem que você me diga uma palavra, já suspeita de que eu saiba de uma conspiração em andamento e a mantenha em segredo. Vezes e mais vezes pergunta-me sobre o que sei, vezes e mais vezes avisa-me de que está nos dando tratamento especial. A mãe dele está certa de que sou uma traidora, e acredito que ele também crê nisso.

— Virá a confiar em você, talvez — diz ela. — Se passarem anos juntos. Vocês talvez se tornem marido e esposa amorosos, se tiverem tempo o bastante. E se eu nunca contar nada a você, então jamais haverá um momento em que terá que mentir para ele. Ou pior: nunca haverá um momento em que terá que escolher a quem ser leal. Não quero que tenha que escolher entre a família de seu pai e a de seu marido. Não quero que você tenha que escolher entre as reivindicações de seu pequeno filho e de outrem.

Fico horrorizada ao pensar em ter que escolher entre Tudor e York.

— Mas, se eu não souber de nada, então sou como uma folha na água, vou aonde a corrente me guiar. Não ajo, não faço nada.

Ela sorri.

— Sim. Por que não deixa o rio levá-la? Então veremos o que ele diz.

Viramo-nos em silêncio e nos dirigimos, ao longo da margem do rio, para Sheen, o belo palácio de muitas torres que domina a curva do rio. Enquanto andamos na direção dele, vejo meia dúzia de cavalos galopando até a porta privada do rei. Os homens descem da montaria; um deles tira seu chapéu e entra.

Minha mãe, seguida por suas damas, passa pelos cavaleiros e graciosamente aceita as saudações deles.

— Parecem cansados — observa em tom agradável. — Vieram de longe?

— Sem parar para dormir, por todo o longo caminho desde Flandres — gaba-se um deles. — Cavalgamos como se o diabo viesse atrás de nós.

— É mesmo?

— Mas ele não está atrás de nós, está à nossa frente — confidencia, em voz baixa. — À nossa frente, à frente de Sua Majestade, e por aí erguendo um exército enquanto o restante de nós está assombrado.

— Basta — repreende outro homem. Ele tira o chapéu para mim e minha mãe. — Peço desculpas, Vossa Alteza. Esteve sem fôlego por tanto tempo que agora ele sente necessidade de falar.

Minha mãe sorri para o homem e para seu capitão.

— Ah, está tudo bem — diz.

Dentro de uma hora, o rei convoca uma reunião de seu conselho interno, os homens a quem recorre quando se encontra em perigo. Jasper Tudor está lá, a cabeça vermelha curvada, as sobrancelhas grisalhas unindo-se de preocupação diante da ameaça feita a seu sobrinho, a sua linhagem. O conde de Oxford anda de braços dados com Henrique, discutindo a convocação de homens, em quais condados podem confiar e quais não devem ser avisados. John de la Pole entra na câmara do conselho aos calcanhares de seu pai ferozmente leal, e os outros amigos e a família os seguem: os Stanley, os Courtenay, o arcebispo John Morton, Reginald Bray, que é o administrador de Lady Margaret — todos os homens que colocaram Henrique Tudor no trono e agora percebem quão difícil é mantê-lo lá.

Vou ao berçário. Encontro milady sentada na grande cadeira no canto, observando enquanto a ama troca a fralda do bebê e envolve-o firmemente em seus cueiros. É atípico que ela venha aqui, mas percebo por seu rosto cansado e o rosário na mão que está rezando pela segurança do bebê.

— São más notícias? — pergunto, em voz baixa.

Encara-me com ar de reprovação, como se fosse tudo culpa minha.

— Disseram que a duquesa da Borgonha, sua tia, encontrou um general que aceitará o dinheiro dela e fará sua vontade. Dizem que ele é praticamente imbatível.

— Um general?

— E ele está recrutando um exército.

— Virão para cá? — sussurro. Olho pela janela, para o rio e para os calmos campos além.

— Não — responde, com determinação. — Pois Jasper irá impedi-los, Henrique irá impedi-los e o próprio Deus irá impedi-los.

No caminho para os aposentos de minha mãe, passo às pressas pelos cômodos do rei, mas a porta da grande câmara de audiências ainda está fechada. Ele reuniu a maior parte dos lordes, e estarão freneticamente tentando julgar que nova ameaça isto representa para o trono Tudor, quanto eles devem de fato temer, o que devem fazer.

Percebo que estou acelerando o passo, com a mão cobrindo a boca. Tenho medo do que está nos ameaçando, e também tenho medo de que a defesa que Henrique criará contra seu próprio povo possa ser mais violenta e letal do que uma invasão.

Os aposentos de minha mãe também estão fechados, as portas firmemente cerradas, e não há nenhum criado esperando do lado de fora para abri-las para mim. O lugar está quieto — quieto demais. Empurro a porta eu mesma, e observo o cômodo vazio que está diante de mim como o cenário de um espetáculo antes da chegada dos atores. Nenhuma de suas damas está aqui, seus músicos estão ausentes, um alaúde, encostado contra uma parede. Todas as suas coisas estão intocadas: as cadeiras, as tapeçarias, o livro sobre a mesa, a costura em uma caixa; mas ela está sumida. É como se tivesse ido embora.

Como uma criança, não consigo acreditar nisso.

— Mamãe? Milady mãe? — chamo. E entro na calma e ensolarada câmara de audiências, olhando em volta.

Abro a porta para sua câmara privada e a encontro vazia também. Um retalho de costura está em cima de uma cadeira, e uma fita, no assento da janela, mas não sobrou nada além disso. Desamparada, pego a fita como se pudesse ser um sinal e torço-a nos dedos. Não consigo acreditar em como tudo está tão quieto. A ponta de uma tapeçaria mexe-se com a corrente de ar que vem da porta, o único movimento no cômodo. Do lado de fora, um pombo-torcaz arrulha, mas é o único som.

— Mamãe? — chamo-a novamente. — Milady mãe?

Bato na porta de seu quarto e abro-a, mas não espero encontrá-la dentro. A cama está sem os lençóis, o colchão encontra-se desforrado, as colunas de madeira, sem as cortinas. Aonde quer que tenha ido, levou a roupa de cama consigo. Abro o baú ao pé da cama e vejo que suas roupas também desapareceram. Viro-me para a mesa onde ela se senta enquanto sua criada penteia seu cabelo; o espelho de prata sumiu, assim como os pentes de marfim, as presilhas de ouro, o frasco de vidro cheio de óleo de lírio.

Seus cômodos estão vazios. É como um feitiço; silenciosamente desapareceu, no intervalo de uma manhã, e tudo em um instante.

Viro-me imediatamente e vou aos melhores cômodos, os cômodos da rainha, onde Milady, a Mãe do Rei, passa os dias entre suas damas, administrando suas grandes posses, mantendo o poder enquanto suas damas costuram camisas para os pobres e ouvem leituras da Bíblia. Seus aposentos estão ocupados com pessoas indo e vindo; consigo ouvir o barulho alegre através da porta ao caminhar em sua direção. Quando abrem e sou anunciada, entro e vejo milady sentada sob um tecido dourado, feito uma rainha, enquanto à sua volta estão suas próprias damas e, entre elas, as companheiras de minha mãe, formando uma só grande corte. As damas de minha mãe olham-me de olhos arregalados, como se quisessem sussurrar segredos, mas quem quer que a tenha levado certificou-se de que permaneçam caladas.

— Milady — cumprimento, fazendo a menor das mesuras devidas a ela por ser minha sogra e mãe do rei. Ela levanta-se e oferece-me o mais ligeiro aceno de cabeça, e então beijamos as faces frias uma da outra. Seus lábios mal me tocam, e seguro o fôlego como se não quisesse inalar o cheiro enfumaçado de incenso que sempre permeia o véu de seu toucado. Damos um passo para trás e analisamos uma a outra.

— Onde está minha mãe? — pergunto sem emoção.

Está séria, como se não estivesse preparada para dançar de alegria.

— Talvez você devesse falar com meu filho, o rei.

— Está em suas câmaras com o conselho. Não quero incomodá-lo. Mas o farei e direi que a senhora me enviou, se é o que deseja. Ou então pode me dizer onde está minha mãe. Ou será que não sabe? Está só fingindo saber?

— Claro que sei! — afirma, sentindo-se afrontada. Olha em volta para os rostos ávidos e gesticula para mim, indicando que devemos nos deslocar para uma câmara interior, onde poderemos conversar a sós. Sigo-a. Enquanto passo pelas damas de minha mãe noto a ausência de algumas delas; minha meia-irmã Grace, bastarda de meu pai, não está aqui. Espero que tenha ido com minha mãe, onde quer que ela esteja.

Milady, a Mãe do Rei, fecha a porta e acena para que eu me sente. Preocupadas com o protocolo, inclusive agora, sentamo-nos ao mesmo tempo.

— Onde está minha mãe? — pergunto mais uma vez.

— Ela foi a responsável pela rebelião — explica milady em voz baixa. — Enviou dinheiro e servos para Francis Lovell, recebia mensagens dele. Sabia o que ele estava fazendo, o aconselhou e o apoiou. Disse-lhe quais cortes iriam escondê-lo, dar-lhe homens e armas fora de York. Enquanto eu planejava a viagem real do rei, ela planejava uma rebelião contra ele, para emboscá-lo em sua rota. É inimiga do seu marido e do seu filho. Sinto muito por você, Elizabeth.

Enfureço-me, mal ouvindo o que diz.

— Não preciso de sua pena!

— Precisa, sim — prossegue. — Pois é contra você e seu marido que sua própria mãe está tramando. É a sua morte e a sua queda que ela está planejando. Trabalhou para a rebelião de Lovell e agora escreve secretamente para a cunhada, em Flandres, insistindo que dê início a uma invasão.

— Não. Ela não faria isso.

— Temos provas — garante ela. — Não há dúvida. Sinto muito por isso. É uma grande vergonha que cai sobre você e sua família. Uma desgraça para o nome de sua família.

— Onde ela está? — pergunto. Meu maior medo é que a tenham levado para a Torre, que seja mantida onde seus filhos ficaram presos, e que ela também não saia mais de lá.

— Retirou-se do mundo — responde Lady Margaret em tom solene.

— O quê?

— Reconheceu o erro de suas ações e foi confessar seus pecados, viver com as boas irmãs na Abadia de Bermondsey. Escolheu viver lá. Quando meu filho colocou as provas de sua conspiração diante dela, ela admitiu que havia pecado e que não lhe restava outra alternativa.

— Quero vê-la.

— Certamente, pode ir vê-la — diz Lady Margaret com serenidade. — Claro. — Vejo um pouco de esperança cintilar em seus olhos cobertos pelo véu. — Poderia ficar com ela.

— Claro que não ficarei na Abadia de Bermondsey. Irei visitar minha mãe e falarei com Henrique, pois ela deve retornar à corte.

— Ela não pode ter riqueza e influência — afirma Lady Margaret. — Iria usá-las contra seu marido e seu filho. Sei que a ama profundamente, mas, Elizabeth, ela se tornou sua inimiga. Não é mais mãe, nem sua nem de suas irmãs. Estava providenciando fundos para os homens que desejam derrubar o trono Tudor; estava dando-lhes conselhos, enviando-lhes mensagens. Estava conspirando com a duquesa Margaret, que está reunindo um exército. Estava vivendo conosco, brincando com seu filho, nosso precioso príncipe, vendo você diariamente, e ainda assim trabalhando para nossa destruição.

Levanto-me de minha cadeira e vou até a janela. Lá fora, as primeiras andorinhas do verão estão voando sobre a superfície do rio, fazendo trajetos sinuosos — suas barrigas, um relâmpago cor de creme — como se estivessem felizes em mergulhar o bico em seus próprios reflexos, brincando com a doce água do Tâmisa. Viro-me novamente.

— Lady Margaret, minha mãe não é desonrosa. E jamais faria algo para me magoar.

Lentamente, ela balança a cabeça.

— Insistiu que você se casasse com meu filho — argumenta. — Ela exigiu isso como o preço de sua lealdade. Esteve presente no nascimento do príncipe. Foi honrada em seu batizado, é madrinha dele. Nós a honramos e a acolhemos e a pagamos. Mas agora ela trama contra a herança de seu próprio neto e luta para colocar outro em seu trono. Isso é desonroso, Elizabeth. Não pode negar que ela esteja fazendo um jogo duplo, um jogo vergonhoso.

Ponho as mãos sobre o rosto para bloquear a expressão dela. Se parecesse triunfante, eu simplesmente a odiaria, mas parece horrorizada, como se sentisse, da mesma forma que eu, que tudo que estivemos tentando fazer será arruinado.

— Ela e eu nem sempre concordávamos. — Apela para mim. — Mas não senti prazer algum em vê-la deixar a corte. Isto é um desastre para nós assim como para ela. Eu esperava que fôssemos nos tornar uma família, uma família real unida. Mas ela sempre fingiu. Foi falsa conosco.

Não posso defendê-la. Inclino a cabeça, e um pequeno gemido de pânico escapa por entre meus dentes trincados.

— Ela não está em paz — conclui Lady Margaret. — Continua lutando e lutando na guerra que vocês, os York, perderam. Não fez as pazes conosco, e agora está em guerra contra você, sua própria filha.

Solto um pequeno gemido e afundo no assento da janela, com as mãos escondendo meu rosto. Há um silêncio enquanto Lady Margaret cruza o cômodo e senta-se pesadamente ao meu lado.

— É pelo filho dela, não é? — pergunta, cansada. — É a única reivindicação pela qual lutaria em detrimento da sua. É o único pretendente que colocaria contra seu neto. Ela ama Artur tanto quanto nós, sei disso. A única reivindicação que favoreceria acima da dele seria a de seu próprio filho. Deve crer que um de seus meninos, Ricardo ou Eduardo, ainda está vivo, e deseja colocá-lo no trono.

— Não sei, não sei! — Estou chorando agora, mal consigo falar. Mal consigo ouvi-la através de meus soluços.

— Então, quem é? — grita ela de repente, num ataque de fúria. — Quem mais poderia ser? Quem ela colocaria acima do próprio neto? Quem ela poderia preferir senão a nosso príncipe Artur? Artur, que nasceu em Winchester, Artur de Camelot? Quem poderia preferir a ele?

Em silêncio, balanço a cabeça. Posso sentir as lágrimas quentes se acumulando em minhas mãos geladas e deixando meu rosto molhado.

— Não a derrubaria por mais ninguém — sussurra Lady Margaret. — É claro que só pode ser por um dos meninos. Diga-me, Elizabeth, conte-me tudo o que sabe para que possamos deixar seu filho, Artur, seguro com a herança dele. Sua mãe tem um de seus filhos escondidos em algum lugar? Ele está com sua tia em Flandres?

— Não sei — respondo, desamparada. — Nunca me disse nada. Eu disse que não sei, e é verdade, eu não sei. Ela assegurou que nunca houvesse nada que eu pudesse contar a vocês. Não queria que eu jamais passasse por uma inquisição como esta. Tentou proteger-me disso, então não sei.

Henrique entra em meus aposentos com sua corte antes do jantar, um sorriso tenso e falso no rosto, interpretando o papel de rei, tentando esconder o medo de que esteja perdendo tudo.

— Conversarei com você mais tarde — comunica-me, em um tom duro. — Quando vier a seu quarto esta noite.

— Meu senhor... — sussurro.

— Agora não — retruca com firmeza. — Todos precisam ver que estamos unidos, que somos como um só.

— Minha mãe não pode ser detida contra a própria vontade — exijo. Penso em meu primo na Torre, minha mãe na Abadia de Bermondsey. — Não posso tolerar minha família sendo presa. Independentemente do que você suspeite. Não suportarei.

— Hoje à noite — diz ele. — Quando eu vier a seus aposentos. Explicarei.

Minha prima Maggie lança-me um único olhar consternado, então vem atrás de mim, pega a cauda de meu vestido e arruma-a, enquanto meu marido toma minha mão e leva-me ao jantar diante da corte. Sorrio, como devo fazer, para a esquerda e para a direita, e pergunto-me qual será o jantar de minha mãe esta noite, ao mesmo tempo que a corte, que um dia já pertenceu a ela, está alegre.

Ao menos Henrique vem a mim rapidamente, logo depois da capela, vestido para dormir. Os lordes que o escoltam a meu quarto logo se retiram para deixar-nos a sós, e minha prima Maggie espera apenas para ver se há algo de que precisamos, e então também sai, observando-me de olhos arregalados, como se temesse que na manhã seguinte eu também desaparecesse.

— Não quero que sua mãe seja enclausurada — diz Henrique bruscamente. — E não irei levá-la a julgamento se puder evitar.

— O que ela fez? — exijo explicações. Não consigo manter a presunção de que ela seja inocente de tudo.

— Você quer mesmo saber? — retruca. — Ou está tentando descobrir o quanto eu sei?

Solto uma pequena exclamação e dou as costas para ele.

— Sente-se, sente-se — pede ele.

Henrique vem até mim, pega minha mão e leva-me à cadeira ao lado da lareira onde costumávamos relaxar tão confortavelmente. Ele faz com que eu me sente e dá um leve tapinha em minha bochecha corada. Por um momento, desejo jogar-me em seus braços, chorar em seu peito e dizer--lhe que não tenho certeza de nada, mas que temo tudo exatamente como ele. Que estou dividida entre o amor por minha mãe e por meus irmãos perdidos, e o amor por meu filho. Que não podem esperar que eu escolha o próximo rei da Inglaterra. E que, por fim, e isso é o mais confuso de tudo para mim, eu daria qualquer coisa no mundo para rever meu amado irmão e saber que está a salvo. Daria tudo menos o trono da Inglaterra, tudo menos a coroa de Henrique.

— Não sei de tudo — diz ele, sentando-se pesadamente na cadeira à minha frente, o queixo sobre o punho enquanto encara as chamas. — Esta é a pior parte: não sei de tudo. Mas ela tem escrito para sua tia, em Flandres, e Margaret está reunindo um exército contra nós. Sua mãe tem mantido contato com todas as antigas famílias York, aquelas de seu séquito, aquelas que se lembram de seu pai ou de seu tio, pedindo-lhes que estejam prontos para quando o exército de Margaret aportar. Esteve escrevendo para homens em exílio, para homens escondidos. Tem conspirado com a cunhada dela, Elizabeth, a mãe de John de la Pole. Tem inclusive visitado sua avó, a duquesa Cecily, sogra dela. As duas eram inimigas mortais durante todo o casamento dela, mas agora se aliaram contra um inimigo maior: eu. Sei que ela escrevia para Francis Lovell. Vi as cartas. Esteve por trás da rebelião dele, tenho provas disso agora. Sei até o quanto ela enviou-lhe para equipar seu exército. Foi o dinheiro que dei a ela, a mesada que lhe providenciei. Tudo isso eu sei, vi com meus próprios olhos. Segurei as cartas dela em minhas próprias mãos. Não há dúvida.

Ele exala de maneira cansada e toma um gole de sua bebida. Encaro-o com horror. Essas provas são suficientes para mandar prender minha mãe pelo resto da vida. Se ela fosse um homem, iriam decapitá-la por traição.

— E isso não é tudo — continua, desanimado. — Pelo visto, há mais; porém, não sei o que ela tem feito além do que descobri. Não conheço todos os seus aliados, nem faço ideia de seus planos mais secretos. Não ouso imaginar.

— Henrique, o que você teme? — sussurro. — O que teme que ela esteja fazendo para deixar seu rosto tão transtornado?

Parece que está sendo atormentado além do que é capaz de suportar.

— Não sei o que temer — responde-me. — Sua tia, a duquesa viúva da Borgonha, está reunindo um exército, um grande exército contra mim, disso eu sei.

— Está mesmo?

Ele assente com a cabeça.

— E sua mãe estava convocando rebeldes aqui em casa. Hoje reuni meu conselho. Tenho comando sobre os lordes, disso tenho certeza. De qualquer forma... todos juraram lealdade. Mas em quem posso confiar se sua mãe e sua tia colocam um exército em campo, e à frente dele está... — Ele se interrompe.

— Está quem? — pergunto. — Quem você receia que possa liderar tal invasão?

Seu olhar desvia do meu.

— Creio que você sabe.

Atravesso a sala e tomo sua mão, horrorizada.

— Sinceramente, eu não sei.

Ele segura minha mão com bastante firmeza e olha bem dentro de meus olhos, como se estivesse tentando ler meus pensamentos, como se quisesse mais do que tudo no mundo saber que pode confiar em mim, sua esposa e mãe de seu filho.

— Acha que John de la Pole o trairia e lideraria o exército contra você? — pergunto, citando meu próprio primo, herdeiro de Ricardo. — É ele que teme?

— Sabe alguma coisa contra ele?

Balanço a cabeça.

— Nada, eu juro.

— Pior do que ele — diz, apenas.

Fico em pé à sua frente, em silêncio, perguntando a mim mesma se irá dizer o nome do inimigo que o preocupa acima de todos: o testa de ferro que seria mais poderoso do que um primo York.

— Quem? — sussurro.

Mas é como se o fantasma houvesse entrado em nosso quarto privado, o fantasma de que todos falam, mas ninguém ousa nomear. Supersticioso, Henrique tampouco diz seu nome.

— Estou pronto para ele. — Diz apenas isso. — Quem quer que ela tenha para comandar seu exército. Pode dizer a todos que estou pronto para ele.

— Quem? — desafio-o a dizer.

Mas Henrique apenas balança a cabeça.

E então, já na manhã seguinte, John de la Pole não está na capela durante a missa de Laudes. Dou uma olhada para baixo do meu assento elevado na galeria e noto que seu lugar de costume está vazio. Tampouco aparece no jantar.

— Onde está meu primo John? — pergunto a Milady, a Mãe do Rei, enquanto esperamos, depois do jantar, que o padre termine a longa leitura que ela ordenou para todos os dias da Quaresma.

Ela olha para mim como se a tivesse insultado.

— O que me perguntou? — questiona.

— Perguntei-lhe: onde está meu primo John? — repito, imaginando que ela não tenha me ouvido. — Ele não estava na capela esta manhã e não o vi durante todo o dia.

— Talvez devesse perguntar à sua mãe em vez de a mim — responde em tom amargo. — Ela pode saber. Deveria talvez perguntar também à sua tia, Elizabeth de York, mãe dele; ela pode saber. Deveria perguntar à sua tia Margaret de York, a falsa duquesa viúva da Borgonha; ela certamente sabe, pois ele está indo ao seu encontro.

Engasgo e coloco a mão sobre a boca.

— Está dizendo que John de la Pole está indo a Flandres? Como pode achar tal coisa?

— Não acho, tenho certeza. Teria vergonha de dizer isso se houvesse alguma dúvida. Ele é falso, como eu sempre disse que era. É um falso e participou de nossos conselhos, ouviu nossos planos de defesa e nossos receios de rebelião, e agora foge para além-mar, para a tia dele, para contar-lhe tudo o que sabemos e tudo o que tememos. Pedirá a ela que o coloque no nosso trono, pois ela é de York, e agora ele diz que apoia a família de York, sempre esteve do lado York, exatamente como você e toda sua família.

— John é falso? — repito. Não consigo acreditar no que está dizendo. Se for verdade, então talvez tudo o mais que eles temem seja também verdade: talvez haja um conde, duque, talvez até um príncipe York em algum lugar por aí, esperando a oportunidade, planejando sua campanha. — Meu primo John foi para Flandres?

— Falso como qualquer yorkista — afirma, insultando-me cara a cara. — Falso como só uma rosa branca pode ser, como uma rosa branca sempre é.

Milady, a Mãe do Rei, notifica-me que iremos a Norwich no começo do verão; o rei quer ser visto pelo povo e levar sua justiça a ele. Consigo perceber, pela expressão tensa nos olhos dela, que isso é uma mentira, mas não a desafio. Então, espero até que esteja absorta no planejamento da viagem do filho e, um dia, no fim de abril, anuncio que não me sinto bem e irei para a cama descansar. Deixo Maggie guardando a porta do meu quarto, dizendo às pessoas que estou dormindo, e coloco o vestido mais simples, embrulho-me em minha capa escura, vou escondida até o píer fora do palácio e faço sinal para que um barco me leve rio abaixo.

Está frio perto da água; o vento cortante me oferece uma desculpa para erguer o capuz e enrolar um cachecol em torno do rosto. Meu cavalariço viaja comigo, sem saber o que vamos fazer, mas ansioso, pois consegue imaginar que deve ser algo proibido. O barco prossegue com rapidez graças à correnteza a jusante. A volta será mais lenta, mas programei minha visita para que a correnteza esteja no outro sentido quando começarmos a ir para Sheen.

O barco leva-me às escadas da abadia, e Wes, o cavalariço, desembarca e estende a mão para mim. O barqueiro promete que esperará para levar-me de volta a Sheen, o brilho em seus olhos deixando claro que crê que sou uma donzela da corte saindo às escondidas para encontrar-se com seu amante. Subo os degraus molhados até a pequena ponte que se estende sobre o rio e contorno as muralhas da abadia até chegar ao portão principal e à casa da guarda. Toco o sino e espero pelo porteiro, inclinando-me contra a parede de pedra preta e tijolos vermelhos.

Uma pequena portinhola no grande portão se abre.

— Desejo ver... — Interrompo-me. Não sei de que chamam minha mãe agora que não é mais rainha, agora que está sob suspeita de traição. Não sei nem mesmo se está aqui usando seu nome verdadeiro.

— Vossa Majestade, a rainha viúva — completa a mulher asperamente, como se Bosworth nunca tivesse acontecido, como se os Plantageneta ainda crescessem verdes e frescos no jardim da Inglaterra. Abre a porta para mim e deixa-me entrar, gesticulando que o rapaz deve esperar do lado de fora.

— Como sabia que me referia a ela? — pergunto.

Ela sorri para mim.

— Não é a primeira a vir procurá-la, e duvido que será a última — responde e leva-me pela grama macia e cortada para as celas no lado oeste do prédio. — É uma grande dama; as pessoas sempre serão fiéis a ela. Está na capela agora. — A mulher indica com a cabeça a igreja com o cemitério que fica à frente. — Mas você pode esperar na cela que ela virá em um instante.

Leva-me a um quarto limpo e branco, com uma estante para os volumes de que minha mãe mais gosta, tanto manuscritos encadernados quanto os novos livros impressos. Há um crucifixo de marfim e ouro pendurado na parede, e a pequena roupa de dormir que estava costurando para Artur em uma caixa ao lado da cadeira perto do fogo. Não parece nada como imaginei, e por um momento hesito no batente, fraca de alívio por minha mãe não estar aprisionada em uma torre fria ou presa em algum pobre convento, mas tornando o ambiente agradável para si — como sempre faz.

Através de uma porta interna consigo ver sua câmara privada e, no seu interior, a cama de dossel com seus lençóis finos e bordados. Esta não é uma mulher passando necessidade em confinamento solitário; minha mãe está vivendo como uma rainha aposentada e obviamente tem todo o convento atendendo a seus desejos.

Afundo-me em um banquinho diante do fogo até que ouço passos rápidos nas pedras do chão do lado de fora, e a porta se abre. Minha mãe está ali, e estou em seus braços, chorando, e ela está me acalmando; e então ficamos sentadas ao lado do fogo, minhas mãos sobre as dela, e ela está sorrindo para mim, como sempre faz, e tranquilizando-me de que tudo terminará bem.

— Mas não é livre para partir? — questiono para confirmar.

— Não — responde ela. — Pediu a minha liberdade para Henrique?

— É claro, no momento em que a senhora desapareceu. Ele negou.

— Imaginei que negaria. Tenho que ficar aqui. Ao menos por enquanto. Como estão suas irmãs?

— Estão bem — asseguro. — Catherine e Bridget estão na sala de aula, e eu disse a elas que você foi para um retiro. Bridget quer juntar-se a você, claro. Diz que a vaidade do mundo é demais para ela.

Minha mãe sorri.

— Nós a criamos para a Igreja. Ela sempre levou isso bem a sério. E meus sobrinhos? John de la Pole?

— Desaparecido — respondo sem rodeios. Suas mãos apertam-me um pouco mais forte.

— Aprisionado? — pergunta-me.

Balanço a cabeça.

— Foragido — digo apenas. — Não sei nem se você está me dizendo a verdade quando aparenta não saber a respeito dele.

Ela não se dá ao trabalho de me responder.

— Henrique diz que tem provas de que você está conspirando contra nós — conto-lhe.

— Nós? — repete ela.

— Contra os Tudor — corrijo, corando.

— Ah. "Nós, os Tudor." Você sabe do que exatamente ele sabe?

— Sabe que você andava escrevendo para minha tia Margaret e convocando amigos York. Mencionou minha tia Elizabeth e até minha avó, a duquesa Cecily.

Ela assente com a cabeça.

— Nada mais?

— Mamãe, isso é mais do que suficiente!

— Eu sei. Mas veja, Elizabeth, ele pode saber mais do que isso.

— Há mais do que isso? — Estou horrorizada.

Ela dá de ombros.

— É uma conspiração. Claro que há mais do que isso.

— Bem, isso foi tudo o que ele me contou. Nem ele nem a mãe dele confiam em mim.

Ela ri alto desse meu comentário.

— Eles mal confiam em suas próprias sombras, por que confiariam em você?

— Porque sou esposa e rainha dele?

Ela balança a cabeça como se isso pouco importasse.

— E para onde ele crê que John de la Pole foi?

— Talvez até milady tia Margaret, em Flandres?

Claramente, isto não é surpresa para ela.

— Ele escapou com segurança?

— Até onde sei, sim. Mas milady mãe...

Ela abrandou-se imediatamente ao ouvir o medo em minha voz.

— Sim, minha querida, é claro que está ansiosa, está assustada. Mas creio que tudo irá mudar.

— E quanto a meu filho?

— Artur nasceu como príncipe, ninguém pode tirar isso dele. Ninguém desejaria fazer isso.

— E meu marido?

Ela quase ri alto.

— Ah, bem, Henrique nasceu plebeu. Talvez ele morra como tal.

— Mamãe, não posso tolerar que você declare guerra contra meu marido. Concordamos com uma paz, queria que eu me casasse com ele. Agora temos um filho, e ele deve ser o próximo rei da Inglaterra.

Ela se levanta e cruza em três passos o pequeno quarto para olhar pela janela, que fica alta na parede, com vista para os tranquilos jardins e para a pequena igreja do convento.

— Talvez. Talvez ele seja rei. Nunca senti isso. Não consigo ver isso, mas talvez aconteça.

— Não pode me dizer? — pergunto-lhe. — Não é capaz de ver o que vai acontecer?

Ela se vira; vejo que seus olhos estão velados e que está sorrindo.

— Como uma vidente, como minha mãe teria feito? Ou como conspiradora? Como uma rebelde traiçoeira?

— Como qualquer um! — exclamo. — Como qualquer coisa! Você não pode, *ninguém* pode me contar o que está acontecendo?

Ela balança a cabeça.

— Não posso ter certeza. — É tudo o que diz.

— Tenho que ir — digo, irritada. — Tenho que voltar com a correnteza para Sheen. E então iremos viajar.

— Para onde? — pergunta.

Percebo, conforme lhe conto, que ela usará esta informação. Escreverá aos rebeldes enquanto eles se reúnem, para inimigos na Inglaterra e no exterior. Assim que contar a ela uma palavra sequer, significa que estou trabalhando para os York; estou espionando para os York contra meu próprio marido.

— Norwich — respondo, tensa. — Vamos para o Corpus Christi. Devo esperar um ataque, agora que lhe contei isso?

— Ah, então ele acha que vamos invadir a costa leste — comenta, alegremente. — É isso que está esperando.

— O quê?

— Ele não está indo para Norwich pelo prazer do banquete. Está indo para preparar a costa leste para uma invasão.

— Vai haver uma invasão? Em Flandres?

Ela dá um beijo em minha testa, ignorando completamente minhas perguntas temerosas.

— Não se preocupe com isso — garante. — Você não precisa saber.

Caminha comigo até a casa da guarda e, em seguida, em torno das muralhas externas até onde o píer dá no rio Neckinger. Meu barco está à espera, balançando na correnteza crescente. Ela me beija, e ajoelho para receber sua bênção, sentindo sua mão quente repousar com suavidade sobre meu capuz.

— Deus a abençoe — diz docemente. — Venha me ver quando voltar de Norwich, se puder vir, se lhe for permitido.

— Ficarei sozinha na corte sem você — comento. — Tenho Cecily e tenho Anne e Maggie, mas sinto-me sozinha sem você. Minhas irmãzinhas também sentem sua falta. E Milady, a Mãe do Rei, acha que estou tramando junto a você; meu marido duvida de mim. E tenho que viver lá, com eles, com todos eles, sendo vigiada o tempo todo, sem você.

— Não por muito tempo — afirma ela, sua forte confiança inabalada. — E muito em breve virá até mim ou, quem sabe, encontrarei um modo de ir até você.

Voltamos a Richmond com a correnteza a nosso favor e, assim que viramos a curva do rio, consigo ver uma figura alta e magra esperando no píer. É o rei. É Henrique. Reconheço-o de muito longe, e não sei se devo dizer ao barqueiro para simplesmente dar a volta e remar no outro sentido ou prosseguir. Deveria ter imaginado que ele saberia onde eu estava. Meu tio Edward avisou-me de que este é um rei muito bem-informado. Deveria ter imaginado que ele não aceitaria a desculpa da doença sem interrogar minha prima Margaret e exigir me ver.

Sua mãe não está a seu lado, nem ninguém de sua corte. Está parado sozinho como um marido ansioso, não como um rei cheio de suspeitas. Quando o barco encosta nas estacas de madeira e meu cavalariço pula em terra, Henrique afasta-o para o lado e ele mesmo me ajuda a sair. Joga uma moeda para o barqueiro, que a bate contra os dentes, como se estivesse surpreso em descobrir que é verdadeira, e então desaparece em meio à bruma do rio ao pôr do sol.

— Deveria ter dito que queria ir, e eu a teria enviado com mais conforto na barca — diz Henrique, apenas.

— Sinto muito. Pensei que não gostaria que eu a visitasse.

— Então pensou que sairia e voltaria sem que eu soubesse?

Assinto com a cabeça. Não há por que negar. Obviamente esperava que ele não fosse saber.

— Porque não confia em mim — compreende ele inexpressivamente.

— Porque não crê que eu a deixaria visitá-la, se fosse seguro para você. Prefere enganar-me e sair às escondidas como uma espiã para se encontrar com minha inimiga em segredo.

Não digo nada. Henrique coloca minha mão na dobra de seu braço como se fôssemos um casal amoroso e faz-me caminhar, passo a passo, com ele.

— Encontrou sua mãe confortavelmente alojada? E bem?

Balanço a cabeça em anuência.

— Sim. Obrigada.

— E ela disse a você o que anda fazendo?

— Não. — Hesito. — Ela não me conta nada. Disse a ela que iríamos a Norwich, espero que isso não tenha sido um erro.

Por um momento, o olhar duro que me dirige suaviza-se, como se sentisse muito pelo esfacelamento de minhas lealdades; mas, então, fala com amargura:

— Não. Não importa. Ela tem outros espiões colocados em torno de mim assim como de você. Provavelmente já sabia. O que ela lhe perguntou?

É como um pesadelo, relembrar a conversa com minha mãe e me perguntar o que a incriminaria, ou mesmo o que *me* incriminaria.

— Quase nada — respondo. — Perguntou-me se John de la Pole tinha deixado a corte, e eu disse que sim.

— Ela arriscou um palpite quanto ao porquê de ele ter ido? Sabia para onde fugiu?

Balanço a cabeça.

— Eu disse a ela que a suspeita é de que tenha ido para Flandres — confesso.

— Ela já não sabia?

Dou de ombros.

— Não sei.

— Ele era aguardado por lá?

— Não sei.

— Você acha que a família dele irá segui-lo? O irmão dele, Edmund? A mãe dele, Elizabeth, sua tia? O pai dele? São todos infiéis, mesmo que eu tenha confiado neles, aceitado-os em minha corte e ouvido seus conselhos? Só tomaram nota de tudo o que eu disse e levarão a seus parentes, meus inimigos?

Balanço a cabeça em negativa mais uma vez.

— Não sei.

Ele solta minha mão para dar um passo para trás e encarar-me com olhos escuros sérios e cheios de suspeita, o rosto endurecido.

— Quando penso na fortuna que foi gasta em sua educação, Elizabeth, fico verdadeiramente espantado com quão pouco você sabe.

St. Mary's in the Fields, Norwich, verão de 1487

A corte viaja em direção ao leste por estradas enlameadas, e celebramos o banquete de Corpus Christi em Norwich. Ficamos na capela do colégio de St. Mary's in the Fields e entramos na opulenta cidade para observar a procissão das guildas até a catedral.

A cidade é a mais rica do reino, e todas as guildas baseadas no comércio da lã arrumam-se com as mais finas vestes e pagam por fantasias, cenários e cavalos para fazer uma procissão gigantesca com mercadores, mestres e aprendizes em ordem solene para celebrar o banquete da igreja e sua própria importância.

Estou ao lado de Henrique, e ambos usamos nossos melhores trajes enquanto assistimos à longa procissão, cada guilda precedida por uma bandeira lindamente bordada e uma liteira carregando uma vitrine para celebrar seu trabalho ou mostrar seu santo padroeiro. De vez em quando consigo ver Henrique olhando de esguelha para mim. Está me observando enquanto as guildas passam.

— Você sorri em retribuição quando olham para você — comenta, de repente.

Fico surpresa.

— Só por cortesia — respondo, na defensiva. — Não quer dizer nada.

— Não, eu sei. É só que olha para eles como se lhes quisesse bem; sorri de um modo amigável.

Não compreendo o que está dizendo.

— Sim, é claro, milorde. Estou me divertindo com a procissão.

— Divertindo-se? — pergunta, como se isso explicasse tudo. — Você gosta disto?

Concordo com a cabeça, apesar de ele me fazer sentir quase culpada por ter um momento de prazer.

— Quem não se divertiria? É tão rica e variada, e os cenários, tão bem--feitos... E as canções! Não creio que eu já tenha ouvido tal música.

Ele balança a cabeça, impaciente consigo mesmo, e então lembra que todos estão nos observando; ergue a mão para uma liteira que passa com um esplêndido castelo feito de madeira pintada de ouro.

— Não consigo simplesmente me divertir — confessa ele. — Fico pensando que estas pessoas fazem esta apresentação, mas o que se passa em seus corações? Podem sorrir e acenar para nós e tirar o chapéu, mas de fato aceitam meu governo?

Uma criancinha, vestida de querubim, acena para mim de uma almofada de tecido branco e azul, representando uma nuvem. Sorrio e mando-lhe um beijo, o que a faz gargalhar de alegria.

— Mas você simplesmente se diverte — continua Henrique, como se o prazer fosse um mistério para ele.

Dou uma risada.

— Ah, bem. Fui criada em uma corte feliz, e meu pai gostava muito de justas e peças e comemorações. Sempre estávamos tocando música e dançando. Não consigo evitar aproveitar um espetáculo, e este é um dos melhores que já vi.

— Consegue esquecer suas preocupações?

Pondero a pergunta.

— Por um momento, sim. Acha que isso me torna muito tola?

Ele sorri com pesar.

— Não. Acho que você nasceu e foi criada para ser uma mulher alegre. É uma pena que tanta tristeza tenha feito parte de sua vida.

Há o rugido de um canhão — uma saudação do castelo. Vejo Henrique se sobressaltar com o som e, em seguida, trincar os dentes e recompor-se.

— Está bem, senhor meu marido? — pergunto-lhe em voz baixa. — Claramente você não se diverte com tanta facilidade quanto eu.

O rosto que se volta para mim está pálido.

— Conturbado — diz apenas, e lembro-me, com uma repentina palpitação de terror, de minha mãe ter dito que a corte estaria em Norwich porque Henrique espera uma invasão da costa leste. Estive sorrindo e acenando como uma estúpida enquanto meu marido teme por sua vida.

Seguimos a procissão até a grande catedral para a missa solene de Corpus Christi, onde Milady, a Mãe do Rei, ajoelha-se no momento em que entramos e passa todas as duas horas de missa encurvada. Suas damas de companhia mais devotas ajoelham-se atrás dela, como se fizessem parte de uma ordem de excepcional devoção. Penso em minha mãe chamando milady de Madona Margaret da Infinita Autocongratulação e preciso recompor meu rosto em uma expressão séria, sentada ao lado de meu marido num par idêntico de grandes cadeiras e ouvindo a longa oração em latim enquanto assistimos à missa.

Hoje, como é um dia de festa tão importante, receberemos a comunhão Henrique e eu caminhamos lado a lado até o altar, minhas damas seguindo-me, sua corte seguindo-o. No momento em que lhe oferecem a hóstia, vejo-o hesitar por um segundo revelador antes de abrir a boca e aceitá-la; percebo que este é o único momento em que não há um provador para certificar que sua comida não está envenenada. A ideia de que ele possa afastar os lábios para a hóstia, para o pão sagrado da missa, para o corpo do próprio Cristo, faz-me fechar os olhos em horror. Na minha vez, minha porção fica seca na boca diante desse pensamento. Como Henrique pode ter medo a ponto de pensar que corre perigo diante do altar de uma catedral?

A grade da capela-mor está fria sob minha testa quando me ajoelho para rezar e lembro-me de que a igreja não é mais um lugar de segurança sagrada. Henrique tirou seus inimigos de santuário e ordenou que fossem executados; por que não poderia ser envenenado no altar?

Caminho de volta ao trono, passo por Milady, a Mãe do Rei, que ainda está ajoelhada, e sei que sua expressão angustiada é resultado de estar rezando sinceramente pela segurança de seu filho neste país que ele conquistou, mas no qual não consegue confiar.

Quando a missa acaba, vamos para um grande banquete no castelo, e há mímicos e dançarinos, um desfile e um coral. Henrique senta-se em sua cadeira, na ponta do salão, sorri e come à vontade. Mas vejo seus olhos castanhos observando o lugar e o jeito como sua mão está sempre apertando o braço da cadeira.

Permanecemos em Norwich depois do Corpus Christi, e a corte fica feliz com o tempo ensolarado; mas logo percebo que Henrique está planejando algo. Há homens em todos os portos pela costa, com a missão de avisá-lo de embarcações estrangeiras. Ele organiza uma série de sinais luminosos que devem ser acesos caso uma frota seja vista. Toda manhã manda trazer homens a seu quarto por um caminho privativo encoberto que leva do pátio do estábulo direto para o grande e simples cômodo que ele escolheu para as reuniões de conselho. Ninguém sabe quem são, mas todos vemos cavalos manchados de suor nos estábulos e homens que não param para jantar no grande salão, sem tempo para cantar ou beber, dizendo que arranjarão sua carne na estrada. Quando os rapazes dos estábulos perguntam "Qual estrada?", eles não dizem.

De repente, Henrique anuncia que irá em uma peregrinação ao santuário de Nossa Senhora de Walsingham, um dia inteiro de cavalgada em direção ao norte. Irá sem mim a esse santuário sagrado.

— Há algo errado? — pergunto-lhe. — Não quer que eu vá com você?

— Não — diz apenas. — Irei só.

Nossa Senhora de Walsingham é conhecida por ajudar mulheres inférteis. Não consigo imaginar por que Henrique iria querer repentinamente peregrinar para lá.

— Levará sua mãe? Não entendo por que você gostaria de ir.

— Por que eu não deveria ir a um santuário? — questiona, irritado.

— Sempre pratico a observância dos dias dos santos. Somos uma família devota.

— Eu sei, eu sei — apaziguo. — Só achei estranho. Irá sozinho?

— Levarei apenas alguns homens. Cavalgarei com o duque de Suffolk.

O duque é meu tio, casado com a irmã de meu pai, Elizabeth, e pai de meu primo desaparecido, John de la Pole. Isso só me deixa mais preocupada.

— Como companheiro? Escolheu o duque de Suffolk como seu principal companheiro nesta peregrinação?

Henrique me mostra um sorriso perverso.

— O que mais além de meu companheiro? Sempre foi tão fiel e leal a mim. Por que não gostaria de levá-lo comigo?

Não tenho resposta para essa pergunta. A expressão de Henrique é ardilosa.

— É para falar sobre o filho dele? — arrisco uma suposição. — Vai interrogá-lo? — Não consigo deixar de sentir-me ansiosa por meu tio. É um homem quieto e calmo, que lutou por Ricardo em Bosworth, mas que procurou e obteve o perdão de Henrique. Seu pai era um lancastriano famoso, mas ele sempre foi devotado à Casa de York, tendo casado com uma duquesa York. — Tenho certeza, tenho certeza absoluta, de que ele não sabe nada sobre a fuga de seu filho John.

— E o que a mãe de John de la Pole sabe? E o que sua mãe sabe? — pede uma explicação.

Quando fico em silêncio, ele dá uma pequena risada.

— Tem razão de sentir-se ansiosa. Sinto que não posso confiar em nenhum dos primos York. Acha que farei seu tio refém pelo bom comportamento do filho? Crê que vou tirá-lo de todos e lembrá-lo de que ele tem mais um filho, e que toda a família pode facilmente ir de Walsingham para a Torre? E de lá para o cadafalso?

Olho para meu marido e temo sua fúria gélida.

— Não fale da Torre e de cadafalsos — peço em voz baixa. — Por favor, não fale de tais coisas para mim.

— Não me dê razão para fazê-lo.

St. Mary's in the Fields, Norwich, verão de 1487

Henrique e meu tio Suffolk vão em sua peregrinação e voltam sem um arranhão, mas decerto não parecendo muito abençoados espiritualmente. Henrique não diz nada sobre a viagem, e meu tio também fica silencioso. Devo presumir que meu marido questionou e talvez ameaçou meu tio, e ele — um homem acostumado a viver em proximidade perigosa do trono — respondeu bem o suficiente para manter a si mesmo, a esposa e outros filhos a salvo. Aonde foi seu filho mais velho, John de la Pole, e o que meu belo primo está fazendo em exílio, ninguém sabe com certeza.

Então, certa noite, Henrique vem a meu quarto, sem estar vestido para dormir, em suas roupas para o dia, o rosto magro comprimido e sombrio.

— Os irlandeses enlouqueceram — diz apenas.

Estou na janela, olhando por cima do jardim cada vez mais escuro, em direção ao rio. Em algum lugar na escuridão, consigo ouvir o canto de amor de uma coruja-das-torres, e procuro pelo brilho de uma asa branca. Seu companheiro pia em resposta no momento em que me viro e percebo a tensão nos ombros curvados de meu marido, a cor pálida de seu rosto.

— Parece tão cansado — comento. — Não pode descansar pelo menos um pouco?

— Cansado? Estou quase sendo levado ao túmulo por essas pessoas. O que acha que fizeram agora?

Balanço a cabeça, fecho as venezianas sobre a paz do jardim e viro-me para ele. Por um momento, sinto uma leve irritação por ele não poder viver em paz, por estarmos sempre sitiados por seus medos.

— Quem? Quem agora?

Ele olha para o papel que tem em mãos.

— Aqueles em quem não confiei, com razão, ao que parece, e aqueles de quem nem sequer tinha ouvido falar. Meu reino está amaldiçoado por ingleses traidores. Nem sequer tinha pensado nos irlandeses. Nem sequer tive tempo de ir até eles e conhecê-los; mas já se juntaram ao outro lado.

— Quem são os traidores? — Tento perguntar com uma voz leve, mas sinto minha garganta apertar de medo. Minha família sempre foi amada na Irlanda; são os nossos amigos e aliados que estão assustando Henrique.

— Quem são os traidores e o que estão fazendo?

— Seu primo John de la Pole é falso como imaginei, mesmo que seu pai tenha jurado que ele não é. Enquanto viajávamos juntos, fitou-me nos olhos e mentiu como um farsante. John de la Pole fez o que seu pai jurava que ele não faria. Foi direto para a corte de Margaret de York em Flandres, e ela o está apoiando. Agora ele foi para Dublin.

— Dublin?

— Com Francis Lovell.

Engasgo.

— Francis Lovell de novo?

Henrique faz que sim com a cabeça, austero.

— Encontraram-se na corte de sua tia. Toda a Europa sabe que ela apoiará qualquer inimigo meu. Está determinada a ver os York de volta no trono da Inglaterra, tem o domínio da fortuna de sua enteada e a amizade de metade das cabeças coroadas da Europa. É a mulher mais poderosa da cristandade, uma terrível inimiga para mim. E não tem razão alguma! Nenhuma razão para me perseguir...

— John *foi* até ela, então?

— Eu soube imediatamente — diz Henrique. — Tenho um espião em cada porto da Inglaterra. Ninguém chega ou parte sem que eu tome conhecimento em até dois dias. Sabia que o pai dele estava mentindo quando disse que poderia ter fugido para a França. Sabia que sua mãe estava mentindo quando afirmou que não saberia dizer. Sabia que você estava mentindo quando falou que não sabia.

— Mas eu não sabia!

Ele nem sequer me ouve.

— Mas fica pior. A duquesa colocou um grande exército à disposição deles, e alguém criou um pretendente.

— Criou? — repito.

— Como o boneco de um ventríloquo. Fizeram um menino. — Henrique olha para meu rosto horrorizado. — Ela arrumou um menino.

— Um menino?

— Um menino da idade certa e com a aparência certa. Um menino que serve.

— Serve como o quê?

— Como herdeiro York.

Consigo sentir os joelhos ficarem fracos. Apoio-me no parapeito de pedra da janela e sinto a frieza sob a palma de minha mão suada.

— Quem? Que menino?

Ele para atrás de mim como se quisesse abraçar-me com amor. Põe os braços em torno de minha cintura e segura-me firme, minhas costas pressionadas contra ele, enquanto inclina a cabeça para sussurrar em meu cabelo, como se para farejar o aroma da traição em meu hálito.

— Um menino que se autointitula Ricardo. Um menino que diz que é seu irmão desaparecido: Ricardo de York.

Meus joelhos cedem; ele segura-me por um momento e levanta-me como um amante, mas solta-me, sem cuidado, na cama.

— Não é possível — gaguejo, lutando para sentar direito. — Como pode ser possível?

— Não diga que não sabia, sua traidorazinha! — Ele explode em um de seus súbitos ataques de fúria. — Não olhe para mim com seu belo rosto inocente e diga que não sabia de nada disso. Não olhe para mim com esses olhos claros e minta com essa linda boca. Quando olho para você, penso que deve ser uma mulher honrada, penso que ninguém tão bela quanto uma santa poderia ser uma espiã tão excepcional. Realmente espera que eu acredite que sua mãe não lhe contou? Que você não sabe?

— Saber do quê? Não sei de nada! — insisto com urgência. — Juro que não sei de nada.

— De qualquer modo, ele mudou de ideia. — Henrique abruptamente larga-se em uma cadeira ao lado do fogo e cobre os olhos com as mãos. Parece exaurido pela própria explosão. — Foi seu irmão Ricardo apenas por alguns dias. Agora diz que é Eduardo. É como ser desafiado por um metamorfo. Quem é ele, afinal?

Sinto um lampejo repentino de esperança.

— Eduardo? Eduardo, meu irmão? Eduardo, príncipe de Gales?

— Não, seu primo de Warwick. É uma pena que você tenha uma família tão grande.

Minha cabeça gira, e, por um momento, fecho os olhos e respiro fundo. Quando olho para ele, vejo que está me observando, como se pudesse descobrir todos os segredos que sei ao estudar meu rosto.

— Acha que Eduardo, seu irmão, está vivo! — acusa-me, a voz dura com a suspeita. — Todo esse tempo tinha esperança de que ele viesse. Quando falei de um pretendente naquele momento, pensou que poderia ser ele!

Pressiono os lábios, balançando a cabeça.

— Como poderia ser?

Ele fica horrorizado.

— Era o que eu queria saber de você.

Faço uma pausa para respirar.

— Certamente ninguém pode imaginar que este menino é meu primo, Edward de Warwick. Todos sabem que Edward de Warwick está na Torre. Nós o mostramos a todos. Certificou-se de que fosse visto por toda Londres.

Ele sorri amargamente.

— Sim. Eu o fiz caminhar lado a lado com John de la Pole, meu amigo e aliado. Mas agora John de la Pole, que se ajoelhou ao lado do verdadeiro Edward na missa, levou à Irlanda um menino que ele diz ser Edward. O mesmo espetáculo que criamos para dizer a todos que Edward de Warwick estava em Londres está sendo repetido para dizer a todos que ele está na Irlanda, reunindo um exército. John de la Pole andou com esse menino até a Catedral de Dublin, Elizabeth. Levaram-no para a catedral e coroaram-no rei da Irlanda, Inglaterra e França. Pegaram um menino e fizeram-no rei. Colocaram uma coroa em sua cabeça. Inventaram um rei rival a mim e ungiram-no com o óleo sagrado. Coroaram um novo rei da Inglaterra. Um rei York. O que você acha disso?

Aperto a coberta bordada sobre a cama como se para segurar-me no mundo real, para não voar até essa ilusão sobreposta a outra ilusão.

— Quem é ele? Na vida real? Este menino?

— Não é seu irmão Eduardo. E não é seu irmão Ricardo, se é isso que deseja — diz com desprezo. — Tenho espiões em todos os cantos deste país. Encontrei o local de nascimento verdadeiro desse menino há dez dias. É um ninguém, um rapaz comum que algum padre treinou para o papel, apenas por rancor. O padre deve ser algum velho trapaceiro malévolo que deseja o retorno dos dias de antigamente, que quer os York de volta. Sua mãe deve ver dez desses tipos por dia e dar-lhes metade da pensão que pago a ela. Mas esse em específico importa. Não está agindo sozinho. Alguém o pagou para transformar esse menino em um falso príncipe para que o povo se erga por ele. Quando ele vencer, trarão o príncipe de verdade, e ele tomará o trono.

— Quando ele vencer? — repito a reveladora escolha de palavras.

— Se ele vencer. — Balança a cabeça como se para resistir à perigosa visão de derrota. — Será por pouco. Tem um exército de bom tamanho pago por sua tia, a duquesa, e por outros de sua família: sua mãe, é claro, sua tia Elizabeth, suspeito, sua avó com certeza. Ele uniu os clãs irlandeses, e meu tio Jasper diz-me que são guerreiros ferozes. E então veremos; ele pode ter o apoio do povo da Inglaterra. Quem sabe? Quando levantar o estandarte com o cajado, o povo pode querer juntar-se a ele. Quando gritar "À Warwick!", podem querer responder pelos bons tempos. Podem ficar todos a seu lado. Talvez tenham me experimentado e acreditem que não correspondi às suas expectativas; agora querem voltar ao familiar, como um cachorro comendo o próprio vômito. — Ele me encara enquanto me sento sem forças na cama. — O que acha? O que sua mãe diria? Pode um pretendente York ainda liderar a Inglaterra? Todos irão juntar-se a um príncipe impostor sob o estandarte da rosa branca?

— Trarão o príncipe de verdade? — Foi o que ele disse. Foi o que ele mesmo disse. — O príncipe de verdade?

Sequer me responde, a boca contorcida em uma espécie de rosnado, como se não tivesse como explicar o que acabou de dizer.

Ficamos em silêncio por um momento.

— O que você fará? — Minha voz sai como um sussurro.

— Terei que reunir todas as tropas que conseguir e preparar-me para mais uma batalha — responde, com amargura. — Pensei que tinha conquistado este país, mas talvez um homem nunca possa ter certeza de que o trabalho está terminado; é um pouco como estar casado com você. Venci uma grande batalha e fui coroado rei aqui, mas agora coroaram outro e tenho que lutar novamente. Parece que não posso ter certeza de nada neste país de névoas e primos.

— E o que eles farão? — sussurro.

O olhar que me lança é como se me odiasse, a mim e a toda minha família duvidosa.

— Quando vencerem, trocarão os meninos.

— Trocarão os meninos?

— Esse farsante sumirá, e o verdadeiro menino tomará seu lugar, subirá ao trono. Um menino que está a salvo, escondido agora, à espreita, esperando para reencarnar.

— Reencarnar?

— Do nada. De volta dos mortos.

— Quem?

Com raiva, imita meu sussurro horrorizado:

— Quem? — Ele vai à porta de meu quarto. — Quem você acha? Ou, melhor, quem você sabe que é? — Quando não digo nada, ele dá uma risada curta e sem humor. — Então digo-lhe adeus agora, minha bela esposa, e espero retornar à sua calorosa cama como rei da Inglaterra.

— O que mais? — pergunto de forma estúpida. — O que mais você poderia ser?

— Um cadáver, suponho — responde, sombriamente.

Escorrego de cima da cama e ando em sua direção, esticando as mãos. Ele as toma, mas não me puxa para perto dele. Segura-me à distância e procura pela mentira em meu rosto.

— Acha que a duquesa mantém seu irmão Ricardo escondido? — indaga, casualmente, como se fosse uma questão de pouco interesse. — O troféu de uma longa conspiração entre ela e sua mãe? Crê que sua mãe o enviou a ela, assim que ele ficou em perigo, e enviou um príncipe falso para a Torre? Acha que ele esteve lá ao longo destes quatro anos? Um pretendente esperando a batalha ser lutada por ele, antes de surgir, triunfante? Como Jesus de sua tumba? Nu, exceto por seu sudário e por suas feridas curadas? Triunfando sobre a morte e, então, sobre mim?

Não consigo sustentar seu olhar.

— Não sei — digo. — Não sei de nada. Diante de Deus, Henrique...

Ele me interrompe.

— Não jure falsamente — retruca ele. — Tenho homens jurando mentiras para mim dez vezes ao dia. Tudo o que queria de você era a simples verdade.

Fico diante dele em silêncio. Henrique assente com a cabeça, como se soubesse que jamais poderá haver uma simples verdade entre nós, e sai.

Castelo de Coventry,
verão de 1487

Henrique afirma que sua mãe e eu devemos agir em sua ausência como se estivéssemos em uma viagem real, aproveitando o clima de início do verão, livres de preocupações. Encomendamos músicos e peças, bailes e espetáculos. Haverá uma justa, e os lordes se juntarão a nós em Coventry como se por diversão. Mas deverão trazer seus homens, vestidos, calçados e armados para a guerra, preparados para uma invasão da Irlanda. Devemos mostrar confiança enquanto secretamente nos preparamos para a guerra.

Milady, a Mãe do Rei, não consegue fazê-lo. Não consegue atuar como a rainha de uma corte feliz quando todo dia um novo cavaleiro chega da Irlanda com mais notícias ruins. John de la Pole e Francis Lovell aportaram na Irlanda com uma gigantesca força treinada de dois mil homens. Milady vai a todo lugar com seu rosário nas mãos, rezando o terço e sussurrando orações pela sobrevivência de seu filho diante do perigo.

Ficamos sabendo que, assim como Henrique me contou pessoalmente, haviam coroado rei um menino em Dublin e declararam tratar-se de Edward de Warwick e o rei verdadeiro da Inglaterra, Irlanda e França.

Milady para de falar comigo; mal consegue ficar no mesmo cômodo que eu. Posso ser sua nora, mas ela só consegue ver-me como filha da casa responsável por essa ameaça, cuja tia Margaret está fazendo jorrar dinheiro e armas na Irlanda, cuja tia Elizabeth providenciou o comandante, cuja mãe é a principal responsável pela conspiração por trás das altas muralhas da Abadia de Bermondsey. Não fala comigo, não suporta olhar para mim. Somente uma vez neste período difícil ela intercepta-me enquanto passo na frente de seus aposentos com minhas irmãs e minha prima a caminho dos estábulos para pegarmos nossos cavalos. Coloca a mão em meu braço quando passo, e eu faço uma mesura e espero pelo que tem a dizer.

— Você sabe, não é? — exige uma explicação. — Sabe onde ele está. Sabe que está vivo.

Não tenho como responder aos medos que empalidecem seu rosto.

— Não sei o que quer dizer.

— Sabe muito bem o que quero dizer! — cospe furiosamente. — Sabe que ele está vivo. Sabe onde ele está. Sabe o que planejam para ele!

— Devo chamar suas damas? — pergunto-lhe. A mão que segura meu braço está tremendo, e realmente temo que ela vá ter convulsões. Seu olhar, sempre intenso, está fixo em meu rosto, como se quisesse entrar à força em minha mente. — Milady, devo chamar suas damas e ajudá-la a voltar a seus aposentos?

— Enganou meu filho, mas não me engana! — sibila. — Verá que eu estou no comando aqui, e que todos que têm pensamentos traidores, grandes ou pequenos, serão punidos. Cabeças traidoras serão decepadas de seus corpos corruptos. Os altos e os baixos, ninguém será poupado no Dia do Julgamento. As ovelhas serão separadas dos bodes, e os impuros irão para o inferno.

Cecily está com o olhar fixo na madrinha, bastante horrorizada. Dá um passo adiante e, em seguida, recua perante a expressão sombria e angustiada da mulher.

— Ah — digo friamente. — Eu a compreendi mal. Estava falando do pretendente na Irlanda? Quer você esteja no comando, quer tenha que fugir daqui apavorada, saberemos muito em breve, tenho certeza.

Ao som da palavra "fugir", aperta meu braço com mais força e oscila sobre seus pés.

— Você é minha inimiga? Diga-me, vamos ser honestas uma com a outra. Você é minha inimiga? É inimiga de meu amado filho?

— Sou sua nora e a mãe de seu neto — respondo com a voz tão baixa quanto a dela. — Era isso que queria e é isso que tem. Se eu o amo ou o odeio, é entre nós dois. Se eu amo você ou odeio você, a culpa é sua. E creio que você sabe a resposta.

Ela empurra minha mão para longe de si como se meu toque fosse asqueroso.

— Eu a destruirei no dia em que erguê-lo contra nós — avisa-me.

— Erguê-lo? — repito, furiosa. — Erguê-lo? Parece crer que podemos erguer os mortos! O que pode querer dizer com isso? O que teme, milady?

Ela solta um soluço angustiado e engole uma resposta. Faço-lhe a menor das mesuras e prossigo em meu caminho para os estábulos. Entro na baia de meu cavalo e bato a porta do estábulo atrás de mim para repousar minha cabeça no pescoço quente dele. Respiro, trêmula, e compreendo o que ela me disse: que acreditam que meu irmão está vivo.

Castelo de Kenilworth, Warwickshire, junho de 1487

A corte desiste de fingir que estamos aproveitando o verão, acomodando-nos nas terras do centro da Inglaterra pela beleza das florestas e pela qualidade da caça. Chega a notícia de que o exército irlandês desembarcou e está arrasando o país. As tropas irlandesas não carregam muito consigo, são como saqueadores selvagens. Os mercenários alemães que foram pagos para recuperar a Inglaterra de volta para York marcham rapidamente, fazendo por merecer suas recompensas. A duquesa Margaret contratou os melhores, comandados por um soldado brilhante. Todo dia mais um espião, mais um vigia, entra cavalgando na corte e diz que passaram como uma onda implacável. São disciplinados, marcham com batedores à frente e sem tropa de bagagem para diminuir seu ritmo. Há centenas deles, milhares; à frente está um menino, uma criança, Edward de Warwick, e ele marcha sob o estandarte real e o cajado. Coroaram-no rei da Inglaterra e da Irlanda. Chamam-no de rei, e é servido com toda pompa; aonde quer que ele vá, o povo sai às ruas e grita: "À Warwick!"

Mal vejo Henrique, que está enclausurado com seu tio Jasper e John de Vere, o conde de Oxford, eternamente enviando mensagens aos lordes, testando lealdades, pedindo-lhes que venham até ele. Muitos, muitos dos homens demoram para responder. Ninguém quer declarar-se rebelde cedo demais; mas ninguém quer também ficar do lado perdedor com um novo rei. Todos lembram-se de que Ricardo parecia invencível quando saiu de Leicester, e ainda assim um pequeno exército pago confrontou-o e um traidor o derrotou. Os lordes que prometeram seu apoio àquele rei, e, no entanto, montaram em seus cavalos enquanto assistiam ao desfecho no dia da batalha, podem decidir tomar o papel de espectadores mais uma vez e interceder somente pelo lado vencedor.

Henrique vem a meus aposentos apenas uma vez durante esse período de ansiedade, com uma carta na mão.

— Eu mesmo contarei isto a você para que não o ouça de algum York traidor — diz, em tom desagradável.

Levanto-me, e minhas damas afastam-se para longe do humor de meu marido. Aprenderam, todos aprendemos, a nos manter fora do caminho dos Tudor, mãe e filho, quando estão pálidos de medo.

— O quê, Vossa Majestade? — pergunto com calma.

— O rei da França escolheu este momento, este momento *exato*, para libertar seu irmão Thomas Grey.

— Thomas!

— Ele escreveu para dizer que virá apoiar-me — conta Henrique amargamente. — Mas, sabe, não creio que possamos nos arriscar. Quando Thomas me apoiou da última vez, no caminho para Bosworth, ele mudou de ideia e me traiu antes de sequer sairmos da França. Quem sabe o que teria feito no campo de batalha? Mas o estão libertando agora. Bem na hora para outra batalha. O que acha que eu devo fazer?

Seguro as costas de uma cadeira para que minhas mãos não tremam.

— Se ele lhe der a palavra dele... — começo.

Henrique ri de mim.

— A palavra dele! — exclama com escárnio. — A palavra de um York! Seria ela tão confiável quanto a palavra de honra de sua mãe? Ou de seu primo John? De seus votos de casamento?

Começo a gaguejar uma resposta, mas sua mão se ergue para exigir silêncio.

— Vou mantê-lo na Torre. Não quero a ajuda dele e não confio nele em liberdade. Não quero que ele fale com sua mãe nem que veja você.

— Ele poderia...

— Não, não poderia.

Faço uma pausa para respirar.

— Posso ao menos escrever e contar à minha mãe que o filho dela, meu meio-irmão, está voltando para casa?

Ele ri, uma risada zombeteira e falsa.

— Acha que ela ainda não sabe? Acha que ela não pagou o resgate dele e ordenou seu retorno?

Escrevo para minha mãe na Abadia de Bermondsey. Deixo a carta sem selo pois sei que Henrique, sua mãe ou seus espiões irão abri-la e lê-la de qualquer modo.

Cara milady mãe,

Meus cumprimentos.
Escrevo para contar-lhe que seu filho Thomas Grey foi libertado da França e ofereceu seus serviços ao rei, que decidiu, em sua sabedoria, manter meu meio-irmão resguardado na Torre de Londres por enquanto.

Estou bem de saúde, assim como seu neto.

Elizabeth

P.S.: Artur está engatinhando por toda parte e apoiando-se em cadeiras para conseguir se levantar. Está muito forte e orgulhoso de si mesmo, mas ainda não consegue andar.

Henrique afirma que deve nos manter, a mim e as damas da corte, nosso filho Artur junto a seus próprios soldados da guarda no berçário, e sua mãe loucamente ansiosa, atrás das fortes muralhas do Castelo de Kenilworth e então, organizar suas tropas e marchar. Vou com ele ao grande portão de entrada do castelo, onde o exército está vestido com roupa de batalha, atrás de seus dois grandes comandantes: seu tio Jasper Tudor e seu mais confiável amigo e aliado, o conde de Oxford. Henrique parece alto e poderoso em sua armadura, lembrando-me de meu pai, que sempre saía para a batalha com certeza absoluta de que venceria.

— Se perdermos, deve voltar para Londres — declara Henrique, tenso. Consigo ouvir o medo em sua voz. — Entre em santuário. Quem quer que ponham no trono será seu parente. Não a machucarão. Mas proteja nosso filho. Será meio Tudor. E, por favor... — Ele pausa. — Seja misericordiosa com minha mãe, faça com que a poupem.

— Nunca irei a santuário novamente — afirmo, inexpressiva. — Não criarei meu filho dentro de quatro quartos escuros.

Ele pega minha mão.

— Salve-se de um jeito ou de outro. Vá para a Torre. Quer ponham Edward de Warwick no trono, quer tenham outra pessoa...

Nem sequer pergunto quem mais podem ter que sirva como príncipe de York.

Ele balança a cabeça.

— Ninguém consegue me dizer quem pode estar escondido, esperando por este momento. Tenho inimigos, mas nem mesmo sei se estão vivos ou mortos. Sinto que estou procurando fantasmas, que um exército de fantasmas está vindo atrás mim. — Ele faz uma pausa e se recompõe. — De qualquer modo, quem quer que sejam, serão da Casa de York, e estará segura com eles. Nosso filho ficará seguro com você. E me dará sua palavra de que protegerá minha mãe?

— Está preparando-se para a derrota? — pergunto com incredulidade. Pego suas mãos e sinto os tendões tensos em seus dedos; está rígido de ansiedade da cabeça aos pés.

— Não sei — responde ele. — Ninguém tem como saber. Se o país resolver apoiá-los, então estaremos em menor número. Os irlandeses lutarão até a morte, e os mercenários são bem-pagos e prometeram seus serviços. Tudo o que tenho agora são os homens que permanecem a meu lado. Meu exército em Bosworth foi pago e voltou para casa. E não posso convencer um novo exército com a promessa de novos ganhos ou recompensas. Se os rebeldes tiverem um príncipe de verdade para colocar à frente, provavelmente estarei perdido.

— Um príncipe de verdade? — repito.

Saímos da sombra do grande arco da porta levadiça, e seu exército dá gritos de saudação quando o vê. Henrique acena para eles e se volta para mim.

— Irei beijá-la — avisa-me, para assegurar que seremos uma imagem encorajadora para seus homens. Coloca os braços em torno de mim e puxa-me para ele. Sua armadura leve de batalha é dura contra meu corpo; é como abraçar um homem de metal. Encaro sua expressão carrancuda, e ele abaixa a cabeça e beija-me. Por um momento, desconfortavelmente presa em seus braços, sinto uma imensa pena dele.

— Deus o abençoe, meu marido, e o traga seguro de volta para mim — digo, trêmula.

Há um rugido de prazer do exército diante do beijo, mas ele nem sequer o ouve. Sua atenção está toda em mim.

— Você está sendo sincera? Vou com sua bênção?

— Vai — respondo, com repentina franqueza. — Vai. E rezarei para que volte seguro para mim. E tomarei conta de nosso filho, e protegerei sua mãe.

Por um momento parece que ele preferiria ficar e conversar comigo. Como se quisesse ser gentil e sincero pela primeira vez desde que nos conhecemos.

— Preciso ir — diz a contragosto.

— Vá. Mande-me notícias assim que puder. Estarei esperando por notícias suas, rezando para que sejam boas.

Trazem seu grande cavalo de batalha e ajudam-no a subir na sela, o portador de seu estandarte cavalgando ao lado dele para que a bandeira verde e branca com o dragão vermelho de Tudor ondule sobre sua cabeça. A outra bandeira é desdobrada: o estandarte real. Da última vez que o vi acima de um exército, o homem que amei, Ricardo, cavalgou sob ele. Coloco a mão sobre meu coração para suavizar o repentino baque de dor.

— Deus a abençoe, minha esposa — diz Henrique, mas não consigo mais sorrir para ele. Está no cavalo de batalha que montou em Bosworth quando se posicionou em cima de uma colina, e Ricardo cavalgou para a morte. Está sob a bandeira Tudor que desenrolou lá, a mesma cortada por Ricardo em seu último ataque, aquele que lhe foi fatal.

Levanto a mão para dar adeus, mas estou engasgada e não consigo repetir minha bênção. Henrique vira o cavalo e lidera seu exército para fora, para leste, onde seus espiões lhe dizem que o grande exército York tomou posição, logo depois de Newark.

Castelo de Kenilworth, Warwickshire, 17 de junho de 1487

As damas reúnem-se em meu quarto à espera por notícias sem a mãe do rei, que fica ajoelhada na linda capela de Kenilworth. Conseguimos ouvir um cavaleiro na estrada, em seguida o barulho mecânico da porta levadiça sendo erguida e, então, a ponte descendo para deixá-lo entrar. Cecily voa para a janela e estica o pescoço para olhar para fora.

— Um mensageiro — revela. — O mensageiro do rei.

Levanto-me para esperar por ele, então percebo que milady irá interceptá-lo antes que possa chegar a mim, portanto digo para minhas damas:

— Esperem aqui! — E saio discretamente do quarto, descendo as escadas até o pátio dos estábulos. Exatamente como imaginei, milady está lá, em seu vestido preto, cruzando o pátio a passos largos, enquanto o mensageiro desce de sua sela.

— Fui enviado para falar com a senhora e com Vossa Majestade, a rainha — declara ele.

— A esposa do rei — corrige ela. — Não foi coroada ainda. Pode dizer tudo a mim. Passarei as notícias para ela.

— Estou aqui — aviso, apressada. — Eu irei ouvi-lo pessoalmente. Quais são as notícias?

Ele se vira para mim.

— Começou mal — conta. — Estavam recrutando enquanto marchavam. E marchavam rápido, mais rápido do que pensávamos que conseguiriam. Os irlandeses usam armas leves, não carregam quase nada, e os soldados alemães são implacáveis.

Milady, a Mãe do Rei, empalidece e oscila levemente, como se fosse desmaiar. Mas eu já recebi mensageiros de batalhas antes.

— Esqueça isso — ordeno com rispidez. — Diga-me o fim da mensagem, não o começo. O rei está vivo ou morto?

— Vivo — responde.

— Venceu?

— Seus comandantes venceram.

Desconsidero isso também.

— Os irlandeses e mercenários alemães foram derrotados?

Assente com a cabeça.

— John de la Pole?

— Morto.

Inspiro ao pensar na morte de meu primo.

— E Francis Lovell? — interrompe milady, ávida.

— Fugiu. Provavelmente afogou-se no rio.

— Agora pode contar-me como foi — afirmo.

Foi este o discurso que ele preparou:

— Eles marcharam rápido. Passaram por York, tiveram algumas batalhas corridas, mas detiveram-se em um vilarejo chamado East Stoke, ao lado de Newark. As pessoas vieram em seu apoio, e estavam recrutando até o último momento antes da batalha.

— Quantos eram? — exige saber milady.

— Acreditamos que eram cerca de oito mil.

— Quantos homens o rei tinha a essa altura?

— Éramos duas vezes mais numerosos. Deveríamos ter-nos sentido seguros. Mas não nos sentimos. — Ele balança a cabeça com a lembrança de seu medo. — Não nos sentimos.

"De qualquer modo, eles atacaram cedo, descendo da colina, assim que a batalha começou, e então todos eles vieram contra o conde de Oxford, que comandava em torno de seis mil homens. Ele enfrentou o foco mais intenso da batalha, e seus homens seguraram firme. Empurraram de volta e forçaram os irlandeses para dentro de um vale, e eles não conseguiam sair."

— Ficaram presos? — pergunto.

— Acreditamos que decidiram lutar até a morte. Chamam o vale de Sarjeta Vermelha agora. Foi muito sangrento.

Viro a cabeça ao pensar nisso.

— Onde estava o rei durante esse massacre?

— Protegido, na retaguarda de seu exército. — O mensageiro faz um aceno com a cabeça para a mãe do rei, que não vê vergonha no fato. — Mas levaram o pretendente até ele quando tudo acabou.

— Ele está a salvo? — questiona milady. — Tem certeza de que o rei está a salvo?

— Perfeitamente a salvo.

Abafo uma exclamação.

— E quem é o pretendente? — pergunto, o mais calma possível.

O homem olha para mim com curiosidade. Percebo que estou com os dentes trincados e tento respirar normalmente.

— É um pobre impostor, como milorde imaginava?

— Lambert Simnel: um rapaz treinado para fazer o que os outros mandam, um estudante de Oxford, um menino bonito. Sua Majestade colocou na prisão tanto ele quanto o professor que o ensinou, e muitos outros líderes.

— E Francis Lovell? — indaga milady, com a voz dura. — Alguém o viu afogar-se?

Ele balança a cabeça.

— Seu cavalo pulou no rio com ele e foram levados juntos pela correnteza.

Faço o sinal da cruz. Milady também, mas seu rosto está sombrio.

— Tínhamos que capturá-lo — declara. — Tínhamos que capturar ele e John de la Pole vivos. Tínhamos que saber o que planejavam. Era essencial. Tínhamos que capturá-los para que pudéssemos descobrir o que eles sabiam.

— No calor da batalha... — O homem dá de ombros. — É mais difícil capturar um homem do que matá-lo. Foi por pouco. Mesmo que estivéssemos em número muito maior, foi por bem pouco. Lutavam como homens possuídos. Estavam preparados para morrer pela causa deles e estávamos...

— Estavam o quê? — indago, curiosa.

— Fizemos como nos ordenaram — responde cauteloso. — Fizemos o suficiente. Fizemos o serviço.

Faço uma pausa diante disso. Já ouvi relatos de muitas batalhas, e em nenhum caso a vitória foi descrita com tanta calma. Mas também nunca ouvi o relato de uma batalha em que o comandante-chefe, o rei em pessoa, ficou à retaguarda de seu exército, um exército com o dobro do tamanho do inimigo, e recusou-se a negociar com homens derrotados, deixando-os serem massacrados como um simples gado.

— Mas estão mortos — diz milady para reconfortar-se. — E meu filho está vivo.

— Está bem. Nem um arranhão nele. Como poderiam tocá-lo? Estava tão ao fundo que nem conseguiam vê-lo!

— Pode jantar no salão — determina milady —, e isto é para você. — Vejo uma moeda de ouro passar da mão dela para a dele. Deve estar agradecida pelas boas novas para pagar um preço tão alto por elas. Vira-se para mim: — Então está terminado.

— Louvado seja Deus — digo devotadamente.

Ela concorda com a cabeça.

— Seja feita a Sua vontade — responde, e sei que essa vitória a deixará mais certa do que nunca de que seu filho nasceu para ser rei.

Castelo de Lincoln, Lincoln, julho de 1487

O rei ordena que nos encontremos com ele em Lincoln, e nós dois entramos de mãos dadas na grande catedral para um missa de ação de graças. Atrás de nós, a meio passo de distância, usando um diadema, como uma rainha, vem Milady, a Mãe do Rei, e de cada lado dela há um dos comandantes do rei, seu tio Jasper Tudor, que planejou a batalha, e seu mais leal amigo, John de Vere, conde de Oxford, cujos homens lutaram no foco mais intenso da batalha.

O arcebispo, John Morton, ainda está trêmulo com o fato de terem escapado por pouco, o rosto corado, as mãos tremendo enquanto distribui a hóstia. Milady está em uma torrente de lágrimas de alegria. O próprio Henrique está profundamente tocado, como se essa fosse sua primeira vitória, conquistada mais uma vez. Vencer essa batalha significa mais para ele do que ter vencido em Bosworth; redobra sua confiança.

— Estou aliviado — afirma quando estamos em nosso quarto particular ao fim do dia. — Não consigo expressar quão profundamente aliviado estou.

— Por ter vencido? — pergunto. Estou sentada à janela, olhando para o leste, onde os altos pináculos da catedral furam o céu baixo e nublado, mas, quando ele entra em meu quarto, viro-me e encaro sua face ruborizada.

— Não apenas por isso. Quando soube que estávamos em maior número do que eles, pensei que era quase certo de que venceríamos. E os irlandeses lutavam praticamente desarmados; quando se voltaram para nos enfrentar, estavam quase sem roupa. Eu sabia que eles não seriam capazes contra o corpo de arqueiros: não tinham escudos, nem coletes de proteção, ninguém tinha cota de malha, pobres tolos. Não, o que tornou tudo maravilhoso foi a captura do menino.

— O menino que disseram ser meu primo Teddy?

— Sim, pois agora posso exibi-lo. Agora todos podem ver que não é um herdeiro York. É um estudante, um menino de dez anos, chamado Lambert Simnel, e não há nada especial nele a não ser sua aparência... — Olha para mim. — Belo, charmoso, como todos os York.

Concordo com a cabeça como se essa fosse uma reclamação razoável contra nós.

— E melhor do que isso. — Sorri para si mesmo, e só falta se abraçar de alegria. — Ninguém mais aportou, ninguém mais veio. Mesmo que tenham marchado por toda a Inglaterra, não havia ninguém ancorado na costa leste, não havia ninguém esperando por eles em Newark.

— O que quer dizer?

Ele se levanta e estica-se como se fosse abrir os braços e abraçar todo o reino.

— Se tivessem um pretendente, um com semelhança melhor do que a do menininho, iam mantê-lo perto, aguardando. Então, quando se saíssem vitoriosos, poderiam revelá-lo, trocá-lo pelo rapaz e levá-lo a Londres para uma segunda coroação.

Aguardo.

— Como os atores! — Ele está quase rindo de alegria. — Quando fazem uma troca em uma peça. Como na peça de Páscoa: há um corpo na tumba, alguém vira uma capa e ali está o Senhor reencarnado. A troca tem que estar preparada, tem que ter o ator na coxia. Mas quando vi que eles não tinham um menino esperando para tomar o lugar do rapaz Simnel foi que eu percebi que estavam derrotados. Eles não têm ninguém! — Ele solta uma gargalhada. — Vê? Eles não têm ninguém. Ninguém aportou para encontrá-los em Newark. Ninguém veio de Flandres, ninguém subiu o Tâmisa e chegou a Londres para esperar pela procissão triunfante. Ninguém chegou em Gales, ninguém desceu da Escócia. Não percebe? — Ele ri na minha cara. — Tudo o que têm é um farsante, o estudante. Não têm nada de verdade.

— De verdade?

Em seu alívio, fala de seu medo claramente pela primeira vez.

— Não têm um de seus irmãos. Não têm Eduardo, o príncipe de Gales, não têm Ricardo, o duque de York, seu irmão e herdeiro. Se tivessem qualquer um deles, iam deixá-lo a postos, esperando para tomar o trono assim que a batalha estivesse vencida. Se qualquer um de seus irmãos estivesse vivo, eles o teriam preparado para reclamar o trono assim que eu estivesse morto. Mas eles não têm! Não têm!

"Foi tudo fofoca e rumores e falsas aparições e relatórios mentirosos. Fizeram tudo isso por um blefe. Enganaram-me, não me incomodo de dizer-lhe que me assustaram, mas não passou de uma piada, não foi nada. Inventaram rumores sobre um menino em Portugal, houve boatos sobre um menino que saiu da Torre vivo; mas não era nada. Mandei homens caçarem um menino por toda a cristandade e agora vejo que não foi nada além de um sonho. Estou satisfeito agora, era tudo mentira."

Noto a cor em suas bochechas e o brilho em seus olhos e percebo que estou vendo meu marido pela primeira vez sem seu constante fardo de medo. Sorrio para ele; seu alívio é tão poderoso que até eu posso senti-lo.

— Estamos seguros — garanto.

— Nós, os Tudor, estamos finalmente seguros — responde. Estende a mão para mim, e entendo que ficará em minha cama esta noite. Levanto-me, mas não estou ansiosa, não sinto desejo. Não estou de má vontade; sou uma mulher fiel, e meu marido está de volta são e salvo de uma batalha terrível, mais feliz do que jamais o vi. Não posso evitar sentir-me feliz por ele estar bem. Recebo-o de volta em casa, e até recebo-o em minha cama.

Gentilmente, ele desfaz os laços sob meu queixo e tira minha touca de dormir. Vira-me e desfaz minha trança, desamarra o cinto em meu quadril e os pequenos nós em meus ombros, e deixa cair meu vestido no chão. Fico nua diante dele, com os cabelos soltos, despencando. Ele suspira e põe os lábios em meus ombros expostos.

— Irei coroá-la rainha da Inglaterra — diz simplesmente e toma-me em seus braços.

Saímos em uma viagem para celebrar a grande vitória do rei. Milady, a Mãe do Rei, segue em um grande cavalo de guerra, como se estivesse preparada para a batalha. Monto o cavalo que Ricardo me deu; sinto como se o animal e eu tenhamos compartilhado muitas viagens, mas sempre indo para longe de Ricardo, nunca estando com ele, como prometera. Henrique cavalga com frequência a meu lado. Sei que quer mostrar ao povo que sai para nos ver que ele está casado com a princesa York, que uniu as casas e derrotou os rebeldes. Mas agora é mais do que isso: sei que gosta de ficar comigo. Até rimos juntos enquanto atravessamos os vilarejos de Lincolnshire, e as pessoas saem aos tropeções das casas e cruzam os campos correndo para nos ver passar.

— Sorrindo — diz Henrique para mim, olhando alegremente para meia dúzia de camponeses cujas opiniões, na verdade, não são importantes, de um jeito ou de outro.

— Acenando — ensino-o e tiro a mão das rédeas, fazendo um pequeno gesto.

— Como consegue? — Ele interrompe seu sorriso forçado para a multidão e vira-se para mim. — Esse pequeno aceno; você faz parecer fácil. Não parece nem um pouco ensaiado.

Penso por um momento.

— Meu pai costumava dizer que é preciso lembrar que vieram ver você, que querem sentir que você é amigo deles. Está entre amigos e partidários leais. Um sorriso ou um aceno é uma saudação para pessoas que vieram apenas admirá-lo. Você pode não os conhecer, mas eles acham que o conhecem. Merecem ser cumprimentados como amigos.

— Mas ele nunca pensou que viriam igualmente ávidos para saudar seu inimigo? Não pensou que esses são sorrisos falsos e gritos vazios?

Considero isso por um momento, então rio.

— Para dizer a verdade, creio que isso nunca nem passou pela cabeça dele — afirmo. — Era terrivelmente vaidoso, sabe? Sempre pensava que todos o adoravam. E a maior parte adorava mesmo. Cavalgava por aí pensando que todos o amavam. Reivindicou o trono em seu mérito como verdadeiro herdeiro. Sempre se considerou o melhor homem da Inglaterra, nunca duvidou disso.

Ele balança a cabeça e se esquece de acenar para alguém que grita "À Tudor!". É apenas uma voz, ninguém mais participa do coro, e o grito parece errado, estranhamente pouco convincente.

— Não pode ter ouvido mais do que eu que nasceu para ser rei. Ninguém no mundo pode ter mais certeza do que minha mãe de que seu filho deveria ser rei.

— Ele lutava desde a juventude — explico. — Com a idade em que você estava escondido, ele estava recrutando homens e exigindo alianças. Foi muito diferente para meu pai. Reclamou o trono, favorecido pelo desejo do povo. Ele era o pretendente, não sua mãe. Três sóis apareceram no céu sobre seu exército. Estava certo de que era escolhido de Deus para ser rei. Ele era visível; exibia-se com a mesma idade que você tinha quando estava escondido. Ele estava lutando, você estava fugindo.

Ele assente com a cabeça. Penso, mas não digo em voz alta: e meu pai era abençoado com bravura, tinha uma coragem natural, enquanto você é temeroso por natureza. Ele tinha uma mulher que o adorava, que se casou com ele por amor irresistível; a família dela o acolheu, e sua causa era a causa deles, e todos nós — suas filhas, seus filhos, seus cunhados e cunhadas — éramos completamente leais a ele. Estava no centro de uma família amorosa, e todos teriam sacrificado a própria vida por ele. Mas você só tem sua mãe e seu tio Jasper, e ambos têm o coração frio.

Alguém à nossa frente grita "Hurra!" e os soldados da guarda erguem suas lanças e gritam "Hurra!" energicamente em resposta. Penso que meu pai nunca teria criado uma guarda pessoal para liderar as saudações, pois sempre acreditou que todos o amavam, e nunca precisou de guardas.

Palácio de Westminster, Londres, agosto de 1487

Voltamos a Londres para os preparativos da minha coroação. Henrique faz uma entrada real na cidade e comparece a uma missa de ação de graças por sua vitória na Catedral de São Paulo. Recompensa os fiéis, mesmo aqueles que não tiveram muita escolha além de serem leais, considerando que estavam trancados na Torre, libertando Thomas Howard — o conde de Surrey — e meu meio-irmão Thomas Grey de sua prisão.

O arcebispo John Morton é transformado em lorde chanceler, o que somente faz com que eu e outros imaginemos que tipo de assistência um padre da Igreja pode dar a um rei em troca de tamanha recompensa.

— Espionagem — conta-me Thomas Grey. — Morton e Milady, a Mãe do Rei, coordenam juntos a maior rede de espionagem que o mundo já viu, e nenhum homem se move dentro e fora da Inglaterra sem que seu filho e protegido saiba.

Meu meio-irmão está sentado comigo em minha câmara de audiências, e a música para dançar se sobrepõe a nossas palavras; minhas damas praticam novos passos em um canto do cômodo enquanto conversamos em outro. Seguro minha costura de maneira a cobrir meu rosto para que ninguém possa ver meus lábios. Estou tão contente em revê-lo depois de tanto tempo que não consigo evitar sorrir.

— Viu milady mãe? — pergunto.

Ele assente com a cabeça.

— Ela está bem? Sabe que serei coroada?

— Está bem, bastante feliz na abadia. Mandou-lhe seu amor e muitas felicidades em sua coroação.

— Não consigo fazê-lo libertá-la para a corte — admito. — Mas ele sabe que não pode mantê-la naquele lugar para sempre. Não tem motivo.

— Sim, mas ele *tem* motivo — afirma meu meio-irmão com um sorriso torto. — Ele sabe que ela enviou dinheiro para Francis Lovell e John de la Pole. Sabe que ela reuniu todos os yorkistas que tramam contra ele. Sob o nariz de Henrique, sob o seu nariz, estava controlando uma rede própria de espiões, da Escócia até Flandres. Ele sabe que ela esteve ligando todos, por sua vez, à duquesa Margaret em Flandres. Mas o que o deixa louco é que não pode dizer isso em voz alta. Não pode acusá-la, pois fazê-lo seria admitir que havia uma conspiração contra ele, inspirado por nossa mãe, financiado por nossa tia e com a ajuda de sua avó, a duquesa Cecily. Não pode admitir para a Inglaterra que o que restou da Casa de York está completamente unido contra ele. Expondo a conspiração, mostra a ameaça que representam. Assemelha-se demais a uma trama de mulheres em favor de uma criança de seu séquito. São provas esmagadoras justamente daquilo que Henrique quer negar.

— E o que ele quer negar? — pergunto.

Thomas apoia o queixo na mão para que seus dedos cubram a boca. Ninguém pode ler seus lábios enquanto sussurra.

— A impressão é que todas essas mulheres estão trabalhando juntas por um príncipe York.

— Mas Henrique diz que, como nenhum príncipe York veio para a Inglaterra, pronto para a vitória, ele não pode existir.

— Tal menino seria um menino precioso — discorda Thomas. — Não seria trazido para a Inglaterra até que a vitória estivesse conquistada, e a costa, segura.

— Um menino precioso? — exclamo. — Quer dizer um príncipe de mentira, um indício falso. Um impostor.

Ele sorri para mim. Thomas esteve preso em vários lugares por dois longos anos: na França, desde antes da batalha de Bosworth, e mais recentemente na Torre de Londres. Não dirá nada que possa colocá-lo atrás das grades outra vez.

— Um impostor. Claro, é só isso que poderia ser.

Henrique fica em Londres apenas tempo suficiente para garantir a todos que sua vitória sobre os rebeldes foi total, que ele nunca esteve em perigo, que o rei coroado que exibiram em Dublin é agora um menino amedrontado na prisão. E, então, junta-se a seus lordes de maior confiança e viaja ao norte novamente, de uma grande casa a outra, onde faz interrogatórios e descobre quais lordes falharam em proteger as estradas, quem segredou a mais alguém que não havia necessidade de apoiar o rei, quem olhou para o outro lado quando o exército rebelde passou, e quem subiu em sua sela, afiou as espadas e, como um traidor, foi juntar-se a eles. Implacavelmente, lidando com detalhes e rumores, fofocas da guarda e insultos em estalagens, Henrique localiza todo e qualquer homem cuja lealdade fraquejou quando se bradou o grito por York. Está resoluto na decisão de punir os homens que se juntaram aos rebeldes; alguns são condenados à morte como traidores, mas a maior parte é multada até estar arruinada, e o lucro, pago ao tesouro real. Aventura-se ao norte distante, na altura de Newcastle, embrenhando-se a fundo nas terras de York, e envia embaixadores para a corte de Jaime III da Escócia com propostas de um tratado de paz e de casamentos que mantenham esses acordos firmes. Então volta e cavalga para Londres, um herói conquistador, deixando o norte cambaleante com morte e cheio de dívidas.

Convoca à sua câmara de audiências o menino Lambert Simnel e ordena que toda a corte compareça: Milady, a Mãe do Rei, uma ávida espectadora dos feitos de seu filho; eu mesma com minhas damas atrás de minhas duas irmãs, minha prima Maggie a meu lado; minha tia Katherine, sorridente ao acompanhar seu vitorioso marido, Jasper Tudor; todos os lordes fiéis e aqueles que conseguiram se passar por fiéis. As portas duplas são escancaradas com violência, os soldados da guarda batem suas lanças no chão com um estrondo e gritam o nome "John Lambert Simnel!", e todos viram-se para ver um menino franzino, congelado diante da porta, até que alguém o empurra para dentro. Ele dá alguns poucos passos para o interior do cômodo, encurvando-se em seguida sobre os joelhos diante do rei.

Minha primeira impressão é de que ele, de fato, parece-se muito com meu irmão, da última vez que o vi: um menino loiro e bonito, de mais ou menos dez anos. Quando minha mãe e eu tiramos meu irmão do santuário às escondidas, naquela noite escura, ele era belo e magro como Lambert Simnel. Agora, se estiver vivo em algum lugar, tem mais ou menos 14 anos, e estará crescendo e se tornando um rapaz. Esta criança à frente nunca teria conseguido se passar por ele.

— Ele a faz lembrar-se de alguém? — O rei toma minha mão e tira-me de minha cadeira, ao lado da dele, para caminhar pelo longo cômodo até onde o menino está ajoelhado, a cabeça curvada em reverência, a nuca exposta como se esperasse ser decapitado aqui e agora. Todos estão em silêncio. Há cerca de cem pessoas na câmara privada, e todos se voltam para olhar o menino enquanto Henrique se aproxima dele, e a criança abaixa-se mais, as orelhas queimando.

— Alguém acha que ele parece familiar? — O olhar duro de Henrique investiga minha família, minhas irmãs com as cabeças abaixadas como se fossem culpadas, minha prima Maggie com os olhos no menininho tão parecido com seu irmão, meu meio-irmão Thomas, que está olhando em volta indiferentemente, determinado a não demonstrar nenhum vacilo.

— Não — respondo apenas. Ele é magro como meu irmão Ricardo e tem cabelo loiro e curto como o dele. Não consigo ver seu rosto, mas tive um vislumbre dos olhos cor de avelã como os de meu irmão, e atrás, em sua cabeça, há alguns cachos de criança na nuca, iguais aos de Ricardo. Quando costumava sentar-se aos pés de minha mãe, ela torcia os cachos nos dedos como se fossem anéis dourados brilhantes e lia para ele até que sentisse sono e estivesse pronto para a cama. A visão do menininho, de joelhos, faz-me pensar novamente em meu irmão Ricardo e no pajem que mandamos à Torre em seu lugar, em meu irmão desaparecido, o príncipe Eduardo, e em meu primo Edward de Warwick — irmão de Maggie — na Torre, sozinho. É como se houvesse uma sucessão de meninos, meninos York, todos espertos, todos charmosos, todos cheios de potencial; mas ninguém pode ter certeza de onde estão esta noite, ou sequer se estão vivos ou mortos, ou se são irreais e não passam de imaginação e impostores como este.

— Não lhe lembra seu primo Edward de Warwick? — pergunta-me Henrique, falando claramente para que toda a corte consiga ouvir.

— Não, nem um pouco.

— Teria o confundido com seu irmão morto, Ricardo?

— Não.

Vira-se na outra direção, agora que a peça foi representada e todos podem dizer que o garoto se ajoelhou diante de nós, eu o vi e o neguei.

— Então qualquer um que pensou que ele fosse um filho York foi ou enganado ou enganador — decreta Henrique. — Ou um tolo ou um mentiroso.

Ele aguarda que todos compreendam que John de la Pole, Francis Lovell e minha própria mãe foram tolos e mentirosos, depois prossegue:

— Então, menino, você não é quem disse que era. Minha esposa, uma princesa York, não o reconhece. Ela confirmaria se você fosse seu parente, como você alega. Mas diz que você não é. Então, quem é você?

Por um momento penso que a criança está com tanto medo que perdeu o poder da fala. Mas então, mantendo a cabeça baixa e os olhos no chão, sussurra:

— John Lambert Simnel, se agrada a Vossa Majestade. Sinto muito — acrescenta, constrangido.

— John Lambert Simnel. — Henrique enuncia cada sílaba do nome vagarosamente, como um professor provocador. — John. Lambert. Simnel. E como veio de seu berçário, John, até aqui? Pois foi uma longa jornada para você, e um custoso e demorado problema para mim.

— Eu sei, sire. Sinto muitíssimo, sire — diz a criança.

Alguém sorri em simpatia à vozinha fina, e então vê a expressão furiosa de Henrique e desvia o olhar. Vejo o rosto de Maggie branco e tenso; Anne está tremendo e enrosca a mão no braço de Cecily.

— Tomou a coroa em sua cabeça mesmo sabendo que não tinha direito de fazê-lo?

— Sim, sire.

— Tomou-a sob um falso nome. Foi posta em sua cabeça, mas você sabia que sua cabeça de plebeu não a merecia.

— Sim, sire.

— O menino cujo nome você tomou, Edward de Warwick, é leal a mim, reconhece-me como seu rei. Assim como todos na Inglaterra.

A criança perdeu a voz; somente eu estou próxima o suficiente para ouvir um pequeno soluço.

— O que disse? — grita Henrique para ele.

— Sim, sire — responde a criança, trêmula.

— Então não significou nada. Você é um rei coroado?

Obviamente a criança não é um rei coroado. É um menininho perdido em um mundo perigoso. Mordo meu lábio inferior para evitar chorar. Dou um passo adiante e gentilmente coloco a mão no braço de Henrique. Mas nada o impedirá.

— Ungiu o peito com o óleo sagrado, mas não é um rei, nem teve qualquer direito ao óleo, ao óleo sagrado.

— Desculpe-me — diz a criança, engolindo em seco.

— E então marchou para meu país, à frente de um exército de homens pagos e rebeldes perversos, e foram completamente, totalmente derrotados pelo poder de meu exército e pela vontade de Deus.

À menção de Deus, Milady, a Mãe do Rei, dá um pequeno passo adiante, como se também quisesse repreender o menino. Mas ele continua ajoelhado, a cabeça abaixa mais, a testa quase tocando os juncos que cobrem o chão. Não tem nada a dizer à menção desses poderes ou de Deus.

— O que farei com você? — pergunta Henrique retoricamente. Diante da expressão surpresa dos rostos da corte, percebo que por fim entenderam, como eu, que esta é uma questão para a forca. É uma questão para a forca, estripação e esquartejamento. Se Henrique entregar essa criança ao juiz, então será pendurada pelo pescoço até que desmaie de dor, em seguida o carrasco irá cortá-la, passar uma faca de seus pequenos genitais até seu esterno, arrancará seu coração, seus pulmões e seu estômago, ateará fogo neles diante de seus olhos esbugalhados, e depois cortará suas pernas e braços, um a um.

Aperto o braço de Henrique.

— Por favor — peço. — Piedade.

Encontro o olhar abismado de Maggie e vejo que ela também percebeu que Henrique talvez conduza esta peça até um desfecho mortal. A não ser que representemos uma cena completamente diferente. Maggie sabe que consigo atuar muito bem em uma peça teatral e que talvez eu precise fazer isso. Como esposa do rei, posso ajoelhar-me diante dele em público e pedir clemência por um criminoso. Maggie virá adiante, tirará meu capuz, e meu cabelo cairá em meus ombros, em seguida ela irá ajoelhar-se, e todas as minhas damas cairão de joelhos atrás de mim.

Nós, da Casa de York, jamais fizemos tal coisa, pois meu pai gostava de aplicar punição ou clemência por sua própria conta, não tendo tempo para o teatro da crueldade. Nós, da Casa de York, jamais tivemos que interceder por um menininho contra um rei vingativo. Fizeram-no na Casa de Lancaster: Margarida de Anjou ajoelhou-se por plebeus induzidos ao erro, diante de seu marido santo. É uma tradição real, uma cerimônia reconhecida. Talvez tenha que fazê-lo para salvar este menininho de uma dor insuportável.

— Henrique — sussurro. — Quer que me ajoelhe por ele?

Ele balança a cabeça. E imediatamente sinto muito medo de que ele não queira que eu interceda por misericórdia, pois está determinado a ordenar que a criança seja executada. Aperto sua mão de novo.

— Henrique!

O menino olha para cima. Tem olhos brilhantes cor de avelã, exatamente como meu irmãozinho.

— Irá perdoar-me, sire? — pergunta. — Por sua misericórdia? Pois só tenho dez anos de idade? E porque sei que não deveria ter feito o que fiz?

Há um silêncio terrível. Henrique afasta-se do menino e conduz-me de volta ao estrado. Assume seu lugar, e eu sento-me a seu lado. Tomo consciência de uma pulsação repentina e intensa em minhas têmporas enquanto forço meu cérebro a encontrar um jeito de salvar a criança.

Henrique aponta para ele.

— Pode trabalhar nas cozinhas. Como assistente. Parece que poderia viver bem em minha cozinha. Faria isso?

O menino fica corado de alívio, lágrimas enchem seus olhos e escorrem pelas bochechas rosadas.

— Ah, sim, sire! O senhor é muito bom. Muito misericordioso!

— Faça o que lhe pedem e talvez trabalhe até se tornar cozinheiro — recomenda Henrique. — Agora vá trabalhar. — Estala os dedos para um criado. — Leve mestre Simnel para a cozinha com meus cumprimentos e diga-lhes que o coloquem para trabalhar.

Há um rumor de aplausos e então, de repente, uma gargalhada coletiva varre a corte. Pego a mão de Henrique, e estou rindo também, tamanho o meu alívio por sua decisão. Ele está sorrindo, sorrindo para mim.

— Você pensou que eu declararia guerra contra uma criança?

Balanço a cabeça, e há lágrimas em meus próprios olhos, de risadas e de alívio.

— Tive tanto medo por ele.

— Ele não fez nada, foi só o pequeno estandarte deles. São os responsáveis pela tentativa de usurpar o trono que devo punir. São aqueles que o incitaram que merecem o cadafalso. — Seus olhos movem-se pela corte enquanto as pessoas conversam entre si e compartilham seu alívio. Olha para minha tia, Elizabeth de la Pole, que perdeu o filho, segurando firme as mãos de Maggie, ambas chorando. — Os traidores verdadeiros não irão se livrar tão facilmente — afirma, de maneira ameaçadora. — Quem quer que sejam.

Palácio de Greenwich, Londres, novembro de 1487

Visto-me para minha coroação e reflito que me preparar para ser rainha é uma tarefa diferente do que foi arrumar-me para ser noiva. Desta vez, usando um vestido branco e dourado, com laços dourados e ornamentado com pele de arminho, não tremo de infelicidade. Sei o que esperar de meu marido, e encontramos um modo de ficar juntos que evita os segredos do passado e protege nosso olhar da incerteza em nosso futuro. Dei a ele um filho para amarmos, ele está me dando uma coroa. A preferência de sua mãe por ele acima de todas as coisas e sua voraz inimizade contra minha família é um traço da minha vida que acabei aceitando. O mistério da ausência de meu irmão e o medo que Henrique demonstra por minha família são coisas com as quais convivemos todos os dias.

Aprendi a reconhecer seu humor, seus repentinos ataques de raiva; aprendi que são sempre causados pelo medo de que, mesmo com a vitória, apesar do apoio de sua mãe, mesmo com a declaração desta de que Deus em pessoa está do lado dos Tudor, ele irá falhar com ela e com Deus e será arrancado do trono de forma tão cruel e injusta quanto o rei que ele viu ser morto a seus pés.

Mas também descobri sua ternura, o amor pelo filho, aprendi sobre sua poderosa submissão respeitosa pela mãe e sua afeição por mim, crescente a cada dia. Quando o desaponto, quando suspeita de mim, é como se todo o seu mundo se tornasse incerto de novo. Cada vez mais quer amar-me e confiar em mim; e cada vez mais percebo que quero que ele o faça.

Há muito que me traz alegria hoje. Tenho um filho no berçário e um marido que está seguro em seu trono. Minhas irmãs estão a salvo, e não sou mais assombrada por sonhos ou estou doente de tristeza. Mas, ainda assim, tenho muito o que lamentar. Mesmo que seja o dia de minha coroação, minha família foi derrotada. Minha mãe está ausente, enclausurada na Abadia de Bermondsey, meu primo John de la Pole está morto. Meu tio Edward conta com a confiança do rei, mas está longe, em Granada, em cruzada contra os mouros, e meu meio-irmão Thomas está tão cuidadoso perto do rei que todo dia parece caminhar na ponta dos pés para assegurar-se de que não despertará as suspeitas de Henrique. Cecily não é mais uma menina York, estando casada com um apoiador Tudor, e jamais fala uma palavra sem a aprovação do marido. E todas as minhas outras irmãs estão destinadas, por Milady, a Mãe do Rei, a casarem-se com leais a Tudor; não arriscará que qualquer uma delas seja transformada em um foco para rebelião. O pior, o pior de tudo, é que Teddy permanece preso na Torre, e a onda de confiança que Henrique sentiu depois da batalha de East Stoke não o levou a libertar o menino, mesmo que eu tenha pedido e depois até solicitado a liberdade de Teddy como presente pelo dia de minha coroação. O rosto pálido de Maggie, sua irmã, entre minhas damas é uma reprimenda constante para mim. Eu disse que ela e Teddy poderiam vir para Londres e que estariam seguros. Disse que minha mãe conseguiria mantê-lo a salvo. Disse que eu seria a guardiã de Teddy, mas fui impotente, e minha mãe está enclausurada. Milady, a Mãe do Rei, fez de Teddy seu protegido e pegou sua fortuna para resguardá-la, mas eu não considerara o terror secreto de Henrique. Não imaginei que um rei fosse perseguir um menino.

Houve, sim, triunfos para a Casa de York. Henrique pode ter vencido a batalha de East Stoke, mas não foi uma campanha heroica; e, mesmo que a maior parte dos lordes tenha trazido seus homens, muito poucos participaram da batalha de fato. Um número preocupante deles nem sequer esteve presente. Henrique tem a coroa na cabeça e um herdeiro no berçário, mas um de seus reinos ofereceu sua coroa a outro — um menino desconhecido — em detrimento dele; e há boatos constantes e contínuos sobre mais um herdeiro, mais um herdeiro escondido em algum lugar, esperando sua vez.

Não é minha mãe, e sim Maggie que escova meu cabelo e arruma-o por cima de meus ombros, onde cai por minhas costas, indo quase até a cintura. Cecily põe a rede de ouro sobre minha cabeça, e, em cima dela, usarei um diadema com diamantes e rubis. Há muitos rubis, que indicam uma mulher virtuosa, e este será meu principal papel pelo resto de minha vida — ser uma mulher virtuosa e uma rainha Tudor, cujo lema é "humilde e penitente". Não importa que em meu coração eu seja passional e independente. Minha verdadeira identidade será escondida, e a história jamais falará de mim, exceto como a filha de um rei, a esposa de outro e a mãe de um terceiro.

A barca real deverá levar-me rio acima até Westminster, e o prefeito de Londres e todas as guildas virão em navios enfeitados, com música e cantoria, para escoltar-me. Mais uma vez minha mãe olhará para fora de sua janela e verá uma procissão real seguindo pelo rio para uma coroação; mas, agora, será sua filha na barca que passa remando por sua prisão. Sei que assistirá à minha passagem das janelas da abadia, e espero que sinta algum prazer ao saber que ao menos esse plano dela deu certo. Colocou-me no trono da Inglaterra, e, mesmo que a barca dourada navegue por ela sem reconhecimento — e esta é a quarta procissão de coroação sem que ela esteja a bordo —, desta vez ao menos ela colocou sua filha no trono de ouro, e as fileiras de pessoas nas margens gritarão "À York!".

Desço até o píer com minhas damas segurando no alto a cauda de meu vestido, para evitar que ele arraste pelo carpete úmido, e elas ajudam-me a subir a bordo do navio. Está magnífico, adornado para o dia com bandeiras e flores, escoltado por barcas e embarcações com todo tipo de decoração.

Tocam música quando subo a bordo, e um coro canta um hino às minhas virtudes. Ocupo meu lugar na popa, um tecido de ouro sobre minha cabeça, o trono de ouro almofadado com veludo. Minhas damas juntam-se ao meu redor. Somos uma corte famosa por nossa beleza, e hoje cada mulher está vestida em seu melhor traje. Os remadores seguem o ritmo do tambor, as outras barcas juntam-se adiante e atrás de nós. Fixo um sorriso em meu rosto quando os remos cavam profundamente a água, e partimos.

Em uma das barcas que acompanham, há uma figura de proa no formato de uma cabeça de dragão e um rabo enrolado fixado na popa. É um dragão Tudor: a intervalos regulares, acendem uma chama em sua boca, e ele solta fogo sobre a água, para que as pessoas nas margens gritem e saúdem. Dizem "À York" para mim, em desafio às muitas evidências de que esta se trata de uma celebração Tudor. Não posso evitar sorrir diante do amor fiel que o povo tem por minha casa, mesmo com as flâmulas que tremulam sendo verdes e brancas e com o dragão de Tudor dando seu pequeno rugido crepitado.

A barca real está na metade do rio, movendo-se com facilidade, a maré a favor, mas, quando chegamos a Bermondsey e vejo os muros de tijolo e pedra da abadia, o timoneiro aponta a barca para a margem oposta, de modo que fiquemos o mais longe possível da prisão de minha mãe. Consigo ver as pessoas esperando diante do perímetro das muralhas da abadia, mas não consigo distinguir as figuras. Ergo a mão para fazer sombra em meus olhos, e a coroa dourada arranha meus dedos. Não consigo ver minha mãe no meio da multidão, estamos longe demais no rio e há pessoas demais para que eu possa encontrá-la. Desejo vê-la, desejo *muito* vê-la. Quero que ela saiba que a estou procurando. Por um instante, pergunto-me se lhe ordenaram que ficasse em sua cela enquanto a barca passa. Pergunto-me se está sentada em sua cadeira, na cela fresca e branca, ouvindo a música berrar por cima das águas, sorrindo diante do rugido barulhento do dragão que vomita fogo, mas sem saber que estou à sua procura.

E então, de repente, como se por mágica, eu a vejo. Há um estandarte desenrolando-se e ondulando na brisa do rio. É verde Tudor, a nova cor da lealdade, um fundo verde Tudor bordado com a rosa branca e vermelha de Tudor, como qualquer pessoa sensata exibiria hoje. Mas esta bandeira é diferente: é uma rosa branca sobre o verde Tudor, e, se há um centro vermelho na rosa, está bordado tão pequeno que não dá para ser visto. À primeira vista, a um olhar mais atento, essa é a rosa de York. E ali, é claro, está minha mãe, parada sob o estandarte do marido que adorava. Quando olho para ela e ergo a mão, ela dá um pulo juvenil ao notar que foi vista e acena com as mãos sobre a cabeça, gritando meu nome, exuberante, rindo, rebelde como sempre. Começa a correr pela margem, na mesma velocidade que minha barca distante, gritando "Elizabeth! Elizabeth! Hurra!" tão claramente que consigo ouvi-la acima do barulho que cruza a água. Levanto-me de meu trono solene, corro para a lateral do barco e inclino-me para acenar de volta para ela, sem qualquer dignidade, e grito "milady mãe! Estou aqui!", e rio alto em deleite por tê-la visto e porque ela me viu, e porque irei para minha coroação com sua risonha e tranquila bênção.

Minha coroação é o sinal para o início de uma corrida de noivados, enquanto Henrique, com seu jeito metódico, explora cada uma de minhas irmãs como peões para a Casa de Tudor e faz pareamentos políticos para seu próprio benefício. Até minha mãe é trazida de volta ao jogo. O rei permite-me que a visite em Bermondsey com minhas irmãs, para levar-lhe a notícia de que foi tão perdoada pelos Tudor que eles reavivaram a ideia de seu casamento, e ela deverá ir até Jaime III da Escócia.

Temo que a abadia vá ser fria e pouco convidativa, mas encontro minha mãe diante de um fogo ardendo com madeira de macieira, o que confere um cheiro defumado a sua câmara de audiências, com minha meia-irmã, Grace, sentada a seu lado e duas damas de companhia trabalhando em suas costuras.

Minha mãe se levanta quando entro com minhas irmãs e beija todas nós.

— Como é bom vê-la. — Faz uma mesura para mim. — Eu deveria ter dito "Vossa Majestade." — Ela dá um passo para trás para me ver. — Parece muito bem.

Ela abre os braços para Bridget e Catherine, que correm para abraçá-la, e sorri para Anne por cima de suas cabeças agitadas.

— E você, Cecily, que belo vestido, e que fino broche em seu chapéu. Seu marido é bondoso com você?

— Sim — diz Cecily de maneira formal, muito consciente das suspeitas contra minha mãe. — E é muito estimado por Sua Majestade, o rei, e por Milady, a Mãe do Rei. É famoso por sua lealdade, assim como eu.

Minha mãe sorri como se isso não importasse para ela de um jeito ou de outro, e senta-se de novo, colocando minhas irmãs, Bridget, de sete anos, e Catherine, de oito, sobre os joelhos. Anne senta-se em um banquinho ao lado delas, e minha mãe descansa a mão em seu ombro, depois olha para mim com expectativa.

— Iremos nos casar! — grita Catherine, incapaz de esperar mais. — Todas, exceto Bridget.

— Pois sou uma noiva de Cristo — comenta Bridget, solene como só uma criança pode ser.

— Claro que é. — Minha mãe lhe dá um abraço. — E quem serão os sortudos noivos? Leais Tudor, imagino.

Cecily se irrita com a referência a seu marido.

— Você também está prometida — revela ela com rancor.

Minha mãe permanece completamente inabalada.

— Jaime da Escócia mais uma vez? — pergunta-me, sorrindo.

Percebo que ela já sabe disso. Sua rede de espionagem deve ainda estar funcionando e servindo-a tão bem aqui, onde deveria estar isolada e excluída, quanto servia na corte real, onde ela supostamente estava cercada de servos leais.

— Você sabia?

— Soube que o rei enviou embaixadores para a Escócia e que estava planejando a paz com eles — explica suavemente. — Claro que teria de oficializá-la com um casamento. E como pensara em mim antes, imaginei que voltaria a seu plano.

— Importa-se? — pergunto com urgência. — Pois, se quiser recusar, eu talvez possa...

Gentilmente inclina-se e toma minha mão.

— Não creio que possa. Se não consegue evitar que ele mantenha seu primo Edward na Torre nem o persuadir de que não preciso ficar atrás destas paredes, então duvido que seja capaz de influenciar sua política quanto à Escócia. Fez de você rainha, mas mesmo carregando o cetro você não tem poder.

— É o que sempre digo — acrescenta Cecily. — Ela não consegue fazer nada.

— Então tenho certeza de que está certa. — Minha mãe sorri para ela. Para mim, diz em voz baixa: — E você não deveria repreender a si mesma. Sei que faz o máximo que pode. Uma mulher sempre tem somente o poder que consegue conquistar, e você não se casou com o membro de uma família que lhe confia autoridade.

— Mas eu me casarei com um príncipe escocês! — guincha Catherine, incapaz de esperar mais para dar as boas novas. — O mais jovem. Então irei à Escócia com a senhora, milady mãe, e posso ficar em seus aposentos, posso ser sua dama de companhia.

— Ah, como ficarei feliz em tê-la comigo. — Minha mãe inclina-se e dá um beijo na cabeça coberta por renda branca de Catherine. — Será tão mais fácil se estivermos juntas. E poderemos fazer grandes visitas de estado para sua irmã. Poderemos cavalgar até Londres em procissão, e ela organizará um banquete para nós, damas reais da Escócia.

— E eu me casarei com o herdeiro, o próximo rei da Escócia — afirma Anne em voz baixa. Está menos exuberante do que Catherine. Aos 12 anos, já sabe que casar com o inimigo de seu país em uma tentativa de mantê-lo como aliado não é um grande presente.

Minha mãe olha para ela com compaixão silenciosa.

— Bem, ficaremos todas juntas, isso é uma coisa boa. E posso aconselhá-las e ajudá-las. E ser uma rainha da Escócia não é um papel pequeno a se ter, Anne.

— E quanto a mim? — pergunta Bridget.

O olhar de minha mãe vira-se em minha direção por um segundo.

— Talvez você seja autorizada a vir comigo para a Escócia — responde. — Creio que o rei permitiria isso.

— E se não, eu virei para cá — diz Bridget com satisfação, olhando em volta para os lindos aposentos de minha mãe.

— Pensei que queria ser freira. — Cecily é incisiva. — Não viver como um papa.

Minha mãe dá uma risadinha.

— Ah, Cecily, acha mesmo que vivo como um papa? Que maravilha. Acha que tenho aposentos cheios de cardeais escondidos a me servir? E que como em pratos de ouro?

Ela se levanta e estende as mãos para as duas pequenas.

— Venham, Cecily lembrou-me de que devemos jantar. Pode fazer a prece antes da refeição para as irmãs, Bridget.

Enquanto saímos, ela me traz para perto dela.

— Não se inquiete — diz em voz baixa. — Há muito que pode acontecer entre um noivado e um casamento, e manter os escoceses em um tratado de paz é um milagre que nunca testemunhei. Ninguém subirá a Grande Estrada do Norte por enquanto.

Palácio de Sheen, Richmond, primavera de 1488

Meu tio Edward retorna da cruzada moreno como um mouro, mas com todos os dentes da frente faltando. Está contente com isso e diz que agora Deus consegue ver melhor seu coração, mas isso dá a ele uma língua presa que é impossível não achar cômica. Fico tão feliz ao vê-lo que me jogo em seus braços imediatamente e ouço-o cecear docemente sobre minha cabeça "Abenfoada feza, abenfoada feza!", o que me faz chorar e rir ao mesmo tempo.

Espero que fique revoltado com a notícia de que sua irmã está enclausurada em Bermondsey, mas seu dar de ombros e seu sorriso dizem-me que ele vê isso como um revés temporário em uma vida repleta de derrotas e vitórias.

— Ela está confortável? — indaga, como se essa fosse a única pergunta que poderia ser feita.

— Sim, tem belos aposentos e está bem-servida. Claramente, todos a adoram — respondo. — Grace está com ela, e a porteira a chama de "a rainha" como se nada tivesse mudado.

— Então ela sem dúvida organizará sua vida exatamente como quer. É o que normalmente faz.

Está cheio de novidades sobre a cruzada em Granada, sobre a beleza e elegância do Império Mourisco, sobre a determinação dos reis cristãos em expulsar completamente os mouros da Espanha. E conta-me histórias sobre a corte portuguesa e suas aventuras. Estão explorando muito ao sul, na costa da África, e ele diz que há minas de ouro lá, e mercados cheios de especiarias, e um tesouro em marfim a ser tomado por qualquer um que ouse ir longe o suficiente, mesmo com os céus ficando mais quentes, e os mares, mais tempestuosos. Há um reino onde os campos são feitos de ouro, e qualquer homem pode ter uma fortuna se pegar as pedras. Há estranhos animais e bestas raras — ele viu as peles, com pintas e listras, e douradas como a de um nobre — e talvez haja um lugar governado por um cristão branco no coração da grande terra, talvez haja um reino de homens negros, devotados a um herói cristão branco chamado Preste João.

Henrique não tem interesse em novidades de reinos mágicos, mas leva tio Edward à sua câmara privada no minuto em que chega, e ficam juntos por metade do dia até que Edward saia, com seu sorriso desdentado e o braço de Henrique em torno de seus ombros. E sei que o que quer que tenha relatado, deixou a mente ansiosa do rei mais tranquila.

Henrique confia tanto nele que lhe dá a tarefa de liderar uma defesa da Bretanha.

— Quando o senhor partirá? — pergunto a ele.

— Quase imediatamente. Não há tempo a perder, e — ele abre seu sorriso sem dentes — gosto de me manter ocupado.

Levo-o de imediato ao berçário do Palácio de Eltham para mostrar-lhe o quanto Artur cresceu. Consegue ficar em pé agora e andar ao lado de uma cadeira ou banquinho. Seu grande prazer é segurar meus dedos e dar passos vacilantes pela sala, virar-se na ponta dos pezinhos tortos e começar o caminho de volta. Sorri quando me vê e estende os braços para mim. Está começando a falar, cantando como um passarinho, embora ainda não pronuncie palavras, mas diz "ma", que creio se referir a mim, e "bo", que se refere a qualquer coisa que lhe agrade. Mas ele dá risadas quando lhe faço cócegas e deixa cair qualquer coisa que lhe dão, com a esperança de que alguém pegue do chão e lhe devolva, para que possa deixar cair novamente. Sua maior alegria é quando Bridget dá a ele uma bola para largar e voa atrás dela, como se estivessem jogando tênis e ela tivesse de recuperá-la antes que quique demais. Vê-la correr o faz gorgolejar e gritar.

— Não é o menino mais lindo que já viu? — pergunto a tio Edward e sou recompensada com seu sorriso desdentado. — E quanto ao rapaz que foi ver? — questiono baixinho, colocando Artur contra o ombro e dando tapinhas gentis em suas costas. Ele está pesado em meu ombro e quente sobre minha bochecha. Sinto um repentino desejo feroz de que nada jamais ameace sua paz ou segurança. — Henrique disse-me que o mandou a Portugal para ver um menino. Não ouvi nada sobre ele desde que foi embora.

— Então o rei lhe dirá que vi um pajem a serviço de Sir Edward Brampton — diz meu tio, com seu simpático ceceio. — Algum criador de confusão achou que ele se parecia com meu pobre e perdido sobrinho Ricardo. As pessoas criam muito caso por nada. É uma pena que que não tenham nada melhor a fazer.

— E é parecido com ele? — pressiono.

Edward balança a cabeça.

— Não, não particularmente.

Olho em volta. Não há ninguém perto além da ama de leite do bebê, e ela não tem interesse em nada além de comer bastante e tomar cerveja.

— Senhor meu tio, tem certeza? Pode falar com milady mãe sobre ele?

— Não falarei com ela sobre esse menino, pois a deixaria aflita — responde com firmeza. — Era um menino que não se parecia em nada com o seu irmão, filho dela. Estou certo disso.

— E Edward Brampton? — persisto.

— Sir Edward virá em uma visita à Inglaterra assim que puder afastar-se de seus negócios em Portugal. Está liberando seu belo pajem do serviço. Não quer causar nenhum constrangimento para nós ou para o rei com um menino tão ousado.

Há mais aqui do que consigo compreender.

— Se o menino não é ninguém, um alardeador, então como conseguiu fazer um barulho tão grande em Lisboa que se pôde ouvir em Londres? Se é um ninguém, por que o senhor foi tão longe, até Portugal, para vê-lo? Não fica nada perto de Granada. E por que Sir Edward virá até a Inglaterra? Para encontrar-se com o rei? Por que seria tão honrado, quando era conhecido por ser fiel a York e amava meu pai? E por que está dispensando seu pajem se o menino não é importante?

— Creio que o rei preferiria assim — diz Edward com leveza.

Encaro-o por um momento.

— Há algo aqui que não compreendo. Há um segredo aqui.

Meu tio dá um tapinha leve em minha mão enquanto seguro o corpo quente do bebê sobre meu coração.

— Sabe, há sempre segredos, em toda parte; mas é melhor às vezes que você não saiba quais são. Não se incomode, Vossa Majestade. Este novo mundo é cheio de mistérios. As coisas que me contaram em Portugal!

— Falaram de um menino que voltou dos mortos? — desafio-o. — Falaram de um menino que foi escondido de assassinos desconhecidos, levado em segredo para o exterior, e que está esperando sua hora?

Ele não hesita.

— Falaram. Mas lembrei-lhes de que o rei da Inglaterra não tem interesse por milagres.

Há um breve silêncio.

— Ao menos o rei confia em você — digo enquanto entrego Artur de volta a sua ama de leite e observo-o aconchegar-se em seu largo colo. — Ao menos tem certeza de sua fidelidade. Talvez possa falar com ele sobre milady mãe, e ela poderá voltar à corte. Se não há menino, então ele não tem nada a temer.

— Ele é por natureza um homem que não confia muito nos outros — observa meu tio com um sorriso. — Fui seguido por todo o caminho até Lisboa, e meu companheiro encapuzado tomou nota de todos com quem me encontrei. Outro homem seguiu-me no caminho de volta, certificando--se de que não visitei sua tia em Flandres no percurso.

— Henrique espionou você? Seu próprio mensageiro? Seu espião? Espionou o próprio espião?

Concorda com a cabeça.

— E há uma mulher em seu séquito que conta a ele o que você diz em seus momentos de mais privacidade. Seu próprio confessor particular deve dar relatos ao padrinho dele, John Morton, o arcebispo de Canterbury. John Morton é o melhor amigo de Milady, a Mãe do Rei. Tramaram juntos contra o rei Ricardo, juntos destruíram o duque de Buckingham. Encontram-se todos os dias, e ele conta-lhe tudo. Nem sequer sonhe que o rei confia em qualquer um de nós. Não ouse imaginar que não é vigiada. Está sendo vigiada o tempo todo. Todos estamos.

— Mas não estamos fazendo nada! — exclamo. Abaixo meu tom de voz. — Não é, tio? Não estamos fazendo nada?

Ele dá um tapinha em minha mão.

— Não estamos fazendo nada — garante-me.

Castelo de Windsor, verão de 1488

as minha tia Margaret não está sem fazer nada. Sua Graça, a duquesa viúva de Flandres, irmã de meu pai, decerto não está ociosa. Constantemente, escreve a Jaime III da Escócia, enviando-lhe até um emissário dos leais a York.

— Ela está tentando persuadi-lo a declarar guerra contra nós — afirma Henrique, cansado. Entrei em sua câmara privada no grande castelo, e encontrei-o com um escrevente de cada lado de uma mesa grande e um papel manchado de sal diante de si. Reconheço os grandes selos de cera vermelha de minha tia e as fitas penduradas; ela utiliza o sol em esplendor, o grande timbre de York criado por meu pai. — Mas ela não será bem-sucedida. Temos uma aliança, teremos noivados. Jaime jurou lealdade a mim. Ele se manterá firme a favor da Inglaterra Tudor. Não se voltará para os York.

Mas, mesmo que Henrique esteja certo, Jaime não pode persuadir seus conterrâneos a apoiarem a Inglaterra. Seu país, seus lordes, até seu herdeiro estão todos contra a Inglaterra Tudor, quaisquer que sejam as opiniões do rei, e é o país que vence. Voltam-se contra ele em vez de engolir uma aliança com o arrivista Tudor, e Jaime precisa defender sua amizade com a Inglaterra e até mesmo seu trono. Recebo um bilhete escrito às pressas por minha mãe, mas não entendo o que quer dizer:

Ora veja, não estou subindo a Grande Estrada do Norte.

Sei que Henrique já terá visto isso, quase no mesmo instante em que foi escrito, então levo o bilhete imediatamente até ele para demonstrar minha lealdade; mas, quando entro na câmara privada real, paro, pois está com ele um homem que creio conhecer, mesmo que não consiga ligar um nome a seu rosto profundamente bronzeado. Então, no momento em que ele se volta para mim, penso que é melhor esquecer tudo que já soube a seu respeito. Esse é Sir Edward Brampton, o afilhado de meu pai, o homem que meu tio viu na corte em Portugal com o pajem atrevido. Ele se vira e faz uma reverência profunda para mim, seu sorriso calmamente confiante.

— Já se conhecem? — indaga meu marido, inexpressivo, observando meu rosto.

Balanço a cabeça.

— Sinto muitíssimo... o senhor é?

— Sou Sir Edward Brampton — apresenta-se de modo agradável. — Eu a vi uma vez quando ainda era uma princesinha, jovem demais para lembrar-se de um homem da corte velho e sem importância como eu.

Assinto com a cabeça e volto minha completa atenção para Henrique, como se não tivesse interesse algum em Sir Edward.

— Queria dizer-lhe que tenho um bilhete da Abadia de Bermondsey.

Ele pega-o de minha mão e o lê em silêncio.

— Ah. Ela deve saber que Jaime está morto.

— É isso que ela quer dizer? Escreve somente que não irá subir a Grande Estrada do Norte. Como o rei morreu? Como tal coisa pôde acontecer?

— Em batalha — responde Henrique brevemente. — O país apoiou seu filho contra ele. Parece que alguns de nós sequer podem confiar em parentes de sangue. Não se pode ter certeza nem de seu próprio herdeiro, que dirá de outro.

Com cautela, não olho para Sir Edward.

— Sinto muito se isso nos causar problemas — digo, controlando a voz.

Henrique concorda com a cabeça.

— De qualquer modo, temos um novo amigo em Sir Edward.

Sorrio levemente; Sir Edward curva-se.

— Sir Edward virá para a Inglaterra no ano que vem — revela Henrique. — Foi um servo leal de seu pai e agora irá servir-me.

O homem parece alegre diante dessa perspectiva e curva-se mais uma vez.

— Então, quando responder à sua mãe, pode dizer-lhe que você viu o antigo amigo dela — sugere Henrique.

Assinto com a cabeça e vou em direção à porta.

— E diga-lhe que Sir Edward tinha um pajem muito atrevido, que dava muita importância a si mesmo, mas que agora deixou o serviço e foi trabalhar para um mercador de seda. Ninguém sabe onde se encontra no momento. Pode ter ido fazer comércio na África, talvez na China, ninguém sabe.

— Direi isso a ela, se desejar.

— Ela saberá a quem me refiro. — Henrique sorri. — Diga-lhe que o pajem era um rapazinho insolente que gostava de se vestir com seda emprestada, mas que agora tem um novo mestre, por coincidência, um comerciante de seda. Então será apropriado para esse trabalho. O rapaz se foi com ele, e está desaparecido.

Palácio de Greenwich, Londres, Natal de 1488

O escrutínio ansioso dos Tudor sobre o mundo incerto que os cerca cessa durante os festejos de Natal, como se finalmente fosse possível que os dias transcorressem e eventos pequenos acontecessem, bilhetes fossem escritos e recebidos, sem Henrique ter de ver tudo e saber de tudo. Com o desaparecimento do menino invisível, parece que não há nada mais para vigiar, e os espiões nos portos e os guardiões nas estradas podem descansar. Até mesmo Milady, a Mãe do Rei, perde o cenho franzido e observa a chegada do tronco de Natal, dos bobos da corte, dos atores, dos mímicos e do coro com um pequeno sorriso. Margaret é autorizada a visitar o irmão na Torre e volta a Greenwich mais feliz do que tem estado há tempos.

— O rei está permitindo que ele receba a visita de um professor e alguns livros — conta ela. — E ele tem um alaúde. Está tocando música e compondo canções, cantou uma para mim.

Henrique vem a meu quarto todas as noites depois do jantar e senta-se perto da lareira, fala sobre seu dia; às vezes deita-se comigo, às vezes dorme comigo até de manhã. Ficamos confortáveis juntos, até afetuosos.

Quando as servas vêm arrumar a cama e despir meu robe, ele as afasta com um gesto da mão.

— Deixem-nos — ordena e, quando elas saem e fecham a porta, ele mesmo desliza o robe pelo meu ombro. Dá um beijo na pele nua e ajuda-me a subir na cama alta. Ainda vestido, deita-se ao meu lado e acaricia meu cabelo, afastando-o de meu rosto. — Você é muito bela. E este é nosso terceiro Natal juntos. Sinto-me como um homem bem-casado, casado há muito e com uma linda esposa.

Permaneço deitada, imóvel, e deixo-o puxar a fita no fim de minha trança e passar os dedos pelas lisas madeixas de cabelo dourado.

— E sempre cheira tão deliciosamente bem — continua em voz baixa.

Levanta-se da cama e desata o cinto de seu robe, tira-o e coloca-o com cuidado em uma cadeira. É o tipo de homem que sempre mantém suas coisas arrumadas. Então levanta os lençóis e deita-se ao meu lado. Está excitado, e fico feliz por isso, pois quero mais uma criança. Claro, precisamos de mais um filho para assegurar-nos da sucessão; mas eu mesma desejo aquela maravilhosa sensação de ter um bebê em minha barriga e sentir o crescimento da vida por dentro. Então abro-lhe um sorriso, levanto a barra de meu robe e ajudo-o a colocar-se em mim. Estendo a mão para ele e sinto a força cálida de sua carne. É rápido e gentil, tremendo com seu próprio prazer fácil; mas não sinto nada além de calor e disposição. Não espero mais que isso, fico contente de pelo menos sentir-me disposta, e grata a ele por ser gentil. Deita-se sobre mim por um breve momento, o rosto enterrado em meu cabelo, seus lábios em meu pescoço, então retira-se de cima de mim e, surpreendentemente, diz:

— Mas não é como amor, é?

— O quê? — Fico chocada que ele diga uma verdade tão ousada.

— Não é como amor — repete. — Havia uma garota quando eu era jovem, exilado na Bretanha; ela saía furtivamente da casa de seu pai, arriscando tudo para ficar comigo. Eu me escondia no celeiro e costumava arder de desejo de vê-la. Quando a tocava, ela tremia, e quando a beijava, ela derretia-se, e certa vez abraçou-me, envolvendo-me em seus braços e pernas, e gritou de prazer. Ela não conseguia parar, e eu sentia os suspiros dela fazerem seu corpo todo tremer de alegria.

— Onde está ela agora? — pergunto. Apesar de minha indiferença por ele, descubro-me curiosa sobre a garota e irritada ao pensar nela.

— Ainda está lá. Teve um filho meu. Sua família a fez casar-se com um fazendeiro. Provavelmente deve ser uma esposinha gorda de fazendeiro, a esta altura, com três filhos. — Ele ri. — Um deles ruivo. O que você acha? Henri?

— Mas ninguém o chama de prostituto — observo.

Sua cabeça se volta diante disso, e ele ri alto, como se eu tivesse dito algo extraordinário e engraçado.

— Ah, minha querida, não. Ninguém me chama de prostituto, pois sou o rei da Inglaterra e um homem. O que quer que você queira mudar no mundo, um rei York no trono, a batalha invertida, Ricardo levantando-se do túmulo, não pode esperar mudar a forma como o mundo vê as mulheres. Qualquer mulher que sinta desejo e se deixe levar por esse anseio será sempre chamada de prostituta. Isso nunca mudará. Sua reputação foi arruinada por sua tolice com Ricardo, ainda que tenha pensado que era amor, seu primeiro amor. Só conseguiu restaurar a reputação com um casamento sem amor. Ganhou um nome, mas perdeu o prazer.

Diante da menção casual ao homem que amo, puxo as cobertas até meu queixo, junto os cabelos e começo a trançar as mechas novamente. Não me impede, mas observa-me em silêncio. Irritada, percebo que ficará aqui a noite inteira.

— Você gostaria que sua mãe viesse à corte para o Natal? — pergunta casualmente, virando-se para apagar a vela ao lado da cama. O quarto fica iluminado apenas pelo fogo moribundo, seu ombro bronzeado pela luz das brasas. Se fôssemos amantes, este seria meu momento preferido do dia.

— Posso? — Quase gaguejo de tanta surpresa.

— Não vejo por que não — responde casualmente. — Se gostaria que ela estivesse aqui...

— Gostaria mais do que de qualquer coisa. Gostaria muitíssimo. Ficaria tão feliz de tê-la comigo de novo, e durante o Natal! E minhas irmãs, especialmente minhas irmãs pequenas... ficarão tão contentes. — Impulsivamente, inclino-me e beijo seu ombro.

De súbito, ele se vira, segura meu rosto e leva meus lábios a sua boca. Com gentileza, beija-me de novo, e mais uma vez, e minha angústia por mencionar Ricardo e meus ciúmes pela garota que ele amara de algum modo me impelem a tomar sua boca contra a minha enquanto coloco os braços em torno de seu pescoço. Então sinto seu peso sobre mim e seu corpo pressionar o meu por completo. Meus lábios se abrem e sinto seu sabor; meus olhos se fecham quando ele me abraça, e sinto sua delicadeza, doçura, ao me penetrar de novo, e, pela primeira vez desde sempre entre nós, se parece um pouco com amor.

Palácio de Westminster, Londres, primavera de 1489

É um Natal alegre com minha mãe na corte, e então vem um longo e frio inverno em Londres. Ordenamos uma missa especial para ser rezada por meu tio Edward, que morreu no ano passado na expedição contra os franceses.

— Ele não tinha que ir — digo, acendendo uma vela para ele no altar da capela.

Minha mãe sorri, embora eu saiba que ela sente a falta dele.

— Ah, ele tinha — contesta. — Nunca foi um homem capaz de ficar quieto em casa.

— Você terá que ir discretamente para casa — aponto. — Os banquetes de Natal acabaram, e Henrique diz que terá que voltar para a abadia.

Ela vira-se para a porta e puxa o capuz sobre o cabelo prateado.

— Não me importo, contanto que você e as meninas estejam bem, e eu veja que está feliz e em paz consigo mesma.

Caminho a seu lado, e ela toma minha mão.

— E então? Começou a amá-lo, como eu torcia para que acontecesse? — pergunta-me.

— É estranho — confesso. — Não o acho heroico, não acho que seja o homem mais maravilhoso do mundo. Sei que não é muito corajoso, fica mal-humorado com frequência. Não o amo como amava Ricardo...

— Há muitos tipos de amor — aconselha-me. — E quando se ama um homem que é menos do que se sonhava, é preciso conciliar as diferenças entre um homem real e um sonho. Às vezes, terá que perdoá-lo. Talvez até tenha que perdoá-lo com frequência. Mas o perdão muitas vezes vem com amor.

Em abril, quando os pássaros estão cantando nos campos ao sul do rio, digo a Henrique que não o acompanharei na falcoaria. Ele está montando em seu cavalo no pátio do estábulo, e o meu, preso há dias, está curveteando e dançando no lugar, um cavalariço segurando-o firmemente pelas rédeas.

— Ele só está agitado — afirma Henrique, olhando do animal castrado para mim e de volta para ele. — Consegue controlá-lo, certo? Não é do seu feitio perder um dia de falcoaria. Assim que estiver montada, ele ficará bem.

Balanço a cabeça.

— Pegue outro cavalo — sugere Henrique. Sorrio diante de sua determinação de que eu cavalgue com ele. — Tio Jasper deixará que leve o dele. É firme como uma rocha.

— Não hoje — persisto.

— Não se sente bem? — Ele joga as rédeas para o cavalariço e desce para perto de mim. — Parece um pouco pálida. Está bem, meu amor?

Diante de seu carinho, inclino-me para perto dele, e seu braço envolve minha cintura. Viro a cabeça para que meus lábios fiquem junto de seu ouvido.

— Acabei de ficar enjoada — sussurro.

— Mas não está quente? — Ele sente um ligeiro tremor. O terror da doença do suor que veio com seu exército ainda está presente. — Diga-me que não está quente!

— Não é o suor — garanto-lhe. — E não é uma febre. Não é algo que eu tenha comido, não é fruta verde. — Sorrio para ele, mas Henrique ainda não compreende. — Fiquei enjoada hoje de manhã, e ontem pela manhã, e espero ficar enjoada amanhã de manhã também.

Ele encara-me com esperança crescente.

— O que você está tentando dizer, Elizabeth?

Confirmo com a cabeça.

— Estou grávida.

O aperto de seu braço fica mais forte contra minha cintura.

— Ah, minha querida. Ah, meu amor. Ah, esta é a melhor notícia!

Diante de toda a corte, beija-me calorosamente na boca, e, quando olha para cima, seu rosto está tão radiante que todos devem saber com certeza o que contei a ele.

— A rainha não cavalgará conosco! — grita, como se fosse a melhor notícia do mundo.

Belisco seu braço.

— Ainda é muito cedo para contar a alguém — aviso-lhe.

— Ah, é claro, é claro — afirma ele, então beija minha boca e minha mão. Todos estão observando sua alegria com sorrisos confusos. Um ou dois cutucam-se, compreendendo imediatamente. — A rainha descansará hoje! — grita ele. — Não há necessidade de preocupação. Está bem, mas irá descansar. Não irá andar a cavalo. Não quero que o faça. Está um pouco indisposta.

Isto confirma as suspeitas; mesmo o mais lento dos rapazes sussurra para o vizinho. Todos adivinham no mesmo instante o porquê de Henrique ter me segurado a seu lado com força e o porquê de estar tão alegre.

— Vá e descanse. — Volta-se para mim, ignorando os sorrisos astutos de sua corte. — Quero que se certifique de que está descansando.

— Sim — concordo, quase rindo. — Entendo. Creio que todos entendem.

Ele sorri, encabulado como um garotinho tímido.

— Não consigo esconder o quão feliz estou. Olhe, apanharei o mais doce faisão para o seu jantar. — Ergue-se de volta à sela. — A rainha está indisposta — diz ao cavalariço que segura minha montaria. — É melhor que você mesmo exercite o cavalo dela. Hoje e todos os dias. Não sei quando ela voltará a sentir-se bem o suficiente para cavalgar.

O cavalariço curva-se até a altura dos joelhos.

— Farei isso, Vossa Majestade — garante e vira-se para mim. — Irei mantê-lo manso para a senhora para que possa sair com ele quando desejar.

— A rainha está indisposta — repete Henrique para seus companheiros, que estão subindo em suas montarias e sorrindo para ele. — Não direi nada mais. — Está com um largo sorriso no rosto, como um menino. — Nada mais direi. Não há mais o que dizer. — Levanta-se em seus estribos, ergue o chapéu da cabeça e balança-o no ar. — Deus salve a rainha!

— Deus salve a rainha! — gritam todos em resposta e sorriem para mim. Eu rio para Henrique.

— Muito discreto — observo para ele. — Muito delicado, muito reticente, deveras discreto.

Palácio de Greenwich, Londres, outono de 1489

D esta vez, cabe a mim a decisão de quando entrarei de resguardo, e, apesar de Milady, a Mãe do Rei, escolher as tapeçarias dos meus aposentos e encomendar o divã e o berço, posso arrumar o quarto como desejar, e digo a ela que entrarei de resguardo ao final de outubro.

— E pedirei a minha mãe que fique comigo — acrescento.

De imediato, seus olhos ficam aguçados.

— Você pediu isso a Henrique?

— Sim — minto descaradamente.

— E ele concordou?

Está claro que ela não acredita em mim nem por um segundo.

— Sim. Por que não concordaria? Minha mãe optou por viver em retiro, em uma vida de oração e contemplação. Sempre foi uma mulher pensativa e devota. — Olho para a expressão fixa do rosto de milady, que sempre se considerou a mais formidavelmente devota. — Todos sabem que minha mãe desejava a vida religiosa — afirmo, sentindo a mentira tornar-se mais e mais ambiciosa, sentindo-me trêmula com o desejo de rir. — Mas estou certa de que consentirá em voltar para nosso mundo e ficar comigo enquanto eu estiver de resguardo.

Depois disso, é apenas uma questão de conseguir chegar a Henrique antes que sua mãe o faça. Entro em seus aposentos e, apesar de a porta de sua câmara de audiências estar fechada, indico ao guarda, com um gesto, que me deixe entrar.

Henrique está sentado a uma mesa no centro do cômodo, com seus conselheiros de maior confiança à sua volta. Ergue o olhar quando entro, e vejo que está com o cenho franzido de preocupação.

— Sinto muito. — Hesito, no batente. — Não me dei conta...

Todos levantam-se e curvam-se, e Henrique vem rápido para o meu lado e pega minha mão.

— Isto pode esperar — diz. — É claro que isto pode esperar. Está bem? Há algo de errado?

— Nada de errado. Gostaria de pedir um favor.

— Sabe que não sou capaz de recusar-lhe nada. O que deseja? Banhar-se em pérolas?

— Só que minha mãe fique comigo quando eu entrar em resguardo. — Enquanto digo as palavras, vejo uma sombra cruzar o rosto dele. — Ela foi um conforto tão grande para mim da última vez, Henrique, e tem tanta experiência, teve tantos filhos, e eu preciso dela.

Ele hesita.

— É minha mãe — insisto, minha voz falhando um pouco. — E é o neto dela.

Ele pensa por um instante.

— Você faz alguma ideia do que estamos discutindo aqui? Agora mesmo?

Olho por cima de seu ombro, para os homens de expressões sérias, seu tio Jasper olhando sombriamente para um mapa. Balanço a cabeça.

— Estamos recebendo relatos de todo o país de pequenos incidentes. Pessoas planejando nos derrubar, pessoas conspirando para me matar. Em Northumberland, uma multidão atacou seu conde enquanto ele coletava impostos para mim. Não foi só um pequeno conflito; sabe que o derrubaram de seu cavalo e o mataram?

Engasgo.

— Henry Percy?

Ele confirma com a cabeça.

— Em Abingdon há um abade muito respeitado arquitetando planos contra nós.

— Quem? — pergunto.

Seu rosto torna-se sombrio.

— Não importa quem seja. No nordeste, Sir Robert Chamberlain e seus filhos foram capturados tentando navegar até sua tia em Flandres, saindo do porto de Hartlepool. Meia dúzia de pequenos incidentes, nenhum deles conectados entre si, até onde podemos ver, mas todos são sinais.

— Sinais?

— De um povo descontente.

— Henry Percy? — repito. — Como a morte dele pode ser um sinal? Pensei que as pessoas estivessem resistindo a pagar impostos.

A expressão do rei é soturna.

— O povo do norte nunca o perdoou por ter falhado com Ricardo em Bosworth — explica, observando-me atentamente. — Então ouso dizer que você também acha que ele mereceu.

Não respondo a isso; ainda é uma ferida aberta para mim. Henry Percy disse a Ricardo que suas tropas estavam muito cansadas para lutar por terem marchado do norte — como se um comandante levasse tropas para uma batalha se estivessem cansadas demais para guerrear! Colocou-se na retaguarda do exército de Ricardo e nunca foi adiante. Quando Ricardo atacou, descendo a colina para sua morte, Percy ficou imóvel, assistindo a sua batalha. Não sofrerei por ele, por ter tido uma morte suja e patética. Não é uma perda para mim.

— Mas nada disso tem qualquer coisa a ver com minha mãe — arrisco.

Tio Jasper observa-me longa e friamente com seus olhos azuis, como se discordasse.

— Não diretamente — concede Henrique. — A rebelião do ajudante de cozinha foi a última flecha dela. Não tenho nada que a associe a esses incidentes esparsos.

— Então ela poderia acompanhar-me no resguardo.

— Muito bem — decide. — Estará tão segura confinada com você quanto está na abadia. E isso mostra que ela é membro de nossa família, para qualquer um que sonhe que ela ainda representa os York.

— Posso escrever para ela hoje?

Assente com a cabeça, toma minha mão e a beija.

— Não sou capaz de recusar-lhe nada. Não quando você está prestes a dar-me mais um filho.

— E se for menina? — pergunto, sorrindo para ele. — Vai me mandar uma conta cobrando todos estes favores se eu tiver uma menina?

Ele balança a cabeça.

— É um menino. Tenho certeza.

Palácio de Westminster, Londres, novembro de 1489

inha mãe promete vir de Bermondsey, mas há tanta doença alastrando-se em Londres que não virá para o resguardo comigo de imediato. Terá de esperar em seus aposentos por alguns dias para se certificar de que não carrega consigo a peste, cujos sintomas são uma febre dolorosamente alta e horríveis manchas vermelhas por todo o corpo.

— Não a traria para você — afirma, quando, enfim, entra pela porta, que é acolchoada para isolar o som e se abre tão raramente para o mundo exterior.

Em um segundo estou em seus braços e ela está me abraçando, então dá um passo para trás para observar meu rosto, minha grande barriga e minhas mãos inchadas.

— Você tirou todos os seus anéis — observa.

— Estavam ficando muito apertados. E meus tornozelos estão tão gordos quanto minhas panturrilhas.

Ela ri.

— Isso há de melhorar com a chegada do bebê — garante ela e coloca--me no divã, senta-se na ponta, toma meus pés em seu colo e massageia-os com as mãos firmes. Acaricia as solas, puxando com gentileza os dedões até que eu quase ronrone de alegria, e ela ri de mim outra vez.

— Está desejando um menino — diz minha mãe.

— Na verdade, não. — Abro os olhos e encontro os dela, cinzentos. — Estou desejando que o bebê nasça bem e saudável. E eu adoraria ter uma menininha. Claro que precisamos de um menino...

— Talvez uma menina agora e um menino depois — sugere. — O rei Henrique ainda é gentil com você? No Natal ele parecia um homem apaixonado.

Afirmo com a cabeça.

— Tem sido muito carinhoso.

— E milady?

Faço cara feia.

— Deveras atenciosa.

— Ah, bem, agora eu estou aqui — diz minha mãe, insinuando que ninguém além dela é páreo para Milady, a Mãe do Rei. — Ela vem aqui para jantar?

Balanço a cabeça.

— Janta com o filho. Quando estou de resguardo, ela toma meu lugar na alta mesa da corte.

— Deixe-a ter seu momento de glória — aconselha minha mãe. — E comeremos melhor aqui sem ela. Quem você tem como damas de companhia?

— Cecily, Anne e minha prima Margaret. Apesar de que Cecily não fará nada por ninguém, considerando que ela também está grávida. E é claro que tenho as parentes do rei, e aquelas que a mãe dele insiste que fiquem comigo. — Baixo o tom de voz. — Estou certa de que contam a ela tudo o que faço e falo.

— Sem dúvida. E como está Maggie? E seu pobre irmãozinho?

— Permitiram a ela visitá-lo. E diz que ele está consideravelmente bem. Tem tutores agora, e um músico. Mas não tem uma vida decente para um menino.

— Talvez, caso Henrique consiga um segundo herdeiro, liberte o pobre Teddy — diz minha mãe. — Rezo por aquele pobre menino todos os dias de sua vida.

— Henrique não pode libertá-lo enquanto temer que o povo se erga por um duque York. E mesmo agora há constantes revoltas no país.

Ela não me pergunta quem está se revoltando, ou o que estão dizendo. Não me pergunta quais são os condados. Vai à janela e afasta para o lado um canto da espessa tapeçaria, olha para fora como se não tivesse o menor interesse, e, com isso, sei que Henrique está errado e que minha mãe não disparou sua última flecha com a recente rebelião. Pelo contrário, ela está no centro de tudo mais uma vez. Sabe mais do que eu, provavelmente sabe mais do que Henrique.

— Qual é o objetivo disso? — pergunto sem paciência. — Qual é o objetivo de continuar adiante provocando confusões enquanto homens arriscam suas vidas e têm que fugir para Flandres com um prêmio por suas cabeças? Famílias são destruídas e mães perdem seus filhos assim como aconteceu com você, mulheres como minha tia Elizabeth, privada de seu filho John, tendo seu menino mais novo sob suspeita. O que a senhora espera conseguir?

Ela se vira para mim, e sua expressão é terna e inabalável como sempre.

— Eu? — questiona com um sorriso límpido. — Não consigo nada. Sou apenas uma velha avó vivendo na Abadia de Bermondsey, feliz por ter uma chance de visitar minha querida filha. Não penso em nada além de minha alma e de minha próxima ceia. Não causo problema algum.

Palácio de Westminster, Londres, 28 de novembro de 1489

As dores começam nas primeiras horas da manhã, acordando-me com uma profunda agitação em minha barriga. Minha mãe vem me ajudar no segundo em que começo a gemer, e segura minha mão enquanto as parteiras preparam um pouco de cerveja e arrumam a pintura santa para que eu consiga vê-la durante o parto. É a mão fria de minha mãe em minha cabeça quando estou suada e exausta, e são seus olhos, presos nos meus, silenciosamente persuadindo-me de que não há dor, que não há nada além de uma flutuação fria e divina em um rio constante, que me levam pelas longas horas até que ouço um choro e percebo que acabou e que tenho um bebê, e colocam minha menininha em meus braços.

— Meu filho ordena que nomeie Sua Alteza, a princesa, em minha homenagem. — A repentina aparição de Lady Margaret leva-me de volta ao mundo real, e atrás dela vejo minha mãe dobrando lençóis e abaixando a cabeça, tentando não rir.

— O quê? — pergunto. Ainda estou tonta com a cerveja do parto e com a mágica que minha mãe é capaz de fazer para que a dor diminua e o tempo passe.

— Ficarei muito feliz de ser a homenageada. — Lady Margaret insiste em sua própria ideia. — É realmente do feitio de meu filho querer honrar-me.

Espero que seu menino, Artur, seja tão bom e amoroso para você quanto o meu é para mim.

Minha mãe, que teve dois filhos da linhagem real que a adoravam, volta-se para o outro lado e coloca os lençóis em um baú.

— Princesa Margaret da Casa de Tudor — diz milady, saboreando o som.

— Não é vaidade batizar uma criança com seu próprio nome? — pergunta minha mãe, com doçura, do outro lado do quarto.

— Será batizada em nome de minha santa — responde Lady Margaret, nem um pouco desconcertada. — Não é para minha própria glória. E, além disso, é sua própria filha quem escolhe o nome. Não é, Elizabeth?

— Ah, sim — digo obedientemente, cansada demais para discutir com ela. — E a coisa mais importante é que ela está bem.

— E é linda — observa minha linda mãe.

Uma vez que tantos sofrem da peste em Londres, não fazemos um grande batizado. Sou abençoada privadamente, retornando a meus cômodos e à vida na corte sem um grande banquete. Sei também que Henrique não vai desperdiçar dinheiro na comemoração do nascimento de uma princesa. Teria declarado feriado e feito vinho jorrar dos chafarizes públicos por mais um menino.

— Não estou decepcionado com uma menina — garante-me quando me encontra no berçário e vejo-o com a preciosa bebê em seus braços. — Precisamos de mais um menino, é claro, mas ela é a mais linda, mais delicada menininha que já nasceu.

Fico próxima do ombro de Henrique e observo o rosto dela. É como o pequeno botão de uma rosa, como uma pétala; as mãos, pequenas estrelas-do-mar, e suas unhas, as menores conchas que já foram trazidas pela maré.

— Margaret, como minha mãe — diz Henrique, beijando a cabecinha branca da filha.

Minha prima Maggie dá um passo adiante para pegar o bebê de nós.

— Margaret, por você — sussurro para ela.

Palácio de Greenwich, Londres, junho de 1491

Dois anos se passam até que concebamos outra criança, e então finalmente é o menino de que meu marido precisa. Recebe-o com tal paixão, como se este menino fosse uma fortuna. Henrique está começando a desenvolver uma reputação de ser um rei que ama ter ouro em seu tesouro; esse filho é como uma moeda, uma libra em ouro, recém-cunhada, mais uma criação Tudor.

— Iremos chamá-lo de Henrique — declara, assim que o bebê é colocado em seus braços quando vem me visitar, uma semana após o nascimento.

— Henrique em sua homenagem? — pergunto, sorrindo, da cama.

— Henrique em homenagem ao rei santo — responde severamente, lembrando-me, justo quando penso estarmos mais felizes e tranquilos, que Henrique ainda espia por cima do ombro, justificando sua coroa. Ele olha de mim para minha prima Margaret, como se fôssemos responsáveis pela prisão do velho rei na Torre e por sua morte. Margaret e eu trocamos um olhar culpado. Foram provavelmente o meu pai e o dela trabalhando juntos com nosso tio Ricardo que seguraram um travesseiro sobre o rosto adormecido do pobre e inocente rei. De qualquer modo, estamos próximas o suficiente do assassinato para sentirmo-nos culpadas quando Henrique chama o velho rei de santo e nomeia seu filho recém-nascido em sua honra.

— Como queira — consinto, em tom suave. — Mas ele se parece tanto com você. Um ruivo, um verdadeiro Tudor.

Ele ri com meu comentário.

— Um ruivo, como meu tio Jasper — diz com prazer. — Reze para que Deus dê a ele tanta sorte quanto a de meu tio.

Está sorrindo, mas consigo ver a tensão em seus olhos, com o semblante que aprendi a temer, como se ele fosse um homem assombrado. É assim que fica quando explode em reclamações repentinas. Esse é o olhar que acho que teve durante todos aqueles anos em exílio, quando não podia confiar em ninguém e temia todos, e todas as mensagens que recebia de sua terra natal avisavam-no sobre meu pai, e todos os mensageiros que as traziam eram assassinos em potencial.

Aceno com a cabeça para Maggie, que é tão sensível quanto eu para o temperamento instável de Henrique; ela pega o bebê e entrega-o à sua ama de leite. Então, senta-se ao lado dos dois, como se fosse desaparecer por trás da corpulência calorosa da mulher.

— Há algum problema? — pergunto, em voz baixa.

Ele encara-me com mau humor por um momento, como se eu tivesse sido a causa do problema, então o vejo amolecer e balançar a cabeça.

— Notícias estranhas — responde. — Más notícias.

— De Flandres? — sussurro. É sempre minha tia que causa a profunda ruga entre as sobrancelhas dele. Ano após ano, ela continua a mandar espiões para a Inglaterra, dinheiro para rebeldes, protesta contra Henrique e nossa família, acusa-me de deslealdade para com nossa casa.

— Não desta vez — diz ele. — Talvez algo pior do que a duquesa... se for capaz de imaginar algo pior do que ela.

Aguardo.

— Sua mãe disse-lhe algo? — pergunta-me. — Isto é importante, Elizabeth. Precisa me dizer se ela lhe contou alguma coisa.

— Não, nada. — Minha consciência está limpa. Não entrou em resguardo comigo dessa vez, disse que estava sentindo-se mal e temia trazer doenças para o quarto consigo. Na época, fiquei desapontada, mas agora sinto uma repentina apreensão de que ela tenha ficado de fora para traçar planos de traição. — Não a tenho visto. Não escreveu nada para mim. Está doente.

— E tampouco disse algo para suas irmãs? — Ele vira a cabeça para o lugar onde Maggie está sentada, ao lado da ama de leite, acariciando o pezinho de meu filho enquanto ele dorme. — *Ela* não disse nada? Sua prima de Warwick? Margaret? Nada sobre o irmão dela?

— Ela pergunta-me se ele pode ser libertado — comento. — E eu pergunto para você, claro. Ele não está fazendo nada de errado...

— Não está fazendo nada de errado na Torre, pois está sem poder para fazer qualquer coisa como meu prisioneiro — diz Henrique abruptamente. — Se ele estivesse livre, Deus sabe para onde iria. Irlanda, suponho.

— Por que Irlanda?

— Porque Carlos da França colocou uma força de invasão na Irlanda. — Ele fala em um sussurro abafado e bravo. — Meia dúzia de navios, algumas centenas de homens vestindo a cruz de são Jorge como se fossem um exército inglês. Armou e equipou um exército que marcha sob a bandeira de são Jorge! Um exército francês na Irlanda! Por que você acha que ele faria isso?

Balanço a cabeça.

— Não sei. — Percebo que estou sussurrando como ele, como se fôssemos conspiradores, planejando derrubar o governo de um país, como se fôssemos nós que não tivéssemos direitos, que não devíamos estar aqui.

— Acha que ele está esperando algo?

Balanço a cabeça. Estou de fato confusa.

— Henrique, sinceramente, eu não sei. O que o rei da França pode estar esperando sair da Irlanda?

— Um novo fantasma?

Sinto um tremor descer devagar por minha coluna como um vento frio, apesar de ser um dia de verão, e cubro mais meus ombros com meu xale.

— Que fantasma?

Com esta única e potente palavra, baixei o tom de minha voz como ele, e ambos parecemos estar evocando espíritos quando ele se inclina em minha direção e diz:

— Há um menino.

— Um menino?

— Outro menino. Um menino que está tentando se fazer passar por seu irmão falecido.

— Eduardo?

— Ricardo.

Minha antiga dor, ao ouvir o nome do homem que amei, dado ao irmão que perdi, bate em meu coração como um amigo familiar. Eu aperto meu xale em torno do corpo mais uma vez e percebo que estou abraçando a mim mesma, como se quisesse me confortar.

— Um menino passando-se por Ricardo? Quem é ele? Outro menino falso, outro farsante?

— Não consigo rastrear esse — revela Henrique, seus olhos sombrios de medo. — Não consigo encontrar quem está por trás dele, não consigo descobrir de onde vem. Dizem que fala diversas línguas, porta-se como um príncipe. Dizem que é convincente... bem, Simnel era uma criança convincente, é como eles são treinados para ser.

— Eles?

— Todos esses meninos. Todos esses fantasmas.

Fico em silêncio por um instante, pensando em meu marido cercado em sua mente por muitos garotos, garotos sem nome, garotos fantasmas. Fecho os olhos.

— Está cansada, não deveria tê-la importunado com isso.

— Não, não cansada. Só desgastada com a ideia de mais um impostor.

— Sim — concorda, repentinamente enfático. — É o que ele é. Está certa em chamá-lo disso. Mais um impostor. Mais um mentiroso, mais um menino farsante. Terei que caçá-lo, descobrir quem é e de onde vem, atacar sua história, quebrar suas mentiras como gravetos, desgraçar seus patrocinadores, arruinar todos eles juntos.

Digo a pior coisa que eu poderia dizer:

— O que quer dizer? Que *eu* o nomeei impostor? Quem seria se não um impostor?

Ele levanta-se de imediato e olha para mim, como se fôssemos recém-casados e ainda me odiasse.

— Exato. Quem poderia ser se não um impostor? Às vezes, Elizabeth, você é tão estúpida que a acho brilhante.

Ele caminha para fora do quarto, pálido de ressentimento. Maggie olha de relance para mim, parecendo estar com medo.

Saio de meu resguardo e entro em um verão ofuscantemente quente. Percebo que a corte está ansiosa, apesar do nascimento de um segundo filho. Todo dia chega uma nova mensagem da Irlanda, e o pior de tudo é que ninguém ousa falar sobre o assunto. Cavalos suados descansam no pátio do estábulo, homens cobertos de poeira são levados para dentro para ver o rei, os lordes sentam-se com ele para ouvir seus relatórios, mas ninguém comenta sobre o assunto. É como se estivéssemos em guerra e não se dissesse nada sobre isso; estamos sob cerco em silêncio.

Para mim é claro que o rei da França está se vingando de nós por nosso longo e leal apoio à Bretanha contra ele. Meu tio morreu para manter a Bretanha independente da França; Henrique nunca esquece que encontrou um exílio seguro nesse pequeno ducado. É questão de honra que apoie seus antigos anfitriões. Há diversos motivos para que vejamos a França como inimiga. Mas por alguma razão, apesar de o conselho privado ser praticamente um conselho de guerra, ninguém fala abertamente contra a França. Nada dizem, como se estivessem com vergonha. A França instalou um exército em nosso reino da Irlanda, e, no entanto, ninguém se enfurece com eles. É como se os lordes sentissem que é nossa culpa; o fracasso de Henrique em ser um rei convincente, esse é o verdadeiro problema. A invasão francesa é apenas mais um sinal disso.

— Os franceses não se importam comigo — diz Henrique de modo abrupto. — A França é inimiga do rei da Inglaterra, quem quer que ele seja, qualquer que seja a cor de suas vestes. Querem a Bretanha e querem causar problemas para a Inglaterra. A vergonha que trazem para mim, de duas rebeliões em quatro anos, não significa nada para eles. Se a Casa de York estivesse no trono, então seriam vocês os alvos da conspiração.

Estamos no pátio do estábulo, e à nossa volta está o costumeiro murmúrio de conversas, os cavalos sendo tirados de suas baias pelos cavalariços, as senhoras sendo erguidas sobre suas selas, os cavalheiros do lado dos estribos, passando-lhes uma taça de vinho, segurando uma luva, falando, cortejando, aproveitando o brilho do sol. Devíamos estar felizes, com três crianças no berçário e uma corte leal em torno de nós.

— Claro, a França é sempre nossa inimiga — respondo, consoladora.

— Como você diz. E sempre resistimos a uma invasão, e sempre vencemos. Talvez por você ter estado na Bretanha durante todo aquele tempo, aprendeu a temê-los em excesso. Pois, veja, tem seus espiões e seus delatores, seus postos para que tragam notícias, e seus lordes que estão prontos para armar-se em um instante. Devemos ser a maior potência. Temos o mar estreito entre nós e eles. Mesmo que estejam na Irlanda, não podem ser um perigo sério para nós. Pode sentir-se seguro agora, não pode, milorde?

— Não pergunte a mim, pergunte à sua mãe! — exclama, tomado por uma de suas fúrias repentinas. — Pergunte à sua mãe se posso sentir-me seguro agora. E conte-me o que ela disser.

Palácio de Sheen, Richmond, setembro de 1491

Henrique entra em meus aposentos com sua corte antes do jantar e leva-me até um assento ao lado da janela, longe de todos. Cecily, minha irmã, que acaba de retornar à corte depois do nascimento de sua segunda filha, ergue uma sobrancelha diante do abraço caloroso que Henrique me dá e de seu desejo público de ficar a sós comigo. Sorrio quando vejo que ela notou.

— Desejo falar com você — diz ele.

Inclino minha cabeça em sua direção e sinto quando me puxa para que fique perto dele.

— Creio que é hora de sua prima Margaret casar-se.

Não posso evitar olhar de relance para ela. Está de mãos dadas com Milady, a Mãe do Rei, que está falando seriamente com ela.

— Parece mais do que uma ideia, parece uma decisão — observo.

O sorriso dele é juvenil, culpado.

— É uma iniciativa de minha mãe — admite. — Mas creio que é um bom pretendente para ela, e, sinceramente, meu amor, ela tem que se acomodar com um homem em quem possamos confiar. O nome dela e a presença

283

do irmão significam que sempre viverá insegura sob nosso domínio. Mas podemos ao menos mudar seu nome.

— Quem você escolheu? — pergunto. — Pois, Henrique, aviso-lhe, amo-a como a uma irmã, não quero que seja enviada para a Escócia ou — fico repentinamente desconfiada — mandada para a Bretanha ou para a França para fechar um tratado.

Ele ri.

— Não, não, todos sabem que ela não é uma princesa York como você ou suas irmãs. Todos sabem que o marido dela deve mantê-la segura e fora do caminho. Ela não pode ser poderosa, não pode ter visibilidade, deve ser mantida quieta dentro de nossa casa para que ninguém creia que apoiará outrem.

— E quando estiver casada, quieta e segura, como você diz... o irmão dela poderá sair da Torre? Poderá ele viver seguro com ela e o marido?

Ele balança a cabeça, pegando minha mão.

— Sinceramente, meu amor, se soubesse quantos homens comentam sobre ele, se soubesse quantas pessoas têm planos para ele, se soubesse como nossos inimigos enviam dinheiro e armas para ele... não me pediria isso.

— Mesmo agora? — sussurro. — Seis anos depois de Bosworth?

— Mesmo agora. — Ele engole em seco como se pudesse sentir o sabor do medo. — Às vezes penso que jamais desistirão.

Milady, a Mãe do Rei, vem em nossa direção, trazendo Maggie pela mão. Posso ver que minha prima não está infeliz; parece lisonjeada e contente com a atenção, e percebo que este casamento arranjado pode dar-lhe um marido, um lar e filhos, libertando-a da vigília constante pelo irmão, e da ansiosa e incessante assistência que me presta. Mais do que isso, pode ser que tenha sorte suficiente para ter um marido que a ame, terras que possa observar crescer e tornarem-se férteis, filhos que — apesar de eles jamais terem direito ao trono — possam ser felizes na Inglaterra como filhos da Inglaterra.

Caminho em sua direção e olho para milady.

— Tem um pretendente para minha querida prima?

— Sir Richard Pole. — Ela nomeia o filho de sua meia-irmã, um homem tão confiável e estável na causa de meu marido que é praticamente seu cavalo de batalha. — Sir Richard pediu-me permissão para dirigir-se a Lady Margaret, e eu disse que sim.

Ignoro por um momento o fato de que ela não tem direito a dizer sim em nome de minha prima para um casamento. Ignoro o fato de que Sir Richard tem quase trinta anos, e minha prima, 18. Até ignoro que Sir Richard nada possui além de um nome respeitável, praticamente nenhuma fortuna, e minha prima é uma herdeira do trono de York da Inglaterra e da fortuna de Warwick, porque consigo ver que Maggie está cheia de agitação, as bochechas coradas, os olhos brilhando.

— Deseja casar-se com ele? — pergunto-lhe rapidamente em latim, um idioma que nem milady nem meu marido conseguem compreender com facilidade.

Ela assente com a cabeça.

— Mas por quê?

— Para me libertar de nosso nome — explica, sem rodeios. — Para não mais ser uma suspeita. Para ser uma dos Tudor e não uma de suas inimigas.

— Ninguém a considera uma inimiga.

— Nesta corte, ou se é Tudor ou um inimigo — diz, com perspicácia. — Estou cansada de viver sob suspeita.

Palácio de Westminster, Londres, outono de 1491

Celebramos o casamento deles assim que retornamos a Westminster para o outono, mas a felicidade dos dois é eclipsada por mais notícias ruins vindas da Irlanda.

— Estão promovendo o menino — conta-me meu marido brevemente. Estamos prestes a sair para cavalgar pela margem do rio e ver se podemos oferecer alguns patos para os falcões. O sol brilha forte no pátio, a corte está agitada chamando por seus cavalos. Da porta da casa dos pássaros, os falcoeiros trazem suas aves, cada uma coberta por um capuz de couro colorido, uma leve pluma em cima. Noto um dos meninos ajudantes de cozinha espiando ali fora, olhando com desejo para os pássaros. Bondosamente, um falcoeiro chama o menino para perto; deixa-o vestir uma luva e experimentar o peso do pássaro em seu punho. O sorriso do garoto lembra-me de meu irmão — então vejo que é aquele ajudante, o pequeno impostor, Lambert Simnel, agora mudado e tendo se acostumado à nova vida.

Henrique assobia para seu servo, e ele vem com um lindo falcão-peregrino. O peito do animal se assemelha à pele de arminho da realeza, as costas escuras como pelos de zibelina. Henrique põe a luva e toma o pássaro em seu punho, atando as peias em volta dos dedos.

— Estão promovendo o menino — repete. — Mais um.

Vejo a escuridão em seu rosto e percebo que esta excursão de falcoaria, o som da corte em atividade, a capa nova de Henrique, e até mesmo as carícias em seu falcão são parte de um teatro. Quer mostrar ao mundo que não tem preocupações. Está tentando manter as aparências de que tudo está bem. Na verdade, ele está, como fica com frequência, atormentado e temeroso.

— Desta vez, estão o chamando de "príncipe".

— Quem é ele? — pergunto em voz bastante baixa.

— Desta vez, não sei, apesar de ter feito meus homens percorrerem cada canto da Inglaterra e todas as salas de aula de cima a baixo. Não creio que haja uma criança desaparecida que eu não tenha identificado. Mas este garoto... — Ele para.

— Quantos anos ele tem?

— Dezoito — responde, simplesmente.

Meu irmão Ricardo teria 18 anos se estivesse vivo. Mas prefiro não fazer nenhum comentário.

— E quem é ele?

— Quem ele diz que é? — corrige-me, irritado. — Ora, ele diz que é Ricardo, seu irmão desaparecido.

— E quem as pessoas dizem que ele é? — pergunto.

Ele suspira.

— Os lordes traidores, os lordes irlandeses que correm atrás de qualquer coisa vestida de seda... dizem que ele é o príncipe Ricardo, duque de York. E estão se armando a favor dele, erguendo-se por ele, e terei que lutar mais uma batalha de Stoke, tudo outra vez, com outro rapaz à frente de outro exército, com mercenários franceses o apoiando e lordes irlandeses jurando-lhe seus serviços, como se fantasmas nunca descansassem, mas sim se voltassem de novo e de novo contra mim.

O sol ainda está brilhante e quente, mas fico gelada de pânico.

— De novo, não! Mais uma invasão?

Alguém grita do lado mais distante do pátio, e uma pequena erupção de risadas emerge em resposta a alguma piada. Henrique olha naquela direção, um amplo sorriso surge de imediato em seu rosto, e ri como se soubesse o motivo da graça, como uma criança que ri tentando fazer parte de algo.

— Não faça isso! — repreendo de repente. Magoa-me vê-lo, até em um momento como este, tentar bancar o rei despreocupado diante de uma corte na qual ele não pode confiar.

— Tenho que sorrir — retruca. — Há um menino na Irlanda que distribui sorrisos descontraídos. Dizem que ele é todo sorrisos, todo charme.

Penso no que esta nova ameaça significará para nós — para Maggie, recém-casada e com a esperança de que seu irmão seja libertado para viver com ela e seu marido, e para minha mãe, enclausurada na Abadia de Bermondsey. Nem minha mãe nem meu primo jamais serão libertados se houver alguém se passando por nosso príncipe Ricardo, reunindo tropas na Irlanda. Henrique jamais confiará em nenhum de nós se alguém da Casa de York estiver liderando um exército francês contra ele.

— Posso escrever para contar à minha mãe sobre mais esse menino impostor? — pergunto-lhe. — É angustiante que tomem posse do nome de Ricardo outra vez.

Seus olhos ficam frios à mera menção do nome dela. Seu rosto congela devagar, até que parece que nada jamais irá perturbá-lo: um rei de pedra, um rei de gelo.

— Pode escrever e contar-lhe o que desejar. Mas acho que descobrirá que sua ternura de filha é desnecessária.

— O que quer dizer? — Tenho um sentimento de pavor. — Ah, Henrique, não seja assim! O que quer dizer?

— Ela já sabe tudo desse menino.

Não consigo dizer nada. Sua suspeita sobre minha mãe é um dos problemas que percorrem nosso casamento como um rio envenenado empalidecendo um campo que poderia, não fosse por isso, crescer verdejante.

— Tenho certeza de que ela não sabe.

— Tem? Pois eu tenho certeza de que ela sabe. Estou certo de que os fundos que pago a ela e os presentes que você lhe deu foram investidos no traje de seda que agora cobre as costas dele e no chapéu de veludo que está em sua cabeça — diz ele duramente. — Decorado com um broche de rubi até. Com três pérolas pendendo. Em seus cachos dourados.

Por um momento consigo visualizar as madeixas de meu irmão, enroladas pelos dedos de minha mãe enquanto ele se senta com a cabeça no colo dela. Consigo vê-lo com tanta intensidade que é como se eu o tivesse invocado, enquanto Henrique diz que o povo tolo da Irlanda invocou esse príncipe da morte, do desconhecido.

— É um rapaz bonito? — sussurro.

— Como todos de sua família — responde, austero. — Belo e charmoso, com a habilidade de fazer todo o povo amá-lo. Terei que encontrá-lo e derrubá-lo antes que ele chegue a algum lugar, não acha? Este menino que se autointitula Ricardo, duque de York?

— Não posso evitar desejar que esteja vivo — confesso, com a voz fraca. Olho para meu adorável filho de cabelos castanhos, pulando no banquinho para montar em seu pônei, radiante de entusiasmo, e lembro-me de meu irmãozinho de cabelos dourados que era tão valente e alegre quanto Artur, criado cheio de confiança em uma corte.

— Então faz a si mesma e à sua linhagem um desserviço. Não posso evitar desejá-lo morto.

Peço licença para ser liberada da excursão de falcoaria e, em vez disso, tomo a barca real e desço o rio até a Abadia de Bermondsey. Alguém vê a aproximação da barca e corre para chamar minha mãe e contar-lhe que sua filha, a rainha, está a caminho, então ela já se encontra no pequeno píer quando aportamos. Vem ao meu encontro, caminhando por entre os remadores — que ficam de pé em respeito, com os remos levantados em saudação, como se ela ainda os comandasse — com um pequeno aceno de cabeça de um lado para outro e um sorriso curto, resoluta em sua autoridade. Faz uma mesura para mim na prancha de embarque, e ajoelho para receber sua bênção, levantando-me rapidamente.

— Preciso conversar com você — digo, abruptamente.

— É claro. — Ela lidera a caminhada até o jardim central da abadia, resguardado pelas altas e calorosas paredes, e indica um banco construído em um canto, sob uma velha ameixeira. Tensa, fico de pé, mas indico com a cabeça que ela deve sentar-se. O sol de outono é agradável; ela usa um xale leve sobre os ombros quando se senta diante de mim, as mãos juntas sobre o colo enquanto presta atenção.

— O rei diz que você já deve saber tudo a respeito disso; mas há um menino apresentando-se com o nome de meu irmão, que aportou na Irlanda — explico, falando rápido.

— Não sei de *tudo* sobre isso — nega ela.

— Sabe de alguma coisa sobre isso?

— Sei de algo.

— É meu irmão? — pergunto-lhe. — Por favor, milady mãe, não me afaste com mais uma das suas mentiras. Por favor, conte-me. É meu irmão Ricardo que está na Irlanda? Vivo? Vindo para tomar o trono? Tomar o meu trono?

Por um instante, ela age como se fosse desconversar, afastar a pergunta com uma palavra esperta, como sempre faz. Mas olha para meu rosto pálido e tenso e estende a mão para fazer-me sentar a seu lado.

— Seu marido está com medo de novo?

— Sim. — Suspiro. — Mais ainda do que antes. Pois pensou que tudo acabara depois da batalha de Stoke. Pensou ter vencido naquele momento. Agora ele crê que jamais vencerá. Está com medo, e tem medo de sentir medo. Pensa que ficará com medo para sempre.

Ela assente com a cabeça.

— Sabe, palavras, uma vez que são ditas, não podem ser revogadas. Se respondo sua pergunta, saberá de informações que deve contar na mesma hora a seu marido e à mãe dele. E irão querer mais detalhes de forma explícita. E, quando perceberem que sabe de algo, pensarão que você é uma inimiga. Como pensam de mim. Talvez a aprisionem, como me aprisionaram. Talvez não permitam que veja seus filhos. Talvez seus corações sejam tão feitos de pedra que a mandem para muito longe.

Jogo-me de joelhos diante dela e coloco o rosto em seu colo, como se ainda fosse sua menininha e ainda estivéssemos em santuário, certas de termos falhado.

— Não posso perguntar? — sussurro. — É meu irmãozinho. Amo-o também. Sinto falta dele também. Não posso sequer perguntar se está vivo?

— Não pergunte — aconselha-me.

Encaro seu rosto, ainda lindo nesta luz dourada da tarde, e vejo que está sorrindo. É uma mulher feliz. Não parece nem um pouco uma mulher que perdeu dois filhos adorados para um inimigo e que sabe que jamais voltará a ver nenhum dos dois.

— Mas espera vê-lo? — sussurro.

O sorriso que volta para mim é repleto de alegria.

— Sei que o verei — afirma com absoluta e serena convicção.

— Em Westminster?

— Ou no paraíso.

Henrique vem a meus aposentos depois do jantar. Não se senta com a mãe esta noite, mas vem diretamente para mim, ouve os músicos tocarem e assiste às damas dançando, joga um pouco de cartas e dados. Somente quando a noite acaba, depois que as pessoas fazem suas reverências e mesuras e retiram-se, ele coloca a cadeira diante da grande lareira da minha câmara de audiências, estala os dedos para que outra cadeira seja colocada ao lado da sua, indica que eu me sente com ele, e que todos, com exceção de um criado, de pé ao lado do balcão de serviço, deixem-nos a sós.

— Sei que foi vê-la — declara, sem preâmbulo.

O homem serve uma caneca de cerveja temperada e coloca uma pequena taça de vinho tinto em uma mesa ao meu lado, e então desaparece.

— Fui na barca real — digo. — Não foi um segredo.

— E contou-lhe sobre o menino?

— Sim.

— E ela já sabia?

Hesito.

— Creio que sim. Mas pode ter sabido através de fofocas. As pessoas estão começando a falar, até em Londres, sobre o rapaz da Irlanda. Ouvi falar disso em meus próprios aposentos esta noite; todos estão comentando de novo.

— E ela acredita que este é seu filho, de volta dos mortos?

Mais uma vez, faço uma pausa.

— Penso que talvez ela acredite. Mas nunca é clara comigo.

— Ela é vaga porque está envolvida em traições contra nós? E não ousa confessar?

— É vaga porque tem o hábito de ser discreta.

Abruptamente, ele ri.

— Uma vida inteira de discrição. Matou o santo rei Henrique em seu sono, matou Warwick no campo de batalha, envolvido pela névoa de uma bruxa, matou George na Torre de Londres, afogado em um barril de vinho doce, matou Isabel, esposa dele, e Anne, a esposa de Ricardo, com veneno. Nunca foi acusada de nenhum desses crimes, ainda são um mistério. É, de fato, discreta, como diz. É assassina e discreta.

— Nada disso é verdade — retruco, firme, desconsiderando as coisas que acredito que possam ser verdade.

— Bem, de qualquer modo... — Ele estica as botas na direção do fogo.

— Não lhe contou nada que pudesse ser útil para nós? De onde vem o garoto? Quais são seus planos?

Balanço a cabeça.

— Elizabeth... — Sua voz soa quase melancólica. — O que devo fazer? Não consigo continuar a lutar pela Inglaterra. Nem todos os homens que lutaram ao meu lado em Bosworth vieram em meu auxílio na batalha de Stoke. Os homens que arriscaram suas vidas em Stoke não virão me apoiar de novo. Não posso continuar a lutar por minha vida, por nossas vidas, ano após ano. Há somente um de mim, e há legiões deles.

— Legiões de quem? — pergunto.

— Príncipes — responde, como se minha mãe tivesse dado à luz um monstruoso e sombrio exército. — Há sempre mais príncipes.

Palácio de Westminster, Londres, dezembro de 1491

Enquanto a corte inicia as incumbências nos 12 dias de festejos de Natal, Henrique envia uma força para a Irlanda, em navios que navegam com sua bandeira saindo do leal porto de Bristol. Aportam com soldados e trazem de volta os espiões dele, que cavalgam até Londres para contar-lhe que o menino é adorado por todos que o encontram. No instante em que ele colocou o pé no cais, o povo carregou-o e levou-o pela cidade à altura dos ombros, saudando-o como a um herói. Tem o charme de um jovem deus, é irresistível.

Está comemorando os dias de Natal como o convidado dos lordes irlandeses em um dos castelos distantes deles. Haverá banquetes e dança, farão brindes à sua vitória. Ele irá sentir-se invencível enquanto bebem por sua saúde e juram que não têm como fracassar.

Penso em um menino de cabelos dourados com um sorriso fácil e rezo por ele, para que não nos ataque, que possa aproveitar sua fama e glória, que decida ter uma vida mais calma e volte para qualquer que seja o lugar de onde veio. E enquanto Henrique me escolta ao voltarmos da capela, aproveito um momento em que estamos a sós para contar-lhe que estou grávida de novo.

Vejo a sombra sumir de seu rosto. Está feliz por mim, e logo ordena que devo descansar, que não posso nem pensar em cavalgar com a corte, e quando nos mudarmos para Sheen ou Greenwich devo ir de barca ou liteira; mas posso perceber que está parcialmente distraído.

— Em que está pensando? — pergunto, com a esperança de que me diga que está planejando um novo quarto para mim em Westminster, cômodos melhores agora, visto que passarei mais tempo dentro de casa.

— Estou pensando que tenho que nos manter seguros no trono — responde em voz baixa. — Quero que este bebê, quero que todos os nossos filhos, tenham uma herança segura.

Enquanto minha prima Maggie dança com seu novo marido, negando o próprio nome e feliz em responder por "Lady Pole", meu marido, o rei, desaparece da corte e vai ao pátio dos estábulos para ter uma conversa séria com um mensageiro recém-chegado de Greenwich com novidades da França. O rei francês, que já estava armando a Irlanda contra Henrique, está agora demonstrando interesse no menino com trajes de seda que habita aquele país. Disse que, apesar de Henrique ter subido ao trono com um exército pago pela França, agora todos podem ver que havia um príncipe de York que deveria ter estado no trono durante todo esse tempo. Mais ominosamente, dizem que o rei francês está reunindo navios para uma força de invasão a fim de trazer o menino com os trajes de seda para sua terra natal: a Inglaterra.

Meu marido volta da reunião secreta nas sombras do pátio do estábulo, e seu rosto está soturno. Vejo sua mãe observá-lo de relance e sussurrar algo para Jasper Tudor. Então o olhar deles atravessa a corte, em meio à dança, na minha direção. Sem sorrir, os dois olham para mim.

Palácio de Sheen, Richmond, fevereiro de 1492

Mudamo-nos para Sheen para a primavera, mas a estação demora a chegar e o vento parece soprar pelo vale do Tâmisa, trazendo chuva de inverno e, algumas vezes, duras lascas de granizo. Os galantos estão no jardim, mas são sobrepostos pela terra congelada, suas pequenas faces brancas sujas de lama. Ordeno que sejam acesas grandes lareiras em meus aposentos e uso minhas vestes novas para o Natal, feitas de veludo vermelho. Milady, a Mãe do Rei, entra para sentar-se ao meu lado, olha para o fogo, que arde alto na pilha de toras de madeira, e diz:

— Pergunto-me como é possível que possa gastar tanto com madeira em seus aposentos.

Como se não fosse ela que determinasse a mesada que o rei me paga, como se não soubesse que recebo muito menos do que minha mãe recebia quando era rainha da Inglaterra, como se todos não soubessem que não posso gastar dinheiro com grandes fogueiras em minhas dependências, que terei de economizar e poupar com a chegada do verão para ter esse luxo.

Sou orgulhosa demais para reclamar.

— É bem-vinda para vir aqui e aquecer-se quando quiser, milady — digo.

Sorrio internamente por ter transformado sua reclamação sobre minha extravagância em minha generosidade. E não me rebaixei a ponto de dizer algo sobre seus anos no frio de Gales, quando ela estava longe da corte extravagante de meu pai, longe de nossos belos cômodos, e nunca se aquecia com uma bela fogueira.

Ela olha para as chamas e então para meu vestido.

— Estou surpresa que Henrique não ordene que você saia para cavalgar — comenta. — Não pode ser saudável ficar enclausurada dentro de casa. Henrique cavalga todos os dias, e eu sempre caminho, independentemente do clima.

Volto-me para onde a chuva cai em gotas acinzentadas, escorrendo pelos vidros grossos da janela.

— Muito pelo contrário, ele quer que eu descanse — retruco.

Imediatamente seus olhos se aguçam e descem, fitando minha barriga.

— Está grávida? — sussurra.

Sorrio e confirmo com a cabeça.

— Ele não me contou.

— Pedi-lhe que não o fizesse, até que eu tivesse certeza.

É evidente que ela espera que ele lhe conte tudo, quer eu queira dividir novidades ou não.

— Bem, terá toda a lenha de que precisar — declara com um repentino ataque de generosidade. — E mandarei a você toras de meu próprio bosque. Terá madeira de macieiras do meu próprio pomar, o aroma é muito agradável. — Ela sorri. — Nada é demais para a mãe de meu próximo neto.

Ou neta, penso, mas não digo as palavras em voz alta.

Minha prima Maggie está grávida também, e comparamos nossas barrigas crescentes, afirmamos ter desejos extraordinários para comidas e atormentamos os cozinheiros dizendo que queremos carvão com marzipã e carneiro com geleia.

E então recebemos notícias que deixam o rei feliz também. O navio que levava o rapaz para Cork foi capturado, retornando vazio, por uma das frotas de Henrique que têm ido e voltado constantemente da Irlanda. O mestre do navio, o mercador de seda, é interrogado e, apesar de jurar que não tem ideia de onde o menino está agora, fazem-no confessar todo o restante.

Henrique entra em meu quarto trazendo uma caneca de cerveja temperada e chá de tisana com especiarias para mim.

— Milady mãe disse que você deveria tomar isto — declara, cheirando o aroma. — Não sei se você vai gostar.

— Posso garantir que não — afirmo, com preguiça, da cama. — Ela deu-me isso ontem à noite, e o gosto era tão repugnante que joguei para fora da janela. Nem mesmo Margaret conseguiu beber e ela é tão humilde quanto a serva de sua mãe.

Alegremente, ele abre o trinco da janela.

— *Gardez l'eau!* — grita, animado, e joga a tisana fora, na noite molhada.

— Você parece feliz — observo. Saio da cama e vou sentar-me a seu lado diante do fogo.

Ele sorri.

— Tenho um plano que quero compartilhar com você. Desejo enviar Artur para Gales, para ter sua própria corte no Castelo de Ludlow.

Imediatamente, eu hesito.

— Ah, Henrique! Ele é tão jovem.

— Não, não é. Faz seis este ano. É o príncipe de Gales. Deve governar seu principado.

Hesito. Meu irmão Eduardo foi a Gales servir como príncipe, e foi capturado na estrada enquanto voltava para casa para o velório de seu pai. Não consigo evitar temer a ideia de Artur indo para lá também, da estrada que vai ao leste a partir de Gales, atravessando Stony Stratford, a vila onde pegaram nosso tio Anthony e nunca mais o vimos.

— Ele estará seguro — promete meu marido. — Estará seguro em Gales. Terá a própria corte e a própria guarda. E, melhor ainda, estará a salvo de qualquer impostor. Fiz um pequeno progresso na difícil questão da captura do mercador de seda. Mas um pequeno progresso é melhor do que nenhum.

— Você fez progresso com o mercador de seda?

— O mercador de seda está se provando bem útil. Meu conselheiro o viu e falou com ele. Persuadiu-o, e o homem mudou de ideia, de lado, e mudou sua lealdade.

Assinto com a cabeça. Isto significa que o espião de Henrique espancou, coagiu e subornou o mercador de seda para dizer tudo o que sabe sobre o menino, e agora pagará a ele para que seja nosso espião, e o garoto, quem quer que seja, será traído. Perdeu um amigo e provavelmente nem sequer sabe disso.

— Ele disse quem é o rapaz?

— Ninguém sabe dizer quem ele é. Ele fala o nome que o menino gosta de usar.

— Ele diz ser meu irmão Ricardo?

— Sim.

— E o mercador de seda viu alguma prova?

— O mercador Meno encontrou o rapaz na corte portuguesa, onde todos o conheciam como seu irmão, popular entre os rapazes, lindamente vestido, bem-educado. Disse a todos que tinha escapado, como se por milagre, da Torre.

— Disse como? — perguntei. Se meu marido souber que fomos minha mãe e eu quem colocamos um pequeno pajem na Torre no lugar de meu irmão, ela será acusada de traição, executada, e minha vida será arruinada, pois ele jamais confiará em mim de novo.

— Nunca explica como — responde meu marido, irritado. — Diz que prometeu não contar, até que tenha o trono restaurado. Imagine isso! Imagine um menino com a ousadia de dizer uma coisa dessas!

Assinto com a cabeça. Consigo imaginar um menino assim com muita facilidade. Sempre costumava ganhar no esconde-esconde, pois tinha a paciência e a astúcia de esconder-se por mais tempo do que todos os outros. Esperava até que fôssemos chamados para jantar antes de sair dando risadas. E adorava sua mãe; jamais a colocaria em risco, nem mesmo para provar seu direito ao trono.

— Pregent Meno agora diz que o menino queria ver o mundo e apenas aconteceu de terem velejado para a Irlanda. Se acreditasse nele, poderia pensar que o menino inventou a si mesmo, sozinho, sem patrocinadores, sem dinheiro e sem apoio. Se acreditasse nele, poderia pensar que a Irlanda, um país recheado de selvagens vestindo pouco mais que peles de animais, é um excelente mercado para seda, e que qualquer mercador de seda astuto provavelmente iria para lá, e mostraria sua mercadoria vestindo seu pajem como um príncipe.

— Mas, na verdade?

— Na verdade, o menino deve ter patrocinadores, dinheiro e apoio. Na verdade, deve ter havido um plano, pois Pregent Meno escolheu navegar com ele para a Irlanda, dentre todos os lugares, e o menino foi acolhido como um herói no cais e carregado por meia dúzia dos mais infiéis lordes irlandeses, que, por acaso, estavam lá, esperando no cais, ao mesmo tempo, e agora vive como um rei em um de seus castelos, guardado por um exército de franceses, que, por acaso, também está lá.

— E irá capturá-lo?

— Enviei Meno de volta para ele com ouro num baú e com a boca cheia de mentiras. Prometerá amizade, irá levá-lo em seu navio outra vez, garantirá uma viagem segura para seus amigos na França; mas trará o rapaz diretamente para mim.

Mantenho o rosto imóvel. Consigo ouvir meu próprio coração batendo. É tão alto que creio que meu marido o escutará em nosso quarto silencioso, acima do leve crepitar do fogo.

— E o que fará com ele então, Henrique?

Ele coloca a mão sobre a minha.

— Sinto muito, Elizabeth; mas quem quer que ele de fato seja, quem quer que diga ser, não posso permitir que vague por aí usando o seu nome. Irei enforcá-lo por traição.

— Enforcá-lo?

O rei sorri, com ar sombrio.

— E se ele não for um menino inglês? — pergunto. — E se não conseguir acusá-lo de traição, pois é de outra nacionalidade: português, talvez, ou espanhol?

Henrique dá de ombros, olhando para as chamas.

— Então farei com que o matem em segredo — responde, sem emoção. — Assim como seu pai tentou matar-me. É o único modo de lidar com pretendentes ao trono. E o rapaz sabe disso tão bem quanto eu. E você também sabe. Então não finja tanta inocência e tanto choque. Não minta.

Abadia de Bermondsey, Londres, verão de 1492

Henrique sai em viagem para o sudoeste do país e encontra-se cavalgando para a pequena vila de Abingdon no momento em que os habitantes estão pegando em armas em desafio contra seu governo. Para a surpresa de todos, ele é misericordioso. De forma generosa, manda parar o julgamento dos homens do vilarejo; de forma graciosa, ordena sua libertação. A mim, ele escreve:

> *Sem fé e desleais — mas não havia nada que eu pudesse fazer além de perdoá-los na esperança de que outros vejam-me como um rei gentil e abandonem os conselhos traiçoeiros do abade Sant, que — sou capaz de jurar — inspirou tudo isto. Tirei cada folha de grama que lhe pertencia, e todo e qualquer centavo de sua caixa de tesouros. Fiz dele um pobre miserável sem levá-lo a julgamento. Não vejo o que mais posso fazer para prejudicá-lo.*

Enquanto Henrique está fora, vou visitar minha mãe. Pergunto ao prior da Abadia de Bermondsey se posso ir para me instalar. Insinuo que preciso de um recanto onde possa consultar a saúde de minha alma, e ele aconselha-

-me a levar meu capelão comigo, também, numa visita. Escrevo à minha mãe para contar-lhe que estou indo e recebo um breve e caloroso bilhete em resposta, desejando-me as boas-vindas em minha visita e pedindo-me que carregue minhas irmãs menores comigo. Não irei levá-las, como deseja. Preciso conversar a sós com minha mãe.

Na primeira noite, jantamos juntas no salão da abadia e ouvimos a leitura das sagradas escrituras. Por acaso, é o trecho de Rute e Noemi, a história de uma filha que ama tanto a sogra que escolhe ficar com ela em vez de construir uma vida própria em sua própria terra. Penso na lealdade à família e no amor maternal enquanto rezo aquela noite e vou para a cama. Maggie, que me acompanhou, minha mais fiel e amorosa companheira, reza a meu lado e sobe pesadamente no outro lado da cama ampla.

— Espero que consiga dormir — digo calorosamente. — Pois não consigo fazer parar o turbilhão em minha mente.

— Durma — responde ela, em tom consolador. — Acordarei duas vezes para usar o penico, de qualquer jeito. Toda vez que me deito, meu bebê se vira e chuta minha barriga, e tenho que me levantar para fazer xixi. Além do mais, pela manhã, terá suas perguntas respondidas ou...

— Ou o quê?

Dá uma risadinha.

— Ou sua mãe será tão pouco prestativa quanto sempre é — completa.

— Ela é verdadeiramente uma rainha, a maior rainha que a Inglaterra já teve. Quem mais ergueu-se tão alto? Quem foi tão valente? Nunca houve uma rainha da Inglaterra tão intratável quanto ela.

— É verdade — concordo. — Vamos tentar dormir.

Margaret está respirando profundamente em instantes, mas fico deitada ao seu lado, escutando seu sono tranquilo. Observo as ripas das venezianas aos poucos ficarem mais claras com a aurora outonal, então levanto-me e espero pelo sino anunciando a prima, a primeira das horas canônicas. Hoje, irei perguntar à minha mãe o que ela sabe. Hoje, não ficarei satisfeita com nada além da verdade.

— Não sei de nada com certeza — declara em voz baixa para mim. Estamos sentadas nos bancos no fundo da capela da Abadia de Bermondsey. Ela caminhou comigo ao lado do rio, fomos às orações da prima juntas e rezamos lado a lado, nossas cabeças penitentes sobre as mãos. Agora ela se senta e coloca a mão sobre o coração. — Estou cansada — diz, para explicar sua palidez.

— Não está doente? — pergunto, subitamente temerosa.

— Algo... — começa ela. — Algo corta meu fôlego e faz meu coração acelerar tanto que o ouço bater. Ah, Elizabeth, não faça essa expressão. Sou velha, minha querida, e perdi todos os meus irmãos e quatro de minhas irmãs. O homem com quem me casei por paixão está morto, e a coroa que usei está na sua cabeça. Meu trabalho está cumprido. Não me importo em dormir toda tarde, e, quando me deito, eu me ajeito para o caso de não acordar mais. Fecho os olhos e sinto-me contente.

— Mas não está doente — insisto em confirmar. — Não deveria chamar um médico?

— Não, não — nega, dando tapinhas gentis em minha mão. — Não estou doente. Mas sou uma mulher de 55 anos. Não sou mais uma garota.

Cinquenta e cinco anos é uma idade avançada; mas minha mãe não parece velha para mim. E não estou nem um pouco pronta para a morte dela.

— Não quer mesmo chamar um médico?

Balança a cabeça.

— Ele não me contaria nada que eu já não saiba, minha querida.

Faço uma pausa, percebendo que nada posso fazer contra sua teimosia.

— O que sabe?

— Sei que estou pronta.

— *Eu* não estou pronta! — exclamo.

Ela concorda com a cabeça.

— Você está onde eu queria que você estivesse. Seus filhos, meus netos, estão onde eu desejava que estivessem. Estou contente. Agora, esqueça a minha morte, que está destinada a acontecer um dia, quer queiramos ou não. Por que veio me ver?

— Quero conversar com você — começo.

— Sei que quer — diz gentilmente e toma minha mão.

— É sobre a Irlanda.

— Imaginei que seria.

Ponho minha mão sobre a dela.

— Mamãe, sabe por que os franceses têm um pequeno exército na Irlanda, e por que estão enviando mais navios?

Ela encontra minha expressão perturbada com seu olhar estável e cinzento. Um aceno afirmativo de cabeça me diz que ela sabe de tudo que está acontecendo.

— Irão invadir a Inglaterra?

Dá de ombros.

— Não precisa de mim para dizer-lhe que um comandante que reuniu navios e um exército está planejando uma invasão.

— Mas quando?

— Quando acharem que é a hora propícia.

— Eles têm um líder da Casa de York?

Sua alegria floresce em um sorriso que aquece todo o seu rosto. Parece tão cheia de felicidade que, apesar de tudo, percebo que estou sorrindo em resposta à sua luminosidade.

— Ah, Elizabeth — sussurra. — Sabe que eu sempre achei melhor que você não soubesse de nada.

— Mamãe, tenho que saber. Conte-me o que a deixa tão feliz.

Ela parece uma menina de novo, de tão corada e alegre, com os olhos muito brilhantes.

— Eu sei que não enviei meu filho para a morte — diz. — No fim, é tudo que me importa. Que, amando meu marido mais do que tudo no mundo, não o decepcionei nessa grande ação final. Não fui tola de trair seus dois filhos, entregando-os ao inimigo. Não confiei nos outros como uma tola quando deveria ter sido cuidadosa. Minha maior alegria enquanto encaro o fim de meus dias é saber que não decepcionei meus filhos, meu marido ou minha casa.

"Não pude salvar Eduardo, meu adorado filho, um príncipe de Gales, como deveria ter feito. Disse a eles para virem rápido, e avisei-os para chegarem armados; mas não estavam prontos para lutar. Não consegui salvar Eduardo, como deveria ter feito. É um peso em meu coração não o ter prevenido para vir até mim sem parar por nada. Mas, graças a Deus, eu pude salvar Ricardo. E, de fato, salvei Ricardo.

Dou uma leve arfada, e minha mão vai à barriga, como se para manter seguro o Tudor que ainda não nasceu.

— Ele está vivo?

Ela indica que sim com a cabeça. É tudo o que irá fazer. Não confia em mim sequer a ponto de dizer uma palavra.

— Está na Irlanda? E navegando de lá até a Inglaterra?

Agora ela dá de ombros, como se, apesar de saber que não o mandou para a morte, o que fez depois, e onde está agora, ela não pretendesse contar.

— Mas, mamãe, o que farei? — Ela encara-me com firmeza, esperando que eu continue. — Mamãe, pense em mim por um instante! O que devo fazer se meu irmão está vivo e à frente de um exército para lutar contra meu marido pelo trono? O trono que deveria ir para meu filho? O que devo fazer? Quando meu irmão bater à minha porta com a espada em punho? Sou uma Tudor ou uma York?

Com gentileza, ela toma as minhas mãos nas suas.

— Querida, não fique nervosa. É ruim para você e para o bebê.

— Mas o que devo fazer?

Ela sorri.

— Você sabe que não há nada que possa fazer. O que tiver de ser será. Se houver uma batalha — eu arquejo, mas o sorriso dela permanece firme —, se houver uma batalha, então ou seu marido vencerá, e seu filho herdará o trono, ou seu irmão vencerá, e você será a irmã do rei.

— Meu irmão, o rei — digo, sem emoção na voz.

— É melhor que você e eu jamais falemos essas palavras. Mas estou contente de ter vivido para o dia em que você pôde me dizer que a Inglaterra está esperando pelo menino que mandei para a escuridão, sem saber o que poderia acontecer com ele, sem sequer saber se aquele barquinho conseguiria descer o rio em segurança. Meu coração doeu por ele, Elizabeth, e passei muitas, muitas noites de joelhos rezando por ele, desejando que estivesse em segurança, sem ter certeza de nada. Rezo para que seu menino nunca a deixe e que você jamais tenha que vê-lo ir embora, sem saber se ele voltará. — Ela vê meu rosto ansioso e seu lindo sorriso brilha para mim. — Ah, Elizabeth! Aqui está você, saudável e feliz, dois meninos em seu berçário e um novo bebê na barriga, e você vem me dizer que meu filho está voltando para casa; como posso estar sentindo qualquer outra coisa além de repleta alegria?

— Se este menino for seu filho — complemento.

— É claro.

Palácio de Greenwich, Londres, junho de 1492

Maggie entra em resguardo e dá à luz um menino. Cheios de tato, dão-lhe o nome de Henrique em homenagem ao amado rei de seu marido. Visito-a e seguro seu adorável menininho antes de ter de me preparar para minha própria saída da corte.

Henrique retorna pouco antes que eu entre em resguardo, e preside o grande banquete que celebra minha despedida da corte pelas longas seis semanas que antecedem o nascimento e o mês seguinte, ao fim do qual serei abençoada e poderei voltar.

— Posso pedir à minha mãe que venha? — pergunto-lhe enquanto caminhamos juntos em direção à câmara de confinamento.

— Pode pedir — concede ele. — Mas ela não está bem.

— O abade escreveu a você? E não a mim? Por que ele não me escreveu de imediato?

Sua breve careta revela-me que não soube disso por missivas, mas como um segredo de sua rede de espiões.

— Ah — digo, percebendo. — Está vigiando-a? Até agora?

— Tenho todo motivo para pensar que ela está no centro da conspiração dos irlandeses e dos franceses — declara em voz baixa. — E não será a primeira vez que ela chamou o médico apenas para enviar uma mensagem secreta.

— E quanto ao menino? — pergunto.

Henrique faz uma pequena careta; consigo vê-lo contendo sua apreensão.

— Escapou por pouco. De novo. Não confiou em Pregent Meno, seu antigo amigo; não engoliu a isca que enviei. Fugiu para algum lugar. Nem mesmo sei para onde. Provavelmente a França. Está em algum lugar por lá. — Balança a cabeça. — Não fique com medo. Irei encontrá-lo. E não conversarei sobre isso com você quando está prestes a entrar em confinamento. Entre com um coração tranquilo, Elizabeth, e dê-me um belo filho. Nada impede mais o rapaz de chegar às nossas portas do que nossos próprios príncipes. Pode chamar sua mãe, se assim desejar, e ela pode ficar com você até depois do nascimento.

— Obrigada. — Ele toma minha mão e a beija, e então, com toda a corte assistindo, beija-me com gentileza na boca.

— Amo você — declara-se calmamente em meu ouvido. Sinto seu hálito quente em minha bochecha. — Desejo, por nós dois, que pudéssemos estar em paz.

Por um momento quase hesito, querendo contar-lhe o que sei, querendo alertar-lhe de que minha mãe está radiante de esperança, certa de que verá o filho outra vez. Por um instante quero confessar-lhe que enviei um pajem para a Torre no lugar de meu irmão, que dentre os falsos príncipes que se erguem contra ele, a legião de príncipes, pode haver um que é um príncipe verdadeiro — o menininho que saiu de santuário em uma capa grande demais para ele, que teve de navegar para longe de sua mãe em um barquinho sobre a água escura, que voltará à Inglaterra e tomará o trono de nosso filho, se puder, um menino cujo direito ao trono teremos de enfrentar juntos um dia.

Quase falo; mas então vejo o rosto pálido e contido de sua mãe no meio da corte sorridente, e penso que não ousarei contar a esta família desconfiada que a coisa que eles mais temem no mundo é, de fato, verdade, e que eu participei disso.

— Deus a abençoe — diz ele e sussurra de novo: — Amo você.

— E eu amo você — admito, surpreendendo a mim mesma. Então, viro-me e entro no cômodo envolto em sombras.

Escrevo para minha mãe naquela noite e recebo uma breve resposta, dizendo que virá quando estiver bem, mas que neste momento a dor em seu coração está um pouco pior e sente-se cansada demais para viajar. Pergunta se Bridget pode juntar-se a ela no convento, e envio minha irmãzinha na mesma hora, dizendo-lhe para trazer minha mãe à corte assim que estiver bem o suficiente. Passo meus dias nos aposentos escuros de minha câmara de confinamento, costurando, lendo e ouvindo música tranquilizante dos alaudistas que ficam atrás da tela, pelo bem do meu pudor e do deles. Sinto-me entediada nos aposentos escuros, e o ar está quente e abafado. Meu sono é leve à noite, e cochilo durante o dia, pensando que estou sonhando, flutuando entre o despertar e o sono. Até que, certa noite, sou acordada por um som claro e doce, como o de uma flauta, ou como um corista cantando uma nota muito suavemente fora de minha janela.

Saio da minha cama e ergo a tapeçaria para olhar do lado de fora, quase esperando ver cantores ali, de tão puro que é o som, ecoando contra as paredes de pedra; mas tudo o que há para ver é uma lua minguante, curvada como uma ferradura flutuando num mar de nuvens tempestuosas e escuras que passam acima e abaixo dela, apesar das copas das árvores estarem paradas e não haver vento. O rio brilha como prata sob o luar, e ainda ouço o doce e claro som como um canto gregoriano, elevando-se acima da abóbada celeste como um coro em uma igreja.

Por um breve instante fico confusa, então reconheço o som, lembrando-me da canção. Esta é a melodia que ouvimos quando estávamos em santuário e meus irmãos desapareceram da Torre. Minha mãe disse-me na época que esta é a canção que as mulheres de nossa família escutam quando a morte de alguém que amam profundamente, alguém da família, está prestes a acontecer. É a *banshee* pedindo o retorno de seu filho, é a deusa Melusina, a fundadora de nossa família, cantando um lamento por um de seus rebentos. Assim que o escuto, assim que o compreendo, sei que minha mãe, minha amada, belíssima, ardilosa mãe, está morta. E somente ela sabia, quando me contou que tinha certeza de que veria Ricardo, se quis dizer que o veria na terra ou se estava certa de que o encontraria no paraíso.

Henrique ignora as regras da própria mãe sobre o confinamento de uma rainha e vem em pessoa até a tela de minha câmara para falar da morte de minha mãe. Está desarticulado, dividido entre a obrigação de contar-me e o medo de causar-me tristeza. Seu rosto está imóvel, sem expressão, e ele está muito ansioso para que eu não perceba nenhum traço do imenso alívio que sente, agora que um oponente tão perigoso está fora de seu caminho. Claro, é natural que ele se alegre com o fato de que, se um novo pretendente emergir das sombras do passado, ao menos minha mãe não estará aqui para reconhecê-lo. Mas para mim isto não significa nada além de perda.

— Já sei — revelo, enquanto Henrique tropeça em falsas palavras de pesar, e coloco meu dedo através da grade para tocar seu punho enquanto ele segura o metal. — Não precisa ficar tão nervoso, Henrique. Não tem que me contar. Soube na noite passada que ela morreu.

— Como? Ninguém veio da abadia até a chegada de meu criado esta manhã.

— Eu simplesmente soube. — Não há motivo para contar a Henrique ou sua mãe sobre algo que iria assustá-los, que parece bruxaria. — Sabe como sua mãe ouve Deus falando com ela em oração? Tive algo parecido com isso, e soube.

— Uma visão divina? — confirma.

— Sim — minto.

— Sinto muito por sua perda, Elizabeth, sinceramente. Sei o quanto a amava.

— Obrigada — agradeço em voz baixa; em seguida deixo-o na grade, entro na câmara de confinamento e sento-me. Sei que ele está pensando que a morte dela o torna mais seguro; não pode evitar ficar feliz que ela tenha morrido. Mesmo enquanto finge luto, seu coração estará cantando de alívio. Quando viva, minha mãe era uma figura poderosa para os rebeldes York, e qualquer apoio dela para um rapaz pretendente o tornaria um príncipe real. Seu reconhecimento de qualquer pretendente como seu filho iria invalidar o direito de Henrique ao trono. Ela sempre teve o poder de destruir o direito dele ao trono com uma palavra. Ele nunca teve a certeza de que ela não diria essa palavra. Sua morte foi a melhor coisa que poderia ter acontecido para Henrique e para sua mãe de coração de pedra.

Mas não para mim.

Enquanto aguardo no silencioso cômodo de confinamento a chegada de meu bebê, não consigo imaginar o que será minha vida sem ela. Compreendo que sua morte é a melhor coisa que poderia ter acontecido para Henrique.

Mas não para mim.

Tenho de dar à luz sem ela, sabendo que nem sequer está neste mundo pensando em mim. Tentei me reconfortar imaginando que, onde quer que esteja, seu pensamento estará em mim; tento consolar a mim mesma com a lembrança dos outros partos quando estava comigo, quando segurou minhas mãos e sussurrou para mim com tanta calma que era quase como se as dores flutuassem e desaparecessem com suas palavras. Mas tenho consciência, durante todo o tempo, de que minha mãe se foi e de que estas dores, e todas as outras provações de minha vida, até mesmo os triunfos, virão até mim sem ela, e terei de aguentar tudo sem seu conforto.

E quando a bebê nasce, após longas horas de exaustivo esforço, dói em mim mais uma vez que minha mãe jamais a verá. É um bebê tão lindo, com olhos azul-escuros, muito escuros, e lindo cabelo claro. Mas nunca estará nos braços de minha mãe nem será ninada por ela. Nunca ouvirá minha mãe cantar. Quando a tomam para ser lavada e envolvida em cueiros, sinto-me terrivelmente desolada.

Realizam o velório de minha mãe sem mim, enquanto ainda estou confinada, e leem seu testamento. Enterram-na, como ela pediu, ao lado do homem que adorava, seu marido, o rei Eduardo IV. Ela não deixou nada — meu marido Henrique pagou-lhe uma pensão tão pequena, e que ela gastou tão prontamente, que morreu uma mulher pobre, pedindo a mim e a meu meio-irmão Thomas Grey que paguemos suas dívidas e encomendemos as missas a serem rezadas por sua alma. Não tinha nada da fortuna com a qual meu pai a cobria, sem tesouros da Inglaterra, sem nem mesmo joias pessoais. O povo que a chamava de gananciosa e dizia que acumulara uma fortuna com suas artimanhas, deveria ter visto sua cela modesta e os baús de roupa vazios. Quando trouxeram sua pequena caixa de papéis e livros para meus aposentos de confinamento, não pude deixar de sorrir. Tudo o que ela possuía como rainha da Inglaterra havia sido vendido para financiar as rebeliões, primeiro contra Ricardo, e depois, contra Henrique. A caixa de joias vazia revela sua própria história, de uma batalha incansável para restaurar a Casa de York, e tenho certeza de que o menino desaparecido está de fato vestindo uma camisa de seda que foi comprada por minha mãe, e que as pérolas no broche dourado em seu chapéu também foram presentes dela.

Lady Margaret, a Mãe do Rei, vem com grande pompa visitar sua nova neta e a encontra em meu colo, corada do banho, quentinha dentro de uma toalha, fora de seus cueiros e lindamente nua.

— Parece saudável — diz, o orgulho por mais um bebê Tudor suplantando sua crença de que a criança deva ser amarrada em um quadro para garantir que pernas e braços cresçam direito.

— Ela é linda — concordo. — Linda de verdade.

A bebê olha para mim com o inabalável olhar questionador do recém-nascido, como se estivesse tentando aprender a natureza do mundo e como ele se apresentará para ela.

— Acho que ela é o mais belo bebê que já tivemos.

É verdade, tem o cabelo de um tom prateado, um dourado esbranquiçado como o de minha mãe, e os olhos são de um azul-escuro, quase índigo, como um mar profundo.

— Olhe a cor do cabelo!

— Isso mudará — afirma Lady Margaret.

— Talvez os cabelos fiquem castanhos cor de cobre como os do pai Será lindíssima — digo.

— Como nome, creio que deveríamos chamá-la de...

— Elizabeth — declaro, interrompendo-a rudemente.

— Não, eu havia pensado...

— Ela será Elizabeth — repito.

Milady, a Mãe do Rei, hesita diante de minha determinação.

— Em homenagem à santa Elizabeth? — pergunta para confirmar. — É uma escolha estranha para uma segunda menina, mas...

— Em homenagem à minha mãe — respondo. — Ela teria vindo até mim se pudesse, teria abençoado este bebê como fez com todos os outros. Tive um confinamento difícil sem ela aqui e sei que vou sentir sua falta pelo resto de minha vida. Este bebê veio ao mundo no momento em que minha mãe o deixava, portanto estou dando-lhe o nome de minha mãe. E posso dizer-lhe isto: tenho certeza absoluta de que uma Elizabeth Tudor será uma das maiores monarcas que a Inglaterra já viu.

Ela sorri diante de minha certeza.

— Princesa Elizabeth? Uma menina como grande monarca?

— Sei que será — insisto, com a voz firme. — Uma garota com os cabelos cor de cobre será a maior Tudor que faremos: nossa Elizabeth.

Palácio de Greenwich, Londres, verão de 1492

Saio do confinamento e vejo que toda a corte fervilha de notícias do rapaz que usa as camisas de seda de minha mãe. O menino escreveu lindas cartas para todas as cabeças coroadas da cristandade, explicando que ele é meu irmão Ricardo, resgatado da Torre e que o mantiveram escondido por muitos anos.

> *Eu mesmo, com a idade de aproximadamente nove anos, fui também entregue a um certo lorde para ser morto. Graças à clemência divina, este lorde, sentindo pena de minha inocência, resolveu preservar-me vivo e sem ferimentos. Porém, ele forçou-me primeiro a jurar em nome do corpo sagrado de Nosso Senhor que eu não revelaria nome, linhagem ou família a qualquer um por um determinado tempo. Então mandou-me ao exterior.*

— O que acha? — pergunta Henrique com amargura, jogando este cativante relato em meu colo enquanto estou sentada no berçário, admirando a nova bebê, que mama avidamente na sonolenta ama de leite, uma de suas mãozinhas acariciando o gordo seio coberto de veias azuis, um pezinho balançando de prazer.

Leio a carta.

— Ele escreveu isto para você? — Coloco a mão no berço, como se fosse protegê-la. — Não escreveu para mim?

— Não escreveu isso para mim. Mas Deus sabe que escreveu para todos, exceto nós.

Sinto meu coração acelerar.

— Não escreveu para nós?

— Não — responde Henrique, subitamente ansioso. — Isso conta contra ele, não é? Não deveria ter escrito para você? Para sua mãe? Um filho perdido, desejando retornar para casa, não teria escrito para sua mãe?

Balanço a cabeça.

— Não sei.

Cautelosos, nenhum de nós comenta que este menino muito provavelmente escreveu para ela, e ela decerto respondeu.

— Terá alguém lhe contado que sua... — Interrompo-me. — Que minha mãe está morta?

— Com certeza — afirma Henrique, soturno. — Não duvido que tenha muitos correspondentes fiéis em nossa corte.

— Muitos?

Ele assente com a cabeça. Não consigo discernir se são apenas seus medos mais sombrios falando ou se tem um terrível conhecimento sobre traidores que vivem conosco e todos os dias fazem mesuras ou se curvam, mas secretamente escrevem para o menino. De qualquer modo, o rapaz deveria saber que minha mãe está morta, e fico feliz por alguém ter-lhe contado.

— Não, esta é a carta dele para o rei e rainha espanhóis, Fernando e Isabela — continua Henrique. — Meus homens interceptaram-na no meio do caminho, copiaram-na e mandaram-na adiante.

— Não a destruíram? Para evitar que eles a vejam?

Ele faz uma careta de desprezo.

— Enviou tantas cartas que destruir apenas uma não faria diferença. Ele conta uma história triste. Faz isso com talento. As pessoas parecem acreditar nela.

— As pessoas?

— Carlos VIII da França. Tampouco é mais do que um garoto, e se comporta como um louco. Mas acredita nesta sombra, neste fantasma. Deu abrigo para o menino.

— Onde?

— Em sua corte, na França, sob sua proteção. — Henrique fala em tom nervoso e encara-me, irritado. Faço um gesto para a ama de leite, ordenando-lhe que leve o bebê do cômodo, pois não quero que nossa pequena princesa Elizabeth ouça-nos falar de perigo, não quero que ouça o medo em nossas vozes quando deveria estar mamando em paz.

— Pensei que você havia posicionado navios na Irlanda para evitar que ele partisse.

— Mandei Pregent Meno oferecer-lhe uma viagem segura. Eu tinha barcos na Irlanda para capturá-lo caso entrasse em outra embarcação. Mas ele percebeu a armadilha de Pregent Meno, e os franceses mandaram navios próprios e levaram-no de lá.

— Para onde?

— Honfleur. Faz alguma diferença?

— Não. — Mas faz diferença em minha imaginação. É como se conseguisse ver o mar escuro, escuro como os olhos de minha Elizabeth, a névoa oscilante, a luz fraca, e os pequenos barcos entrando de modo sorrateiro em um porto irlandês desconhecido, e então o menino — o jovem e bonito rapaz em suas belas vestes — pisando de leve sobre a prancha de embarque, voltando o rosto para o vento, indo em direção à França com as esperanças elevadas. Em minha imaginação, vejo seus cabelos dourados esvoaçarem, mostrando a jovem testa, e o sorriso brilhante: o sorriso indômito de minha mãe.

Palácio de Greenwich, Londres, verão-outono de 1492

A Inglaterra está se armando para a guerra. Os homens reúnem-se em Greenwich, nos campos em volta do palácio; todos os lordes chamam seus homens, encontrando piques e machados e vestindo-os com as librés de suas casas. Todos os dias chegam navios dos fabricantes de armas de Londres, com carregamentos de piques, lanças e setas. Quando o vento sopra do oeste, sinto o aroma árido e quente das forjas trabalhando, martelando lâminas, fundindo balas de canhão. Navios carregados com as carcaças de animais mortos no abate descem o rio vindos do mercado de Smithfield, para serem curados no sal ou defumados, e a cervejaria no palácio e todas as casas de cerveja dentro de um raio de trinta quilômetros trabalham sem parar todos os dias, e o cálido cheiro de fermento pesa no ar noturno.

A Bretanha — o pequeno ducado independente que abrigou e ajudou Henrique durante os anos em que era um pretendente ao trono sem dinheiro — está em guerra contra sua poderosa vizinha, a França, e pediu a ajuda de Henrique. Não consigo deixar de sorrir ao ver meu marido nesse dilema. Quer ser um grande rei guerreiro, como era meu pai, mas detesta entrar em guerra. Tem uma dívida de honra com a Bretanha, mas guerrear é um empreendimento extremamente dispendioso, e ele não suporta desperdiçar dinheiro. Ficaria satisfeito em vencer a França em uma batalha; mas Henrique odiaria perder tal batalha, e não tolera riscos. Não o culpo por seu cuidado. Vi nossa família ser destruída pelo resultado de uma batalha, vi a Inglaterra em guerra ao longo da maior parte de minha infância. Henrique é sábio em ser cauteloso; ele compreende que não há glória no campo de batalha.

Mesmo enquanto está armando e planejando a invasão da França, ele imagina como evitá-la, mas, ao final do verão, decide que não lhe resta alternativa, e em setembro deixamos o palácio em uma grande procissão — Henrique em sua armadura, montado no grande cavalo de guerra, a coroa de batalha presa no elmo, como se jamais houvesse estado em outro lugar. É a coroa que Sir William Stanley arrancou do elmo de Ricardo, quando o tirou de sua cabeça decapitada. Olho para ela agora e temo por Henrique, partindo para a batalha usando essa coroa de má sorte.

Deixamos as crianças menores com suas amas e professores em Greenwich, mas Artur, que tem quase seis anos, pode vir cavalgar conosco em seu pônei e ver o pai ir à guerra. Reluto em deixar a nova bebê, a pequena Elizabeth. Não está crescendo bem, nem com o leite da ama nem com os miolos de pão mergulhados no suco da carne, que os médicos disseram que a deixariam mais forte. Não sorri quando me vê, como tenho certeza de que Artur fazia na idade dela, nem chuta e grita como Henrique fazia. É quieta, quieta demais, creio, e não quero deixá-la.

Não exteriorizo nenhum desses pensamentos para Henrique, e ele não fala sobre medos. Em vez disso, procedemos como se estivéssemos partindo para uma maravilhosa viagem pelo condado de Kent, onde as maçãs já pendem nos pomares e as cervejarias estão cheias de bebida. Viajamos com músicos que tocam para nós quando paramos para cear em belíssimas tendas rendadas montadas ao lado de rios, nas encostas de lindas colinas ou dentro de florestas verdes. Na retaguarda, vem uma enorme cavalaria — 1.600 cavalos e cavaleiros, e depois os soldados a pé, 25 mil deles; e todos bem-calçados e sob juramento de servir a Henrique.

Isso me lembra de quando meu pai era rei da Inglaterra e levava a corte em grandes viagens em torno de casas luxuosas e priorados. Por este pouco tempo parecemos os herdeiros de meus pais: somos jovens e abençoados com boa sorte e fortuna. Aos olhos de todos, somos belos como anjos, vestidos em tecido de ouro, cavalgando atrás de estandartes ondulantes. Ao nosso lado está a flor da Inglaterra; todos os melhores homens são os comandantes de Henrique, e suas esposas e filhas estão em minha comitiva. Atrás deles, há um grande exército, reunido por Henrique contra um inimigo que todos odeiam. O clima de verão sorri para nós, os longos dias ensolarados convidam-nos a cavalgar cedo e a descansar no calor do meio-dia à margem de rios gloriosos ou à sombra de florestas. Parecemos o rei e a rainha que deveríamos ser, o centro de beleza e poder nesta terra bonita e poderosa.

Vejo a cabeça de Henrique erguer-se com um orgulho recém-adquirido enquanto lidera seu grande exército através do coração da Inglaterra; vejo-o começar a cavalgar como um rei indo para a guerra. Quando passamos pelas pequenas vilas ao longo do caminho e as pessoas gritam por ele, ergue a mão enluvada e acena, sorrindo de volta em cumprimento. Enfim encontrou seu orgulho próprio, enfim encontrou sua confiança. Com um exército maior do que tudo que esta parte da Inglaterra já viu, sorri como um rei que está firme em seu trono. Cavalgo a seu lado e sinto que estou onde deveria: a adorada rainha de um poderoso rei, uma mulher tão ricamente abençoada como minha própria afortunada mãe.

À noite, ele vem ao meu quarto em uma abadia ou em uma grande casa no caminho e envolve-me em seus braços, como se tivesse a certeza de ser bem recebido. Pela primeira vez em nosso casamento, viro a cabeça em sua direção, e não para o outro lado, e, quando me beija, coloco os braços em seus ombros largos, puxando-o para perto, oferecendo-lhe minha boca, meu beijo. Gentilmente, coloca-me na cama, e não viro meu rosto para a parede; envolvo-o com meus braços, com minhas pernas, e, quando ele me penetra, tremo com a sensação de prazer e acolho seu toque, pela primeira vez em nosso casamento. No Castelo de Sandwich, na primeira ocasião, ele vem nu até mim, e movo-me com ele, consentindo, e então convidando-o, até finalmente implorar-lhe por mais; Henrique sente-me derreter embaixo dele enquanto o abraço e grito de prazer.

Fazemos amor a noite toda, como se fôssemos recém-casados descobrindo a beleza no corpo um do outro. Segura-me como se jamais fosse me deixar e, pela manhã, carrega-me para a janela, envolvida em peles, e beija meu pescoço, meus ombros e, finalmente, meus lábios sorridentes, enquanto observamos as galés venezianas cortando as águas do porto com seus remos ao chegarem para levar as tropas até a França.

— Não tão cedo, não hoje! Não suporto ter que deixá-lo ir embora — sussurro.

— Que momento para me amar desse modo! — exclama. — Tenho esperado por isso desde que a conheci. Sonhei que você pudesse me querer, vim para sua cama noite após noite desejando seu sorriso, com a esperança de que haveria uma noite em que não se viraria para longe de mim.

— Nunca mais vou me virar para longe de você — prometo.

A alegria em seu rosto é inconfundível, ele parece um homem apaixonado pela primeira vez.

— Volte para mim em segurança, você precisa voltar a salvo — sussurro com urgência.

— Prometa-me que não irá mudar. Prometa-me que voltarei e a encontrarei assim? Amorosa assim?

Dou uma risada.

— Devemos fazer um juramento? Você jura chegar em casa a salvo, e eu prometo que irá encontrar-me amorosa?

— Sim. Assim juro. — E coloca uma das mãos sobre seu coração e a outra sobre o meu. E embora eu esteja rindo de nós, corados de fazer amor, mãos unidas, jurando ser fiéis um ao outro como novos amantes, seguro-lhe a mão e prometo recebê-lo em casa tão calorosamente quanto agora, vendo-o partir.

— Pois finalmente me ama — diz, envolvendo-me em seus braços, os lábios em meus cabelos.

— Pois finalmente o amo — confirmo. — Achei que jamais iria, achei que jamais conseguiria. Mas amo.

— E está feliz com isso — pressiona ele.

Sorrio e deixo que me leve de volta à cama, ainda que os clarins lá fora o estejam chamando.

— E estou feliz com isso — afirmo.

Henrique nomeia nosso filho Artur como regente da Inglaterra em sua ausência: uma cerimônia solene no convés de seu navio, o *Cisne*. Artur tem somente seis anos, mas não quer segurar minha mão, fica em pé, sozinho, como um príncipe deve fazer, enquanto seu pai lê em voz alta a proclamação da regência em latim, e os lordes à sua volta abaixam-se sobre um dos joelhos e juram que aceitarão o reinado de Artur até que Henrique retorne em segurança.

O pequeno rosto de Artur está sério, seus olhos cor de avelã, solenes. Não usa chapéu, o cabelo castanho com um leve brilho de cobre afasta-se um pouco do rosto com a brisa do mar. Responde ao pai em perfeito latim; decorou o discurso com seu professor e praticou todos os dias comigo, então, não comete erros. Posso ver que os lordes ficam impressionados com ele, com seu aprendizado e com o posicionamento de seus ombros, sua postura orgulhosa. Foi criado para ser o príncipe de Gales e, um dia, o rei da Inglaterra; será um bom príncipe e um cativante rei.

Atrás dele vejo o tio de Henrique, Jasper, cheio de orgulho, vendo o próprio irmão, há muito falecido, no cabelo castanho e na expressão solene deste menino. Ao lado dele está Milady, a Mãe do Rei, o linho de seu véu ondulando levemente com o vento, os olhos fixos no rosto do filho, sem sequer olhar para o neto Artur. Para ela, Henrique entrar em guerra contra a França é tão apavorante quanto se ela própria estivesse lutando desprotegida em uma batalha. Ficará em uma agonia ansiosa até que ele retorne a casa.

Nós duas ficamos lado a lado na parede do porto, demonstrando a união das casas de Lancaster e de York enquanto os marinheiros soltam as cordas presas no cais, e as barcas, de cada lado do grande navio, sustentam o peso. E então escutamos o rufar dos tambores; os remadores inclinam-se para trabalhar, e as barcas e o navio movem-se devagar para longe do atracadouro. Henrique estende a mão em uma saudação, tendo o cuidado de parecer determinado e majestoso enquanto o barco desloca-se do píer para a água do porto, e depois canal adentro, quando conseguimos ouvir as ondas baterem contra os lados das embarcações; as velas ondulam ao serem desenroladas e inflam com o vento. As galés venezianas, pesadamente lotadas com seus homens, seguem atrás, com os remos cortando a água.

— Está partindo como um herói — diz milady apaixonadamente. — Para defender a Bretanha e toda a cristandade da ganância e maldade da França.

Assinto com a cabeça enquanto a mãozinha de Artur aconchega-se na minha, e sorrio para seu rosto sério.

— Ele voltará para casa, não? — sussurra.

— Ah, sim — respondo. — Vê o grande exército que ele tem para liderar? A vitória deles é certa.

— Correrá um perigo terrível — corrige-me milady imediatamente. — Estará à frente do exército, sei disso, mas a França é forte e uma inimiga perigosa.

Não digo que, se esse for o caso, será a primeira batalha da vida dele em que fica em qualquer lugar próximo da dianteira da luta, mas aperto a mão de Artur e digo:

— De qualquer modo, não há motivo para você se preocupar.

Não há necessidade de qualquer um de nós se preocupar. Nem eu, nem Maggie, cujo marido viaja com Henrique, nem Cecily, cujo marido também os acompanha. Antes de sequer aportarem na França, são recebidos por um enviado para negociar a paz, e, apesar de Henrique marchar até Boulogne e fazer um cerco contra as poderosas muralhas, nunca tem a expectativa real de recapturar esta cidade para a Inglaterra, nem qualquer uma das terras da França que no passado pertenciam ao território inglês. É mais um gesto de cavalheirismo com sua velha aliada Bretanha e um aviso para o rei da França do que o primeiro passo para uma invasão; mas assusta os franceses o suficiente para que façam um tratado sério e uma promessa de paz duradoura.

Palácio de Greenwich, Londres, inverno de 1492

Henrique volta para casa com um triunfo que é mérito seu. É recebido como um herói em Londres e então navega até Greenwich como um vencedor. Há muitos que creem que deveria ter lutado ao menos em uma batalha, considerando que viajou todo o percurso com um exército tão poderoso. Os soldados comuns desejavam uma luta e queriam os lucros de uma campanha vitoriosa. Os lordes estavam sonhando com a retomada de suas terras perdidas na França. Há muitos que dizem que nada foi conquistado além de um belo pagamento da França para o tesouro crescente do rei — uma fortuna para ele, mas nada mais para o povo da Inglaterra.

Minha expectativa é de que fique bravo com as acusações de covardia ou de ganância por dinheiro. Mas o homem que volta para casa e para mim em Greenwich está repentinamente despreocupado com sua reputação. Ganhou o que queria — e não era a segurança da Bretanha. Não parece se importar com o fato de que não salvou o ducado dos franceses; de forma surpreendente, nem sequer se importa com o preço de ter viajado com seu exército e o trazido de volta. Está cheio de uma alegria secreta que eu não consigo compreender.

A barca real navega ao lado do píer, que se estende até as águas verdes do rio, com a destreza de sempre. Os remadores param os remos e erguem-nos em saudação. Há um rufar de tambores na barca e o tocar de trombetas na margem. Henrique cumprimenta com um aceno de cabeça o comandante da embarcação e desembarca. Sorri para as saudações de sua corte, põe sua mão paternal sobre a cabecinha de Artur abençoando-o, beija-me nas bochechas e depois nos lábios. Posso sentir o sabor do triunfo em sua boca, doce como vinho.

— Tenho o rapaz — confessa em meu ouvido. Está quase rindo de alegria. — É o que eu queria. É o que conquistei, é tudo o que importa. Tenho o rapaz.

Sinto o sorriso de boas-vindas morrendo em meu rosto. Henrique parece exultante, como um homem que venceu uma grande batalha. Mas não lutou uma grande batalha, não lutou contra absolutamente nada. Acena para as multidões que se juntaram para vê-lo, para os barcos que balançam na água, os barqueiros que gritam e os pescadores que acenam. Toma minha mão em seu braço e caminhamos juntos, descendo o píer e depois pela trilha do jardim, onde sua mãe o espera para saudá-lo. Caminha até com uma nova confiança, como um comandante que volta em triunfo.

— O menino! — repete.

Olho para nossos próprios meninos, Artur andando solenemente adiante em suas vestes de veludo negro, e Henrique, começando a aprender a andar, com a ama segurando-lhe a mão, e girando pelo caminho enquanto ele vai à esquerda ou à direita ou para abruptamente para pegar uma folha ou uma pedrinha. Se demorar demais, ela o pegará no colo; o rei quer caminhar sem interrupções. Ele deve continuar seu passo, com seus dois meninos indo adiante para mostrar que tem um herdeiro, dois herdeiros, e que sua casa está estabelecida.

— Elizabeth não está muito bem — conto-lhe. — Fica deitada, quieta demais, e não chuta nem chora.

— Ela irá melhorar — retruca ele. — Crescerá forte. Meu Deus, não faz ideia do que significa, para mim, ter o menino.

— O menino — digo, em voz baixa. Sei que não está falando de nenhum de nossos meninos. Refere-se ao rapaz que o assombra.

— Está na corte francesa, sendo tratado como um lorde — comenta Henrique amargamente. — Tem a própria corte ao redor, metade dos amigos de sua mãe e muitos que compunham o séquito real dos York juntaram-se a ele. Está acolhido com honras, bom Deus! Dorme no mesmo quarto que Carlos, o rei da França: colega de quarto de um rei. Por que não, uma vez que é conhecido em toda parte como príncipe Ricardo? Sai para cavalgar com o rei, usando veludo; eles caçam juntos, e o rumor é de que são os melhores amigos. Usa um chapéu de veludo vermelho com um broche de rubi e três pérolas penduradas. Carlos não faz questão de esconder sua crença de que o menino é Ricardo. O rapaz se porta como um duque real.

— Ricardo — repito o nome.

— Seu irmão. O rei da França chama-o de Ricardo, duque de York.

— E agora? — pergunto.

— Como parte do tratado de paz que conquistei para nós... é um grande tratado de paz, vale mais para mim do que qualquer cidade francesa, muito mais do que Boulogne... Carlos concordou em entregar-me qualquer rebelde inglês, qualquer um que conspire contra mim. E eu a ele, é claro. Mas ambos sabemos o que queremos dizer. Ambos sabemos quem queremos. Referimo-nos somente a uma pessoa, um rapaz.

— O que acontecerá? — questiono em voz baixa, mas sinto o rosto gelado com o tempo frio de novembro e então quero entrar no palácio, sair do vento, ficar longe do rosto duro e exultante de meu marido. — O que acontecerá agora?

Começo a imaginar se toda a guerra, o cerco de Boulogne, a viagem de tantos navios, a reunião de tantos homens, foi só para isso. Terá Henrique se tornado tão temeroso que enviaria uma armada para capturar um só menino? E se for o caso, não é uma forma de loucura? Tudo isso por um garoto?

Milady, a Mãe do Rei, e toda a corte estão esperando em filas, de acordo com sua posição na hierarquia, diante da grande porta dupla do palácio. Henrique segue na frente e ajoelha-se diante de sua mãe para receber sua bênção. Vejo o sorriso triunfante no rosto pálido dela enquanto coloca a mão na cabeça dele, e então ergue-o para beijá-lo. A corte comemora e vai à frente para curvar-se e parabenizá-lo. Henrique vira de um para o outro, aceitando os elogios e agradecimentos pela grande vitória. Espero com Artur até que a agitação diminua e Henrique volte para meu lado, corado de satisfação.

— O rei Carlos da França irá me entregá-lo — continua eie, em voz baixa, sorrindo quando as pessoas passam por nós em direção ao palácio e param para fazer uma mesura ou curvar-se profundamente. Todos estão celebrando como se Henrique tivesse triunfado em uma grande vitória. Milady está iluminada de alegria, aceitando os parabéns pela habilidade militar e coragem de seu filho. — Este é o meu prêmio pela vitória, isto é o que ganhei. As pessoas falam sobre Boulogne; Boulogne jamais foi o motivo. Não me importo que não tenha sucumbido sob o cerco. Não foi para ganhar Boulogne que percorri todo esse caminho. Foi para assustar o rei Carlos até que concordasse em fazer do menino meu prisioneiro, enviando-o para mim acorrentado.

— Acorrentado?

— Como um triunfo, farei com que chegue acorrentado, numa liteira. Puxado por mulas brancas. As cortinas estarão erguidas para que todos possam vê-lo.

— Um triunfo?

— Carlos prometeu-me mandá-lo acorrentado.

— Para a morte dele? — pergunto em voz baixa.

Ele confirma com a cabeça.

— Claro. Sinto muito, Elizabeth. Mas você deveria saber que tem que acabar assim. E, de qualquer modo, você achou que ele estava morto, por anos conformou-se que estava morto... e agora ele estará.

Tiro a mão da dobra quente de seu braço.

— Não me sinto bem — digo, em tom desanimado. — Vou entrar.

Não estou sequer fingindo estar mal para evitá-lo nesse humor; sinto-me mesmo nauseada. Mandei um marido amoroso para um grande perigo e tenho rezado todos os dias para que retornasse a salvo. Prometi-lhe que quando chegasse em casa eu o amaria fiel e apaixonadamente como havíamos aprendido a ser havia pouco tempo. Mas agora, no momento de seu retorno, há algo sobre ele que creio que mulher nenhuma possa amar: está se gabando de ter derrotado um menino, está deleitando-se com a ideia de humilhá-lo, está ansiosamente imaginando sua morte. Atravessou o mar estreito com um exército inteiro para ganhar apenas a tortura e execução de um jovem órfão. Não consigo ver como eu poderia admirar tal homem. Não consigo ver como amar tal homem, como perdoá-lo por seu ódio obsessivo contra um menino vulnerável. Terei de imaginar como evitar chamar isso — mesmo em particular, para mim mesma — de um tipo de loucura.

Ele me deixa ir. Sua mãe dá um passo a seu lado e assume meu lugar como se estivesse apenas aguardando até que eu partisse; e os dois parecem me observar enquanto entro rapidamente em nosso palácio preferido, que foi construído para a felicidade, dança e celebração. Caminho pelo enorme salão, onde os criados estão preparando grandes mesas para o banquete de vitória de Henrique, e penso que é uma vitória pobre, quem dera eles soubessem. Um dos maiores reis da cristandade acabou de marchar com um exército poderoso e invadiu outro país sem objetivo nenhum a não ser prender um rapaz perdido, um rapaz órfão, e levá-lo a uma morte vergonhosa.

Preparamo-nos para o Natal em Greenwich, o mais feliz, mais seguro Natal que Henrique já viveu. Sabendo que o rei da França tem o menino sob custódia, e que seu tratado com ele é sólido e mantém-se firme, Henrique envia seus representantes para Paris, para que tragam o menino de volta, para sua execução e enterro. Assiste à chegada da tora de Natal no salão, paga ao mestre do coro uma quantia extra para que faça uma nova cantiga de Natal, e exige banquetes e espetáculos, danças especiais e roupas novas para todos.

A mim, envolve em metros de sedas e veludos e fica vendo enquanto as costureiras ajeitam e enchem de alfinetes o material à minha volta. Pede a elas que decorem as vestes com tecidos dourados, com fios de prata, com peles. Quer que eu brilhe com joias incrustadas na renda dourada. Nada é bom o suficiente para mim nesta estação, e meus vestidos são copiados para minhas irmãs e para minha prima Maggie, de modo que as mulheres da Casa de York brilhem na corte sob a decoração Tudor.

É como viver com um homem diferente. A ansiedade terrível dos anos iniciais deixaram Henrique, e quer ele esteja na sala de aula interrompendo lições para ensinar Artur a jogar dados, jogando Henrique para cima, dançando com a pequena Margaret até ela gritar de rir, fazendo carinho em Elizabeth dentro do berço, ou passando o tempo em meus aposentos, provocando minhas damas e cantando com os músicos, não para de sorrir, estimulando entretenimento, rindo de alguma piada tola.

Quando me cumprimenta na capela pela manhã, beija-me a mão e então puxa-me para perto de si, beijando-me na boca, depois caminha ao meu lado com o braço em torno de minha cintura. Quando vem ao meu quarto à noite, não mais se senta e fica amuado diante do fogo, tentando ver o futuro nas brasas moribundas; mas entra rindo enquanto carrega uma garrafa de vinho, convence-me a beber com ele, e então leva-me para a cama, onde faz amor comigo como se fosse me devorar, beijando cada centímetro de minha pele, mordiscando minha orelha, meu ombro, minha barriga, e só então, enfim, penetrando-me fundo e suspirando de prazer como se minha cama fosse seu lugar preferido no mundo inteiro, e meu toque, seu maior prazer.

Está livre, finalmente, para ser um homem jovem, para ser um homem feliz. Os longos anos de esconderijo, de medo, de perigo, parecem deixá-lo, e começa a achar que chegou ao seu auge, que pode aproveitar o trono, o país, a esposa, que esses bens são seus por direito. Conquistou-os, e ninguém pode tirá-los dele.

As crianças aprendem a aproximar-se dele, confiantes de que serão bem recebidas. Começo a fazer piadas com ele, a jogar cartas e dados com ele, ganho seu dinheiro e coloco meus brincos na mesa quando aumento minha aposta, fazendo-o rir. A mãe dele não interrompe suas idas constantes à capela, mas para de rezar com tanto temor por sua segurança, começando a agradecer a Deus por tantas bênçãos. Mesmo o tio do rei, Jasper, recosta-se em sua grande cadeira de madeira, ri do bobo da corte e para de esquadrinhar o salão com seu duro olhar, deixando de observar os cantos escuros à procura de alguma figura sombria com uma lâmina exposta.

Então, apenas duas noites antes do Natal, a porta de meu quarto se abre, e é como se tivéssemos voltado aos anos iniciais de nosso casamento; toda a felicidade e tranquilidade somem em um momento. Uma geada caiu; as trevas habituais entram com ele. Chega repreendendo seu criado, que o seguia com taças e uma garrafa de vinho.

— Não quero isso! — cospe as palavras, como se fosse loucura sequer sugerir uma coisa dessas; ele nunca quis algo assim, ele nunca iria querer algo assim. O homem recua, assustado, e sai, fechando a porta, sem mais uma palavra.

Henrique larga-se na cadeira diante do fogo, e dou um passo em sua direção, com a velha e familiar apreensão.

— Há algo errado? — pergunto.

— Evidentemente.

Em seu silêncio emburrado, sento na cadeira à frente e espero, caso queira falar comigo. Analiso seu rosto. É como se sua alegria tivesse sido interrompida antes de ter desabrochado por completo. O brilho sumiu de seus olhos escuros, até a cor desapareceu de sua face. Parece exausto, com a pele pálida. Senta-se como se fosse um homem muito mais velho, atormentado por dores, os ombros tensos, a cabeça projetada para a frente como se estivesse puxando uma carga pesada, um cavalo cansado, cruelmente arreado. Enquanto o observo, coloca a mão sobre os olhos como se o brilho do fogo fosse forte demais contra a escuridão dentro dele. Fico comovida, com uma súbita e profunda pena.

— Marido, o que há? Diga-me: o que aconteceu?

Ele encara-me como se estivesse surpreso ao descobrir que ainda estou aqui, e percebo que seu devaneio era tão profundo que estava muito longe de minha silenciosa e aquecida câmara, esforçando-se para ver um cômodo em algum outro lugar. Talvez estivesse até tentando enxergar algo na escuridão do passado, no quarto da Torre, os dois menininhos deitados na cama deles, vestidos com roupas de dormir, sentando-se quando a porta se abriu com um rangido e um estranho apareceu na entrada. Como se estivesse desejoso de saber o que acontece a seguir, como se temesse ver um resgate e torcesse por um assassinato.

— O quê? — pergunta, irritado. — O que disse?

— Posso ver que está perturbado. Alguma coisa aconteceu?

Seu rosto torna-se mais sombrio, e por um momento penso que vai explodir e gritar comigo, mas então a energia se esvai dele como se fosse um homem doente.

— É o menino — explica, cansado. — Aquele menino maldito. Desapareceu da corte francesa.

— Mas você enviou...

— É claro que enviei. Coloquei meia dúzia de homens para vigiá-lo desde o minuto em que chegou à corte francesa, vindo da Irlanda. Tenho uma dúzia de homens seguindo-o desde que o rei Charles o prometeu a mim. Acha que sou um idiota?

Balanço a cabeça.

— Eu deveria ter ordenado que o matassem ali, naquele momento. Mas pensei que seria melhor se o trouxessem de volta à Inglaterra para uma execução. Pensei que faríamos um julgamento, no qual eu poderia provar que ele é um impostor. Pensei que criaria uma história para ele, uma história vergonhosa com uma família ignorante e pobre, um pai bêbado, uma profissão suja em algum lugar perto de um rio, perto de um curtume, qualquer coisa para tirar o brilho dele. Pensei que ele seria sentenciado à execução e que eu faria todos assistirem à sua morte. Para que todos soubessem, de uma vez por todas, que ele está morto. Para que todos parem de se unir por ele, conspirar por ele, sonhar com ele...

— Mas ele sumiu? Fugiu? — Não consigo evitar; quem quer que seja, espero que o menino tenha escapado.

— Foi o que eu disse, não foi?

Aguardo por alguns instantes até que seu rosnado mal-humorado se abrande, e em seguida tento de novo.

— Foi para onde?

— Se eu soubesse disso, mandaria alguém assassiná-lo no caminho — diz meu marido com amargura. — Afogá-lo no mar, derrubar uma árvore em sua cabeça, aleijar seu cavalo e matá-lo com uma espada. Pode ter ido a qualquer lugar, não pode? Não passa de um pequeno aventureiro. De volta a Portugal? Lá eles acreditam que ele é Ricardo, referem-se a ele como filho de seu pai, o duque de York. À Espanha? Ele escreveu para o rei e para a rainha como um igual, e eles não o contradisseram. À Escócia? Se ele for até o rei dos escoceses e juntos erguerem um exército e resolverem me atacar, então sou um homem morto no norte da Inglaterra; não tenho um único amigo naquelas malditas colinas desoladas. Conheço os nortistas; estão apenas esperando que ele os lidere antes de erguerem-se contra mim.

"Ou será que ele voltou à Irlanda para inflamar os irlandeses contra mim de novo? Ou foi até sua tia Margaret, em Flandres? Será que ela receberá seu sobrinho com alegria e irá prepará-lo para vir me enfrentar? O que acha? Se ela enviou um exército inteiro por um menino ajudante de cozinha, o que fará pelo verdadeiro? Dará a ele alguns milhares de mercenários e o enviará a Stoke para terminar o trabalho que o primeiro impostor começou?"

— Não sei — digo.

Ele fica de pé num instante e sua cadeira cai com um estrondo no chão.

— Você nunca sabe de nada! — grita ele perto de meu rosto, saliva voando de sua boca, fora de si de tanta raiva. — Nunca sabe! É seu lema! Esqueça "humilde e penitente", seu lema é: "Não sei! Não sei! Eu nunca sei!" O que quer que eu lhe pergunte, nunca sabe de nada!

A porta atrás de nós entreabre-se, e minha prima Maggie põe a cabeça clara para dentro do quarto.

— Vossa Majestade?

— Saia daqui! — grita ele para ela. — Sua cadela de York! Todas vocês, traidoras de York. Saia da minha frente antes que a coloque na Torre junto com seu irmão!

Ela sobressalta-se, amedrontada diante da fúria dele, mas não se permite deixar-me à mercê da raiva dele.

— Está tudo bem, Vossa Majestade? — pergunta-me, forçando-se a ignorá-lo. Vejo que se segura à porta para manter-se de pé, os joelhos fracos de medo, mas olha além de meu marido furioso para ver se preciso de ajuda. Encaro seu rosto pálido e sei que devo estar com um aspecto bem pior, pálida de choque.

— Sim, Lady Pole — respondo. — Estou muito bem. Não há nada para você fazer aqui. Pode deixar-nos. Estou muito bem.

— Não se incomode por minha causa, estou indo embora! — interrompe-me Henrique. — Nem morto passarei a noite neste quarto. Por que o faria? — Ele caminha apressado até a porta e puxa-a de Maggie, que cambaleia por um momento, mas mesmo assim fica no lugar, visivelmente trêmula. — Vou para meus próprios aposentos — diz ele. — Os melhores aposentos. Não há conforto para mim aqui, neste ninho York, neste ninho imundo de traidores.

Furioso, ele sai. Ouço o baque na câmara de audiências externa quando os guardas batem suas lanças no chão à abertura violenta da porta, e então a correria quando sua guarda se agrupa às pressas atrás dele para segui-lo. Pela manhã, toda a corte saberá que ele chamou Margaret de cadela de York e a mim, de York traidora, que disse que meus aposentos eram um ninho imundo de traidores. E pela manhã todos saberão o porquê: o menino que se diz meu irmão desapareceu outra vez.

Palácio de Westminster, Londres, primavera de 1493

Permanecemos em Londres durante a primavera, para que Henrique possa ficar no centro de sua rede de espiões recebendo relatórios, primeiro da Antuérpia e depois da cidade de Malines, acerca do milagre ocorrido na corte de minha tia em Flandres. Todos estão falando do momento em que o novo sobrinho foi até ela da França, tendo escapado pela intervenção de anjos, ajoelhou a seus pés e olhou-a no rosto, e ela o reconheceu, com um acesso de alegria: seu sobrinho perdido Ricardo.

Ela escreve para todos, em uma explosão de felicidade, contando-lhes que a era dos milagres não acabou, pois aqui está seu sobrinho, antes dado por morto, caminhando entre nós como um Artur que despertou do sono e volta a Camelot.

Os monarcas da cristandade respondem-na. É extraordinário, mas se ela reconhece o sobrinho, então quem poderia negá-lo? Quem poderia ter mais certeza do que a própria tia dele? Quem ousaria dizer à duquesa viúva da Borgonha que está enganada? De qualquer modo, por que ela estaria enganada? Vê nesse menino as características certas de seu sobrinho, e diz a todos que o reconhece como o filho de seu irmão. Nenhum dos amigos queridos dela, o imperador do Sacro Império Romano-Germânico, o rei da França, o rei da Escócia, o rei de Portugal e os monarcas da Espanha, negam isso em momento algum. E o menino em si, todos relatam que ele é principesco, belo, sorridente, de bom temperamento. Vestido com as melhores roupas que sua tia rica pode lhe providenciar, criando a própria corte com o crescente número de homens que se juntam a ele, fala às vezes de sua infância e refere-se a eventos que somente uma criança na corte de meu pai conheceria.

Os criados de meu pai, os amigos antigos de minha mãe fogem da Inglaterra como se agora fosse um país inimigo. Vão rumo a Malines para vê-lo em pessoa. Colocam-no diante das perguntas que inventaram para testá-lo. Procuram em seu rosto qualquer semelhança com o lindo principezinho que minha mãe adorava, tentam fazer armadilhas com falsas lembranças, com quimeras. Mas ele lhes responde com confiança, e então acreditam nele e permanecem com ele. Ficam todos satisfeitos com seus próprios testes. Mesmo aqueles que foram determinados a desmascará-lo, mesmo aqueles que foram pagos por Henrique para humilhá-lo, cada um deles fica convencido. Jogam-se de joelhos, alguns choram, fazem mesuras, como fariam para seu príncipe. É Ricardo, de volta dos mortos, escrevem para a Inglaterra com alegria. É Ricardo, salvo das garras da morte, o rei da Inglaterra por direito restaurado para nós, retornando para nós mais uma vez, o filho de York brilhando de novo.

Mais e mais pessoas começam a sair às escondidas dos séquitos da Inglaterra. William, o ferrador preferido do rei, desapareceu da forja. Ninguém consegue compreender por que deixaria os benefícios da corte, a ferragem dos mais belos cavalos do reino, com o patrocínio do rei em pessoa — mas o fogo está apagado, e a forja, escura, e há o rumor de que William partiu para fazer as ferraduras do verdadeiro rei da Inglaterra e não ficará mais ao lado de um impostor Tudor. Um grupo de vizinhos que vivem próximos de minha avó, a duquesa Cecily, desaparece de seus belos lares em Hertfordshire e viaja às escondidas para Flandres, quase que com certeza com a bênção dela. Padres desaparecem das capelas, seus escreventes enviam cartas para simpatizantes conhecidos, mensageiros levam dinheiro das casas da Inglaterra ao menino. Então, o pior de tudo: Sir Robert Clifford, um membro da corte de York a vida inteira, um homem em quem Henrique confia o suficiente para que seja seu enviado à Bretanha, faz as malas com tesouros Tudor e se vai. Seu lugar em nossa capela fica vazio, sua mesa não está feita para a ceia em nosso salão. De maneira chocante e inacreditável, nosso amigo Sir Robert e todo o seu séquito desapareceram; e todos sabem que foi ao encontro do garoto.

Então nós nos transformamos numa corte de impostores. O garoto parece e soa autêntico enquanto fingimos ter confiança; mas vejo a tensão no rosto de Milady, a Mãe do Rei, e o modo como Jasper Tudor caminha pelos corredores como um velho cavalo de guerra, nervoso, a mão pousando sobre o cinto onde a espada deveria estar, sempre observando o salão enquanto come, sempre alerta para a abertura de uma porta. O próprio Henrique está pálido de fadiga e de medo. Começa a trabalhar ao nascer do sol, e durante todo o dia homens entram no pequeno cômodo no centro do palácio onde o rei encontra seus conselheiros e seus espiões com o dobro de guardas à porta.

A corte está em silêncio; mesmo no berçário, onde deveria haver risadas e o brilho do sol da primavera, as amas estão quietas e proíbem as crianças de gritarem ou correrem. Elizabeth está sonolenta e ainda em seu berço. Artur permanece bastante calado; não sabe o que está acontecendo, mas sente que está vivendo em um palácio sob cerco, sabe que seu lugar está ameaçado, mas não lhe foi contado nada sobre o jovem a quem este berçário pertenceu, que fez suas lições nesta mesma mesa. Não conhece nenhum príncipe de Gales que o tenha precedido, que era estudioso e pensativo e o querido de sua mãe também.

A irmã dele, Margaret, é reservada. Fica silenciosa como ordenam, como se percebesse que algo está errado, mas não soubesse o que fazer.

O irmãozinho deles, Henrique, está começando a insistir em fazer o que quer, um garotinho corpulento com uma risada estridente e um gosto por jogos e música. Mas mesmo ele é aquietado pela urgência e pela ansiedade do palácio. As pessoas não dispõem mais de tempo para brincar com ele, ninguém interrompe seus afazeres para conversar com ele, só passam às pressas pelo grande salão, ocupados com negócios secretos. Ele olha em torno, confuso, para as pessoas que somente há alguns meses paravam e jogavam-no para o alto, ou atiravam uma bola para ele, ou levavam-no até o estábulo para ver um cavalo, mas que agora franzem o cenho e passam correndo.

— S'William! — grita para o irmão de Thomas Stanley quando este passa. — Henrique também!

— Você não pode — retruca Sir William de forma abrupta, olhando com frieza para Henrique, e vai para os estábulos. E então a criança para de andar e procura em volta por sua ama.

— Está tudo bem — digo, sorrindo para ele. — Sir William só está com pressa.

Mas ele franze o cenho.

— Por que sem brincar com Henrique? — pergunta com simplicidade, e não tenho uma resposta que possa lhe dar. — Por que sem brincar com Henrique?

O rei põe toda a corte para trabalhar em cima das notícias de Malines; não há nada mais importante. Lordes e conselheiros vão à Irlanda a seu comando e falam com os lordes irlandeses, implorando-lhes que se lembrem de sua lealdade sincera, e que não corram atrás de um falso príncipe novamente. Traidores são perdoados em um ataque de generosidade e libertados de prisões, jurando lealdade a nós mais uma vez. Antigas alianças esquecidas são refeitas. A Irlanda precisa ser assegurada, o povo precisa esquecer-se de um querido garoto York e abrir caminho apenas para os Tudor. Alguém que pertence ao pequeno círculo de confiança de Henrique vai a Bristol e começa a reunir navios para uma frota que patrulhará os mares estreitos. Devem procurar navios vindos da França, de Flandres, da Irlanda, até mesmo da Escócia. O garoto parece ter amigos e aliados em todos os lugares.

— Está esperando uma invasão? — pergunto a ele, incrédula.

Há uma nova ruga em seu rosto, uma profunda reentrância entre as sobrancelhas.

— É claro — afirma, rispidamente. — A única coisa que não sei é quando. Claro, a outra coisa que não sei é onde, nem quantos serão. Essas são, claro, as únicas coisas importantes. E não sei nenhuma delas.

— Seus espiões não lhe dizem? — Sem querer, minha voz tem um toque de escárnio quando falo de seus espiões.

— Não, ainda não — responde na defensiva. — Há segredos sendo bem guardados por meus inimigos.

Viro-me para ir ao berçário, para onde um médico está seguindo para examinar Elizabeth.

— Não se vá — pede. — Preciso...

Viro-me de novo, com a mão na fechadura; quero perguntar ao médico se o tempo melhor deixará Elizabeth mais forte.

— O que foi?

Ele parece desamparado.

— Ninguém tentou falar com você? Você me contaria se alguém tivesse falado com você?

Minha mente está voltada para minha filha doente, e eu realmente não o compreendo.

— Falar comigo sobre o quê? Que quer dizer?

— Sobre o menino... Ninguém falou com você sobre ele?

— Quem o faria?

Seus olhos escuros de repente se tornam atentos, desconfiados.

— Por quê? Quem acha que poderia falar sobre ele?

Viro as palmas das mãos para cima.

— Milorde. Eu realmente não sei. Ninguém me falou dele. Não consigo pensar em por que alguém falaria comigo. Sua infelicidade é nítida o bastante para que todos a vejam. Ninguém falará comigo sobre a coisa que está levando meu marido... — interrompo o restante da frase.

— Levando-me à loucura? — pergunta.

Não respondo.

— Alguém em minha corte está recebendo ordens dele — revela, como se as palavras lhe estivessem sendo arrancadas. — Alguém está planejando derrubar-me e colocá-lo em meu lugar.

— Quem? — sussurro. Seus medos são tão poderosos que olho por cima de meu ombro para verificar se a porta atrás de mim está bem fechada e dou um passo na direção dele, para que ninguém consiga nos ouvir. — Quem está planejando contra nós em nossa própria corte?

Ele balança a cabeça.

— Um de meus homens apanhou uma carta, mas não havia nomes nela.

— Apanhou?

— Roubou. Sei que há alguns homens, unidos pelo amor à Casa de York, desejando colocar o menino no trono. Talvez mais do que alguns. Trabalharam com a sua mãe como sua líder secreta, trabalham até com a sua avó. Mas há mais do que esses, há homens que se passam diariamente por amigos ou camaradas ou criados meus. Alguém tão próximo a mim quanto um irmão. Não sei em quem confiar... não sei quem é meu amigo verdadeiro.

Tenho uma repentina sensação de arrepio diante da experiência diária de Henrique, na qual fora da porta fechada, para além dos painéis entalhados de espessa madeira polida, há pessoas, talvez centenas de pessoas, que sorriem para nós enquanto vamos jantar, mas que escrevem cartas confidenciais, acumulam armas secretas e têm um plano para nos matar. Temos uma corte grande e agitada; e se um quarto dela estiver contra nós? E se metade dela estiver contra nós? E se voltarem-se contra meus meninos? E se estiverem envenenando minha filhinha? E se voltarem-se contra mim?

— Temos inimigos no coração desta corte — sussurra ele. — Podem ser aqueles que arrumam nossas camas, podem ser aqueles que servem nossa comida. Podem ser aqueles que provam nossa comida e garantem-nos que é seguro comer. Ou podem cavalgar ao nosso lado, jogar cartas conosco, dançar segurando sua mão, levar-nos até a cama à noite. Talvez os chamemos de primos, talvez os chamemos de queridos. Não sei em quem confiar.

Não prometo a ele minha lealdade, uma vez que palavras não mais lhe trazem conforto. Meu nome e minha casa são seus inimigos, meus parentes talvez estejam se reunindo contra ele; meras palavras não superarão isso.

— Você tem, sim, pessoas em quem confiar — asseguro-o. Listo-as para ele, como se estivesse cantando hinos contra a escuridão. — Sua mãe, seu tio, o conde de Oxford, seu padrasto e toda a família dele, os Stanley, os

Courtenay, meu meio-irmão Thomas Grey; todas as pessoas que estiveram a seu lado em Stoke e que ficarão ao seu lado novamente.

Ele balança a cabeça.

— Não, pois *não* estavam todos ao meu lado em Stoke. Alguns deles encontraram uma desculpa para afastar-se. Alguns deles disseram que viriam, mas se atrasaram e não chegaram lá a tempo. Alguns deles prometeram amor e apoio, mas simplesmente recusaram-se a vir. Alguns deles fingiram estar doentes ou não puderam deixar seus lares. Alguns até estiveram lá, mas do outro lado, e imploraram por meu perdão depois. E, de qualquer modo, mesmo os que estavam lá... não ficarão ao meu lado outra vez, não de novo, e de novo. Não ficarão ao meu lado contra um menino da rosa branca, não um que eles acreditam ser um verdadeiro príncipe.

Ele volta para a mesa onde suas cartas, seus criptogramas secretos e seus selos estão arrumados com cuidado. Nunca escreve uma carta hoje em dia, sempre envia códigos. Quase nunca escreve um bilhete sequer, sempre é uma instrução secreta. Não é a escrivaninha de um rei, mas de um espião-chefe.

— Não a incomodarei — declara, rispidamente. — Mas se alguém disser sequer uma palavra para você... espero que me conte. Quero ouvir qualquer coisa, tudo... o menor dos rumores. Espero isso de você.

Estou prestes a dizer que é claro que lhe contaria, o que mais ele acha que eu faria? Sou sua esposa, seus herdeiros são meus adorados filhos, não há seres neste mundo que eu ame com mais ternura do que suas próprias filhas — como ele pode duvidar de que eu viria imediatamente até ele? Mas então vejo sua carranca sombria e percebo que não está pedindo minha ajuda; está me ameaçando. Não está pedindo para ser tranquilizado, mas avisando-me de que suas expectativas não devem ser desapontadas. Não confia em mim, e, pior do que isso, quer que eu saiba que não confia em mim.

— Sou sua esposa — afirmo, em voz baixa. — Prometi amá-lo no dia de nosso casamento e desde então vim a amá-lo. Houve um tempo em que estávamos felizes por tal amor ter chegado a nós; ainda estou feliz com isso. Sou sua esposa e amo você, Henrique.

— Mas, antes disso, continua sendo irmã dele.

Castelo de Kenilworth, Warwickshire, verão de 1493

Mais uma vez, Henrique muda a corte para o Castelo de Kenilworth, o mais seguro da Inglaterra. Está posicionado centralmente, de modo que consiga marchar até qualquer costa para ir de encontro a uma invasão, e é fácil de ser defendido se tudo der errado e uma investida avançar para o interior em sua direção. Desta vez não há nem o pretexto de ser uma corte sem preocupações durante o verão; todos têm medo, certos de que estão ligados a um rei que está enfrentando um ataque pela segunda vez em apenas oito anos, convencidos de que um melhor pretendente ao trono está reunindo forças contra Henrique Tudor: ele próprio é um pretendente, agora, como sempre foi.

Jasper Tudor, com a expressão sombria, cavalga para o sudoeste do país e para Gales a fim de expor as dúzias de conspirações locais que estão se reunindo para dar as boas-vindas a uma invasão. Nenhuma das pessoas do oeste quer ficar ao lado dos Tudor, todos estão procurando pelo príncipe além das águas. Henrique em pessoa abre outros inquéritos, cavalgando de um lugar a outro, perseguindo rumores, tentando encontrar aqueles que estão por trás do constante fluxo de homens e de fundos para Flandres.

Em todos os lugares, de Yorkshire a Oxfordshire, dos condados do leste até os centrais, os homens nomeados por Henrique realizam inquéritos tentando descobrir rebeldes. E, ainda assim, chegam todos os dias relatórios de grupos traidores, reuniões secretas e tropas sendo reunidas no escuro da noite.

Henrique fecha os portos. Ninguém pode navegar a qualquer destino por medo de que vá juntar-se ao menino; mesmo mercadores têm de solicitar uma licença antes de poderem enviar seus navios. Nem sequer no comércio o rei confia. Então Henrique aprova mais uma lei: ninguém tampouco poderá viajar qualquer grande distância para o interior. As pessoas estão liberadas para ir aos mercados de suas vilas e voltar para casa, mas não deve haver reuniões e marchas. Não haverá feiras de verão, ou festas da produção de feno, ou dias de tosa das ovelhas, ou danças, ou procissões das paróquias, ou festas juninas. O povo não deve se reunir, pois há o medo de que se torne uma turba e forme um exército; não devem erguer seus copos, pois há o medo de que façam um brinde ao príncipe cuja família e corte eram sinônimos de festança.

Milady, a Mãe do Rei, está lívida de medo. Quando sussurra as orações de seu rosário, os lábios ficam pálidos como a touca engomada ao redor de seu rosto. Passa todo o tempo comigo, deixando os melhores aposentos, os apartamentos da rainha, vazios o dia inteiro. Traz suas damas e os membros de sua família imediata — pois são as únicas pessoas em quem consegue confiar —, seus livros e estudos, e senta-se em meus aposentos como se estivesse procurando calor ou conforto ou alguma forma de segurança.

Não posso oferecer-lhe nada. Cecily, Anne e eu mal falamos umas com as outras, conscientes demais de que tudo que dizemos está sendo registrado, que todos estão imaginando se nosso irmão virá para resgatar-nos desta corte Tudor. Maggie, minha prima, vai a todo lugar de cabeça baixa e os olhos fixos nos pés, desesperada para que ninguém diga que se um dos meninos York está à solta, então ao menos o outro deveria ser executado para que a linhagem Tudor esteja livre de sua ameaça. O número de guardas que vigia Teddy duplicou, e duplicou de novo, e Maggie tem certeza de que ele não recebe as cartas que ela lhe envia. Nunca tem notícias do irmão e agora tem muito medo de perguntar por ele. Todas nós tememos que, um dia, recebam a ordem de entrar no quarto dele enquanto dorme e estrangulá-lo na cama. Quem contrariaria a ordem? Quem os impediria?

As damas em meus cômodos leem e costuram, tocam música e jogam, mas no mais completo silêncio, e ninguém fala rápido, ri ou faz uma piada. Todos examinam tudo o que dizem antes de deixar que uma palavra saia de suas bocas. Todos vigiam as próprias palavras por medo de dizerem algo que pode ser relatado contra si, todos estão ouvindo o que os outros dizem, caso haja algo que deveriam relatar. Todos prestam uma atenção silenciosa em mim, e sempre que há uma batida forte em minha porta, seguram o fôlego, aterrorizados.

Escondo-me dessas tardes terríveis no berçário das crianças, pegando Elizabeth em meu colo e esticando suas mãozinhas e pés, cantando baixinho para ela, tentando persuadi-la a mostrar-me seu leve e encantador sorriso.

Artur, que precisa ficar conosco até que tenhamos certeza de que Gales é segura, está dividido entre os estudos e a vista da janela alta, de onde consegue ver o exército de seu pai aumentando em número, treinando todos os dias, assim como sempre vê mensageiros vindos do oeste, trazendo notícias da Irlanda ou de Gales, ou do sul — de Londres, onde as ruas estão zunindo com fofocas, e os aprendizes estão abertamente usando rosas brancas.

À tarde, levo-o para cavalgar comigo, mas depois de alguns dias Henrique proíbe-nos de sair sem uma guarda armada.

— Se eles pegassem Artur, minha vida não valeria nada — declara amargamente. — O dia em que ele e Henrique morrerem será o dia de minha sentença de morte e o fim de tudo.

— Não diga isso! — Ergo a mão num gesto apaziguador. — Não lhes deseje mal!

— Você tem coração mole — diz, ressentido, como se fosse um defeito.

— Mas é tola. Não pensa, não percebe o perigo que está correndo. Você não pode levar as crianças para fora dos muros do castelo sem uma guarda.

Estou começando a pensar que deveriam morar em lugares diferentes... para que ninguém que queira sequestrar Artur consiga levar Henrique.

— Mas, senhor, meu marido. — Consigo ouvir o tremor em minha voz, consigo ouvir as lamúrias da razão contra a certeza de um louco.

— Acho que vou manter Artur na Torre.

— Não! — grito. Não consigo conter meu choque. — Não, Henrique, não! Não! Não!

— Para mantê-lo a salvo.

— Não. Não consentirei. Não posso consentir. Não pode ir para a Torre. Não como...

— Não como seus irmãos? — pergunta, rápido como uma cobra dando o bote. — Não como Edward de Warwick? Pois crê que eles são todos a mesma coisa? Todos são meninos que podem desejar ser reis?

— Ele não pode ir para a Torre como eles. É o príncipe proclamado. Tem que viver em liberdade. Tenho que ser autorizada a levá-lo para cavalgar. Não podemos estar em tal perigo no nosso próprio país a ponto de ficarmos prisioneiros em nossos próprios castelos.

Sua cabeça está virada para outro lado, por isso, não consigo ver sua expressão enquanto me escuta. Mas, quando se volta, vejo que seu belo rosto está contorcido de suspeita. Olha para mim como se quisesse arrancar a pele de meu rosto para ver meus pensamentos.

— Por que está tão determinada a respeito disso? — questiona, devagar. Sua desconfiança é quase visível. — Por que está tão determinada a manter seus filhos aqui? Está saindo com Artur para encontrá-los? Está enganando-me com essa história de segurança e de cavalgada? Está planejando levar meu filho e entregá-lo? Está trabalhando com os York para roubar meu filho de mim? Fez um trato? Forjou um acordo? Seu irmão como rei, Artur como seu herdeiro? Colocará Artur sob os cuidados dele agora e irá mandá-lo invadir assim que o vento virar contra mim e ele conseguir navegar?

Há um longo silêncio enquanto compreendo o que disse. De modo lento, o horror de sua desconfiança abre-se como uma fenda sob meus pés.

— Henrique, não pode estar pensando que sou sua inimiga.

— Estou de olho em você — alerta ele, sem responder. — Minha mãe está de olho em você. E não manterá meu filho e herdeiro sob sua guarda. Se quiser ir a qualquer parte com ele, terá que ser acompanhada por homens em quem posso confiar.

Minha fúria transborda e volto-me contra ele, tremendo.

— Homens em quem pode confiar? Diga-me um deles! — cuspo. — Consegue? Consegue dizer o nome de um sequer?

Ele coloca a mão sobre o coração como se eu tivesse socado seu peito.

— Do que sabe? — sussurra.

— Sei que não consegue confiar em ninguém. Sei que está num inferno solitário que você mesmo criou.

Northampton,
outono de 1493

Mudamo-nos para Northampton, e Henrique recebe os cortesões que enviara para negociar com minha tia, a duquesa viúva. Todo o comércio entre Inglaterra e Flandres deve ser proibido, ninguém pode ir e vir, e Flandres não receberá lã inglesa enquanto o rapaz, o único rapaz, mantiver sua pequena corte, e a mulher determinada, que alega ser ele seu sobrinho, escrever urgentemente para outros reis e rainhas, pressionando seu direito ao trono.

Os representantes de Henrique reportam com alegria que insultaram minha tia. Em sua própria corte, em sua presença, sugeriram que ela varra os campos do país para encontrar meninos bastardos a serem mandados contra Henrique Tudor. Fizeram uma piada vulgar sugerindo que o rapaz é seu amante. Dizem que ela é como muitas mulheres mais velhas: louca por sexo, ou que enlouqueceu por causa de sexo, ou simplesmente louca por ser mulher, e todos sabem que a capacidade de raciocínio feminina é fraca. Dizem que ela é uma mulher louca de uma família louca, de modo que minha avó Cecily, duquesa de York, com quase oitenta anos de idade, minha falecida mãe, eu, e todas as minhas irmãs e minha prima Margaret também somos insultadas. Henrique deixa que todas essas injúrias sejam ditas por seus embaixadores, e repetidas diante de mim, como se não se importasse com qualquer sujeira que seja atirada nos York, contanto que algo grude e manche a imagem do menino.

Ouço estas fofocas com uma expressão inabalavelmente indiferente, não me diminuo a ponto de reclamar. Henrique está rebaixando-se demais, perdeu todo o juízo. Para insultar o rapaz, para insultar minha tia, dirá qualquer coisa. Vejo sua mãe observando-me, os olhos brilhando com seus próprios medos delirantes, e viro a cabeça para o outro lado, como se não quisesse vê-la nem ouvir os abusos comandados por seu filho.

Mas o embaixador William Warham não perdeu tempo em Flandres caluniando minha tia; fez seus homens procurarem, no interior, famílias que deram pelo sumiço de um filho. Centenas de pessoas responderam, pessoas que agora dizem que há vinte anos perderam um recém-nascido que estava no berço; poderia ser este o menino? Pessoas que disseram que seu filho saiu e jamais retornou; terá a duquesa o roubado? Pessoas cujo adorado filho caiu no rio e foi levado pela correnteza e seu corpo, nunca encontrado — estará vivo e fingindo ser Ricardo, duque de York? Um candidato depois de outro voluntaria-se para contar suas tristes histórias de crianças desaparecidas; mas não há nada que ligue sequer um deles ao menino que se comporta com tanta cortesia em seu pequeno palácio, que fala tão afetuosamente de seu pai e que visita sua tia Margaret com tanto conforto.

— Você não sabe quem ele é — comento, sem emoção, para Henrique. — Gastou uma pequena fortuna e fez Sir William pagar metade das mães enlutadas da cristandade por suas histórias, e ainda não sabe quem ele é. Não faz ideia de quem ele seja.

— Encontrarei a história dele — garante simplesmente. — Terei sua história nem que eu mesmo tenha que escrevê-la. Posso contar-lhe uma parte dela agora mesmo. Ele aparece do nada, em alguma família, em algum lugar, há dez anos. Fica com eles por algo em torno de quatro anos. Então Sir Edward Brampton aparece por acaso e leva-o para Portugal.

O próprio Sir Edward admitiu isso. Em Portugal, chamam o menino de Ricardo, duque de York, e é conhecido na corte portuguesa como o príncipe desaparecido. Então, ele é dispensado por Sir Edward, não importa a razão, e o menino viaja com Pregent Meno. Meno também admitiu, tenho isso escrito. Meno leva-o para a Irlanda, e os irlandeses se erguem em seu nome, chamam-no de Ricardo, duque de York... Tenho suas confissões... E ele foge para a França. O rei Carlos da França aceita-o como o príncipe York, mas, no momento em que será entregue a mim, foge para o abrigo de sua tia.

— Tem tudo isso escrito? — pergunto.

— Tenho relatórios assinados por testemunhas. Posso rastreá-lo por cada momento de cada dia seu em Portugal — afirma Henrique.

— Mas nada antes disso. Nada que mostre que nasceu e foi criado por uma família qualquer — retruco. — Você mesmo diz que ele apareceu lá. Ele mesmo dirá que apareceu lá, indo da Inglaterra, resgatado da Torre. Tudo que você tem por escrito, assinado sob juramento, em nada desmente a reivindicação dele ao trono. Tudo o que coletou como provas só serve para confirmá-lo como filho de York.

Ele atravessa o quarto a grandes passadas e agarra minha mão, segurando-a com tanta força que os ossos são quase esmagados. Retraio-me, mas não grito.

— É só o que tenho por enquanto — diz, com os dentes trincados. — Como eu disse: o que não tenho, escreverei eu mesmo. Escreverei a descendência do menino nesta história, vou criá-la: pessoas comuns, pessoas ruins. O pai, um pouco bêbado, a mãe, um pouco tola, o menino, um pouco marginal, um vagabundo, alguém que não presta para nada. Acha que não consigo escrever isso e encontrar alguém, um bêbado casado com uma tola, para jurar que é verdade? Crê que não posso ser um bom historiador? Um bom contador de histórias? Acha que não posso escrever uma história que, daqui a muitos anos, todos acreditarão ser verdade? Sou o rei. Quem escreverá os registros de meu reino, senão eu mesmo?

— Pode dizer o que quiser — concordo, serenamente. — Claro que pode. É o rei da Inglaterra. Mas isso não torna o que diz verdade.

Alguns dias mais tarde, Maggie, minha prima, vem até mim. Seu marido foi nomeado lorde camarista de Artur, mas não podem mudar-se para Gales enquanto o oeste estiver ameaçado por um príncipe rival.

— Meu marido, Sir Richard, diz-me que o rei encontrou um nome para o garoto.

— Encontrou um nome? O que quer dizer com encontrou um nome?

Ela faz uma careta, percebendo a estranheza da frase.

— Eu deveria ter dito que o rei agora afirma saber quem o menino é.

— E?

— O rei diz que deve ser chamado de Perkin Warbeck, o filho de um barqueiro. De Tournai, na Picardia.

— Ele diz que o barqueiro é um bêbado, casado com uma tola?

Ela não me compreende. Balança a cabeça.

— Ele não tem nada além desse nome. Não diz nada além disso.

— E enviará o barqueiro e sua esposa para a duquesa Margaret? Para que o menino possa ser encarado por seus pais e forçado a confessar? Está levando o barqueiro e sua esposa para os reis e rainhas da cristandade para que possam mostrar-lhes quem o menino realmente é, e tomar seu filho de volta dessas cortes reais que ficaram com ele por tanto tempo?

Margaret parece confusa.

— Sir Richard não disse nada.

— É o que eu faria.

— É o que qualquer um faria — concorda. — Então por que o rei não o faz?

Nossos olhares se encontram, e não dizemos mais nada.

Palácio de Westminster, Londres, inverno de 1493

O imperador do Sacro Império Romano-Germânico morreu, e Henrique envia embaixadores para homenageá-lo em nome da Inglaterra no velório. Mas, quando chegam lá, percebem que não são os únicos nobres representando seu país, pois o filho e herdeiro do imperador, Maximiliano, vai a toda parte de braços dados com seu novo e melhor amigo: Ricardo, filho de Eduardo, rei da Inglaterra.

— Disseram o quê? — exige saber Henrique. Ordenou que eu fosse à sua câmara de audiências para ouvir o relatório da volta dos embaixadores, mas não me cumprimenta nem puxa uma cadeira para mim. Duvido que sequer me veja: está cego de raiva. Afundo em meu assento enquanto ele caminha pelo quarto, tremendo de fúria. Os embaixadores dão uma rápida olhada para mim, para conferir se interferirei. Sento-me feito uma estátua fria. Não direi nada.

— Os arautos chamavam-no de Ricardo, filho de Eduardo, rei da Inglaterra — repete o homem.

Henrique se volta para mim.

— Ouviu isso? Ouviu isso?

Inclino a cabeça. Do outro lado do rei, percebo milady, a mãe dele, inclinar-se para a frente de modo que possa me ver, como se esperasse que eu começasse a chorar.

— O nome de seu irmão falecido — lembra-me ela. — Sendo abusado por esse impostor.

— Sim — confirmo.

— O novo imperador, Maximiliano, ama o re... o menino — revela o embaixador, corando pela terrível gafe. — Ficam juntos o tempo todo. O menino representa o imperador quando este se encontra com seus banqueiros, fala por ele com sua noiva. É o principal amigo e confidente do imperador. É seu único conselheiro.

— Ah, e do que vocês o chamaram? — pergunta Henrique, como se não tivesse importância.

— O garoto.

— Como o chamaram quando o viram na corte do imperador? Quando estava ao lado do imperador? Uma vez que ele é, como vocês descrevem, tão importante para a felicidade do imperador, estando no coração de sua corte? Seu único amigo e conselheiro? Quando cumprimentaram esse jovem de tamanha importância, como o chamaram na corte?

O homem fica nervoso, transfere seu chapéu de uma mão para outra.

— Era importante não insultar o imperador. É jovem, e tem a cabeça quente, e é o imperador, afinal de contas. Ama e respeita o garoto. Conta a todos de sua fuga milagrosa da morte, fala constantemente de seu nascimento nobre, de seus direitos.

— Então, do que o chamaram? — pergunta Henrique em voz baixa. — Quando estavam todos nas audiências do imperador?

— Na maior parte do tempo, não falei com ele. Todos o evitávamos.

— Mas quando o encontravam? Nessas raras ocasiões. Nessas muito raras ocasiões. Quando eram obrigados.

— Eu o chamava de "milorde". Pensei que era a coisa mais segura a ser dita.

— Como se ele fosse um duque?

— Sim, um duque.

— Como se fosse Ricardo, conde de Shrewsbury e duque de York?

— Eu nunca disse duque de York.

— Ah, então quem pensa que ele é?

Essa pergunta foi um erro. Ninguém sabe quem ele é. O embaixador fica em silêncio, torcendo a aba de seu chapéu. Ainda não foi informado da história que todos aprendemos por repetição.

— É um Warbeck, o filho de um barqueiro de Tournai — explica Henrique amargamente. — Um ninguém. Seu pai é um bêbado, sua mãe é uma tola. E ainda assim rebaixou-se e curvou-se para ele? Chamou-o de "Vossa Graça"?

O embaixador, desconfortavelmente ciente de que foi espionado enquanto trabalhava, que os relatórios empilhados na mesa de Henrique incluem descrições de seus encontros e conversas, fica um pouco corado.

— Posso tê-lo feito. Era como eu me dirigiria a um duque estrangeiro. Não quer dizer que eu respeito seu título. Não indica que eu aceito seu título.

— Ou a um rei. Você não chamaria um rei de Vossa Graça?

— Não me dirigi a ele como a um rei, sire — diz o homem, mantendo firme sua dignidade. — Jamais me esqueci de que ele é um impostor.

— Mas é um impostor que agora tem um poderoso partidário — grita Henrique, subitamente furioso. — Um impostor vivendo com um imperador e sendo anunciado ao mundo como Ricardo, filho de Eduardo, rei da Inglaterra.

Por um momento todos estão assustados demais para conseguir falar. Os olhos arregalados de Henrique estão fixos no embaixador amedrontado.

— Sim — concorda o homem após o longo silêncio. — É como todos o chamam.

— E você não o negou! — berra Henrique.

O embaixador está congelado de medo, como uma estátua.

Henrique solta um suspiro trêmulo e caminha de volta para sua cadeira, apoia a mão sobre o alto encosto entalhado e para sob o baldaquino como se para indicar sua grandeza a todos.

— Então, se ele é o rei da Inglaterra — começa Henrique devagar, em tom de ameaça —, como eles chamam a mim?

Mais uma vez o embaixador desvia o olhar para mim buscando ajuda. Mantenho os olhos baixos. Não há nada que eu possa fazer para desviar a raiva de Henrique dele; tudo que posso fazer é evitar que eu mesma seja o alvo.

O silêncio perdura, então o embaixador de Henrique encontra a coragem para lhe contar a verdade.

— Chamam-no de Henrique Tudor — diz simplesmente. — Henrique Tudor, o impostor.

Estou em meus aposentos, com Elizabeth quieta no berço a meu lado e minha costura nas mãos, mas pouco trabalho está sendo feito. Uma das infinitas parentes de milady está lendo um livro de salmos para nós. Milady, a Mãe do Rei, balança afirmativamente a cabeça diante das famosas palavras, como se fossem de algum modo sua propriedade; o restante de nós está em silêncio, ouvindo, nossos rostos estampando expressões de reflexão devota, nossos pensamentos em qualquer lugar. A porta se abre e o comandante dos soldados da guarda entra com o rosto sério.

Minhas damas se espantam, e alguém dá um gritinho assustado. Olho para minha prima Maggie; vejo os lábios dela se movendo, como se ela estivesse prestes a falar algo, mas perdeu a voz.

Levanto-me devagar e percebo que tremo tanto que mal consigo ficar de pé. Maggie dá dois passos em minha direção e coloca a mão sob meu cotovelo, segurando-me. Juntas encaramos o homem responsável por minha segurança, que surge à minha porta, sem entrar nem anunciar um visitante. Está quieto como se também não conseguisse ter coragem de falar. Sinto o tremor de Maggie e sei que está pensando, assim como eu, que ele veio para levar-nos para a Torre.

— O que foi? — pergunto. Fico satisfeita que minha voz esteja baixa e firme. — O que foi, comandante?

— Tenho que reportar algo à senhora, Vossa Majestade. — Olha constrangido para o cômodo, como se estivesse desconfortável em falar diante de todas as damas.

Meu alívio por ele não estar aqui para me prender é imenso. Cecily, minha irmã, larga-se sobre o assento e solta um pequeno soluço. Maggie dá um passo para trás e apoia-se em minha cadeira. Milady, a Mãe do Rei, está inabalada. Faz um gesto convidando-o a se aproximar.

— Entre. O que tem a reportar? — pergunta, energicamente.

Ele hesita. Dou um passo em sua direção, para que possa falar comigo em voz baixa.

— O que houve?

— É o soldado Edwards — declara. Seu rosto fica corado de súbito, como se estivesse envergonhado. — Peço seu perdão, Vossa Majestade. É muito ruim.

— Ele está doente? — Meu primeiro medo é da peste.

Mas milady juntou-se a nós e é mais rápida do que eu.

— Ele foi embora?

O capitão confirma com a cabeça.

— Para Malines?

Ele confirma de novo.

— Não contou a ninguém que iria, nem onde depositava sua lealdade; eu o teria prendido imediatamente se tivesse ouvido sequer um rumor. Esteve sob meu comando, guardando a sua porta por metade de um ano. Nunca sonhei... perdoe-me, Vossa Majestade. Mas não tive como saber. Deixou um bilhete para a namorada, foi como viemos a saber. Nós o abrimos. — Hesitante, oferece um pedaço de papel.

Fui servir a Ricardo de York, o verdadeiro rei da Inglaterra. Quando marchar atrás da bandeira da rosa branca de York, tomarei você como minha noiva.

— Deixe-me ver! — exclama Lady Margaret e arranca-o de minha mão.

— Pode ficar com isso — afirmo secamente. — Pode levar a seu filho. Mas ele não irá agradecer-lhe.

O olhar que dirige a mim é bastante horrorizado.

— Um soldado de sua própria guarda pessoal — sussurra. — Foi ao encontro do menino. E o próprio camareiro de Henrique se foi.

— Foi? Não sabia.

Ela assente com a cabeça.

— O mordomo de Sir Ralph Hastings se foi e levou toda a prataria da família para Malines. E os arrendatários de Sir Edward Poynings... Sir Edward, que foi nosso embaixador em Flandres, não consegue manter os próprios homens aqui. Há dúzias de homens fugindo, centenas.

Olho de relance para minhas damas. A leitura foi interrompida, e todas estão inclinadas para a frente, tentando ouvir o que está sendo dito. Não há como desmentir a avidez em seus rostos, incluindo Maggie e Cecily.

O comandante de minha guarda mergulha a cabeça numa reverência, dá um passo para trás e fecha a porta ao sair. Mas Milady, a Mãe do Rei, vira-se para mim em um ataque de fúria, agitando um dedo acusador para minhas parentes.

— Casamos essas meninas, sua irmã e sua prima, com homens em quem pudéssemos confiar, para que seus interesses se mantivessem conosco, para torná-las membros dos Tudor — sibila para mim, como se fosse culpa minha elas estarem ansiosas por novidades. — Agora não podemos ter certeza de que seus maridos não estão esperando elevarem-se como membros dos York, e de que seus interesses não estejam no caminho oposto. Nós as casamos com leais insignificantes, demos princesas York a homens que não tinham quase nada para que eles se mantivessem fiéis a nós, para que ficassem agradecidos. Agora talvez pensem que podem usar suas esposas provisórias e alcançar a grandeza.

— Minha família é fiel ao rei — declaro com firmeza.

— Seu irmão... — Ela engole a acusação. — Sua irmã e sua prima estabeleceram-se e enriqueceram graças a nós. Podemos confiar nelas? Enquanto todos estão fugindo? Ou também usarão sua fortuna e seus maridos contra nós?

— Você escolheu os maridos — digo secamente para seu rosto lívido e ansioso. — Não há por que reclamar para mim se teme que os homens que escolheu a dedo sejam traidores.

Palácio de Greenwich, Londres, verão de 1494

A corte não se alegra com a chegada do verão. Apesar de comprar para Artur seu primeiro cavalo e sua primeira sela de verdade — e então precisar consolar seu irmão, Henrique, que exige um cavalo grande para si, igual ao do mais velho —, não consigo fingir que este é um verão como deveria ser, ou que a corte está contente. O rei vai a todos os lugares encoberto em silêncio, sua mãe passa a maior parte do tempo na capela, e toda vez que alguém está ausente do jantar ou das orações, todos olham em volta e sussurram: "Ele também se foi? Meu Deus, ele também se foi? Para o garoto?"

É como se fôssemos atores em um pequeno palco mambembe, como atores que fingem que tudo está bem, que estão confortáveis em seus bancos e com as coroas que mal cabem em suas cabeças. Mas qualquer um que olhe para a esquerda ou para a direita consegue ver que esta falsa corte se resume a um punhado de pessoas em cima de uma carroça, tentando criar uma ilusão de grandeza.

Margaret visita o irmão dela na Torre antes de a corte deixar Londres, e volta para meus aposentos parecendo preocupada. As aulas dele foram interrompidas, a guarda foi trocada, tornou-se tão silencioso e tão triste que ela teme que, mesmo se fosse libertado amanhã, nunca recuperaria o espírito daquele menininho animado que trouxemos para a capital. Tem 19 anos agora, mas não é autorizado a sair para o jardim; só tem permissão para caminhar pelo telhado da Torre toda tarde. Diz que não consegue lembrar-se de como é correr, crê que se esqueceu de como se cavalga. É inocente de tudo, menos de ser o portador de um grande nome, e não pode colocar esse nome de lado, como Margaret fez, como eu e minhas irmãs fizemos, enterrando nossa identidade com casamentos. É como se seu nome como um duque da Casa de York fosse puxá-lo para dentro d'água profunda, como uma pedra amarrada em seu pescoço, e nunca o libertar.

— Você acha que o rei um dia soltará Edward? — pergunta-me. — Não ouso pedir-lhe neste verão. Nem sequer como um favor. Não ouso falar com ele. E de qualquer modo, Sir Richard ordenou-me que não o fizesse. Diz que não podemos falar nada nem fazer nada que possa levar o rei a duvidar de nossa lealdade.

— Não é possível que Henrique duvide de Sir Richard — protesto.

— Nomeou-o lorde camarista de Artur. Irá enviá-lo para governar Gales assim que for seguro para ele deixar a corte. Confia nele mais do que em qualquer outra pessoa no mundo.

Ela balança a cabeça rapidamente, lembrando-me de que o rei desconfia de todos.

— Henrique está duvidando de Sir Richard? — sussurro.

— Arranjou um homem para nos vigiar — conta a meia-voz. — Mas se não consegue confiar em Sir Richard...?

— Então duvido que Teddy será libertado um dia — termino, amargurada. — Creio que Henrique jamais o soltará.

— Não, o rei Henrique não o fará... — concede ela. — Mas...

No silêncio entre nós, consigo ver as palavras não ditas tão claramente quanto se ela as tivesse traçado na madeira da mesa e depois as apagado: "o rei Henrique jamais o libertaria, mas o rei Ricardo, sim."

— Quem sabe o que vai acontecer? — digo, abruptamente. — Decerto, mesmo em um cômodo vazio, você e eu não deveríamos especular nunca, jamais.

Recebemos notícias constantes de Malines. Começo a odiar ver a porta da câmara privada do rei fechar-se e o guarda colocar-se diante dela com a lança barrando a entrada, pois então sei que mais um mensageiro ou espião veio para ver Henrique. O rei tenta assegurar-se de que nenhuma notícia vaze de suas constantes reuniões, mas logo fica-se sabendo que o imperador Maximiliano visitou suas terras em Flandres e que o rapaz, o rapaz que não pode ser nomeado, está viajando com ele como seu querido colega monarca. A corte em Malines não é mais luxuosa o suficiente para ele. Maximiliano lhe dá um grande palácio na cidade de Antuérpia, um palácio identificado com o próprio estandarte e decorado com rosas brancas. Seu nome, Ricardo, príncipe de Gales e duque de York, está estampado na frente da construção, seus criados vestem as cores de York: amora — um carmesim profundo — e azul, e ele é servido de joelhos.

Henrique vem até mim no momento em que estou entrando em minha barca para passar um fim de tarde na água.

— Posso juntar-me a você?

É tão raro que diga algo agradável estes dias que minha voz falha completamente em respondê-lo; então olho espantada para ele como uma camponesa. Ele ri como se não tivesse preocupações.

— Parece surpresa que eu queira vir navegar com você.

— Estou surpresa — confirmo. — Mas muito contente. Pensei que estava trancado em sua câmara privada com relatórios.

— Estava, mas aí vi de minha janela que estavam preparando sua barca e pensei: que belo fim de tarde para se estar na água.

Faço um gesto para minha corte, e um rapaz sai entusiasmado de seu assento. Todos movem-se, e Henrique senta-se a meu lado, indicando para os barqueiros que podem zarpar.

É um belo fim de tarde; as andorinhas estão dando voltas e descendo ao nível do rio prateado para encher seus bicos de água e continuarem a voar. Um maçarico alça voo da margem com um canto baixo e doce, suas asas abertas ao máximo. Com suavidade, os músicos na barca atrás de nós ensaiam uma nota e começam a tocar.

— Fico tão feliz que tenha vindo conosco — confesso em voz baixa.

Ele pega minha mão e a beija. É o primeiro gesto de afeto entre nós depois de muitas semanas, e aquece-me como o sol de fim de tarde.

— Também fico feliz.

Olho de relance para ele e percebo o cansaço em seu rosto, a tensão em seus ombros. Por um momento, pergunto-me se posso falar com ele como uma esposa deveria falar com seu marido, repreendendo-o por não cuidar de si mesmo, insistindo que descanse, preocupando-se com sua saúde.

— Acho que você tem trabalhado duro demais — digo.

— Tenho muitas preocupações — responde calmamente, como se não tivesse estado à beira da loucura. — Mas esta noite gostaria de ficar em paz com você.

Sinto-me brilhar para ele e meu sorriso alarga-se.

— Ah, Henrique!

— Meu amor — diz ele. — Será sempre, não importa que problemas eu tenha, será sempre meu amor.

Ele pega minha mão, leva-a para seus lábios e beija-a com gentileza, e coloco minha outra mão em sua bochecha.

— Sinto como se de repente você tivesse voltado para mim de uma longa e perigosa jornada — declaro, pensativa.

— Eu queria vir para a água — explica. — Onde no mundo é mais belo do que o rio e um entardecer de verão na Inglaterra? E onde há melhor companhia?

— A melhor companhia na Inglaterra, agora que você está aqui.

Ele sorri diante do elogio, e seu rosto está quente, feliz. Parece anos mais jovem que o homem frenético que espera por mensageiros de Flandres.

— E tenho planos — promete.

— Bons planos?

— Muito bons. Decidi que agora é hora de proclamar Henrique duque de York. Agora que tem quatro anos.

— Ainda não fez quatro anos — corrijo-o.

— Está próximo o bastante. Deveria ter o título dele.

Aguardo, meu sorriso desaparecendo do rosto. Conheço meu marido bem o suficiente para saber que haverá mais.

— E irei torná-lo tenente da Irlanda.

— Com três anos e meio?

— Tem quase quatro. Não se preocupe! Ele não terá que ir a lugar algum nem fazer coisa alguma. Farei de Sir Edward Poynings seu representante na Irlanda e o enviarei com uma força.

— Uma força?

— Para nos certificarmos de que aceitam o governo de Henrique. Para estabelecer o nome de nosso filho na Irlanda.

Desvio o olhar da expressão concentrada de meu marido e contemplo as margens verdejantes onde o movimento de nossos remos mal remexe os juncos. Um ostraceiro canta seu repentino aviso, e consigo ver um passarinho, pintado de branco brilhante e preto intenso como seus pais, abaixando-se enquanto passamos.

— Não está honrando nosso filhinho Henrique — comento em voz baixa. — Está usando-o.

— Isto é para mostrar em Malines, em Antuérpia, em Flandres, para mostrar até mesmo em Londres e na Irlanda, que eles não têm o duque de York. *Nós* o temos, e seu nome é Henrique, duque de York. É tenente da Irlanda, e os irlandeses irão curvar-se para ele, e deceparei a cabeça de qualquer um que mencionar qualquer outro duque.

— Refere-se ao menino — digo, sem emoção. É quase como se a cor estivesse se esvaindo do pôr do sol dourado. A alegria está indo embora do entardecer assim como o cor-de-rosa está sumindo da luz.

— Chamam-no Ricardo, duque de York. Mostraremos a eles que temos Henrique, duque de York. E seu direito é mais forte.

— Não gosto que nosso filho seja usado para reivindicar o direito sobre um nome — afirmo com cuidado.

— É seu próprio nome — insiste meu marido. — É o segundo filho do rei da Inglaterra, então é o duque de York. Certamente deve apropriar-se de seu nome e prevenir que mais alguém o use. Mostraremos ao mundo que reivindicamos o nome. Há apenas um duque de York, e ele é um Tudor.

— Não estaremos mostrando ao mundo que tememos que alguém esteja usando esse nome? — pergunto. — Fazendo de Henrique um duque agora? Enquanto ainda está no berçário? Não parece que estamos reivindicando um nome que outro está usando? Não nos faz parecer fracos, em vez de fortes?

Há um silêncio frio. Volto o olhar para ele e fico chocada ao ver que de repente Henrique está com o rosto branco e tremendo de fúria. Ao comentar seu plano, despertei sua raiva, e ele está fora de si.

— Pode voltar — grita sobre o ombro para o timoneiro, ignorando-me. — Dê a volta e coloque-me em terra. Estou cansado disto, estou exausto disto.

— Henrique...

— Estou exausto de todos vocês — reclama amargamente.

Palácio de Westminster, Londres, outono de 1494

Duas semanas de celebração seguem a instituição de Henrique em duque de York, duas semanas em que ingere comidas ridículas em grandes banquetes, é vestido como um rei em miniatura, fica de pé até tão tarde que se sente tonto de fadiga, e então chora até dormir de cansaço, para acordar de manhã em um estado de animação insuportável para mais um dia glorioso.

Mesmo eu, crítica do teatro que é esta nobilitação, posso ver como meu menino Henrique mostra-se à altura da situação e deleita-se com ela. É um menino alegremente vaidoso; não há nada de que goste mais do que ser o centro das admirações e o foco das atenções. E nestes dias todos elogiam sua educação, sua força, sua beleza; o pequeno Henrique fica corado como a rosa vermelha de Lancaster sob a admiração excessiva.

Artur, sempre mais quieto e sóbrio do que seu impetuoso irmão e sua barulhenta irmã Margaret, senta-se ao meu lado durante a grande missa em que Thomas Langton, bispo de Winchester, assiste o arcebispo na instituição de Henrique como duque de York. Durante o banquete, quando o rei Henrique coloca o filho sobre uma mesa para que todos possam vê-lo, Artur apenas comenta em voz baixa:

— Espero que ele não cante. Está ansioso para cantar para todos.
Dou uma risada.
— Não o deixarei cantar — garanto-lhe. — Apesar de ele ter uma bela voz.
Paro de falar, pois Margaret, já louca de inveja com a atenção que está sendo dada a seu irmão, desce da cadeira e puxa a capa do rei. Horrorizada, sua ama corre atrás dela e faz uma mesura baixa para o rei, implorando seu perdão. Mas estamos em público, celebrando nosso poder. Este não é o rei cujo coração salta ao barulho repentino de uma salva de armas, que se torna lívido de raiva em um instante; este é Henrique como deseja que as pessoas o vejam. Este Henrique não se importa que seus filhos saiam de suas cadeiras, malcriados. Este é o Henrique que aprendeu que deve aparentar ser majestoso em público. Eu mesma ensinei-lhe isso. Ri alto como se estivesse genuinamente divertindo-se, e ergue Margaret para que ela possa ficar lado a lado com o irmão e acenar para a corte. Acena para a ama de Elizabeth, e ela segura o bebê de modo que todos vejam as três crianças lado a lado.
— As crianças da Inglaterra! — grita meu marido, exultante, e todos saúdam. Ele estende a mão para que Artur e eu nos juntemos a eles. Relutantemente, Artur se levanta e puxa minha cadeira para que possamos ir até onde o rei está, com os braços em volta dos filhos menores, e todos nós seis possamos receber aplausos como se de fato fôssemos atores.
Henrique volta-se para o pai e sussurra. Seu pai abaixa-se para ouvir, depois bate as mãos para que lhe deem atenção, e todos ficam em silêncio.
— Meu filho, o duque de York, irá cantar! — anuncia.
Artur lança-me um longo olhar inescrutável, e todos ficamos parados em silêncio e ouvimos, enquanto Henrique, em uma doce e leve voz de soprano, canta "Muito Alegres Boas-Vindas à Primavera". Todos dão tapinhas em suas mesas ou murmuram a melodia e, quando ele termina, explodem em uma onda de aplausos completamente espontânea. Artur e eu sorrimos como se estivéssemos realmente encantados.

Ao final das duas semanas comemorativas há uma justa, e a princesa Margaret entregará os prêmios. Sou obrigada a mandar meu filho Henrique sair do camarote real, pois não suporta a decepção de que não permitirei que cavalgue na justa com seu pônei, nem sequer desfile pela arena.

— Pode ficar aqui e acenar para o público, ou pode ir para o berçário — digo com firmeza.

— Ele tem que ficar — contraria meu marido. — Tem que ser visto pela multidão. E tem que ser visto sorrindo.

Viro-me para meu filhinho emburrado.

— Ouviu o rei — digo. — Precisa acenar e precisa sorrir. Às vezes temos que fazer coisas que não queremos. Às vezes temos que parecer felizes mesmo quando estamos tristes ou bravos. Somos a família real da Inglaterra, temos que ser vistos em nosso poder e nossa felicidade, e temos que parecer satisfeitos.

O pequeno Henrique sempre ouve um apelo que toque em sua vaidade. Emburrado, abaixa a cabeça cor de cobre somente por um instante, e então dá um passo até a frente do camarote real e levanta a mão para acenar para o público, que grita em aprovação. As saudações o animam, ele alegra-se e acena de novo, e em seguida salta como um cordeirinho. Além dele, meu filho Artur ergue a mão para acenar também e sorri. Gentilmente, sem ser vista pela multidão, seguro com firmeza as costas das vestes do mais novo e o mantenho parado antes que ele nos envergonhe pulando por cima da parede baixa.

Quando os justadores entram na arena, minha respiração para por um instante. Esperava que vestissem o verde Tudor, o eterno verde Tudor, a primavera compulsória do reinado de meu marido. Mas ele e sua mãe ordenaram-lhes que se vestissem com as cores de York para honrar o novo e pequenino duque de York, e para lembrar a todos que a rosa de York está aqui, e não em Malines. Todos usam azul e a profunda cor de amora de minha casa, a libré que não vejo desde que Ricardo, o último rei de York, cavalgou para a morte em Bosworth.

Henrique percebe minha expressão.

— É bonito — comenta, indiferente.

363

— É — concordo.

A presença Tudor é afirmada pelo uso das rosas que enfeitam a arena — as rosas brancas de York cobertas pelas vermelhas de Lancaster, e, às vezes, a nova rosa que estão plantando em maior e maior número para ocasiões como estas: a rosa de Tudor, um botão vermelho dentro de uma flor branca, como se todo York fosse, na verdade, um Lancaster em seu coração.

Todos são convidados para o torneio e todos na Inglaterra comparecem: leais, traidores e aqueles muitos que ainda não se decidiram. Londres está repleta de pessoas, os lordes de todos os condados da Inglaterra vieram com seus séquitos, cada escudeiro veio com sua família; ordenou-se a todos que viessem celebrar a nobilitação de Henrique. O palácio está cheio; não há um centímetro de chão sobrando no grande salão. Todos se acomodam para dormir onde conseguem. As tabernas num raio de três quilômetros estão completamente abarrotadas, com até quatro pessoas em cada cama. Todas as casas particulares aceitam hóspedes, até os estábulos abrigam homens dormindo nos celeiros de feno acima dos cavalos. E é esta concentração de tantos lordes e membros da pequena nobreza, cidadãos e plebeus, esta reunião de todo o povo da Inglaterra, que faz com que seja fácil, tão horrivelmente fácil para Henrique prender todos de quem suspeita deslealdade ou traição, ou até mesmo por dizerem uma palavra errada na hora errada.

No momento em que a justa acaba e antes que qualquer um possa ir embora, Henrique envia seus soldados da guarda. E então homens — tanto os culpados quanto os inocentes — são arrancados de seus alojamentos, de suas casas, alguns até de suas camas. É um ataque magnífico àqueles cujos nomes Henrique tem anotado desde o momento em que o menino foi mencionado pela primeira vez até agora, quando menos esperavam, quando caíram na armadilha de Henrique. É brilhante. É impiedoso. É cruel.

Os advogados não estão alertas; a maioria compareceu à justa como convidados. Os escreventes ainda estão em férias. Os homens acusados não conseguem encontrar ninguém que os represente, não conseguem sequer encontrar amigos para pagar as multas extorsivas que Henrique lhes impõe. Henrique captura-os rápido, às dúzias, em uma cidade que foi induzida ao descuido por dias de alegria, até esquecer que é governada por um rei que jamais é descuidado, e quase nunca alegre.

Torre de Londres,
janeiro de 1495

Mudamos a corte para a Torre como se estivéssemos sob cerco, e me instalo nos cômodos dos quais menos gosto, na pior estação do ano. Henrique encontra-me sentada no parapeito de pedra, sob uma estreita janela, olhando para as nuvens escuras e a constante chuva fria caindo no rio sob a Torre.

— Isto é aconchegante — comenta ele, aquecendo as mãos perto do fogo.

Como não respondo, ele faz um gesto com a cabeça às minhas damas, indicando-lhes que nos deixem a sós. Elas apressam-se para fora do quarto, os sapatos de couro batendo no chão de pedra, as saias varrendo o chão e afastando os juncos.

— As crianças estão no quarto ao lado — conta ele. — Eu mesmo ordenei que fossem hospedadas ali. Sei que gosta de que fiquem perto de você.

— E onde está Edward de Warwick? Meu primo?

— Em seus aposentos de costume — responde Henrique, fazendo uma pequena careta diante de seu próprio constrangimento. — São e salvo, claro. Seguro sob nossos cuidados.

— Por que não ficamos em Greenwich? Há algum perigo sobre o qual não quer me contar?

— Ah, não, sem perigos. — Ele esfrega as mãos diante do fogo de novo e fala em um tom tão casual que agora tenho certeza de que algo está muito errado.

— Então por que viemos para cá?

Ele olha de relance para certificar-se de que a porta está trancada.

— Um dos maiores partidários do garoto, Sir Robert Clifford, está voltando para a Inglaterra. Traiu-me, mas agora está voltando para mim. Pode vir até aqui e dar-me novas informações, pensando em conquistar minha proteção, e posso prendê-lo sem maiores problemas. Pode ir da câmara privada para a prisão. É apenas um andar de escadas! — Ele sorri como se fosse uma grande vantagem viver em uma prisão para traidores.

— Sir Robert? — repito. — Pensei que ele tivesse traído você sem possibilidade de retorno quando deixou a Inglaterra. Pensei que tivesse fugido para ficar com o menino.

— E estava com o menino! — Henrique está exultante. — Estava com o menino, e o menino tolo confiou-lhe todo seu tesouro e seus planos. Mas trouxe-os todos para mim. E um saco.

— Um saco?

Confirma com a cabeça. Está observando-me com cuidado.

— Um saco de selos. Todos que conspiraram pelo rapaz na Inglaterra, todos que algum dia lhe enviaram uma carta fecharam-na com o próprio selo. O menino recebia as cartas e cortava o selo delas; então guardou-os como promessas de lealdade. E agora, Sir Robert traz para mim o saco com os selos. Tenho todos os selos. Uma coleção completa, Elizabeth, que identifica todos que estão tramando, junto do menino, contra mim.

Seu rosto está jubilante, como um caçador de ratos com cem rabos de rato.

— Sabe quantos são? Consegue adivinhar quantos? — Percebo pelo seu tom de voz que pensa que está preparando uma armadilha para mim.

— Quantos?

— Centenas.

— Centenas? Ele tem centenas de apoiadores?

— Mas agora conheço todos. Sabe quais são os nomes da lista?

Tenho de morder a língua para segurar minha impaciência.

— É claro que não sei quem escreveu para o menino. Não sei quantos selos nem quem são. Sequer sei se é uma coleção verdadeira. E se for falsa? E se houver nomes nela de homens que são fiéis a você, que talvez escreveram há muito tempo para a duquesa Margaret? E se o menino lhe enviou esse saco de propósito, e Sir Robert estiver trabalhando para ele, para enchê-lo de dúvidas? E se o garoto estiver semeando o medo entre nós?

Vejo-o segurar a respiração diante de uma possibilidade que ainda não considerara.

— Clifford voltou para mim. Foi o único que voltou para mim! E trouxe-me informações que valem ouro — garante com firmeza.

— Ou falso ouro, ouro de tolo, que as pessoas confundem com o verdadeiro — retruco resolutamente. Encontro minha coragem e o enfrento. — Está dizendo que há algum de meus parentes ou damas na lista? — *Margaret não!* penso, desesperada. Margaret não. Deus permita que ela tenha tido paciência para não se rebelar contra Henrique na esperança de libertar o irmão. Peço a Deus que nenhuma de minhas parentes tenha enganado o marido por amor a um menino que secretamente pensam ser meu irmão. Não minha avó, nem minhas tias, nem minhas irmãs! Peço a Deus que minha mãe sempre tenha se recusado a falar com elas, assim como nunca falava comigo. Peço a Deus que ninguém que eu ame esteja na lista de Henrique e que eu não veja meus parentes no cadafalso.

— Venha — ordena ele de repente.

Obediente, levanto-me.

— Aonde?

— Até minha câmara de audiências — responde, como se fosse a coisa mais normal do mundo que viesse a meu quarto buscar-me.

— Eu?

— Sim.

— Para quê? — De súbito, meus aposentos parecem muito vazios, a porta para a sala de aula das crianças está fechada, minhas damas foram mandadas embora. De repente, percebo que a Torre está muito quieta e que as prisões para traidores estão a meia dúzia de passos, como Henrique lembrou-me há um instante. — Para quê?

— Pode vir e assistir a Clifford ser trazido diante de mim. Como é tão astuta sobre quais nomes devem ou não estar no saco de selos, como está expressando tantas dúvidas, pode ver por si mesma.

— Esse é um assunto referente a você e seus lordes — digo, ficando para trás.

Ele estende a mão, com o rosto bastante determinado.

— É melhor que venha. Não quero que as pessoas notem sua ausência e entendam mal.

Ponho minha mão na dele, sentindo como ele está frio quando me segura, e pergunto-me se é o medo que deixa seus dedos tão gelados.

— O que desejar — consinto, calmamente, imaginando se consigo mandar uma mensagem para Margaret, se alguém na câmara de audiências estará próximo o suficiente para que eu sussurre um pedido, que quero que ela me traga algo, um xale ou capa contra o frio do cômodo. — Minhas damas têm que vir comigo.

— Algumas delas já estão lá — responde ele. — Eu mesmo quis que estivessem presentes. Algumas têm que estar lá, algumas têm perguntas a responder. Ficará surpresa ao ver quantas pessoas esperam por nós. Por você.

Adentramos a câmara de audiências da Torre de mãos dadas como se estivéssemos em uma procissão. É um longo cômodo, que ocupa todo o comprimento da Torre; escuro, pois é iluminado apenas por janelas estreitas, uma em cada ponta. Está repleto de pessoas nesta tarde, todas empurrando-se contra as paredes frias, de forma a deixar espaço para a mesa e para a grande cadeira diante da fogueira coberta e sob o alto baldaquino. Milady, a Mãe do Rei, está parada ao lado do trono vazio, e seu marido, lorde Thomas Stanley, a seu lado, com o irmão, Sir William, ao lado dele. Está com minhas irmãs Cecily e Anne próximas a ela; Margaret, minha prima, também está ali. Maggie lança-me um olhar assustado, seus olhos, escuros, então direciona-os para o chão.

Sir Robert Clifford, amigo de Ricardo, além de seu leal companheiro na batalha de Bosworth e desde muito antes daquele dia, curva-se quando entramos. Parece tenso, com um saco de couro parecido com o fardo de um mascate em uma das mãos, uma folha de papel na outra, como se tivesse vindo a um mercado negociar com um comerciante difícil. Henrique senta-se no grande trono sob o baldaquino de ouro e olha para o visitante de cima a baixo, como se medisse o homem que mudou de lado duas vezes.

— Pode contar-me o que sabe — diz Henrique em voz baixa.

Milady chega um pouco mais perto do trono de seu filho e coloca a mão no encosto entalhado, como se quisesse mostrar o quanto são inseparáveis, unidos. Em contraste, percebo que me encolho na direção oposta. Margaret olha para mim rapidamente, como se estivesse temerosa de que eu fosse desmaiar. O cômodo está abafado; consigo sentir o cheiro do suor nervoso dos lordes que estão à espera. Pergunto-me quem tem razão em temer. Olho de Cecily para Anne e para Margaret, e pergunto-me se estão prestes a serem apanhadas. Sir Robert Clifford toca em seu lábio superior úmido para secá-lo.

— Vim diretamente da corte... — começa.

— Não é uma corte — corrige-o Henrique.

— De...

— Do farsante Warbeck — completa Henrique, falando por ele.

— Warbeck? — Sir Robert hesita como se para confirmar o nome, como se nunca antes o tivesse ouvido.

Irritado, meu marido levanta a voz.

— Warbeck! É óbvio! Warbeck! É esse o nome dele, pelo amor de Deus!

— Com isto. — Sir Robert estende o saco.

— Os selos dos traidores — diz Henrique, instigando-o a concordar.

Sir Robert está pálido. Assente com a cabeça.

— A prova da traição deles — confirma.

— Cortados das cartas traiçoeiras ao menino.

Sir Robert indica que sim com a cabeça, com nervosismo.

— Pode mostrar-me. Mostre-me um por um.

Sir Robert caminha em direção à mesa, parando ao alcance do rei, e vejo Jasper Tudor ficar na ponta dos pés, como se estivesse pronto para saltar e defender seu sobrinho contra alguma cilada. Eles têm medo, até mesmo agora, mesmo no coração da Torre, de que Henrique seja atacado.

Parece um jogo de criança quando Sir Robert mergulha a mão no saco e passa adiante o primeiro selo. Henrique pega-o, gira-o na mão.

— Cressener — revela, rispidamente.

Há um leve murmúrio em um canto da corte, onde se encontram os parentes do jovem, que está ausente. Parecem completamente chocados. Um homem cai de joelhos.

— Por Deus, eu não sabia de nada disso — declara.

Henrique apenas olha para ele enquanto o escrevente, atrás, anota algo em uma folha de papel. Henrique estende a mão para pegar mais um selo.

— Astwood — diz.

— Nunca! — exclama uma mulher, e então desiste da negação, percebendo que não quer ser vista defendendo um traidor.

Henrique estende a mão, desconsiderando o arquejo dos lordes. Vejo o selo saindo do saco, quase por mágica, como se eu repentinamente tivesse os olhos de um falcão que consegue enxergar muito, muito além do ratinho encolhido, do filhotinho de faisão correndo. Quando Sir Robert entrega o pequeno selo vermelho, reconheço a marca do anel de minha mãe.

Sir Robert também o conhece. Entrega-o sem dizer um nome, e Henrique pega-o sem comentários, vira-se e encara-me, seu olhar sem expressão nenhuma, seus olhos escuros frios e sem amor, como ardósia galesa. Em silêncio, coloca-o na mesa, ao lado dos selos dos outros traidores. Tio Jasper fita-me com raiva, e sua mãe vira o rosto para longe. Encontro o olhar assustado de minha irmã Cecily, mas não ouso fazer sinal algum para que fique quieta. Mantenho o rosto perfeitamente imóvel; o mais importante é que nenhuma de nós confesse algo.

Mais um selo sai do saco. Percebo que estou segurando o fôlego como se me preparasse para algo ainda mais terrível. Henrique coloca-o na mesa sem dizer o nome, e toda a corte inclina-se para a frente como se quisesse vê-lo mesmo que contra a vontade do rei.

— Dorlay — diz ele, amargamente. Ouço um gemido baixo de uma de minhas damas quando ele nomeia seu irmão.

Sir Robert entrega-lhe mais um selo do saco, e ouço milady engasgar de horror. Pende para trás, segurando a cadeira para se equilibrar enquanto Henrique levanta-se. Sua mão está sobre o selo; não consigo ver a inscrição, e, por um momento, em meu pânico, penso que ele se voltará para mim, penso que me nomeará como traidora. Penso que é o meu selo em sua mão. A corte nem sequer respira, olhando do rosto chocado do rei para a palidez de sua mãe. O que quer que Henrique estivesse planejando com esta provação, não era encontrar este selo no saco. Sua mão treme quando expõe o selo com o familiar brasão.

— Sir William? — pergunta, e sua voz falha ao olhar para além de sua mãe, para o cunhado dela, o confiável e amado irmão do marido dela, cujo exército salvou a vida de Henrique em Bosworth, que lhe entregou a coroa da Inglaterra, que foi transformado em lorde camarista, a mais alta posição do reino, e que recebeu uma fortuna como mera parte de sua recompensa. — Sir William Stanley? — repete, sem acreditar. — Este é seu selo?

— Não é possível — diz Thomas, lorde Stanley, às pressas.

Naquele momento inoportuno, uma gargalhada força saída pela minha boca. Fico tão horrorizada, tão chocada e tão surpresa que rio como uma tola e enterro o rosto nas mãos, sem conseguir recuperar o fôlego por querer rir, rir alto da loucura deste momento. Engasgo, e risadas e mais risadas escapam de mim.

Isso acontece porque percebo, de maneira ofuscantemente clara, que mais uma vez os Stanley colocaram um homem de cada lado, como sempre fazem, como minha própria mãe avisou-me de que sempre fazem. Há sempre um Stanley de cada lado da batalha, ou um que prometeu estar a caminho, ou um prometendo um exército, mas infelizmente falhando em consegui-lo. Sempre que há um momento no qual uma família precisa escolher um lado, os Stanley podem ser sempre encontrados dos dois lados ao mesmo tempo.

Até mesmo em Bosworth, apesar de encontrarem-se do lado vencedor no último momento, tinham prometido sua lealdade e seu exército a Ricardo. Ao início do dia eram aliados jurados. Ricardo até manteve o filho de Thomas Stanley como refém, para testar a boa vontade deles. Estava certo de que cavalgariam em seu auxílio até quando estavam sobre a colina esperando para ver quem ganharia a batalha, e então cavalgaram para apoiar Henrique.

E agora, fizeram-no de novo.

— *Sans changer!* — engasgo. — *Sans changer!*

É o lema dos Stanley: imutável. Mas eles apenas não mudam na procura da própria segurança e do próprio sucesso. E então sinto Maggie a meu lado, os dedos beliscando o interior de meu braço enquanto sussurra com urgência "Pare! Pare!", e mordo as costas de minha mão, engasgando e ficando em silêncio.

Mas, conforme minha risada se esvai, percebo quão poderoso "o menino" se tornou. Se os Stanley se dividiram — um ao lado de Henrique, o outro ao lado do menino —, então devem saber que este invadirá e pensam que pode ganhar. Ter um Stanley a seu lado é como um pedigree — mostra que sua reivindicação ao trono é consistente. Sempre se juntam ao lado vencedor. Se Sir William está apoiando o menino, é somente porque acredita que ele triunfará. Se lorde Thomas o permitiu, é porque crê que o menino tem uma boa chance e uma reivindicação melhor ao trono.

Henrique olha de relance para mim enquanto luto para recompor-me. Volta-se para Sir William, e seu rosto está impassível.

— Dei-lhe tudo o que me pediu — diz sem emoção, como se lealdade devesse ser comprada.

Sir William inclina a cabeça.

— Você mesmo entregou-me a coroa da Inglaterra no campo de batalha.

É terrível o modo como as pessoas afastam-se de Sir William, como se repentinamente tivessem visto nele as marcas da peste. Mesmo sem parecer se mexer, todos recuaram a distância de um passo, e ele fica só, encarando o olhar horrorizado do rei.

— É o irmão de meu padrasto, tratei-o como um tio. — Henrique olha para sua mãe. Está engolindo compulsivamente como se bílis estivesse subindo em sua garganta e fosse vomitar. — Minha mãe garantiu-me que era parente dela, um homem em quem podíamos confiar.

— Isto é um engano — afirma Thomas, lorde Stanley. — Sir William pode explicar, sei...

— Há quarenta homens importantes jurados com ele — interrompe Sir Robert sem que fosse solicitado. — Recrutou apoiadores. Juntando a contribuição de todos, enviaram ao menino uma fortuna.

— Você é da família real da Inglaterra e ainda assim mantém-se ao lado de um impostor? — Henrique esforça-se para dizer as palavras como se não conseguisse acreditar que está dizendo isso para seu tio. Pensou que iria envergonhar-me com a prova da deslealdade de minha mãe, pensou que chocaria a corte com meia dúzia de nomes que poderia enviar ao carrasco para ensinar os outros a serem leais no futuro. Não imaginou que neste teatro para demonstração de seu poder encontraria um traidor em sua própria família. Olho para sua mãe, que está se apoiando no trono dele como se seus joelhos fossem ceder, os olhos arregalados indo do marido para o irmão dele, como se fossem os dois infiéis. Diante de seu olhar repleto de horror, percebo que provavelmente eles o são. Os irmãos nunca agem um sem o outro. Talvez tenham decidido que Sir William apoiaria o pretendente e que Thomas, lorde Stanley, manteria sua paternidade com o rei. Ambos esperando para ver quem venceria. Ambos determinados a ficar do lado vencedor. Ambos julgando que Henrique Tudor tinha mais chance de perder.

— Por quê? — pergunta, com a voz falhando. — Por que me trairiam? Eu! Depois de terem me apoiado? Eu! Que lhes dei tudo?

Então vejo-o interromper as perguntas, parecendo escutar a fraqueza em sua voz. É a lamúria de um menino que jamais foi amado, que estava sempre em exílio esperando um dia retornar ao lar. O menino que nunca conseguia compreender por que deveria ficar longe da mãe, por que não tinha amigos, por que tinha de viver em uma terra estrangeira e ter apenas inimigos em casa. Henrique lembra-se de que há algumas perguntas que jamais devem ser feitas.

A última coisa que deseja é que sua corte ouça a razão pela qual Sir William estava preparado para arriscar tudo em nome do menino, jogar fora tudo o que recebera do rei. O porquê de Sir William tomar esse lado só poderia ser por um amor e lealdade residuais pela Casa de York, e por sua crença de que o menino é o herdeiro verdadeiro. Henrique não quer ouvir isso. A última coisa que deveria pedir é uma justificativa dos Stanley. Quem sabe quantas pessoas concordariam com eles? Bate forte com a mão na mesa.

— Não ouvirei uma palavra sua.

Sir William não demonstra intenção de falar. Seu rosto está pálido e orgulhoso. Não consigo olhar para ele sem pensar que sabe que sua causa é justa. Está seguindo um rei verdadeiro.

— Levem-no embora — ordena Henrique aos guardas à porta, que obedecem, e Sir William vai com eles sem dar uma palavra. Não pede clemência nem tenta explicar. Sai com a cabeça erguida, como se soubesse que terá de pagar o preço por fazer o que é certo. Nunca em minha vida o vi caminhar como um homem orgulhoso. Sempre pensei nele como um interesseiro, alguém que iria de um lado a outro pelos espólios. Mas hoje, enquanto o levam como traidor, quando está indo para sua morte, quando está completamente perdido por apoiar o menino que diz que é meu irmão, Sir William vai satisfeito, de cabeça erguida.

Sir Robert, que vem de uma família cujas terras foram confiscadas por Sir William e que guarda rancor desde então, observa-o sair com um grande sorriso e coloca a mão no saco de selos como se fosse dar-nos a todos mais uma surpresa.

— Basta — diz Henrique, parecendo tão mal quanto sua mãe. — Vou inspecionar o restante a sós, em meus aposentos. Pode ir. Podem todos ir. Não quero ninguém... — Ele faz uma pausa e olha para além de mim, como se eu fosse a última pessoa que poderia reconfortá-lo neste momento de traição. — Não quero nenhum de vocês.

Palácio de Westminster, Londres, fevereiro de 1495

A suspeita de Henrique sobre mim e todos os York o motiva a encontrar um marido em quem confia para casar-se com minha irmã Anne e, então, eliminá-la como centro de rebelião. Sua escolha recai sobre Thomas Howard, cujo pai, o conde de Surrey, foi punido por tempo suficiente por ser fiel à Casa de York e agora foi libertado da Torre. Surrey era um homem de Ricardo; mas mostrou claramente a Henrique que sua lealdade sempre foi apenas à coroa. Uma vez que a coroa foi para a cabeça de Henrique, ele a seguiu. Henrique duvidou disso e suspeitou dele, mas sua espera leal na Torre, como a de um cão pelo retorno de seu mestre, convenceu Henrique a correr o risco. Então o filho mais velho do conde, Thomas, é prometido à minha irmã Anne, e eles têm todo motivo para acreditar que a dinastia Howard prosperará sob os Tudor tanto quanto prometia fazer sob os York.

— Você se incomoda? — pergunto a Anne.

Ela lança-me um olhar ponderado. Tem 19 anos e foi oferecida como noiva para toda a cristandade.

— Está na hora — diz apenas. — E poderia ser pior. Thomas Howard é um homem de futuro, ascenderá nas boas graças do rei. Você verá. Fará qualquer coisa por ele.

Henrique perde pouco tempo no casamento que ordenou; não consegue pensar em nada além do saco de selos e nos nomes dos homens que o têm traído desde que colocou a coroa em sua cabeça.

Jasper Tudor, o único homem no mundo em quem Henrique consegue confiar, lidera uma comissão para julgar os traidores e, com onze lordes e oito juízes, arrasta para o tribunal qualquer um que em algum momento tenha falado sobre o menino ou sussurrado o nome "príncipe Ricardo". Diante de Jasper vêm padres, escreventes, oficiais, lordes, suas famílias, criados, filhos, um horrendo desfile de homens que aceitaram o dinheiro dos Tudor, fizeram votos de lealdade aos Tudor, mas depois decidiram que o menino era o verdadeiro rei. Independentemente de suas posições, ou mesmo da riqueza que Henrique lhes oferecera, esses lordes foram contra seus próprios interesses, atraídos para o menino como se não conseguissem se controlar, seguindo uma estrela mais brilhante do que seu próprio interesse egoísta. São como mártires da Casa de York, prometendo fidelidade, arriscando a própria segurança, enviando mensagens de amor e lealdade escritas por eles mesmos e seladas com os brasões de suas famílias.

Pagam um preço alto. Os lordes são decapitados em público, os plebeus, enforcados, estripados ainda vivos, suas barrigas e pulmões arrancados de seus corpos e queimados diante de seus olhos arregalados, e então finalmente morrem enquanto são cortados em pedaços, esquartejados como uma carcaça. Seus corpos espedaçados são enviados ao redor do reino para serem exibidos nos portões das cidades, em encruzilhadas, em praças de vilarejos.

Com isso, Henrique espera que seu país aprenda a ser leal. Mas eu sei — conhecendo a Inglaterra como conheço, ao contrário dele — que tudo que o povo aprenderá é que homens bons, homens sábios, homens abastados, homens tão privilegiados como Sir William Stanley, homens tão cultos e astutos quanto o próprio tio do rei, estão preparados para morrer pelo menino. Tudo o que julgarão, vendo as muitas mortes e os pedaços putrefatos de corpos, é que muitos, muitos homens bons acreditavam no menino e estavam prontos para morrer por ele.

Stanley vai para o cadafalso em silêncio, sem pedir misericórdia nem oferecendo desmascarar mais traidores. Não há como ele declarar mais alto que crê que o menino seja o rei verdadeiro e que Tudor não passa de um impostor, que Tudor sempre foi um impostor, tanto hoje quanto era no dia da batalha do Campo de Bosworth. Nada poderia ressoar mais claramente do que o silêncio de Stanley, nada divulga mais as reivindicações do menino do que as caveiras sorridentes de seus partidários nos portões de todas as cidades da Inglaterra, fazendo todos imaginarem a causa pela qual esses homens tiveram uma morte tão terrível.

Henrique manda comissões para buscar traidores em todos os condados da Inglaterra. Pensa que encontrarão traidores. Acredito que tudo o que conseguirão, aonde quer que forem, é provar ao povo que o rei pensa que há traição em toda parte. Tudo que Henrique diz para as vilas mercantis, quando seus soldados da guarda marcham e instituem uma audição para as fofocas locais, é que seu rei tem medo de todos, até dos tagarelas nas tavernas. Tudo o que demonstra é que o rei teme quase tudo, como uma criança apavorada com a escuridão na hora de dormir, que imagina ameaças vindo de todos os lados.

Jasper Tudor retorna para Westminster depois de varrer o país atrás de traições, parecendo exausto, envelhecido pelo cansaço. É um homem de 63 anos, que pensou que tinha trazido seu amado sobrinho ao trono em um momento de coragem, há quase uma década, e que a grande obra de sua vida estava feita. Agora percebe que para cada homem que morreu no campo de batalha, lutando contra eles, há dez inimigos escondidos, vinte, cem. York nunca foi derrotada, só recuou para as sombras. Para Jasper, que lutou toda sua vida contra os York, que sofreu exílio de seu próprio adorado país por quase 25 anos, é como se sua grande vitória sobre a Casa de York nunca tivesse acontecido. York está voltando mais uma vez, e Jasper tem de encontrar sua coragem, encontrar seu poder e preparar-se para mais uma batalha. Mas agora é um homem velho.

Antes que ele parta em sua missão, sua esposa, minha tia Katherine, despede-se com uma obediente mesura e uma expressão severa. Metade das pessoas que ele prenderá e enforcará são servos leais de nossa casa e amigos pessoais dela. Mas Milady, a Mãe do Rei, que o amou, acredito eu, desde que ela era uma jovem viúva, e ele, seu único amigo, fita-o com olhos vazios, como se fosse cair de joelhos diante dele e implorar-lhe que salve seu filho outra vez, como salvou-o tantas vezes antes. Eles fecham-se em seus próprios mundos, o rei, sua mãe e seu tio, sem confiar em mais ninguém agora.

Thomas, lorde Stanley, cujo casamento sem amor com Milady, a Mãe do Rei, levou-o à grandeza e trouxe um exército ao filho dela, está excluído dos conselhos, como se dividisse uma mancha de traição com o irmão falecido. Se não podem confiar no cunhado dela, se não podem confiar no marido dela, se não podem confiar nos próprios parentes, que encheram de honra e dinheiro, então em quem podem confiar?

Não podem confiar em ninguém; temem a todos.

Henrique não vem mais aos meus aposentos à noite. Aterrorizado por um menino, não consegue pensar em fazer mais um filho. Temos os herdeiros de que precisa: nosso próprio menino e seu irmãozinho. Henrique olha para mim como se não fosse capaz de contemplar a ideia de fazer mais um filho comigo, um que seria metade York, um que seria meio traidor desde o nascimento. Todo o calor, toda a ternura que estavam crescendo entre nós foram congelados por seu terror e desconfiança. Enquanto sua mãe olha para mim com suspeita, enquanto o rei estende a mão para levar-me até a ceia, mas mal toca meus dedos, caminho como o traidor Sir William: com a cabeça erguida, como se me recusasse a sentir vergonha.

Vejo os olhos da corte sobre mim o tempo todo, mas não ouso encontrar seus olhares e sorrir. Não consigo adivinhar quem poderá sorrir para mim por pensar que sou uma esposa tratada cruelmente por um marido que, mais uma vez, perdeu o hábito recém-adquirido de ser gentil, um homem que ouviu durante toda a vida que deveria ser rei e agora duvida disso mais do que nunca. Ou talvez eles estejam sorrindo, pois não foram detectados e pensam que também estou escondida. Talvez estejam planejando traição e pensem que estou com eles. Talvez sorriam, pois viram o selo de minha mãe no saco dos traidores e acreditem que meu próprio selo estava escondido no fundo do saco.

Penso no menino em Malines, no menino de cabelo castanho-dourado e olhos de avelã, e o imagino caminhando como eu, de cabeça erguida, como nós, crianças de York, fomos ensinadas a fazer. Penso nele sendo informado sobre a perda do tesouro, do saco de selos; um golpe avassalador em seus planos, a traição de seus aliados. Dizem que expressou desapontamento por Sir Robert tê-lo traído, mas que não praguejou nem xingou. Não engoliu em seco como se fosse vomitar nem ordenou que todos se retirassem do cômodo. Comportou-se como um menino que foi ensinado por uma mãe amorosa que a roda da fortuna pode muito bem virar contra você, e não adianta protestar contra isso ou desejar o contrário. Aceitou as más notícias como um príncipe York, não como um Tudor.

Castelo de Worcester,
verão de 1495

Ninguém me conta o que está havendo. Caminho em um círculo de silêncio, como se estivesse presa tal qual uma sanguessuga em um pote de vidro grosso. Henrique vem aos meus aposentos, mas mal fala comigo. Sobe em minha cama e realiza seu dever como se estivesse visitando um bordel, uma casa de má fama; perdemos todo o amor que crescia entre nós. Agora quer fazer mais um Tudor para ter como reserva contra o menino. Consultou astrônomos, e eles creem que um terceiro príncipe Tudor deixaria este trono mais seguro. Parece que ter dois herdeiros, um deles proclamado como duque de York, não é suficiente para ele. Precisamos nos esconder atrás de uma muralha de bebês, e Henrique os colocará em mim por necessidade, mas não por amor.

Em julho conto-lhe que minhas regras não vieram e que estou grávida outra vez, e ele assente silenciosamente com a cabeça. Mesmo esta notícia é incapaz de trazer-lhe alegria. Para de vir aos meus aposentos como um homem liberto de uma obrigação, e fico feliz em dormir na companhia de uma de minhas irmãs, ou com Margaret, que está na corte enquanto o marido percorre o leste da Inglaterra procurando traidores ocultos. Perdi o desejo de deitar-me com meu marido, seu toque é frio, e suas mãos, sangrentas. Sua mãe olha-me como se fosse chamar a guarda para prender-me por nada mais que meu nome.

Jasper Tudor nunca fica na corte agora. Está sempre cavalgando para receber relatórios da corte leste, onde estão certos de que o garoto aportará, do norte, onde pensam que os escoceses invadirão com a rosa branca em suas bandeiras, ou do oeste, onde as tentativas de Henrique de esmagar os irlandeses falharam, deixando o povo mais furioso e rebelde do que nunca.

Passo a maior parte do tempo no berçário com meus filhos. Artur estuda com seus professores, e toda tarde ordenam-lhe ir ao pátio de justas para dominar seu cavalo e aprender a usar lanças e espadas. Margaret é rápida com suas lições e também em se zangar; arranca livros dos irmãos, corre e tranca-se num cômodo antes que consigam gritar e persegui-la. Elizabeth é leve como uma pena, um bebê pequeno, pálido como a neve. Dizem-me que engordará logo, ficará tão forte quanto os irmãos, mas não acredito neles. Henrique está preparando um noivado para ela, está desesperado para fazer uma aliança com a França e usará este pequeno tesouro, esta criança de porcelana, para fazer um tratado. Irá usá-la como isca fresca para pegar o menino. Não discuto com ele. Não posso preocupar-me agora com um casamento que só acontecerá daqui a 12 anos; consigo somente pensar que hoje ela não consumiu nada além de um pouco de pão e leite, um pouco de peixe no jantar, mas nenhuma carne.

Meu menininho Henrique é inteligente e determinado; aprende rápido, mas se distrai facilmente, uma criança que nasceu para brincar. Determinou-se que ele entrará para a Igreja, e pareço ser a única a crer que isso é ridículo. Milady, a Mãe do Rei, planeja torná-lo um cardeal como seu grande amigo e aliado John Morton. Ela reza para que ele suba na hierarquia da Igreja e se torne papa, um papa Tudor. Não adianta dizer-lhe que é uma criança mundana que ama esportes, brincar, música e comida com um deleite muito pouco clerical. Isso não importa para ela. Com Artur como rei da Inglaterra e Henrique como papa em Roma ela terá este mundo e o próximo nas mãos dos Tudor, e Deus terá cumprido a promessa que lhe fez quando era uma garotinha assustada, temerosa de que seu filho jamais fosse governar nada além de alguns castelos em Gales e seria logo expulso deles por meu pai.

O grande amigo dela, John Morton, fica no sul da Inglaterra enquanto passamos nosso verão aqui, no centro do país, longe da costa perigosa, perto do Castelo de Coventry. Morton está protegendo a costa sul para o filho amedrontado de milady, que vai e volta da corte sem avisar, como se estivesse fazendo suas próprias patrulhas, como se não conseguisse confiar nem mais em seus espiões e tivesse que ver tudo por si mesmo. Nunca sabemos se comparecerá à ceia, nunca sabemos se dormirá em sua própria cama; e, quando seu trono está vazio, os cortesões olham em volta como se procurassem um outro rei que pudesse sentar-se ali. Agora os Tudor não confiam em ninguém além do punhado de pessoas que fugiu com eles para o exílio há muito tempo. O mundo deles se encolheu até o tamanho da minúscula corte que se escondeu com eles na Bretanha; é como se todos os aliados e amigos que fizeram, e todos os guardas e soldados que recrutaram depois da batalha de Bosworth, nunca tivessem se juntado a eles, como se não contassem com apoio algum.

É a corte de um pretendente assustado, e não há majestade, orgulho ou confiança nela. Não posso fazer nada trabalhando sozinha; quando prossigo solitária para o jantar de cabeça erguida, sorrindo tanto para amigos quanto para suspeitos, tento sozinha superar a impressão de que o rei tem medo e sua corte é duvidosa.

Então, uma noite, John Kendal, o bispo de Worcester, detém-me no caminho para meus aposentos com um sorriso gentil e pergunta-me, como um homem oferecendo-se para mostrar um arco-íris ou um belo pôr do sol:

— Já viu a luz dos sinais luminosos, Vossa Majestade?

Hesito.

— Sinais luminosos?

— O céu está bem vermelho.

Volto-me para a janela estreita do castelo e olho para fora. Na direção sul, o céu está bastante rosado, e há uma luz em uma colina; mais adiante, há outra luz em outra colina, e depois dela mais uma, assim prosseguindo, uma depois da outra, cada vez mais distantes, até saírem do alcance de minha visão.

— O que é isso?

— O rei ordenou que sinais luminosos o avisassem da chegada de Ricardo de York — responde John Kendal.

— Você quer dizer o pretendente ao trono — digo. — O menino.

Sob o brilho das luzes consigo ver seu sorriso escondido e ouço sua risada baixa.

— É claro. Esqueci que esse é o nome dele. Esses são os sinais. Ele deve ter aportado.

— Aportado?

— Esses são os sinais dele. O menino está voltando para casa.

— O menino está voltando para casa? — repito como uma tola. Não é possível que eu tenha imaginado o deleite do bispo sob a luz rosada dos sinais. Está iluminado de alegria, como se esses sinais luminosos fossem chamas de boas-vindas para guiar navios em segurança até o porto. Sorri para mim para dividir sua alegria pelo fato de o rapaz Plantageneta estar a caminho de seu lar.

— Sim — confirma. — Estão iluminando o caminho dele para casa, enfim.

No dia seguinte, Henrique sai bruscamente do castelo, cercado por sua guarda, sem dizer uma palavra de despedida para mim; viaja para o oeste a fim de reunir tropas, visitando castelos nas áreas dos Stanley, desesperado para mantê-los leais, incerto sobre todos. Nem sequer diz adeus às crianças no berçário ou vai até sua mãe para ser abençoado. Ela fica horrorizada com a partida repentina dele e passa todo o tempo ajoelhada no chão de pedra da capela de Worcester, sem comparecer nem mesmo ao café da manhã, uma vez que está de jejum, passando fome para atrair uma bênção a seu filho. O pescoço magro dela está vermelho e em carne viva, pois está vestindo um cilício sob o vestido para mortificar sua pele fina como papel. Jasper Tudor cavalga ao lado de Henrique como um velho e exausto cavalo de batalha que não sabe como parar e descansar.

Rumores confusos chegam até nós. O menino chegou no leste do país, adentrando a Inglaterra por Hull e York, como fez meu pai ao retornar em triunfo do exílio. O menino está seguindo os passos de rei Eduardo, como seu verdadeiro filho e herdeiro.

Então, ouvimos que os ventos desviaram o percurso do menino, e ele aportou no sul da Inglaterra, e que não há ninguém lá para defender a costa além do arcebispo e alguns grupos locais. O que evitará que o menino marche até Londres? Não há ninguém que bloqueie a estrada, ninguém que o impeça.

A guarda de Henrique entra no pátio dos estábulos sem nenhum aviso, e os cavalariços escovam os cavalos exaustos enquanto os homens, manchados da lama das estradas, sobem as escadas de serviço para seus aposentos em silêncio. Não gritam pedindo cerveja ou gabam-se de sua jornada, voltam à corte como homens silenciados por uma sombria determinação, temendo a derrota. Henrique janta com a corte por duas noites, o rosto endurecido, como se tivesse esquecido todas as lições sobre ser um rei sorridente. Vem aos meus aposentos para buscar-me para o jantar e cumprimenta-me brevemente.

— Ele aportou. — Cospe as palavras enquanto leva-me para a mesa principal. — Conseguiu colocar alguns homens na costa. Mas viu as defesas e fugiu como um covarde. Meus homens mataram algumas centenas deles, mas, como tolos, deixaram o navio escapar. Fugiu como um menino, e deixaram-no ir.

Não lembro a meu marido de que uma vez ele também chegou à costa, viu que havia uma armadilha e navegou para longe sem aportar. Nós o chamamos de covarde na época também.

— Então onde ele está agora?

Encara-me friamente, como se avaliasse se é seguro me contar.

— Quem sabe? Talvez ele tenha ido para a Irlanda. Os ventos estavam soprando para o oeste, então duvido que tenha aportado em Gales. Ao menos Gales deve ser fiel a um Tudor. Ele sabe disso.

Não digo nada. Ambos sabemos que ele não pode ter certeza de que qualquer lugar será leal a um Tudor. Estendo os braços, e o criado joga água morna em meus dedos e oferece-me uma toalha perfumada.

Henrique esfrega as mãos e joga a toalha em um pajem.

— Capturei alguns de seus homens — conta com energia súbita. — Tenho em torno de 160 deles, ingleses e estrangeiros, todos traidores e rebeldes.

Não preciso perguntar o que irá acontecer com os homens que navegaram com o menino até a Inglaterra. Sentamo-nos em nossos lugares e encaramos nossa corte.

— Vou mandá-los para diferentes partes do país e irei enforcá-los em grupos, em todas as cidades mercantis — diz Henrique com sua repentina energia fria. — Mostrarei ao povo o que acontece com qualquer um que se volte contra mim. E irei julgá-los por pirataria, não por traição. Se acusá-los de serem piratas, posso matar os estrangeiros também. Franceses e ingleses podem ser enforcados lado a lado, e todos verão seus corpos apodrecidos e saberão que não devem ousar questionar meu governo, não importa onde tenham nascido.

— Não irá perdoá-los? — pergunto enquanto servem-me uma taça de vinho. — Nenhum deles? Não mostrará misericórdia? Você sempre diz que é político mostrar misericórdia.

— Por que diabos deveria perdoá-los? Estavam vindo para lutar contra mim, contra o rei da Inglaterra; armados e querendo derrubar-me.

Curvo a cabeça diante de sua fúria e sei que a corte está assistindo à raiva de Henrique.

— Mas aqueles que executarei em Londres morrerão como piratas — declara, com um deleite maligno. Seu mau humor desaparece, ele sorri para mim.

Balanço a cabeça.

— Não sei o que quer dizer — digo, cansada. — O que seus conselheiros lhe têm dito agora?

— Eles têm me contado como piratas são punidos — responde, com uma alegria cruel. — E será esse o modo como mandarei matar esses homens. Serão amarrados no cais de St. Katherine, em Wapping. São traidores e vieram lutar contra mim por mar. Irei acusá-los de pirataria, serão amarrados, a maré encherá, e lentamente, lentamente, os cobrirá, beijando seus pés e suas pernas até chegar em suas bocas, e irão afogar-se centímetro por centímetro em meio metro de água. Crê que *isso* ensinará ao povo da Inglaterra o que acontece com rebeldes? Acha que isso ensinará o povo da Inglaterra a não me desafiar? A nunca se colocar contra um Tudor?

— Não sei. — Estou tentando recuperar meu fôlego como se fosse eu a amarrada na praia com a maré vindo e batendo contra meus lábios fechados, molhando meu rosto, subindo lentamente. — Espero que sim.

Dias depois, quando Henrique está fora mais uma vez em sua patrulha incansável do centro da Inglaterra, ouvimos que o menino aportou na Irlanda e cercou o castelo de Waterford. Os irlandeses estão juntando-se a seu estandarte, e o governo de Henrique na Irlanda está completamente derrubado.

Descanso às tardes; este bebê está pesado em minha barriga e deixa-me cansada demais para caminhar. Margaret senta-se comigo, costurando ao meu lado, e sussurra para mim que a Irlanda se tornou ingovernável, o governo inglês foi derrubado, todos estão declarando-se a favor do menino. O marido dela, Sir Richard, terá de ir à ilha perigosa; Henrique ordenou-lhe que levasse tropas para lutar contra o menino e os aliados que o adoram. Mas antes que Sir Richard possa sequer reunir os navios para transportar as tropas, o cerco acaba sem aviso, e o elusivo menino desaparece.

— Onde está ele agora? — pergunto a Henrique enquanto se prepara para cavalgar, com os soldados da guarda atrás de si, armados e vestidos como se estivessem em campanha, como se esperasse um ataque nas estradas de seu próprio país.

Seu rosto está sombrio.

— Não sei — responde, rispidamente. — A Irlanda é um lamaçal de traição. Está escondido nas terras úmidas, está escondido nas montanhas. Meu encarregado na Irlanda, Poynings, não tem comando, perdeu todo o controle, não sabe de nada. O menino é como um fantasma, ouvimos falar dele, mas jamais o vemos. Sabemos que o estão escondendo, mas onde, ninguém sabe.

Palácio de Westminster, Londres, outono de 1495

O rei não vem ao meu quarto à noite, nem mesmo para sentar-se e conversar comigo, já faz meses. Os dias em que éramos amigos e amantes parecem estar muito distante agora. Não me permito ficar de luto pela perda de seu amor, percebo que está lutando uma guerra em seu próprio coração assim como patrulha constantemente as estradas da Inglaterra. Seu medo e ódio o consomem, não consegue sequer sentir alegria com a ideia de mais um bebê em minha barriga. Não consegue sentar-se diante de minha lareira e conversar tranquilamente comigo, está muito agitado, perturbado por seu medo constante. Lá fora, na escuridão, em algum lugar da Inglaterra, da Irlanda ou de Gales, o menino está acordado, e Henrique não consegue dormir calmamente a meu lado.

Sir Richard Pole finalmente zarpou para a Irlanda para tentar encontrar líderes irlandeses que possam ser convencidos a manter sua aliança contra o menino, e Maggie vem aos meus aposentos todas as noites depois do jantar para passarmos o tempo juntas. Sempre nos certificamos de que haja uma das damas de milady conosco, ouvindo nossa conversa, e sempre falamos apenas trivialidades; mas é reconfortante estar com ela a meu lado. Se a dama de companhia relatar o que dissemos à milady, e claro que devemos presumir que é o que ela faz, pode dizer que passamos a noite conversando sobre as crianças, sobre a educação delas, e do clima, que está úmido e frio demais para que possamos caminhar com prazer.

Maggie é a única de minhas damas com quem consigo conversar sem medo. Só a ela posso dizer, em voz baixa:

— A bebê Elizabeth não está mais forte. Na verdade, creio que está mais fraca hoje.

— As novas ervas não ajudaram?

— Não ajudaram.

— Talvez quando a primavera chegar e você puder levá-la para o campo...

— Maggie, não sei nem se ela verá a primavera. Olho para ela, e olho para o seu pequeno Henrique, e, apesar de terem idades tão próximas, parecem seres diferentes. Ela é como uma cria das fadas, tão pequena e frágil, e ele é um menino forte e robusto.

Ela coloca a mão sobre a minha.

— Ah, minha querida. Às vezes, Deus leva as crianças mais preciosas para junto de si.

— Batizei-a em homenagem à minha mãe e temo que irá para ela.

— Então ela estará sob os cuidados da avó no paraíso, se não conseguirmos mantê-la na Terra. Temos que acreditar nisso.

Assinto com a cabeça diante das palavras de consolo, mas a ideia de perder Elizabeth é quase insuportável.

— Nós sabemos que ela viverá em glória com a avó, no paraíso — repete. — Sabemos disso, Elizabeth.

— Mas eu tinha uma imagem tão forte dela como uma princesa — comento, pensativa. — Conseguia quase vê-la. Uma menina orgulhosa, com o cabelo acobreado do pai e a pele alva de minha mãe, e nosso amor pela leitura. Conseguia quase vê-la, como se posasse para um retrato, com a mão sobre um livro. Conseguia quase vê-la como uma jovem mulher, orgulhosa como uma rainha. E eu disse à Milady, a Mãe do Rei, que Elizabeth seria a mais importante Tudor de todos.

— Talvez ela venha a ser — sugere Maggie. — Talvez ela sobreviva. Bebês são imprevisíveis, talvez ela fique mais forte.

Balanço a cabeça, cheia de dúvidas, e mais tarde, por volta da meia-noite, quando acordo com uma lua de outono profundamente amarelada brilhando através das frestas das venezianas, meus pensamentos voltam-se de imediato para meu bebê doente. Levanto-me e visto meu robe. No mesmo instante, Maggie, que dormia em minha cama, acorda.

— Está passando mal?

— Não. Apenas preocupada. Quero ver Elizabeth. Volte a dormir.

— Irei com você — declara, saindo da cama e jogando um xale sobre a camisola.

Juntas abrimos a porta, e a sentinela, cochilando, dá um pulo de surpresa como se fôssemos um par de fantasmas, pálidas com nossos cabelos trançados sob nossas toucas de dormir.

— Está tudo bem — diz Maggie. — Sua Majestade está indo ao berçário.

Ele e seu colega seguem-nos enquanto caminhamos descalças pelo frio corredor de pedra, e então eu paro.

— O que foi? - - pergunta.

— Pensei ter ouvido algo — respondo em voz baixa. — Consegue ouvir? Como um canto?

Ela balança a cabeça.

— Nada. Não consigo ouvir nada.

Compreendo então o que é o som, e volto-me para o berçário com repentina urgência. Acelero os passos, começo a correr, empurro os guardas para fora de meu caminho e corro sobre os degraus de pedra até a torre, no topo da qual fica o berçário, quente e seguro, lá em cima. Quando abro a porta, a ama levanta-se de onde estava, inclinada sobre o pequeno berço, com o rosto horrorizado, dizendo:

— Vossa Majestade! Estava prestes a chamá-la!

Pego Elizabeth em meus braços, e ela está quente e respirando baixo, mas branca, mortalmente branca, e suas pálpebras e lábios estão azuis como flores centáureas. Beijo-a pela última vez e vejo seu pequeno e breve sorriso, pois sabe que estou aqui, e então abraço-a. Não me movo; fico apenas parada, abraçando-a sobre meu coração enquanto sinto o pequeno peito inspirar e expirar, inspirar e expirar, e então ficar imóvel.

— Ela está dormindo? — pergunta Maggie, esperançosamente.

Balanço a cabeça e sinto as lágrimas correrem por meu rosto.

— Não. Ela não está dormindo. Ela não está dormindo.

Pela manhã, depois de ter lavado seu corpinho e colocado a camisola nela, envio uma curta mensagem a seu pai para dizer-lhe que nossa filhinha está morta. Ele chega em casa tão rapidamente que suponho ter recebido as notícias antes de minha carta. Arranjou um espião para vigiar-me, como fez com todos na Inglaterra, e já teriam lhe contado que saí correndo de meu quarto no meio da noite para embalar minha filha nos braços enquanto morria.

Ele vem a meus aposentos com pressa e ajoelha-se diante de mim, pois estou sentada, vestida de azul-escuro, em minha cadeira ao lado do fogo. A cabeça dele está curvada quando estende as mãos cegamente para mim.

— Meu amor — chama em voz baixa.

Tomo-lhe as mãos e consigo ouvir, mas não vejo, minhas damas se apressando para sair do quarto a fim de deixar-nos a sós.

— Sinto muito por não ter estado aqui na hora — desculpa-se ele. — Deus perdoe-me por não ter estado com você.

— Você nunca está aqui — digo, suavemente. — Nada mais importa a você além do menino.

— Estou tentando defender a herança de todos os nossos filhos. — Ele ergue a cabeça, mas fala sem qualquer raiva. — Estava tentando fazer com que estivesse segura em seu próprio país. Ah, criança adorada, pobre criança. Não percebi que estava tão doente, deveria ter ouvido você. Deus me perdoe por não a ter ouvido.

— Ela não estava realmente doente — explico. — Só nunca se desenvolveu. Quando morreu, não houve nenhuma luta, foi como se apenas suspirasse, e então se foi.

Ele inclina a cabeça e coloca o rosto sobre minhas mãos, em meu colo. Consigo sentir uma lágrima quente em meus dedos; curvo-me e o abraço com força, segurando-o como se pudesse sentir a força dele e fazer com que ele sentisse a minha.

— Deus abençoe nossa filha — diz. — E perdoe-me por ter estado longe. Sinto a perda dela mais do que você imagina, mais do que posso lhe dizer. Sei que parece que não sou um bom pai para nossos filhos, e que não sou um bom marido para você... mas me preocupo com eles e com você mais do que pensa, Elizabeth. Juro que ao menos serei um bom rei para eles. Manterei o reino para que seja de meus filhos, e seu trono, para você, e você verá seu filho Artur herdá-lo.

— Shh — digo serenamente. Com a lembrança de Elizabeth, quente e molinha em meus braços, não quero provocar o destino tentando predizer o futuro de nossos outros filhos.

Ele levanta-se, e eu também, enquanto me envolve em seus braços e abraça-me com força, seu rosto contra meu pescoço como se quisesse inalar algum consolo do aroma de minha pele.

— Perdoe-me — sussurra. — Mal posso pedir isso a você; mas peço. Perdoe-me, Elizabeth.

— Você é um bom marido, Henrique — asseguro-lhe. — E um bom pai. Sei que nos ama em seu coração, sei que não teria partido se pensasse que podíamos perdê-la, e veja, aqui está você. De volta quase antes de eu tê-lo chamado.

Ele recua a cabeça para olhar para mim, mas não nega que foram seus espiões que o avisaram sobre a morte de sua filha. Não fui a primeira a contar-lhe.

— Tenho que saber de tudo — diz apenas. — É assim que nos mantenho a salvo.

Milady, a Mãe do Rei, planeja e executa um grande velório para nossa menininha. É enterrada como uma princesa na capela de Edward, o Confessor, na Abadia de Westminster. O arcebispo Morton realiza a missa de corpo presente; o bispo de Worcester, que me contou que o menino estava retornando para casa, participa com quieta dignidade. Não posso contar a Henrique que o bispo estava sorrindo na noite em que os sinais luminosos foram acesos pela chegada do menino. Não posso delatar o padre que está enterrando minha filha. Uno as mãos diante de mim, repouso a cabeça sobre elas e rezo por sua alma preciosa; sei, sem sombra de dúvida, que está no paraíso e que sou deixada com a amargura de uma perda na Terra.

Artur, meu primogênito e sempre o mais atencioso de meus filhos, coloca a mão sobre a minha, mesmo sendo agora um menino grande de apenas nove anos.

— Não chore, milady mãe — sussurra. — Sabe que ela está com milady avó, sabe que foi para junto de Deus.

— Sei — confirmo, piscando.

— E você ainda tem a mim.

Engulo minhas lágrimas.

— Ainda tenho você — concordo.

— Sempre terá a mim.

— Isso me alegra. — Sorrio para ele. — Isso me alegra tanto, Artur.

— E talvez o próximo bebê seja uma menina.

Seguro-o perto de mim.

— Menina ou menino, não poderá ocupar o lugar de Elizabeth. Você acha que se eu perdesse você, não me importaria porque ainda teria seu irmão Henrique?

Seus próprios olhos estão brilhantes com lágrimas, mas ele ri disso.

— Não, apesar de que Henrique acharia que sim. Henrique acharia uma troca muito boa.

Palácio de Westminster, Londres, novembro de 1495

Minha prima Maggie vem até minha câmara privada em Westminster, carregando minha caixa de joias como um pretexto para sua chegada. Nestes tempos de suspeitas, sempre buscamos garantir que, quando ficarmos juntas, estejamos claramente fazendo algo; ela busca coisas para mim, mando-a realizar tarefas. Nunca aparentamos nos reunir apenas para pensar juntas, sussurrando segredos. Pelo modo como carrega a caixa, diante de si, para que todos vejam, demonstrando que iremos olhar minhas joias, compreendo no mesmo instante que ela deseja falar comigo a sós.

Volto-me para minha criada.

— Por favor, pegue a fita roxa-escura da sala de guarda-roupas.

Ela faz uma mesura.

— Sinto muito, Vossa Majestade, achei que queria a azul.

— Queria, mas mudei de ideia. E, Claire, vá com ela e traga-me a capa roxa que combina.

As duas saem enquanto Margaret abre a caixa de joias e pega minhas ametistas como que para mostrá-las a mim. As outras mulheres estão mais próximas da lareira e conseguem nos ver, mas não ouvir o que dizemos. Margaret segura as joias diante da luz para fazê-las cintilar com um fogo roxo profundo.

— O quê? — pergunto rapidamente enquanto sento-me diante de meu espelho.

— Ele está na Escócia.

Um leve princípio de gargalhada, ou talvez um soluço de medo, se forma em minha garganta.

— Na Escócia? Ele deixou a Irlanda? Tem certeza?

— Convidado de honra do rei Jaime. O rei o reconhece, está organizando uma grande reunião com os lordes, chamam-no pelo seu título: Ricardo, duque de York. — Ela fica parada atrás de mim, erguendo o diadema de ametista para mostrar-me.

— Como você sabe?

— Meu marido, Deus o abençoe, contou-me. Ficou sabendo pelo embaixador espanhol, que descobriu por intermédio dos despachantes espanhóis. Eles fazem uma cópia para nós de tudo o que é escrito para a Espanha, de tão sólida que ficou a aliança entre o rei e os espanhóis. — Ela confere se as mulheres perto do fogo estão entretidas com a própria conversa, coloca as ametistas em torno de meu pescoço e continua. — O embaixador espanhol na Escócia foi chamado pelo rei Jaime da Escócia, que se enfureceu com ele e disse que nosso rei Henrique é um peão nas mãos do rei e da rainha espanhóis. Mas que ele, Jaime, faria com que o verdadeiro rei da Inglaterra tomasse o trono.

— Ele vai invadir a Inglaterra?

Margaret coloca o diadema em minha cabeça. Vejo meu rosto pensativo no espelho à minha frente, os olhos arregalados, minha pele pálida. Por um instante, me pareço com minha mãe, por um instante, sou tão bela quanto ela era. Toco em minhas bochechas brancas.

— Parece que vi um fantasma.

— Todos parecemos — diz Margaret, com um fraco sorriso refletido sobre minha cabeça enquanto prende as ametistas em volta de meu pescoço.

— Estamos todos andando como se um fantasma estivesse vindo até nós. Estão cantando nas ruas sobre o duque de York, que dança na Irlanda, toca na Escócia e caminhará num jardim inglês e todos voltarão a ser felizes. Dizem que é um fantasma que veio dançar, um duque trazido de volta dos mortos.

— Dizem que é meu irmão — completo, num tom monocórdico.

— O rei da Escócia diz que aposta sua vida nisso.

— E o que seu marido diz?

— Diz que haverá guerra — responde, o sorriso sumindo do rosto. — Os escoceses invadirão para apoiar Ricardo, invadirão a Inglaterra, e haverá guerra.

Palácio de Westminster, Londres, Natal de 1495

O tio de Henrique, Jasper, volta de uma de suas longas e difíceis viagens pálido como os homens que julgou e mandou ao cadafalso, com rugas profundas de cansaço marcadas no rosto. Está velho, tem muito mais do que sessenta anos, e trabalhou este ano como um homem desesperado para ver seu sobrinho seguro no trono, terrivelmente consciente de que o tempo está se acabando para ambos. A idade avançada o está afetando, o desastre caminha nos calcanhares de Henrique.

Minha tia Katherine, sempre uma esposa zelosa, coloca-o para repousar em seus aposentos ricos e confortáveis, chama médicos, boticários e enfermeiras para cuidar dele, mas é afastada por Milady, a Mãe do Rei, que se orgulha de seu conhecimento sobre medicina e ervas e diz que a constituição de Jasper é tão forte que tudo de que precisa é boa comida, descanso e algumas tinturas feitas por ela mesma para recuperar as energias. Meu marido, Henrique, visita o quarto de repouso três vezes ao dia, de manhã, para ver como seu tio dormiu; antes do jantar, para certificar-se de que ele tem tudo o que há de melhor da cozinha e que o sirvam primeiro, de joelhos, com comida quente e fresca; e então à noite, a última coisa que faz antes de ir com sua mãe à capela orar pela saúde do homem que foi a base de suas vidas por tanto tempo. Jasper foi como um pai para Henrique e seu único companheiro constante. Foi seu protetor e seu mentor. Henrique teria morrido sem o cuidado amoroso e incessante de seu tio. Para milady, penso que foi a mais potente das influências que uma mulher pode conhecer: o amor que jamais nomeou, a vida que nunca levou, o homem com quem deveria ter se casado.

Tanto Henrique quanto sua mãe dividem a crença confiante de que Jasper, que sempre cavalgou e lutou com firmeza, que sempre escapou do perigo e prosperou em exílio, escapará mais uma vez das garras da morte e dançará no banquete de Natal. Mas depois de alguns dias os dois parecem mais e mais preocupados, e depois de mais alguns estão chamando os médicos para examiná-lo. Depois de mais alguns dias, Jasper insiste em ver um advogado e escrever seu testamento.

— Seu testamento? — repito para Henrique.

— É claro — responde rudemente. — É um homem de 63 anos. E devoto, e responsável. É claro que fará seu testamento.

— Então está muito doente?

— O que acha? — Ele vira-se para mim com raiva. — Crê que ficou de cama pelo prazer de descansar? Jamais descansou na vida; nunca esteve longe de mim quando precisei dele; jamais se poupou, nem por um dia, nem por um momento... — Ele para e vira-se para que eu não possa ver as lágrimas em seus olhos.

Com gentileza, coloco-me atrás dele, que está sentado em sua cadeira, e o envolvo para abraçá-lo fortemente; inclino-me e apoio minha bochecha contra a dele para consolá-lo.

— Sei o quanto o ama — digo. — Foi mais que um pai para você.

— Foi meu protetor, e meu professor, meu mentor e meu amigo — responde, com a voz falhando. — Levou-me da Inglaterra para um lugar seguro e suportou o exílio por minha causa quando eu era apenas um menino. Então trouxe-me de volta para reivindicar o trono. Não teria sequer chegado ao campo de batalha sem ele. Não teria sabido aonde ir dentro da Inglaterra, não teria ousado confiar nos Stanley, Deus sabe que eu não teria vencido a batalha sem seus ensinamentos. Devo-lhe tudo.

— Há algo que eu possa fazer? — pergunto, impotente, pois sei que não haverá nada.

— Minha mãe está fazendo tudo — diz Henrique, orgulhoso. — Em sua condição, você não pode fazer nada para ajudá-la. Pode rezar, se quiser.

De maneira ostentosa, levo minhas damas para a capela, então oramos e encomendamos uma missa cantada pela saúde de Jasper Tudor, tio do rei da Inglaterra, um velho rebelde indomável. O Natal chega à corte, mas Henrique ordena que seja celebrado com discrição; não haverá música alta nem gritos e gargalhadas para perturbar a enfermaria onde Jasper está dormindo, e onde o rei e sua mãe mantêm vigília constante.

Artur é levado para ver o tio agonizante, e seu irmão, Henrique, vai atrás dele. A pequena princesa Margaret é poupada da provação, mas milady insiste que os meninos se ajoelhem ao lado da cama do maior inglês que o mundo já conheceu.

— Galês — corrijo em voz baixa.

No dia de Natal vamos à igreja, celebramos o nascimento de Jesus Cristo e rezamos pela saúde de seu mais amado filho e soldado, Jasper Tudor. Mas no dia seguinte, Henrique entra em meu quarto sem ser anunciado, muito cedo de manhã, e senta-se ao pé de minha cama enquanto sonolentamente me levanto. Cecily, que está dormindo comigo, pula da cama, faz uma mesura e sai às pressas do quarto.

— Ele se foi — diz Henrique. Parece estar mais incrédulo que enlutado. — Milady mãe e eu estávamos sentados com ele, e estendeu sua mão para ela, sorriu para mim, depois recostou-se nos travesseiros e soltou um grande suspiro... e então se foi.

Há um silêncio. A profundidade desta perda é tão grande que sei que não há nada que eu possa dizer para reconfortá-lo. Henrique perdeu o único pai que conheceu; está abandonado como uma criança órfã. Desajeitadamente, ajoelho-me, minha barriga grande me atrapalhando, e estico os braços para abraçá-lo. Está de costas para mim e não se vira; não percebe que estou estendendo os braços por pena. Está completamente só.

Por um momento, penso que está absorto em sua tristeza, mas então percebo que a perda de Jasper somente se soma aos seus medos perenes.

— Então quem vai liderar meu exército contra o menino e os escoceses? — pergunta Henrique para si mesmo, frio de medo. — Terei que enfrentar o menino em batalha, no norte da Inglaterra, onde me odeiam. Quem irá comandar se Jasper deixou-me? Quem estará ao meu lado, em quem posso confiar, agora que meu tio está morto?

Palácio de Sheen, Richmond, inverno de 1496

Maggie vem até meu quarto com passos tão rápidos e uma olhadela tão intensa em minha direção que consigo compreender, conhecendo-a como conheço, que está desesperada para falar comigo. Estou sentada com Milady, a Mãe do Rei, com minha costura na mão, ouvindo uma de suas damas lendo em voz alta uma das eternas homilias religiosas de milady, de um manuscrito copiado à mão, pois Deus sabe que ninguém se daria ao trabalho de imprimir este hino fúnebre. Maggie faz mesuras a nós duas, afunda-se em um banquinho e começa a costurar, tentando parecer composta.

Espero até o fim de um capítulo e, quando a dama vira a página do manuscrito, digo:

— Caminharei no jardim.

Milady olha para fora da janela, onde um céu cinza cheio de nuvens promete neve.

— É melhor esperar até que o sol saia — diz ela.

— Vestirei minha capa, minhas luvas e meu chapéu — retruco, e minhas damas, depois de um olhar hesitante a Milady, a Mãe do Rei, para se certificarem de que não me proibiria, buscam minhas coisas e envolvem-me como se eu fosse um embrulho volumoso.

Milady deixa-as fazerem seu trabalho, como se não tivesse mais o desejo de contrariar-me em meus próprios aposentos. Desde a morte de Jasper, envelheceu uma dúzia de anos. Olho para ela agora e, às vezes, não mais vejo a mulher poderosa que dominava a mim e a meu marido; em seu lugar, vejo uma mulher que dedicou toda a vida a uma causa, sacrificando o amor de sua vida pelo filho, e agora espera para ouvir se sua causa está perdida e se seu filho estará em fuga outra vez.

— Margaret, pode me dar seu braço? — pergunto.

Maggie se levanta com cuidadosa falta de interesse, como se tivesse planejado ficar o dia dentro de casa, e veste a própria capa.

— Deve ir com uma guarda — decreta milady. — E vocês três... — aponta para as mulheres mais próximas, mal olhando para saber quem são — vocês três caminharão com Sua Majestade.

Não parecem muito contentes com a ideia de uma caminhada fria com a neve chegando, mas levantam-se e pegam as capas em seus quartos. Com um guarda à frente e outro atrás, e damas à nossa volta, finalmente Maggie e eu estamos a sós e podemos conversar sem sermos entreouvidas.

— O que foi? — pergunto, rapidamente, assim que os guardas seguem adiante e as mulheres vão ficando para trás. Maggie toma meu braço para evitar que eu escorregue no chão congelado. Ao nosso lado, o rio cinzento e frio está delineado de branco nas margens, enquanto uma gaivota, não mais branca do que a geada, grita uma vez acima de nós e então voa para longe.

— Casou-se — diz Maggie apenas.

Nunca precisa dizer o nome dele. De fato, mantemos a convenção de que não temos nome para ele.

— Casado! — Imediatamente sinto um aperto de medo de que tenha se casado com alguém inferior, alguma serva simpática, alguma viúva oportunista que lhe emprestou dinheiro. Se fez um mau casamento, então Henrique rirá de alegria e irá menosprezá-lo, chamando-o ainda mais de Peterkin e Perkin, o filho de um bêbado e de uma serva, e agora noivo de uma vadia. Todos dirão que isso prova que ele não é um príncipe, mas um impostor plebeu. Ou dirão que aprendeu a se comportar como um plebeu, de modo vulgar, impressionando-se com a viúva de algum nobre de menor importância e casando-se com ela pelo dinheiro de seu dote. Se a noiva não for casta, alguma prostituta em um casebre, só resta a ele desistir e ir para casa.

Paro de andar.

— Ah, meu Deus, Maggie. Quem é ela?

Está com um amplo sorriso.

— Um bom casamento, um ótimo casamento até. Casou-se com Katherine Huntly, parente do próprio rei da Escócia, filha do conde de Huntly, o maior lorde da Escócia.

— Filha do conde de Huntly?

— E dizem que ela é linda. Foi dada em casamento pelo rei Jaime em pessoa. Ficaram noivos antes do Natal, casaram-se agora, e já dizem que ela está grávida.

— Meu irmãozi... Ri... casado? O menino está casado?

— E sua esposa, grávida.

Pego seu braço, e caminhamos.

— Ah, se minha mãe pudesse ter visto isso.

Maggie assente com a cabeça.

— Ficaria tão contente. Tão contente.

Rio alto.

— Ficaria encantada, especialmente se a menina for linda e tiver uma fortuna. Mas, Maggie, sabe onde se casaram? E como estavam?

— Ela usou um vestido do vermelho mais profundo, e seu irm... ele usou uma camisa branca, meias-calças pretas e uma jaqueta de veludo preto. Fizeram um grande torneio em celebração.

— Um torneio!

— O rei Jaime pagou por tudo, e tudo foi feito com pompa. Dizem que foi tão grandioso quanto em nossa corte, alguns dizem que foi melhor. E agora o rei e o novo casal foram ao palácio dele em Falkland, em Fife.

— Meu marido sabe de tudo isso. — Digo o óbvio.

— Sim. Eu soube de Sir Richard, que tem que ir a Lincoln a fim de reunir um exército para guerrear contra a Escócia. Ele soube de um dos espiões do rei. O rei está com o conselho agora, comandando os reparos dos castelos do norte da Inglaterra e se preparando para uma invasão dos escoceses.

— Uma invasão liderada pelo rei da Escócia?

— Dizem que é certo que aconteça nesta primavera, agora que ele está casado com um membro da família real escocesa. O rei da Escócia com certeza o colocará no trono da Inglaterra.

Penso em meu irmão como o vi pela última vez, um lindo menininho de dez anos, com os cabelos claros, olhos brilhantes, cor de avelã, e um sorriso endiabrado. Penso no tremor de seu lábio inferior quando lhe demos um beijo de boa-noite, o agasalhamos e enviamos sozinho para fora de santuário, para o barco que desceria o rio, rezando que o plano funcionasse e ele chegasse em terras estrangeiras, até nossa tia Margaret, a duquesa, e que ela o salvasse. Penso nele agora, crescido, um homem no dia de seu casamento, vestido de preto e branco. Imagino-o sorrindo seu sorriso endiabrado, e sua bela noiva ao lado.

Ponho a mão em minha barriga, onde estou gerando um pequeno Tudor, inimigo de meu irmão, filho do homem que usurpou o trono de meu irmão.

— Não há nada que você possa fazer — consola-me Maggie, vendo o sorriso morrer em meu rosto. — Não há nada que qualquer uma de nós possa fazer, além de torcer para sobreviver e orar para que ninguém coloque a culpa em nós. E ver o que acontece.

Em fevereiro, preparo-me para o resguardo, deixando uma corte ainda silenciosa de luto por Jasper e ainda nervosa com as notícias da jovem e alegre corte na Escócia, onde, ouvimos, passam o tempo caçando na neve e planejando invadir nossas terras do norte assim que o tempo melhorar.

Henrique organiza um grande banquete antes de minha entrada no cômodo escuro, e o embaixador espanhol, Roderigo Gonzalva de Puebla, comparece como convidado de honra. É um homem pequeno, de cabelos escuros e bonito, e curva-se para mim, beija minha mão e levanta-se para sorrir como se tivesse confiança de que o acharei muito atraente.

— O embaixador está propondo um casamento para o príncipe Artur — conta-me Henrique em voz baixa. — Com a mais jovem das princesas espanholas, a infanta Catarina de Aragão.

Olho do rosto sorridente de Henrique para o embaixador presunçoso, e entendo que devo ficar contente.

— Que boa ideia — declaro. — Mas ainda são tão jovens!

— Um noivado, para consolidar a amizade entre nossos países — diz Henrique, suavemente. Assente com a cabeça para os embaixadores e leva-me à mesa principal, fora do âmbito da audição deles. — Não é apenas para ligar a Espanha a nossos interesses, uma constante aliada contra a França; é para pegar o menino. Prometeram-me que, se Artur ficar noivo, irão convencer o menino a visitá-los com a promessa de uma aliança. Vão levá-lo para Granada e o entregarão a nós.

— Ele não irá — afirmo com certeza. — Por que deixaria a esposa na Escócia e iria para a Espanha?

— Pois quer o apoio da Espanha para a invasão — retruca Henrique, brusco. — Mas irão permanecer nossos aliados. Irão nos dar sua infanta em casamento e irão capturar nosso traidor para certificar-se de que ela irá se casar com o único herdeiro ao trono. Seus interesses se tornam nossos interesses. E eles mesmos estão recém-estabelecidos em seus tronos. Sabem o que é lutar por seu reino. Quando prometem a princesa a nosso príncipe, assinam uma garantia de morte para o menino. Vão desejá-lo morto tanto quanto nós.

A corte se levanta e homenageia nossa presença, fazendo reverências para mim. O mordomo alcança-me com a tigela dourada cheia de água morna. Mergulho os dedos na água perfumada e seco a mão no guardanapo.

— Mas, marido...

— Esqueça — interrompe Henrique, bruscamente. — Quando tiver dado à luz nosso novo bebê e voltado à corte, discutiremos essas coisas. Agora, deve receber os votos de bem-estar da corte, entrar em resguardo e pensar em nada além de um bom parto. Estou torcendo para que tenha mais um menino, Elizabeth.

Sorrio, como se estivesse tranquilizada, e olho de relance para a corte, onde está sentado o embaixador de Puebla, acima do porão onde fica o depósito de sal, um convidado de honra. Pergunto-me se poderia ser um homem tão falso, tão inveterado em sua própria ambição, que prometeria amizade a um menino de 22 anos e o trairia, levando-o à morte. Ele sente meu olhar sobre si e encara-me com um sorriso, e penso: sim, sim, ele é.

Palácio de Sheen, Richmond, março de 1496

Entro em meu confinamento com o coração pesado, ainda sentindo saudades de minha pequena Elizabeth, e este parto é longo e difícil. Minha irmã Anne ri e diz que observará como se faz, pois está grávida, mas o que ela vê a deixa com medo. Dão-me uma forte cerveja para o parto depois de algumas horas, e desejo que tivesse minha mãe comigo para fitar-me com seu frio olhar cinzento e sussurrar para mim sobre o rio e o descanso, e ajudar-me com a dor. Por volta de meia-noite sinto a chegada do bebê e agacho-me como uma camponesa, fazendo força, e então ouço o pequeno choro, e eu choro também, de alegria por ter tido mais uma criança, pela completa exaustão; percebo que estou soluçando como se meu coração estivesse partido, sentindo falta do irmão que temo jamais ver, e sua esposa que nunca conhecerei, e o bebê deles, um primo desta criança que jamais brincará com ela.

Mesmo com a nova menininha em meus braços, mesmo envolta em lenços na grande cama, com minhas damas elogiando minha coragem e trazendo-me cerveja quente e doces, sinto-me assombrada pela solidão.

Maggie é a única que vê minhas lágrimas e seca meu rosto com um pedaço de pano.

— O que houve?

— Sinto-me como a última de minha linhagem, como se estivesse completamente só.

Ela não se apressa em me consolar, nem sequer discordar de mim e apontar para minhas irmãs, exclamando por cima da bebê enquanto ela é envolta bem apertada em seus cueiros e posta no seio da ama de leite. Parece desanimada, cansada, como eu, de ficar acordada a noite toda, suas bochechas molhadas de lágrimas como as minhas. Arruma os travesseiros para ficarem confortáveis atrás de mim.

— Somos as últimas — diz em voz baixa. — Não posso dar-lhe falsas palavras de consolo. Somos as últimas York. Você, suas irmãs, eu e meu irmão, e talvez a Inglaterra nunca mais torne a ver a rosa branca.

— Ouviu alguma notícia de Teddy? — pergunto.

Balança a cabeça.

— Escrevo, mas não me responde. Não tenho permissão de visitá-lo. Eu o perdi.

Batizamos a nova bebê de Maria, em homenagem à Nossa Senhora, e é uma menininha bela e delicada, com olhos do azul mais escuro e cabelo negro como breu. Alimenta-se bem e cresce saudável e, mesmo que eu não me esqueça de sua irmã pálida de cabelos dourados, percebo-me tranquilizada com este novo bebê no berço, esta nova Tudor para a Inglaterra.

Saio do confinamento para encontrar o país preparando-se para a guerra. Henrique vem ao berçário para ver o novo bebê, mas não faz mais do que olhar para ela de relance em meus braços. Nem sequer a segura.

— Não há dúvidas de que o rei da Escócia invadirá, e à frente de seu exército estará o menino — conta Henrique amargamente. — Tenho que recrutar tropas no norte, e metade delas está dizendo que, apesar de estarem dispostas a lutar contra os escoceses, abaixarão suas armas se virem a rosa branca. Irão defender-se contra os escoceses, mas irão juntar-se a um filho de York. Este é um reino de traidores.

Estou segurando Maria, e sinto-me como se estivesse oferecendo-a como um calmante para seu mau humor. Pode haver um filho de York na Escócia, armando e preparando seus homens, mas aqui em nosso palácio favorito, Sheen, dei a Henrique uma princesa Tudor, e ele nem sequer olha para ela.

— Não há nada que possamos fazer para persuadir o rei Jaime de não se aliar ao... ao garoto?

Henrique lança-me uma olhadela rápida, como se guardasse um segredo.

— Ofereci a ele uma aliança — confessa. — Não importa se você não gostar. Duvido que funcionará. Provavelmente nunca teremos de mandá-la.

— Mandar quem?

Sua expressão é furtiva.

— Margaret. Nossa filha Margaret.

Encaro-o como se fosse louco.

— Nossa filha tem seis anos — afirmo o óbvio. — Pensa em casá-la com o rei da Escócia, que tem, o quê, mais de vinte?

— Penso em oferecê-la. Quando ela estiver na idade de casar, ele estará apenas em seus trinta anos, não é um casamento ruim.

— Mas, milorde, isto é escolher os casamentos de todos os nossos filhos com seus olhos apenas no menino. Já prometeu Artur para a Espanha em troca de sequestrarem-no.

— O menino não irá. É esperto demais.

— E então, prefere entregar nossa filha ao inimigo para comprar o menino?

— Prefere que ele fique livre por aí? — retruca, irritado.

— Não, é claro que não! Mas...

Mas já falei demais e acendi os receios de Henrique.

— Vou propô-la como esposa do rei da Escócia, e em retribuição ele me entregará o menino acorrentado — declara Henrique, sem emoção. — E quer você esteja pensando no menino ou em poupar nossa filhinha quando diz que não deseja um casamento assim, não faz diferença. Ela é uma princesa Tudor, deve casar-se onde possa servir a nossos interesses. Tem que fazer seu dever, assim como tenho que fazer o meu, todos os dias. Como cada um de nós tem que fazer.

Abraço nosso novo bebê com mais força.

— E esta criança também? Mal olhou para ela. Nossos filhos só valem como cartas para você jogar? Neste único jogo? Nesta única, interminável e desproporcional guerra contra um menino?

Nem sequer fica bravo; seu rosto é amargo como se seu dever fosse difícil para ele, mais difícil do que qualquer coisa que possa propor a qualquer um.

— É claro — confirma, sem emoção. — E se Margaret é o preço pela morte do menino, então é uma boa barganha para mim.

Neste verão, duas novas rugas surgem no rosto de Henrique, do nariz até a boca, e destacam o modo como os cantos de seus lábios ficam habitualmente virados para baixo. Um costumeiro franzir de sobrancelhas marca seu rosto enquanto um relato após outro chega a ele sobre a preparação dos escoceses para a guerra e a fraqueza das defesas do norte da Inglaterra. Metade da pequena nobreza nortista já cruzou a fronteira da Escócia para ficar ao lado do menino, e as famílias que deixou para trás não estão dispostas a lutar contra seus parentes por Henrique.

Toda noite depois do jantar, Henrique vai aos aposentos de sua mãe, e os dois contam, repetidamente, os nomes daqueles em quem podem confiar no norte da Inglaterra. Milady esboçou uma lista de quem é confiável e de quem não é. Vejo ambas as listas quando entro nos aposentos para desejar-lhe boa-noite. O rolo de papel com os nomes daqueles com quem podem contar e que julgam capazes está sob um pote de tinta com uma pena ao lado, como se estivessem torcendo para escrever mais nomes, adicionar mais leais. O rolo com os nomes daqueles dos quais suspeitam está aberto sobre a mesa e pende quase até o chão. Nome após nome está escrito com uma pergunta ao lado. Nada pode exibir mais vividamente o medo que o rei e sua mãe têm dos próprios compatriotas; o rei e sua mãe estão contando amigos e achando a lista curta demais, o rei e sua mãe estão contando inimigos e vendo os números crescerem a cada dia.

— O que quer? — pergunta Henrique rudemente.

Ergo as sobrancelhas diante da grosseria na frente de sua mãe, mas faço uma mesura a ela, dizendo baixinho:

— Vim desejar-lhe uma boa-noite, milady mãe.

— Boa noite — responde ela. Mal olha para cima, tão distraída quanto o filho.

— Uma mulher parou-me no caminho para a capela hoje e perguntou-me se a dívida dela com o rei poderia ser perdoada, ou se ela poderia ter mais tempo para pagar — digo. — Parece que o marido dela foi acusado de um delito pequeno, mas não teve escolha de punição. Tem que pagar uma multa, uma multa bem pesada. Diz que eles perderão a casa e as terras, que ficarão arruinados. Disse que ele teria preferido servir a sentença na prisão a ver tudo pelo que trabalhou ser perdido. Seu nome é George Whitehouse.

Ambos olham para mim como se eu estivesse falando grego. Parecem não estar compreendendo absolutamente nada.

— É um súdito leal — explico. — Apenas entrou numa briga. É duro que ele perca a casa de sua família por uma briga de taberna, pois a multa é maior do que ele pode pagar. As multas não eram tão pesadas antes.

— Você não entende nada? — pergunta milady, e seu tom é contidamente furioso. — Não percebe que temos que arranjar cada centavo, cada moeda que podemos, de todos no reino, para que possamos erguer exércitos e pagar por eles? Pensa que perdoaríamos a multa de algum bêbado de taberna quando pode nos comprar um soldado? Mesmo se nos comprar uma flecha?

Henrique está estudando sua lista, nem sequer olha para cima, mas tenho certeza de que está ouvindo.

— Mas esse homem é um súdito leal — protesto. — Se perder a casa e a família, se for à ruína porque os homens do rei a venderam para coletar uma multa impossível, então perdemos seu amor e sua lealdade. Então teremos perdido um soldado. A segurança do trono é construída por aqueles que nos amam, e somente por aqueles que nos amam. Governamos sob o consentimento dos governados; temos que garantir que aqueles que são leais a nós permaneçam leais. Essa lista... — Aponto para os nomes daqueles cuja lealdade está em dúvida. — Essa lista crescerá se multarem homens bons até que caiam em falência.

— É muito fácil para você dizer algo assim, você, que é amada, que sempre foi amada! — Milady, a Mãe do Rei, explode repentinamente. — Você, que vem de uma família que se orgulhava de ser tão infinita, ostentosa — fico horrorizada, esperando pelo que ela dirá — e incessantemente cativante! — cospe, como se fosse a mais grave das falhas. — Cativante! Sabe o que dizem sobre o menino?

Balanço a cabeça.

— Dizem que aonde quer que vá, faz amigos! — Ela está gritando, a voz alta, o rosto corado, sua raiva fora de controle à mera menção do menino e o charme de York dele. — Dizem que o imperador em pessoa, o rei da França, o rei da Escócia, todos simplesmente apaixonaram-se por ele. E então vemos suas alianças: com o imperador, com o rei da França, com o rei da Escócia, alianças fáceis que não lhe custaram nada. Nada! Enquanto nós devemos prometer paz, ou o casamento de nossas crianças, ou uma fortuna em ouro para ganhar a amizade deles! E agora ouvimos que os irlandeses estão se reunindo por ele outra vez. Apesar de não receberem nada por isso. Não por dinheiro, pois pagamos-lhes uma fortuna para permanecerem fiéis, mas a ele servem por amor. Correm para seu estandarte porque o amam!

Olho para além dela, para meu marido, que mantém a cabeça virada para o outro lado.

— Você poderia ser amado — digo-lhe.

Pela primeira vez, ele olha para cima e encontra meu olhar.

— Não como o menino — rebate amargamente. — Pelo visto, não tenho jeito para isso. Ninguém é amado como o menino.

A mulher que me parou no caminho para a capela e me implorou que contasse a meu marido, o rei, que os súditos não conseguem pagar as multas, não conseguem pagar os impostos, é uma entre muitos e muitos. Cada vez mais as pessoas pedem-me para interceder por elas no perdão de uma dívida, e cada vez mais tenho de dizer-lhes que não posso. Todos têm de pagar suas multas, todos têm de pagar seus impostos, e os coletores de impostos agora vão armados e cavalgam com guardas. Quando saímos em viagem, neste verão, para o oeste, e cavalgamos pelas colinas verdes da planície de Salisbury, levamos os oficiais da receita privada de Henrique; aonde quer que vamos, fazem uma nova avaliação das propriedades, terras e negócios, e apresentam uma nova conta para os impostos.

Agora arrependo-me de ter dito a Henrique que meu pai costumava contar as cabeças das pessoas enquanto faziam a leitura das homenagens reais, e calcular o quanto poderiam lhe pagar. O sistema de meu pai de empréstimos e multas se tornou o odiado sistema de impostos de Henrique, e a todos os lugares aonde vamos somos seguidos por escreventes que contam as janelas de vidro das casas, ou as ovelhas nos pastos, ou as plantações nos campos, e apresentam às pessoas que vêm nos ver uma exigência de pagamento.

Em vez de ser saudado pelas pessoas dando vivas nas ruas, aglomerando-se para acenar para as crianças reais e mandar beijos para mim, o povo desaparece, guardando seus bens em armazéns, sumindo com seus registros de contabilidade, negando sua prosperidade. Nossos anfitriões servem o pior dos banquetes e escondem suas melhores tapeçarias e pratas. Ninguém ousa mostrar ao rei hospitalidade ou generosidade, pois ou ele ou sua mãe irá alegar que é prova de que são mais ricos do que fingem ser, e acusá-los de não declarar suas riquezas como deveriam. Vamos de uma grande casa e abadia a outra como funileiros ambulantes que visitam somente para roubar, e odeio ver os rostos apreensivos que nos cumprimentam e seus olhares de alívio quando partimos.

E aonde quer que vamos, em todas as paradas, há homens encapuzados, seguindo-nos como representantes terrenos da Morte, em cavalos cansados; falam com meu marido em segredo, passam a noite e então saem no dia seguinte nas melhores montarias dos estábulos. Vão na direção oeste, onde os homens da Cornualha, donos de terras, mineiros, marinheiros e pescadores estão declarando que não irão mais pagar sequer um centavo do imposto Tudor; ou vão na direção leste, onde a costa está perigosamente exposta a invasões; ou vão para o norte, para a Escócia, onde ouvimos falar que o rei está reunindo um exército e fabricando armas como nunca se viu antes para seu amado primo: o menino que quer ser rei da Inglaterra.

— Finalmente ele é meu. — Henrique entra em meu quarto, ignorando minhas damas, que se levantam às pressas e fazem reverências, ignorando os músicos, que caem em silêncio e esperam por uma ordem. — Ele é meu. Olhe para isso.

Obedientemente olho para a página que ele me mostra. É uma massa de símbolos e números, nada que eu consiga entender.

— Não consigo ler isto — digo-lhe em voz baixa. — Esta é a língua que você usa: a língua dos espiões.

Ele dá um estalo impaciente com a língua e puxa outra folha de papel que estava debaixo da primeira. É uma tradução do código do arauto português, selada pelo rei da França em pessoa para provar que é real. *O assim-chamado duque de York é o filho de um barbeiro em Tournai, e encontrei seus pais; posso enviá-los a você...*

— O que acha disso? — pergunta-me Henrique. — Posso provar que o menino é um impostor. Posso trazer seus pais até a Inglaterra, e podem declará-lo o filho de um barbeiro em Tournai. O que acha?

Sinto Margaret, minha prima, dar alguns passos em minha direção, como se fosse defender-me da voz cada vez mais alta de Henrique. Quanto mais inseguro, mais se vangloria. Fico de pé e seguro a mão dele.

— Creio que isso prova que você está completamente certo — confirmo, do mesmo modo como acalmaria meu filho Henrique caso discutisse com o irmão, à beira das lágrimas de frustração. — Tenho certeza de que isso finaliza a questão totalmente a seu favor.

— Sim! — afirma furiosamente. — É como eu disse: é um menino pobre que veio do nada.

— É justamente como você disse — repito. Olho para seu rosto corado e raivoso, e não sinto nada além de pena dele. — Isto prova que você está completamente certo.

Um leve tremor passa por ele.

— Mandarei que venham, então. Esses pais plebeus. Eu os trarei à Inglaterra, e todos poderão ver a origem pobre desse menino falso.

Palácio de Westminster, Londres, outono de 1496

Mas Henrique não manda o barbeiro de Tournai e sua esposa virem. Envia ainda mais um espião a Tournai, que não consegue encontrá-los. Imagino brevemente uma imagem divertida de Tournai cheia de homens envoltos em capas com os capuzes puxados para baixo para esconder o rosto, procurando alguém — qualquer um — que dirá que teve um filho que desapareceu de casa e que decidiu fingir ser o rei da Inglaterra, e que agora casou-se com uma integrante da família real da Escócia e é amigo pessoal e benquisto da maioria dos monarcas da cristandade.

É uma proposta tão absurda que, quando Henrique segue procurando por uma mãe abandonada, por um menino desaparecido, por qualquer coisa — um nome, pelo menos —, vejo isso como a medida não de sua determinação de resolver um mistério, mas de seu desespero crescente para criar uma identidade para o menino e pôr um nome nele. Quando sugiro que realmente qualquer um bastaria, que não é necessário que seja um barbeiro em Tournai — pode logo procurar alguém que esteja preparado para dizer que o menino nasceu e foi criado por eles, e então sumiu —, Henrique olha carrancudo para mim e diz:

— Exatamente, exatamente. Eu poderia ter meia dúzia de pais, e mesmo assim ninguém acreditaria que encontrei os verdadeiros.

Num fim de tarde de outono sou convidada a entrar nos aposentos da rainha — ainda são chamados de aposentos da rainha — por Milady, a Mãe do Rei, que diz precisar conversar comigo antes do jantar. Vou com Cecily, minha irmã, uma vez que Anne está de resguardo, esperando sua primeira criança; mas, quando as grandes portas duplas são abertas, vejo que a câmara de audiências de milady está vazia, então peço a Cecily que me espere ali, ao lado da fogueira econômica de pequenos restos de madeira, e entro na câmara privada de milady sozinha.

Está ajoelhada em um genuflexório; porém, quando entro, olha de relance por cima do ombro, sussurra "Amém" e levanta-se. Ambas fazemos reverências, ela para mim, pois sou rainha, eu para ela, pois é minha sogra; encostamos nossas bochechas frias como se estivéssemos trocando um beijo, mas nossos lábios jamais tocam o rosto uma da outra.

Indica com a mão uma cadeira que é da mesma altura da dela, do outro lado da fogueira, e nos sentamos ao mesmo tempo, nenhuma de nós tomando a precedência. Estou começando a perguntar-me qual é o motivo de tudo isso.

— Desejo falar-lhe em confidência — começa. — Em confidência absoluta. O que me disser não irá para além das paredes deste quarto. Pode confiar em mim com qualquer coisa. Dou a você minha sagrada palavra de honra.

Aguardo. Duvido muito que eu vá contar-lhe qualquer coisa, então não é necessário que me garanta que não contará a ninguém. Além disso, qualquer coisa que pudesse ser útil a seu filho, contaria a ele no momento seguinte. Sua sagrada palavra de honra não a prenderia por um segundo sequer. Sua sagrada palavra de honra não vale nada contra a devoção a seu filho.

— Desejo falar sobre dias há muito passados — começa. — Você era apenas uma menininha, e nada disso foi culpa sua. Nenhuma culpa é atribuída a você por mim ou por qualquer outra pessoa. Nem por meu filho.

Sua mãe ordenou tudo, e você era obediente a ela na época. — Ela faz uma pausa. — Não precisa ser obediente a ela agora.

Curvo a cabeça.

Milady parece ter problemas em começar a pergunta. Para, tamborila os dedos no braço esculpido da cadeira. Fecha os olhos como se estivesse em breve oração.

— Quando você era uma jovem em santuário, seu irmão, o rei, estava na Torre, mas seu irmãozinho Ricardo ainda estava escondido com vocês. Sua mãe o manteve com ela. Quando prometeram a ela que seu irmão Eduardo seria coroado, exigiram que ela mandasse o príncipe Ricardo para a Torre, para juntar-se a seu irmão, fazendo-lhe companhia. Lembra-se?

— Lembro-me — respondo. Sem querer, olho de relance na direção dos galhos empilhados na lareira como se conseguisse enxergar nas brasas reluzentes o teto abobadado do santuário, o rosto lívido e desesperado de minha mãe, o azul-escuro de seu vestido de luto, e o menininho que compramos de seus pais, arrumamos, lavamos, ordenamos que não dissesse nada, vestimos como meu irmãozinho, com o chapéu baixo sobre a cabeça, um cachecol sobre a boca. Entregamos o menino ao arcebispo, que jurou que estaria a salvo, mesmo que não confiássemos nele, não confiávamos em nenhum deles. Enviamos aquele menino para o perigo a fim de salvar Ricardo. Pensamos que com isso ganharíamos uma noite, talvez uma noite e um dia. Não conseguimos acreditar em nossa sorte quando ninguém o questionou, quando os dois meninos juntos, meu irmão Eduardo e a pobre criança, mantiveram a farsa.

— Os lordes do conselho privado vieram e exigiram que vocês entregassem seu irmãozinho a eles — prossegue milady, sua voz um murmúrio cadenciado. — Mas, agora, me pergunto se o fizeram.

Encaro-a com uma expressão honesta e franca.

— É claro que o entregamos — declaro com firmeza. — Todos sabem que o entregamos. Todos no conselho privado testemunharam. Seu próprio marido Thomas, lorde Stanley, estava lá. Todos sabem que levaram meu irmãozinho Ricardo para viver com meu irmão, o rei, na Torre, para fazer-

-lhe companhia antes de sua coroação. Você mesma estava na corte, deve tê-los visto levando-o para a Torre. Deve lembrar-se, todos sabiam, de que minha mãe chorou ao despedir-se dele, mas o próprio arcebispo prometeu que Ricardo estaria a salvo.

Ela assente com a cabeça.

— Ah, mas depois... depois, sua mãe inventou uma pequena conspiração para tirá-los de lá? — Milady se aproxima, a mão estendendo-se como uma garra, segurando minhas mãos em meu colo. — Era uma mulher esperta, e sempre alerta aos perigos. Pergunto-me se estava pronta para que eles viessem buscar o príncipe Ricardo. Lembre-se de que eu juntei meus homens aos dela em um ataque contra a Torre para resgatá-los. Também tentei salvá-los. Mas, depois disso, depois que falhamos, ela salvou ambos? Ou talvez apenas Ricardo, o filho mais novo dela? Ela tinha um plano que não me contou? Fui punida por ajudá-la, fui presa na casa de meu marido e proibida de falar ou escrever a qualquer um. Sua mãe, a leal e esperta mulher que era, tirou Ricardo de lá? Tirou seu irmão Ricardo da Torre?

— A senhora sabe que ela estava sempre conspirando — digo. — Escrevia para você, escrevia para seu filho. Devem saber mais do que eu sobre aquela época. Ela contou-lhe que o tinha a salvo? Manteve esse segredo, durante todo esse longo período?

Ela tira a mão de mim como se eu estivesse quente como as brasas na lareira.

— O que quer dizer? Não! Ela nunca me contou algo assim!

— Você estava fazendo planos com ela para nos libertar, não estava? — pergunto, com mais doçura do que leite açucarado. — Estava conspirando com ela para trazer seu filho para nos salvar? Foi por isso que Henrique veio à Inglaterra? Para libertar-nos a todos? Não para tomar o trono, mas para restaurá-lo a meu irmão e libertar-nos?

— Mas ela não me contou nada — explode Lady Margaret. — Nunca me contou nada. E mesmo que todos dissessem que os meninos estavam mortos, nunca encomendou uma missa de réquiem para eles, e nunca encontramos os corpos, nunca encontramos os assassinos nem qualquer traço ou rumor de que houvesse um plano para matá-los. Ela nunca disse os nomes dos assassinos deles, e ninguém jamais confessou.

— Vocês torciam para que as pessoas acreditassem que foi o tio deles, Ricardo — observo em silêncio. — Mas não tiveram coragem de acusá-lo. Nem quando ele estava morto em um túmulo anônimo. Nem mesmo quando vocês listaram em público os crimes dele. Nunca o acusaram disso. Nem mesmo Henrique, nem mesmo *a senhora* teve a ousadia de dizer que ele assassinou os sobrinhos.

— Foram assassinados? — sibila para mim. — Se não foi Ricardo? Não importa quem o fez! Foram assassinados? Ambos foram mortos? Tem conhecimento disso?

Balanço a cabeça.

— Onde estão os garotos? — sussurra, sua voz não muito mais alta do que o barulho das chamas na fogueira. — Onde estão? Onde está o príncipe Ricardo agora?

— Creio que sabe melhor do que eu. Creio que sabe exatamente onde ele está. — Viro-me para ela e deixo que veja meu sorriso. — Não acha que seja ele, na Escócia? Não crê que ele esteja livre e liderando um exército contra nós? Contra seu próprio filho, chamando-o de usurpador?

A angústia no rosto dela é genuína.

— Eles atravessaram a fronteira — sussurra ela. — Reuniram uma força gigantesca, o rei da Escócia cavalga com o menino à frente de milhares de homens, produziu canhões, bombardas, organizou-os... ninguém nunca viu um exército assim no norte antes. E o menino mandou uma proclamação... — Ela para, e de dentro do vestido tira o papel. Não posso negar minha curiosidade; estendo a mão, e ela entrega-o a mim. É uma proclamação do menino, que deve ter mandado fazer centenas, mas embaixo está sua assinatura, RR: Ricardus Rex, rei Ricardo IV da Inglaterra.

Não consigo tirar os olhos das confiantes voltas da rubrica. Coloco o dedo sobre a tinta seca; talvez esta seja a assinatura de meu irmão. Não consigo acreditar que meus dedos não sintam seu toque, que a tinta não se aqueça sob minha mão. Ele assinou isto, e agora meu dedo a toca.

— Ricardo — digo, pensativa, e consigo ouvir o amor em minha voz.
— Ricardo.

— Ele clama ao povo da Inglaterra que capture Henrique em sua fuga
— conta-me a mãe de Henrique, sua voz tremendo. Mal a escuto, estou
pensando em meu irmãozinho assinando centenas de proclamações como
Ricardus Rex: Ricardo, o rei. Percebo que estou sorrindo, pensado no
menininho que minha mãe tanto amava, que todos amávamos por sua
boa e animada natureza. Penso nele assinando com este floreio e sorrindo
seu sorriso, certo de que recuperará a Inglaterra para a Casa de York. —
Atravessou a fronteira escocesa, está marchando para Berwick — geme ela.

Finalmente percebo o que está dizendo.

— Invadiram a Inglaterra?

Ela assente com a cabeça.

— E o rei irá até lá? As tropas estão prontas?

— Enviamos dinheiro — responde. — Uma fortuna. Ele está entornando
dinheiro e armas sobre o norte.

— Ele está de partida? Henrique liderará seu exército contra o menino?

Ela balança a cabeça.

— Não colocaremos um exército no campo. Ainda não, não no norte.

Fico aturdida. Meu olhar vai da ousada proclamação escrita em tinta
preta para o rosto velho e assustado dela.

— Por que não? Ele tem que defender o norte. Pensei que estavam
prontos para isso.

— Não podemos! — exclama ela. — Não ousamos marchar com um
exército para o norte para enfrentar o menino. E se as tropas se virarem
contra nós assim que chegarmos lá? Se mudarem de lado, se os homens
se declararem a favor de Ricardo, então não teremos feito nada além de
entregar-lhes um exército e todas as nossas armas. Não ousamos colocar
um exército perto dele. A Inglaterra tem que ser defendida pelos homens
do norte, lutando por seus próprios líderes, defendendo as próprias terras
contra os escoceses, e iremos contratar mercenários para aumentar o efe-
tivo; homens de Lorraine e da Alemanha.

Encaro-a, incrédula.

— Está contratando soldados estrangeiros porque não consegue confiar nos ingleses?

Ela torce as mãos uma na outra nervosamente.

— As pessoas estão tão ressentidas com os impostos e as multas que falam contra o rei. As pessoas são tão indignas de confiança, não temos como ter certeza...

— Não podem confiar que um exército inglês não vá mudar de lado e lutar contra o rei?

Ela esconde o rosto nas mãos; afunda-se na cadeira, quase caindo de joelhos como se para rezar. Olho, inexpressiva, para ela, incapaz de conjurar uma expressão de simpatia. Jamais em minha vida ouvi algo do tipo: um país invadido e seu rei com medo de marchar para defender as fronteiras, um rei que não consegue confiar no exército que reuniu, equipou e pagou. Um rei que parece um usurpador e contrata tropas estrangeiras mesmo quando um menino, um menino que nunca foi à guerra, exige seu trono.

— Quem irá liderar esse exército nortista se o rei não for? — pergunto.

Somente isto dá a ela alguma alegria.

— Thomas Howard, conde de Surrey. Confiamos nele para isto. Sua irmã está carregando o herdeiro de seu filho sob nosso cuidado, estou certa de que não nos trairá. E temos sua irmã e o neto dele como reféns. Os Courtenay ficarão ao nosso lado, e casaremos sua irmã Catherine com William Courtenay, para mantê-los como aliados. E ter um homem que era conhecido por ser leal à Casa de York na luta contra o menino fará bem, não acha? Fará as pessoas pararem para pensar, não? Precisam ver que mantivemos Thomas Howard na Torre, e ele saiu em segurança.

— Diferentemente do garoto — comento.

Seus olhos voltam-se para mim, e vejo terror em seu rosto.

— Que garoto? — pergunta. — Que garoto?

— Meu primo, Edward — respondo suavemente. — Ainda o mantém lá sem motivo, sem acusação, injustamente. Deveria ser libertado agora, para que as pessoas não possam dizer que vocês capturam meninos York e os colocam na Torre.

— Não fazemos isso. — Ela responde automaticamente como se fosse a resposta murmurada a uma oração que aprendeu de cor. — Está lá para sua própria segurança.

— Peço que seja libertado. O país acha que ele deveria ser libertado. Eu, como rainha, solicito isso neste momento, em que devemos mostrar que inspiramos confiança.

Ela balança a cabeça e senta-se de novo na cadeira, firme em sua determinação.

— Não até que seja seguro para ele sair.

Levanto-me, ainda segurando a proclamação que pede ao povo para rebelar-se contra Henrique, recusar seus impostos, capturá-lo enquanto foge de volta para a Bretanha, de onde veio.

— Não posso consolá-la — declaro friamente. — Encorajou seu filho a taxar pessoas a ponto de serem arruinadas, permitiu que se escondesse e não saísse para se mostrar e fazer amigos, encorajou-o a perseguir este menino que agora nos invade, e o fez recrutar um exército no qual não pode confiar e, agora, a trazer soldados estrangeiros. Da última vez que contratou soldados estrangeiros, eles trouxeram junto a doença do suor, que quase nos matou a todos. O rei da Inglaterra deveria ser amado pelo povo, não um inimigo de sua paz. Não deveria temer seu próprio exército.

— Mas este garoto é seu irmão? — pergunta, com a voz rouca. — Foi por isso que a chamei aqui. Você sabe. Tem que saber o que sua mãe fez para salvá-lo. É o menino favorito de sua mãe vindo lutar com o meu?

— Não importa — digo, de repente percebendo o caminho para me livrar dessa pergunta que me assombra. Sinto meu espírito ficar subitamente mais leve quando compreendo, enfim, o que devo responder. — Não importa quem Henrique tenha que enfrentar. Quer seja o filho favorito de minha mãe ou o filho de outra mãe. O que importa é que você não fez do *seu* menino o amado da Inglaterra. Deveria ter feito com que fosse amado e não o fez. Sua única segurança depende do amor de seu povo, e não garantiu isso a ele.

— Como eu poderia? Como uma coisa dessas poderia de alguma forma ser feita? Este é um povo sem lealdade, este é um povo sem coração, correm atrás de fogos-fátuos, não apreciam o valor verdadeiro.

Encaro-a e quase sinto pena enquanto senta-se torta sobre a cadeira, seu glorioso genuflexório com a imensa Bíblia de capa ricamente esmaltada atrás de si, os melhores aposentos do palácio decorados com as melhores tapeçarias, e uma fortuna em sua caixa-forte.

— Não conseguiu criar um rei amado porque seu filho não foi uma criança amada — explico, e é como se estivesse condenando-a. Sinto-me com o coração tão duro, com o rosto tão duro quanto o anjo que listará os pecados no fim dos tempos. — Esforçou-se por ele, mas fracassou com ele. Nunca foi amado quando criança, então cresceu e tornou-se um homem que não consegue inspirar amor nem dar amor. Você o mimou por completo.

— Eu o amei! — Ela fica de pé, de repente furiosa, os olhos negros brilhando de fúria. — Ninguém pode negar que eu o amei! Dei minha vida por ele! Pensei somente nele! Quase morri dando à luz e sacrifiquei tudo, amor, segurança, um marido de minha escolha, só por ele.

— Foi criado por outra mulher, Lady Herbert, a esposa do guardião dele, e ele a amava — retruco implacavelmente. — Você chamou-a de sua inimiga, tomou-o dela e colocou-o sob os cuidados do tio dele. Quando você foi derrotada por meu pai, Jasper levou-o para longe de tudo o que conhecia, para o exílio, e você deixou que fossem sem você. Mandou-o embora, e ele sabia disso. Foi por sua ambição; ele sabe disso. Ele não conhece nenhuma canção de ninar, não conhece nenhuma história de ninar, não conhece nenhuma brincadeira que uma mãe faz com seus filhos. Ele não tem confiança, não tem ternura. Trabalhou por ele, sim, e conspirou e lutou por ele, mas duvido que em algum momento, em toda sua infância, o tenha colocado sobre os joelhos e feito cócegas em seus pés, feito-o gargalhar.

Ela afasta-se de mim como se eu a estivesse amaldiçoando.

— Sou a mãe dele, não a ama de leite. Por que deveria acariciá-lo? Ensinei-o a ser um líder, não um bebê.

— Você é a comandante dele — declaro. — A aliada dele. Mas não há amor verdadeiro nisso. Absolutamente nenhum. E agora vê o preço que paga por isso. Não há amor verdadeiro nele, nem para dar nem para receber. Absolutamente nenhum.

Histórias horríveis vêm do norte, do exército escocês entrando como um exército de lobos, destruindo tudo o que encontram pela frente. Os defensores do norte da Inglaterra marcham corajosamente contra eles, mas antes que possam juntar-se à batalha, os escoceses somem, de volta a suas próprias colinas altas. Não é uma derrota, é algo muito pior do que isso: é um desaparecimento. É um aviso que só nos informa que eles voltarão. Então Henrique não se tranquiliza; ele exige dinheiro do parlamento — centenas de milhares de libras — e consegue mais com empréstimos relutantes de todos os seus lordes e dos mercadores de Londres, para pagar que homens sejam armados e fiquem prontos contra essa ameaça invisível. Ninguém sabe o que os escoceses planejam, se irão fazer saques constantes, destruindo nosso orgulho e nossa confiança no norte da Inglaterra, surgindo das nevascas na pior época do ano; ou se esperarão até a primavera e lançarão uma invasão ao país todo.

— Ele tem um filho — sussurra Maggie para mim. A corte está ocupada com as preparações para o Natal. Maggie e o marido estiveram no Castelo de Ludlow com meu filho Artur, apresentando-o a seu principado de Gales, mas voltaram para o Palácio de Westminster a tempo de celebrar o banquete de Natal. No caminho, Maggie ouviu fofocas nas pousadas e nas grandes casas e abadias onde pararam para hospedar-se. — Todos dizem que ele tem um filho.

Imediatamente penso em como minha mãe ficaria contente, como desejaria ter visto seu neto.

— Menina ou menino? — pergunto, ansiosa.

— Um menino. Teve um menino. A Casa de York tem um novo herdeiro.

De maneira insensata e indevida, seguro-lhe as mãos e sei que minha alegria radiante é espelhada em seu sorriso.

— Um menino?

— Uma nova rosa branca, um botão de rosa branca. Um novo filho de York.

— Onde está? Em Edimburgo?

— Dizem que está vivendo com a esposa em Falkland, em um chalé real de caça. Vivem tranquilamente juntos com o bebê deles. Dizem que ela é muito, muito bela, e que ele está feliz de ficar com ela; estão muito apaixonados.

— Não irá invadir a Inglaterra?

Ela dá de ombros.

— Não é a estação do ano, mas talvez ele queira viver em paz. Recém-casado, com uma bela esposa e um bebê nos braços dela? Talvez pense que isso é o melhor que irá conseguir.

— Se eu pudesse escrever para ele... se pudesse contar-lhe... ah, se eu pudesse dizer-lhe que essa é a melhor opção.

Devagar, ela balança a cabeça.

— Nada passa pela fronteira sem que o rei saiba — diz. — Se enviar uma palavra sequer ao menino, o rei verá como a maior traição do mundo. Nunca a perdoaria, duvidaria de você para sempre, e acharia que você foi sua inimiga oculta todo esse tempo.

— Queria que alguém pudesse dizer ao menino que permaneça onde está, que encontre a alegria e fique com ela, que o trono não trará a felicidade que tem agora.

— Não posso dizer isso a ele — responde Maggie. — Encontrei essa verdade para mim mesma: um bom marido e um lugar para chamar de lar no Castelo de Ludlow.

— Verdade?

Sorrindo, ela assente com a cabeça.

— É um bom homem, e estou feliz de estar casada com ele. É tranquilo e discreto; é leal ao rei e fiel a mim. Já vi o suficiente de agitação e deslealdade; não consigo pensar em nada melhor para fazer de minha vida do que criar meu próprio filho e ajudar o seu a tornar-se um príncipe, administrar o Castelo de Ludlow como você desejar, e para acolher a noiva de seu filho em nosso lar, quando ela vier.

— E Artur? — pergunto.

Sorri para mim.

— É um príncipe de quem se orgulhar — afirma. — É generoso e justo. Quando Sir Richard o leva para assistir aos juízes trabalhando, seu desejo é o de ser clemente. Cavalga bem e, quando sai, cumprimenta pessoas como se fossem suas amigas. É tudo o que você gostaria que ele fosse. E Richard está lhe ensinando tudo o que sabe. É um bom guardião para seu menino. Artur dará um bom rei, talvez até um grande rei.

— Se o menino não tomar o trono.

— Talvez o menino pense que amar uma mulher e amar seu filho sejam suficientes — diz Maggie. — Talvez compreenda que um príncipe não precisa se tornar rei. Talvez pense que é mais importante ser um homem, um homem amoroso. Talvez, quando vir a mulher com o filho nos braços, saberá que esse é o maior reino que um homem pode desejar.

— Queria poder dizer isso a ele!

— Não consigo fazer uma carta chegar até meu próprio irmão, logo ali no rio, na Torre de Londres. Como conseguiríamos fazer uma carta chegar ao seu?

Torre de Londres,
verão de 1497

Os homens da Cornualha começam a reclamar que o rei está cobrando impostos muito altos, e depois reclamam que roubou seus direitos sobre o estanho que garimpam das minas. São homens trabalhadores, amargos, que enfrentam perigos todos os dias, nas minúsculas e estreitas condições subterrâneas, falando sua própria e estranha língua, vivendo mais como bárbaros do que como homens cristãos. Muito longe de Londres, no extremo oeste do país, são facilmente persuadidos por sonhos ou rumores. Acreditam em reis e anjos, em aparições e milagres. Meu pai sempre dizia que eram um tipo único de inglês, as pessoas da Cornualha, sem nenhuma semelhança com os outros, e que tinham de ser governados com gentileza, como se fossem os elfos travessos que vivem com o restante dos ingleses.

Em questão de dias, em instantes, juntam-se e ficam furiosos; vão pelo oeste como um incêndio de verão, recrutando, pulando um campo ou dois, avançando mais rápido do que o galope de um cavalo. Logo mobilizam toda a Cornualha em revolta armada, e então os outros condados do oeste juntam-se a eles, também revoltados. Formam exércitos separados e liderados por homens de Somerset, Wiltshire e da Cornualha, sob o comando de um ferreiro córnico, Michael Joseph, An Gof, um homem que, segundo dizem, tem três metros de altura e jurou que não será arruinado por um rei cujo pai não era rei, que está experimentando novos métodos, métodos Tudor, métodos galeses contra os bons homens córnicos.

Mas não se trata apenas de uma rebelião de homens ignorantes: donos de terras juntam-se a eles, pescadores, fazendeiros, mineiros e então, o pior de tudo, um nobre, lorde Audley, oferece-se para liderá-los.

— Deixarei você, minha mãe e as crianças aqui — explica-me Henrique rapidamente, seu cavalo esperando na frente de sua guarda pessoal, que está vestida para a batalha diante da Torre Branca, os portões fechados, os canhões encostados nas paredes, tudo pronto para uma guerra. — Estarão seguras aqui, podem resistir a um cerco por semanas.

— Um cerco? — Seguro Maria no quadril, como se eu fosse uma camponesa dando adeus a um marido que vai para a guerra, seu próprio futuro desesperadamente incerto. — Por quê? Quão perto chegarão de Londres? Estão vindo lá da Cornualha! Deveriam ter sido contidos no sudoeste! Está nos deixando com tropas suficientes? Londres permanecerá leal?

— Woodstock, estou indo para Woodstock. Posso reunir mais tropas lá e impedir os rebeldes enquanto estão na Grande Estrada do Oeste. Tenho que trazer meu exército de volta da Escócia assim que puder. Enviei-os todos ao norte para enfrentar o menino e os escoceses, não esperava esse ataque do sudoeste. Estou chamando lorde Daubney e sua força, enviei ordens de que voltem ao sul imediatamente. Irei trazê-los para cá, se meu mensageiro os encontrar a tempo.

— Lorde Daubney é um homem de Somerset — observo.

— O que quer dizer com isso? — Henrique grita comigo em desespero, e Maria se sobressalta com a altura da voz dele, chorando fragilmente. Seguro seu corpinho roliço com mais força e balanço-a, mudando meu peso de um pé para o outro.

Mantenho a voz baixa para não a perturbar e não inquietar os guarda-costas de Henrique, que aguardam alinhados, suas expressões sérias.

— Quero apenas dizer que será difícil para o lorde atacar conterrâneos — respondo. — Ele terá que atacar os vizinhos. Todo o condado de Somerset juntou-se aos córnicos, e ele deve conhecer lorde Audley desde a infância. Não quero sugerir que ele irá trair você, estou apenas dizendo que é um homem do oeste e está propenso a simpatizar com seu próprio povo. Você deveria colocar outros homens com ele. Onde estão seus outros lordes? Os parentes e nobres que possa manter a seu lado?

Henrique emite um som, quase um gemido de aflição, e coloca a mão sobre o pescoço do cavalo como se precisasse do apoio.

— Na Escócia — sussurra. — Mandei quase todos ao norte, todo o exército, todos os meus canhões e todo o meu dinheiro.

Por um momento fico em silêncio, percebendo o perigo em que nos encontramos. Todos os meus filhos, inclusive Artur, estão na Torre enquanto os rebeldes marcham até Londres, e o exército está distante demais para ser chamado de volta. Se a pequena força de Henrique não for capaz de impedi-los na estrada, sofreremos um cerco.

— Seja corajoso — incentivo, mesmo estando morta de medo. — Seja corajoso, Henrique. Meu pai foi capturado uma vez e levado de seu reino, e ainda assim foi um grande rei da Inglaterra e morreu no leito real.

Ele olha para mim desolado.

— Mandei Thomas Howard, o conde de Surrey, para a Escócia. Estava contra mim em Bosworth e mantive-o na Torre por mais de três anos. Crê que isso terá feito dele um amigo? Tenho que apostar que o casamento do filho dele com sua irmã torna-o um aliado seguro para mim. Você me diz que Daubney é um homem de Somerset e simpatizará com os vizinhos enquanto marcham contra mim. Eu nem sabia disso. Não conheço nenhum desses homens. Nenhum deles me conhece ou me ama. Seu pai nunca ficou sozinho, como eu, em uma terra estranha. Casou-se por amor, era seguido por homens com paixão. Sempre teve pessoas em quem podia confiar.

Tomamos nossos postos de batalha na Torre, com canhões sendo empurrados, fogueiras mantidas acesas e as bolas de canhão empilhadas ao lado deles. Ouvimos falar que há um poderoso exército rebelde, talvez em torno de vinte mil homens, marchando da Cornualha até Londres e reunindo forças enquanto marcha. É um exército grande o suficiente para tomar um reino. Lorde Daubney chega no sul a tempo de bloquear a Grande Estrada do Oeste, e esperamos que faça com que deem meia-volta, mas ele nem sequer os retarda. Alguns dizem que ordenou que suas tropas abrissem caminho e os deixassem passar.

Os rebeldes prosseguem, aproximando-se de Londres, crescendo em número. São liderados por lorde Audley, e sabemos que outros lordes devem estar enviando-lhes armas, dinheiro e homens. Não recebo notícias de Henrique; preciso confiar que está reunindo seus homens, organizando uma força e preparando-se para marchar contra eles. Não recebo mensagens dele e tampouco escreve para sua mãe, enquanto ela passa seus dias ajoelhada na capela que brilha, noite e dia, com a luz das velas votivas que acendeu por ele.

Meu filho Artur, que, por segurança, está na Torre conosco, vem até mim.

— Meu pai está impedindo a marcha dos rebeldes? — pergunta-me.

— Tenho certeza de que sim — respondo, mesmo sem ter certeza.

Em seus aposentos, Edward, meu primo, deve escutar os pés marchando, as ordens gritadas, a troca da guarda de quatro em quatro horas. Maggie, que se junta a mim enquanto seu marido acompanha o meu, é a única de nós que tem permissão de vê-lo. Ela vem até mim com uma expressão preocupada.

— Ele está muito silencioso — é tudo o que ela diz. — Perguntou-me por que estamos todos aqui, sabe que estamos todos aqui na Torre, e por que há tanto barulho. Quando eu respondi que há rebeldes marchando até Londres vindos da Cornualha, ele disse... — Ela para e coloca a mão sobre a boca.

— O quê? — indago. — O que ele disse?

— Disse que não há muito motivo para vir a Londres, que é um lugar muito entediante. Disse que alguém deveria contar a eles que não há companhia em Londres, que é um lugar solitário. Muito, muito solitário.

Fico horrorizada.

— Maggie, será que ele perdeu o juízo?

Ela balança a cabeça.

— Não, tenho certeza de que não. Mas foi mantido sozinho por tanto, tanto tempo que quase se esqueceu de como se fala. É como uma criança que não teve infância. Elizabeth... eu falhei com ele. Eu falhei tanto com ele.

Aproximo-me para abraçá-la, mas ela afasta-se de mim e faz uma mesura.

— Deixe-me ir ao meu quarto e lavar o rosto — pede ela. — Não consigo falar sobre ele. Não suporto pensar nele. Mudei meu nome, reneguei minha família e deixei-o para trás. Agarrei minha própria liberdade e deixei-o aqui, como um passarinho enjaulado, como um canário cego.

— Quando isto acabar...

— Quando isto acabar ficará ainda pior! — exclama, tomada pela emoção. — Todo esse tempo esperamos que o rei se sentisse seguro em seu trono, mas nunca se sente seguro. Quando tudo isto acabar, mesmo que triunfemos, o rei ainda terá que enfrentar os escoceses. Pode ter que enfrentar o menino. Os inimigos do rei vêm um depois do outro, ele não faz amigos e tem novos inimigos todo ano. Nunca é seguro o suficiente para que ele liberte meu irmão. Ele nunca estará seguro no trono.

Ponho a mão sobre sua boca trêmula.

— Silêncio, Maggie. Silêncio. Você sabe que não deve falar assim.

Ela faz uma reverência e sai de meus aposentos; não a detenho. Sei que não fala nada além da verdade e que essas batalhas, contra esses mal armados e desesperados homens do oeste, a guerra no norte entre escoceses e ingleses, os rebeldes reunindo-se na Irlanda e o conflito que acontecerá entre o rapaz e o rei, nos trarão um verão sangrento e um outono vingativo, e ninguém pode ter certeza de qual será o resultado, ou de quem será o juiz ou o vencedor.

O pânico começa ao nascer do sol. Ouço os gritos de comando e o barulho de pés correndo enquanto o comandante da guarda chama as tropas. O rebate começa a tocar em aviso, e então todos os sinos da City e além, todos os sinos da Inglaterra começam a soar um alerta para a chegada dos córnicos. Agora não estão exigindo que seus impostos sejam perdoados nem que os falsos conselheiros do rei sejam dispensados, agora estão exigindo que o rei seja derrubado.

Lady Margaret, a mãe do rei, sai da capela, piscando como uma coruja assustada diante da luz da aurora e do tumulto dentro da Torre. Vê-me à entrada da Torre Branca e corre pelo gramado em minha direção.

— Fique aqui — ordena severamente. — Está obrigada a ficar aqui para sua própria segurança. Henrique disse que você não pode partir. Você e as crianças têm que permanecer aqui.

Ela volta-se para um dos comandantes da guarda, e percebo que me dará voz de prisão se pensar por um instante que quero escapar.

— Está louca? — pergunto de repente, amarga. — Sou a rainha da Inglaterra, sou a esposa do rei e a mãe do príncipe de Gales! É óbvio que ficarei aqui nesta que é minha cidade natal, com meu povo. O que quer que aconteça, eu não fugirei. Aonde imagina que eu iria? Não fui eu quem passou a vida em exílio! Não vim à frente de um exército, falando uma língua estrangeira! Nasci inglesa e fui criada inglesa. É claro que ficarei em Londres. Este é meu povo, este é meu país. Mesmo se entrarem armados contra mim, ainda são meu povo e aqui ainda é o lugar ao qual pertenço!

Ela oscila diante de minha fúria inesperada.

— Eu não sei, não sei — diz. — Não fique brava, Elizabeth. Estou apenas tentando manter todos nós a salvo. Não sei de mais nada. Onde estão os rebeldes?

— Em Blackheath — respondo, brusca. — Mas perderam muitos homens. Entraram em Kent e houve uma escaramuça.

— Abrirão os portões da cidade para eles? — pergunta. Ambas podemos ouvir a confusão nas ruas. Ela segura meu braço. — Os cidadãos e suas milícias irão deixá-los entrar em Londres? Irão nos trair?

— Não sei. Vamos subir nas muralhas, de onde podemos ver o que está acontecendo.

Milady, minhas irmãs, Maggie, Artur, meus filhos mais novos e eu subimos os degraus estreitos de pedra até as muralhas externas da Torre. Olhamos para o sul e para o leste, onde o rio se estende para além de nossa visão, e sabemos que, não muito longe, a apenas 11 quilômetros, os rebeldes córnicos estão ocupando Blackheath de modo triunfal, ao lado de nosso Palácio de Greenwich, e preparando um acampamento.

— Minha mãe certa vez esteve aqui onde estou — conto a meus filhos. — Ela estava aqui, sob cerco, assim como nós, e eu estava com ela, ainda uma menininha.

— Você estava com medo? — pergunta-me Henrique, com seis anos.

Abraço-o e sorrio ao sentir que me afasta. Ele está ávido para ser dono de si, quer parecer independente, pronto para a batalha.

— Não — respondo. — Não tive medo. Pois sabia que meu tio Anthony nos protegeria, e sabia que o povo da Inglaterra jamais nos machucaria.

— Irei protegê-la agora — promete Artur. — Se vierem, nos encontrarão preparados. Não tenho medo.

Ao meu lado, percebo milady se encolher. Ela não tem as mesmas certezas.

Caminhamos pelas muralhas do lado norte para que possamos observar as ruas da City. Os jovens aprendizes estão correndo de casa em casa, batendo em portas e gritando com o objetivo de convocar homens para defender os portões da cidade, emprestando armas guardadas em armários velhos e empoeirados, pedindo que lanças antigas sejam tiradas dos porões. Os bandos com treinamento militar correm pelas ruas, prontos para defender as muralhas.

— Vê? — Artur aponta para eles.

— Estão a nosso favor — comento com Milady, a Mãe do Rei. — Estão armando-se contra os rebeldes. Estão correndo até os portões da cidade para fechá-los.

Ela parece insegura. Sei que teme a abertura dos portões assim que ouvirem os rebeldes gritarem que vão abolir os impostos.

— Bem, de qualquer modo, estamos seguros aqui — garanto. — Os portões da Torre estão fechados, as portas levadiças estão abaixadas, e temos canhões.

— E Henrique virá com seu exército para nos resgatar — afirma milady.

Margaret, minha prima, troca um rápido olhar cético comigo.

— Tenho certeza de que virá — respondo.

Ao final, é lorde Daubney, e não Henrique, quem ataca os exaustos homens da Cornualha enquanto descansam depois de sua longa marcha do oeste. A cavalaria atravessa os homens adormecidos, cortando e acutilando como se estivessem praticando golpes de espada em um campo de feno. Alguns carregam clavas — grandes bolas penduradas, presas a um bastão por uma corrente, que podem arrancar em um golpe a cabeça de um homem ou esmagar completamente seu rosto, mesmo dentro de um elmo de metal. Alguns carregam lanças — e golpeiam e espetam enquanto passam — ou machados de batalha com terríveis pontas em uma das extremidades, que podem perfurar metal. Henrique planejou a batalha e colocou a cavalaria e os arqueiros do outro lado do exército rebelde para que não haja escapatória para eles. Os córnicos, armados com pouco mais do que cajados e forcados, são como as ovelhas das charnecas de sua própria terra natal, conduzidos de um lado para outro, correndo aterrorizados, tentando sair do caminho do ataque, ouvindo o silvo de milhares de flechas, correndo da cavalaria apenas para se verem diante da infantaria, armada com piques e armas de fogo, implacavelmente avançando contra eles, surdos a todos os apelos de fraternidade.

Subjugam os córnicos até que caiam de rosto na lama, larguem as armas, ergam as mãos e rendam-se. An Gof, o líder deles, esgueira-se da luta e foge para salvar sua vida, mas é abatido como um veado ferido depois de uma longa perseguição. Lorde Audley, o líder rebelde, oferece sua espada a seu amigo lorde Daubney, que a aceita com uma expressão sombria. Nenhum dos lordes tem certeza de estar lutando pelo lado certo; é uma rendição incerta, em uma vitória ignóbil.

— Estamos a salvo — comunico às crianças, quando os mensageiros vêm à Torre avisar-nos de que tudo acabou. — O exército de seu pai derrotou os homens maus, e eles voltarão para suas casas.

— Eu queria ter liderado o exército! — declara Henrique. — Eu teria lutado com uma clava. — Ele faz barulhos de golpe com a boca e dança pelo quarto, fingindo segurar as rédeas de um cavalo galopante com uma das pequenas mãos e, com a outra, brandir uma clava.

— Talvez quando for mais velho — digo para ele. — Mas espero que fiquemos em paz agora. Eles voltarão para seus lares, e poderemos voltar ao nosso.

Artur espera até que as crianças mais jovens se distraiam, então vem para o meu lado.

— Estão construindo forcas em Smithfield — conta em voz baixa. — Muitos deles não voltarão para casa.

— É o que tem que ser feito. — Defendo o pai de meu filho para ele, cujo rosto me olha com seriedade. — Um rei não pode tolerar rebeldes.

— Mas ele está vendendo alguns córnicos para serem escravos — retruca Artur.

— Escravos? — Fico tão chocada que olho para seu rosto sério. — Escravos? Quem disse isso? Devem estar enganados.

— Foi a própria Milady, a Mãe do Rei, quem me contou. Está vendendo-os para galés bárbaras e serão acorrentados aos remos até morrerem. Está vendendo-os para serem escravos na Irlanda. Não teremos amigos na Cornualha por uma geração. Como um rei pode vender seu povo à escravidão?

Olho para meu filho, percebo a herança que estamos preparando para ele, e não tenho resposta.

É uma vitória, mas ganha com tanta relutância que há pouca alegria. Henrique distribui títulos de cavaleiro de má vontade, e aqueles que são honrados temem as taxas que virão com suas novas posições. Colossais impostos punitivos são cobrados de qualquer um que tenha simpatizado com a causa dos rebeldes, e lordes e membros da pequena nobreza se veem obrigados a pagar imensas multas para o tesouro para garantir seu bom comportamento no futuro. Os líderes dos córnicos são rapidamente julgados e enforcados até estarem à beira da morte, e então suas entranhas são arrancadas e em seguida são esquartejados, cortados vivos enquanto morrem em agonia. Lorde Audley perde a cabeça em uma execução imediata, na qual a multidão ri de seu rosto sério ao colocar a cabeça sobre o bloco de madeira por ter defendido seus vassalos contra o rei. O exército de Henrique persegue os rebeldes até a Cornualha; eles desaparecem nas ruas, tão guardadas por cercas vivas que são como túneis verdes em uma terra verde, e ninguém consegue dizer para onde os traidores foram nem o que estão fazendo.

— Estão esperando — afirma Henrique para mim.

— Pelo que estão esperando? — pergunto, como se não soubesse.

— Pelo menino.

— Onde ele está agora?

Pela primeira vez em muitos meses, Henrique sorri.

— Pensa que está se preparando para uma campanha, financiado pelo rei da Escócia, apoiado por ele.

Espero em silêncio; a esta altura já conheço bem esse sorriso triunfante.

— Mas não está — diz ele.

— Não?

— Está sendo enganado para entrar em um navio. Será entregue a mim. Jaime da Escócia finalmente concordou em me dar o menino.

— Sabe onde ele está?

— Sei onde ele está, e sei o nome do navio em que ele, a esposa e o filho navegarão. Jaime da Escócia traiu-o por mim, e meus aliados, os espanhóis, irão buscá-lo no mar, fingindo amizade; então irão trazê-lo para mim. E, finalmente, acabaremos com ele.

Palácio de Woodstock, Oxfordshire, verão de 1497

Em seguida, o perdemos mais uma vez.

A corte comporta-se como se estivéssemos em uma viagem de verão, mas na verdade estamos presos no meio da Inglaterra, com medo de nos movermos nessa ou naquela direção, esperando problemas, mas sem saber onde o menino aportará. Henrique mal sai do quarto. Em todos os lugares onde ficamos, monta um quartel-general pronto para um cerco, recebendo mensagens, enviando ordens, encomendando mais armas, reunindo soldados, até mesmo tirando novas medidas para a própria armadura, e se preparando para vesti-la no campo de batalha. Mas não sabe onde será a batalha, assim como não faz ideia para onde o menino foi.

Artur não pode retornar ao Castelo de Ludlow.

— Eu deveria estar em meu principado! — diz para mim. — Eu deveria estar com meu povo.

— Eu sei, mas seu guardião, Sir Richard, tem que comandar os homens dele no exército do rei. E, enquanto seu pai não souber onde o menino aportará, é mais seguro se ficarmos todos juntos.

Ele me encara, seus olhos castanhos sombrios de preocupação.
— Mamãe, quando ficaremos em paz?
Não consigo responder-lhe.

Há pouco tempo, dizia-se que o menino estava em seu ninho de amor com a nova noiva, amado pelo rei escocês, planejando com confiança uma nova incursão; mas então escutamos que o menino partiu da Escócia e desapareceu outra vez, como este menino tão habilmente costuma fazer.

— Você acha que voltou para sua tia? — pergunta-me Henrique. Todos os dias me pergunta para onde acho que o rapaz foi. Com Maria em meus joelhos, estou sentada em um lugar ensolarado no berçário dela, em uma torre alta do belo palácio. Seguro-a um pouco mais forte enquanto seu pai dá passos pesados de um lado para o outro diante de nós, alto demais, grande demais, furioso demais para um berçário, um homem louco por uma batalha e prestes a perder o controle. Maria observa-o com seriedade, sem demonstrar medo. Observa-o como um bebê assistiria a uma luta entre ursos e cães em uma arena: um espetáculo curioso, mas que não a ameaça.

— É claro que não sei para onde ele foi — respondo. — Não consigo sequer imaginar. Pensei que tinha me dito que o imperador do Sacro Império em pessoa tinha ordenado à duquesa que não o apoiasse ou socorresse.

— Por que ela faria o que lhe mandam? — Henrique vira-se para mim, irritado. — Infiel como é para tudo que não seja a Casa de York? Infiel como é a qualquer coisa que não seja arruinar minha vida e destruir meu direito ao meu próprio reino!

O barulho é alto demais para Maria, e os cantos de sua boca se voltam para baixo, seu rosto treme. Viro-a para mim e dou-lhe um sorriso.

— Calma — tranquilizo-a. — Calma. Não há nada de errado.

— Nada de errado? — repete Henrique, incrédulo.

— Nada para Maria — retruco. — Não a deixe nervosa.

Ele a encara furiosamente como se fosse gritar para avisá-la de que está em perigo, sua casa à beira do colapso, graças a um inimigo que é como um fogo-fátuo.

— Onde ela está? — pergunta de novo.

— Você tem todos os portos vigiados, não tem?

— Custa-me uma fortuna, mas não há um centímetro da costa que não seja patrulhado.

— Então, se ele vier, saberá. Talvez tenha voltado para a Irlanda.

— Irlanda? O que sabe sobre a Irlanda? — exige, rápido como uma cobra.

— Não sei! — protesto. — Como deveria saber? Acontece que ele já esteve lá antes. Tem amigos lá.

— Quem? Quais amigos?

Levanto-me para encará-lo, com Maria abraçada em meu colo.

— Milorde, eu não sei. Se soubesse de qualquer coisa, contaria ao senhor. Mas não sei de nada. Tudo o que ouço sempre vem do que o senhor mesmo me conta. Ninguém mais fala comigo sobre ele, e, de qualquer modo, eu não daria ouvidos se falassem.

— Os espanhóis ainda podem pegá-lo — diz Henrique, mais para si mesmo do que para mim. — Prometeram-lhe amizade e irão capturá-lo para mim. Prometeram-me que têm navios esperando por ele na costa, e ele concordou em encontrá-los. Talvez consigam...

De repente, ouvimos ruidosas batidas à porta. Maria grita, e eu a abraço com mais força, cruzando o cômodo a passos largos, para longe da porta e em direção ao quarto de dormir, como se estivesse fugindo, subitamente temerosa. Henrique gira sobre os calcanhares, o rosto pálido. Paro sob o batente do quarto, Henrique apenas um passo à minha frente, de modo que, quando o mensageiro entra, cheio de poeira da estrada, vê-nos lívidos de medo, como se esperássemos um ataque. Ajoelha-se.

— Vossa Majestade.

— O que foi? — indaga Henrique, asperamente. — Assustou Sua Alteza, entrando com tanto barulho.

— É uma invasão — revela.

Henrique oscila e segura as costas de uma cadeira.
— O menino?
— Não. Os escoceses. O rei dos escoceses está marchando contra nós.

Temos de confiar em Thomas Howard, conde de Surrey, sogro de minha irmã Anne, para salvar a Inglaterra para Henrique. Nós, que não confiamos em nada e tememos tudo, temos de confiar nele; mas é a chuva que nos presta o melhor serviço. Tanto os ingleses quanto os escoceses fazem cercos e são quase destruídos pela chuva incessante. As tropas inglesas, acampadas sobre o chão molhado diante de castelos estoicos, ficam doentes e fogem na densa névoa para suas próprias casas, para fogueiras quentes e roupas secas. Thomas Howard não consegue mantê-los leais, não consegue sequer mantê-los em seus postos. Não querem lutar, não se importam com o fato de que Henrique está defendendo o reino contra o mais antigo inimigo da Inglaterra. Não se importam minimamente com ele.

Thomas Howard está de pé diante do rei na câmara privada. Estou de um lado da grande cadeira de Henrique, sua mãe, do outro, enquanto ele se enfurece com o conde, acusando-o de desonestidade, traição e infidelidade.

— Não consegui fazer com que os homens ficassem — explica Thomas, pesaroso. — Não consegui sequer que seus líderes ficassem. Não tinham disposição para a luta, e havia poucas recompensas. O senhor não tem noção de como foi.

— Está dizendo que não vou à guerra? — explode Henrique.

Thomas lança um rápido olhar horrorizado para mim.

— Não, Vossa Majestade, é claro que não. Só quis dizer que não consigo descrever o quão difícil é esta campanha. Está muito molhado e muito frio naquela parte do país. A comida é escassa, e é difícil arranjar lenha em alguns lugares. Algumas noites os homens tiveram que dormir sem nada para comer, na chuva gelada, e acordar sem desjejum. É difícil abastecer um exército, e os homens não tinham motivação pela luta. Ninguém duvida da coragem de Vossa Majestade. Ela já foi demonstrada. Mas é difícil manter os homens firmes naquela terra sob aquele clima.

— Já chega disso. Pode ir a campo novamente? — Henrique está mordendo os lábios, seu rosto sombrio e furioso.

— Se assim me ordenar, sire — confirma o conde, submisso. Ele sabe, assim como todos nós, que qualquer sinal de recusa o mandará de volta à Torre, sendo julgado como traidor, e o casamento de seu filho com Anne insuficiente para salvá-lo. Lança-me mais um rápido olhar e percebe de imediato, pela minha expressão impassível, que não posso ajudá-lo. — Terei orgulho de liderar seus homens. Farei o meu melhor. Mas foram para casa. Teremos que os reunir.

— Não posso continuar a contratar homens — decide Henrique abruptamente. — Não irão servir, e não tenho fundos para pagá-los. Terei que fazer as pazes com a Escócia. Ouvi dizer que Jaime também está recorrendo aos últimos centavos de sua tesouraria. Farei as pazes. E retirarei das fronteiras os homens que me restam. Precisam vir ao sul para se prepararem.

— Prepararem-se para quê? — pergunta a mãe dele.

Não sei por que pergunta, exceto para ouvir seus próprios temores em voz alta.

— Prepararem-se para o menino.

Palácio de Woodstock, Oxfordshire, outono de 1497

Uma equipe de mensageiros sujos e exaustos trabalha com pressa, passando a mensagem de uma estação para a outra, trocando de cavalos quando estes se cansam e caem, mancos, um homem arfante passando a outro um rolo de papel selado com pele de ovelha.

— Para o rei, no Palácio de Woodstock! — é tudo o que dizem. E um novo cavalo e um novo homem mergulham nas empoeiradas estradas outonais, que são nada mais do que trilhas de terra, para cavalgar desde o amanhecer até estar escuro demais para que as fundas poças de lama da estrada e a grama alta das margens possam ser distinguidas, até que tenha de dormir, às vezes envolto em sua capa, sob uma árvore, inquietamente esperando a primeira luz da aurora para cavalgar como um raio, levando o precioso envelope até a próxima estação. — Para o rei, no Palácio de Woodstock!

A corte está se preparando para sair em uma falcoaria; os cavaleiros montando, as carroças com fileiras de falcões encapuzados saindo da casa dos pássaros, os falcoeiros correndo ao lado das carroças, falando suavemente com os pássaros cegos, prometendo-lhes exercício e comida caso se comportem bem, caso fiquem tranquilos e sejam pacientes por enquanto, caso fiquem parados orgulhosamente sobre seus poleiros: sem se agitar, sem bater as asas.

Henrique está belamente vestido de veludo verde-escuro com botas de cavalgada de couro verde-escuro e luvas de couro verde. Está tentando tanto parecer um rei vivendo da própria fortuna, confortável com sua corte, feliz em seu reino, amado pelo povo. Somente as novas rugas em torno da boca comprimida o traem, revelando um homem que vive com dentes trincados.

Estamos próximos dos portões abertos do Palácio de Woodstock quando ouço o som de cascos na estrada, e viro-me para ver um cavalo exaurido e um cavaleiro inclinado sobre seu pescoço, incitando-o a continuar. Os soldados da guarda logo juntam-se em torno do rei; seis deles viram-se e formam uma fileira diante de mim, e vejo, espantada, que estão juntando-se ombro a ombro e cravando suas lanças no chão. Veem um único homem cavalgando o mais rápido que pode em direção ao nosso palácio e preparam-se para um ataque. Eles pensam, de fato, que um homem pode cavalgar até nossa corte, enquanto nos preparamos para uma excursão de falcoaria, e matar Henrique, o rei da Inglaterra. De fato, pensam que têm de colocar-se entre mim e qualquer súdito deste reino. Vejo o medo deles e percebo que nada sabem sobre o que é ser uma rainha da Casa de York.

Seguram suas lanças com firmeza, em uma fileira de defesa, enquanto o homem puxa as rédeas — o cavalo cansado derrapa até quase parar — e depois segue caminhando em nossa direção.

— Mensagem para o rei — diz, rouco com a poeira em sua garganta, enquanto Henrique reconhece seu mensageiro, põe a mão sobre o ombro de um dos soldados, afasta-o e aproxima-se do cavalo trêmulo e do cavaleiro exausto.

O homem pula da sela, mas está tão cansado que as pernas cedem sob o próprio peso e tem de agarrar o couro do estribo para manter-se de pé. Coloca a mão dentro da jaqueta e puxa um surrado envelope selado.

— De onde? — pergunta Henrique em voz baixa.

— Da Cornualha. Da ponta mais a oeste da Cornualha.

Henrique assente com a cabeça e volta-se para a corte.

— Tenho que ficar e ler isto — grita. Seu tom é forçadamente leve, o sorriso que está se obrigando a mostrar a todos é uma careta, como a de um homem sentindo dor. — São só negócios, nada além de pequenos negócios que precisam de minha atenção. Vão em frente, alcanço-os mais tarde!

As pessoas murmuram e sobem nas montarias, e gesticulo para meu cavalariço que segure meu cavalo enquanto fico ao lado de Henrique e assisto a todos partirem. No momento em que a carroça com os falcões passa por nós, um dos falcoeiros amarra as cortinas de couro para manter os pássaros frescos e limpos até chegarem aos campos onde a caçada terá início; então removerão os capuzes, as aves abrirão suas asas e olharão ao redor com olhos brilhantes. Um dos rapazes está correndo atrás, carregando peias e trelas extras. Vislumbro seu rosto quando abaixa a cabeça em reverência ao passar pelo rei: Lambert Simnel, promovido de seu lugar como ajudante de cozinha, agora é um falcoeiro real, leal em seu serviço ao rei — um impostor que encontrou a felicidade.

Henrique nem sequer o vê. Não vê ninguém ao virar-se e entrar na porta leste que dá para as grandes escadas, até chegar à câmara de audiências. Sigo-o, e lá está sua mãe, esperando nos aposentos dele, observando da janela.

— Vi o mensageiro chegando de longe — conta-lhe em voz baixa, como uma mulher esperando as piores notícias no mundo. — Estive rezando desde o momento em que vi a poeira erguendo-se na estrada. Sabia que era o menino. Aonde ele aportou?

— Cornualha — responde ele. — E não tenho amigos na Cornualha agora.

É inútil dizer-lhe que não tem amigos na Cornualha agora, pois acabou com o orgulho deles, partiu seus corações e enforcou os homens que eles amavam e seguiam. Espero em silêncio enquanto Henrique rasga o embrulho da carta e tira o papel. Vejo o selo do duque de Devon, William Courtenay, marido de minha irmã Catherine e pai do adorado filho dela.

— O menino aportou — revela Henrique, lendo rapidamente. — O xerife de Devon atacou o acampamento dele com uma tropa combativa. — Ele faz uma pausa; vejo-o suspirar. — Todos os homens do xerife desertaram e mudaram para o lado do menino assim que o viram.

Lady Margaret junta as mãos como se estivesse rezando, mas nada diz.

— O conde de Devon, meu cunhado. — Henrique me encara como se eu fosse responsável por William Courtenay. — O conde de Devon, William Courtenay, ia ele mesmo atacá-los, mas pensou que eram fortes demais e não pôde confiar em seus homens. Recuou até Exeter. — Ergue a cabeça. — O menino acabou de aportar e já tem toda a Cornualha e grande parte de Devon, e William Courtenay retirou-se para Exeter porque não pode confiar que seus homens permanecerão fiéis a ele.

— Quantos são? — pergunto. — Quantos homens tem o menino?

— Em torno de oito mil. — Henrique dá uma risada sem alegria que mais parece um latido. — Mais do que eu tinha quando aportei. É o suficiente. É o suficiente para tomar o trono.

— Você era o herdeiro por direito! — exclama sua mãe, exaltada.

— O conde de Devon, William Courtenay, está preso em Exeter — diz Henrique. — O menino armou um cerco. — Vira-se para a escrivaninha e grita para chamar escreventes.

A mãe dele e eu damos um passo para trás enquanto homens correm para dentro do quarto e Henrique dá ordens. Lorde Daubney terá a missão de marchar em direção às forças do menino e assumir o lugar de William Courtenay em Exeter. Outro exército, comandado por lorde Willoughby de Broke, terá ordens de guardar a costa sul para que o menino não consiga escapar. Todos os lordes do país terão de reunir seus homens e cavalos e encontrarem-se com Henrique para marchar para o sudoeste. Todos têm de vir, sem desculpas.

— Quero que o tragam até mim vivo — avisa Henrique para cada um de seus escreventes. — Escrevam isso para cada comandante. Deve ser capturado com vida. E diga-lhes que peguem a esposa e o filho dele também.

— Onde estão? — pergunto. — A esposa e o filho dele? — Não consigo suportar a imagem da jovem mulher e o bebê dela, a jovem mulher que pode ser minha cunhada, em meio a um exército montando um cerco.

— No Monte de São Miguel — responde Henrique, brevemente.

Milady, a Mãe do Rei, exclama irritada ao pensar que este menino e seu filho estão inserindo-se na história de Artur, uma lenda que ela tentou tanto associar a nosso filho.

Os escreventes entregam as ordens, que pingam cera quente. Henrique sela-as com seu sinete e assina com um comprido floreio vertical da caneta, "HR": Henricus Rex. Penso na proclamação que vi assinada com "RR": Ricardus Rex, e sei que mais uma vez há dois homens que afirmam ser o rei, marchando sobre o solo da Inglaterra; mais uma vez há duas famílias reais rivais, e desta vez estou dividida entre as duas.

Aguardamos. Henrique não consegue obrigar-se a ir para a excursão de falcoaria, mas envia-me para jantar nas tendas instaladas na floresta, com os caçadores, e interpretar o papel de uma rainha que pensa que tudo está bem. Levo as crianças comigo em seus pequenos pôneis, e Artur, no cavalo de caça, cavalga orgulhoso ao meu lado. Quando um dos lordes me pergunta se o rei virá, digo que virá em breve, foi detido por negócios, nada importante.

Duvido muito que alguém acredite em mim. A corte inteira sabe que o menino está em algum lugar de nosso litoral; alguns sabem que ele aportou. Quase com certeza alguns irão se preparar para juntar-se a ele, podem até já ter a carta de convocação em seus bolsos.

— Não estou com medo — conta-me Artur, quase como se estivesse ouvindo as próprias palavras e perguntando-se como soam. — Não estou com medo. Você está?

Mostro-lhe uma expressão honesta e um sorriso genuíno.

— Não estou com medo — respondo. — Nem um pouco.

Quando retorno ao palácio, há uma mensagem desesperada de Courtenay. Os rebeldes atravessaram os portões de Exeter, e ele foi ferido. Com as paredes tendo sido invadidas, fez uma trégua. O exército rebelde foi misericordioso; não houve saques, sequer o levaram prisioneiro. Honrosamente, libertaram-no, e, em troca, ele permitiu que prosseguissem, ao longo da Grande Estrada do Oeste, em direção a Londres, prometendo não os perseguir.

— Deixou-os ir? — pergunto, incrédula. — Para marcharem até Londres? Prometeu não os perseguir?

— Não, ele quebrará a promessa — declara Henrique. — Ordenarei que quebre a promessa. Uma promessa a rebeldes, como essa, não precisa ser mantida. Ordenarei que vá atrás deles, bloqueando sua fuga. Lorde Daubney irá atacá-los do norte, lorde Willoughby de Broke virá do oeste. Vamos esmagá-los.

— Mas ele fez uma promessa — digo, incerta. — Deu a palavra dele.

A expressão de Henrique é sombria e raivosa.

— Nenhuma promessa feita àquele menino é válida perante Deus.

Os criados entram com o chapéu, as luvas, as botas de montaria e a capa do rei. Mais um vai correndo ao estábulo para pedir seus cavalos, a guarda está aglomerando-se no pátio, um mensageiro está sendo enviado para reivindicar todas as armas de fogo e canhões que há em Londres.

— Está indo de encontro ao seu exército? — pergunto. — Vai partir?

— Irei encontrar-me com Daubney e o exército dele. Estaremos em número maior, três de nós para cada um deles. Lutarei contra ele nessas condições.

Fico sem fôlego.

— Irá agora?

Beija-me de maneira superficial, como se por mera obrigação; seus lábios estão frios, e quase consigo sentir o cheiro de seu medo.

— Creio que venceremos. Até onde posso ter certeza, creio que venceremos.

— E o que fará depois? — questiono. Não ouso nomear o menino e perguntar os planos de Henrique para ele.

— Executarei todos que ergueram a mão contra mim — responde, sombrio. — Não mostrarei piedade. Multarei todos que os deixaram passar sem impedi-los. Quando eu tiver terminado, não restará ninguém na Cornualha e em Devon, a não ser cadáveres e devedores.

— E o menino? — indago em voz baixa.

— Virá a Londres acorrentado. Todos precisam ver que é um ninguém, irei jogá-lo no chão e, quando todos enfim entenderem que ele é um menino, e não um príncipe, ordenarei que seja morto.

Ele encara meu rosto pálido.

— Você terá que vê-lo — alerta amargamente, como se tudo isto fosse culpa minha. — Quero que olhe seu rosto e o negue. E é melhor se certificar de que não falará uma palavra, não dará um olhar, não soltará um sussurro, nem mesmo um suspiro de reconhecimento. Não importa com quem ele se pareça, não importa o que ele diga, qualquer bobagem que fale quando for interrogado: é melhor se certificar de que olhará para ele como se fosse um estranho, e se qualquer um perguntar-lhe se o conhece, você negará.

Penso em meu irmãozinho, a criança que minha mãe tanto amava. Penso nele olhando para livros ilustrados em meu colo, ou correndo pelo pátio interno de Sheen com uma pequena espada de madeira. Penso que não será possível para mim ver seu sorriso alegre e os calorosos olhos cor de avelã sem acolhê-lo.

— Você o negará — diz Henrique sem emoção. — Ou eu negarei você. Se você, em algum momento, com uma palavra sequer, com o sussurro de uma palavra, com a primeira letra de uma palavra, fizer qualquer um, *qualquer um*, perceber que reconhece esse impostor, esse plebeu, esse menino farsante, então vou deixá-la de lado, e viverá e morrerá na Abadia de Bermondsey como sua mãe. Em desgraça. E nunca verá nenhum de seus filhos de novo. Direi a eles, a cada um deles, que a mãe deles é uma prostituta e uma bruxa. Assim como a mãe e a avó.

Encaro-o e limpo o beijo dele de minha boca com as costas da mão.

— Não precisa me ameaçar — respondo, fria como gelo. — Pode poupar-me de seus insultos. Sei o dever que tenho com minha posição e com meu filho. Não irei privar meu próprio filho de sua herança. Farei o que creio ser o certo. Não tenho medo de você, nunca tive medo de você. Servirei os

Tudor pelo bem de meu filho, não por você, não por suas ameaças. Servirei os Tudor por Artur, rei da Inglaterra por nascimento.

Ele concorda com a cabeça, aliviado em ver a própria segurança protegida pelo meu amor inquestionável por meu filho.

— Se algum de vocês York falar do menino como se ele fosse algo mais que um jovem tolo e um estranho, ordenarei que ele seja decapitado no dia seguinte. Irão vê-lo em Tower Green com a cabeça no bloco de execução. O momento em que você ou suas irmãs ou qualquer um de seus infindáveis primos ou parentes bastardos reconhecerem o menino, será o momento em que assinarão o decreto de morte dele. Quem o reconhecer morrerá, e ele morrerá. Compreende?

Assinto com a cabeça e viro-me. Dou as costas para ele como se não fosse um rei.

— É claro que compreendo — confirmo, com desprezo, por cima do ombro. — Mas se pretende continuar com a alegação de que ele é o filho de um barqueiro bêbado de Tournai, deve lembrar-se de não o decapitar como um príncipe em Tower Green. Terá que enforcá-lo.

Deixo-o chocado, e ele engasga com uma risada.

— Tem razão — afirma. — O nome dele será Pierre Osbeque, e nasceu para morrer na forca.

Com irônico respeito, volto-me em sua direção e faço uma mesura, e, neste momento, sei que odeio meu marido.

— Claramente, vamos chamá-lo do que o senhor quiser. Poderá chamar o cadáver do jovem pelo nome que quiser, será seu direito como o assassino dele.

Não nos reconciliamos antes de ele partir, então meu marido vai para a guerra sem meu caloroso abraço de despedida. A mãe dele lhe dá sua bênção, segura suas rédeas, assiste à partida enquanto sussurra preces e olha curiosamente para mim, que fico parada, de olhos secos, e o vejo cavalgar à frente de sua guarda, com trezentos homens, para encontrar-se com lorde Daubney.

— Não teme por ele? — pergunta, os olhos úmidos, os velhos lábios tremendo. — Seu próprio marido, saindo para a guerra, para batalhar? Você não o beijou, você não o abençoou. Não tem medo da cavalgada dele em direção ao perigo?

— Na verdade, duvido bastante que chegará perto demais — respondo cruelmente e viro-me para entrar e voltar ao segundo melhor apartamento.

Ânglia Oriental,
outono de 1497

O rei mantém toda a Inglaterra informada à medida que a rebelião se dissipa diante de seu cuidadoso e lento avanço. Córnicos fogem toda noite quando se dão conta de que não é um, nem dois, mas sim três exércitos reunidos que marcham devagar até eles, e certa noite o menino também se vai, numa cavalgada louca com somente dois companheiros, escapando por um triz da armadilha que Henrique armou para ele, chegando ao litoral, descobrindo que há navios esperando no mar para capturá-lo e escondendo-se no santuário da Abadia de Beaulieu.

Mas a Inglaterra já não é a mesma. Os decretos do rei chegam aos altares superiores agora; sua mãe e o amigo dela, o arcebispo, certificaram-se disso. Não há santuário para o menino mesmo que o exija como um rei destinado a governar pela vontade de Deus. A abadia quebra as próprias tradições honradas pelo tempo e entrega o menino. Relutantemente, ele tem de sair para render-se a um rei que governa a Inglaterra e a Igreja também.

Saiu vestido de tecido dourado, e respondendo pelo nome Ricardo IV — um bilhete escrito às pressas, que suponho ser de meu meio-irmão, Thomas Grey, está escondido sob meu estribo quando vou levar as crianças para passear em seus pôneis. Não vi a mão que amarrou o bilhete às alças dos estribos, e posso garantir que ninguém dirá que eu o vi e o li. *Mas quando o rei o interrogou, ele negou a si próprio. Que seja. Tome nota. Se ele mesmo nega, podemos negá-lo.*

Amasso o papel em uma bolinha e escondo-o no bolso para queimar mais tarde. É gentil da parte de Thomas informar-me, e fico feliz que o menino tenha visto um rosto amigável em uma sala cheia de inimigos antes de ter negado a si próprio.

O restante das notícias que tenho, as mesmas que a corte sabe, as mesmas que a Inglaterra sabe, vem de longos e triunfantes despachos de Henrique, escritos por ele mesmo para serem lidos em voz alta por todo o país. Envia anúncios prolixos aos reis da cristandade. Imagino as palavras de Henrique gritadas em todos os mercados das vilas, em todos os cruzamentos das cidades, nos degraus de igrejas do interior do país, nas entradas de edifícios. Escreve como se estivesse criando uma história, e leio quase sorrindo, como se meu marido estivesse querendo se tornar um Geoffrey Chaucer, contando ao povo da Inglaterra uma história sobre seus primórdios, um entretenimento e uma explicação. Torna-se o historiador de seu próprio triunfo, e não posso ser a única pessoa que crê que imaginou uma vitória que não vivenciou nos campos varridos pelo vento de Devon. Este é Henrique, o romancista, não Henrique, um verdadeiro rei.

A história de Henrique: era uma vez um homem pobre, um homem que guardava a comporta em Tournai, Flandres. Era um homem fraco, um tanto beberrão, casado com uma mulher comum, um tanto tola, e os dois tiveram um filho, um menino bobo que fugiu de casa e juntou-se a más companhias, servindo de pajem a alguém (não importa muito quem ou por quê); foi à corte de Portugal e, por algum motivo (pois quem é capaz de saber o que rapazes bobos dirão?), passou-se por um príncipe da Inglaterra, e todos acreditaram nele. Então, de repente, tornou-se criado de um mercador de sedas. Aprendeu a falar inglês, francês, espanhol e português (o que é um pouco surpreendente, mas presumivelmente não impossível). Vestido com as roupas de seu mestre, exibindo os bens à venda, mostrando-se como se estivesse em um espetáculo durante o festival de verão da Irlanda, o May Day, foi outra vez confundido com um príncipe (não pare para se perguntar se tal coisa é provável) e persuadido a manter a farsa diante de toda a cristandade — com quais objetivos e por que, nunca é discutido.

Como pode um menino pobre e ignorante de um lar plebeu ter enganado os maiores reis da cristandade, a duquesa da Borgonha, o imperador do Sacro Império Romano-Germânico, o rei da França, o rei da Escócia, ter encantado a corte de Portugal e tentado os monarcas da Espanha? Henrique não explica. Faz parte da magia do conto de fadas, como uma menina-ganso que na verdade é uma princesa, ou uma garota que não consegue dormir em cima de uma ervilha mesmo com esta debaixo de vinte colchões de penas. Surpreendentemente, este menino comum, vulgar, que mal teve educação, o filho de um bêbado com uma tola, cativa os homens mais ricos e cultos da cristandade, de modo que colocam suas fortunas e seus exércitos à disposição dele. Como aprende a falar quatro línguas e latim, como aprende a ler e a escrever com letra elegante, como aprende a caçar, justar, falcoar e dançar para que as pessoas o admirem como um corajoso e gracioso príncipe, mesmo sendo criado nas ruas mais obscuras de Tournai? Henrique não diz. Como aprende seu sorriso de rei e a reagir de forma casual e calorosa quando é homenageado? Henrique nem considera em sua longa narrativa, mesmo que, de todos os homens do mundo, ele seja quem mais atentaria para esse detalhe. É uma história de magia: um menino plebeu veste uma camisa de seda, e todos acreditam na ilusão de que ele tem sangue real.

Como meu meio-irmão escreveu para mim aquela vez: *que seja.*

Recebo apenas uma carta privada de Henrique durante esta época agitada, enquanto ele escreve e reescreve explicações sobre como o menino, John Perkin, Piers Osbeque, Peter Warboys — pois Henrique oferece vários nomes diferentes — transformou-se em príncipe e depois em plebeu de novo.

Estou enviando a esposa dele para juntar-se a você na corte, escreve Henrique, sabendo que não há necessidade de dizer de quem é a esposa que chegará até mim. *Ficará surpresa com a beleza e elegância dela. Gostaria que a fizesse sentir-se bem-vinda e a reconfortasse diante da cruel fraude de que foi vítima.*

Entrego a carta à mãe dele, que está com a mão estendida, esperando impacientemente para lê-la. Claro, a esposa do menino foi cruel e incrivelmente enganada. Seu marido vestia uma camisa de seda, e ela ficou cega pela beleza da alfaiataria. Não conseguiu ver que embaixo dela havia um menininho comum de Flandres. Facilmente iludida, incrivelmente iludida, viu a camisa, acreditou que ele era um príncipe e casou-se com ele.

Palácio de Sheen, Richmond, outono de 1497

Sento-me em meus aposentos, aguardando a mulher à qual devemos chamar de Lady Katherine Huntly. Não deve ser chamada pelo nome de casada; suspeito que ninguém ainda tenha muita certeza de qual é seu nome de casada, se é Perkin ou Osbeque ou Warboys.

— Deve ser considerada uma mulher solteira — anuncia Milady, a Mãe do Rei, para minhas damas. — Imagino que o casamento será anulado.

— Baseado em quê? — pergunto.

— Fraude — responde.

— De que modo ela foi enganada? — questiono afetadamente.

— Está óbvio — diz milady com desdém.

— Não foi uma fraude muito boa se era óbvia — sussurra Maggie, ácida.

— E onde o filho dela ficará, milady? — indago.

— Viverá fora da corte com a ama dele — declara milady. — E não devemos mencioná-lo.

— Dizem que ela é muito bela — comenta minha irmã Cecily, doce como pó italiano.

Sorrio para Cecily, com meu rosto e meus olhos impassíveis. Se quero salvar meu trono, minha liberdade e a vida do bebê do menino que se intitula meu irmão, terei de suportar a chegada de Lady Katherine, uma linda e solteira princesa, e muito, muito mais do que isso.

Consigo ouvir o barulho da guarda dela do lado de fora da porta, a rápida troca de senhas, e, então, a porta se abre.

— Lady Katherine Huntly! — grita o homem rápido, como se temesse que alguém dissesse "Rainha Katherine da Inglaterra".

Permaneço sentada, mas Milady, a Mãe do Rei, surpreende-me ao levantar-se de sua cadeira. Minhas damas curvam-se tanto em suas mesuras que é como se estivessem saudando uma mulher de sangue inteiramente real enquanto a jovem adentra a sala.

Está vestida de preto, de luto, como se fosse uma viúva, mas a capa e o vestido são lindamente feitos e costurados. Quem teria imaginado que Exeter possui tais costureiras? Está usando um vestido de cetim decorado com rico veludo, um chapéu na cabeça, uma capa de viagem sobre o braço e luvas de couro bordado. Todas as peças de roupa são pretas. Seus olhos são escuros, profundos no rosto pálido, a pele completamente clara, como o mais fino e alvo mármore. É uma linda jovem no começo de seus vinte anos. Faz uma breve mesura para mim e vejo-a examinando com cuidado meu rosto, como que buscando alguma semelhança com seu marido. Dou-lhe a mão, levanto-me e beijo uma bochecha e depois a outra, pois é prima do rei da Escócia, independentemente de quem seja seu marido, qualquer que seja a qualidade da seda da camisa dele. Sinto a mão dela tremer na minha e vejo de novo aquele olhar atento, como se quisesse decifrar-me, como se quisesse saber meu papel no desenrolar deste baile de máscaras em que sua vida se tornou.

— Damos-lhe as boas-vindas à corte — cumprimenta milady. Não há necessidade de leitura cuidadosa sobre milady. Está fazendo o que seu filho lhe pediu, acolhendo Lady Katherine na corte com tanta gentileza que até o mais hospitaleiro dos anfitriões se perguntaria o porquê de estarmos dedicando tamanha atenção a esta mulher, a esposa descreditada de nosso inimigo derrotado.

Lady Katherine faz outra mesura e coloca-se diante de mim como se eu fosse interrogá-la.

— Você deve estar cansada. — É tudo o que digo.

— Sua Majestade, o rei, foi muito gentil — conta ela. Fala com um sotaque escocês tão forte que tenho de esforçar-me para compreender sua voz suave e encantadoramente melódica. — Tive bons cavalos, e descansamos no caminho.

— Por favor, sente-se — ofereço. — Daqui a pouco iremos jantar.

Com compostura, toma seu assento, apoia as mãos sobre o colo de seda preta e olha para mim. Noto seus brincos pretos e a única outra joia que usa: um broche de ouro que está preso em seu cinto, dois corações de ouro entrelaçados. Permito-me dar um leve sorriso, e há uma resposta calorosa nos olhos dela. Imagino que nunca iremos dizer mais do que isto.

Formamos uma fila a fim de entrarmos no salão para o jantar. Como rainha, vou primeiro, milady vai próxima de meu ombro, ligeiramente atrás de mim, e Lady Katherine Huntly deve vir em seguida, minhas irmãs recuando um passo na ordem de precedência. Olho de relance para trás e vejo o rosto pálido de Cecily, com o lábio inferior comprimido. É, agora, a quarta depois de mim, e não gosta disso.

— Lady Huntly retornará à Escócia? — pergunto à Milady, a Mãe do Rei, enquanto prosseguimos em direção ao jantar.

— Certamente que sim — responde milady. — Por que permaneceria aqui? Depois que seu marido estiver morto?

Mas ao que parece ela não tem pressa em partir. Fica até que meu marido tenha completado sua longa viagem de Exeter até o palácio. Os cavaleiros da vanguarda entram no pátio dos estábulos e mandam uma mensagem a meus aposentos, dizendo que o rei está se aproximando e deseja uma recepção formal. Ordeno às minhas damas que venham comigo, e descemos as amplas escadas de pedra até as portas duplas da entrada, que estão abertas por completo, dando as boas-vindas ao retorno do herói. Posicionamo-nos no topo dos degraus. As damas de Milady, a Mãe do Rei, ficam ao nosso lado, e ela faz questão de se posicionar no mesmo degrau em que estou para que eu não fique mais proeminente. Aguardamos sob o brilhante sol de outono, esperando ouvir as batidas dos cascos dos cavalos.

— Ele mandou o menino diretamente para a Torre? — pergunta-me Maggie quando se inclina para arrumar a cauda de meu vestido.

— Deve ter mandado — afirmo. — O que mais faria com ele?

— Será que não... — Ela hesita. — Será que não o matou no caminho para cá?

Olho de relance para a esposa do menino, toda de preto, como uma viúva. Está vestindo sua capa de veludo preto para combater o frio, e o broche dourado de corações entrelaçados está preso em seu pescoço.

— Não ouvi falar disso — respondo. Não consigo evitar um pequeno calafrio. — Com certeza teria enviado notícias se tivesse feito isso. À esposa do menino, senão a mim. Com certeza eu saberia, não?

— Com certeza ele não o teria executado sem um anúncio público — concorda ela, incerta.

Atrás de nós, no salão escurecido, ouço o barulho constante conforme os criados passam e correm escada abaixo até o pátio dos estábulos para que possam ficar enfileirados de ambos os lados da estrada a fim de assistir ao retorno triunfante do rei.

Primeiro ouvimos as trombetas reais, um zurro vitorioso, e todos comemoram. Então há outro barulho — um ridículo "tu-turu-tu!" de alguém do lado da estrada, e todos riem. Sinto Maggie chegando mais perto, como se estivéssemos de algum modo ameaçadas pelo som de uma trombeta de brinquedo.

Na curva da estrada aparecem os primeiros cavaleiros, meia dúzia de portadores de estandartes carregando as bandeiras reais, a cruz de são Jorge, a porta levadiça dos Beaufort e a rosa de Tudor. Há um dragão vermelho sobre um fundo azul e verde, e uma rosa vermelha de Lancaster. Falta apenas a Távola Redonda de Camelot nesta ridícula exibição. É como se o rei estivesse exibindo todas as suas insígnias, listando todos os seus antecedentes, como se estivesse tentando demonstrar seu direito ao trono que tomou à força, como se estivesse de novo tentando convencer a todos de que é o rei legítimo.

Então ele chega, vestindo sua armadura esmaltada, mas sem o elmo, para que pareça marcial e corajoso, prestes a lutar em uma batalha ou uma justa. Está sorrindo, um sorriso largo, resplandecente e confiante, e quando os servos nas laterais da estrada e o povo das vilas em torno, que vieram correndo ao lado da procissão e agora estão também enfileirados nas margens da estrada, gritam e balançam seus chapéus, Henrique assente com a cabeça, para um lado e depois para o outro, como se estivesse concordando com eles.

Atrás dele vêm seus companheiros de sempre, os homens de sua corte. Ninguém mais está com armadura; o restante está vestido para um dia de viagem, com botas, capas, um ou dois de jaquetas acolchoadas e, entre eles, um jovem que não conheço, que atrai minha atenção desde o primeiro momento, e então percebo que não consigo desviar o olhar dele.

Está vestido como todos os outros, com botas de couro de qualidade — as dele são de um bege escuro — assim como as calças marrons, uma grossa jaqueta envolvendo os ombros largos, e uma capa de viagem enrolada e presa na sela atrás de si. Seu chapéu é de veludo marrom, cuja frente leva um belo broche com três pérolas pendentes. Reconheço-o de imediato; não pelo broche, mas pelo castanho-dourado de seus cabelos e por seu sorriso alegre, o sorriso alegre de minha mãe, e a posição orgulhosa de sua cabeça, tal qual a de meu pai ao cavalgar. É ele. Tem de ser ele. É o menino. Não foi mandado para a Torre, nem trazido acorrentado, nem amarrado sobre a sela e virado para a traseira de seu cavalo com um chapéu de palha enfiado na cabeça para envergonhá-lo. Cavalga atrás do rei, como um de seus companheiros, como um amigo, como se fosse um parente.

Alguém chama a atenção da multidão na estrada para ele, e começam a zombar, uma cacofonia feia.

— Traidor! — grita outra pessoa.

Outro ainda se curva de forma sarcástica.

— Está sorrindo agora! — berra uma mulher. — Não sorrirá por muito tempo!

Mas ele continua a sorrir. Ergue a cabeça e a acena em reconhecimento para um lado e para o outro. Quando uma menina tola, tomada pelo charme fácil dele, grita "Viva!" em vez de um insulto, ele tira o chapéu da cabeça com todo o charme e suavidade de meu pai, o rei Eduardo, que nunca conseguia passar por uma mulher bonita na estrada sem lhe lançar uma piscadela.

Sem chapéu sob o sol reluzente de outono, posso ver como seus cabelos dourados brilham. O cabelo deste menino é liso, longo e macio, caindo até os ombros, mas consigo ver onde começa a cachear em sua nuca, no colarinho. Seus olhos são castanhos, seu rosto, bronzeado pelo sol, seus cílios, longos e escuros. É o mais belo homem em toda a corte, e, a seu lado, vestido em sua nova e brilhante armadura, meu marido, o rei, parece um homem esforçando-se muito para se equiparar a ele.

O menino olha ansiosamente para as damas da corte, que estão esperando nos degraus, até que vê sua esposa e lança-lhe o mais abusado sorriso, como se não estivessem na pior das circunstâncias que se pode imaginar. Eu a observo de canto de olho e vejo uma jovem mulher completamente diferente. A cor surge em suas pálidas bochechas, seus olhos brilham, está inquieta em seu lugar, quase dançando, e olhando para ele, cega para o rei e para o desfile de bandeiras. Está radiante, como se a alegria de vê-lo fosse maior do que qualquer outra preocupação no mundo. Como se não importassem muito as circunstâncias em que se encontram, contanto que estejam juntos.

Então ele desvia o olhar para mim.

Reconhece-me na mesma hora. Vejo-o reparar na elegância de meu vestido, na deferência de minhas damas e no meu porte de rainha. Vejo-o notar meu alto toucado de cabeça e minhas vestes ricamente bordadas. Então olha para meu rosto, e seu sorriso, seu sorriso travesso, irreverente como a alegria de minha mãe, brilha por completo. É um sorriso de confiança total, de reconhecimento, de deleite em seu retorno. Tenho de morder a parte interna de minha bochecha para evitar correr em sua direção e saudá-

-lo de braços abertos. Mas não posso evitar meu coração de alegrar-se, e sinto-me radiante como se quisesse gritar em comemoração. Ele está em casa. O menino que alega ser meu irmão Ricardo está finalmente em casa.

Henrique ergue a mão para que a cavalgada pare, e um pajem pula de seu cavalo e corre para tomar as rédeas do cavalo do rei. Henrique desmonta, largando o peso de seu corpo, a armadura fazendo barulhos metálicos, e caminha pelos degraus baixos em minha direção. Beija-me calorosamente na boca, vira-se para sua mãe e curva-se para receber sua bênção.

— Bem-vindo de volta, milorde — cumprimento formalmente, alto o suficiente para que todos escutem minha saudação. — E abençoada seja sua grande vitória.

De maneira estranha, ele não dá nenhuma resposta formal, mesmo com os escreventes aguardando para registrar suas palavras neste momento da história. Vira-se um pouco para o lado, e então vejo-o engasgar de leve — apenas um breve respiro revelador — quando a vê: a esposa do menino. Vejo a cor subir nas bochechas dele, vejo como seus olhos se iluminam. Dá um passo na direção de Lady Katherine e não sabe o que dizer. Como um pajem apaixonado, está sem fôlego ao vê-la e sem palavras quando deveria falar.

Ela lhe faz uma profunda e deferente mesura, e, quando se ergue, ele toma sua mão. Vejo-a baixar os olhos modestamente e um breve vestígio de sorriso, e enfim compreendo o porquê de ter sido enviada para ser minha dama de companhia, e o porquê de o marido dela cavalgar em liberdade em meio aos homens do rei. Henrique apaixonou-se, pela primeira vez na vida, e pela pior escolha que poderia ter feito.

A mãe dele, que estava assistindo a cada passo da chegada vitoriosa do filho, convida-me para ir a seus aposentos esta noite, antes do grande jantar da vitória. Conta-me que Henrique indicou duas de minhas damas de companhia e levou duas da corte dela para servir Lady Katherine até que ele consiga encontrar damas apropriadas para atendê-la. Ao que parece, Lady Katherine terá sua própria pequena corte e seus próprios aposentos; viverá como uma princesa visitante da Escócia e será servida com toda a cerimônia.

Lady Katherine foi convidada para ir ao guarda-roupa real e escolher um vestido adequado para o banquete de celebração da vitória do rei. Parece que o rei gostaria de vê-la vestir outra cor além de preto.

Lembro-me, com amargura, de que certa vez me ordenaram que usasse um vestido de corte e cor iguais aos da rainha Anne, e que todos comentaram como eu estava linda, ao lado dela em um vestido que combinava, e lembro-me de como o marido dela não conseguia tirar os olhos de mim. Foi no banquete de Natal antes da morte da rainha, e nós duas vestimos a mesma roupa vermelha, com a diferença de que ela a vestiu como se fosse sua mortalha — pobre senhora, estava tão pálida e magra. Fiquei ao seu lado, e a cor escarlate corava minhas bochechas, realçava o dourado de meu cabelo e o brilho de meus olhos. Eu era jovem, apaixonada e sem coração. Penso nela agora, e na sua calma dignidade quando me viu dançar com seu marido, e gostaria de poder dizer-lhe que sinto muito, e que agora compreendo muito mais do que naquela época.

— Perguntou ao rei quando Lady Katherine irá para casa? — questiona milady de modo abrupto. Está de pé, com as costas voltadas para um fogo que arde intensamente, as mãos dentro de suas mangas. O restante do quarto está frio.

— Não — respondo. — A senhora perguntará a ele?

— Irei! — exclama. — Certamente irei. Perguntou-lhe quando Pero Osbeque irá para a Torre?

— Esse é o nome dele agora?

Seu rosto fica vermelho de raiva.

— Qualquer que seja seu nome. Peter Warboys, tanto faz.

— Conversei muito pouco com Sua Majestade. É claro que seus lordes e os senhores de Londres desejavam perguntar-lhe sobre a batalha, então ele foi à câmara de audiências com todos.

— Houve uma batalha?
— Na verdade, não.

Ela faz uma pausa para respirar e encara-me com um olhar cauteloso e astuto, como se estivesse em terreno incerto.

— O rei parece estar bastante impressionado com Lady Katherine.
— Ela é uma mulher muito bela — concordo.
— Não deve importar-se... — continua. — Não deve fazer objeções...
— Objeções a quê? — Não é sequer um desafio; minha voz está muito calma e agradável.
— A nada. — Ela perde a coragem diante de minha serenidade sorridente. — A nada mesmo.

Lady Katherine vem a meus aposentos antes do jantar, usando novas vestes do guarda-roupa real obedientemente, mas mantendo a cor escolhida, o mais escuro preto. Usa o broche de ouro, com os corações entrelaçados em uma fina corrente de ouro, sobre um véu de renda branca que cobre seus ombros. A cálida cor creme de sua pele brilha sob o tecido, velada e visível ao mesmo tempo. Quando o rei adentra minha câmara de audiências, seus olhos buscam-na pelo quarto, e quando a vê tem um leve sobressalto, como se tivesse se esquecido do quão bela é; então é tomado outra vez pelo desejo. Ela faz uma mesura, tão educadamente quanto as outras damas, e quando volta a erguer-se está sorrindo para ele, um sorriso vago como o de uma mulher que ri através das lágrimas.

Henrique oferece-me o braço para levar-me até o jantar, e o restante da corte toma seus lugares atrás de nós, minhas damas seguindo-me em ordem de precedência, os senhores atrás delas. Lady Katherine Huntly, os olhos escuros fixados modestamente no chão, toma seu lugar de direito atrás de Milady, a Mãe do Rei. Enquanto Henrique e eu vamos à frente pelas amplas escadas de pedra até o grande salão, onde há uma explosão de trombetas e o murmúrio de aplausos das pessoas que encheram a galeria para ver a família real em seu jantar, sinto, mais do que consigo ver, que o menino que deve ser chamado de Peter Warboys — ou talvez Pero Osbeque ou John Perkin — passou pela mulher que um dia foi sua esposa, curvou a cabeça baixo para ela e tomou o lugar dele com os outros jovens nobres da corte de Henrique.

O menino parece sentir-se em casa na corte. Vai do salão ao estábulo, à casa de pássaros, aos jardins, e nunca parece se perder, nunca pergunta para que lado fica a casa do tesouro, ou onde encontraria a quadra de tênis do rei. Busca um par de luvas para o rei sem perguntar onde são guardadas. Sente-se confortável com seus companheiros também. Há uma elite de belos e jovens rapazes que ficam nos aposentos do rei e realizam tarefas para ele, que gostam de visitar meus cômodos para ouvir a música e conversar com minhas damas. Quando há jogos de cartas, são rápidos em participar; se houver competição de arco e flecha, pegarão arcos e tentarão superar um ao outro. Ao apostar, são generosos com seu dinheiro; ao dançar, são graciosos na pista; flertar é sua principal ocupação, e cada uma de minhas damas tem um favorito dentre os jovens do rei, e torce para que ele note seus discretos olhares de relance.

O menino adentra esta vida como se tivesse nascido e sido criado em uma corte elegante. Canta com meu alaudista se for convidado, lê em francês ou em latim se alguém lhe entregar o livro de histórias. Consegue cavalgar qualquer montaria do estábulo com a firme e tranquila confiança de um homem que se senta na sela desde garoto; sabe dançar, sabe contar piadas, sabe escrever um poema. Quando montam uma peça improvisada, é rápido e esperto, quando lhe pedem para recitar, conhece longos poemas de cor. Tem todas as habilidades de um jovem nobre bem-educado. É, em todos os aspectos, como o príncipe que fingia ser.

De fato, destaca-se destes belos jovens em apenas uma coisa. Pela noite e pela manhã, saúda Lady Katherine ajoelhando-se diante dela e beijando--lhe a mão estendida. Toda manhã, a primeira coisa que faz, no caminho para a capela, é agachar-se sobre um joelho, tirar o chapéu da cabeça e beijar, com muita gentileza, a mão que ela estende para ele. E então fica parado pelo breve momento em que ela repousa a mão sobre seu ombro. À noite, quando deixamos o grande salão, ou quando digo que a música deve cessar em meus aposentos, ele curva-se baixo para mim com seu estranho e familiar sorriso e, em seguida, volta-se para ela e ajoelha-se diante de seus pés.

— Deve estar envergonhado de tê-la feito rebaixar-se tanto — comenta Cecily depois de termos observado isso por vários dias. — Deve estar ajoelhando para pedir perdão.

— É o que você acha? — pergunta-lhe Maggie. — Não crê que este é o único modo que encontrou para poder tocá-la? E ela, para tocá-lo?

Observo os dois com mais atenção depois disso, e creio que Maggie esteja certa. Se lhe é pedido que entregue algo a ela, ele certifica-se de que as pontas de seus dedos se toquem. Se a corte sai para uma cavalgada, ele vai rapidamente até o cavalo dela para ajudá-la a montar, e, ao final do dia, é o primeiro a entrar no pátio dos estábulos, atirando as rédeas de seu próprio cavalo para um cavalariço, a fim de poder ajudá-la a descer, segurando-a em seu colo por um breve momento antes de colocá-la gentilmente de pé. Quando estão jogando cartas, seus ombros se apoiam um no outro; quando ele está de pé ao lado do cavalo dela, e ela, montada, ele dá alguns passos para trás até que sua cabeça loura encoste na sela, e a mão dela possa largar das rédeas e tocar-lhe a nuca.

Ela nunca o rejeita, não evita seu toque. É claro, não pode; enquanto for sua esposa, tem de ser obediente a ele. Mas está claro que há uma paixão entre os dois, uma paixão que não tentam sequer esconder. Quando servem o vinho no jantar, ele olha de sua mesa para ela e ergue a taça, recebendo um rápido e discreto sorriso como resposta. Quando ela passa pelos jovens jogando cartas, detém-se, apenas por um instante, para olhar o jogo dele; às vezes inclina-se como se quisesse ver melhor, e ele recosta-se na cadeira para que suas bochechas se toquem, como um beijo. Por toda corte eles se movem, duas pessoas jovens excepcionalmente belas, que estão afastadas por ordem específica do rei e, ainda assim, passando os dias em paralelo; sempre com o olhar um no outro, como artistas separados pelos passos de uma dança com a certeza de que irão se aproximar novamente.

Agora que voltou a ser seguro viajar pela Inglaterra, Artur, meu filho, tem de ir ao Castelo de Ludlow. Maggie e o guardião dele, Sir Richard Pole, o acompanharão. Vejo-os partirem do pátio dos estábulos, com meu meio-irmão Thomas Grey a meu lado.

— Não suporto deixá-lo partir — digo.

Ele ri.

— Não se lembra de nossa mãe quando Eduardo teve que ir? Deus a abençoe, ela foi com ele, naquela longa viagem, mesmo grávida de Ricardo. É difícil para você, e é difícil para o menino. Mas é um sinal de que as coisas estão voltando ao normal. Deveria estar feliz.

Artur, alegre e animado, do alto da sela de seu cavalo, acena para mim e segue Sir Richard e Maggie na saída do pátio dos estábulos. A guarda vai atrás dele.

— Não creio que eu consiga ficar feliz — respondo.

Thomas aperta minha mão.

— Ele estará de volta para o Natal.

No dia seguinte, o rei conta-me que levará uma pequena companhia a Londres para mostrar Perkin Warbeck, o impostor, às multidões.

— Quem irá com você? — pergunto, como se não compreendesse.

Henrique fica levemente corado.

— Perkin — diz. — Warbeck.

Enfim decidiram um nome para ele, e não apenas para ele. Nomearam e descreveram a família Warbeck por completo, com tios e primos e tias e avós, os Warbeck de Tournai. Mas, mesmo que essa extensa família esteja estabelecida, ao menos no papel, todos com ocupações e endereços, nenhum deles é chamado para vê-lo. Nenhum deles escreve para repreendê-lo ou oferecer-lhe ajuda. Mesmo que haja tantos deles, tão bem-registrados, nenhum oferece um resgate para seu retorno. O rei entrelaça-os na história de Perkin Warbeck, e nunca pedimos para vê-los, assim como ninguém pede para ver um gato preto, ou um sapatinho de cristal ou um fuso mágico.

Em Londres, o menino tem uma recepção confusa. Os homens, que viram os impostos elevarem-se mais e mais e multas ilegais invadirem todas as partes de suas rendas, insultam-no pelas despesas que suas invasões causaram e reclamam enquanto passa. As mulheres, sempre rápidas em sua malícia, começam a assobiar e jogar terra nele; mas até elas cedem, não conseguindo deixar de admirar seu rosto voltado para baixo, seu sorriso tímido. Cavalga pelas ruas de Londres com o ar modesto de um rapaz que não conseguiu se conter, que ouviu um chamado e respondeu, que não pode evitar ser ele mesmo. Alguns gritam enfurecidos para ele, mas muitos gritam que é um bom menino, uma rosa.

Henrique o faz ir a pé, puxando um velho cavalo manco, com um de seus seguidores acorrentado e montado. O homem na sela, de expressão pesarosa, é o ferrador que fugiu do serviço de Henrique para ficar do lado do menino. Agora Londres inteira pode vê-lo, de cabeça abaixada, coberto de hematomas, amarrado à sela como um bobo da corte. Normalmente as pessoas jogariam sujeira, e então ririam ao ver o cavaleiro e o criado humilhado cobertos com a lama das sarjetas, banhados com o conteúdo de penicos jogados de janelas acima. Mas o menino e seu defensor derrotado fazem um par estranhamente silencioso enquanto atravessam as ruas estreitas até a Torre, e alguém diz, com terrível clareza, em meio a um silêncio repentino:

— Olhem para ele! É o bom rei Eduardo cuspido e escarrado.

Henrique escuta isto no momento em que as palavras saem da boca do homem, mas é tarde demais para retirá-las, tarde demais para evitar que a multidão ouça. Tudo o que pode fazer é certificar-se de que a multidão nunca mais veja o menino que se parece tanto com um príncipe York.

Então esta será a primeira e última vez que o menino será obrigado a caminhar pelas ruas de Londres para ser humilhado.

— Você o confinará à Torre — ordena milady a seu filho.

— Quando for a hora. Queria que o povo visse que ele não era nada, nenhuma ameaça, apenas um menino tolo sem o que fazer. Nada mais do que um rapazinho, o menino que eu sempre disse que era. Mais leve do que o ar.

— Bem, agora todos o viram. E não acreditam que seja mais leve do que o ar. Não sabem como chamá-lo, mesmo que tenhamos dito seu nome várias e várias vezes. E o nome que querem dar-lhe nunca deveria ser dito. Agora irá acusá-lo e executá-lo, não irá?

— Dei-lhe minha palavra de que não seria morto quando se rendeu a mim.

— Isso não significa nada. — A ansiedade dela a faz contrariá-lo. — Já quebrou sua palavra por menos do que isto. Não tem que manter a palavra para gente como ele.

O rosto dele está, de repente, iluminado.

— Sim, mas dei minha palavra a ela.

Milady volta um olhar furioso para mim, acusando-me na mesma hora.

— Ela? Não é possível que ela tenha tido a coragem de pedir piedade por ele! — explode subitamente, seu rosto repleto de ódio. — Ela sujou a boca defendendo um traidor como ele? Por que motivo? O que ela ousou dizer?

Tranquilamente, mostro-lhe uma expressão rebelde e em silêncio balanço a cabeça.

— Não, não eu — rebato, fria como gelo. — Está enganada, de novo. Não pedi misericórdia por ele. Não falei a favor ou contra ele. Não tenho opinião sobre o assunto, e nunca tive. — Aguardo até que a fúria dela transforme-se em vergonha. — Creio que Sua Majestade esteja referindo-se a outra dama.

Horrorizada, milady volta-se para o filho como se ele a estivesse traindo, como se fosse ela que estivesse sendo vítima de infidelidade.

— Quem? Que mulher ousou pedir-lhe a vida dele? A quem dá ouvidos em vez de mim, sua própria mãe, que guiou cada passo de seu caminho?

— Lady Katherine — responde ele. Tem um sorrisinho tolo no rosto só de dizer o nome dela. — Lady Katherine. Dei minha palavra de honra a ela.

Ela senta-se em meu cômodo como uma viúva digna, sempre vestida de preto, as mãos constantemente ocupadas por um trabalho ou outro. Costuramos camisas para os pobres, e sempre está fazendo a bainha de uma manga ou virando um colarinho, a cabeça curvada sobre o trabalho. As mulheres conversam e riem o tempo todo à sua volta; às vezes ela ergue a cabeça e sorri de uma piada, às vezes responde discretamente ou acrescenta sua própria história à conversa. Fala de sua infância na Escócia, fala de seu primo, o rei da Escócia, e da corte dele. Ela não é vivaz, mas se mostra cortês e uma companhia agradável. Tem charme; às vezes pego-me sorrindo quando a observo. Porta-se com elegância. Está vivendo em minha corte, meu marido está visivelmente apaixonado por ela, e, ainda assim, ela nunca demonstra, nem com um olhar de relance para mim, que tem consciência disso. Poderia provocar-me, poderia gabar-se, poderia envergonhar-me, mas nunca o faz.

Nunca menciona o próprio marido, nunca fala deste último e extraordinário ano: o pequeno navio que os levou à Irlanda, sua bem-sucedida escapada dos espanhóis que os teriam capturado, sua chegada triunfante e a marcha vitoriosa da Cornualha até Devon, e por último a derrota. Nunca fala do marido de modo algum e, portanto, evita usar um nome para ele. A grande questão — qual é o verdadeiro nome deste jovem que nunca passa por ela sem sorrir —, ela nunca responde.

Ele próprio é como uma pessoa sem nome. O embaixador espanhol se dirige a ele uma vez, em público, como Perkin Warbeck, e o jovem vira a cabeça devagar, como um ator, como um dançarino, e olha para longe, muito longe. É um gesto de desdém tão confiante, tão gracioso, que se poderia jurar que apenas um príncipe seria capaz de fazê-lo. O embaixador parece um tolo, e o menino, levemente arrependido de ter sido forçado a causar um momento de constrangimento a um homem que deveria ter sabido como comportar-se.

É o rei Henrique que resgata a corte da visão escandalosa de um traidor reconhecido desdenhando do embaixador de nosso maior aliado. Nossa expectativa é de que repreenda o menino e mande-o sair, mas em vez disso o rei levanta-se sem jeito do trono, atravessa a sala de audiências com rapidez, volta-se para minhas damas, toma a mão de Lady Katherine e diz, de repente:

— Vamos dançar!

Os músicos começam a tocar, e ele toma as mãos dela e a encara. Está corado, como se fosse ele que houvesse cometido uma gafe, e não o impostor e a esposa dele. E ela com o comportamento de sempre, tranquila como um rio no inverno. Henrique curva-se para começar a dança. Ela faz uma mesura e sorri, como o sol saindo de trás de uma nuvem. Radiante, sorri para meu marido, e consigo ver o coração dele ficar mais leve diante dessa pequena demonstração de aprovação.

Palácio de Sheen, Richmond, Natal de 1497

A temporada de Natal traz meus filhos de volta a mim. Henrique, Margaret e Maria retornam do Palácio de Eltham, e Artur vem de Ludlow com seu guardião, Sir Richard Pole, e minha querida Maggie. Corro para o pátio dos estábulos para cumprimentar a comitiva de Ludlow quando chegam a cavalo, numa tarde em que a chuva fria e persistente do dia está transformando-se em esvoaçantes flocos de neve.

— Graças aos céus vocês chegaram antes que ficasse mais frio! — Jogo-me sobre Artur como se fosse salvá-lo da escuridão. — Mas você está tão quente! — Forço-me a não exclamar "e tão lindo!", pois meu menino mais velho é, como sempre foi, uma revelação para mim. Nos poucos meses de sua ausência, tornou-se um pouco mais alto. Consigo sentir a força de seus braços rijos enquanto me abraça; ele é um príncipe em todos os sentidos. Não consigo acreditar que este é o bebê que segurei nos braços e a criança cujos primeiros passos guiei ao ver este jovem alegre, cuja cabeça agora chega à altura de meu queixo, e que dá um passo para trás depois de abraçar-me a fim de curvar-se para mim com toda a elegância de seu avô, meu pai, o rei Eduardo.

— É claro que estou quente — responde ele. — Sir Richard nos fez vir em um trote rapidíssimo pela última meia hora.

— Eu queria chegar antes do anoitecer — explica Sir Richard e desmonta, fazendo uma reverência baixa para mim. — Ele está bem — afirma brevemente. — Saudável, forte e aprendendo algo novo todos os dias. É muito bom em lidar com o povo de Gales. Muito justo. Estamos fazendo um rei. Um bom rei.

Maggie desce do cavalo, faz uma mesura para mim e depois aproxima-se para abraçar-me.

— Você parece bem — observa, dando um passo para trás para me ver melhor. — Está feliz? — questiona, incerta. — Como está tudo por aqui? Sua Majestade, o rei?

Algo faz-me virar e olhar para a sombra do batente, para a porta aberta. As tochas estão acesas atrás dela, mas consigo ver a silhueta de Katherine Huntly, seu vestido de veludo preto contra a luz tremulante da porta. Observa-me saudar meu filho, enquanto seu próprio filho está muito longe esta noite e ela não tem permissão para vê-lo. Está ouvindo o guardião de meu filho dizer que ele é um bom príncipe de Gales, enquanto ela pensava que seu próprio filho havia nascido para essa posição, tendo sido sempre chamado por esse título.

Gesticulo para que ela se aproxime.

— Lembra-se de Lady Katherine Huntly? — pergunto a Sir Richard.

Maggie faz uma mesura para ela e, por um momento, nós, as três mulheres, ficamos paradas enquanto a neve cai serenamente à nossa volta como se fôssemos estátuas anônimas em um jardim invernal. Quais deveriam ser os nomes na base das estátuas? Somos duas primas e uma cunhada, destinadas a viver juntas em silêncio, nunca falando a verdade? Ou somos duas filhas sem sorte, da derrotada Casa de York, e uma impostora que conseguiu seu lugar com o golpe baixo de seduzir o rei? Será que algum dia teremos certeza da resposta?

Sua Majestade, o rei, indica seis damas de companhia para servir Lady Katherine, pagando-as do próprio bolso. Trabalharão para ela, assim como minhas damas servem a mim, realizando tarefas, escrevendo cartas, dando pequenos presentes para os pobres, fazendo-lhe companhia, ajudando-a a escolher suas roupas e a vestir-se, rezando com ela na capela, cantando e fazendo música quando estiver animada, lendo quando quiser ficar em silêncio. Ela tem os próprios aposentos do mesmo lado do grande palácio que os meus: seu quarto de dormir, sua câmara privada, sua câmara de audiências. Às vezes, senta-se comigo, às vezes junta-se à Milady, a Mãe do Rei, onde é recebida friamente, e às vezes recolhe-se para sua própria câmara de audiências com suas damas, uma pequena corte dentro de uma corte.

Até mesmo o menino recebe dois criados para si que vão com ele a toda parte e servem-no, buscando seu cavalo, prestando-lhe assistência enquanto cavalga, preparando seu quarto de dormir, acompanhando-o ao jantar. Dormem em seu quarto; um numa cama improvisada, o outro, no chão, para que sejam, de certo modo, seus carcereiros; mas, quando o menino se vira para entregar-lhes suas luvas ou pedir que busquem sua capa, fica claro que o servem com prazer. Vive no lado do palácio onde fica o rei, nos cômodos dentro do guarda-roupa real, guardado como um tesouro. As portas do guarda-roupa e da casa do tesouro são trancadas à noite para que — sem que pareça estar aprisionado — aconteça de ficar trancafiado todas as noites, como se fosse ele mesmo uma joia preciosa. Mas, durante o dia, caminha para dentro e para fora do palácio, dando acenos de cabeça casuais para os soldados da guarda enquanto passa, e cavalga num cavalo rápido, seja com a corte, sozinho ou com amigos escolhidos, que parecem orgulhar-se de sair com ele. Leva um barco para passear no rio, onde não é vigiado nem proibido de remar tão longe quanto queira. É tão livre e leve quanto qualquer um dos jovens desta jovem e leve corte, mas parece — sem em momento algum afirmar preeminência — ser um líder nato, melhor que seus pares, reconhecido por eles quase como se fosse um príncipe.

À noite, ele está sempre em meus aposentos. Entra e curva-se para mim, diz algumas palavras em saudação, sorri aquele sorriso curiosamente caloroso e íntimo, e então senta-se ao lado de Katherine Huntly. Com frequência vemos os dois conversando, com as cabeças próximas, as vozes baixas, mas não há indicação de conspiração. Quando qualquer um chega perto deles, olham para a pessoa e arrumam espaço para quem queira, sempre são corteses, charmosos e tranquilos. Se são deixados a sós, falam e respondem, perguntam e replicam, quase como se estivessem cantando juntos, quase como se não quisessem nada além de ouvir a voz um do outro. Podem conversar sobre o clima, sobre a pontuação da competição de arco e flecha, sobre quase nada; mas todos sentem a afinidade irresistível deles.

Com frequência vejo-os sentados diante da janela da sacada envidraçada, lado a lado, ombros roçando, joelhos levemente se tocando. Às vezes, ele inclina-se para a frente e sussurra no ouvido dela, e seus lábios quase encostam na bochecha de Lady Katherine. Às vezes, ela vira o rosto em sua direção, e ele deve sentir a respiração quente em seu pescoço, próxima como um beijo. Por horas, durante o dia, ficam assim, quietos como crianças obedientes sentadas em um banco, carinhosos como jovens amantes antes do noivado, sem se tocar, mas nunca a mais de um palmo de distância, como um par de pombos arrulhando.

— Meu Deus, ele a adora — comenta Maggie, assistindo a esse galanteio contido e implacável. — É possível que ele esteja sempre a um braço de distância? Nunca se esgueira para os aposentos dela?

— Creio que não — respondo. — Parecem ter-se conformado em serem companheiros constantes, mas não mais marido e esposa.

— E o rei? — indaga Maggie com delicadeza.

— Por quê, o que ouviu? — pergunto secamente. — Você só está aqui na corte há alguns dias, mas as pessoas devem ter corrido para contar-lhe tudo. O que você já ouviu?

Ela faz uma careta.

— As pessoas comentam constantemente que ele não consegue parar de olhar para ela, que quando cavalgam ele está sempre a seu lado, quando dança a convida para ser seu par, que manda os melhores pratos para ela. Está sempre lhe oferecendo presentes, que ela discretamente devolve. Envia-a ao guarda-roupa real com frequência e encomenda seda para novos vestidos, mas ela só usa preto. — Ela encara-me, encontrando minha expressão impassível. — Você viu tudo isso? Sabe de tudo isso?

Dou de ombros.

— Vi a maior parte disso agora, com meu marido. Vi certa vez com o marido de outra. Já fui a garota a que todos assistiam enquanto davam as costas para a rainha. Já fui a garota que recebia os vestidos e os presentes.

— Quando você era a favorita do rei?

— Exatamente como ela é. Era pior do que ela, pois ostentei isso. Eu estava apaixonada por Ricardo, e ele, apaixonado por mim, e flertávamos debaixo do nariz de sua esposa, Anne. Eu não faria isso agora. Eu nunca faria isso agora. Não percebi na época o quão doloroso isso é.

— Doloroso?

— E degradante. Para a esposa. Vejo a corte olhar para mim enquanto imagina o que estou pensando. Vejo Henrique olhar para mim como que torcendo para que eu não perceba que ele gagueja como um menino quando fala com ela. E ela...

Maggie espera.

— Ela nunca olha para mim em momento algum. Nunca olha para mim para ver como estou reagindo a isso, ou para ver se reparo em seu triunfo. Nunca olha para mim para ver se noto que meu marido a adora; e, estranhamente, apenas o olhar dela eu suportaria. Quando faz uma mesura para mim ou fala comigo, sinto que é a única pessoa que compreende como me sinto. É como se ela e eu estivéssemos nisto juntas, e tivéssemos que lidar com isso juntas, de algum modo. Não tem culpa se ele se apaixonou por ela. Ela não procura agradá-lo, não o estimula. Nem ela nem eu temos culpa de ele ter perdido o interesse por mim e se apaixonado por ela.

— Ela poderia ir embora!

— Não pode ir embora. Não pode deixar o marido, não suportaria deixá-lo aqui, e Henrique parece determinado a fazê-lo viver na corte, viver aqui como um parente, quase como se fosse...

— Como se fosse seu irmão? — sussurra Maggie, baixo como um suspiro.

Concordo com a cabeça.

— E Henrique não a deixará ir. Procura por ela toda manhã na capela, não consegue fechar os olhos e rezar até que a tenha visto. Isso faz com que eu me sinta... — Interrompo-me e seco os olhos com a ponta de minha manga. — Sou tão tola, mas isso faz com que eu me sinta indesejada. Faz com que eu me sinta comum. Não me sinto como a primeira-dama da corte da Inglaterra. Não sinto que estou onde deveria estar, no lugar de minha mãe. Nem sequer estou em meu segundo lugar de sempre, atrás de Milady, a Mãe do Rei. Caí para uma posição mais baixa do que essa. Estou diminuída. Sou a rainha da Inglaterra, mas desconsiderada pelo rei, meu marido, e pela corte. — Faço uma pausa e tento rir, porém o que sai é um soluço. — Sinto-me comum, Maggie! Pela primeira vez em minha vida! Sinto-me diminuída! E é difícil.

— Você é a primeira-dama, é a rainha, nada nem ninguém pode tirar isso de você — insiste ela com firmeza.

— Eu sei. Eu realmente sei disso — concordo com tristeza. — Casei-me sem amor, e agora parece que ele ama outra. É ridículo que eu me importe com isso o mínimo que seja. Casei-me pensando nele como meu inimigo. Casei-me com ele odiando-o e torcendo por sua morte. Não deveria significar nada para mim que ele agora fique entusiasmado quando outra mulher entra no recinto.

— Mas você se importa?

— Sim. Percebo que sim.

A corte prepara-se num clima de alegria para o Natal. Artur é chamado pelo pai, que conta a ele que seu noivado com a princesa espanhola Catarina de Aragão está confirmado e que acontecerá. Nada pode atrasá-lo, agora que os monarcas da Espanha estão confiantes de que não há pretendentes ameaçando o trono de Henrique. Mas escrevem para o embaixador espanhol a fim de perguntar por que o impostor não foi executado, uma vez que esperavam ou sua morte em batalha ou uma rápida decapitação no campo de guerra. Por que não foi levado a julgamento e prontamente despachado?

Desajeitadamente, o embaixador responde que o rei é piedoso. Sendo eles mesmos usurpadores impiedosos, não entendem isso, mas permitem que o noivado prossiga, determinando somente que o impostor tem de morrer antes da cerimônia de casamento. Já é piedade o suficiente, sugerem. O embaixador indica ao rei que Fernando e Isabel, o rei e a rainha da Espanha, prefeririam que não sobrasse uma gota sequer de sangue duvidoso no país, nem Perkin Warbeck, nem o irmão de Maggie; prefeririam que não houvesse nenhum herdeiro de York.

— Nem o bebê de Lady Huntly? — pergunto. — Agora faremos como Herodes?

Artur vem caminhar comigo pelo jardim, onde estou embrulhada em minhas peles e passeando para aquecer-me, minhas damas vindo atrás.

— Você parece estar com frio.

— Eu estou com frio.

— Por que não entra, milady mãe?

— Estou cansada de ficar lá dentro. Estou cansada de ser observada por todos.

Oferece-me o braço, que tomo com uma alegria radiante ao ver que meu menino, meu primogênito, tem os modos de um príncipe.

— Por que estão observando você? — pergunta gentilmente.

— Querem saber como me sinto com relação a Lady Katherine Huntly — respondo com franqueza. — Querem saber se ela me incomoda.

— E incomoda?

— Não.

— Sua Majestade, meu pai, parece muito contente de ter capturado o senhor Warbeck — começa, cuidadosamente.

Não consigo evitar rir de meu menino Artur praticando diplomacia.

— Ele está — confirmo.

— Embora eu esteja surpreso de ver que o senhor Warbeck é benquisto, e na corte. Pensei que meu pai o levaria até Londres e o aprisionaria na Torre.

— Creio que todos estamos surpresos com a misericórdia repentina de seu pai.

— Não é como Lambert Simnel. O senhor Warbeck não é um falcoeiro. O que está fazendo, perambulando por aí com tanta liberdade? E meu pai está pagando um salário a ele? Parece ter dinheiro para comprar livros e apostar. Certamente meu pai dá a ele as melhores roupas e cavalos, e a esposa dele, Lady Huntly, vive com grandeza.

— Não sei — digo.

— Ele poupa o rapaz a pedido seu? — pergunta em voz muito baixa.

Meu rosto está impassível.

— Não sei — repito.

— Você sabe, mas não quer dizer — afirma Artur.

Aperto com gentileza o braço dele.

— Meu filho, algumas coisas, é mais seguro não dizer.

Ele vira o rosto para mim, seu rosto inocente confuso.

— Milady mãe, se o senhor Warbeck for mesmo quem diz ser, se tem permissão de viver na corte por essa razão, então tem mais direito ao trono do que meu pai. Tem mais direito ao trono do que eu.

— E é exatamente por isso que jamais teremos esta conversa — respondo com firmeza.

— Se ele é quem diz ser, então você deve estar feliz por ele estar vivo — insiste ele, com toda a obstinação de um jovem em busca da verdade. — Deve estar feliz em vê-lo. Deve ser como se ele tivesse escapado da morte, quase como se tivesse voltado dos mortos. Deve estar feliz em vê-lo aqui, mesmo que ele nunca se sente no trono. Mesmo que reze para que ele nunca sente no trono. Mesmo se você quiser que o trono seja meu.

Fecho os olhos para que ele não veja o brilho de minha alegria.

— Estou — confirmo rapidamente. E é um jovem príncipe muito sábio, pois não fala disso outra vez.

Temos danças e celebrações, uma justa e atores. Um coral canta lindamente na capela real, e damos doces e pães de gengibre a duzentas crianças pobres. Os restos da carne dos banquetes alimentam centenas de homens e mulheres à porta da cozinha durante os 12 dias. Henrique e eu vamos à frente dos dançarinos no primeiro dia do Natal; olho para trás, para a fila, e vejo que Lady Katherine está dançando com o marido, e estão de mãos dadas, ambos corados, o mais belo casal do salão.

Todo dia traz um novo entretenimento. Temos uma peça sobre caça com um homem gigante interpretando o Espírito da Floresta em um grande cavalo baio, também temos mímicos e uma performance de homens altos e estranhos, egípcios, que comem carvão em brasa e são tão assustadores que Maria abaixa a cabeça em meu colo, Margaret chora e até mesmo Henrique inclina-se em sua cadeirinha para sentir minha mão reconfortante no ombro. E durante todas as danças, apresentações e intrigas da corte, lá está Lady Katherine Huntly, a mais bela mulher da corte, em seu veludo preto. Lá está meu marido, incapaz de desviar o olhar dela; e ali está o marido dela, sempre a meio passo a sua direita ou esquerda, sempre com ela, mas muito raramente como parceiro, trocando um rápido olhar indecifrável com ela antes que a moça vá ao encontro do rei, em obediência a seu aceno convidativo. Ela faz uma mesura para ele e espera, composta e adorável, até que ele comece alguma conversa tímida.

Vejo que, nesta época de comemorações, ele prefere assistir aos artistas com ela, ou cavalgar ao lado dela, ou dançar com ela, ou ouvir música, qualquer situação em que não tenha de pensar em algo para dizer. Não consegue falar com ela. Pois o que poderia dizer? Não pode cortejá-la: é a esposa de seu prisioneiro, um traidor proclamado. Não pode flertar com ela: há algo de muito sóbrio em seu vestido preto e em seu rosto luminosamente pálido. Não pode cair de joelhos e declarar seu amor por ela — embora, francamente, eu ache que é o que ele faria com mais naturalidade —, pois seria uma desonra para ela, que está sob sua proteção, e uma desonra para mim, a esposa irrepreensível, e uma desonra para seu próprio nome e posição.

— Devo conversar em particular com ela e simplesmente dizer-lhe que deve exigir retornar à Escócia? — pergunta-me Maggie de forma direta. — Devo dizer-lhe que tem que libertar você deste insulto constante?

— Não — nego, dando um ponto de costura cuidadoso em uma camisa simples. — Pois não me sinto insultada.

— A corte toda vê o rei olhando-a como um cachorrinho.

— Então veem um rei fazendo a si mesmo de tolo; não a mim — retruco, com a língua afiada.

Maggie engasga ao me ouvir falar contra o rei.

— Não é culpa dela — continuo. Ambas olhamos para o outro lado do cômodo ensolarado, para onde Lady Katherine está sentada, fazendo a bainha de uma camisa para um homem pobre, a cabeça de cabelos negros curvada sobre sua tarefa.

— Ela tem o rei na palma da mão, dançando ao som da música dela como se ela fosse uma simples violinista — diz Maggie abruptamente.

— Não faz nada para encorajá-lo. E isso mantém o marido dela a salvo. Enquanto o rei estiver encantado com ela, não executará seu marido.

— É um preço que você está preparada para pagar? — sussurra Maggie, chocada. — Para manter o menino a salvo?

Não consigo evitar um sorriso.

— Creio que é um preço que tanto ela quanto eu estamos pagando. E eu faria muito mais do que isto para manter este jovem a salvo.

Maggie leva-me a minha cama como se ainda fosse minha principal dama de companhia em vez de uma amada visitante, e apaga a vela do lado da cama com um sopro antes de sair do quarto. Mas sou acordada pelo som do sino da capela e de uma batida ruidosa em minha porta, e, então, alguém irrompe em meu quarto. Meu primeiro pensamento é que, apesar de sua aparência passiva, o menino tenha reunido um exército secreto e esteja atacando Henrique, e que há um assassino com uma lâmina desembainhada no palácio. Pulo da cama, agarro meu robe e grito:

— Onde está Artur? Onde está o príncipe de Gales? Guardas! Vão até o príncipe!

— A salvo. — Maggie entra correndo, o cabelo para baixo em sua trança de dormir, descalça, vestindo somente sua camisola. — Richard o tem a salvo. Mas há um incêndio, você precisa vir agora mesmo.

Jogo meu robe por cima da camisola e saio do quarto com ela. Há um tumulto de barulho e confusão, com o sino batendo, homens gritando, e pessoas correndo de um lado a outro. Sem precisar dizer uma palavra, Maggie e eu corremos lado a lado até os cômodos do berçário real e lá, graças a Deus, estão Henrique, Margaret e Maria. Os dois mais velhos descem às pressas pelas escadas, com suas amas pedindo aos gritos que prossigam o mais rápido que conseguirem, mas que tenham cuidado, e Maria está de olhos arregalados nos braços da ama. Caio de joelhos e abraço Henrique e Margaret, sentindo seus corpinhos quentes, sentindo meu coração bater forte de alívio por estarem seguros.

— Há um incêndio no palácio — conto-lhes. — Mas não estamos correndo perigo. Venham comigo, e iremos para fora para vê-lo ser apagado.

Soldados da guarda passam correndo por mim, carregando manguais e baldes de água. Aperto as mãos de meus filhos com mais força.

— Venham — peço. — Vamos lá fora encontrar o irmão e o pai de vocês.

Estamos cruzando a galeria, na metade do caminho para o grande salão, quando a porta dos aposentos de Lady Katherine se abre, e ela corre para fora, a capa preta jogada por cima da camisola branca, os olhos escuros arregalados, seu cabelo caindo suntuosamente em volta do rosto. Quando me vê, ela para.

— Vossa Majestade! — exclama, fazendo uma mesura e permanecendo na posição, esperando que eu passe por ela.

— Esqueça isso, venha imediatamente — comando. — Há um incêndio, venha já, Lady Katherine.

Ela hesita.

— Venha! — ordeno. — E todo o seu séquito com você.

Puxando seu capuz sobre o cabelo, ela apressa-se para caminhar atrás de mim. Enquanto prossigo com meus filhos, vislumbro, de canto de olho, o jovem rapaz que é chamado de Perkin Warbeck, envolvido em uma capa, saindo do quarto privado de Lady Katherine e juntando-se a mim e meu séquito.

Olho para trás para certificar-me, e ele encontra meu olhar, seu sorriso caloroso e confiante. Dá de ombros e vira as palmas das mãos para o alto, um gesto tipicamente francês, inteiramente charmoso.

— Ela é minha esposa — explica simplesmente. — Eu a amo.

— Eu sei — digo e apresso-me adiante.

As portas da frente estão escancaradas, e formou-se uma fila de pessoas que passam baldes d'água escada acima. Henrique está no pátio do estábulo, fazendo-os se apressarem, tirando água do poço, insistindo para que o rapaz bombeie a água com mais força. É tudo dolorosamente devagar; conseguimos sentir o cheiro acre da fumaça quente no vento, e o sino toca alto enquanto os homens gritam por mais água e dizem que as chamas estão se alastrando mais. Artur está presente com Sir Richard, seu guardião, vestindo nada além de calças e uma capa sobre os ombros nus.

— Morrerá congelado! — repreendo-o.

— Vá buscar uma jaqueta de nossas carroças da viagem — ordena-lhe Maggie. — Ainda não foram descarregadas.

Artur curva a cabeça em obediência a ela e vai para os estábulos.

— É um incêndio terrível nos cômodos do guarda-roupa, você perderá seus vestidos e Deus sabe quantas joias! — grita Henrique para mim, por cima do barulho. Ouço um estalo de vidro quebrando quando a janela caríssima se despedaça sob o calor, e então há um barulho estrondoso quando uma das vigas do telhado cede e as chamas propagam-se para cima como em uma explosão.

— Todos saíram do prédio? — grito.

— Até onde podemos saber, sim — afirma Henrique. — Exceto... meu amor, sinto muito... — Ele afasta-se da fila de homens que passam baldes d'água freneticamente uns para os outros. — Sinto tanto, Elizabeth, mas temo que o menino tenha morrido.

Olho de relance para trás. Lady Katherine está ali, mas o menino misturou-se à multidão agrupada em torno das portas frontais do palácio, recuando num sobressalto quando o fogo provoca outro rugido e as chamas lambem uma janela nos andares de cima.

— Você poderia contar a ela? — pede-me Henrique. — Não há dúvida de que ele foi consumido pelo fogo. Dormia nos cômodos do guarda-roupa, é claro, e estavam trancados. É onde o incêndio começou. Devemos nos preparar para sua morte. É uma tragédia, é uma tragédia terrível.

Algo em Henrique me deixa alerta. Ele se parece estranhamente com nosso filho Henrique quando este olha para mim com seus olhos azuis tão honestos e tão abertos quanto um céu de verão, e conta-me alguma grande lorota sobre as lições de casa, a irmã ou o professor.

— O menino está morto? — pergunto. — Morreu no incêndio?

Henrique olha para baixo, ergue os ombros, solta um suspiro profundo, e põe a mão sobre os olhos como se estivesse chorando.

— Não é possível que tenha escapado — declara ele. — O incêndio já estava incontrolável quando percebemos, foi como o inferno. — Ele estende a mão para mim. — Ele não sofreu. Diga a ela que deve ter sido misericordioso e rápido. Diga a ela que todos sentimos muitíssimo.

— Direi a ela o que me falou — é tudo o que prometo, e deixo meu marido dando ordens aos homens que estão gritando por areia, a fim de jogá-la sobre as chamas, e por "Água! Mais água!". Caminho de volta para onde Lady Katherine está, de pé com Henrique e Margaret a seu lado.

— Lady Katherine... — Faço-lhe um aceno para que se aproxime de mim, longe dos ouvidos deles, e ela dá um rápido beijo na cabeça cor de cobre de meu filho e vem até mim.

— O rei acredita que seu marido estava dormindo na cama que lhe foi destinada, nos cômodos do guarda-roupa — conto, monocórdica. Não há entonação alguma em minha voz, estou sendo insossa como água.

Ela assente com a cabeça, sem expressão.

— O rei teme que deva ter morrido no fogo — continuo.

— São os cômodos do guarda-roupa que estão pegando fogo?

— Foi onde o incêndio começou, e alastrou-se.

Ambas assimilamos o curioso fato de que o fogo tenha se iniciado não na cozinha, nem na padaria, nem mesmo no salão, onde há grandes fogueiras sempre ardendo, mas nos cômodos onde ficam as vestimentas, onde a mais estrita vigilância é mantida, onde as únicas chamas expostas são de velas, que são acesas quando as costureiras estão trabalhando e apagadas quando saem, à noite.

— Suponho — observo — que, como o rei crê que seu marido está morto, não procurará por ele.

Ela fica imóvel enquanto absorve minhas palavras, e então encara-me.

— Vossa Majestade, o rei está com nosso filho, meu menininho. Não poderia ir embora sem ele. E meu marido não partirá sem nós. Percebo que ele tem uma chance de fugir, mas sequer tenho que perguntar a ele o que fará; nunca partiria sem nós. Teria que ser carregado, quase morto, para partir sem nós.

— É possível que esta chance tenha vindo de Deus — aponto. — Um incêndio, uma confusão, e a expectativa de que ele esteja morto.

Ela olha em meus olhos.

— Ele ama o filho e ama a mim — afirma. — É tão honrado... tão honrado quanto qualquer príncipe. E agora voltou para seu lar. Não fugirá outra vez.

Com gentileza, toco sua mão.

— Então é melhor que ele reapareça logo, com alguma explicação — aconselho-a brevemente e distancio-me dela para ficar com meus filhos, prometendo-lhes que seus pôneis foram retirados das baias e estão a salvo, pastando nos campos úmidos do inverno.

Pela manhã, as chamas foram apagadas, mas todo o palácio, até mesmo os jardins, têm um cheiro horrível de madeira molhada e um fedor de fumaça. Os cômodos do guarda-roupa são o grande depósito do palácio, e tesouros inestimáveis foram perdidos para as chamas, não apenas os vestidos caros e os trajes cerimoniais, mas as joias e coroas, até mesmo os pratos de ouro e prata, alguns dos melhores móveis e muitas roupas de cama. Milhares de libras em bens foram destruídos, e Henrique paga homens para vasculharem as cinzas em busca de joias e metais derretidos. Trazem de volta todo tipo de objetos resgatados; até mesmo o chumbo das janelas derreteu-se e deformou-se. É terrível o que foi perdido, é incrível o que sobreviveu.

— Como Warbeck saiu disto vivo? — pergunta Lady Margaret sem rodeios para Henrique enquanto nós três estamos parados de pé olhando para a ruína do que costumava ser os apartamentos de Henrique, as vigas queimadas a céu aberto, ainda fumegando acima de nossas cabeças. — Como pode ter sobrevivido?

— Diz que sua porta pegou fogo e que conseguiu abri-la com um chute — conta Henrique brevemente.

— Como é possível? Como não morreu com a fumaça? Como não se queimou? Alguém deve tê-lo deixado sair.

— Ao menos ninguém morreu — declaro. — É um milagre.

Os dois encaram-me, seus rostos como um espelho de suspeita e medo.

— Alguém deve tê-lo deixado sair. — O rei repete a acusação de sua mãe. Aguardo.

— Interrogarei os criados — jura Henrique. — Não vou tolerar um traidor em meu palácio, em meu próprio guarda-roupa, não vou tolerar ser traído sob meu próprio teto. Quem quer que esteja protegendo o menino, quem quer que o esteja defendendo, deve tomar cuidado. Quem quer que o tenha salvado do fogo é um traidor que nem ele. Poupei-o até agora, não o pouparei para sempre. — De repente volta-se para mim. — Você sabe onde ele estava?

Olho de seu rosto vermelho e raivoso para o pálido de sua mãe.

— Faria muito melhor em descobrir quem começou o fogo — afirmo.

— Pois alguém destruiu nossos bens mais valiosos para queimar o menino. Quem gostaria de vê-lo morto? Não foi um incêndio acidental naqueles cômodos, alguém deve ter empilhado roupas e gravetos e iniciado o fogo. Só poderia ser alguém tentando matar o menino. Quem seria?

O modo como milady gagueja acaba entregando-a, enquanto aguardo que algum deles minta.

— E-ele t-tem dúzias de inimigos, dúzias — responde, monocórdica. — Todos ressentem-se dele como traidor. Metade da corte desejaria vê-lo morto.

— Por um incêndio? Na cama dele? — indago, e minha voz é tão afiada quanto uma acusação. Ela baixa os olhos para o chão, incapaz de encarar os meus.

— Ele é um traidor — insiste ela. — É uma alma perdida, que merece ser queimada.

Henrique olha de relance para a mãe, incerto do que estamos dizendo.

— Não é possível que alguém pense que eu o desejava morto — diz ele. — Tudo o que eu sempre disse foi que seria melhor para Lady Katherine se nunca tivesse se casado com ele. Nada mais do que isso. Ninguém poderia pensar que eu o queria morto.

A mãe dele balança a cabeça.

— Ninguém poderia acusar você. Mas talvez alguém pense que estava lhe fazendo um favor. Protegendo você de sua própria generosidade. Salvando você de si mesmo.

— Se ele tivesse morrido, então Lady Katherine seria uma viúva — observo lentamente. — E livre para casar-se outra vez.

Milady pega a cruz que fica presa a seu cinto e a segura com firmeza, como se estivesse afastando a tentação. Aguardo que ela fale, mas, ao menos uma vez, para variar, ela prefere ficar em silêncio.

— Já chega disto — diz Henrique de repente. — Não deveríamos criar problemas entre nós. Somos a família real, temos que ficar unidos sempre.

Fomos salvos das chamas e nosso séquito também. É um sinal de Deus. Construirei um novo palácio.

— Sim — concordo. — Deveríamos reconstruir.

— Irei chamá-lo de Richmond, homenageando meu título e o de meu pai. Irei chamá-lo de Palácio de Richmond.

Em viagem,
verão de 1498

O menino continua a dormir nos cômodos do guarda-roupa nas diferentes casas enquanto prosseguimos em nossa viagem de verão pelo litoral de Kent, seguindo a estrada de peregrinação até Canterbury, com as altas colinas de Weald à nossa volta. Quando o brilho do sol, confortavelmente quente, faz com que as cercas vivas fiquem verdes e as macieiras encham-se de flores brancas e rosas, Lady Katherine permite que o rei lhe compre novas roupas, para de vestir o preto do luto como uma viúva, como uma mulher que perdeu o marido, e, no lugar, veste o que o rei escolhe para ela, um vestido de cor marrom-avermelhado, decorado com veludo preto, que destaca a pele branca como creme, corada agora com o sol de começo de verão, e o cabelo escuro e brilhante, que mantém sob o chapéu de veludo marrom-avermelhado que ele encomendou para ela.

Cavalgam juntos, sozinhos, à frente da corte. Minhas damas e eu seguimos atrás, os cavalheiros da corte conosco, o menino entre eles, algumas vezes cavalgando perto de mim e oferecendo-me um sorriso.

Henrique encomenda um novo casaco de cavalgada para si, marrom-avermelhado — como o dela —, ele e a jovem numa combinação perfeita enquanto seus cavalos vão lado a lado pelas estradas estreitas de Kent, trotando quando o chão está macio, indo mais devagar em estradas de pedra, sempre a uma distância discreta do restante de nós, até que consigamos avistar o mar.

Agora Henrique conversa com ela; encontrou a voz, perguntando-lhe sobre sua infância e seus primeiros anos na Escócia. Ele nunca fala do marido dela, é como se os dois anos e meio do casamento nunca tivessem existido. Não conversam sobre o menino, nunca se referem a ele em suas cavalgadas. Ela é cortês e nunca tenta ser o centro das atenções; mas quando o rei compra uma nova sela para ser colocada sobre o novo cavalo dela, é obrigada a cavalgar com ele e sorrir em agradecimento.

Observo o menino assistindo a isso e vejo seu sorriso valente e a postura de sua cabeça, como se não estivesse vendo a esposa que ama ser levada para longe de si. Cavalga atrás deles, notando como ela se inclina na direção de Henrique para ouvir algo que diz, a forma como Henrique coloca a mão sobre as rédeas dela, como que para tranquilizar o cavalo. Quando o menino vê isso, seu queixo se ergue e seu sorriso se intensifica, como se tivesse jurado a si mesmo que não temeria nada.

Para mim, é uma dor curiosa assistir a meu marido de mais de 12 anos cavalgando para longe de mim com outra mulher, uma bela e jovem mulher, a seu lado. Nunca vi Henrique apaixonado antes; agora o vejo tímido, charmoso, ávido, e é como vê-lo pela primeira vez. A corte é discreta, sempre se colocando entre mim, o rei e sua constante companheira, ficando para trás para certificar-se de que não serão interrompidos, entretendo-me para que eu não os veja. Isto lembra-me da rainha Anne, cuja saúde estava frágil já naquela época, silenciosamente assistindo a seu marido procurar-me, e como dancei com ele na sua presença. Eu sabia que estava partindo o coração dela; sabia que tinha perdido o filho para a morte e agora estava perdendo o marido para mim, mas estava deslumbrada demais e fascinada demais para importar-me. Agora sei o que é ser uma rainha e ver os jovens na corte escreverem poemas e enviarem cartas a outra mulher, ver outra pessoa ser chamada de a mulher mais bela da corte, a rainha da escolha de todos, ver o próprio marido correr atrás dela também.

É uma experiência inferiorizante, mas não me sinto inferiorizada. Sinto como se eu entendesse algo que não sabia antes. Sinto que agora aprendi que o amor não segue méritos; eu não amava Henrique porque ele me impressionava sendo um conquistador da Inglaterra, um vencedor de batalhas. Amava-o porque vim a compreendê-lo, e então senti pena dele, e meu amor simplesmente floresceu. Não ter mais seu amor não muda a maneira como me sinto; ainda o amo. Vejo-o sendo, como de costume, equivocado, temeroso, tomando más decisões, e isso não me provoca ciúmes; pelo contrário, faz-me sentir ternura por ele.

E sequer sinto raiva de Lady Katherine por seu papel nisto. Quando desmonta de seu novo e caro cavalo ao fim de um lindo dia, e Henrique afasta o marido dela para o lado com um toque no ombro — fazendo com que ela tenha de descer de sua sela para os braços de Henrique —, ela às vezes olha para mim como se isso não fosse uma alegria, e sim uma aflição. E então não sinto raiva, mas pena dela, e de mim. Creio que ninguém conseguiria compreender como me sinto a não ser outra mulher; ninguém conseguiria compreender o dilema dela a não ser eu.

Lady Katherine vem a meus aposentos ao fim do dia, para sentar-se com minhas damas, e encontra-me sorrindo para ela, gentil e pacientemente, assim como a rainha Anne costumava sorrir para mim. Sei que ela não consegue evitar o que está acontecendo, assim como não pude me conter com Ricardo. Se o rei honra uma mulher com sua atenção, ela se torna impotente sob sua admiração. O que não sei é como ela se sente. Apaixonei-me por Ricardo, que era o rei da Inglaterra e o único homem que poderia resgatar a mim e a minha família de nosso declínio em direção à obscuridade. O que ela sente pelo rei da Inglaterra, sendo casada com um traidor declarado que vive com os dias contados, não sou capaz de imaginar.

Torre de Londres, verão de 1498

Voltamos a Londres, e Henrique decreta que passaremos uma semana na Torre antes de irmos a Westminster. O menino, tenso como a corda de um arco, atravessa sob a porta levadiça. Seus olhos passam por mim de relance uma única vez e encontram os meus, nós dois impassíveis, e então desvia o olhar.

Como de costume, os lordes que têm lares em Londres vão para suas grandes casas, e somente uma pequena corte vive conosco, o séquito real, dentro dos limites da Torre. O rei, Milady, a Mãe do Rei, e eu ficamos alojados em nossos aposentos de costume nos apartamentos reais. O lorde camarista coloca o menino na Torre Lanthorn, com os outros jovens da corte. Vejo-o fazer um pequeno gesto com a mão quando se vira para o arco de pedra da muralha externa, e seu sorriso brilha mais, com a cabeça em uma postura indômita, como se ele se recusasse a ver fantasmas.

Edward de Warwick está na Torre do Jardim, onde os príncipes perdidos foram outrora mantidos. Às vezes vejo seu rosto à janela quando estamos cruzando o gramado, exatamente como as pessoas costumavam dizer que viam meus irmãozinhos. Não tenho permissão para visitá-lo; o rei declara que isso iria perturbar Edward e me deixaria aflita. Terei permissão de ir depois — em algum momento melhor não especificado. O menino jamais olha para o rosto na janela, nunca se desvia em direção à porta escura e às escadas espirais de pedra que levam aos cômodos sobre a arcada. Caminha pela Torre, pelos jardins e pela capela como se não enxergasse os prédios antigos; como se não pudesse e não quisesse ver o lugar onde William Hastings foi decapitado sobre uma tora de madeira por sua lealdade a seu antigo mestre, meu pai. O lugar onde o rei Eduardo, não coroado, costumava brincar na grama; onde o menino que chamavam de pequeno príncipe Ricardo costumava praticar arco e flecha antes de irem para dentro, para a escuridão, e de lá nunca saírem.

Palácio de Westminster, Londres, verão de 1498

Voltamos ao Palácio de Westminster no começo do verão para celebrar o Domingo da Santíssima Trindade na abadia. Pela manhã, quando vamos à capela, procuro Lady Katherine e não a vejo entre minhas damas. Seu marido, o menino, não está no lugar de costume, entre os companheiros preferidos do rei. Inclino-me em direção a Cecily em seu vestido escuro, de luto duplo pelo marido e pela filha, que morreram nesta primavera, e pergunto rapidamente:

— Pelo amor de Deus, onde eles estão?

Em silêncio, ela balança a cabeça.

Então, enquanto Henrique, milady e eu tomamos o desjejum na câmara privada do rei depois da capela, dois criados entram e ajoelham-se diante da mesa, de cabeças curvadas, sem dizer nada.

— O que foi? — pergunta Henrique, mesmo que certamente seja óbvio para todos nós que alguma coisa aconteceu com o menino. Deixo cair um pedaço de pão em meu prato, levanto-me parcialmente, com uma repentina sensação de temor pelo que virá a seguir.

— Perdoe-me, Vossa Majestade. Mas o menino escapou.

— Escapou? — Henrique repete as palavras quase como se elas não tivessem significado algum. — O que quer dizer com "escapou"?

A mãe lança-lhe um olhar perspicaz, parecendo ouvir, assim como eu, o distanciamento em sua voz, como um homem que repete palavras que já elaborou.

— O menino? — pergunta ela. — O menino Warbeck?

— Escapou — repete um deles.

— Como pode ter escapado? Não está preso? — pergunto.

Curvam as cabeças diante da incredulidade em minha voz.

— Ele conseguiu uma chave cortada de forma a servir na fechadura — conta-me um deles, erguendo a cabeça. — Os companheiros dele dormiam, talvez drogados, de tão pesado o sono em que estavam. Ele abriu a porta e saiu.

— Saiu? — repete Henrique.

— Tinha uma chave.

— Saiu?

— Talvez tenha drogado os guardas.

Um estranho pressentimento faz com que eu olhe não para a surpresa fortemente expressa e a raiva crescente de Henrique, e sim para a mãe dele. Ela está o encarando e não o faz com sua costumeira expressão de aprovação e consentimento, mas sim como se nunca o tivesse visto antes, como se ele estivesse fazendo algo que surpreende até mesmo uma velha e ardilosa conspiradora como ela. Volto a sentar em minha cadeira.

— Como pode ter arranjado uma chave? Como pode ter arranjado drogas? — pergunta Henrique, em voz alta o suficiente para ser ouvido através da porta, na câmara de audiências, onde qualquer um poderia estar esperando para vê-lo e desejar-lhe um bom-dia, com os ouvidos atentos para fofocas.

Ninguém responde que o menino poderia ter arranjado o que quisesse, considerando que o próprio Henrique deu-lhe acesso livre à corte e uma pensão com dinheiro suficiente para cobrir o preço de adornos de couro para sua sela, de uma pena para seu chapéu, ou até mesmo de soníferos baratos e dos serviços de um chaveiro. Ninguém aponta que, se o menino quisesse escapar, bastaria ter caminhado até os estábulos, pegado seu cavalo e cavalgado para longe, quando quisesse, desde o último mês de outubro. Não teria de esperar até a noite, quando estaria trancado e precisaria de uma chave para fugir. A narrativa inteira tem um quê de conto de fadas, como o nome dele, como a história de vida dele. Agora o menino, que já se passou por príncipe somente porque alguém o vestiu com uma camisa de seda, desaparece de um quarto trancado na calada da noite.

— Ele tem que ser recapturado! — grita Henrique.

Estala os dedos para que um de seus escreventes apareça, e o homem entra apressado, a tonsura brilhando, a mesinha de escrever pendurada em torno do pescoço, as penas afiadas e prontas. Henrique faz uma lista de ordens: que os portos sejam fechados, que os xerifes de todos os condados fiquem alertas para procurar o menino, que mensageiros viajem pelas estradas mais importantes para alertar todas as pousadas e hospedarias ao longo do caminho.

— Pague uma recompensa por sua captura, vivo ou morto — sugere a mãe dele.

Mantenho meu olhar no prato e evito dizer apressadamente "Ah, não podem machucá-lo!". Sou uma princesa York e sei que as apostas são sempre de vida ou morte. E ele sabe disso também; sabia, quando fugiu na escuridão, que estava assinando a própria sentença de morte. No momento em que escapou de sua liberdade condicional, era certo que iriam atrás dele com uma espada.

— Acho que lhes direi para trazerem-no com vida — contradiz Henrique com descaso, como se não fizesse muita diferença. — Não quero afligir Lady Katherine.

— Ela ficará aflita — observo.

— Sim, mas agora será obrigada a ver que o marido fugiu e a deixou; correu como um covarde e a abandonou como se não mais considerasse a si próprio um homem casado — retruca Henrique com firmeza, impressionando-me com seu ponto de vista. — Ela terá que reconhecer que ele não pode importar-se com ela se é capaz de simplesmente fugir, abandonando-a por completo.

— Infiel. — A mãe dele assente com a cabeça.

— É melhor que você vá contar a ela a notícia — comanda Henrique. — Diga-lhe que ele organizou a própria fuga e o fez sem qualquer honra, drogando um guarda e esgueirando-se como um ladrão. Deixando-a só, e seu filho, sem pai. Ela deverá desprezá-lo por isso. Creio que pedirá a anulação do casamento.

Levanto-me, e ele puxa minha pesada cadeira de madeira para trás. Viro-me e o encaro, meus olhos cinzentos olhando para os dele, escuros.

— Certamente contarei a ela que você pensa que deveria desprezá-lo, certamente direi a ela que você pensa que deveria considerar-se uma mulher solteira, como você mesmo sempre fez. Além disso, devo garantir a ela que seus motivos serão cavalheirescos quando pedir que o casamento seja anulado? — pergunto, gélida, e me retiro, deixando-o com a mãe para pedirem um mapa do reino e calcularem onde o menino pode estar.

À noite, Henrique vem ao meu quarto, surpreendendo a mim e a Cecily, que ia dormir comigo. Ela sai às pressas do cômodo, vestindo seu robe, enquanto Henrique entra, relaxado, caminhando em um passo leve, trazendo uma jarra de cerveja temperada e uma taça de vinho para mim, como costumava fazer quando éramos felizes juntos.

Entrega-me meu copo, senta-se diante do fogo, serve a si próprio um caneco de cerveja e dá um gole longo, como um homem que conseguiu chegar a um lugar seguro e pode se dar ao luxo de comemorar.

— Ele estava planejando isto, sabe — afirma, sem rodeios. — Planejando sua fuga com Flandres, com a França, com a Escócia. Os aliados de costume. Os amigos que nunca o esquecem.

Não pergunto quem "ele" é.

— Ajudaram-no a escapar? — pergunto.

Henrique dá uma breve risada, estica o pé calçado com uma bota e chuta um pedaço de lenha que está na beirada do fogo.

— Bem, alguém com certeza o ajudou. Levou-o às escondidas e então o liberou.

Percebo que estou olhando para ele friamente, tentando compreender o que está dizendo.

— Foi drogado como os guardas dele? — pergunto finalmente. — Foi drogado, raptado e tirado do castelo?

Henrique não encontra meu olhar. Outra vez, lembra-me de nosso filho Henrique, que mexe no cabelo, olha para as próprias botas e conta-me qualquer mentirinha que possa ajudá-lo.

— Como eu poderia saber? — indaga Henrique. — Como eu poderia de alguma forma saber o que esses traidores farão?

— Então onde ele está agora?

Ele ri levemente. Esta parte ele está disposto a admitir.

— Sei onde. Darei a ele alguns dias para que compreenda a situação em que se encontra. Está só, não tem partidários. Dormirá no frio e na umidade. Vou capturá-lo amanhã, ou no dia depois. Em breve.

Dobro as pernas, repousando os pés no assento de minha cadeira.

— E por que isto é um triunfo para nós? Uma vez que veio até mim para celebrar?

Sorri para mim.

— Ah, Elizabeth. Conhece-me tão bem! É um triunfo, mesmo que seja secreto. Tive que acabar com este hábito recente, este acordo acidental que surgiu. Nunca imaginei que ele estaria assim, no coração de minha própria corte! Lá estava ele, mais feliz do que um porco na lama, indo em segredo para o quarto da esposa... e não adianta você negar, eu sei que ele ia... dançando com as damas, escrevendo poemas, cantando canções, indo a caçadas, tudo às minhas custas, vestido como um príncipe e saudado como tal em toda parte. Não era o que eu queria quando o arrastei para fora de santuário e o declarei um impostor qualquer. Eu o exibi acorrentado em Exeter. Obriguei-o a confessar tudo de que o acusei. Assinava tudo o que eu queria, assumia qualquer nome que eu lhe dava. Rebaixei-o à lama, ao filho de um barqueiro bêbado. Eu não esperava que fosse... fosse ao quarto dela. Eu não esperava que viesse à corte e encantasse a todos que o conhecessem. Eu não esperava que fosse viver como um príncipe quando o fiz confessar que era um mentiroso e um trapaceiro. Não pensei que ela iria... quem sonhava que ela iria... uma princesa?

— Ficar do lado dele?

— Continuar a amá-lo — completa em voz baixa. — Quando fiz com que ele parecesse um tolo.

— O que você queria? O que você esperava que fosse acontecer?

— Pensei que todos veriam que era um impostor, como o outro farsante, Simnel, meu falcoeiro. Pensei que iriam aglomerar-se para vê-lo, rir de sua impertinência e então esquecerem-se completamente dele. Pensei que seria rebaixado por ser mantido conosco, imaginei que decairia.

— Decairia?

— Pensei que desapareceria na multidão de aproveitadores, interesseiros, bajuladores e mendigos que nos seguem o tempo todo. Afastado ocasionalmente, repreendido aqui e ali, mas sempre nos seguindo, vivendo de forma precária. Pensei que se tornaria um deles. Pensei que seria como o pajem no fundo da procissão, aquele de quem ninguém gosta, que é chutado quando o mestre das cavalariças fica bêbado. Pensei que as pessoas fossem desprezá-lo. Não esperava que fosse brilhar.

— Não fiz nada para reconhecê-lo — esclareço. — Nunca o trouxe para minha companhia. Nunca foi convidado a meus aposentos.

— Não — concorda Henrique, pensativo. — Mas entrava como se pertencesse a eles. Criou seu próprio domínio. As pessoas gostavam dele, se juntavam à sua volta. Ele era simplesmente... — Ele faz uma pausa e então diz uma única palavra reveladora: — Reconhecido.

Engasgo.

— Alguém o reconheceu como príncipe Ricardo? Meu irmão?

— Não. Ninguém seria tão tolo. Não em minha corte. Não cercados por meus espiões. Ele foi reconhecido por sua personalidade. As pessoas o viam como um poder, como uma pessoa, como um Alguém.

— As pessoas simplesmente gostam dele.

— Sei disso. Não posso permitir que seja assim. Tem aquele charme maldito que todos vocês têm. Não posso permitir que fique na corte sendo feliz, sendo charmoso, parecendo pertencer a ela. Mas, e este era o problema, eu tinha dado a ele minha palavra quando se rendeu a mim. Sua mulher ajoelhou-se diante de mim, e dei minha palavra a ela. E ela me fez cumpri-la. Nunca permitiria que eu o aprisionasse ou o levasse a tribunal.

Ele franze o cenho para as brasas ardentes do fogo, sem perceber que está confiando à sua esposa as exigências de sua amante.

— E há outra coisa. Estabeleci que ele é o filho de um barqueiro em Flandres, o que pensei ser uma ótima história na época, mas é claro que isso faz com que não seja um súdito meu, então não posso julgá-lo por traição. Se não é meu súdito, não é traidor. Gostaria que alguém tivesse me avisado disso quando estávamos fazendo tanto esforço para localizar os pais dele em Flandres. Nunca deveríamos tê-los achado em Flandres, deveríamos tê-los encontrado na Irlanda, ou algum lugar assim.

Absorvo em silêncio o cinismo da criação da história do menino.

— Então agora estou entre duas péssimas escolhas: ou não posso julgá--lo por traição por ser estrangeiro, ou...

— Ou?

— Ou não é estrangeiro, e sim o rei por direito! — Henrique explode em uma gargalhada, toma longos goles de seu caneco, encara-me com olhos brilhantes por cima do objeto de estanho fosco. — Vê? Se ele for quem digo que é, não posso julgá-lo por traição. Se ele é quem diz ser, então deveria ser rei da Inglaterra, e o traidor sou eu. De qualquer modo, eu teria que aturá-lo. E a cada dia que passava ele ficava mais e mais feliz com isso. Então tive que me livrar dele, tive que fazê-lo trair o santuário que eu lhe dera.

— Santuário?

Ele ri novamente.

— Ele não nasceu em santuário?

Eu inspiro.

— Foi o príncipe Eduardo que nasceu em santuário — respondo. — Não Ricardo.

— Bem, seja como for — continua, displicente. — A coisa mais importante é que eu o tirei de seu lugar confortável em minha corte. Agora que está fugindo, consigo provar que está conspirando contra mim. Faltou com sua palavra de que permaneceria na corte. Desonrou a promessa à esposa também. Ela pensou que ele jamais a deixaria; bem, ele a deixou. Posso prendê-lo por violar sua liberdade condicional. Colocá-lo na Torre.

— Irá executá-lo? — pergunto, mantendo a voz tranquila e estável. — Pensa em executá-lo?

Henrique põe seu caneco de lado, tira a capa, e então a roupa de dormir. Sobe em minha cama nu, e consigo ver de relance que está excitado. Vencer o excita, flagrar alguém, enganar alguém, arrancar dinheiro de outros ou trair os interesses deles traz-lhe tanto prazer que o deixa amoroso.

— Venha para a cama — convida.

Não mostro sinal de contrariedade. Não sei o que pode depender de meu comportamento. Desamarro as fitas de minha camisola e deixo-a cair no chão. Entro debaixo dos lençóis, e ele agarra-me imediatamente, puxando-me para debaixo de si. Certifico-me de estar sorrindo quando fecho os olhos.

— Não posso executá-lo — confessa em voz baixa, empurrando-se para dentro de mim junto às palavras. Mantenho o sorriso no rosto enquanto ele faz amor falando sobre morte. — Não posso decapitá-lo, a menos que faça algo estúpido. — Ele se mexe pesadamente sobre mim. — Mas, para minha alegria, ele certamente é o tipo de pessoa que fará algo estúpido — observa e joga seu peso sobre mim.

Para uma caçada a um traidor conhecido, um pretendente ao trono, o fantasma que aterrorizou a vida de Henrique por 13 anos, a perseguição é curiosamente tranquila. Os guardas que dormiram em serviço são advertidos e retomam seus postos, apesar de todos acreditarem que seriam julgados e executados pela parcela de culpa que tiveram na fuga. Henrique envia mensageiros aos portos, mas eles viajam com calma, indo a norte e oeste, sul e leste, como se cavalgassem por prazer num dia ensolarado. Inexplicavelmente, Henrique envia a própria guarda pessoal, seus soldados, em barcos, remando contra a corrente, como se o menino pudesse ter ido mais para o interior da Inglaterra, e não para o litoral a fim de voltar a Flandres, à Escócia, à segurança.

A esposa dele tem de se sentar comigo enquanto aguardamos notícias. Não voltou ao preto do luto, mas não está mais linda em veludo marrom--avermelhado. Usa um vestido azul-escuro e senta-se quase atrás de mim, de modo que eu tenha de virar para falar com ela, e para que meus visitantes, mesmo o rei e sua mãe, mal consigam vê-la, escondida por minha grande cadeira.

Ela costura — céus, costura constantemente: pequenas camisas para seu filho, lindas roupas e toucas de dormir dignas de um príncipe, pequenas meias para seus preciosos pés, luvinhas para que não arranhe sua cútis inigualável. Inclina a cabeça sobre o trabalho e costura como se quisesse cerzir sua vida, como se cada pequeno ponto de bainha fosse levá-los de volta à Escócia, aos dias em que eram somente ela e o menino, em um chalé de caça, e ele era cheio de histórias sobre o que tinha feito e sobre o que tinha visto e sobre quem dizia ser — e ninguém perguntava a ele o que poderia fazer, o que poderia afirmar e a quem teria de negar.

Encontram-no dentro de alguns dias. Henrique parece saber exatamente onde procurá-lo, quase como se o menino tivesse sido amarrado, drogado, expulso de um barco para a margem do rio, e deixado lá, dormindo. Dizem que tinha ido ao vale do Tâmisa a pé, tropeçando pelo caminho de sirga, chapinhando pelos pântanos, seguindo o rio pelas matas densas e pelos campos cercados, até o monastério de Sheen, onde o antigo prior fora um bom amigo de minha mãe, e onde o prior atual o acolheu e deu--lhe santuário. O prior Tracy em pessoa viajou até Henrique, pediu uma audiência e implorou pela vida do jovem. O rei, bombardeado por pedidos de clemência, com um prior sagrado de joelhos recusando-se a se levantar até que o menino tivesse direito a viver, mais uma vez decidiu ser gentil. Com a mãe sentada a seu lado, como se ambos fossem juízes no Dia do Juízo Final, ele decretou que o menino teria de ficar de pé sobre um patíbulo de barris de vinho vazios durante dois dias, para que fosse visto por todos que passassem, para que fosse ridicularizado, amaldiçoado, desprezado e um alvo para qualquer garoto de rua com um punhado de terra. E, então, seria levado para a Torre de Londres, onde ficaria aprisionado de acordo com a vontade do rei, ou seja, para sempre.

A Torre de Londres,
verão de 1498

Colocam-no na Torre do Jardim. Imagino Henrique dando sua nova risada, alta e excessivamente confiante, diante da ironia: o garoto que afirmou ser o príncipe Ricardo sendo devolvido ao lugar onde o príncipe Ricardo foi visto pela última vez. Põe o menino nos mesmos aposentos onde os príncipes Ricardo e Eduardo eram mantidos.

Da janela que tem vista para o gramado, seus rostinhos podiam às vezes ser vistos, e às vezes eles acenavam para as pessoas que se reuniam na grama para vê-los ou para abençoá-los quando saíam da capela. Agora há um rosto pálido à janela — o do menino —, e as pessoas que o veem de perto dizem que perdeu a boa aparência, está quase irreconhecível devido às feridas no rosto. O nariz foi quebrado e está feio, esmagado e torto no belo rosto. Tem um ferimento sangrento atrás de uma das orelhas, onde alguém o chutou quando estava caído, e a orelha em si está parcialmente arrancada e tornou-se grudenta e fétida.

Ninguém agora o confundiria com um príncipe York. Parece com alguém que costuma arrumar brigas em tavernas, que foi ferido muitas vezes, derrubado de uma vez por todas e que não conseguirá reerguer-se. Ninguém se apaixonará por seu sorriso agora que seus dentes da frente foram arrancados por chutes. Ninguém jamais será conquistado por seu charme de York outra vez. Ninguém se reúne agora no gramado para acenar-lhe, ninguém conta que o viu, como se vê-lo fosse um evento, algo sobre o qual valha a pena escrever para uma vila: *Vi o príncipe! Fui à Torre e olhei para a janela dele. Vi-o acenar, vi seu sorriso radiante.*

Agora é um prisioneiro, como qualquer outro na Torre. Foi enviado para lá para evitar as atenções, e, pouco a pouco, todos o esquecerão.

Sua esposa, Lady Katherine, não o esquecerá, creio eu. Algumas vezes vejo seu rosto voltado para baixo e penso que jamais o esquecerá. Desenvolveu uma profunda fidelidade que não reconheço. Mudou de sua eterna costura de bainhas em linho fino para o trabalho em tecidos grossos e rústicos. Está costurando uma jaqueta quente, como se soubesse de alguém que vive dentro de paredes úmidas de pedra e que jamais voltará a deitar-se sob o sol. Não pergunto a ela o motivo de estar fazendo uma jaqueta grossa e quente, forrada com seda de tons profundos de azul e vermelho — e ela não oferece uma razão. Senta-se em meus aposentos, com a cabeça curvada sobre a costura; às vezes olha para mim de relance e sorri, às vezes abaixa as mãos do trabalho e olha pela janela, mas nunca diz **uma** palavra sobre o menino com quem se casou e nunca, nunca reclama que ele violou as condições de sua liberdade, faltou com sua palavra a ela e está pagando por isso.

Margaret vem visitar a corte, vinda da corte de meu filho em Ludlow, e, de todos os lugares em meus aposentos, ela escolhe um assento ao lado de Lady Katherine, sem dizer nada. As jovens mulheres sentem um conforto silencioso com a proximidade uma da outra. Faz parte da grande peça que Henrique pregou na Casa de York: que o irmão de Margaret, Teddy, esteja alojado na mesma torre que o marido de Katherine, no andar inferior. Os dois meninos, um deles filho de George, duque de Clarence, e um que alegou ser filho de Eduardo, rei da Inglaterra, estão em aposentos tão próximos que se o menino pisasse com força no chão Teddy conseguiria ouvi-lo. Ambos estão presos atrás das grossas pedras frias de nosso castelo mais antigo pelo crime de ser um filho de York, ou, pior, afirmar ser um. A bem da verdade, ainda é uma guerra entre primos, pois aqui estão dois primos, aprisionados por seu parentesco.

Palácio de Westminster, Londres, outono de 1498

A criança que estou carregando está pesada contra minha coluna, e minhas pernas doem como se eu estivesse com febre. Sentar, deitar, caminhar, tudo me causa dor. Esta é a criança que concebemos na noite da grande alegria de Henrique ao saber que o menino havia fugido da corte e violado suas condições de liberdade. Creio que ela pesa tanto sobre minhas costas porque o pai dela pesou igualmente sobre mim naquela noite, porque não houve prazer em nosso encontro, não houve amor; houve o peso de Henrique contra mim, contra a Inglaterra, contra o menino, excitado por seu próprio triunfo.

Sinto saudades de minha mãe durante esta estação, quando as folhas caem como uma nevasca de marrom e dourado e minhas janelas ficam enevoadas com as brumas da manhã. Sinto falta dela quando vejo, refletido no cinza da água do rio, o tremular cintilante das folhas amarelas de bétula. Quase sou capaz de ouvir sua voz no bater da água contra os pilares de pedra no píer e, quando uma gaivota grita de repente, quase fico de pé num sobressalto, pensando que é a voz dela. Se for seu filho na Torre, devo a ela, a ele, a minha casa tentar fazer com que o libertem.

Vou até Milady, a Mãe do Rei, primeiro. Falo com ela quando está ajoelhada na capela real; terminou suas orações, mas está repousando o queixo sobre as mãos, os olhos no ostensório de vidro lindamente incrustado de joias, a hóstia brilhando palidamente dentro dele. Está com o olhar fixo, como se visse um anjo, como se Deus estivesse falando com ela. Espero por um longo tempo. Não quero interromper suas instruções divinas. Mas então vejo-a sentar-se sobre os calcanhares e suspirar, colocando a mão sobre os olhos.

— Posso falar com a senhora? — pergunto em voz baixa.

Não vira o rosto para olhar para mim, mas assente com a cabeça, indicando-me que está escutando.

— Será sobre seu irm... — começa, e então comprime os lábios, e os olhos escuros recaem rapidamente sobre o crucifixo, como se o próprio Jesus não devesse ouvir um deslize desses.

— É sobre o menino — corrijo-a. O rei e a corte desistiram de chamá-lo de senhor Warbeck ou senhor Osbeque. Os nomes, os muitos nomes que colocaram nele, nunca realmente se fixaram. Para Henrique, ele foi uma ameaça juvenil por tanto tempo, um pajem malcomportado, "o menino", que agora este é o nome que o indica: um menino. Penso que isso é um erro. Houve tantos meninos, Henrique temeu uma legião deles. Mas, ainda assim, Henrique gosta de insultá-lo com sua juventude. Ele é "o menino" para Henrique, e o restante da corte segue o exemplo.

— Não posso fazer nada por ele — declara com pesar. — Teria sido melhor para ele, para todos nós, se tivesse morrido quando todos disseram que estava morto.

— Está se referindo a depois da coroação? — sussurro, pensando nos pequenos príncipes e na tristeza em Londres quando todos se perguntavam onde as crianças estavam, e minha mãe estava doente de sofrimento, na escuridão de santuário.

Ela balança a cabeça, seus olhos na cruz, como se a grandeza dessa única afirmação verdadeira fosse suficiente para protegê-la das próprias mentiras constantes.

— Depois de Exeter, relataram que ele estava morto.
Inspiro para recuperar-me de meu engano.
— Então, milady mãe, como ele não morreu em Exeter... e se ele concordasse em voltar em silêncio para a Escócia e viver com a esposa?
Pela primeira vez, ela olha para mim.
— Você sabe como as coisas funcionam. Se seu destino coloca você perto do trono, não é possível afastar-se dele. Ele poderia ir à Etiópia, e ainda haveria alguém para correr atrás dele e prometer-lhe grandeza. Haverá sempre pessoas perversas que desejam perturbar e derrubar meu filho, sempre haverá o mal nos calcanhares de um Tudor. Temos que conter nossos inimigos. Sempre devemos estar preparados para contê-los. Temos que enfiar seus rostos na lama. Esse é o nosso destino.
— Mas o menino *está* contido — insisto. — Todos dizem que foi espancado, sua beleza se foi, sua saúde está fraca. Não reivindica mais nada, concorda com qualquer coisa que lhe empurrem, aceitará qualquer nome que escolherem para ele. Seu espírito está destruído, não alega mais ser um príncipe, não tem mais a aparência de um príncipe. Vocês o derrotaram, ele está na lama.
Ela vira a cabeça para longe de mim.
— Poderia estar diminuído, poderia estar sujo, poderia estar faminto, e mesmo assim brilharia — afirma. — Sempre convence no papel que escolhe interpretar. Ouvi isso de alguém que foi vê-lo; foram para rir dele, mas disseram que parecia Jesus: espancado, ferido e cheio de dor, mas ainda o Filho de Deus. Disseram que parecia um santo. Disseram que parecia um príncipe arruinado, um cordeiro machucado, uma luz atenuada. É claro que não pode ser libertado. Jamais poderá ser libertado.

Essa bruxa velha e vingativa é a chefe de Henrique e sua única conselheira, então, se recusa minha solicitação, não há motivo para pedir a Henrique. Mesmo assim, espero até que ele tenha jantado bem, bebido muito e estejamos sentados nos confortáveis aposentos privados de sua mãe. Quando ela sai por um momento, aproveito minha chance.

— Quero pedir misericórdia pelo menino. E por meu primo Edward. Comigo carregando uma nova criança, um novo herdeiro para os Tudor, nossa linhagem deve estar segura. Não podemos libertar estes dois jovens? Não podem representar ameaça para nós agora. Em nosso berçário já temos o príncipe Artur e Henrique, as duas meninas, e há mais uma criança a caminho. Minha mente ficaria tranquila, eu ficaria em paz carregando nossa criança se soubesse que esses dois jovens foram libertados, mandados para o exílio, para onde você desejar. Poderia dar à luz meu bebê se estivesse com minha mente tranquila. — Esse é meu trunfo, e tenho esperanças de que Henrique vá ao menos me ouvir.

— Não será possível — nega de imediato, sem sequer considerar o pedido. Como a mãe, não olha para mim enquanto me diz que meu primo e o menino que se passou por meu irmão estão perdidos para mim.

— Por que não é possível? — insisto.

Ele estende as mãos magras.

— Um — conta nos dedos —, o rei e a rainha da Espanha não enviarão sua filha para casar-se com Artur a não ser que tenham certeza de que nossa sucessão está garantida. Se quiser ver seu filho casado, temos que matar o menino e seu primo.

Quase engasgo.

— Não podem exigir uma coisa dessas! Não têm direito de pedir que matemos nossos próprios parentes!

— Podem. E exigem. É a condição deles para o casamento, e o casamento *tem* que ir adiante.

— Não!

Ele continua listando seus motivos.

— Dois, ele está conspirando contra mim.

— Não! — É uma contradição tão grande daquilo que meus criados me contaram sobre o menino na Torre, um menino que está sem vontade própria. — Não está! Não é possível. Ele não tem forças para isso!

— Com Warwick.

Agora sei que é uma mentira. O pobre Teddy não poderia conspirar com ninguém, tudo que quer é alguém com quem conversar. Jurou lealdade a Henrique quando era um menininho; seus anos em terrível solidão somente fizeram essa decisão tornar-se mais certa para ele. Agora ele pensa que Henrique é um deus onisciente e onipotente. Não sonharia em tramar contra tamanho poder, tremeria de medo com a mera ideia.

— Não pode ser — respondo simplesmente. — O que quer que lhe tenham dito sobre o menino, sei que não pode ser dito de Teddy. É leal a você, e seus espiões estão mentindo.

— Eu estou afirmando que é verdade — insiste. — Estão conspirando, e se suas conspirações forem traidoras, terão que morrer como traidores.

— Mas como podem? Como podem conspirar juntos? Não são mantidos separados?

— Espiões e traidores sempre encontram uma maneira de conspirar juntos — afirma Henrique. — Provavelmente estão mandando mensagens.

— Você deve ser capaz de mantê-los distantes! — protesto. Então sinto um arrepio quando percebo o que, provavelmente, está acontecendo de fato. — Ah, marido, não me diga que está deixando que conspirem juntos para que possa flagrá-los? Diga que não faria isso. Diga-me que não faria uma coisa dessas. Não agora, não agora que o menino está em seu poder, e foi destruído a mando seu. Diga-me que não faria algo assim com o pobre Teddy, não com o pobre e pequeno Teddy, que morrerá se você o enganar.

Ele não parece se sentir triunfante; aparenta estar ansioso.

— Por que não recusariam a companhia um do outro? — pergunta-me. — Por que eu não deveria testá-los para saber se são sinceros? Por que não ficariam em silêncio um com o outro, virando as costas para homens que viessem tentá-los com histórias de liberdade? Fui misericordioso com eles. Você sabe disso! Deveriam ser leais a mim. Posso testá-los, não posso? É apenas razoável. Posso oferecer-lhes a companhia um do outro. Posso esperar que se afastem um do outro como terríveis pecadores? Não estou fazendo nada de errado!

Sinto uma onda de pena por ele enquanto se inclina em direção à pequena fogueira, e sinto náusea ao pensar no que temo que esteja planejando.

— Você é o rei da Inglaterra — digo. — Seja um rei. Ninguém tem o poder de tirar isso de você. Não tem que testar a lealdade deles. Pode se dar ao luxo de ser generoso. Aja como um rei. Liberte-os para o exílio e mande-os embora.

Ele balança a cabeça.

— Não me sinto generoso — retruca com maldade. — Quando alguém é alguma vez generoso comigo?

Palácio de Greenwich, Londres, inverno-primavera de 1499

Vou ao nosso mais belo palácio para meu resguardo, e Henrique e Milady, a Mãe do Rei, preparam um jantar de comemoração no grande salão em janeiro. Todos estão lá para celebrar meu resguardo, exceto minha irmã Cecily. Está afastada; perdeu sua segunda criança, sua filha Elizabeth. Tendo casado sem amor para elevar-se no mundo dos Tudor, transformou-se numa viúva sem filhos; não ganhou nada.

Isso é amargo para qualquer mulher, e difícil em especial para Cecily. Ficará distante da corte até deixar de usar suas vestes pretas. Sinto muito por ela, mas não há nada que eu possa fazer. Então digo adeus à corte e entro em meus belos aposentos para meu primeiro resguardo sem ela.

Milady, a Mãe do Rei, fica com os melhores cômodos, ao lado dos de Henrique, como de costume, mas gosto de meus próprios aposentos, que preparei para o resguardo. Têm vista para o rio, e peço a minhas damas que tirem as tapeçarias escuras com cenas da Bíblia, as quais milady mandou pendurar para minha edificação. Em vez disso, fico olhando os barcos passarem e as pessoas — embrulhadas em roupas para protegerem-se do frio — caminharem para um lado e para o outro da margem do rio, abraçando a si mesmas, suas respirações formando pequenas nuvens em torno das cabeças cobertas.

Não me sinto confortável com este bebê; foi uma concepção desagradável, e temo um parto difícil. Enquanto estou reclusa não consigo deixar de pensar nos dois que estão na Torre, meu primo e o menino que dizia ser meu irmão. Pergunto-me o que conseguem ver de suas janelas, e se as tardes e noites de inverno, quando o sol se põe tão cedo e o céu fica tão escuro, parecem longas demais para eles. O pobre Teddy deve estar acostumado, faz quase 13 anos que não é mais livre; cresceu e tornou-se um homem na prisão, sem conhecer nada além das paredes frias de sua câmara e as pequenas venezianas quadradas de sua janela. Quando penso nele, acredito que o bebê se move dentro de mim, e sei que cometi um grande erro por não o ter salvado dessa vida que se parece mais com a morte. Eu falhei com ele, meu parente, meu primo. Falhei como prima e falhei como rainha.

Agora outro jovem olha através de uma janela pequena para um anoitecer e vê o dia de inverno despedindo-se. Coloco a mão sobre minha grande barriga e sussurro:

— Nunca. Isso nunca acontecerá com você. — Como se eu fosse conseguir salvar meu bebê apesar de não conseguir salvar meu irmão.

Lady Katherine Huntly entra de resguardo comigo para acompanhar-me e costura uma belíssima touca de dormir, de linho branco com nervuras decorativas, para minha criança, enquanto nunca tem permissão para ver sua própria. É permitido a ela visitar o prisioneiro na Torre, então sai por um dia e uma noite e volta em silêncio, inclinada sobre sua costura, tentando não conversar com qualquer um sobre o que viu ou ouviu.

Espero até que as damas estejam na porta de meu cômodo, recebendo dos criados os pratos para o jantar e trazendo-os para arrumar a grande mesa diante do fogo, a fim de que possamos comer e nos divertir durante nosso longo tempo de espera antes que a Quaresma reduza nossas escolhas.

— Como ele está? — pergunto sem rodeios.

Imediatamente ela olha em torno para ver se conseguem nos ouvir, mas não há ninguém perto o suficiente.

— Destruído — responde apenas.
— Está doente?
— Acabado.
— Tem livros? Cartas? Está muito sozinho?
— Não! — exclama. — As pessoas constantemente recebem permissão para vê-lo. — Ela dá de ombros. — Não compreendo por quê. Quase qualquer um pode falar com ele. Vive em uma câmara de audiências, com a porta sempre aberta, qualquer tolo em Londres pode entrar e jurar lealdade. Há pouquíssimos guardas.
— Ele não fala com eles, fala?
Um leve balançar de cabeça demonstra que não, ele não diz nada.
— Não deve falar com ninguém! — insisto com energia súbita. — A segurança dele depende de não falar com eles, com qualquer um.
— Falam com ele — tenta explicar-me. — Os guardas não mantêm a porta fechada, exigem que fique aberta. Está cercado por pessoas que entram e sussurram promessas para ele.
— Não deve responder! — Tomo as mãos dela em minha ansiedade para que entenda. — Será vigiado, está sendo vigiado. Não deve fazer nada que provoque suspeitas.
Ela olha para cima e encontra meu olhar.
— Ele continua a ser quem é — afirma. — Provocou suspeitas por toda a vida. Mesmo sem fazer nada além de respirar.

O parto é longo, e sinto-me exausta de dor quando enfim escuto um gritinho fraco. Dão-me a cerveja do parto, e o aroma e sabor familiares lembram-me de quando tive Artur. Minha mãe estava lá, com seus braços fortes em torno de mim e sua voz levando-me até sonhos nos quais eu não sentia dor. Quando acordo, horas depois, dizem-me que dei à luz um menino, mais um menino para a dinastia Tudor, que o rei enviou seus parabéns e um rico presente, e que milady, sua mãe, está de joelhos em preces por mim na capela até agora, agradecendo que Deus continue sorrindo para sua casa.

Levam-no embora para ser batizado como Edmund, que acredito ser a escolha mórbida de milady, pois foi um rei martirizado. Mas quando chega a hora de minha bênção, percebo que não tenho vontade de sair da câmara de resguardo. O peso e o cansaço que vieram com o bebê não me deixam, nem mesmo quando o levam com sua ama de leite para o palácio em Eltham. O confessor de Lady Margaret, John Morton, deixa de lado sua capa de asperges e sua mitra como arcebispo de Canterbury e vem como um padre de paróquia até a grade de meus aposentos, convidando-me a confessar meus pecados, ser abençoada e voltar ao mundo. Caminho devagar até a grade de ferro, cheia de adornos, e repouso as mãos sobre o metal das retorcidas rosas Tudor. Sinto-me aprisionada como o menino, e com poucas chances de ser libertada.

— Tenho um pecado de temor — confesso-lhe, minha voz muito baixa para que ele mal possa me escutar na câmara vazia.

— O que teme, minha filha?

— Anos atrás, há muito, muito tempo atrás, amaldiçoei um homem — sussurro.

Ele assente com a cabeça. Com certeza já ouviu confissões piores do que esta, preciso lembrar que ouviu confissões muito piores do que esta. Também preciso lembrar que tudo que eu disser será quase que certamente relatado à Milady, a Mãe do Rei. Não há padre na Inglaterra que não esteja sob a influência dela, e este é John Morton, cuja vida se entrelaçou com a dela, a quem ele já vê quase como uma santa.

— Quem foi que você amaldiçoou, minha criança?

— Não sei quem foi — respondo. — Minha mãe e eu fizemos uma maldição contra o homem que matou os príncipes. Ficamos de coração tão partido quando soubemos do desaparecimento deles. Minha mãe especialmente... — Paro, não querendo lembrar-me daquela noite em que ela caiu de joelhos e colocou a testa no chão de pedra.

— Que maldição foi essa?

— Juramos que quem quer que tivesse levado nossos meninos perderia seus próprios — revelo, as palavras quase inaudíveis, de tão envergonhada que agora estou do que fizemos naquela época. De tanto que agora temo as consequências da maldição. — Juramos que ao assassino só restaria uma menina como herdeira, e sua linhagem se acabaria. Dissemos que perderia um filho em uma geração e outro na seguinte; perderia um filho jovem e depois um neto jovem, em suas infâncias.

O padre suspira diante da magnitude da maldição, mesmo enquanto o político dentro dele reflete sobre o que isso significa. Ajoelhamo-nos juntos em silêncio. Ele coloca a mão sobre seu crucifixo de marfim.

— Arrepende-se disso agora?

Assinto com a cabeça.

— Padre, arrependo-me profundamente.

— Deseja anular essa maldição?

— Sim.

Fica em silêncio, orando por um momento.

— Quem é? — pergunta-me. — Quem matou os príncipes, seus irmãos? Quem você acha? Onde sua maldição cairá?

Suspiro e apoio a testa contra a rosa Tudor de ferro na grade, sentindo as pétalas forjadas machucarem minha pele.

— Com sinceridade — começo —, diante de Deus, não tenho certeza. Suspeitei de mais de uma pessoa; mas ainda não sei. Se foi Ricardo, o rei da Inglaterra, então faleceu sem um herdeiro, e viu o próprio filho morrer diante de si.

Ele assente com a cabeça.

— Isso não prova a culpa dele? Crê que foi ele? Você o conhecia bem. Perguntou para ele?

Balanço a cabeça.

— Não sei — respondo, aflita. — Disse que não foi ele, e acreditei, naquela época. É o que sempre digo a todos. Não sei.

Ele faz uma pausa, um pensamento tendo lhe ocorrido.

— Se os príncipes, ou mesmo só um deles, tiverem sobrevivido, então quem quer que os mate agora receberá a maldição.

Consigo senti-lo tremer enquanto o encaro com intensidade através da tela, lentamente compreendendo o que estou dizendo.

— Exatamente. Esse é exatamente o problema. Tenho que anular essa maldição. Antes que qualquer outra desgraça aconteça. Tenho que fazê-lo agora.

Ele está horrorizado com a perspectiva que se abre diante dele.

— A maldição cairia sobre o homem que ordenou a morte de seu irmão — diz, rapidamente, como se estivesse em oração. — Mesmo se tiver sido uma morte justa. Mesmo se tiver sido uma execução legal. A maldição cairia sobre aquele que a ordenou?

— Exatamente — confirmo mais uma vez. — Levaria o filho e o neto da pessoa quando ainda fossem crianças. Significaria que esse carrasco veria sua linhagem acabar após duas gerações, com uma menina. Se fosse o homem que matou meu irmão Eduardo, seria duplamente amaldiçoado.

O arcebispo está pálido.

— Você tem que rezar — declara com fervor. — Rezarei por você. Teremos que distribuir esmolas, colocar um padre para rezar todos os dias. Darei a você exercícios espirituais, preces para cada dia. Deve sair em peregrinação, e direi as esmolas que terá que dar aos pobres.

— E isso anulará a maldição?

Ele encontra meus olhos, e vejo meu próprio terror refletido de volta para mim, a rainha da Inglaterra, mãe de três preciosos e amados meninos.

— Ninguém tem o poder de amaldiçoar — explica com firmeza, repetindo a crença oficial da Igreja. — Nenhuma mulher mortal. O que você e sua mãe disseram não teve importância, foram os delírios de mulheres aflitas.

— Então nada acontecerá? — pergunto.

Ele hesita, e então fala com sinceridade:

— Não sei. Rezarei para que não. Deus talvez seja misericordioso. Mas pode ser que sua maldição seja uma flecha no escuro, e que a trajetória não possa ser impedida.

A Ilha de Wight,
verão de 1499

Saio do resguardo para encontrar uma corte disposta a festejar. Faremos uma longa viagem pela costa sul, passando por Kent, Sussex e Hampshire como se nunca tivessem erguido uma lâmina contra o rei, como se nunca tivessem se reunido em nome do menino. Em Portsmouth, embarcaremos em um navio e iremos à Ilha de Wight, aquela pequena massa azul no horizonte. Seremos felizes. Mais importante, seremos vistos como uma corte feliz.

Henrique usa um sorriso que parece uma máscara. Aparece de braços dados com Lady Katherine aonde quer que vá, e a bela montaria nova dela, uma égua preta, vai lado a lado com o cavalo de batalha dele. Começou a cavalgar em seu cavalo de batalha outra vez, como se para lembrar a todos de que é um comandante além de um rei. Ela inclina a cabeça quando ele lhe fala, sorri enquanto escuta. Quando ele está contente podemos ouvi-la rir, e quando ele lhe pede que cante, ela apresenta canções escocesas, canções das Terras Altas, repletas de melancolia por uma terra que está perdida, até que ele diz:

— Lady Katherine, cante-nos algo alegre! — E ela ri e começa um cânone, e toda a corte participa.

Assisto aos dois como se estivesse vendo-os de muito longe. Consigo vê-los caminhando juntos, mas mal ouço o que dizem. Observo-os como sei que a rainha Anne, esposa de meu Ricardo, observava-me de sua janela alta, quando passeávamos no jardim abaixo, e ele colocava minha mão em seu braço, e eu me inclinava em sua direção, ansiando por seu toque. Não posso culpar Lady Katherine por seduzir o rei da Inglaterra, pois fiz exatamente o mesmo. Não posso culpá-la por ser jovem — é oito anos mais nova do que eu —, e neste verão sinto-me cansada como se tivesse noventa anos de idade. Não posso culpá-la por ser bela — todas as cortes são loucas por beleza, e ela é um deleite de se ver. Mas, acima de tudo, não posso culpá-la por desviar o interesse do rei por mim, sua verdadeira esposa, pois creio que ela está fazendo a única coisa que pode para salvar seu marido.

Não creio que ela esteja apaixonada pelo rei como ele claramente está por ela. Penso que o está mantendo exatamente onde quer que ele esteja: à distância de um braço, mas ainda a seu alcance, na proximidade exata para que possa influenciá-lo, diverti-lo, acalmá-lo e suavizá-lo, para manter o marido dela vivo.

Ela deve ter ouvido falar — quem não ouviu? — dos rumores de que deverá acontecer um resgate ao garoto. A duquesa Margaret enviou os próprios embaixadores para ver seu amado protegido e sobrinho, e todos creem que ela ordenou que sussurrassem no ouvido dele que aguardasse, pois a ajuda viria. Todos sabem que ela tentará salvá-lo. Ela tem grande influência na Europa, e os maiores reis ainda se dizem amigos do menino, mesmo que sejam informados de que não passava de um impostor. O apoio ao menino começa a se formar; se sua esposa conseguir mantê-lo vivo por mais uma estação, alguém conseguirá tirá-lo de lá.

O rei ainda não agiu contra o menino, mas o mantém aprisionado, com visitas constantes. Lady Katherine está sempre ao lado de Henrique, sempre lá com um sorriso rápido e uma pergunta sutil para lembrá-lo de ser misericordioso com o menino com quem ela se casou erroneamente. Rápida em mostrar-lhe que é capaz de perdoar e que talvez — quem sabe? — um dia ela venha a amar outro. O menino não tem de morrer para libertá-la, pois ela já está considerando uma anulação. Henrique, ao lado dela todos os dias, com frequência sugere que ela escreva ao papa para pedir que seja libertada de seu casamento. Seria pouco mais que uma formalidade. Foi enganada, induzida a se casar com um homem que carregava um nome falso. Ficou completamente deslumbrada por uma camisa de seda. Isso pode ser revertido com uma única carta de Roma. Ela garante-lhe que está levando isso em consideração, leva a questão a Deus em suas três preces diárias. Às vezes lança um sorriso tímido, de soslaio, para o rei e diz que se sente tentada pela ideia de ser uma mulher solteira de novo: livre.

Henrique, apaixonado pela primeira vez na vida, abobalhado como um bezerro, segue-a com os olhos, sorri quando ela sorri e acredita nela quando lhe assegura que o vê como um grande príncipe, um rei poderoso, que pode perdoar alguém sem importância como seu marido. Ela compreende a grandeza do rei pela qualidade da misericórdia dele. Ele a convida para sua câmara de audiências quando pessoas vêm a ele com pedidos, e olha de relance para ela para certificar-se de que está ouvindo quando ele é generoso ao perdoar uma multa ou anular um julgamento. Está de braços dados com ela quando fala com o embaixador da Espanha, o qual, demonstrando tato ao falar na frente da mulher que tornaria uma viúva, não insiste que o menino e Teddy sejam executados imediatamente, apesar de os monarcas da Espanha continuarem a apressar o noivado entre Artur e a filha deles, e a morte dos dois jovens rapazes.

Ficamos no Castelo de Carisbrook, atrás das muralhas de pedra cinza, e cavalgamos todos os dias pelos exuberantes prados verdes em torno do castelo, onde as cotovias voam para um céu azul sem nuvens. Lady Katherine declara que nunca viu um verão tão belo, e o rei diz que todo verão inglês é assim e que, morando na Inglaterra, depois de anos sendo feliz em verões ingleses, esquecerá as chuvas frias da Escócia.

Ele vem aos meus aposentos ao menos uma vez por semana e dorme em minha cama, embora na maior parte das vezes acabe dormindo assim que deita a cabeça nos travesseiros, cansado de cavalgar o dia inteiro e dançar à noite. Sabe que estou infeliz, mas, sentindo-se culpado, não me pergunta qual é o problema por ter medo do que eu possa dizer. Crê que eu possa acusá-lo de infidelidade, de preferir outra mulher, de trair nossos votos de casamento. Quer evitar qualquer conversa como essa, então sorri radiante para mim e caminha animadamente comigo até a minha cama.

— Deus a abençoe, minha querida, boa noite! — diz com alegria e fecha os olhos antes que eu responda.

Não sou tão tola a ponto de reclamar de uma decepção amorosa. Não sou tão tola a ponto de chorar por meu marido não olhar para mim, mas para uma mulher mais jovem e mais bela. Não é por uma decepção amorosa que meus pés pesam, que não quero dançar ou sequer caminhar, que meu coração dói desde que acordo. Não é por uma decepção amorosa com Henrique, nem pela dor de uma esposa traída. É pelo menino na Torre, e meu medo, meu medo crescente, de que nos afastamos de Londres para que os guardas que Henrique colocou para cuidar dele, e seus amigos nos becos e pousadas, possam conspirar juntos, possam tramar, possam enviar mensagens, possam tecer uma corda longa o suficiente para enforcar a si próprios e enforcar o menino junto. E de que todas as histórias do menino em seu quarto e das pessoas entrando e saindo não estejam equivocadas, nem sejam desleixo da guarda, mas parte da história que Henrique está tecendo: de que o menino de Tournai, o filho do barqueiro, infiel e covarde até o fim, conspira com outros homens furtivos vindos de becos escuros, e lidera-os como tolos à morte.

Henrique não demonstra sinais de pensar no menino ou em meu primo Teddy em momento algum. Está alegre como um rei convicto de seu trono, certo de sua herança e confiante em seu futuro. Quando o embaixador espanhol vem e fala seriamente sobre os traidores que ainda vivem confinados, Henrique dá-lhe tapinhas enérgicos nas costas e manda-lhe assegurar às majestades da Espanha que o reino está a salvo, nossos problemas acabaram, a infanta deve vir de imediato, e ela e Artur se casarão de imediato. Não há obstáculo.

— Há o menino — aponta o embaixador. — E Warwick.

Henrique estala os dedos.

Palácio de Westminster, Londres, verão de 1499

Voltamos a Londres, e Henrique retira-se para seus aposentos privados com a mãe para analisar todos os relatórios que foram se somando em sua ausência. Dentro de um dia, há um grande fluxo de homens entrando e saindo pelas escadas particulares, quase nunca observados pela corte. Somente eu os vejo e pergunto-me por que tantos soldados da guarda saem de seus serviços na Torre para falar privadamente com o rei.

Naquela noite, quando os jovens da corte visitam meus aposentos para dançar com minhas damas e flertar na hora antes do jantar, Henrique está sombrio, e com o rosto cinza.

— Você recebeu más notícias — observo quando ele olha de relance para a corte se enfileirando atrás de nós.

Ele lança um olhar duro para mim.

— Sabe o que é? — pergunta. — Soube este tempo todo?

Balanço a cabeça.

— Sinceramente, de nada sei. Vi pessoas relatando coisas a você durante todo o dia, e agora o vejo parecendo doente de tão cansado.

Ele segura minha mão com tamanha força que dói.

— Um de seus primos está faltando — revela.

Imediatamente meus pensamentos vão para Teddy, na Torre.

— Meu primo? Sumiu?

— Edmund de la Pole — diz, cuspindo as palavras. — Outro falso York. Filho de sua tia Elizabeth. Aquele em quem ela jurou para mim que eu podia confiar.

— Edmund? — repito.

— Fugiu — conta Henrique, rispidamente. — Sabia disso?

— Não, é claro que não.

A corte está pronta. Henrique olha de relance por cima do ombro como se sempre temesse quem está as suas costas.

— Estou cansado — declara. — Muito cansado.

Ele se senta na ponta da mesa, e trazem-lhe o melhor que o reino pode oferecer, mas vejo, enquanto ele pega uma pequena porção de um prato e de outro, que não saboreia nada. A carne perdeu o gosto, e o marzipã, sua doçura. Ele olha de relance para as outras pessoas na mesa e vê Lady Katherine, sentada à frente de minhas damas; ela retribui o olhar e lança-lhe seu doce e promissor sorriso. Ele a encara não como se fosse uma mulher a quem deseja, mas como um quebra-cabeça que não é capaz de resolver. O sorriso morre nos lábios dela enquanto engole em seco e abaixa o rosto.

Depois do jantar, ele vai a seus aposentos privados com a mãe. Eles mandam servir vinhos doces, biscoitos e queijo e conversam a noite toda. É muito depois da meia-noite quando vem a meu quarto, senta-se pesadamente na cadeira diante do fogo e olha para as brasas.

— Qual é o problema? — pergunto. Estava quase dormindo, mas desço da cama e pego um banquinho para sentar-me a seu lado. — Qual é o problema, marido?

Devagar, a cabeça dele cai até que esteja repousando sobre a mão, e então cai ainda mais até que suas mãos estejam cobrindo o rosto.

— É o menino — responde com a voz abafada. — É o maldito menino.

As chamas bruxuleiam em silêncio no pequeno quarto.

— O menino? — repito.

— Coloquei pessoas à volta dele em quem confiei a tarefa de incitá-lo ao perigo — explica, com a cabeça ainda baixa, o rosto escondido de mim.

— Pensei que o flagraria tramando sua liberdade.

— Para matá-lo — digo sem me alterar.

— Para executá-lo por um crime — corrige-me. — Quebrar seus votos de rendição. Consegui que algumas pessoas mal-intencionadas fossem até ele e prometessem libertá-lo, ajudá-lo a escapar. Ele consentiu. Então os mandei para falar com Warwick...

Levo a mão à boca para evitar um grito.

— Teddy, não!

— Warwick também. Tem que ser feito. E tem que ser feito agora. Os dois jovens tolos fizeram um buraco na abóbada entre seus quartos e sussurram entre si.

— Eles falam um com o outro? Teddy e o menino? — Há algo incrivelmente terno na imagem dos dois sussurrando esperanças e encorajamento um ao outro. — Ele fala com Teddy?

— Enviei-lhes um plano de fuga. O menino concordou, e Warwick também depois de lhe terem explicado. Enviei-lhes um plano de tomar a Inglaterra, erguer um exército e matar-me.

— Deviam saber que não teria como dar certo...

— O menino sabe, mas está desesperado para libertar-se. E então, de repente, tem como dar certo. — Ele faz uma pausa e engasga como se a bile estivesse subindo sem controle por sua garganta. — Elizabeth, lá estava minha pequena conspiração: meia dúzia de conspiradores, um livro de códigos, uma mensagem para a duquesa, planos para uma revolta, o suficiente para poder enforcar um homem, tudo planejado e controlado por mim, e... e... — Ele para como se não aguentasse continuar. — E então...

Levanto-me de meu banquinho e coloco a mão sobre seu ombro curvado. É como tocar as costas da cadeira, de tão rígido de medo que ele está.

— E então? O que houve depois, querido?

— Outros se juntaram a eles. Outros que eu não havia instruído. Outros que supostamente deveriam ser leais a mim. Estão recebendo mensagens de todo o país. Homens que arriscarão a vida e suas fortunas para tirar Warwick da Torre, homens que colocariam suas famílias, seu sustento, suas propriedades em risco para libertar o menino. Há outra rebelião formando-se. Outra rebelião, depois de tudo que passamos! Não faço ideia de quantos homens estão prontos para erguer-se, não tenho ideia de quem é infiel e está pronto para trair-me. Mas está começando tudo outra vez. A Inglaterra quer o menino. Querem o menino no trono, e estão prontos para derrubar-me.

— Não. — Não consigo acreditar no que ouço. Henrique levanta-se de um salto, afastando o ombro de minha mão, indo do desespero à raiva repentina.

— São os York! — grita para mim. — Sua família mais uma vez! Edmund de la Pole desaparecido! Seu primo no centro de conspirações! A rosa branca pintada em todas as esquinas! Sua família e seus partidários e seus servos e seu charme maldito e a lealdade de família e a magia... Deus sabe o que é que faz as coisas darem certo para vocês. Deus sabe o que faz dar certo para o menino. Perdeu a boa aparência, apanhou até ficar feio, garanti que isso acontecesse. Perdeu o charme, não pode sorrir sem dentes. Perdeu sua fortuna e seu broche de rubi, e sua esposa está sob minha custódia, mas ainda assim se voltam para o lado dele. Ainda vão até ele, ainda sou ameaçado por ele. Lá está, aprisionado na Torre, sem amigos além daqueles que eu permito, sem companheiros além da escória que mando até ele, e ainda assim reúne um exército contra mim e tenho que defender-me, e a você, e defender nossos filhos.

Afundo-me diante de sua ira. Quase poderia me ajoelhar diante dele.

— Milorde...

— Não fale comigo — ordena furiosamente. — Esta é a sentença de morte dele. Não posso fazer mais nada a não ser executá-lo. Onde quer que ele esteja, qualquer que seja a forma que tome, qualquer que seja o nome que adote, procuram-no, acreditam nele, querem-no como rei da Inglaterra.

— Ele não estava conspirando! — defendo-o com urgência. — Você mesmo disse que a conspiração foi sua. Não foram ele e Teddy! É inocente de tudo, menos do que você mandou fazerem contra ele. Não fez nada além de concordar com seu plano.

— Ele ameaça-me com a mera respiração — declara Henrique, a voz agora sem emoção. — Seu sorriso desdentado é minha ruína. Mesmo na prisão com o rosto destruído, é um belo príncipe. Não resta nada para ele a não ser a morte.

Palácio de Westminster, Londres, outono de 1499

Henrique reúne o conselho, com todos os lordes presentes, para ouvir as acusações de traição contra Teddy. Chama-o de "Edward autoproclamado de Warwick", como se ninguém mais tivesse um nome em que se pode confiar. Chamam o menino de Perkin Warbeck e citam os nomes de dezenas de outros. Alarmado, obedecendo por medo, o conselho ordena que os xerifes escolham um júri dentre os cidadãos de Londres que analisará as provas e chegará a um veredito.

Lady Katherine vem a meus aposentos, com o rosto mais branco do que a renda que traz nas mãos. Está preparando a decoração para o colarinho de uma camisa masculina, e as contas brilhantes usadas para fazer a renda tremem na almofada.

Ajoelha-se no chão diante de mim. Devagar, retira o toucado de cabeça, e seu cabelo cai sobre os ombros. Curva-se muito baixo, quase a meus pés.

— Vossa Majestade, imploro-lhe piedade — pede ela.

Olho para a cabeça abaixada, para o lustroso cabelo negro.

— Não tenho poder — respondo.

— Piedade para meu marido!

Balanço a cabeça. Inclino-me para a frente e toco seu ombro.

— De verdade, não tenho poder nesta corte. Eu esperava que você pudesse falar com o rei em nome de ambos.

— Ele me prometeu — diz, sua voz um pequeno sussurro. — Prometeu-me neste verão. Mas agora meu marido será julgado diante de um júri.

Não lhe ofereço uma mentira, dizendo que talvez não o condenem, nem sugiro que as provas não serão contundentes.

— Você não poderia persuadir o rei como já fez antes? — pergunto-lhe. — Não poderia dar-lhe um sorriso, não poderia permitir-lhe... permitir o que quer que ele queira?

Seus olhos negros se fixam nos meus por um longo tempo, como se para reconhecer a ironia de eu incitá-la a seduzir meu marido para salvar o menino. Nós sabemos o que o menino significa para nós duas.

— Cumpri meu lado da barganha neste verão, quando ele disse que meu marido ficaria a salvo — afirma. — Sua Majestade disse que se ele ficasse quieto na prisão, poderia ser libertado depois. Dei ao rei o que ele queria em troca. Não tenho mais com o que barganhar.

Inclino a cabeça para trás e fecho os olhos por um instante. Estou mais do que cansada, tanto de reis e das barganhas que fazem quanto das mulheres, que têm de encontrar formas de satisfazê-los.

— Você perdeu sua influência?

Ela assente com a cabeça, encarando-me diretamente nos olhos e admitindo sua vergonha.

— Não tenho mais com o que o persuadir — Faz uma pausa para pedir-me perdão. — Sinto muito. Eu não sabia o que mais poderia fazer neste verão quando me disseram que meu marido estava na prisão sendo espancado. Eu não tinha nada mais a oferecer.

Suspiro.

— Falarei com ele — declaro. — Mas também não tenho o que oferecer.

Envio meu camarista para requisitar uma audiência com o rei e sou levada à câmara privada dele. Sua mãe está de pé atrás do trono e não se move quando entro. O criado da câmara arranja um assento para mim, e encaro Henrique do outro lado da mesa escura e polida, sua mãe parada como uma sentinela contra o mundo, atrás dele.

— Sabemos por que está aqui — diz milady brevemente. — Mas não há nada que possa ser feito.

Ignoro-a e olho para meu marido.

— Milorde, não vim para implorar pelos dois. Estou aqui por temer que você esteja colocando-nos em perigo — afirmo suavemente.

No mesmo instante ele fica alerta. Este é um homem sempre pronto para alertar-se diante do perigo.

— Estamos em perigo cada dia em que aquele menino continua vivo — responde.

— Vai além disso. Há um perigo que você desconhece.

— Veio avisar-nos? — pergunta Lady Margaret com desdém.

— Vim.

Henrique olha para mim pela primeira vez.

— Alguém falou com você? Alguém tentou recrutá-la?

— Não, é claro que não. Sou conhecida por ser completamente fiel a você. — Olho para a mãe dele, cujo rosto está endurecido. — Todos na corte, excetuando-se vocês dois, sabem que sou completamente fiel.

— O que é, então? Fale.

Inspiro.

— Anos atrás, quando minha mãe, todas as minhas irmãs e eu estávamos em santuário, Ricardo veio a nós para contar-nos que os príncipes estavam desaparecidos. Mamãe e eu fizemos um juramento contra o homem que os matou.

— Que foi o próprio Ricardo — insiste milady às pressas.

A mão de Henrique se move levemente como se para silenciá-la.

— Ricardo matou-os — repete ela, como se a repetição fosse tornar verdade o que diz.

Ignoro-a e continuo.

— Juramos que quem quer que os houvesse levado e matado iria ver seu próprio filho morrer na infância. E que seu neto também morreria criança. E que sua linhagem acabaria com uma menina, e ela não teria herdeiros.

— O filho de Ricardo morreu, assim que o nomearam príncipe de Gales — lembra milady para o filho calado. — É a prova da culpa dele.

Ele vira-se e a encara.

— Você sabia dessa maldição?

Ela pisca como um velho réptil, e vejo que John Morton relatou minhas palavras à milady tão prontamente quanto rezou para Deus.

— Não pensou que deveria avisar-me? — pergunta Henrique.

— Por que alguém deveria avisá-lo? — indaga ela, sabendo que nenhum dos dois pode responder tal pergunta. — Não tivemos nada a ver com a morte deles. Ricardo matou os meninos na Torre — declara com firmeza. — Ou foi Henry Stafford, o duque de Buckingham. A linhagem de Ricardo acabou, o jovem duque de Buckingham não é saudável. Se essa maldição tiver algum poder, cairá sobre ele.

Henrique volta seu olhar duro para mim.

— Então qual é o seu aviso? — questiona-me. — Qual é o nosso perigo? Como isso poderia, de alguma forma, ter a ver conosco?

Saio de minha cadeira e ajoelho-me diante dele como se fosse julgar--me também.

— Esse menino — começo —, esse que alega ser o príncipe Ricardo de York... se o matarmos, essa maldição pode cair sobre nós.

— Somente se ele for o príncipe — observa Henrique com perspicácia.

— Está reconhecendo-o? Ousa vir aqui e dizer-me que agora o reconhece? Depois de tudo pelo que passamos? Depois de afirmar que não sabia de nada o tempo todo?

Balanço a cabeça e curvo-me mais baixo.

— Não o reconheço, e nunca o fiz. Mas quero que tomemos cuidado. Quero que tomemos cuidado por nossos filhos. Marido, milorde, podemos perder nosso filho em sua juventude. Podemos perder um neto em sua juventude. Nossa linhagem pode acabar com uma menina, e depois com nada. Tudo que você fez, tudo que suportamos pode terminar com uma rainha virgem, uma moça estéril, e então... nada.

Henrique não consegue dormir aquela noite, nem em minha cama nem na própria. Vai à capela, ajoelha-se ao lado da mãe nos degraus da capela-mor, e os dois rezam, os rostos enterrados nas mãos — mas ninguém sabe pelo que rezam. Isso é entre eles e Deus.

Sei que estão lá, pois estou na galeria real da capela, de joelhos, com Lady Katherine a meu lado. Ambas estamos orando para que o rei seja piedoso, que perdoe o menino e o liberte junto com Teddy, que este reinado, que começou com sangue, com a doença do suor, continue pelo caminho do perdão. Que a longa Guerra dos Primos acabe com reconciliação, e não continue por mais uma geração. Que os Tudor sejam misericordiosos e que a linhagem Tudor não morra em três gerações.

Como se temesse perder a coragem, Henrique se recusa a aguardar que o júri tome lugar na sede da prefeitura de Londres. Impulsivamente, ele chama seu cavaleiro marechal e o marechal do séquito até Whitehall, em Westminster, para darem a sentença. Não trazem provas contra o menino; estranhamente, nem usam seu nome para convocá-lo ao tribunal. Apesar de Henrique ter trabalhado tanto para dar ao menino o nome desonroso de um bêbado pobre da comporta do rio em Tournai, não o usam nesse importante documento. Apesar de julgarem-no culpado, não escrevem o nome de Perkin Warbeck na longa lista de nomes de conspiradores traiçoeiros. Deixam seu nome em branco. Agora, quando o sentenciam à morte, não lhe dão nome algum, como se ninguém mais soubesse sua identidade, ou como se soubessem seu nome, mas não ousassem dizê-lo.

Determinam que deverá ser arrastado *em uma plataforma pela cidade de Londres até o patíbulo em Tyburn, enforcado, cortado ainda vivo, ter as entranhas arrancadas de sua barriga e queimadas diante de seu rosto. Então será decapitado, e seu corpo dividido em quatro partes, a cabeça e cada uma das partes a serem colocadas onde o rei desejar.*

Três dias depois, julgam meu primo Teddy diante do conde de Oxford no grande salão de Westminster. Nada lhe perguntam, confessa tudo de que o acusam, e declaram-no culpado. Ele diz que sente muito.

Palácio de Westminster, Londres, sábado, 23 de novembro de 1499

Lady Katherine vem ao meu quarto como uma mulher que busca refúgio. Ouço seus passos rápidos aproximando-se da porta externa, e o barulho de suas sapatilhas de couro batendo contra o chão enquanto atravessa correndo minha câmara privada, onde a conversa de minhas damas de companhia é interrompida por sua passagem, então bate em minha porta e minha criada abre uma fresta.

— Pode entrar — digo apenas. Estou só, sentada em uma cadeira perto da janela, olhando para fora, para o rio que minha mãe amava, ouvindo o burburinho baixo de conversa nos cômodos atrás de mim, e o grito distante das gaivotas enquanto mergulham contra a água e dão voltas, as asas brancas muito brilhantes em contraste ao cinza do céu.

Ela olha em torno do quarto vazio, procurando companhia, e vê que estou solitária, apesar de uma rainha nunca estar de fato sozinha.

— Posso sentar-me com você? — pergunta, o rosto pálido como o de uma criança desolada. — Perdoe-me, não suporto ficar só.

Está vestida de preto de novo, antecipando sua viuvez. Sinto uma súbita e injusta onda de inveja; ela pode demonstrar seu luto, mas eu, prestes a perder um primo e o menino que dizia ser meu irmão, tenho de manter a ilusão de normalidade em vestes do verde dos Tudor e um rosto sorridente. Não posso reconhecer o menino em sua morte assim como não pude em vida.

— Entre — comando.

Ela entra e puxa um banquinho para sentar-se a meu lado. Segura seu trabalho de bordado, o lindo colarinho branco dele está quase completo, mas desta vez as mãos dela estão paradas. O colarinho está quase pronto, mas a garganta que ele iria envolver vestirá a corda de uma forca em seu lugar. Olha de seu trabalho para mim e suspira, deixando-o de lado.

— Lady Margaret Pole chegou — comenta.

— Maggie?

Assente com a cabeça.

— Foi direto ao rei pedir-lhe misericórdia pelo irmão.

Não pergunto a ela o que o rei disse. Esperamos até que ouço uma troca de senha na porta da câmara de audiências, a abertura das portas internas, o silêncio constrangedor que surge quando Margaret cruza minha câmara privada e as mulheres veem-na seguir até a porta de meu quarto. Ninguém consegue encontrar o que dizer a uma mulher cujo irmão será executado por traição. Então ela bate na porta, levanto-me e em um segundo estamos nos abraçando, agarradas e olhando para o rosto tenso uma da outra.

— Sua Majestade diz que não há nada que ele possa fazer — conta Margaret. — Caí de joelhos diante dele. Coloquei meu rosto sobre seus sapatos.

Encosto minha bochecha molhada na dela.

— Também pedi a ele, e Lady Katherine também pediu. Ele está decidido. Não vejo o que podemos fazer além de esperar.

Margaret solta-me e afunda-se num banquinho a meu lado. Ninguém diz nada, não há nada a ser dito. Nós três, ainda esperançosas como tolas, damos as mãos e não dizemos nada.

Começa a anoitecer, mas não peço velas; deixamos a luz acinzentada adentrar o cômodo enquanto nos sentamos sob o crepúsculo. Em seguida, ouço batidas na porta externa e o tilintar de botas de cavalgada no chão, e uma de minhas damas aparece na porta do quarto para dizer:

— Gostaria de ver o marquês de Dorset, Vossa Majestade?

Levanto-me quando meu meio-irmão, Thomas Grey, o grande sobrevivente que é, entra no quarto e olha para nós três.

— Pensei que gostariam de saber logo — diz sem nenhuma introdução.

— Gostaríamos — afirmo.

— Ele está morto — conta, antes que tenhamos tempo de criar qualquer falsa esperança. — Morreu bem. Confessou e morreu em Cristo.

Lady Katherine faz um leve barulho de engasgo e coloca o rosto em suas mãos. Margaret faz um sinal da cruz.

— Confessou ser um impostor? — pergunto.

— Disse que não era o menino que fingira ser — diz Thomas. — Ordenaram-lhe que, se desejasse uma morte piedosa, dissesse à multidão, a todos, que não havia esperança de existir um príncipe York vivo. Então foi isso que disse a eles: que não era o menino.

Posso sentir uma risada histérica crescendo dentro de mim, borbulhando em minha garganta.

— Disse-lhes que não era o menino que fingira ser?

Thomas olha para mim.

— Vossa Majestade, ele jurou que não deixaria ninguém com qualquer dúvida. O rei permitiu-lhe ser enforcado sem ser estripado, mas somente se esclarecesse tudo.

Não consigo evitar; minha gargalhada força caminho por entre meus lábios tristes e rio alto. Katherine parece chocada.

— Admitiu não ser o menino que dissera ser? Quando antes, em Exeter, em sua confissão por escrito, fizeram-no dizer que era o garoto Perkin!

— Estava claro para todos o que ele quis dizer, se você tivesse estado lá... — Meu meio-irmão se interrompe, pois todos sabemos que eu não poderia ter estado lá. — Se você *tivesse* estado lá, o teria visto arrependido.

— E por qual nome o chamaram? — indago, recuperando-me. — Enquanto o levavam para o cadafalso?

Thomas balança a cabeça.

— Não o nomearam, não que eu tenha ouvido.

— Morreu sem receber ou reconhecer um nome?

Thomas assente com a cabeça.

— Foi como aconteceu.

Levanto-me e abro as venezianas para observar o rio escuro. Algumas luzes estão balançando, refletidas na água, enquanto presto atenção para ouvir algum barulho, alguma canção. É a festa de São Clemente, e consigo ouvir um coro, muito baixo a distância, um doce e triste canto, como um lamento.

— Ele sentiu dor? — Lady Katherine levanta-se, pálida. — Ele sofreu? Thomas a encara.

— Subiu ao patíbulo com coragem. Suas mãos estavam atadas atrás das costas, e ajudaram-no com gentileza a subir a escada. Havia centenas de pessoas lá, milhares, empurrando-se para ver, fizeram um cadafalso bem alto para que todos pudessem vê-lo. Mas não havia ninguém assobiando ou gritando. Foi como se todos sentissem muito. Ou estivessem curiosos. Algumas pessoas estavam chorando. Não foi nada parecido com a execução de um traidor.

Ela assente rápido com a cabeça, contendo as lágrimas.

— Ele falou muito brevemente, dizendo que não era quem tinha fingido ser, então subiu a escada, e colocaram a corda em seu pescoço. Ele olhou em volta por um instante, só por um instante, como se achasse que algo pudesse acontecer...

— Estava torcendo por um perdão? — sussurra ela, seu rosto em agonia. — Não consegui arranjar-lhe um perdão. Ele pensou que poderia ser perdoado?

— Talvez um milagre — sugere Thomas. — Olhou em volta e então baixou a cabeça e rezou. Em seguida, tiraram a escada de baixo de seus pés, e ele caiu.

— Foi rápido? — sussurra Margaret.

— Levou uma hora, talvez mais — responde Thomas. — Ninguém teve permissão para aproximar-se dele, então ninguém pôde puxar seu corpo para baixo pelos pés e quebrar seu pescoço para acelerar o processo. Mas ele ficou pendurado, quieto, sem se debater, e então se foi. Morreu como um homem de coragem, e o povo diante do patíbulo ficou orando por ele o tempo todo.

Lady Katherine cai de joelhos e curva a cabeça em prece, Margaret fecha os olhos. Thomas nos encara, olhando de uma para a outra, três mulheres enlutadas.

— Então acabou — afirmo. — Esta longa justa de medo, encenação, fraude e mentira acabou.

— Exceto por Teddy — diz Margaret.

Margaret e eu vamos juntas ao rei para tentar salvar Teddy, mas ele se recusa a receber-nos. O marido de Margaret, Sir Richard, vem até mim, em meus aposentos, e implora-me para que eu não interceda pelo único irmão de sua esposa.

— É melhor para todos nós que ele seja executado do que colocado de volta naquela prisão — declara sem rodeios. — É melhor para todos nós que o rei não pense em Margaret como uma mulher da Casa de York. É melhor para todos nós que esse jovem morra agora, sem que uma rebelião se forme em torno dele de novo. Por favor, Vossa Majestade, faça com que Margaret veja isso com paciência. Por favor, ensine-a a deixar o irmão dela partir. Ele não tem tido uma vida, não desde que era menininho. Deixe que isso acabe aqui, e então talvez as pessoas se esqueçam de que meu filho é da Casa de York e ele, ao menos, estará a salvo.

Hesito.

— O rei está caçando Edmund de la Pole — diz ele. — O rei quer que todos da Casa de York jurem estar a seu serviço ou que morram. Por favor, Vossa Majestade, diga a Margaret que desista do irmão para que possa ficar com o filho.

— Como eu? — sussurro, baixo demais para que ele consiga ouvir.

Palácio de Westminster, Londres, 28 de novembro de 1499

No dia da execução de Teddy há uma grande tempestade que troveja sobre o palácio, e a fúria dos raios nos faz fechar as janelas e juntarmo-nos em volta das fogueiras. Cai sobre Tower Green, deixando a grama encharcada e escorregadia à tarde, enquanto Teddy caminha com dificuldade pelo trajeto até o cadafalso de madeira, onde o carrasco, usando sua máscara negra, aguarda com o machado. Há um padre com ele, e testemunhas diante da plataforma, mas Teddy não vê rostos amigáveis, mesmo olhando em volta em busca de alguém para quem acenar. Fora sempre ensinado a sorrir e acenar quando via uma multidão; lembra-se de que alguém da Casa de York deve sempre sorrir e reconhecer seus amigos.

Uma trovoada o faz parar no caminho como um potro nervoso. Nunca saiu em meio a uma tempestade. Por 13 anos, não sentiu a chuva em seu rosto.

Meu meio-irmão Thomas Grey conta-me que acha que Teddy não sabia o que lhe aconteceria. Ele confessa seus pequenos pecados e dá uma moeda ao carrasco quando mandam-no fazê-lo. Sempre foi obediente, sempre tentando agradar. Coloca a bela cabeça loira de York no bloco de execução e estica os braços em um gesto de consentimento. Mas não creio que em algum momento soube que estava concordando com a descida do machado e com o fim de sua pequena vida.

Henrique não janta no grande salão de Westminster aquela noite, e sua mãe está em oração. Na ausência deles, tenho de entrar sozinha, à frente de minhas damas, Katherine atrás de mim usando vestes do mais escuro preto, Margaret em um vestido azul-escuro. O salão está silencioso, as pessoas de nosso séquito, quietas e carrancudas, como se alguma alegria tivesse sido tomada de nós, e nunca fôssemos recuperá-la.

Há algo de diferente no salão enquanto caminho pela corte silenciosa, e, quando me sento e consigo olhar em torno, vejo o que mudou: é o modo como as pessoas se sentaram. Todas as noites os homens e mulheres de nosso extenso séquito entram para jantar e se posicionam em ordem de precedência e importância, homens de um lado do grande salão, mulheres de outro. Cada mesa acomoda em torno de 12 pessoas, que dividem os pratos coletivos posicionados no centro das mesas. Mas esta noite é diferente; algumas mesas estão superlotadas, outras têm lugares vazios. Percebo que se agruparam sem consideração por tradição ou precedência.

Aqueles que se tornaram amigos do menino, aqueles que eram da Casa de York, aqueles que serviram minha mãe e meu pai ou cujos pais serviram minha mãe e meu pai, aqueles que me amam, aqueles que amam minha prima Margaret e se lembram de seu irmão Teddy escolheram sentar-se juntos; e há muitas, muitas mesas no grande salão onde estão sentados, em completo silêncio, como se houvessem jurado votos de jamais tornarem a falar, e olham em volta sem dizer nada.

Nas outras mesas estão aqueles que escolheram o lado de Henrique. Muitos são de antigas famílias lancastrianas, alguns estavam no séquito da mãe dele ou serviam outros da família dela, alguns vieram para lutar com ele em Bosworth, alguns, como meu meio-irmão Thomas Grey ou meu cunhado Thomas Howard, passam todos os dias de suas vidas tentando demonstrar sua lealdade à nova casa Tudor. Tentam aparentar estar agindo como de costume, inclinando-se sobre as mesas quase vazias, falando forçadamente alto, encontrando coisas para dizer.

Quase sem esforçar-se, a corte organizou-se entre aqueles que estão de luto esta noite, vestindo cinza ou negro, com uma fita azul escura presa a seus justilhos ou carregando luvas escuras, e aqueles que estão tentando, ruidosa e alegremente, comportar-se como se nada tivesse acontecido.

Henrique ficaria horrorizado se visse a quantidade de pessoas que está abertamente de luto pela Casa de York. Mas Henrique não verá isso. Somente eu sei que está de bruços em sua cama, com a capa jogada sobre os ombros, incapaz de caminhar até o jantar, incapaz de comer, mal conseguindo respirar num espasmo de culpa e horror pelo que fez e que nunca poderá ser desfeito.

Lá fora, a tempestade ainda está ressoando, os céus ondulados com nuvens escuras, e não há lua alguma para ser vista. A corte também está inquieta; não há sensação de vitória, não há sensação de encerramento. Era esperado que a morte dos dois jovens trouxesse uma sensação de paz. Em vez disso, estamos todos assombrados pela sensação de que fizemos algo muito errado.

Olho para a mesa onde os jovens companheiros de Henrique sempre se sentam, esperando que ao menos estejam contando uma piada ou pregando alguma peça tola uns nos outros, mas estão aguardando em silêncio que o jantar seja servido, as cabeças curvadas, e, quando chega, comem em silêncio, como se não houvesse mais motivo para riso na corte Tudor.

Nesse momento, vejo algo que me faz olhar de relance para o encarregado da cozinha, perguntando-me se irá permitir o ocorrido — certa de que irá denunciá-lo. A ponta da mesa dos jovens, onde o menino costumava sentar, colocaram seu copo, sua faca, sua colher. Colocaram um prato, serviram vinho, como se ele fosse participar do jantar. A seu modo, de forma desafiadora, os rapazes mostram sua fidelidade a um fantasma, a um sonho: expressando seu amor por um príncipe que — se existiu — agora se foi.

Palácio de Westminster, Londres, inverno de 1499

Henrique está doente, extremamente doente. Adoece como se não conseguisse encarar o brilho do mundo depois da tempestade. Permanece em sua câmara, e apenas seus criados mais leais são autorizados a entrar e sair e não contam a ninguém o que se passa de errado com ele. As pessoas sussurram que pegou o suor, que a doença que ele trouxe à Inglaterra enfim chegou até ele. Outros dizem que tem um tumor na barriga, e apontam para os pratos que voltam intocados de seu quarto. Não consegue comer, está doente como um cão, segundo os cozinheiros. Sua mãe visita-o todos os dias, sentando-se com ele por algumas horas à noite. Faz com que os médicos o tratem, e uma vez vi um alquimista e um astrólogo subindo silenciosamente as escadas particulares dos aposentos dele. Em segredo — pois é contra a lei consultar astrólogos ou qualquer tipo de vidente —, leem suas estrelas e dizem-lhe que irá ficar mais forte, e que fez certo em matar um inimigo, um inimigo fraco e indefeso. Sua força dependia da destruição de um jovem sob sua custódia; não há problema em destruir os fracos. Não há problema em destruir um prisioneiro dependente e desamparado.

Mas ainda assim o rei não melhora, e sua mãe passa todo o tempo na capela orando por ele ou no quarto dele implorando-lhe que pare de ficar deitado e se sente, que deixe de olhar para a parede, tome um pouco de vinho, experimente um pouco de carne, coma. O mestre de cerimônias vem até mim para fazer planos para os banquetes natalinos, os dançarinos têm de ensaiar, e os coristas, praticar novas canções, mas não sei se teremos uma corte silenciosa em luto com um trono vazio, e digo-lhe que não podemos planejar nada até que o rei esteja bem de novo.

Os outros homens acusados de traição na última conspiração por causa do príncipe de York são todos enforcados, multados ou banidos. Perdões ocasionais são dados em nome do rei, com sua rubrica fracamente rabiscada ao pé da página. Ninguém sabe se ele se trancou, doente de remorso, ou se está apenas cansado demais para continuar lutando. A conspiração acabou, mas ainda assim o rei não sai de sua câmara; não lê nada nem vê ninguém. A corte e o reino aguardam seu retorno.

Vou visitar Milady, a Mãe do Rei, e encontro-a com todos os negócios relacionados ao trono na mesa diante de si, como se ela fosse regente.

— Vim perguntar-lhe se o rei está muito doente — digo. — Há muita fofoca, e estou preocupada. Ele se recusa a me ver.

Ela me encara, e vejo que os papéis estão arrumados em pilhas, mas ela não está lendo nenhum deles, não está assinando nada. Está perdida.

— É tristeza — responde simplesmente. — É tristeza. Está doente de tristeza.

Repouso a mão sobre meu coração e o sinto palpitar intensamente de raiva.

— Por quê? Por que ele estaria triste? O que ele perdeu? — pergunto, pensando em Margaret e o irmão, Lady Katherine e o marido, em minhas irmãs e em mim mesma, que passamos nossos dias sem demonstrar ao mundo nada além de indiferença.

Balança a cabeça como se ela mesma não conseguisse compreender.

— Ele diz que perdeu a inocência.

— Henrique, inocente? — exclamo. — Conquistou o trono com a morte de um rei! Chegou ao reino como um pretendente ao trono!

— Não ouse dizer isso! — Ela vira-se para mim. — Não diga uma coisa dessas! Você, dentre todas as pessoas!

— Mas não compreendo o que você quer dizer — explico. — Não compreendo o que ele está dizendo. Perdeu a inocência? Quando foi inocente?

— Era um homem jovem, passou a vida aspirando ao trono — responde, como se estivesse forçando-se a dizer as palavras, como se fosse uma confissão difícil, falada aos engasgos. — Criei-o para ser assim, eu mesma ensinei-lhe que deveria ser o rei da Inglaterra, que não havia mais nada para ele além da coroa. Foi por minha insistência. Disse-lhe que não deveria pensar em nada além de voltar à Inglaterra, reivindicá-la para si e mantê-la.

Aguardo.

— Eu disse a ele que era o desejo de Deus.

Assinto com a cabeça.

— E agora ele a conquistou — continua. — Está onde nasceu para estar. Mas para mantê-la, para ter certeza, teve que matar um jovem, um jovem exatamente como ele, um menino que aspirava ao trono, que também foi criado para acreditar que era seu por direito. Ele sente que matou a si mesmo. Matou o menino que era.

— O menino que era — repito devagar. Ela está mostrando-me um menino que eu não vira antes. O menino que foi tido como o filho do barqueiro de Tournai era também o menino que alegava ser um príncipe, mas, para Henrique, ele era um pretendente igual a si próprio, alguém criado e treinado para um único destino.

— Era por isso que gostava tanto do menino. Queria poupá-lo, ficou feliz de comprometer-se a perdoá-lo. Esperava fazê-lo parecer um ninguém, mantendo-o como um bobo da corte, pagando pelas roupas do menino da mesma bolsa a partir da qual pagava por seu bobo e outros entretenimentos. Isso fazia parte do plano. Mas, então, percebeu que gostava dele demais. Então, percebeu que ambos eram meninos, criados no estrangeiro, sempre pensando na Inglaterra, sempre recebendo ensinamentos sobre a Inglaterra, sempre informados de que chegaria o momento em que deveriam voltar para casa e entrar em seu reino. Uma vez, disse-me que só ele era capaz de entender o menino, e só o menino era capaz de entendê-lo.

— Então por que matá-lo? — exclamo. — Por que executá-lo? Se o menino era ele mesmo, um rei dentro de um espelho?

Ela aparenta estar sentindo dor.

— Por segurança — esclarece. — Enquanto o menino vivesse, eles seriam sempre comparados, sempre haveria um rei dentro do espelho, e todos sempre olhariam de um para o outro.

Ela não diz nada por um momento, e penso em como Henrique sempre soube que não se parecia com um rei, não um rei como meu pai, e como o menino que Henrique chamava de Perkin sempre se pareceu com um príncipe.

— E, além disso, não poderia estar seguro até que o menino estivesse morto — explica. — Mesmo tendo tentado mantê-lo próximo. Mesmo enquanto o menino estava na Torre, envolto em mentiras, preso na armadilha de suas próprias palavras, havia pessoas por todo o país jurando salvá-lo. Temos a Inglaterra agora; mas Henrique sente que jamais conseguiremos mantê-la. O menino não é como Henrique. Tinha esse dom... o dom de ser amado.

— E agora nunca estarão seguros — repito suas palavras para ela e sei que minha vingança contra eles está aqui, no que estou dizendo à mulher que tomou meu lugar nos aposentos da rainha, atrás desta mesa, assim como seu filho tomou o lugar de meu irmão. — Vocês não têm a Inglaterra — digo-lhe. — Vocês não têm a Inglaterra e nunca estarão seguros, nunca serão amados.

Ela curva a cabeça como se fosse uma sentença de prisão perpétua, como se merecesse.

— Irei vê-lo — afirmo, indo para a porta adjacente aos aposentos dele, a porta da rainha.

— Você não pode entrar. — Ela dá um passo adiante. — Está doente demais para vê-la.

Vou em sua direção como se fosse caminhar através dela.

— Sou a esposa dele — digo calmamente. — Sou a rainha da Inglaterra. Verei meu marido. E você não vai me impedir.

Por um momento, penso que terei de empurrá-la para o lado, mas no último segundo ela vê a determinação em meu rosto e recua, deixando-me abrir a porta e entrar.

Ele não se encontra na antecâmara, mas a porta para seu quarto está aberta. Bato nela com leveza e entro. Ele está à janela, as venezianas abertas para que consiga ver o céu noturno, olhando para fora mesmo que não haja nada além da escuridão e o cintilar de estrelas esparsas, como lantejoulas espalhadas pelo céu. Olha para mim quando entro, mas não fala. Quase consigo sentir a dor em seu coração, sua solidão, seu desespero terrível.

— Você tem que voltar à corte — declaro sem emoção. — As pessoas comentarão. Não pode ficar escondido aqui.

— Chama isso de esconder? — desafia-me.

— Chamo — insisto sem hesitar.

— Sentem muito a minha falta? — pergunta com escárnio. — Amam-me tanto assim? Anseiam ver-me?

— Têm a expectativa de vê-lo — respondo. — É o rei da Inglaterra, tem que ser visto em seu trono. Não posso carregar o fardo da coroa Tudor sozinha.

— Não achei que seria tão difícil — diz, quase uma divagação.

— Não — concordo. — Também não achei que seria tão difícil.

Ele descansa a cabeça contra o arco de pedra da janela.

— Pensei que, uma vez que a batalha fosse vencida, seria fácil. Pensei que teria encontrado o desejo de meu coração. Mas... sabe? É pior ser rei do que ser um pretendente.

Ele vira-se e olha para mim pela primeira vez em semanas.

— Você acha que errei? — pergunta. — Foi um pecado ter matado os dois?

— Sim — digo simplesmente. — E temo que teremos que pagar o preço.

— Pensa que veremos nosso filho morrer, que nosso neto morrerá e que nossa linhagem se acabará com uma rainha virgem? — indaga amargamente. — Bem, pedi uma profecia, feita por um astrólogo mais habilidoso do que você e sua mãe bruxa. Dizem que viveremos por muito tempo e em triunfo. Todos dizem-me isso.

— É claro que dizem — confirmo, honestamente. — E não finjo prever o futuro. Mas sei que sempre há um preço a se pagar.

— Não creio que nossa linhagem se acabará — declara, tentando sorrir. — Temos três filhos. Três príncipes saudáveis: Artur, Henrique e Edmund. Só ouço falar bem de Artur, Henrique é inteligente, belo e forte, e Edmund está saudável e crescendo bem, graças a Deus.

— Minha mãe teve três príncipes — retruco. — E ela morreu sem um herdeiro.

Ele faz o sinal da cruz.

— Bom Deus, Elizabeth, não diga uma coisa dessas. Como pode dizer coisas assim?

— Alguém matou meus irmãos — digo. — Ambos morreram sem dizer adeus à mãe deles.

— Não morreram por minhas mãos! — grita. — Eu estava em exílio, há quilômetros de distância. Não ordenei que fossem mortos! Não pode culpar-me!

— Você se beneficia da morte deles. — Insisto na discussão. — Você é o herdeiro deles. E, de qualquer modo, matou Teddy, meu primo. Nem mesmo sua mãe pode negar isso. Um menino inocente. E matou o menino, o menino charmoso, por nada além de ser amado.

Ele põe uma das mãos sobre o rosto e cegamente estende a outra para mim.

— Matei, matei, Deus me perdoe. Mas não sabia o que mais fazer. Juro que não havia mais nada que eu pudesse fazer.

Sua mão encontra a minha e aperta-a com força, como se eu pudesse arrancá-lo de sua tristeza.

— Você me perdoa? Mesmo se ninguém jamais o fizer. Você consegue me perdoar? Elizabeth? Elizabeth de York... você consegue me perdoar?

Deixo-o puxar-me para seu lado. Ele vira a cabeça em minha direção e sinto que suas bochechas estão molhadas por lágrimas. Envolve-me com os braços e abraça-me apertado.

— Tive que fazê-lo — afirma, com os lábios em meu cabelo. — Você sabe que nunca estaríamos seguros enquanto ele estivesse vivo. Sabe que as pessoas o teriam apoiado mesmo que estivesse na prisão. Amavam-no como se fosse um príncipe. Tinha todo aquele charme, todo aquele irresistível charme de York. Tive que matá-lo. Tive.

Está abraçando-me como se eu pudesse salvá-lo de afogar-se. Mal consigo falar, com a dor que sinto, mas respondo:

— Eu perdoo você. Eu perdoo você, Henrique.

Ele solta um soluço rouco e coloca o rosto angustiado contra meu pescoço. Sinto-o tremer enquanto se agarra a mim. Acima de sua cabeça curvada, olho para os vitrais das janelas de seu quarto, escuros contra o céu escuro, e a rosa de Tudor, branca com um centro vermelho, que sua mãe colocou em todas as janelas do quarto dele. Esta noite não me parece que a rosa branca e a vermelha estão florescendo como uma só, esta noite parece que a rosa branca de York foi apunhalada em seu puro coração branco e está sangrando vermelho escarlate.

Esta noite, sei que de fato tenho muito o que perdoar.

Nota da Autora

Este livro foi escrito em muitos níveis diferentes. É uma obra de ficção baseada em um mistério — então está a dois passos de qualquer fato registrado historicamente; mas em seu centro há alguns fatos históricos em que você pode confiar ou estudar por conta própria. A morte dos príncipes, tradicionalmente atribuída a Ricardo III, não foi, acredito eu, um ato dele, e a sugestão de que um príncipe tenha de fato sobrevivido foi feita por diversos historiadores cujos trabalhos estão listados a seguir. Estou inclinada a acreditar na versão que conto aqui. No entanto, ninguém tem certeza disso, nem mesmo hoje.

O apoio que a rainha viúva Elizabeth deu à rebelião de Simnel sugere-me que estava combatendo Henrique VII (e sua própria filha) em favor de um candidato que preferia. Não consigo imaginar que teria arriscado o lugar de sua filha no trono por qualquer um além do próprio filho. Morreu antes que o jovem alegando ser Ricardo chegasse à Inglaterra, mas parece que a sogra dela, a duquesa Cecily, apoiava o pretendente. O apoio de Sir William Stanley (ao pretendente contra o enteado de seu irmão) também está registrado. Stanley foi em direção à morte sem desculpar-se por ter ido para o lado do pretendente; isto sugere-me que acreditava que o pretendente pudesse vencer, e que sua pretensão era legítima.

O tratamento do jovem que, no fim das contas, foi tão incertamente chamado de Perkin Warbeck foi também muito estranho. Suponho que Henrique VII conspirou para tirar "o menino" de sua corte ateando fogo no guarda-roupa real, que ardeu sem controle e destruiu o Palácio de Sheen, em seguida arquitetou sua fuga, e então finalmente jogou-o na armadilha de uma conspiração traiçoeira com o conde de Warwick.

A maior parte dos historiadores concordaria que a conspiração com Warwick foi permitida, se não patrocinada, por Henrique VII para remover as duas ameaças a seu trono, e suas mortes foram de fato solicitadas pelo rei e pela rainha da Espanha antes que permitissem o casamento da infanta com o príncipe Artur.

É possível que jamais saibamos a identidade do jovem que alegou ser o príncipe Ricardo e confessou ser "Perkin Warbeck". Podemos ter certeza, no entanto, de que a versão Tudor dos eventos não é a verdade. A pesquisa meticulosa de Anne Wroe mostra a construção da mentira.

Este livro tampouco afirma revelar a verdade: é uma ficção baseada em estudos sobre essa fascinante época e oferece, espero, um vislumbre das histórias não contadas e dos personagens desconhecidos com afeto e respeito.

Bibliografia

Amt, Emilie. *Women's Lives in Medieval*. Nova York: Routledge, 1993.

Alexander, Michael Van Cleave. *The First of the Tudors: A Study of Henry VII and His Reign*. Londres: Croom Helm, 1981. Primeira edição em 1937.

Arthurson, Ian. *The Perkin Warbeck Conspiracy, 1491-1499*. Stroud: Sutton Publishing, 1997.

Bacon, Francis. *The History of the Reign of King Henry VII and Selected Works*. Editado por Brian Vickers. Cambridge: Cambridge University Press, 1998.

Baldwin, David. *Elizabeth Woodville: Mother of the Princes in the Tower*. Stroud: Sutton Publishing, 2002.

_____. *The Kingmaker's Sisters*. Stroud: History Press, 2009.

_____. *The Lost Prince: The Survival of Richard of York*. Stroud: Sutton Publishing, 2007.

Barnhouse, Rebecca. *The Book of the Knight of the Tower: Manners for Young Medieval Women*. Basingstoke: Palgrave Macmillan, 2006.

Bramley, Peter. *The Wars of the Roses: A Field Guide and Companion*. Stroud: Sutton Publishing, 2007.

Castor, Helen. *Blood and Roses: The Paston Family and the Wars of the Roses*. Londres: Faber & Faber, 2004.

Cheetham, Anthony. *The Life and Times of Richard III*. Londres: Weidenfeld & Nicolson, 1972.

Chrimes, S. B. *Henry VII*. Londres: Eyre Methuen, 1972.

_____. *Lancastrians, Yorkists, and Henry VII*. Londres: Macmillan, 1964.

Cooper, Charles Henry. *Memoir of Margaret: Countess of Richmond and Derby*. Cambridge: Cambridge University Press, 1874.

Cunningham, Sean. *Henry VII*. Londres: Routledge, 2007. Primeira edição em 1967.

Duggan, Anne J. *Queens and Queenship in Medieval Europe*. Woodbridge: Boydell Press, 1997.

Fellows, Nicholas. *Disorder and Rebellion in Tudor England*. Bath: Hodder & Stoughton Educational, 2001.

Fields, Bertram. *Royal Blood: King Richard III and the Mystery of the Princes*. Nova York: Regan Books, 1998.

Fletcher, A. e D. MacCulloch. *Tudor Rebellions*. 5ª ed., revista. Harlow: Pearson Education, 2004.

Gairdner, James. "Did Henry VII Murder the Princes?" *English Historical Review*, VI (1891).

Goodman, Anthony. *The War of the Roses: Military Activity and English Society, 1452-97*. Londres: Routledge & Kegan Paul, 1981.

_____. *The Wars of the Roses: The Soldiers' Experience*. Stroud: Tempus, 2006.

Gregory, Phillipa, David Baldwin e Michael Jones. *The Women of the Cousins' War: The Duchess, the Queen and the King's Mother*. Londres: Simon & Schuster, 2011.

Gristwood, Sarah. *Blood Sisters: The Hidden Lives of the Women Behind the Wars of the Roses*. Londres: HarperCollins, 2012.

Halsted, Caroline A. *Richard III as Duke of Gloucester and King of England*. Vol. 2. Londres: Elibron Classics, 2006. Primeira edição em 1844 por Longman, Brown & Green.

Hammond, P. W. e Anne F. Sutton. *Richard III: The Road to Bosworth Field*. Londres: Constable, 1985.

Harvey, N. L. *Elizabeth of York: Tudor Queen*. Londres: Arthur Baker, 1973.

Hicks, Michael. *Anne Neville: Queen to Richard III*. Stroud: Tempus, 2007.

_____. *False, Fleeting, Perjur'd Clarence: George, Duke of Clarence, 1449-78*. Stroud: Sutton Publishing, 1980.

_____. *The Prince in the Tower: The Short Life and Mysterious Disappearance of Edward V*. Stroud: Tempus, 2007.

_____. *Richard III.* Stroud: Tempus, 2003.

_____. *Warwick the Kingmaker.* Londres: Blackwell Publishing, 1998.

Hipshon, David. *Richard III and the Death of Chivalry.* Stroud: History Press, 2009.

Howard, Maurice. *The Tudor Image.* Londres: Tate Gallery Publishing, 1995.

Hughes, Jonathan. *Arthurian Miths and Alchemy: The Kingship of Edward IV.* Stroud: Sutton Publishing, 2002.

Hutchinson, Robert. *House of Treason: The Rise and Fall of a Tudor Dynasty.* Londres: Weidenfeld & Nicolson, 2009.

Jones, Michael K. *Bosworth 1485: Psychology of a Battle.* Stroud: History Press, 2002.

Jones, Michael K. e Malcolm G. Underwood. *The King's Mother: Lady Margaret Beaufort, Countess of Richmond and Derby.* Cambridge: Cambridge University Press, 1992.

Karras, Ruth Mazo. *Sexuality in Medieval Europe: Doing unto Others.* Nova York: Routledge, 2005.

Kendall, Paul Murray. *Richard the Third.* Nova York: Norton, 1955.

Laynesmith, J. L. *The Last Medieval Queens: English Queenship 1445–1503.* Nova York: Oxford University Press, 2004.

Lewis, Katherine J., Noel James Menuge e Kim M. Phillips, eds. *Young Medieval Women.* Basingstoke: Palgrave Macmillan, 1999.

MacGibbon, David. *Elizabeth Woodville, 1437–1492: Her Life and Times.* Londres: Arthur Barker, 1938.

Mancini, D. e A. Cato. *The Usurpation of Richard the Third (Dominicus Mancinus ad Angelum Catonem de Occupatione Regni Anglie per Ricardum Tercium Libellus).* Traduzido por C. A. J. Armstrong. Oxford: Clarendon Press, 1969.

Markham, Clements R. "Richard III: A Doubtful Verdict Reviewed" *English Historical Review,* VI (1891).

Mortimer, Ian. *The Time Traveller's Guide to Medieval England.* Londres: Vintage 2009.

Neillands, Robin. *The Wars of the Roses.* Londres: Cassell, 1992.

Penn, Thomas. *The Winter King.* Londres: Allen Lane, 2011.

Phillips, Kim M. *Medieval Maidens: Young Women and Gender in England 1270–1540.* Manchester: Manchester University Press, 2003.

Pierce, Hazel. *Margaret Pole, Countess of Salisbury, 1473–1541: Loyalty, Lineage and Leadership.* Cardiff: University of Wales Press, 2009.

Plowden, Alison. *The House of Tudor*. Nova York: Weidenfeld & Nicolson, 1976.

Pollard, A. J. *Richard III and the Princes in the Tower*. Stroud: Sutton Publishing, 2002.

Prestwich, Michael. *Plantagenet England, 1225–1360*. Oxford: Clarendon Press, 2005.

Read, Conyers. *The Tudors: Personalities and Practical Politics in Sixteenth Century England*. Oxford: Oxford University Press, 1936.

Ross, Charles Derek. *Edward IV*. Londres: Eyre Methuen, 1974.

_____. *Richard III*. Londres: Eyre Methuen, 1981.

Royle, Trevor. *The Road to Bosworth Field: A New History of the Wars of the Roses*. Londres: Little, Brown, 2009.

Rubin, Miri. *The Hollow Crown: A History of Britain in the Late Middle Ages*. Londres: Allen Lane, 2005.

St. Aubyn, Giles. *The Year of Three Kings: 1483*. Londres: Collins, 1983.

Seward, Desmond. *The Last White Rose*. Londres: Constable, 2010.

_____. *Richard III: England's Black Legend*. Londres: Country Life Books, 1983.

Sharpe, Kevin. *Selling the Tudor Monarchy: Authority and Image in Sixteenth Century England*. New Haven: Yale University Press, 2009.

Simon, Linda. *Of Virtue Rare: Margaret Beaufort: Matriarch of the House of Tudor*. Boston: Houghton Mifflin Company, 1982.

Simons, Eric N. *Henry VII: The First Tudor King*. Nova York: Muller, 1968.

Storey, R. L. *The End of the House of Lancaster*. Stroud: Sutton Publishing, 1999.

Vergil, Polydore e Henry Ellis. *Three Books of Polydore Vergil's English History: Comprising the Reigns of Henry VI, Edward IV and Richard III*. Reimpressão, Whitefish, MT: Kessinger Publishing, 1971.

Ward, Jennifer. *Women in Medieval Europe, 1200–1500*. Essex: Pearson Education, 2002.

Weightman, Christine. *Margaret of York: The Diabolical Duchess*. Stroud: Amberley, 2009.

Weir, Alison. *Lancaster and York: The Wars of the Roses*. Londres: Cape, 1995.

_____. *The Princes in the Tower*. Londres: Bodley Head, 1992.

Williams, C. H. "The Rebellion of Humphrey Stafford in 1486". *The English Historical Review* 43:170 (Abril de 1928): 181–89.

Williams, Neville e Antonia Fraser. *The Life and Times of Henry VII*. Londres: Weidenfeld & Nicolson, 1973.

Willamson, Audrey. *The Mystery of the Princes*. Stroud: Sutton Publishing, 1978.

Wilson, Derek. *The Plantagenets: The Kings That Made Britain*. Londres: Quercus, 2011.

Wroe, Ann. *Perkin: A Story of Deception*. Londres: Cape, 2003.

Este livro foi composto na tipografia Minion
Pro, em corpo 11,5/16, e impresso em
papel off-white no Sistema Cameron da
Divisão Gráfica da Distribuidora Record.